HEYNE <

Das geschenkte Gesicht:
Auf Schloss Bernegg, im Zweiten Weltkrieg ein Lazarett für Kriegsverletzte, gibt es keine Spiegel. Keiner der 132 Patienten könnte den Anblick des eigenen Spiegelbildes ertragen. Hier wird im Winter 1944 Erich Schwabe eingeliefert. Er lebt, aber er hat kein Gesicht mehr. Die Kunst der Ärzte schenkt ihm ein neues, erträgliches Aussehen. Aber die Rückkehr in sein altes Leben wird ein langer und verzweifelter Kampf, den zu gewinnen sich Erich Schwabe jedoch fest vorgenommen hat.

Liebe ist stärker als der Tod:
Paris ist ein Zauberwort, ein Zauberwort der Liebe. Eva – jung, mit tiefblauen Augen und unsagbar verzweifelt – hatte sich vom Arc de Triomphe in die Tiefe stürzen wollen. Und Pierre – Maler und professioneller Idealist – hatte sie im letzten Moment festhalten können. So kann eine Liebe in Paris beginnen, eine wunderbare, romantische Liebe jenseits des Boulevard Saint-Germain-des-Près, in einer winzigen Mansarde über den Dächern der Stadt. Doch Pierre ist mittellos und krank, und Eva hütet ein bitteres Geheimnis …

Der Autor
Heinz G. Konsalik, Jahrgang 1921, stammt aus Köln. Er studierte Theaterwissenschaft, Literaturgeschichte und Germanistik. Während des Zweiten Weltkrieges war er Kriegsberichterstatter, bis er an der russischen Front verwundet wurde. Nach Kriegsende arbeitete er zuerst als Dramaturg und Redakteur, bis er sich von 1951 an ganz dem Schreiben von Romanen widmete. Heinz G. Konsalik gilt seit vielen Jahren als der erfolgreichste und beliebteste deutsche Unterhaltungsautor.
Im Wilhelm Heyne Verlag ist ein großer Teil seines umfangreichen Romanwerks erschienen.

HEINZ G. KONSALIK

DAS GESCHENKTE GESICHT

LIEBE IST STÄRKER ALS DER TOD

Zwei Romane in einem Band

WILHELM HEYNE VERLAG
MÜNCHEN

HEYNE ALLGEMEINE REIHE
Nr. 01/10979

Umwelthinweis:
Das Buch wurde auf
chlor- und säurefreiem Papier gedruckt.

3. Auflage

Taschenbuchausgabe 10/2000

Quellenverzeichnis: s. Anhang
Printed in Germany 2003
Umschlagillustration: Tony Stone Images/David Hanover
Umschlaggestaltung: Nele Schütz Design, München
Satz: Pinkuin Satz und Datentechnik, Berlin
Druck und Bindung: GGP Media, Pößneck

ISBN 3-453-16065-7

http://www.heyne.de

DAS GESCHENKTE GESICHT

1

Über die Straße von Augustow nach Sejny keuchte eine kleine Kolonne Motorschlitten. Ein eisiger Nordwind trieb Schleier von Pulverschnee über das flache, baumlose Land, das einer riesigen, kaum gewölbten Scheibe gleich mit dem graumilchigen Himmel zusammenstieß und in ihn überfloss.

Auf den Ladeflächen festgeklammert an die hölzernen Holme saßen dicht zusammengedrängt die Jungen und starrten aus den eisverklebten Gesichtern nach vorn. Vor sechs Stunden hatten sie in Suwalki vor einem Obersten gestanden und das Ritterkreuz bewundert, das ihm aus dem Kragen seines Lammfellmantels heraushing. Er hatte ein väterlich-strenges Gesicht aufgesetzt und gesagt: »Jungs! Nun kommt ihr an die Front! Was ihr in der Heimat auf dem Schießplatz gelernt habt, wird Ernst! Der Feind hat keine Platzpatronen, das dürfte sich im sechsten Kriegsjahr herumgesprochen haben.« Sie hatten über diesen blutigen Sarkasmus gelacht, denn der Oberleutnant hatte ihnen vorher gesagt: »Wenn der Oberst einen Witz macht … lacht, ihr lahmen Enten! Das hat er gern. Und vielleicht bekommt ihr eine Sonderzuteilung Schnaps für den Weg nach vorn!«

Tatsächlich, sie hatten den Schnaps bekommen, und dazu noch weißgestrichene Stahlhelme, weiße Tarnüberzüge, einige Maschinengewehre, einen Schlitten voll Munition und Handgranaten.

»Ihr seid Soldaten des Führers!«, hatte der Oberst zur Verabschiedung gerufen. »Vorne warten sie auf euch. Macht's gut, Kameraden! Sieg Heil!«

Dann waren sie abmarschiert, zackig, mit einem Lied von der schwarzbraunen Haselnuss. Der Oberst sah ihnen nach, bis sie zwischen den Hütten am Rande Suwalkis verschwanden und nur noch ihre jugendlichen, fast kindlichen Stimmen zu ihm herüberwehten.

»Scheiße!«, sagte der Oberst mit dem Ritterkreuz.

Nun fuhren die 57 Jungen sechs Stunden lang durch die eisige Kälte, starrten über das flache Land und in den milchigen Himmel und lauschten angestrengt auf das ferne Rummern und dumpfe Grollen, das ab und zu durch den Motorenlärm drang. Dann starrten sie sich gegenseitig an, und in ihren Augen standen Angst und krampfhafte Tapferkeit.

Die Front. Man hört sie schon. Und dort warten sie auf uns. Auf 57 Jungen von 17 bis 19 Jahren, in sechs Wochen ausgebildet, mit vier Schlitten, neun Maschinengewehren und 300 Handgranaten. Der Ersatz.

Im ersten Schlitten saß am Lenkrad Erich Schwabe. Er war ein alter Hase, ein uraltes Frontschwein mit sieben Verwundungen, hatte einen ›Klempnerladen‹ auf der Brust und wurde trotz seiner knappen 26 Jahre von den Jungen wie ein Vater angesehen.

»Wie lange dauert's noch, Herr Feldwebel?«, rief jemand hinter Schwabe.

»Noch drei Stunden!«, schrie Schwabe zurück.

»Dann sind wir Eisklötze ...«

»Da vorn werdet ihr schon aufgetaut werden. Da ist's heiß genug!«, brüllte Schwabe. Der Schlitten rumpelte über die Straße. Wie glattgefegt war sie vom Wind, eine Eisbahn, die in die Unendlichkeit führte.

Erich Schwabe sah auf seine Armbanduhr. Eine lederne Schutzhülle umschloss sie. Seit 1940 trug er sie am linken Handgelenk. Er hatte sie in Paris gekauft, in einem kleinen Laden unterhalb der Sacré-Cœur. Von Paris war sie mitgezogen nach Griechenland, von dort nach Russland bis kurz vor Moskau und dann den ganzen langen Weg zurück bis hier nach Suwalki. Die Lederhülle hatte er gepflegt wie seine Schuhe, sieben Verwundungen hatte die Uhr überstanden, sie war nie stehen geblieben und nie in Reparatur gewesen.

Die vereisten Schlitten ratterten durch den bleiernen Tag. Der Weg senkte sich jetzt etwas, wurde abschüssig, und die Schlittenfahrer zogen die Bremsen, spitze Eisenhaken bohrten sich in das Eis und verringerten die Geschwindigkeit.

»Festhalten!«, schrie Schwabe nach hinten zu seinen Jungen. »Wenn die Zinken brechen, geht's los wie auf einer Bobbahn!«

Die jungen Soldaten klammerten sich an die Holme und aneinander. Unter ihnen jaulten die Eisenspitzen, die Schlitten krachten in sich und schüttelten sich wie frierende Hunde.

Erich Schwabe presste die Bremsen mit aller Kraft gegen die Straße. Mit beiden Händen umklammerte er das Steuerrad und sah die abschüssige Straße hinab, die einige hundert Meter weiter wieder sanft ausglitt in eine Ebene, glatt wie ein abgewischter, weißlackierter Tisch.

Auf diesem Stück Straße war die Fahrbahn ohne Erhebungen. Schwabe kannte diese Strecke. Im zweiten Teil geht's los, dachte er. Dann war der Drall so groß, dass es mit Heißa abwärts geht. Mit einem vollen Schlitten ist das Mist; man kommt unten an wie eine Granate.

Er beugte sich vor und starrte auf die glatte Eisfläche. In diesem Augenblick sah er es, und es war ihm, als schlage ihm eine Riesenfaust auf das Herz und nehme ihm die Luft.

Mitten auf der glatten Straße war ein kleiner Eishügel. Nicht groß, vielleicht wie der Durchmesser eines Suppentellers. Ganz flach hob er sich über die Fläche hinaus, wie ein einsamer Pickel auf einer sonst reinen, makellosen Haut.

Erich Schwabe presste die Bremsen ins Eis. Unter ihm knirschte und polterte es, der Schlitten machte einige Sätze und sprang über die bremsenden Eisenspitzen hinaus. Mein Gott, dachte Schwabe, o mein Gott! 17 Jungen habe ich hinter mir und sie wissen nicht, was da vorne auf der Straße ist. Dieser kleine Buckel aus Eis, diese flache Scheibe! Was wissen sie von der Kampfweise der Partisanen? Im Winter hacken sie die Straße auf, legen eine Mine in das Loch, schütten Wasser darüber und lassen das Loch zufrieren. Nur wenn ein Fahrzeug über diesen Eisbuckel rollt, reagiert der Zünder. Dann bricht die Erde auf, und das Denken hat aufgehört, das Leben, die Hoffnung, alles. Nur eine Wolke aus Erde, Eis und zerfetzten Leibern bleibt übrig, die nach Sekunden der Schwerelosigkeit zusammenfallen wird und die der nächste Schnee zudeckt wie ein Leichentuch.

Der Schlitten raste die Straße hinab, auf die Mine zu. Hinter ihm ratterten die drei anderen Schlitten in Abständen von fünfzig Metern. Der letzte war der Munitionsschlitten. Auf ihm saß der Transportkommandant, ein junger Leutnant, der den im Einsatz in vorderster Linie gefallenen Kompaniechef der 10. Kompanie ersetzen sollte.

Erich Schwabe umklammerte das Steuerrad, als könne er damit den Schlitten zurückreißen. Noch wenige Sekunden, dachte er. Wir können nicht mehr bremsen. Das Eigengewicht ist zu stark bei diesem Gefälle, die Eisenspitzen springen einfach aus dem Eis oder brechen ab. Selbst zur Seite lenken ist unmöglich

– ehe der Schlitten reagiert, hat er die Mine im Eis längst erreicht.

Erich Schwabe stieß den Kopf vor. Fliegeralarm, dachte er. Das haben sie geübt, die Kinder hinter mir im Schlitten. Das kennen sie, damit sind sie groß geworden … Früher spielte man im Garten Verstecken … heute lernt man: Fliegeralarm. Er riss den Kopf herum. Er sah in vereiste Gesichter, in junge, müde Augen unter weißen Stahlhelmrändern, in Blicke, die ihn anstarrten wie erfrorene Klagen.

»Fliegeralarm!«, schrie Schwabe in diese Kindergesichter hinein. Sein schreiender Atem wehte weiß über sie hinweg. »Fliegeralarm!«

Wie ein Schlag ging es durch die zusammengeduckten Gestalten. Einen Bruchteil der Sekunde zögerten sie, dann stürzten sie sich aus dem fahrenden Schlitten kopfüber seitlich in den Schnee, überschlugen sich, rollten den Hang hinab oder vergruben sich mit Beinen und Armen in den Verwehungen. Der nachfolgende zweite Schlitten bremste scharf, schleuderte zur Seite, drehte sich und brach von der Straße aus.

»Ist der Schwabe verrückt geworden?«, schrie Unteroffizier Plotzke. Er versuchte, seinen Schlitten wieder auf die Straße zu bringen. Der dritte und vierte Schlitten, weit zurück, bremsten, schleuderten, kamen aber zum Halten. Der junge Leutnant stand aufrecht neben den Handgranatenkästen und fuchtelte mit den Armen in der Luft herum. Niemand verstand ihn, aber man sah, dass er Kommandos brüllte.

»Der macht 'ne Felddienstübung, der Vollidiot!«, schrie Plotzke wieder. »Alle Mann in Deckung! Dem ist wohl das Gehirn vereist!«

Die Jungen des ersten Schlittens wälzten sich im Schnee. Erich Schwabe hockte allein hinter seinem Steuer und presste es nach links. Nur fünf Zentimeter dran vorbei, das reicht, dachte er. Ich könnte abspringen wie die anderen … aber wir brauchen den Schlitten! Jede Stunde kann der Mist da vorne wieder losgehen. Dann ist ein Schlitten vielleicht die letzte Rettung, die letzte Fahrkarte in die Heimat.

Der Eispickel raste näher. Hüpfend jagte der Schlitten die Straße hinab. Schwabe bremste, aber nichts unter ihm griff mehr ins Eis. Die stählernen Zinken waren abgebrochen. Auch die Lenkung flatterte in Schwabes Händen, er drehte sich nach links, in einer wilden Verzweiflung und aus der Tiefe seiner Seele plötzlich aufschreiend. Aber der Schlitten raste geradeaus.

Raus!, schrie sich Schwabe zu. Jetzt 'raus! Er ließ das Lenkrad los, warf sich zur Seite und schnellte sich vom Führersitz. Halb aus dem Schlitten hängend, spürte er einen Widerstand an seinen Füßen. Er sah zurück und merkte, dass sich die weißen Tarnhosen am Pedal der Fußbremse festgehakt hatten. Verzweifelt zerrte und riss er an dem Hosenbein, der Stoff zerfetzte, noch einmal stemmte er den Fuß auf, um sich weit weg aus dem Schlitten zu schnellen …

In dieser Sekunde, diesem letzten Wimpernzucken, sah er die kleine Eiserhebung vor sich, sein Blick wurde starr und gelähmt vor Entsetzen … weiter kam er nicht, zu keinem Gedanken, keinem Aufschrei, keiner Abwehr der Hände … um ihn brach die Erde auf, er roch noch das heiße, aufspritzende Benzin, es war ihm, als tauche man sein Gesicht in siedendes Öl, dann wusste er nichts mehr.

Mit offenen Mündern lagen die Jungen im Schnee und sahen den Schlitten hoch in die Luft fliegen. Unteroffizier Plotzke reagierte schnell … er ließ seinen Schlitten einfach umkippen, indem er ihn rechtwinklig herumriss. Der junge Leutnant im Munitionsschlitten stand noch immer hochaufgerichtet, mit erhobenen Armen. Wie ein Standbild, das die Gnade des Himmels herabbeschwört auf eine Welt, die in Rauch und Feuer aufgeht.

Dann sank die Explosionswolke zusammen. Nasser, klebriger Schnee, Erd- und Eisbrocken bedeckten in weitem Umkreis die Unglücksstelle. Dazwischen die Trümmer des Schlittens I, ein Haufen zerrissenes Metall und Holz.

»Der … der Feldwebel …«, stotterte einer der Jungen. Er lag auf den Knien und hatte die Hände flach gegen die Brust gedrückt. »Schwabe war doch noch im Schlitten …«

Sie sprangen auf und rannten zu den Trümmern. Von Schlitten II stolperten Unteroffizier Plotzke und seine Mannschaft die Straße hinab.

»Der ist erledigt …«, stammelte Plotzke im Laufen. »Schwabe ist erledigt …« In seinen Augenwinkeln brannte es. Er stieß die jungen Ersatzsoldaten zur Seite, die verängstigt und ratlos herumstanden.

»Dort ist er!«, schrie einer grell. »Dort, unter dem Motor!«

Plotzke warf sich in den Schnee. Er kroch an die blutige, mit Benzin und Öl übergossene Masse Mensch heran und schob seine Hand irgendwohin auf ein Stück nackte Haut.

»Er atmet noch!«, schrie er. »Hebt den Motor weg, ihr Flaschen! Alle Mann an den Motor …«

Als sie Schwabe frei hatten, stand auch der Leutnant blass neben den Trümmern. Die 57 jungen Soldaten, das Grauen in den Augen, umringten ihn. Nur Plotzke kniete noch neben der blutigen Gestalt im Schnee.

Schwabe lag auf dem Rücken, den Kopf auf einem Brett, und alle sahen es: Er hatte kein Gesicht mehr. Dort, wo einmal Nase, Mund, Kinn und Ohren waren, hatte eine glühende, eiserne Faust mit einem Schlag alles zerstört. Eine formlose, breiige Masse war übrig geblieben, mit blonden Haaren darüber und einem Rumpf darunter in zerfetzter Uniform. Wie abgehobelt war das Gesicht, ein roter Teller mit einigen Löchern. Weiter nichts.

»Er lebt …«, sagte Plotzke leise. »Er lebt wirklich noch …«

»Es wäre besser, wenn …« Der Leutnant sprach den Satz nicht zu Ende. Unteroffizier Plotzke tastete nach seiner Pistole. Er war gelb im Gesicht, er würgte nach Luft und zitterte wie im Fieber.

»Lassen Sie das, Plotzke«, sagte der Leutnant leise. »Auch wenn es besser für ihn wäre …«

»Er … er ist doch kein Mensch mehr …«, stammelte Plotzke.

Der Leutnant deutete auf Schwabe:

»Seht ihn euch genau an! Das ist das Gesicht des Krieges … so sieht es aus, das Heldentum, dessen Lieder man uns in der Schule mit ergriffener, bebender Stimme lehrte! Seht es euch an!«

Dann wandte er sich ab und ging langsam zu seinem Schlitten zurück. Die jungen Soldaten hoben den Körper Schwabes auf und trugen ihn vorsichtig zum zweiten Schlitten. Dort legte ein Sanitätsgefreiter einige Lagen Zellstoff auf die blutige Masse und wickelte vier Papierbinden um den Kopf.

Plotzke war zurückgeblieben. Er beugte sich über den zerfetzten Schlitten und würgte erneut. Endlich erbrach er sich, und gleichzeitig mit dem Kotzen spürte er die Erleichterung, weinen zu können.

»Wo bin ich?«, fragte Erich Schwabe.

Wenigstens war es ihm, als ob er das frage. Der Gedanke war da, und er hörte sogar seine Stimme. Aber der Sani, der neben seinem Bett saß, hörte nur ein Lallen, ein unartikuliertes Stöhnen, ein Zischen und Röcheln aus den Falten des Verbandes. An Form und Körperlage wusste man, dass es ein Kopf war. Ein dünnes Röhrchen, eine Sonde, stak mitten in den durchbluteten Mullbinden. Dort muss der Mund drunter sein, dachte der Sani. Eine große Höhle, in der verwunderlicherweise ein Stückchen bewegliches Fleisch liegt, die Zunge. Sie hat er behalten dürfen neben den Augen.

Schwabe öffnete die Lider. Die Verbände drückten auf die Augen, und die Dunkelheit um ihn blieb, auch als er wusste – jetzt habe ich die Augen auf. Er hob die Hand und wollte nach seinem Kopf tasten, aber eine andere Hand hielt sie plötzlich fest und drückte sie zurück auf die Bettdecke.

»Was ist mit mir?«, fragte Schwabe etwas lauter. »Bin ich blind? Jungs ... sagt mir doch, was mit mir los ist ...«

Der Sanitäter hörte wieder das Zischen und Röcheln durch die Verbände. Er beugte sich über den Kopf und sagte ganz langsam und klar:

»Du bist jetzt in Suwalki, Kamerad. Im Lazarett. In Sicherheit. Mit einer Mine bist du hochgegangen. Und Glück haste gehabt ... brauchst dir keine Sorgen zu machen. Die Augen sind noch da, die Zunge und auch sonst noch manches. Nur 'n paar Schrammen über die ganze Fresse ... das heilt bald. Allerdings musste noch ein paar Tage im Dunkeln liegen. Und in die Heimat kommste auch. Wir warten nur auf den nächsten Lazarettzug! Wenn der Iwan wieder wild wird, biste längst bei Muttern ...« Der Sanitäter schwieg und wartete auf ein neues Wimmern aus den Verbänden. Als nichts kam, fasste er nach dem Puls Schwabes und beugte sich tiefer über den unförmigen Kopf.

»Haste mich verstanden, Kamerad?«

Schwabe nickte schwach. Er tastete mit der rechten Hand nach seinem linken Handgelenk. Seine Uhr war noch da. Dann wollte er wieder nach oben greifen an seinen Kopf, aber wieder wurde er festgehalten.

»Ruhig halten«, sagte der Sani. »Du hast den ganzen Kopf verbunden, weiter nichts.«

Schwabe nickte wieder. Er legte die Hände seitlich an den Körper und dachte nach. Wie war das ... auf der Straße eine in das Eis eingegossene Partisanenmine, die Jungen springen ab, als er Fliegeralarm schreit, er bleibt hängen an dem verfluchten

Bremspedal, und dann kracht es. Und nun lebt er noch, was wirklich wie ein Wunder ist.

Aber das Gesicht ... sein Gesicht ... Was ist mit seinem Gesicht ...?

Er hörte, wie eine Tür klappte. Schritte kamen an sein Bett. Keine mit Nägeln beschlagenen Kommissstiefel, sondern ein knarrender, weicher Schritt. Offiziersstiefel, dachte Schwabe. Ein Stabsarzt oder sonst wer. Er lag ganz still, bewegungslos, mit schlaffen Händen. Sein Gesicht brannte plötzlich, als läge es in einer Pfanne.

»Wie geht's dem Mann?« Eine dunkle Stimme stellte die Frage.

»Gut, Herr Stabsarzt«, sagte der Sanitäter. »Er hat vorhin das Bewusstsein wiedererlangt. Aber jetzt scheint er zu schlafen. Die Wirkung der letzten Injektion ...«

Schwabe fühlte, wie man seine Hand betastete. Warme, weiche Finger nahmen sie hoch, ein paar Zentimeter, und ließen sie auf die Bettdecke zurückfallen.

»Er schläft.« Die dunkle Stimme, der Stabsarzt. »Wenn er wieder aufwacht, rufen Sie mich sofort.«

»Jawohl, Herr Stabsarzt.«

»Hat er was gesagt?«

»Ja, aber ich konnte nichts verstehen, Herr Stabsarzt.«

»Kein Wunder. Ohne Mund und Lippen ...«

In Schwabe kroch es eiskalt hoch.

»Passen Sie gut auf, wenn er wieder spricht«, sagte der Stabsarzt. »Und sagen Sie ihm nicht, was los ist, verstanden? Er wird es früh genug merken. Morgen kommt er nach Frankfurt/Oder. Bereiten Sie ihn für den Transport vor. Wenn er Glück hat, geht es weiter nach Bernegg.«

Wieder klappte eine Tür. Schwabe hörte einen neuen Schritt, wieder leise, ohne Nägeldonnern. Noch ein Arzt, dachte er.

»Na, wie geht's?« Eine helle, forsche Stimme.

»Ganz gut, Herr Oberstabsarzt.« Die dunkle Stimme wurde leiser. »Jetzt schläft er wieder, nachdem er kurz bei Besinnung war. Haben Sie etwas erreichen können für ihn?«

»Nicht viel, Herr Kollege.« Die forsche Stimme gab sich Mühe zu flüstern. »Er wird nach Bernegg kommen. In Bernegg sollen Spezialisten sein, die so etwas hinbiegen. Aber ob der jemals wieder wie ein Mensch aussehen wird ...«

»Ein Wunder, dass er noch lebt ...« Die dunkle Stimme.

»Es gibt auch unnütze Wunder ...« Die forsche Stimme.

Dann wieder knarrende Stiefel, ein Türenklappen, das Scharren des zurückgebliebenen Sanitäters, der eine Spritze aufzog, falls Schwabe beim Erwachen große Schmerzen haben sollte. Er legte sie auf einen Zellstofflappen und trank einen Schluck Milchkaffee, den er sich zur Wache mitgebracht hatte.

Erich Schwabe schloss unter den Verbänden wieder die Augen. Die Kälte war von ihm gewichen, aber es war ihm, als greife eine ganz langsame Lähmung an sein Herz und setzte es still.

Er hat keinen Mund und keine Lippen mehr ... ob Schwabe jemals wieder wie ein Mensch aussehen wird ... es gibt auch unnütze Wunder ... Was war mit seinem Gesicht ...

Die Hände Schwabes zuckten hoch. Ehe der Sanitäter seine Tasse mit Milchkaffee absetzen und hinzuspringen konnte, hatte Schwabe seinen Kopf umfasst und glitt mit den Fingern über die Verbände, unter denen sein Gesicht lag. Er stieß an die Sonde, er fühlte die Klebrigkeit der Mullbinden, und er spürte die Ebenheit seines Kopfes, die Konturlosigkeit seines Gesichtes. Seine Finger krallten sich in die blutigen Verbände, als wollten sie sie abreißen.

Kein Gesicht mehr, kein Gesicht mehr!, schrie es in Schwabe. Ich habe kein Gesicht mehr! Herrgott, Herrgott, lass mich sterben ... was soll ich denn ohne Gesicht ...

»Himmel, Arsch und Zwirn!«, schimpfte der Sanitäter. Er schlug auf die in die Verbände verkrallten Finger Schwabes und riss sie endlich zurück, als nach dem Krampf der Erregung die völlige Erschlaffung über den Verletzten kam.

»Bist du denn ganz verrückt geworden? Verbände abreißen! Wenn du das noch mal versuchst, binden wir die Hände am Bett fest, verstanden?«

Erich Schwabe lag ganz still. Die Worte des Sanis hörte er zwar als Laute, aber er verstand nicht den Sinn.

Ursula, dachte er. Arme, kleine, hübsche Ursula. Wie oft haben wir uns gesehen, seit wir verheiratet sind? Viermal ... genau viermal. Einmal vierzehn Tage, zweimal neun Tage und zuletzt zehn Tage. Das sind zusammen 42 Tage. Einen und einen halben Monat ... in fünf Jahren ... Und wie glücklich waren wir in diesen 42 Tagen und 42 Nächten. Glücklicher, als seien es die ganzen fünf Jahre gewesen.

Weißt du noch, Ursula … beim dritten Urlaub … wir lagen im Keller aneinander gepresst in dem hölzernen Luftschutzbett, und über uns warfen 1500 britische Bomber ihre Luftminen ab. Je näher das Dröhnen der Motoren kam, um so fester habe ich dich in den Arm genommen. Wenn wir sterben müssen, wollen wir miteinander sterben, hast du gesagt.

Und während der Boden zitterte, hast du mein Gesicht gestreichelt und gesagt: Du bist das Schönste für mich. Ich liebe dich. Ich liebe dein Gesicht. Deine Stirn. Deine Augen. Deinen Mund.

Und nun habe ich kein Gesicht mehr! Ursula …

Er schreckte auf. Der Sanitäter hatte ihm die schmerzstillende Spritze gegeben. Schwabe spürte den Nadelstich und das Eindringen der Flüssigkeit in seinen Körper.

Dann schlief der Feldwebel Erich Schwabe, 26 Jahre alt, verheiratet mit Ursula Maria, geborene Villich, geboren in Köln am Rhein, Feldpost-Nr. 23 786. Achte Verwundung: schwerste Gesichtsverletzungen durch Mineneinwirkung. Sofortige Spezialbehandlung notwendig. Hat 3000 Einheiten Tetanusserum vom Hammel bekommen. Puls sechzig, Temperatur sechsunddreißig-drei, gemessen in Achselhöhle.

»Die werden sich freuen in Bernegg«, sagte der Stabsarzt, als man die Trage mit Erich Schwabe in den Lazarettzug geschoben hatte.

Es war ein früher Morgen, eisig kalt, und um Schwabe hatte man eine dicke Wolldecke geschlungen. Die Sankas waren nicht geheizt, und vom Lazarett bis zum Bahnhof Suwalki war es gut eine halbe Stunde Fahrt. Auch der Stabsarzt fror erbärmlich trotz seines Pelzmantels. Er hielt sich nur länger auf dem zugigen Bahnhof auf, weil mit dem Lazarettzug auch junge Schwestern gekommen waren. Fröhliche Mädchen aus der Heimat, die eine Nacht in Suwalki blieben und am nächsten Morgen wieder zurück nach Deutschland fuhren.

Erich Schwabe wurde in die unterste der drei Bettetagen geschoben. Über ihm lag ein Lungendurchschuss, im obersten Bett wimmerte ein Mann, der auf dem Bauch lag. Dann quietschte die Abteiltür zu, und nur das Wimmern aus dem obersten Bett füllte den kleinen Raum.

»Wie sieht er denn unter dem Verband aus?«, fragte eine der jungen Schwestern draußen auf dem Gang.

Der Stabsarzt tätschelte vertraulich die Hüfte des Mädchens. »Wie in einem alten Gruselfilm, mein Mädchen. Aber Sie werden's nicht sehen. Wir haben ihn neu verbunden, und der Verband kann draufbleiben, bis er in Bernegg ist. Ich glaube, dass ich Ihnen bis morgen früh Schöneres und Erlebnisreicheres zeigen kann, Schwesterchen.« Er lachte sonor, kniff ein Auge zu und fand, dass zwar bisher Schwarz sein auserwählter Typ gewesen war, dass aber auch die Blonden ihre Reize hatten.

Erst als der Zug durch die Masurische Seenplatte fuhr und zwischen Lyck und Neuendorf halten musste, weil ein Truppentransportzug das Gleis blockierte, erwachte Schwabe.

So komme ich zurück in die Heimat, dachte er. Als ein Mensch ohne Gesicht …

Die Abteiltür knirschte. Er hörte Rascheln, eine weiche Hand glitt über seinen Hals, eine Frauenhand. Seine Finger umklammerten sie.

»Ich bin bei Ihnen«, hörte er eine helle Stimme sagen. »Ich bin Schwester Erna. Ich werde Sie betreuen, bis Sie in ein neues Lazarett kommen. Haben Sie Durst, soll ich Ihnen etwas zu trinken geben?«

Schwabe nickte. Kurz darauf spürte er, wie kalte Flüssigkeit durch die Kanüle in seinen Mund rann. Er schluckte, und es schmeckte widerlich nach Jod, Blut und Äther. Natürlich, dachte er, während er krampfhaft schluckte. Ich habe ja keinen Mund mehr, keine Lippen, nichts, nichts … nur meine Höhle, in die man jetzt die Flüssigkeit schüttet, ein saugendes Loch …

»Haben Sie sonst noch einen Wunsch?«, fragte die Stimme.

Schwabe schüttelte den Kopf.

»Soll ich Ihrer Frau schreiben? Ein paar Zeilen, dass es Ihnen gut geht … ich lese sie Ihnen vor …«

Schwabe schüttelte wieder den Kopf. Dass es mir gut geht, will sie schreiben, dachte er. Natürlich, was soll sie sonst an Ursula schreiben? Soll sie schreiben: Ihr Mann kommt zurück, aber er hat kein Gesicht mehr …? Seien Sie tapfer, kleine Frau … auch Ihr Mann ist tapfer. Es wird alles wieder gut werden …

Mein Gott … Ursula … Wer soll es ihr sagen? Wie kann man es ihr sagen … Kann man es ihr überhaupt sagen?

»Was kann ich für Sie tun?«, fragte Schwester Erna wieder.

Er krallte sich in ihre Hand fest, er hörte, wie sie leise aufschrie, als sich seine Nägel in ihre Haut bohrten.

»Nicht allein lassen«, stammelte er. »Nicht allein lassen ... Schwester ... ich bitte Sie ... ich ... habe doch kein Gesicht mehr ...«

Und der Zug fuhr, vier Tage und vier Nächte – bis Bernegg.

Bernegg ist eine kleine fränkische Stadt mit 4000 Einwohnern. Zwei Sehenswürdigkeiten rissen sie bisher aus der Anonymität anderer Kleinstädte heraus: Eine Kirche mit einer Pieta von Tilman Riemenschneider und ein Barockschloss, das früher dem Fürstbischof von Würzburg als Jagdresidenz gedient hatte.

Mit Beginn des Krieges verschoben sich die Sehenswürdigkeiten. Tilman Riemenschneiders Pieta blieb, aber aus dem Schloss Bernegg wurde ein Lazarett, aufgegliedert in Block A, Block B und Block C, in denen in stetigem Wechsel über 400 Verwundete versorgt wurden. Nur im Block B blieben die Patienten länger, oft ein, zwei Jahre. Er war ein lang gestreckter, vier Stockwerke hoher Seitenflügel des Schlosses, der in die Hauskapelle mündete. Er hatte einen eigenen, von einer hohen Mauer umgebenen großen Park mit einem schönen Weiher, einen eigenen Eingang, eine besondere Wache und eine von den anderen Blocks getrennte Zufahrt.

Es war das Speziallazarett der Gesichtsverletzten, das Haus der verlorenen Gesichter.

Das große Einfahrtstor war durch ein riesiges Gitter gesichert. Gleich dahinter lag die Wache in einer ehemaligen Kutscherwohnung. Von dort führte der Zufahrtsweg in einem Bogen zur Schmalseite des Blocks B, wo, von anderen Blicken durch Buschgruppen abgeschirmt, die Verletzten ausgeladen wurden. Sie kamen sofort in einen Vorraum und von dort in einen kleinen OP, wo die erste Untersuchung stattfand und die Verteilung auf die Stationen. Gegenüber lag der Vorbereitungsraum I und dahinter der große OP, der auch von den anderen Abteilungen des Lazaretts nach einem genauen Plan benutzt wurde. Dienstag, Mittwoch und Freitag operierten die Gesichtschirurgen, Montag und Donnerstag bezogen aus Block A die ›großen Metzger‹ den OP, um Arme und Beine zu amputieren. An OPs und Röntgenstation schlossen sich im Parterre drei-, vier-, sechs- und zehnbettige Zimmer an, während in den oberen Etagen Krankensäle für bis zu zwanzig Verwundete waren. Die Keller waren zu Bunkern ausgebaut und ebenfalls mit Verwundeten belegt.

Es war später Abend, als der Lazarettzug etwas außerhalb des Bahnhofs Bernegg neben einer zu den Schienen parallel laufenden Straße hielt und auf die Sankas wartete, die von Schloss Bernegg zur Übernahme der Verwundeten herüberkommen sollten. Im Bahnhof selbst wurden keine Verwundeten mehr ausgeladen. Der Generalarzt hatte es verboten – im Auftrage des Befehlshabers des Heimatheeres, Heinrich Himmler. »Der Anblick dieser Verstümmelten kann im sechsten Kriegsjahr leicht zu defätistischen Stimmungen führen«, hieß es in einem geheimen Tagesbefehl, der nur dem Chefarzt von Bernegg bekannt war. Seitdem hielten die Transporte immer außerhalb der Stadt an der Parallelstraße und luden die Verwundeten in die Sanitätskraftwagen um.

»Wir sind da«, sagte die junge Schwester Erna zu Erich Schwabe, als der Zug hielt und der 2. Transportarzt durch die Gänge rannte und »Fertigmachen zum Ausladen!«, brüllte. Der Zug-UvD schnauzte die gehfähigen Verwundeten an, weil sie noch nicht angezogen waren oder die letzte Büchse Rindfleisch aßen. Man wusste nie, wo man hinkam und wie das Essen im Lazarett war. Was man in sich hat, ist gut verwertet. Alte Hasen, die schon mehrere Verwundungen hinter sich hatten und aus Erfahrungen schöpften, hatten aufklärend gewirkt und verbreitet, dass die beste Verpflegung anerkannterweise im Lazarettzug war.

»Wir sind da«, wiederholte Schwester Erna und streichelte Erich Schwabe die auf der Brust gefalteten Hände. »Hier sind die besten Chirurgen Deutschlands. Die bekommen Sie wieder hin … glauben Sie es mir …«

Schwester Erna legte ihre Hand an den Hals Schwabes, dort, wo der Verband aufhörte. Sie spürte an dem Pulsieren der Halsschlagader, wie aufgeregt Schwabe war. Sein Herz flatterte.

»Kopf hoch«, sagte sie fast zärtlich und zwang sich, nicht daran zu denken, wie dieser arme, hilflose Mensch unter dem Verband aussehen mochte. »Es dauert vielleicht gar nicht so lange. Was man heute alles kann in der Chirurgie … Sie werden staunen. Und die Hauptsache ist ja, dass Sie leben …«

Erich Schwabe nickte. Es war das Nicken eines großen, weißen Bindenkloßes auf zwei breiten Schultern und einem dünnen Hals.

Ich lebe, dachte er. Aber wie lebe ich! Keiner wird mich mehr ansehen können, ohne zu schaudern, ohne sich zwingen zu müssen, nicht entsetzt wegzulaufen. Und keine Frau wird es mehr geben, die mich lieben kann, die dieses Scheusal von Mensch in die Arme nimmt und streichelt. Auch Ursula nicht … nein, auch sie nicht …

Oberstabsarzt Professor Dr. Walter Rusch, der Chefarzt der Gesichtsversehrtenklinik Bernegg, wartete im kleinen OP, dem allgemeinen Verbandsraum, auf das Eintreffen der ersten Sankas. Er saß vor einem weißlackierten Tisch und sah hinüber zu den Waschbecken. Dort stand eine Frau in einem langen, weißen Arztkittel, hatte die Ärmel hochgerollt und seifte sich die Hände und die Unterarme gründlich ein. Ihr schwarzes lockiges Haar hatte sie hoch gesteckt und in ein halbsteriles Dreieckstuch eingebunden. Wenn es nötig war, nachher zu operieren, würde sie einfach die weiße OP-Mütze überstülpen. Nur an den Augen und dem schmalen südländischen Gesicht würde man dann sehen können, dass es eine Frau war, mit dem Profil einer florentinischen Renaissancefürstin.

Dr. Lisa Stephanie Mainetti hielt die Unterarme unter den warmen Wasserstrahl und ließ den Seifenschaum über ihre langen schmalen Hände in das Becken spülen. Dabei wandte sie den Kopf zu Professor Rusch um, und ihre Blicke trafen sich. Ein leichtes Lächeln glitt über das bräunliche Gesicht der Ärztin.

»Warum siehst du mich so an?«, fragte sie und schüttelte den letzten Schaum von den Armen.

»Ich versuche zu ergründen, was du jetzt denkst.« Die Stimme Ruschs war tief und melodisch. Wer sie zum ersten Mal hörte, war fasziniert von dem Wohlklang. Später aber, wenn der erste Eindruck wich, hörte man einen Unterton heraus, einen Sarkasmus, eine Bitternis, die sich hinter Burschikosität und oft auch Kaltschnäuzigkeit versteckte.

»Ich denke, dass in wenigen Minuten wieder eine Fuhre Leid zu uns kommt.« Lisa Mainetti tauchte die Hände in eine antiseptische Lösung und hielt sie dann von sich, um sie abtropfen zu lassen.

Professor Dr. Rusch nickte mehrmals. »Eine Fuhre Leid, sagst du. Gewiss. Und diese Fuhren kommen jetzt von allen Seiten, die Transportwege werden immer kürzer. Wir schrumpfen zusammen, Lisa. Und deshalb denke ich, es müsste für dich ein Triumph sein, dass alles so gekommen ist. Dass wir Deutschen am Ende sind, dass wir einen Krieg verlieren, wie noch nie ein Volk einen Krieg verloren hat. Dass all das eingetroffen ist, was du einmal gesagt hast: Ihr seid wahnsinnig geworden in eurer Selbstüberschätzung.«

Dr. Mainetti sah ihn nachdenklich an.

»Warum sollte ich mich freuen?«

»Weil du Recht hattest.«

»Recht? Was ist Recht, Walter? Mein Vater starb in Dachau, weil er glaubte, es sei sein Recht, gegen den deutschen Wahn zu sprechen. Mich wollten sie nach Flossenbürg als KZ-Ärztin bringen, um mich mitschuldig werden zu lassen an den Verbrechen. Damals hast du mich davor gerettet und hierher geholt ... und es ist manches seitdem geschehen ... auch zwischen uns, Walter. Nun habe ich Recht behalten, und es kommt alles so, wie es kommen musste ... aber dieses Recht wird eines Tages auch dich mitnehmen, und das wird ein Tag sein, wo ich mein Recht verfluchen werde!«

»An genau das habe ich gedacht, Lisa.« Der Professor schloss seinen weißen Kittel. Er trug darunter nicht seine Uniform, sondern eine weiße Leinenhose und weiße Gummischuhe über nackten Füßen. Es war heiß unter den altmodischen Operationslampen, und wer eine halbe Stunde gebeugt über dem OP-Tisch stand, dem floß der Schweiß in Strömen vom Körper.

Über den Flur wurden die ersten Bahren getragen. Eine helle, scharfe Stimme tönte durch das Scharren der Füße und das leise Stöhnen der Verwundeten.

»Wer wird denn hier Arien singen, was?«, schrie eine Stimme. »Ein deutscher Soldat bleibt stumm, und wenn ihm der halbe Kopf wegfliegt!«

Lisa Mainetti deutete zum Ausgang hin. »Sie waren euer Untergang, Walter. Diese NS-Schreier ...«

Über den Flur kam eine große Gestalt im weißen Arztkittel. Auch sie trug Leinenhosen und weiße Gummischuhe, aber sie wirkten wie Reithosen und Stiefel. Ein schmaler Kopf mit kurzgeschorenen, braunen Haaren und blauen, kalten Augen.

»Zweiundzwanzig Neuzugänge für uns!«, meldete der Arzt ein wenig lässig und sah auf den kleinen Professor Rusch herab. »Zwei von ihnen sind ganz schön 'rangenommen! Die sparen für ein Jahr das Rasieren ...« Er lachte, aber verstummte sofort, als er den abweisenden Blick Lisa Mainettis sah. »Humor kennt man hier wohl nicht«, brummte er und steckte die Hände in die Taschen seines Kittels.

Oberarzt Dr. Fred Urban hatte eine gute und glatte Karriere hinter sich. Als HJ-Führer machte er sein Abitur, als Führer im NS-Studentenbund studierte er Medizin, und als SA-Sturmführer absolvierte er seine Pflichtassistentenzeit in der Klinik. Von da ab ging es schnell aufwärts, er wurde im Polenfeldzug und im Frankreichkrieg Unterarzt und Assistenzarzt, bekam das EK I, weil er einen eingeschlossenen Hauptverbandsplatz verteidigte, bis ein Gegenstoß ihn wieder befreite, und wurde später dann als Spezialist nach Bernegg kommandiert. Hier führte er sofort für alle Verwundeten wöchentliche politische Schulungen ein und entdeckte, dass der Chefarzt Professor Rusch nur ein ›Neu-Nazi‹ war und die Ärztin Dr. Mainetti ein schweres Kaliber von innerem Widerstand. Das alles festigte seine Position, und was ihm an ärztlicher Qualifikation fehlte, ersetzte er durch Forschheit und vaterländische Parolen.

»Warum brüllen Sie die Leute eigentlich so an?«, fragte der Professor. »Muss das sein?«

»Ich kann Schlappheit nicht vertragen, Herr Oberstabsarzt!«

»Immerhin sind dies Menschen, die kein Gesicht mehr haben!«

»Na und? Ist das ein Grund ...«

Oberarzt Dr. Urban machte in diesem Augenblick einen Satz zur Seite und schrie »au!« Dann starrte er entgeistert Dr. Lisa Mainetti an. Sie hatte eine lange Nadel in der Hand und lächelte ihm fast freundlich entgegen.

»Sehen Sie, lieber Kollege ... Sie schreien ›au!‹, wenn man Sie in den Hintern sticht. Den anderen da draußen aber hat man das Gesicht weggerissen. Es kann sein, dass sich bei ihnen das Gefühl vom Gesicht in den Hintern verlagert hat ...«

Dr. Urban verzichtete auf eine Antwort. Mit vorgestrecktem Kopf rannte er aus dem Verbandsraum und schnauzte einen Sanitäter an, der nicht zur Seite sprang und ihn auch nicht grüßte. Professor Rusch schüttelte den Kopf.

»Du provozierst seine Feindschaft, Lisa. Er kann gefährlich werden.« Dann überzog ein Lächeln auch sein Gesicht. »Und eine Sprache hast du ...«

»Ihr habt sie mich ja zwei Jahre lang gelehrt.« Dr. Lisa Mainetti ging hinüber in den OP. Die erste Trage wurde im Vorraum abgesetzt. Es war Erich Schwabe, der regungslos dalag und alle Geräusche in sich aufnahm und sie zu Bildern ordnete.

Im großen OP lag ein Verwundeter auf dem Tisch. Oberarzt Dr. Urban wickelte die Verbände von seinem Kopf. Als die durchbluteten Zellstofflagen kamen, sagte er laut: »Hoppla, jetzt sei ein Mann, mein Junge!«, und riss die Lagen mit einem Ruck ab. Der Verwundete schrie gellend auf und hieb mit Armen und Beinen um sich. Sein halber Unterkiefer war weggeschossen, er hatte keine Nase mehr und kein linkes Ohr. Blut sickerte wieder aus den angerissenen Wunden, der Verletzte wimmerte und wand sich in den Lederriemen, die man ihm schnell überwarf. Sehen konnte er nichts, ein riesiges Hämatom schloss ihm beide Augen.

»Man kann's auch anders machen!«, sagte die Stimme Lisas hinter Dr. Urban. Der drehte sich nicht um, aber er schielte zu den beiden Sanitätern, die geflissentlich wegsahen. »Nun haben wir eine frische Blutung. Sollten Sie nicht wissen, dass Verbandmull an nässenden Stellen festklebt, weil das Wundsekret eintrocknet? Es wäre einfacher gewesen, mit einem Mulllappen und einer wässrigen Lösung mit H_2O_2 den Verband aufzuweichen und dann abzulösen.«

»Was man nicht alles verlernt hat«, sagte Dr. Urban spöttisch. »Wirklich ... jetzt erinnere ich mich daran. Steht das nicht auch sogar im Handbuch für erste Hilfe...?«

Dr. Mainetti wandte sich ab und ging zu der Trage, auf der Erich Schwabe lag. Dr. Urban fuhr herum, als er die Sanitäter grinsen sah.

»Mull, Tupfer und eine Schere, ihr traurigen Säcke!«, brüllte er. »Stehen hier herum wie Bettnässer, die auf eine trockene Matratze warten!«

Lisa Mainetti beugte sich über den klebrigen, verbundenen Kopf Schwabes. Sie tastete nach seiner Hand, fühlte den Puls und las den Laufzettel, der Schwabe auf der Brust lag.

»Können Sie mich verstehen?«, fragte sie. Schwabe nickte und drückte ihre Hand. Eine Frau, dachte er. Gott sei Dank, es ist nicht dieses Aas mit der kalten Stimme.

»Haben Sie Schmerzen?«

Schwabe nickte.

»Sie werden gleich eine Morphin-Injektion bekommen. Dann spüren Sie nichts mehr. Und haben Sie keine Angst. Es wird alles wieder gut werden. Ich werde mir jetzt Ihren Kopf ansehen.«

Schwabe fühlte, wie man etwas Nasses über sein Gesicht legte. Es durchdrang den Mull und kühlte wohlig seinen brennenden Kopf. Dann spürte er einen Einstich ... die Injektion, dachte er ... und dann glitt er weg in Schwerelosigkeit. So muss das Sterben sein, dachte er noch. Es ist gar nicht so schlimm ...

Der Verband war durchweicht. Die Sanitäter hoben Schwabe auf den frei gewordenen OP-Tisch. Auch eine Ordensschwester war jetzt zugegen, in einem weißen Gewand und einer weißen Gummischürze. Dr. Urban hatte das Zimmer verlassen. Er kümmerte sich jetzt im Verbandsraum I um die weniger schweren Fälle und schnauzte sie an, wenn sie sagten: »Bitte Vorsicht, Herr Oberarzt ... es klebt doch alles fest ...«

Langsam wickelte Lisa Mainetti den Verband ab. Die Ordensschwester und ein Sanitäter hielten Schwabe an den Schultern in schwebender Lage und stützten seinen Kopf.

Gleich werde ich sehen können, dachte er. Gleich wird die Binde von den Augen kommen, und ich werde zum ersten Mal wieder die Sonne sehen, ein menschliches Gesicht ... ein Gesicht ...

Als die durchbluteten Lagen kamen, weichte Lisa Mainetti sie noch einmal ein und kontrollierte vorsichtig, ob die Flüssigkeit durchgedrungen war.

Ich werde sehen können, dachte Schwabe. Ein Zittern durchlief seinen Körper. Ich werde feststellen, ob man mich belogen hat. Wenn ich sehen kann, ist es ja gut. Mein Gott, dann ist ja alles nicht so schlimm. Wenn ich nur meine Augen habe ... bitte, bitte ... nur die Augen noch ...

Lisa Mainetti nickte. Die blutigen Zellstofflagen waren aufgeweicht. Mit einem Ruck hob sie sie schnell ab ...

2

Das Gesicht Schwabes lag frei vor Dr. Lisa Mainetti. Sie starrte auf das, was einmal ein Mensch gewesen war, und schluckte ein paar Mal. Hinter ihr stand Professor Rusch, sie merkte es erst, als sie seinen Atem in ihrem Nacken spürte.

Sie blickte in ein Gesicht, in dem nur noch die Augen standen, und etwas Dickes, Violett-Rotes schwamm in einer mit Blutklumpen angefüllten Höhle: die Zunge.

Lisa Mainetti biss die Zähne aufeinander. Dann hatte sie sich aber sofort wieder gefangen, sie legte beruhigend beide Hände auf die Brust Erich Schwabes.

»Sie bleiben auf meiner Station«, sagte sie, und eine merkwürdige mütterliche Zärtlichkeit war in ihrer Stimme. »Es ist alles halb so schlimm. Sie können mich sehen?«

Erich Schwabe nickte. Undeutlich, wie durch einen Schleiervorhang, nahm er das schmale Gesicht der Ärztin wahr und dahinter den blonden Kopf des Chefarztes. Er sah den Zipfel einer Schwesternhaube und ganz in der Ferne einen weißen Schrank mit blitzenden Instrumenten.

Ich kann sehen, dachte er unendlich glücklich. Sie haben mich nicht belogen! Meine Augen leben! Nun ist wirklich alles nicht so schlimm ... ein paar Narben im Gesicht, wen wird das stören? Ursula bestimmt nicht. Es gibt so viele Männer mit Narben und bei den Akademikern heißt's sogar: Er ist interessant.

Dr. Mainetti nahm den Laufzettel, den der Sanitäter ihr hinreichte. Dann blickte sie wieder auf die blutverkrustete Fläche, in der einsam, als einziges Leben, die Augen standen, umgeben von dicken Säcken eines schon blaugelben Hämatoms.

»Sie sind verheiratet«, sagte Lisa Mainetti und gab den Zettel an den Sanitäter zurück. »Übermorgen, wenn wir uns hier eingelebt haben, werden wir Ihrer Frau schreiben, nicht wahr?«

Schwabe winkte mit der Hand ab. »Zuerst meiner Mutter, Frau Doktor«, sagte er.

Professor Rusch und Lisa sahen auf die dick geschwollene Zunge, die sich zuckend hin und her bewegte. Dort, wo einmal die Lippen gewesen waren, zuckte das zerfetzte Fleisch. Er spricht, dachte Lisa, und plötzlich schauderte es sie. Und seine nicht mehr vorhandenen Lippen formen die Worte. Aber es war nur ein Röcheln und Zischen, das aus der Mundhöhle quoll, ein tierhaftes Lautgeben, zu dem die Zunge den Takt schlug.

Erich Schwabes Augen wurden weit. Jetzt, ohne Verband, hörte auch er die schrecklichen Töne. Er starrte den Chefarzt an, und plötzlich weinte er wieder hemmungslos wie ein Kind, bis ihn die Besinnung verließ.

Lisa Mainetti säuberte die Wunden und legte dann neue Lagen Mull auf das zerstörte Gesicht. Sie machte einen Verband, der die Augen freiließ. Es war nur ein kleiner Sehschlitz, denn auch die Stirnpartie war wegrasiert worden bis auf den blanken Knochen.

»Zimmer 3«, sagte sie, als man Schwabe zurück auf die Trage hob. Während er hinausgeschafft wurde, schob man einen neuen Verwundeten auf den OP-Tisch. Einen Kieferschussbruch mit zerfetztem Gaumen und halb abgerissener Zunge.

»Da hast du aber noch einmal Glück gehabt, mein Junge«, sagte Professor Rusch und kontrollierte die Zerstörung der Knochen. »In ein paar Monaten kannst du wieder Eisbeine kauen ...«

In der Nacht noch wurden die wichtigsten Fälle geröntgt, die Platten entwickelt und zum Professor gebracht. Die Sanitäter wussten das. Bei Neuzugängen gab es keine Nachtruhe. »Sie haben für uns die Köpfe hingehalten!«, schrie Rusch einmal, als sich die Schwestern beschwerten. »Ich kann erwarten, dass ihr dafür einmal eine Nacht opfert!«

Der Einzige, der sich störrisch zeigte, war Dr. Urban. Missmutig saß er vor den Röntgenplatten, trank einen Cognac und hörte nur halb zu, was Rusch nach dem Studium der Aufnahmen anordnete.

»Als ob die nicht einen Tag Zeit hätten«, brummte er und gähnte. »Nachher liegen sie doch jahrelang herum, bis ihre Visage gerichtet ist ...«

»Bei manchen gelingt es nie«, sagte Lisa Mainetti. »Es gibt Menschen, die haben von Geburt an kein Gesicht ...«

Wortlos erhob sich Dr. Urban und verließ das Chefzimmer. Professor Rusch wartete, bis er die sich schnell entfernenden Schritte auf dem Gang hörte.

»Du machst so lange, bis er dich der Gestapo meldet«, sagte er.

»Hast du Angst?«, fragte Lisa zurück.

»Ja«, sagte er ehrlich.

Durch seine Sehschlitze erkannte Erich Schwabe, dass es Morgen war. Er lag in einem kleinen Zimmer, das Fenster war offen, und die Gardinen blähten sich im Luftzug.

Schwabe bewegte vorsichtig den Kopf zur Seite und richtete sich auf. Er war allein im Zimmer. Ganz dicht hob er den linken Arm an die Sehschlitze des Verbandes und sah auf seine Armbanduhr. Sie tickte noch und zeigte die neunte Morgenstunde.

Langsam hob er die Beine aus dem Bett, setzte sich auf. Sein Herz klopfte wie wahnsinnig. Als er glücklich stand, nach über einer Woche zum ersten Mal wieder stand, zitterten ihm die Knie und knickten ein. Er musste sich auf den Nachttisch stützen. Die ersten Schritte waren wie ein Taumeln, er ruderte mit den Armen, um das Gleichgewicht zu halten, und tastete sich dann an der Wand entlang.

Ich will wissen, wie ich aussehe! Dieser eine Gedanke beherrschte Schwabe. Irgendwo musste hier doch ein Spiegel sein oder etwas anderes Blankes, in dem ich mich spiegeln kann.

Als er an keiner der Wände einen Spiegel gefunden hatte, selbst nicht über dem Waschbecken, schwankte er zum Fenster. In einer Scheibe musste er sich erkennen können …

Aber auch das Fenster spiegelte nicht. Die Scheiben waren aus Milchglas. »Sie denken an alles«, sagte Schwabe und beugte sich aus dem Fenster. Auf den Wegen gingen einige Verwundete spazieren, ein Arbeitskommando kehrte mit Reisigbesen das Herbstlaub von den Wiesen und fuhr es mit Handwagen ab. Die Gesichter waren mit Leukoplaststreifen überklebt, sie sahen eher clownhaft als Ekel erregend aus, eher wie eine Erinnerung an eine fröhliche Kirchweih.

Sie haben Recht, es ist nicht so schlimm, dachte Schwabe und wandte sich ins Zimmer zurück. Eine freudige Hoffnung war in ihm. Er legte sich wieder ins Bett und nahm im Liegen Haltung an, als Dr. Lisa Mainetti zur Morgenvisite kam.

»Das lassen Sie mal sein«, sagte sie und deutete auf die angelegten Arme Schwabes. »Für Sie ist der Krieg aus. Sie haben genug gegeben für Führer und Vaterland.«

Sie setzte sich an sein Bett, kontrollierte den Verband und sah Schwabe nachdenklich und fragend an. Dann nahm sie einen Block und Bleistift und schob beides Schwabe hin.

»Sie sind aufgestanden, nicht wahr?«

»Frau Doktor, ich … ich wollte nur …«, kritzelte Schwabe auf das Papier. Seine Hand zitterte …

»Sie wollten nur einen Spiegel suchen oder in die Fensterscheibe sehen.«

»Ja«, schrieb er.

»Aber warum denn? Haben Sie noch nie einen verbundenen Kopf gesehen?«

»Und was ist unter dem Verband, Frau Doktor?«

»Ihr Gesicht …«

»Aber nicht mehr ganz, nicht wahr?«

»Natürlich nicht. Sonst trügen Sie ja keinen Verband. In sechs Wochen werden Sie in ein anderes Zimmer kommen, zusammen mit sechs Kameraden. Sie müssen nur Vertrauen haben und fest daran glauben, dass wir alles tun, um Sie für das spätere Leben wieder zurechtzuflicken. Alle anderen Gedanken sind Mist.«

Schwabes Augen lächelten. »Sie reden wie ein Landser. Sicherlich können Sie auch fluchen.«

»Und wie!«, sagte Lisa Mainetti. »Dass die Wände wackeln, mein Lieber! Und nun setzen Sie sich hin und schreiben Ihrer Frau ein paar Zeilen, da es so gut geht. Oder möchten Sie erst Ihrer Mutter schreiben?«

Schwabe schrieb.

»Aber niemand soll kommen!«

»Auch Ihre Mutter nicht?«

Erich Schwabe wehrte mit der Hand ab. Erst muss ich wissen, wie ich aussehe, dachte er. Sie sollen nicht erschrecken, wenn sie mich sehen.

Als er allein war, schrieb er an seine Mutter.

»Mein liebes Muttchen!

Ich bin wieder einmal verwundet. Nun ist's das achte Mal. Aber du siehst: Unkraut vergeht nicht. Ich bin in einem deutschen Lazarett, es geht mir gut, ich esse kräftig …«

Hier stockte er und dachte an die intravenösen Traubenzuckerinjektionen und Nährklistiere, die er täglich bekam.

»… und in zwei Monaten werde ich so weit hergestellt sein, dass ich zu euch auf Urlaub kommen oder ihr zu mir kommen könnt. Macht euch gar keine Sorgen um mich.

An Ursel schreibe ich extra. Ich küsse dich, Muttchen, dein Erich.«

Als er den Brief geschrieben hatte, legte er sich zurück und starrte an die Decke. Ein Zwiespalt war in ihm. Wenn es nicht so schlimm war, warum haben sie dann alle Spiegel weggenommen, dachte er. Warum haben sie Milchglasscheiben? Wir haben im Krieg schon anderes gesehen als ein verschrammtes Gesicht. Irgendetwas stimmt doch hier nicht …

Sechs Zimmer weiter saß Dr. Lisa Mainetti mit ihrem ersten Untersuchungsprotokoll dem Chefarzt gegenüber. Professor Rusch hörte zu, wie sie mit knappen Worten berichtete.

»Wie lange, denkst du, wird es dauern, bis wir den Schwabe wieder menschlich machen?«, fragte er, als sie schwieg.

»Das wird kaum möglich sein …«, sagte sie leise.

»Ich meine, bis er so aussieht, dass kein Hund mehr vor ihm erschrickt …«

»Mit allen Deckungen und Plastiken, die nötig sind, mit allen Korrekturen und Ausscheidungen – mindestens vier Jahre.« Sie nahm das Protokoll und legte es zurück in ihre Stationsmappe. »Und auch dann wird er noch immer aussehen wie eine Alraunwurzel.«

»Du hast mit ihm gesprochen?«

»Ja. Aber er weiß es nicht … ich konnte es ihm nicht sagen. Nicht jetzt schon.«

»Und seine Angehörigen? Willst du mit seiner Mutter reden? Mit seiner Frau?«

»Ich werde es einmal müssen. Vor allem mit ihm natürlich. Nur nicht sofort. Er ist einer von den Menschen, die in ihr Unglück hineinwachsen müssen, um es ertragen zu können. Ich weiß noch nicht, wie ich ihm die Wahrheit beibringen soll …«

Sechs Wochen hatte Schwabe auf den Augenblick gewartet, in dem er außer den Schwestern, Ärzten und Sanitätern anderen Menschen begegnen würde.

Nun war es endlich soweit. Nach fünf Operationen, in denen Professor Rusch und Dr. Lisa Mainetti ihm Weichteillappen in das Gesicht transplantiert hatten und Oberarzt Dr. Urban die Bemerkung fallen ließ: »Rassisch gesehen ist Ihre Physiognomie eine Novität in Günthers Rassenalbum …«, was Schwabe nicht verstand, wurde er von der neuen Stationsschwester Dora Graff, einer blonden, 23-jährigen Rote-Kreuz-Schwester, aus seinem Einzelzimmer abgeholt und durch einen langen Flur in die Stube B 14 geführt

Wie bei den anderen Gesichtsverletzten, die er schon vom

Fenster aus hatte im Garten arbeiten sehen und deren Anblick ihn beruhigt hatte, war auch sein Gesicht jetzt mit Leukoplaststreifen überklebt. Nur über das linke Ohr hatte man noch Binden gewickelt, weil die Stelle, wo die Ohrmuschel abgerissen war, nässte.

Erich Schwabe stand in der Tür der Stube B 14 und sah zu seinen neuen Kameraden hinüber. Sie saßen an einem langen Tisch am Milchglasfenster, spielten Schach oder lasen und hoben nun die Köpfe, als die Tür aufging.

Wie sehen sie mich an, forschte Schwabe in den narbigen, beklebten Gesichtern. Sind sie entsetzt? Haben sie Mitleid? Empfinden sie Ekel? Dort, der Junge, dem von der Schläfe bis zum Kinn eine runde Fleischwurst über das ganze Gesicht hängt, sieht er schrecklicher aus als ich? Soviel weiß ich schon ... ein Rolllappen ist das. Wenn er angewachsen ist, wird er nachoperiert und geformt. Und dort, der Mann, der gerade die Skatkarten mischt ... statt einer Nase klebt ihm ein dicker Fleischkloß im Gesicht. Rundstiellappen nennen sie das. Aus dem Halsbereich wird er genommen und dann weiter auf die Nase verpflanzt. Dr. Lisa Mainetti hatte ihm das alles erklärt, aber er hatte nur die Hälfte begriffen.

»Wie Sie's machen, Frau Doktor, ist gleich ... nur wieder vernünftig aussehen will ich ...«

»Komm 'rein!«, sagte der Junge mit dem großen Rolllappen. »Ich heiße Walter Hertz.«

Unteroffizier Feininger musterte den Neuen und grinste Schwester Dora breit an. Seine rechte Stirnseite war eingedrückt und zertrümmert gewesen. Durch Knochenüberpflanzungen und Weichteildeckungen hatte man ihn so weit wiederhergestellt, dass er als Einziger der Stube B 14 samstags nach Bernegg ins Kino gehen konnte, mit einem Kopfverband wie ein Turban. ›Pascha Wastl‹ wurde daraufhin sein offizieller Name im Lazarett, zumal Feininger überall erzählte, die Mädchen seien verrückt auf ihn. »Wenn ich denen sage, dass ich türkische Liebe studiert hab', fall'n s' reihenweise um ...«, berichtete er. Seinen Verband hatte er allerdings nie vor den Mädchen abgenommen ... »von wegen der Ästhetik, ihr Hammel!«

Erich Schwabe versuchte zu lächeln. Es ging nicht, denn er hatte einen Mundspanner im Gaumen, um ein Zusammenziehen der Weichteillappen, die man überpflanzt hatte, zu verhindern. Nach wie vor wurde er durch Sonden ernährt, aber es ging schon wesentlich besser, nachdem die inneren Wunden in der Mundhöhle verheilt waren. Sogar durchgedrehtes Fleisch, mit Bouillon verdünnt, konnte er essen. Und sich etwas verständlich machen.

Sie sind nicht entsetzt, dachte er zufrieden. Ich sehe also nicht so schrecklich aus. Er wusste nicht, dass Dr. Lisa Mainetti kurz vorher in der Stube B 14 gewesen war und gesagt hatte: »Gleich kommt ein neuer Patient. Reißt euch zusammen und zeigt ihm nicht, wie er aussieht. Tut so, als sei alles normal. Wer euch früher gesehen hat, hätte auch weglaufen können! Also, versaut mir den Mann nicht!«

»Wie 'n Feldwebel aus Ostpreußen!«, hatte der Berliner gesagt, als die Ärztin fort war. »Und aussehen tut se, als käme se von der Ufa! 'n Mordsweib, det steht fest!«

Ein anderer Stubengenosse mit einer rechten Gesichtshälfte, die wie ein zusammengeschrumpfter Bratapfel aussah – in einem brennenden Panzer hatte er mit der rechten Seite in kochendem Öl gelegen –, nahm Schwabe die wenigen Dinge ab, die er in einem Wehrmachtssack bei sich trug. Er ging zu einem Bett in der Ecke und legte den Sack darauf.

»Wir freuen uns, dass du da bist. Ich heiße Fritz Adam und bin der Stubenälteste.«

»Erich Schwabe …«, sagte Schwabe leise und folgte Adam zu seinem Bett. Dort setzte er sich und packte seine Sachen aus … ein zerknittertes Bild von Ursula, das er gegen einen Steingutbecher stellte, einen Schreibblock, zwei Bleistifte und einen Kalender. Adam half ihm beim Einräumen des Spinds.

»Na dann«, sagte der Berliner, als sich der erste, gut beherrschte Schock über den Anblick Erich Schwabes gelegt hatte. »Weiter geht's! Ick hab' 'ne tolle Flöte in der Hand. Damit reiß ick euch de Knöpfe von der Unterhose …«

Wie schön ist es hier, dachte Schwabe. Skat kann man spielen. Schach, Mensch ärgere dich nicht. Witze werden sie machen und vom Thema 1 erzählen.

Er hatte kaum eingeräumt, als die Tür aufgerissen wurde. Der Stubenälteste schrie: »Achtung!« Vom Tisch spritzten die Männer hoch und legten die Hände an.

»Heil Hitler!«, sagte eine helle, kalte Stimme von der Tür her.

»Heil Hitler!«, brüllten die fünf zurück.

Dr. Fred Urban starrte auf Erich Schwabe, der sich auf sein Bett gesetzt hatte und das Bild Ursulas ansah. Er schien nicht wahrgenommen zu haben, dass jemand in die Stube gekommen war. Erst als Walter Hertz, der ihm am nächsten stand, zischte: »Mensch, erheb dich!«, sah er auf und in die kalten Augen des Oberarztes.

»Was ist denn das?«, brüllte Dr. Urban. »Ihnen fehlt ja allerlei in der Fresse, aber Ohren haben Sie noch! Und aus den Kniekehlen haben wir Ihnen auch keine Knorpel verpflanzt! Also?«

Erich Schwabe erhob sich. Seine Augen waren dunkel. Er legte die Hände an die Seite und starrte Dr. Urban aus seinem zerstörten Gesicht an.

»Heil Hitler!«, schrie der Oberarzt. »Los ... üben Sie ... das ist die beste Gymnastik für neue Lippenteile! Bei Heil brauchen Sie nur die Zunge, und das Hitler kommt ganz von selbst! Wozu der Name unseres Führers alles gut ist, was? Los, Mensch, rufen Sie. Vom Stielaugenmachen hat noch keiner eine schöne Visage bekommen!«

Erich Schwabes Blick irrte zu den stramm stehenden Stubengenossen. Er sah, wie Feininger ihm zublinzelte und der Berliner ihm ein Zeichen mit dem Finger gab.

»Heil Hitler!«, schrie er da, so grell aus seiner mit einer Klammer offen gehaltenen Mundhöhle, dass sich die Stahlbügel der Klammer in das neue Fleisch bohrten und Dr. Urban einen Schritt zurücktrat. Eine Spur von Blässe zog über sein nordisches Gesicht.

»Aufhören«, schrie er außer sich, als er bei Schwabe das Blut aus der Mundhöhle rinnen sah. »Ein Saustall ist das hier! Ein Geist herrscht hier, der schon Wehrkraftzersetzung ist! Aber ich weiß schon, woher ihr den Mut bekommt. Lange dauert's nicht mehr, darauf könnt ihr euch verlassen! Ihr seid Nationalsozialisten auch ohne Fresse ...«

»Und dabei war det bisher imma die Hauptsache...«, sagte der Berliner. Die anderen standen wie Pfähle, nur ihre Augen lachten.

Dr. Urban ging auf den Berliner zu. »Bei der nächsten Entlassung, mein Freund ...«, sagte er. »Um einen Panzer zu fahren, braucht man keine Nase!« Dann wandte er sich ab, donnernd krachte die Tür hinter ihm zu.

Die Männer setzten sich.

»Det kann lustig werden«, sagte der Berliner und mischte die Skatkarten. »Wat haste dem denn jetan, Erich, det der uff eenmal so wütend ist?«

Erich Schwabe sank auf das Bett und starrte auf Ursula.

»Seid ihr verheiratet?«, fragte Schwabe. Die sechs gaben sich alle Mühe, ihn zu verstehen. Fritz Adam war der Einzige, der ihn voll verstand. Er wiederholte für die anderen immer die Fragen und Antworten.

»Ob wir verheiratet sind? Nein! Doch ... der Wastl-Pascha.«

»Und wie!«, Feininger lachte.

»Soll ich meine Frau kommen lassen?«

Die Frage, die große, schicksalsschwere Frage. Schwabe musterte seine Kameraden. Der Berliner mischte die Karten, zwei spielten Schach, Feininger hatte plötzlich etwas an seinen Hosenträgern auszusetzen und fluchte, Walter Hertz zählte die Skatkasse. Nur Fritz Adam, der Stubenälteste, ging auf Schwabe zu und setzte sich neben ihn.

»Ich würde noch 'was warten, Erich. Noch ein paar Wochen. Nicht, dass du Furcht erregend aussiehst, aber du kennst doch die Frauen. Jede Schramme nehmen sie schlimm! Und wenn einer im Gesicht 'was hat, ist's besonders schlimm. Die Weiber gucken doch so auf Schönheit! In ein paar Wochen ist's auch bei dir anders, und deine – wie heißt sie denn?«

»Ursula«, sagte Schwabe dumpf.

»– deine Ursula wird nie wissen, wie du vorher ausgesehen hast, wie jetzt zum Beispiel. Braucht sie ja auch gar nicht zu wissen, was? Ist reine Männersache!«

Erich Schwabe nickte.

»Lass deine Mutter kommen.« Fritz Adam legte den Arm um Schwabes Schulter. »Wir alle haben das so gemacht. Mütter sind da anders, Erich, weißt du. Die sehen nur, dass du noch lebst, ob ganz oder halb, das ist egal. Ihr Kind lebt, sie können es anfassen, streicheln, liebkosen, sprechen, sehen, hören ... da gibt es nichts anderes auf der Welt, was schöner wäre. Dass wir etwas anders aussehen ... Mein Gott, das ist ein Jammer, gewiss ... aber wir leben ... ihr Kind lebt. Mehr wollen die Mütter nicht vom Krieg.«

»Glaubst du?«, fragte Schwabe leise.

»Bestimmt. Wir haben es doch alle erlebt. Sogar der Feininger hat seine Mutter kommen lassen und nicht seine Resi. Und was hat die alte Feiningerin gesagt: Der halbe Kopf ist weg? Ist nicht schad drum ... war doch nie viel drin!«

Erich Schwabe lächelte. Man sah es nur an den blanken Augen und dem Flattern der Lider.

»Ich danke dir, Adam«, sagte er. »Bist ein prima Kerl ...«

Am Abend schrieb er an seine Mutter. Sie solle kommen, aber ohne Ursula. Zuerst allein. »Ich bin am Gesicht verletzt«, schrieb er. »Nicht schlimm, Muttchen, aber erst sollst du es sehen und mir sagen, ob ich Ursel so empfangen kann. Ich möchte sie nicht erschrecken ...«

Bei der Visite sah Dr. Lisa Mainetti erstaunt in den Mund Schwabes. Neben der Klammer war ein Riss in dem Transplantat, aus dem frisches Blut gesickert war und sich an den Gaumenwänden verkrustet hatte.

»Was ist hier passiert?«, rief sie und sah die anderen, die an ihren Betten standen, streng an. »Was ist mit Schwabe geschehen!«

»Die Folge eines Besuches von Herrn Oberarzt Dr. Urban, Frau Doktor.« Fritz Adam meldete es mit dienstlich knapper Sprache.

»Danke!« Lisa Mainetti lächelte Schwabe zu. Es war ein mühsames, verkrampftes Lächeln.

Zwanzig Minuten später rannte Professor Rusch über den Gang zum Zimmer Dr. Mainettis. Durch die dicke Tür hörte er ihre Stimme. Sie schrie, dass man jedes Wort auf dem Flur verstand.

»Tragen Sie die Verantwortung für meine Patienten? Sie, der Sie nicht einmal einen Blinddarm herausnehmen können! Wenn Sie sich noch einmal um meine Station kümmern, werde ich den Herrn Generalarzt darüber aufklären, welch ein Stümper Sie sind und dass sich Ihre ärztliche Tätigkeit darin erschöpft, den jungen Schwestern in die Blusenausschnitte zu greifen!«

Bevor der Professor die Tür aufreißen konnte, wurde sie von innen aufgestoßen. Dr. Urban rannte mit verzerrtem Gesicht aus dem Zimmer.

»Bist du verrückt geworden?«, fragte Professor Rusch laut, während er eintrat.

»Er wird nichts melden«, sagte Lisa Mainetti schwach.

»Bist du dessen so sicher?«

»Er ist Morphinist ...«, sagte Lisa. »Er stiehlt es im OP. Ich habe ihn dabei überrascht ...«

Frau Hedwig Schwabe wohnte im Keller des Hauses Horst-Wessel-Straße 4. Es war einmal ein schönes, stattliches Haus gewesen, mit einer verzierten Sandsteinfassade, hohen Fenstern und einem ausgebauten Schieferdach. Der Glasermeister Schwabe hatte es 1928 gebaut, zwei Stockwerke vermietet und selbst die untere Etage bewohnt.

Im Sommer 1944 gab es dann von diesem Haus Horst-Wessel-Straße 4 nur noch eine halbe Fassade, hinter der ein riesiger Trümmerberg lag, der zwei Wochen lang noch brannte und schwelte. Die massiven Keller hatten standgehalten, und hier wohnte nun die Witwe Hedwig Schwabe in zwei wohnlich hergerichteten Räumen, bahnte sich jeden Morgen durch die Trümmer ihren Weg zu den Ausgabestellen für Brot, Milch und Margarine und besuchte ihre Schwiegertochter Ursula, die zwei Häuserblocks weiter ebenfalls in einem Kellerraum hauste und die wenigen Habseligkeiten Erich Schwabes bewachte, die man hatte retten können. Eine Briefmarkensammlung war darunter, ein Erbstück vom alten Glasermeister. Niemand wusste, was die bunten Papierchen wert waren. »Wenn's kracht, musst du die Sammlung als Erstes retten!«, hatte Erich Schwabe gesagt, bevor er wieder nach Russland fuhr. »Kann sein, dass wir sie noch einmal brauchen.«

An diesem Vormittag war Frau Hedwig Schwabe in einen großen Zwiespalt geraten. Erich hatte geschrieben! Endlich wusste man genau, wie er verwundet war. Im Gesicht, schrieb er. Nur ein paar Schrammen. Die verheilen schnell, dachte sie, als sie den Brief wieder in den Umschlag steckte.

Nur eines bereitete Hedwig Schwabe Sorge: Warum sollte sie Ursula nichts sagen? Warum sollte sie allein nach Schloss Bernegg kommen? War etwas zwischen Erich und Ursula, was sie nicht wusste? Gewiss, Ursel war hübsch, und die Männer drehten sich nach ihr um, aber sie war dem Erich treu geblieben in all den einsamen Jahren.

Es war ein großer Konflikt in Frau Schwabe, als sie gegen Mittag zu Ursula ging, um nach ihr zu sehen.

Ursula Schwabe saß in ihrem Kellerraum und schälte Kartoffeln. Es hatte eine Sonderzuteilung gegeben, schrumpelige, fleckige Kartoffeln, aber sie schmeckten noch immer besser als die getrockneten Kartoffelscheiben, die man im Wasser aufquellen lassen musste und die in der Suppe rochen wie gekochter Moder. Sie war ein nettes Mädchen mit langen blonden Haaren, einer Stupsnase, wasserblauen Augen, einem vollen Mund und der glatten, mit blondem Flaum überzogenen, rosigen Haut ihrer 24 Jahre.

»Guten Tag, Mutter!«, sagte Ursula und rückte auf dem Luftschutzbett zur Seite. »Hast du Kartoffeln bekommen?«

»Nein. Wo gab's die denn?« Hedwig Schwabe setzte sich neben ihre Schwiegertochter.

»Ich koche eine Kartoffelsuppe. Ein paar Möhren hab' ich noch und eine Tüte getrockneten Weißkohl. Willst du hier bleiben, Mutter?« Ursula lachte und warf mit einer schnellen Kopfbewegung ein paar blonde Haare aus der Stirn. »Ich komme mir's wieder holen, wenn du eine Sonderzuteilung hast.«

Soll ich's ihr sagen?, dachte Frau Schwabe. Sie ist ein so nettes Mädel, und es ist unverständlich von dem Jungen, dass er sie so behandelt! Man müsste es ihm einmal ganz deutlich sagen: Man muss die Ursel bewundern, dass sie nicht so ist wie viele andere junge Frauen, die ihren Mann monatelang nicht gesehen haben ... und ...

»Ist etwas, Mutter?«

Frau Schwabe schreckte aus ihren Gedanken hoch. Sie sah den Blick Ursulas forschend auf sich ruhen.

»Hat Erich geschrieben?«, fragte sie mit dem untrüglichen Gefühl einer wartenden Frau.

»Ja ...«, sagte Frau Schwabe tapfer. »Erich hat geschrieben ...«

»Nur an dich?« Ursula legte die Schüssel mit den Kartoffeln und das Küchenmesser weg. Ihre kleinen, wasserhellen Augen waren nun wirklich wie in Wasser getaucht.

»... was schreibt er denn ...«

»Ein dummer Junge ist er!«, sagte Frau Schwabe laut. »Wenn er nicht 26 Jahre wäre, würde ich hinfahren und ihn übers Knie legen! So ein Blödsinn, wegen ein paar Kratzern im Gesicht ...« Sie holte den Brief aus der Handtasche. »Hier, lies ihn, Ursel ... Es ist alles Dummheit, was er schreibt!«

Langsam las Ursula die wenigen Zeilen Erichs. Als sie an die Sätze kam, dass Muttchen ihn allein besuchen solle, tropften ihr die Tränen auf das Papier. Frau Schwabe nickte mehrmals und räusperte sich, nahm dann die Schüssel und schälte die Kartoffeln zu Ende.

»Du ... du fährst natürlich hin, Mutter, nicht wahr?«, fragte

Ursula. Ihre Stimme klang kläglich, wie wenn ein bestraftes Kind versichert, es wolle wieder brav sein.

»Natürlich fahre ich hin! Nächste Woche noch! Und du kommst mit!«

»Aber er will es doch nicht ...«

»Ein dummer Junge ist er!« Frau Schwabe stellte die Kartoffelschüssel hart auf die Bettkante. Es war die Bekräftigung eines endgültigen Entschlusses. »Du bist einfach da! Vielleicht denkt er, dass du ihn nicht mehr magst, weil er ein paar Schrammen im Gesicht hat.« Plötzlich lachte sie und legte die Hände in den Schoß, als sei eine schwere Arbeit endlich getan. »Er lebt, Ursel, unser Erich lebt ... und wenn auch wir leben bleiben, sind wir alle wieder zusammen. Was wollen wir denn mehr vom Herrgott, was?«

Ursula nickte stumm.

»Ich fahre mit«, sagte sie und faltete den Brief zusammen. »Mir ist ganz gleich, wie er jetzt aussieht ...«

Nach dem Mittagessen schickte Frau Schwabe ein Telegramm nach Schloss Bernegg.

»Komme Dienstag. Gruß und Kuss, Mutter.«

»Meine Mutter kommt!«, sagte Erich Schwabe. Er saß auf seinem Bett und hielt das Telegramm in den Händen.

Am Tisch spielten sie wieder Skat. Mit Ausnahme des Berliners, der sich anderweitig beschäftigte.

Der Berliner hatte durch den Truppenbetreuungsoffizier einen Zeichenblock und ein Paket Farbstifte erhalten. Nun zeichnete er verlockende Frauen und verkaufte sie im Block C an die ›normal Verwundeten‹, die täglich von den Frontlazaretten nach Bernegg verlegt wurden und fast immer noch eiserne Rationen oder andere Fressdosen bei sich hatten.

»Was habe ick dir gesagt?« Der Berliner nickte Schwabe zu. »Und du sollst sehen ... et is alles halb so schlimm.«

»Ich habe Angst«, sagte Schwabe leise.

»Wovor Angst?«

»Dass mich Mutter nicht erkennt ...«

»Quatsch! Sie wird ins Besuchszimmer geführt, und man sagt ihr: Gleich kommt Ihr Sohn. Dass man keinen Falschen bringt, ist doch klar.« Er merkte, dass er zu viel gesagt hatte, und verbesserte sich schnell und verlegen grinsend: »Im Übrigen – wieso, du Flasche? Nicht erkennt! Du tust ja so, als ob du nur noch den Hinterkopf behalten hättest! So schlimm ist's nun auch wieder nicht ...«

Im Chefzimmer hatte Professor Rusch eine Aussprache mit Dr. Lisa Mainetti. Sie hatten das Telegramm gelesen, und es hatte sich eingebürgert, jeden Besuch im ›Haus der verlorenen Gesichter‹ gründlich durchzusprechen, bevor die Angehörigen vorgelassen wurden.

»Die Mutter kommt.« Professor Rusch faltete die Hände. »Und wenn die Frau mitkommt?«

»Ich werde sie nicht vorlassen, wenn es Schwabe nicht will.« Lisa Mainetti streifte die Asche von ihrer Zigarette. »Ich glaube nicht, dass die kleine Frau stark genug sein wird, diesen Anblick zu ertragen. Und wir werden eine Hilfe in der Mutter haben, wenn sie ihren Sohn zunächst allein gesehen hat ...«

»Was weiß Schwabe inzwischen selbst von seinem Zustand?«, fragte Rusch.

»Wenig. Er weiß, dass wir einige Plastiken machen müssen, und er sieht es ja bei seinen Stubengenossen, aber es ist immer vermieden worden, dass er einen Spiegel in die Finger bekommt oder sonst wie die Möglichkeit hat, sich zu spiegeln. Er glaubt so sehr an ein paar Narben, die zurückbleiben ...«

»Mein Gott! Das war ein Fehler, Lisa!« Der Professor starrte die Ärztin entgeistert an. »Wie willst du ihm jemals beibringen, dass er ... Er wird doch nie wieder wie ein Mensch aussehen!«

»Willst du ihm das sagen, Walter?«

»Ich? Nein! Aber ich dachte, dass du ... wie immer ...«

»Ich kann nur hoffen, dass es uns vielleicht hilft, wenn die Mutter da war und er gesehen hat, dass die Menschen sich nicht abwenden von ihm. Wenn er sieht, dass er trotz seines verlorenen Gesichtes ein Mensch geblieben ist. Dann kann man ihn in einer guten Stunde beiseite nehmen und sagen: Mein lieber Schwabe, nun wollen wir einmal ganz ehrlich miteinander reden. Es wird lange dauern ...«

»Lange dauern!« Professor Rusch stand auf und ging mit gesenktem Kopf hin und her. »Sein ganzes weiteres Leben wird es dauern ...«

»Ich werde es ihm sagen ... später ...« Dr. Lisa Mainetti sah auf ihre Armbanduhr. »Gleich wird er erst einmal von Schwester Dora im Park spazieren geführt. Und morgen werde ich den eingeheilten Rolllappen an der linken Wange formen, damit er nächste Woche nicht ganz so wild aussieht …«

»Und wann willst du den linken Nasenflügel formen?«

»Frühestens in drei Wochen. Ich brauche ja einen Hautlappen aus der linken Wange. Ich bin froh, wenn ich bis dahin genug Wangenfleisch habe …«

Professor Rusch war ans Fenster getreten und blickte hinaus in den Schlosspark. Über die geharkten Wege zwischen den kahlen Bäumen gingen eine Schwester und ein Mann in einem zerschlissenen Uniformmantel langsam spazieren.

»Sind sie das?«, fragte Rusch. Lisa Mainetti kam an das Fenster.

»Ja. Schwester Dora und Erich Schwabe.«

»Er ist doch ein kräftiger Kerl.«

»Ich habe schon Riesen umfallen sehen.«

Sie sahen aus dem Fenster und beobachteten die beiden einsamen Spaziergänger. Plötzlich umklammerte der Professor das Fensterbrett.

»Was macht der denn da?«, schrie er. »Ist der total verrückt geworden? Lisa, sieh dir das an!« Er riss das Fenster auf und brüllte hinunter in den Park. »Bleiben Sie stehen, Sie Idiot! Stehenbleiben! Halten Sie ihn doch fest, Schwester …«

»Zu spät!« Lisa Mainetti lehnte den Kopf an den Fensterrahmen. Ihr schmales Gesicht war bleich. »Jetzt weiß er es …«

Unter den hohen Bäumen gingen sie spazieren und blieben ab und zu stehen, um die Vögel zu füttern. Dora Graff, die junge Stationsschwester, hatte altes Brot zerbröckelt und Erich Schwabe in einer Tüte gegeben, ehe sie hinausgingen in den Park.

Schweigend hatten sie kurz auf einer Bank gesessen, bis Schwabe sah, wie Dora Graff die Schultern einzog und zitterte. Da waren sie weitergewandert, und Schwabe hatte, so gut es ging, die kalte Dezemberluft in sich aufgesogen.

Sie waren etwa eine halbe Stunde draußen, als Erich Schwabe zwischen den Bäumen etwas schimmern und blinken sah. Ein Teich, durchfuhr es ihn. Ein richtiger, kleiner Schlossteich.

Er blieb stehen, streute wieder Brotkrumen und schielte zu dem Wasserspiegel hinüber.

Wasserspiegel, dachte er. Spiegel … Spiegel … Natürlich, Spiegel. Eine ruhige Wasserfläche spiegelt …

Der Drang in ihm wurde übermächtig. Sieben Wochen haben

sie mir keinen Spiegel gegeben … sieben Wochen lang hat mir keiner gesagt, wie mein Gesicht aussieht.

Er schielte wieder zu Schwester Dora. Sie stand etwas abgewandt und sah zurück zum Schloss. Da warf er die Tüte mit den letzten Brotkrumen hin und rannte dem Teich entgegen.

Er hörte Rufen, einen hellen Schrei, Befehle, schnelle Füße, die ihm nachliefen … da warf er sich nach vorn und rannte mit ausgestreckten Armen wie um sein Leben. Seine Brust stach, in seinen Schläfen hämmerten hundert Hämmer gegen die Hirnwindungen … er spürte, wie die Kraft aus seinen Beinen wich und sein Körper taumelnd schwankte.

Der Spiegel … noch fünf Schritte, noch drei … noch einen …

Dann stand er keuchend am Wasser, beugte sich weit vornüber und starrte auf das Bild, das die blanke Fläche ihm zurückwarf.

Der Kopf eines Ungeheuers. Das Gesicht eines unmenschlichen Wesens. Keine Nase, kein Mund, kein linkes Ohr … einige Fleischrollen auf einem verwitterten, alten Pergament, ein zerklüftetes Etwas mit einem Schlund.

»Nein!«, schrie er grell. Etwas Heißes durchraste seinen Körper, vom Hirn bis zu den Zehen, es durchglühte ihn und tauchte ihn gleich danach in das Eiswasser eines unerträglichen Entsetzens.

»Nein! Nein!«, brüllte er. Im Wasser sah er, wie die Höhle, die einmal sein Mund gewesen war, in seinem Schreien an beiden Seiten einriss, Blut floß über Kinn und Hals, und der Spiegel des Teichs warf alles zurück in seine Augen … dieses entsetzliche Bild eines schreienden, heulenden, blutenden Ungeheuers.

»Nein!«, brüllte Schwabe noch einmal.

Dann breitete er die Arme weit aus und ließ sich ins Wasser fallen.

3

Im gleichen Augenblick hatte die kleine Schwester Dora Graff das Ufer erreicht. Sie weinte laut, während sie Erich Schwabe nachgelaufen war, und sie versuchte noch, mit beiden Händen zuzugreifen, um ihn zurückzureißen. Es war zu spät.

Mit einem Ruck riss Schwester Dora ihren Mantel herunter und sprang Erich Schwabe nach. Als das eiskalte Wasser über ihr zusammenschlug, war es ihr, als erstarre ihr Körper. Dann tauchte sie auf, sah am Ufer zwei Sanitäter mit langen Bohnenstangen und von Block B her Professor Rusch und Dr. Lisa Mainetti herbeieilen. Der aufgeblähte Mantel Schwabes war neben ihr, sie griff mit beiden Händen zu, riss und zerrte an ihm, spürte einen Arm, umklammerte ihn. Zwei Männer waren plötzlich an ihrer Seite und halfen ihr, Schwabe ans Ufer zu ziehen. Ein Sanitäter wickelte Dora Graff in eine Wolldecke und trug sie im Laufschritt in den Block B. Dort wartete die Oberschwester auf sie und zog ihr die nassen, eisigen Kleider aus.

»Lebt ... lebt er noch?«, fragte Dora Graff, als sie im warmen Bett lag. Sie war noch völlig erstarrt. Die Antwort der Oberschwester hörte sie schon nicht mehr. Sie schlief ein, erschöpft und von einer Injektion aus der Wirklichkeit weggenommen. Jetzt sterbe ich, war ihr letzter Gedanke. Jetzt bin ich erfroren ...

Am Teich lag Erich Schwabe auf zwei dicken Wolldecken. Ein Assistenzarzt kniete neben ihm und pumpte das Wasser aus Lunge und Magen. Aus der Höhle, die einmal ein Mund gewesen war, floß es, zusammen mit Blut, wie ein kleiner Bach und befleckte die Decken.

»So ein dummer Junge«, sagte Lisa Mainetti. »Als ob das eine Lösung aller Probleme wäre ...«

»Das wird ihn teuer zu stehen kommen!« Eine kalte Stimme ließ Lisa herumfahren. Oberarzt Dr. Urban stand hinter Professor Rusch, die Hände in den Taschen seiner Offiziersuniform, eine Zigarette im Mundwinkel.

»Sie sollten helfen und nicht quatschen!«, sagte Lisa Mainetti. Den warnenden Blick des Chefarztes beachtete sie nicht.

»Er gehört zu ihrer Station, Frau Kollegin!« Dr. Urban warf die Zigarette weg. Sie fiel neben den Kopf Schwabes. Als er mit der Stiefelspitze die Glut austrat, spritzten ein paar Funken auf den frisch eingenähten Rolllappen.

Lisa wickelte die nassen Decken um Schwabe und winkte zwei Sanitätern, ihn ins Haus zu tragen. Die Wiederbelebungsversuche waren erfolgreich. Schwabe atmete wieder, röchelnd, pfeifend, und mit seinem Atem verstärkte sich auch die Blutung aus der Mundhöhle.

Dr. Mainetti drängte Dr. Urban ein paar Schritte zur Seite.

Dr. Urban sah zu, wie die beiden Sanis den schlaffen Körper in den Decken zum Block B trugen. Der Assistenzarzt und Professor Rusch folgten. Urban hörte noch, wie der Chefarzt rief: »Gleich in den OP ...«, dann wandte er sich an Dr. Mainetti, die am Ufer des Teiches stehen geblieben war. Sie waren allein. Die anderen Verwundeten waren der kleinen Gruppe zum Block B nachgezogen.

Dr. Urban zündete sich eine neue Zigarette an, er zögerte einen Augenblick, dann kam er zwei Schritte auf Lisa zu und hielt ihr sein Etui hin.

»Als ob ich von Ihnen eine Zigarette nähme«, sagte sie kalt. »Eher rauche ich Heu!«

»Sie kommen sich wohl äußerst stark vor, was?« Dr. Urban klappte das Etui zu.

»Ich fühle mich immer stark.«

»Aber jetzt besonders. Für Sie ist der Krieg bereits verloren, nicht wahr? Der Russe im Anmarsch auf Pommern, der Amerikaner in den Vogesen und vor Aachen. Eine Zange, in der wir zerquetscht werden sollen. Deutschland ist verloren, so glauben Sie, und nun kann man eine große Fresse riskieren.«

Dr. Urban rauchte in hastigen, kleinen Zügen seine Zigarette. Er stand neben Dr. Mainetti, und sie sah, wie seine Finger zitterten, als vibrierten alle Nerven seines Körpers.

»Sie ... Sie haben das Morphium weggeschlossen ...«, sagte er stockend.

»Haben Sie's gesucht? Ich habe es mit in mein Zimmer genommen! Ich nehme an, dass Sie einen Nachschlüssel zum M-Schrank hatten. Es wurde weniger, obwohl ich ein neues Schloss anbringen ließ.«

»Frau Kollegin ...« Dr. Urban warf die Zigarette ins Wasser. Mit zitternden Händen fuhr er sich über das schmale Gesicht mit den kalten, glänzenden Augen. »Ich habe nur noch für einen Tag ... ich ... verstehen Sie mich ... ich ...« Er schluckte und wurde kläglich wie ein hungernder Bettler. »Es gibt eine Katastrophe, wenn Sie das Morphium weiter so unter Verschluss halten. Ich habe es einmal erlebt ... damals, in der Universitätsklinik ... ich hätte die Oberschwester erwürgen können, die den Schlüssel zum M-Schrank bei sich hatte. Damals ist es noch einmal gut gegangen, ein Kollege half mir ... Aber hier ...« Dr. Urban trat nahe an Lisa heran. Sie spürte eine heiße Angst in sich aufsteigen, aber sie rührte sich nicht. Anscheinend ruhig und furchtlos sah sie ihm in die flackernden Augen. »Geben Sie mir etwas. Zwingen Sie mich nicht, etwas Schreckliches zu tun ... Sie kennen mich noch nicht, Kollegin ...«

Seine Stimme dehnte sich, und sein Kopf neigte sich vor. Er war jetzt ganz nahe vor ihr, und während er sprach, roch sie in seinem Atem einen leichten Alkoholdunst. Wenn er kein M hat, säuft er, dachte sie, und Ekel kam in ihr hoch. Und dann lutscht er Pfefferminztabletten, damit man es nicht riecht.

»Sie glauben, mich in der Hand zu haben, Lisa. Es ist mir jetzt auch erklärlich, warum Sie sich so gegen mich benehmen. Aber Sie täuschen sich. Ich habe helle Augen ... auch ohne Morphium. Ich sehe, was auf den Stationen vorgeht, wie dort ein defätistischer Geist geduldet, ja geradezu kultiviert wird. Ich weiß, dass Sie und Professor Rusch bei Inspektionen einige Fälle in den Luftschutzbunker stecken, damit sie nicht gesehen werden und länger im Lazarett bleiben. Vor allem aber kenne ich Ihre und des Chefs Einstellung zu all den brennenden Problemen unseres Reichs. Und ferner ist mir eine Äußerung Professor Ruschs bekannt, die etwa so lautet: ›Wer in meinem Lazarett kv wird, bestimme ich! Die Jungs haben genug durchgemacht und sollen die paar Monate bis zum Zusammenbruch hier bleiben ...!‹ – Merken Sie wohl: ›Zusammenbruch‹, sagte er! Was, glauben Sie, passiert, wenn ich diesen einzigen Ausdruck der Gestapo melde ...«

»Und was, glauben Sie, passiert, wenn ich Sie wegen Morphiumdiebstahl anzeige?«, sagte Lisa kalt.

Auf Dr. Urbans Stirn erschienen kleine Schweißperlen.

»Es ist ein Kreis ohne Ausweg, Kollegin. Sie haben mich in der Hand ... ich habe Sie und Rusch in der Hand.«

»Auf was wollen Sie hinaus?«

»Ich ... ich ...« Er würgte an den Worten, als ringe er mit dem letzten Rest einer inneren Anständigkeit. »Ich möchte Ihnen einen Tausch vorschlagen: Mein Schweigen gegen Morphium ...«

»Sie sind ein Sauhund, Urban ...«

»Die Sicherheit Ruschs muss Ihnen doch einige Ampullen wert sein.« Urbans Stimme wurde leise, fast kläglich. »Ich ... ich lasse hier alles hochgehen, wenn ich kein Morphium bekomme! Und wenn Sie mich noch so sehr verachten ... ich kann nichts dafür ...«

Lisa Mainetti wandte sich brüsk ab. Es sah aus, als wolle sie ohne ein weiteres Wort gehen. In Wahrheit wog sie die Chancen ab. Sie kannte Dr. Urban gut genug, um zu wissen, dass er Professor Rusch und sie anzeigen würde. Keiner hätte eine Möglichkeit, ihn daran zu hindern. Es würde eine Kette von Untersuchungen, Verhaftungen, Klagen und Verhören geben, und sie wusste fast mit Sicherheit, dass Walter Rusch in dieser Maschinerie zermalmt werden würde. Dr. Mainetti sah Dr. Urban an. »Wie viel Ampullen wollen Sie?«

»Für einen Monat …«

»Unmöglich. Sollen wir die Verwundeten schreien lassen, nur damit Sie im siebenten Himmel schweben? Ich gebe Ihnen zehn Ampullen!«

»Ist Ihnen Professor Rusch nicht mehr wert, Kollegin?«

»Nennen Sie mich nicht immer Kollegin!«, schrie Lisa wütend. »Zehn Ampullen – und keine einzige mehr!«

»Und was dann?« Dr. Urban wischte sich den Schweiß vom Gesicht.

»Wir haben 176 Gesichtsversehrte im Block … beobachten Sie sie fleißig, ob einer von ihnen etwas ausfrisst. Sie werden schon etwas finden, um mich zu erpressen.«

Dr. Urban senkte den Kopf. »Wann … wann darf ich kommen? Kol…« Er verschluckte den letzten Rest des Wortes.

»Von mir aus gleich. Nicht am Abend. Ich möchte wenigstens das Ende des Tages ohne Ihren Anblick genießen …«

»Gut. In zehn Minuten?«

»Von mir aus.«

»Vielleicht könnten Sie 15 Ampullen …«

»Zehn!«, sagte Lisa Mainetti. »Und spritzen Sie sie sich auf einmal … Sie tun damit ein gutes Werk an uns allen.«

Ohne Antwort, mit schnellen Schritten, als flüchte er vor seiner Niederlage, rannte Dr. Urban dem Schloss zu.

Lisa Mainetti saß neben ihm, als Erich Schwabe aus seiner Besinnungslosigkeit erwachte. Sie waren allein im Zimmer. Die Stube 14 hatte geschlossen Ausgang bekommen. Unter Führung eines Sanitätsfeldwebels waren sie ins Kino geführt worden, wo sie sich einen lustigen Film mit Marika Rökk ansahen. Lisa hatte es trotz vieler Bedenken mit großer Überredungskunst bei Professor Rusch durchgesetzt.

»Warum habt ihr mich nicht sterben lassen ...«, lallte Schwabe. Er lag mit gefalteten Händen und starrte in das schmale, braune Gesicht Lisas. »Es wäre doch alles so einfach gewesen ...«

»Man stiehlt sich nicht weg aus dem Leben, mein Freund.« Dr. Mainetti träufelte Schwabe etwas Obstsaft in die Öffnung zwischen den breiten Leukoplaststreifen, die sein Gesicht nach der neuen Wundversorgung wieder bedeckten.

»Ein Leben ohne Gesicht ...«

»Aber ein Leben! Wenn Sie damals bei Suwalki ...«

»Es wäre besser gewesen, Frau Doktor. Besser für uns alle.« Schwabe wurde unruhig. Seine Hände fuhren über die Bettdecke, in seine Augen trat der Ausdruck neuen Entsetzens. Meine Mutter wird kommen, dachte er. Mein Gott, sie wird mich nicht erkennen. Und meine Frau ... »Frau Doktor, sie darf mich nie wieder sehen, hören Sie, nie wieder! Und auch meine Mutter will ich nicht mehr sehen ... schreiben Sie ihr, telegrafieren Sie ... sie soll zu Hause bleiben ... Niemand will ich sehen, keinen ... Und schreiben Sie meiner Frau, sie soll sich scheiden lassen ... Sie ... sie kann doch nicht ... mit einem Mann ... ohne Gesicht ... mit ...«

Er weinte haltlos, drehte den Kopf zur Seite und krallte die Finger in die Bettdecke.

Lisa Mainetti wusste nur zu genau, was in ihm vorging. Sie schwieg und ließ ihn sich ausweinen. Sie tupfte die Tränen von seinem verpflasterten Gesicht und von den Narben und angewachsenen Hautlappen, die eine neue Wange geben sollten.

»Keinen, keinen will ich sehen!«, gurgelte Schwabe mit äußerster Anstrengung. »Ich sehe ja nicht mehr wie ein Mensch aus ...«

»Noch nicht.« Lisa fasste vorsichtig mit beiden Händen den zitternden Kopf und drehte ihn zu sich herum. »Aber in einigen Monaten wird alles anders sein. Und in zwei oder drei Jahren sind Sie zwar noch keine Schönheit, aber keiner wird sich mehr abwenden.«

»Das sagen Sie nur, um mich zu trösten ...« Die Augen Schwabes bettelten. »Belügen Sie mich nicht, Frau Doktor. Sagen Sie nur: Es wird nie wieder ein Gesicht. Sagen Sie mir alles ... Einmal klappt es doch! Es gibt viele Möglichkeiten, sich umzubringen ...«

»Dann werden wir Sie ab heute ans Bett fesseln, Schwabe! Seien Sie doch kein Schlappschwanz!« Der Militärton, den sich

Lisa seit zwei Jahren angewöhnt hatte und der ihr den Ruf einer ›männlichen Venus‹ eingebracht hatte, sprach Schwabe eher an als die tastende, milde weibliche Art. Sie sah es an seinen Augen. »Warum sollte ich Sie belügen? Natürlich wird es lange dauern! Und ein bisschen anders werden Sie immer aussehen als vorher. Es ist einfacher, einen Arm oder ein Bein zu amputieren und dann eine Prothese anzupassen, als eine Nase neu zu formen oder weggerissene Wangen zu ersetzen. Und wenn Sie wüssten, welche Arbeit es ist, Lippenrot neu zu erzeugen, würden Sie weniger dämlich daherreden. Aber das alles werden wir mit Ihnen machen, Professor Rusch und ich.«

Erich Schwabe starrte an die Decke des Zimmers. »Ursula wird sich nie damit abfinden«, sagte er kaum hörbar.

»Sie wird!«

»Ich könnte keinen Menschen lieben, der ... der ... so aussieht wie ich ... wie ein Ungeheuer ... wie ein ... ein ...«

»Sie sind keine Frau, Schwabe. Wie können Sie empfinden, was in einer Frau vorgeht?«

»Ursula liebt so sehr alles Schöne ... und nun komme ich und ...«

»Sie sind doch der geblieben, der Sie waren ...«

»Nein!«, schrie Schwabe. »Nein! Ich habe mich doch selbst gesehen. Ich habe mich doch vor mir selbst geekelt! Ich bin vor mir erschrocken! Vor Angst und Grauen vor meiner entsetzlichen Fratze habe ich geschrien ...«

»Und in einem Jahr werden Sie vor einem großen Spiegel stehen, sich ansehen und sich selbst ohrfeigen können, wenn Sie an das denken, was Sie jetzt getan und gesagt haben.«

»Das sind alles nur Worte, Frau Doktor!« Schwabe wandte seinen Kopf ab. »Ich werde Mutter sagen, dass ich nie wieder zurückkomme nach Köln. Ich bin doch gar nicht mehr der Erich Schwabe ...«

»Auch darüber werden wir uns noch unterhalten.« Lisa Mainetti zog eine 2-ccm-Spritze auf. Es war eine wasserhelle Flüssigkeit, die sich in den Glaskolben saugte. Scopolamin hydrochloric. »Wir werden jetzt erst einmal ganz ruhig sein und warten, bis die Sonne wieder scheint. Auch daran sollten Sie einmal denken, Schwabe: Es scheint immer wieder die Sonne ... So, und jetzt zeigen Sie mir mal Ihre linke Hinterbacke ...«

Später schlief Erich Schwabe wieder, mit gefalteten Händen,

als läge er aufgebahrt. Er hörte nicht die Rückkehr seiner Stubenkameraden und die Kommentare zum Kinoausflug.

»Det war 'n Ding«, sagte der Berliner und setzte sich auf sein Bett. »Habt ihr die Kleene jesehn, auf der Hauptstraße? 'ne Wolke, wat?«

»Halt's Maul! Der Erich ...«

Wie auf ein Kommando sahen sie zur Ecke zum Bett Schwabes. Dort rührte sich nichts. Adam ging zu ihm hin und zog die etwas verrutschte Decke hinauf bis zum Kinn.

»Einer von uns muss abwechselnd Wache halten«, sagte er, als die anderen in den Betten lagen und Feininger dumpf brummte: »Ich verlang morgen mehr Soda ins Fressen.« Fritz Adam winkte energisch ab. »Der springt uns aus dem Fenster, wenn er wach wird ...«

Sie waren gerade dabei, die Wachen auszulosen, als Schwester Dora Graff ins Zimmer kam. Sie hatte vier Stunden geschlafen und von dem dicken Verwaltungs-Oberstabsarzt eine Sonderzuteilung erhalten: Ein viertel Pfund Gehacktes, zwei Bouillonwürfel für eine Suppe und ein Klümpchen Butter. Das Wichtigste aber waren Kaffeebohnen. Eine kleine Tasse voll. Sie rochen schon etwas muffig, aber sie gaben noch eine Kanne guten Kaffee ab, deren Duft sogar die Ordensschwestern anlockte.

»Ins Bett, marsch!«, sagte Dora Graff und zog sich einen Stuhl neben das Bett Schwabes. »Und das Licht aus!«

»Jawohl, Püppchen!«, sagte Feininger und schnaufte wieder. »Wenn i heut nacht seufz', denk i an di.«

Der Berliner knipste das Licht aus. Auf nackten Sohlen tappte er zurück zu seinem Bett.

»Wenn Sie schlafen wollen, Schwester, ick hab' noch Platz im Bett.«

Dora Graff lächelte vor sich hin. Sie legte eine Taschenlampe auf den Nachttisch und stellte den Strahl so, dass er von der Wand reflektiert wurde. In diesem schwachen Licht las sie einen Roman und warf ab und zu einen Blick auf Schwabe.

In der anderen Ecke begann Feininger laut zu schnarchen. Auch die ruhigen Atemzüge der anderen verrieten, dass sie schliefen. Nur Adam lag noch wach und sah aus seiner schützenden Dunkelheit hinüber zu Dora Graff. Ihr blondes Haar, das unter der kleinen, weißen Schwesternhaube hervorsah, leuchtete wie ein Goldreif im schwachen Schein der Taschenlampe. Das schöne, runde Gesicht hatte die junge Schwester im Widerschein der Lampe tief über die Buchseiten geneigt, um in der kargen Beleuchtung lesen zu können.

Wie das Gemälde eines alten Meisters, sinnierte Adam. Er nagte an der Unterlippe und dachte an eine Wohnung in Braunschweig. Ein großes Haus in einem Park. Ein schlankes, weißblondes Mädchen mit großen Augen und einem verführerischen Mund. Tochter des Fabrikanten Wollenz, dreiundzwanzig Jahre alt und verheiratet mit dem Medizinstudenten Fritz Adam aus Heidelberg. Vor einem Jahr war es gewesen. Ganz plötzlich, in einem Urlaub bei seinem Onkel. Eine Kriegstrauung, ein paar verliebte Nächte, ein seliger Traum vom Glück, und schon der Abschied. Und dann hinter Minsk eine Granate mitten in den Hauptverbandsplatz. Neununddreißig Tote und siebenundzwanzig Verletzte, darunter der Medizinstudent Fritz Adam, dem ein glühender Granatsplitter das Ohr, die Wange und die Nase wegrasiert hatte.

Seitdem hatte er Irene Adam, geborene Wollenz, nicht wieder gesehen. Sie wusste gar nicht, dass er auf Schloss Bernegg lag. Er hatte nicht mehr geschrieben. Ihre Briefe, die man ihm von der alten Feldpostnummerstelle nachschickte, zerriss er ungelesen und warf sie in das Klo. Er wollte nichts mehr wissen von dem Glück außerhalb der hohen Mauern Berneggs. Erst wollte er sein Gesicht wiederhaben. Welch ein Sinn lag darin, Irene nach Bernegg kommen zu lassen und ihr die Fratze des Krieges im zerstörten Gesicht ihres Mannes zu zeigen? Sie lebte in der elterlichen Villa und musste glauben, er sei vermisst.

Fritz Adam sah hinüber auf den gesenkten Kopf Dora Graffs und die goldblonden Haare unter der weißen Haube. Wie nötig haben wir eine Frau, dachte er. Wie könnte sie uns hinweghelfen über die nach Antwort flehenden Fragen, über die seelischen Aufschreie, die uns innerlich zerreißen, über das Grauen der Unabwendbarkeit, in das man uns gestoßen hat. Wie herrlich wäre eine Frau …

Aber wir haben Angst.

Angst vor ihrem entsetzten Blick.

Angst vor ihrem Mitleid.

Angst vor ihrem versteckten Ekel.

Angst vor einer geheuchelten Liebe.

Fritz Adam drehte den Kopf zur Seite in das Kissen und

schloss die Augen. Er wollte seine Schwäche nicht sichtbar werden lassen.

Er biss sich in die geballten Fäuste, und so schlief auch er endlich ein …

Das Telefon schrillte.

Lisa Mainetti schreckte hoch. Sie hatte sich nach einer anstrengenden Operation gerade hingelegt und schwebte in einem Zwischenstadium von Wachen und Träumen. Das Telefon schrillte wieder.

Sie hob den Hörer ab und meldete sich. Der Wachhabende an dem Hauptportal meldete sich. Es war ein Unteroffizier von der Ersatzkompanie.

»Hier sind zwei Frauen, die wollen ins Lazarett«, sagte er. »Sie sagen, sie seien hier angemeldet, und Sie wüssten Bescheid, Frau Doktor.«

»Ich habe keine zwei Frauen bestellt.« Lisa Mainetti setzte sich ärgerlich auf und knöpfte den Büstenhalter zu, den sie beim Hinlegen geöffnet hatte. Dabei klemmte sie den Telefonhörer zwischen Kinn und Halsbeuge. »Zu wem wollen die denn?«

Sie hörte den Wachunteroffizier mit jemand sprechen, dann sagte er laut:

»Sie sagen, sie heißen Schwabe. Ein Erich Schwabe liege bei Ihnen …«

»Ich komme gleich.« Lisa sprang auf. Plötzlich war sie hellwach. Die bleierne Abgespanntheit wich von ihr. »Halten Sie die beiden Frauen auf der Wache fest, hören Sie, Unteroffizier? Lassen Sie sie nicht ins Lazarett! Und vor allem dürfen sie keinen Blick aus dem Fenster in den Garten werfen. Ich mache Ihnen die Hölle heiß, wenn irgendetwas falsch läuft!«

Schnell zog sich Lisa an, ordnete ihre langen, schwarzen Haare und legte sogar einen Schimmer Lippenrot auf. Wieso zwei Frauen, dachte sie. Ist die kleine Frau Ursula doch mitgekommen? Sie durfte ihren Mann nicht sehen. »Ich renne mit dem Kopf gegen die Wand, wenn Sie zulassen, dass meine Frau mich sieht!«, hatte Schwabe noch gestern gesagt. »So schnell, wie ich an der Wand bin, können Sie gar nicht zufassen!«

Und Lisa Mainetti hatte ihm in die Hand versprochen, nur die Mutter zu ihm zu lassen, und auch erst, nachdem sie ihr alles erklärt hatte.

In der Hauptwache saßen Frau Hedwig Schwabe und ihre Schwiegertochter in einer Ecke, die von der fensterlosen Wand und zwei Spinden gebildet wurde. Davor stand, als bewachte er sie, der Unteroffizier und knallte die Hacken zusammen, als Dr. Mainetti in das Wachzimmer trat.

Frau Schwabe sprang auf und rannte Lisa entgegen.

»Kann ich meinen Sohn sehen?«, rief sie. »Erwartet er mich? Ich habe seine Frau doch mitgebracht, auch wenn er schrieb ... Ist ja Dummheit, so etwas zu schreiben, nicht wahr, Frau Doktor? Wir haben ihm einen Kuchen mitgebracht. Aus der ganzen Nachbarschaft haben wir uns Brotmarken erbettelt und Mehl gekauft. Sogar Rosinen ... die aß Erich so gerne. Und eine Wurst haben wir auch mitgebracht, eine Schmierwurst, die braucht er nicht zu kauen, wenn ihm das Kauen noch wehtut und ... und ...«

Der Redefluss Hedwig Schwabes versiegte. Fragend sah sie Lisa Mainetti an, deren Stummheit ihr plötzlich nicht geheuer vorkam.

»Ihr Sohn erwartet Sie, Frau Schwabe«, sagte Lisa. »Aber nur Sie ...« Sie bemerkte, wie sich Ursulas Gesicht veränderte. Es wurde bleich, schmal und zuckte von der Stirn bis zum Kinn. »Nicht, dass er es nicht will, Frau Schwabe ... Sie sind doch Frau Ursula Schwabe, nicht wahr ...«

»Ja ...«, hauchte Ursula. Und dann weinte sie und schlug die Hände vor das Gesicht.

»Wir wollen ganz ehrlich sein«, begann Lisa behutsam. »Ihr Mann schämt sich ...«

»Schämt sich ... vor mir?« Ursula senkte den Kopf. »Hat er denn kein Vertrauen mehr ...«

Lisa sah auf die Uhr an der Längswand der Wachstube. Die Verwundeten hatten jetzt Stubendienst, weltanschaulich-politische Schulung durch einen NSFO oder Gymnastik. Es würde kein Gesichtsverletzter außerhalb des Hauses sein, mit Ausnahme der Gymnastikgruppe, die weit hinten im Park, hinter dem Block C, auf einem kleinen Fußballplatz Freiübungen machte.

»Sie bleiben länger hier?«, fragte sie.

»Wir wollten morgen wieder fahren.« Frau Hedwig Schwabe umklammerte ihre Einkaufstasche, in der der Rosinenkuchen und die Schmierwurst lagen. Und ein Paar selbst gestrickte Handschuhe, weil es doch jetzt so kalt wurde. »In Köln ist fast jede Nacht Fliegeralarm. Und wir wollen unsere Keller nicht so ohne Aufsicht lassen, wissen Sie, Frau Doktor. Wir haben ja nicht mehr viel gerettet, aber das Wenige soll uns jetzt nicht auch noch gestohlen werden.«

»Ich würde Ihnen empfehlen, trotzdem noch einen Tag länger zu bleiben.« Lisa Mainetti nahm die schlaffen Hände Ursulas. Sie waren kalt wie Totenfinger. »Ich glaube zu wissen, dass Sie ihn auch sehen können, wenn er erst einmal mit seiner Mutter gesprochen hat. Er hat eben Angst, Frau Schwabe. Sein Gesicht ist nicht mehr so wie früher ...«

»Ich werde ihm den Kopf zurechtsetzen! Wegen so ein paar Narben!« Frau Hedwig Schwabe nickte ihrer Schwiegertochter ermunternd und beruhigend zu. »Natürlich bleiben wir noch einen Tag. Morgen wirst du mit Erich sprechen! Laß mich das nur machen. Ich habe ihm immer alles sagen können, mehr als sein Vater.« Sie wandte sich wieder an Lisa Mainetti, ganz Mutter und sich dessen bewusst, dass nur sie imstande war, ihren Sohn ins Leben zurückzuführen. »Er wird doch Weihnachten nach Hause kommen können, nicht wahr, Frau Doktor? Er braucht doch nicht mehr im Bett zu liegen ...«

»Nein ... im Bett zu liegen braucht er nicht mehr.«

»Siehst du, Ursel ... Weihnachten ist er bei uns. Mein Gott, dann müssen wir ja sehen, wo wir das Mehl und die Zutaten für einen Stollen herkriegen.« Frau Schwabe hob den Zeigefinger wie auf dem Katheder der Lehrer. »Mein Stollen ist berühmt. Ein altes Dresdener Rezept.«

»Gehen wir?« Lisa Mainetti drückte Ursula die Hände. »Nicht den Kopf hängen lassen, kleine Frau. Morgen ist alles anders. Haben Sie so lange gewartet, wird's auch noch einen Tag länger gehen. Ich verspreche Ihnen, dass alles gut wird. Glauben Sie mir ...«

Ursula sah zu Lisa auf. Ihr Gesicht war nass von Tränen.

»Ich glaube Ihnen, Frau Doktor«, sagte sie kläglich. »Ich habe Vertrauen zu Ihnen ... bestimmt ... Und ... und ... grüßen Sie Erich von mir ...«

Sie warf sich herum, drückte das Gesicht gegen die Wand und weinte laut in die vor den Mund gepressten Hände.

Wie vorauszusehen, war niemand von den Gesichtsverletzten vor dem Block B. Ohne Schwierigkeiten erreichten sie das Gebäude, kamen in das Zimmer Lisas, und Frau Schwabe stellte ihre Tasche mit dem Rosinenkuchen und der Schmierwurst auf das Bett. Lisa rief ihre Station an und ließ sich Schwester Dora Graff geben.

»Bitte, bringen Sie Erich Schwabe in mein Zimmer. Ja, seine Mutter ist da. Sagen wir ... in zehn Minuten ...«

»So lange noch?«, sagte Frau Schwabe.

»Ich muss Ihnen erst etwas sagen, bevor Sie Ihren Sohn sehen.« Lisa setzte sich der alten Frau gegenüber auf einen der harten Stühle und atmete ein paar Mal tief, ehe sie weitersprach. »Sie haben sich sicherlich Gedanken gemacht, warum Ihr Sohn nur Sie und nicht seine Frau sehen will. Das ist keine Laune oder Dummheit oder falsche Scham – ich sagte es vorhin nur, um die kleine Frau zu beruhigen –, sondern es ist verzweifelter Selbstschutz vor der Erkenntnis: Du bist kein Mensch mehr ...«

»Er ... er ist kein ... Mensch mehr ...?« Frau Schwabe faltete die Hände in ihrem Schoß. Ihr gütiges Gesicht wurde fahl, der sonst so redefreudige Mund klappte zu.

»Sie werden in wenigen Minuten Ihren Sohn Erich sehen. Bitte, glauben Sie mir ...« Lisa schluckte krampfhaft, ehe sie weitersprach. »... es ist wirklich Ihr Sohn ... auch wenn Sie ihn nicht erkennen sollten ... Vielleicht an den Augen, an den Händen, am Gang ... eine Mutter erkennt an winzigen Kleinigkeiten ihren Sohn ... Bitte, seien Sie so tapfer wie nie in Ihrem ganzen Leben ... erkennen Sie ihn ohne Zögern, gehen Sie auf ihn zu, umarmen Sie ihn, küssen Sie ihn ... drücken Sie ihn an sich und sagen Sie ihm die größte Lüge Ihres Lebens: Du hast dich kaum verändert, mein Junge ... Wenn Sie das können, Frau Schwabe, hilft es mehr als zwanzig Operationen ...«

»Ist ... ist es denn so schlimm ... Frau Doktor ...«, stammelte Frau Schwabe. »Er schrieb doch, nur ein paar Narben ...«

»Um Sie zu beruhigen, schrieb er das. Es sind nicht nur ein paar Narben.«

»Hat ... hat er keine Nase mehr ...«

»Nein ...«

»Und ... und die Ohren ...«

»Ein Ohr fehlt. Das linke.«

»Und ... was sonst ...« Frau Schwabes Augen flimmerten. Lautlos rannen aus ihnen dicke Tränen und rollten über das bleiche, runzelige Gesicht. »Die Augen hat er noch ... nicht wahr ...«

»Ja ...« Lisa Mainetti sah auf ihre Hände. Es musste gesagt werden, es gab keine andere Wahl. »Sie sind das, was ihm geblieben ist. Alles andere ist ... anders ... wird neu ... ist im neuen Werden ... eine Wiedergeburt des Gesichts ...«

»Er ... er hat überhaupt kein Gesicht mehr ...«, stammelte Frau Schwabe.

Sie sprach aus, was sich Lisa scheute zu sagen. Stumm nickte sie und vermied es, die Mutter anzusehen. Hochaufgerichtet saß Frau Schwabe auf dem Bett. Sie hob den Arm und wischte sich mit dem Ärmel ihres Mantels über das Gesicht und die Augen. Nun, da sie wusste, was aus Erich geworden war, wurde sie merkwürdig ruhig und gefasst.

»Ich möchte ihn sehen, so, wie er ist, Frau Doktor«, sagte sie. »Und Sie brauchen mir nicht zu sagen, dass ich ihn in den Arm nehmen soll ... Er ist doch immer noch mein Sohn, mein kleiner Erich ...«

Es klopfte an der Tür. Lisa fuhr auf, Frau Schwabe erhob sich langsam.

»Keine Angst«, sagte sie, als sie sah, wie Lisa zögerte, ›Herein!‹ zu rufen. »Ich bin stark genug. Ich habe schon verkohlte Leichen aus den Trümmern gezogen ...«

Lisa Mainetti ging an die Tür und öffnete sie einen Spalt. Draußen auf dem Gang standen Schwester Dora Graff und Erich Schwabe. Man hatte sein Gesicht, so gut es ging, ›hergerichtet‹. Mullpacken und Leukoplast bedeckten die Gesichtsteile, die noch erneuert werden mussten, der angewachsene Rolllappen zog sich wie eine fleischige Gurke am linken Wangenteil entlang. Die Nase war abgedeckt. Nur die schreckliche Mundhöhle musste frei bleiben, dieses Loch ohne Lippen und Form, in der wie eine rote Schlange sich die Zunge bewegte.

Die Augen Schwabes sahen Lisa Mainetti starr an. Panische Angst schrie aus ihnen. Sie nickte ihm aufmunternd zu und öffnete die Tür ganz. Hinter ihr stand hochaufgerichtet Frau Schwabe, mit vorgestreckten Händen, bereit, den Sohn zu umarmen.

»Kommen Sie«, sagte Lisa mit bewusst harter Stimme.

Sie trat zur Seite, ließ Erich Schwabe in das Zimmer und schloss schnell hinter ihm die Tür.

»Bleiben Sie immer in der Nähe«, wies sie draußen Dora Graff an. »Und wenn Frau Schwabe gehen will, rufen Sie mich. Ich bin beim Chef.«

Sie lauschte zur Tür hin, aber im Zimmer war alles still, als sei niemand im Raum.

Erich Schwabe stand an der Tür und drückte die Handflächen hinter sich an das lackierte Holz.

Frau Schwabe starrte ihren Sohn an, und sie dachte an die Worte Lisa Mainettis: Nur an den Augen werden Sie ihn erkennen … aber bitte, bitte zeigen Sie es ihm nicht …

Als ihr Sohn hereingekommen war, hatte sein Anblick ihr Herz wie mit einem glühenden Messer durchschnitten. Es war ihr, als müsse sie umfallen und sterben vor Entsetzen. Wie ein rasender Film jagten die vergangenen Jahre an ihr vorbei … die Geburt, das kleine, schreiende Bündel im Körbchen, der tapsige, weißblonde Zwerg, der die ersten Schritte versuchte, der goldgelockte, fröhliche Junge, der am Aachener Weiher im Sandkasten spielte, der Schulanfänger mit der großen Schultüte im Arm, der Kommunikant im blauen Anzug, der lustige Lehrling in der Glaserei, der verliebte, plötzlich in Geheimnissen lebende Jüngling, der glückliche, strahlende Bräutigam, der siebenmal verwundete Soldat … und immer war ein Lachen in seinem Gesicht, war Lebensfreude in seinen Augen gewesen, war er wie ein Spiegel der Jugend, bei dessen Anblick man selbst fröhlich sein musste.

»Mein Junge …«, sagte Frau Schwabe. Ihre Stimme war ein wenig zittrig, aber voll mütterlicher Wärme und tiefsten Glücks. »Mein lieber … lieber Junge …«

Sie breitete die Arme aus und rannte auf ihn zu. Auch Erich Schwabe warf die Arme nach vorn und stürzte auf sie zu.

»Mutter!«, schrie er auf. »Mutter … o Mutter …«

Sie umklammerten sich, als wollten sie gemeinsam ertrinken, sie sahen sich an, und die grässlichen Verstümmelungen schmolzen in den Augen der Mutter, und sie sah ihn so, wie er immer gewesen war … ein großer, fröhlicher Junge …

Mit beiden Händen umfasste sie seinen Kopf und küsste ihn auf die schreckliche Mundhöhle, sie streichelte über die Mullpacken und Leukoplaststreifen, über den Rolllappen und die abgerissene Nase, und sie küsste ihn wieder und immer wieder und herzte ihn wie damals, als er noch ein Kind war.

»Wie gut du aussiehst …«, sagte sie weinend vor Glück. Es war keine barmherzige Lüge, es war ihr die vollste Wahrheit. Er lebte … er hatte seine Augen noch und seine Stimme, seine Arme und Beine. Mein Gott, ich danke dir, dachte sie ergriffen. Ihn wird der Krieg nicht mehr holen, nun bleibt er für immer bei mir. Wofür ich sechs Jahre lang täglich gebetet habe, nun ist es mir erfüllt worden. Ich habe ihn endlich wieder … für immer … für immer …

»Du … erkennst mich noch, Mutter …«, stammelte Erich Schwabe. Er hatte die Hände seiner Mutter erfasst und saß nun mit ihr auf dem Bett Lisas. Frau Schwabe bemühte sich, ihn zu verstehen. Seine Worte kamen zischend, lallend und krächzend aus der Mundhöhle.

»Du bist ein dummer Junge! Bist es immer gewesen. Man sollte dich jetzt noch übers Knie legen. Warum sollte ich dich nicht erkennen?«

»Mein Gesicht, Mutter …«

»Na und? Es bleibt doch nicht so! Ich habe ausführlich mit der Frau Doktor gesprochen. Es wird alles wieder in schönste Ordnung kommen.«

Erich Schwabe legte den Kopf an die Schulter seiner Mutter. Schluchzen schüttelte seinen Körper. Sie legte den Arm um ihn und drückte ihn an sich, wie sie ihn hundertmal getröstet hatte, wenn er als Kind ein für ihn unüberwindbares Leid nach Hause gebracht hatte.

»Sag es mir ehrlich, Mutter, ganz ehrlich, bitte, bitte … glaubst auch du, dass alles wieder gut wird? Kann man ein solches Gesicht wieder herstellen? Gibt es wirklich einen Funken Hoffnung für mich …«

»Wenn du nicht so groß wärst, bekämst du jetzt eine Ohrfeige!« Frau Schwabe starrte gegen die Wand vor sich.

»Und … und was wird Ursula sagen …«

»Sie lässt dich grüßen …«

Schwabe zuckte hoch. »Sie weiß, dass du bei mir bist?«

»Glaubst du, ich belüge deine Frau? Natürlich habe ich es ihr gesagt.«

»Und … wie hat sie es aufgenommen. Ich meine … hat sie nicht …«

»Sie hat geweint. Natürlich! Nicht, dass du verwundet bist, daran haben wir uns schon bei deinen sieben anderen Verwundungen gewöhnt. Aber dass du geschrieben hast, sie solle nicht mitkommen … das war nicht schön von dir, Erich.«

»Ich dachte, Mutter … mein Gesicht … wenn sie es sieht … ich habe solche Angst, dass sie …« Er senkte den Kopf und krampfte die Finger ineinander. »Warum hast du ihr den Brief gezeigt, Mutter?«

»Weil es sich so gehört, mein Junge.« Frau Schwabe schob mit den Füßen die Tasche unter das Bett, ohne dass Erich es merkte. Ein Rosinenkuchen und eine Schmierwurst ... wie sinnlos waren sie jetzt. »Man kann nicht einfach alles aufstecken, nur weil man ein paar Narben im Gesicht hat.«

»Ein paar Narben ...«, sagte Schwabe bitter. »Ich weiß jetzt, wie ich aussehe. Ich habe mich vorige Woche im Wasser gespiegelt. Ihr braucht mir nichts zu erzählen ...«

»Welch ein dummer Junge!« Frau Schwabe schlug die Hände zusammen, wie sie es immer tat, wenn sie eine Situation zu klären begann. »Ein Haus kann noch so schön gebaut sein ... es sieht erst nach etwas aus, wenn die Fassade verputzt ist. Das müsstest du als Glaser eigentlich wissen, Erich!« Sie nahm alle Kraft zusammen, hob den Kopf ihres Sohnes hoch und sah ihm in das weggerissene Gesicht. »Wenn du's so besser verstehst, du eitler Fratz: Die Frau Doktor ist dabei, dir eine neue Fassade zu geben! Verstanden?«

Erich Schwabe lächelte mühsam. Frau Schwabe erkannte es nur daran, dass sich die Seiten der Mundhöhle wie gequält etwas verzerrten.

»Ja, Mutter – Ich bin so froh, dass du gekommen bist. Aber Ursula wird doch verstehen, dass ich sie noch nicht sehen will? Bitte, mach es ihr klar ... nur ein paar Wochen noch ...«

Frau Schwabe nickte. Die Stimme versagte ihr plötzlich. Es war das Erste, was sie dachte, als sie Erich in der Tür stehen sah: Mein Gott, so darf ihn Ursel nie sehen! Nie! Sie kann ihn noch so sehr lieben ... diesen Anblick wird sie nie vergessen. Er brennt sich in das Herz ein für immer.

»Ich werde es ihr klarmachen, mein Junge ... auch wenn es nicht richtig ist«, fügte sie schnell hinzu, um nicht den Verdacht aufkommen zu lassen, er sähe wirklich grauenhaft aus. »Vielleicht kannst du Weihnachten sogar nach Hause ...«

Sie sagte es, obgleich sie sah, dass es unmöglich war. An seinem Blick erkannte sie, dass er es auch nicht glaubte, aber sich bemühte, sie in diesem Glauben zu lassen.

»Erzähl von zu Hause«, sagte er und fasste wieder die Hände der Mutter. »Erzähl mir von Köln ... wie ihr lebt ... erzähl mir von Ursel ...«

Sie nickte. Er hat neuen Lebensmut, dachte sie glücklich. Ich habe ihn ihm gebracht. Und eigentlich ist alles so, wie es früher war in all den Jahren: Ein kleiner Junge liegt krank im Bett, und die Mutter hält seine Hände und erzählt ihm ein Märchen, bis er glücklich einschläft …

»Es geht uns eigentlich gut«, sagte Frau Schwabe und streichelte Erichs Hände. »Seitdem das Haus zerbombt ist und wir im Keller leben, fühlen wir uns sicher.«

Und sie erzählte und erzählte und sah an den Augen ihres Sohnes, wie tief sein Glück war und wie stark das neue Leben in ihm emporwuchs.

Ursula Schwabe saß noch immer in der Wachstube. Ab und zu blickte sie auf die Uhr an der Wand und presste die feuchten Hände zusammen. Der Unteroffizier bedauerte sie im Stillen und musterte verstohlen ihre Beine in den hellen Seidenstrümpfen. Ein gutgewachsenes Püppchen, dachte er. Alles dran, wovon der Landser träumen kann. Aber nur träumen … verdammt noch mal.

Nach einer Stunde stand Ursula Schwabe auf.

»Darf ich spazieren gehen?«

»Außerhalb des Lazarettes, natürlich! Aber warum wollen Sie denn gehen? Ich habe mich so an Ihren Anblick gewöhnt, dass ich sogar heute Nacht davon träumen werde.«

»Eben darum.« Ursula Schwabe knöpfte ihren Mantel zu und band ein Kopftuch um die langen, blonden Haare. »Wenn meine Schwiegermutter zurückkommt, ich bin gleich wieder da. Ich gehe nur etwas an die frische Luft.«

Der Wachunteroffizier sah ihr durch das Fenster nach, wie sie schlank und hochbeinig durch das große Tor hinüber zu dem Wäldchen trippelte.

Ursula folgte dem Pfad entlang der großen Mauer, die Schloss und Park umgab, und an die das Wäldchen grenzte. Es war ein schmaler Weg, der durch einen lichten Wald führte, durch verfilztes Unterholz und mit Farnen bestandene Schneisen. Alles sah verlassen und wie vergessen aus, so, als sei Ursula Schwabe seit langem wieder der erste Mensch, der über diesen schmalen Pfad an der Schlossmauer entlang ging.

Der Pfad führte bergan zu einem Hügel hinauf, von dem aus man einen schönen Blick über das Städtchen hatte.

Ursula blieb stehen und schaute über das Land. Sie kam sich einsam wie nie vor, ausgestoßen und vergessen, in eine Welt hineingesetzt, in der sie umherirren würde, weggerissen von aller Liebe und aller Hoffnung, für die sie bisher gelebt hatte.

Hinter sich hörte sie plötzlich Marschschritte und ein paar Kommandos. »Links – rechts, links – rechts … Himmel noch mal, habt ihr denn alles verlernt? Ihr wackelt daher wie eierlegende Enten! Auf Vordermann achten.«

Sie drehte sich um. Von dem Hügel herunter konnte sie über die Schlossmauer in den Park sehen. Eine Gruppe Verwundeter kehrte vom Sportplatz zurück.

Ursula Schwabe kletterte vorsichtig den kleinen Hang hinab zur Mauer, bis sie hinter einem Busch stand, der sie vor den Blicken der Marschierenden verbarg. An einen dünnen Baumstamm geklammert, konnte sie eben noch über die Mauer schauen und den Weg sehen, über den die Kolonne der Gesichtsverletzten im Gleichschritt heranzog.

Der Marschtritt kam näher, sie hörte Lachen und merkwürdige, kehlige Laute.

Und dann sah Ursula sie … vierundzwanzig Gesichtsverletzte … ganz deutlich sah sie sie … auf sie zumarschieren, sie … eine geballte Masse gesichtsloser Wesen …

Ursula Schwabe riss den Mund auf und krallte die Nägel in den Stamm des Baumes. Mit beiden Armen umschlang sie ihn, und sie merkte nicht, wie die Haut über ihrer Stirn aufplatzte und das Blut über ihr Gesicht lief, als sie mit dem Kopf gegen die raue Rinde schlug.

4

»Nein!«, jammerte Ursula Schwabe. »Nein … nein …« Der Wald, der Hügel, das Schloss, der Park drehten sich vor ihren Augen, lösten sich auf in schwarze und rote Punkte, die vor ihr tanzten, ineinander flossen und dann zerplatzten. Sie umklammerte den rauen Stamm und hielt sich an ihm fest und fühlte, wie sie nach unten sank, wie ihre Hände, ihr Gesicht an der Rinde entlangglitten und blutig aufrissen.

Erst als sie auf den Knien lag und die Kälte durch ihren Körper schnitt, wurde es klarer um sie. Mit einem Schrei sprang sie auf und rannte den schmalen Weg zurück zum Wachhaus, an der hier wieder hohen, unüberblickbaren Mauer entlang, hinter der sie noch immer, sich langsam entfernend, den kehligen Gesang der Verstümmelten hörte.

Der Wachunteroffizier hatte einen Augenblick den Drang, laut ›Sanitäääter!‹ zu brüllen, als Ursula Schwabe in den Raum stürzte. Dann erinnerte er sich, dass man ja hier in einem Lazarett und nicht an der Front war, und sprang herbei, riss sein Taschentuch aus dem Rock, drückte es auf das blutende Gesicht Ursulas und führte sie zu einem der Feldbetten.

»Was ist denn los?«, rief er und griff nach dem Telefon. Er drehte die Nummer Dr. Lisa Mainettis und starrte auf Ursula, während das Rufzeichen hinausging. »Wo kommen Sie denn her? Wer hat Sie denn so zugerichtet? Hat irgend so ein Sauhund Sie vielleicht ...« Der Unteroffizier schluckte. »Die haben monatelang keine Frau gesehen, außer den Haubengeschwadern. Die sind wie ... wie ...« Ihm fiel kein Vergleich ein, und er war froh, als die Stimme Dr. Mainettis aus der Hörmuschel klang.

»Frau Doktor!«, sagte er stramm. »Frau Schwabe – sie ist eben zurückgekommen. Ich weiß nicht, was passiert ist. Sie blutet im Gesicht und an den Händen und sie weint. Ich nehme an, dass jemand draußen versucht hat ... Nein, gesehen hat es keiner ... Gut, ich halte sie hier fest ... Jawoll. Ende.«

Er legte den Hörer zurück und setzte sich unsicher auf die Tischkante. Eine Sauerei, dachte er ergrimmt. Will ihren Mann besuchen ... und dann so was! Und man kann gar nichts sagen. Wie soll man da trösten?

Er wurde aus seinen Gedanken gerissen. Dr. Mainetti stieß die Tür zur Wachstube auf und trat ein. Sie warf einen Blick auf die auf dem Feldbett liegende, blutbeschmierte und haltlos weinende Ursula und winkte dem Unteroffizier zu.

»Raus!«, sagte sie laut. »Und erst wenn ich rufe, kommen Sie wieder!«

»Jawoll!«, brüllte der Unteroffizier.

Er entfernte sich schnell und ziemlich ernüchtert. Auch so kann eine Frau sein. Schlimmer als ein ostpreußischer Feldwebel!

Lisa Mainetti wartete, bis die Tür hinter dem Unteroffizier zufiel. Dann setzte sie sich neben Ursula Schwabe auf das Feldbett und drehte deren Gesicht vorsichtig nach oben. Mit einem großen Mulllappen wischte sie das nachgesickerte Blut von der abgeschabten Haut und tupfte zugleich die Tränen weg.

»Was ist denn?«, fragte sie leise. Ursula schlug die Augen auf und umklammerte die Arme der Ärztin wie eine Ertrinkende.

»Wie ... wie sieht Erich aus?«, stammelte sie. Blankes Entsetzen stand in ihren Augen. »Ist er so wie ... wie ... Ich habe sie gesehen ... sie haben ja gar keine Gesichter mehr.« Sie warf den Kopf auf die Seite und schrie auf.

Dr. Lisa Mainetti senkte den Kopf. Die drückende Sorge, dass das geschehen sei, was der Wachunteroffizier befürchtet hatte, war von ihr genommen. Aber eine neue Belastung war entstanden, und sie war noch weit schlimmer.

»Wo haben Sie die Verletzten gesehen?«, fragte sie.

»Im Wald ... über die Mauer ... sie kamen über eine Wiese und sangen ...« Wieder lief ein Zucken über Ursulas Gesicht. Die Erinnerung an das schreckliche Bild zerbrach die Starrheit des Entsetzens.

»Aber die Mauer ist doch so hoch.«

»Von einem Hügel ...«

Ursula Schwabe fasste wieder nach den Händen der Ärztin. Ihre Stimme schwamm in Tränen.

»Sagen Sie es mir, Frau Doktor ... bitte, bitte, sagen Sie es mir ... Wie sieht Erich aus? Durfte ich darum Erich nicht sehen, weil er ... weil er ...«

Dr. Mainetti strich fast zärtlich über Ursulas blonde Locken.

»Er sieht nicht schön aus«, sagte sie vorsichtig. »Kein im Gesicht Verwundeter sieht gut aus. Aber das ist nur vorübergehend. Was wir Ärzte tun können, das tun wir. Alles, was in unseren Kräften steht, wird versucht werden, um auch Ihren Mann wiederherzustellen. Es werden Narben bleiben, das lässt sich nicht vermeiden. Und vielleicht wird er ein wenig anders aussehen als vorher ... so ganz genau können auch wir nicht die Natur nachmachen. Aber er lebt! Und er wird leben bleiben, und wenn der Krieg noch zehn Jahre dauert. Für Ihren Mann gibt es keinen Krieg mehr, Sie werden ihn behalten können, ganz sicher. Das ist etwas, was heute Millionen andere Frauen nicht sagen können. Ihnen, Frau Schwabe, hat der Krieg den Mann zurückgegeben ... was haben da schon die paar Narben zu sagen, die er im Gesicht tragen wird?«

»Aber … aber wenn er kein Gesicht mehr hat?«, stammelte Ursula.

»Er *hat* eins!«, sagte Dr. Mainetti fest. »Ich verspreche es Ihnen: Wenn Sie ihn wiedersehen, wird er wieder ein Mensch sein.«

»Und wann … wann ist das?«

Dr. Mainetti hob leicht die Schultern.

»Wir werden uns alle Mühe geben. Es kann ein Jahr dauern, aber auch zwei oder drei … oder mehr … Die Natur lässt sich nicht zwingen. Viele Operationen sind nötig, und jede braucht ihre Zeit, um zu verheilen. Und jeder Körper reagiert anders auf Überpflanzungen.«

»Und so lange soll ich Erich nicht sehen?«

»Aber doch.« Dr. Mainetti stützte Ursula, als sie sich aufrichtete. »Sobald es geht, werden Sie ihn sehen und sprechen und mit ihm ausgehen. Vor allem eins müssen Sie ihm sein: seine Frau! Das ist das Wichtigste überhaupt. Sie brauchen viel, viel Liebe, diese Verletzten. Nichts heilt so gründlich wie das Bewusstsein: Ich habe eine Frau, die mich trotzdem liebt. Ich bin ein Mensch geblieben!«

»Und wann kann ich ihn sehen?«

»Ich werde es Ihnen schreiben.«

Ursula Schwabe lehnte den Kopf an die Schulter Dr. Mainettis.

»Grüßen Sie Erich von mir«, weinte sie und bedeckte mit beiden Händen das Gesicht. »Sagen Sie ihm, dass ich ihn liebe … ganz gleich, wie er aussieht … sagen Sie ihm, dass ich warten werde, und wenn es Jahre dauert … Sagen Sie ihm, dass ich … dass ich …« Die Worte erstickten in Schluchzen. Sie drückte den Kopf an die Ärztin und ließ sich aus dem Zimmer führen wie ein hilfloses Kind.

»Ich muss leider stören«, sagte Dr. Mainetti und zog die Tür hinter sich zu.

Auf dem Bett saßen Erich Schwabe und seine Mutter. Sie hielten sich an den Händen und waren glücklich.

»Sie haben meinen Jungen gut gepflegt, Frau Doktor!«, sagte Frau Schwabe und streichelte Erichs Hände. »Bestimmt hat er drei Pfund zugenommen. Ich bin ja so froh, dass es ihm gut geht. Ich bleibe eine Woche in Bernegg, und jeden Tag komme ich dich eine Stunde besuchen … wenn es die Frau Doktor erlaubt …«

»Aber natürlich ...«

Erich Schwabes Augen leuchteten. Es war für andere Menschen die einzige Möglichkeit, in diesem weggeschabten und verpflasterten Gesicht einen Ausdruck der Freude zu bemerken.

»Lass Ursula nachkommen. Bitte, Mutter ...«, sagte er.

»Das nächste Mal, mein Junge.« Frau Hedwig Schwabe stieß hinter dem Rücken Erichs die Tasche mit dem Kuchen und der Schmierwurst tief unters Bett. »Jetzt bin erst einmal ich da ... Und nun sei brav und tu alles, was man dir sagt ...«

Erich Schwabes Augen lächelten. »Ja, Mutter«, sagte er leise. »Es ist ja so schön, dass du da bist.«

»Mein lieber, lieber Junge«, sagte sie zärtlich und küsste Erichs Augen. »Bis morgen! Ich werde Ursula sofort schreiben, wie gut es dir geht.«

Es klopfte. Schwester Dora Graff kam herein, um Erich Schwabe abzuholen.

»Ich werde ihr auch schreiben, Mutter.« Schwabe lehnte den Kopf auf die Schulter der Mutter. »Und danke schön, Mutter ... für alles, für alles ... Ich bin jetzt so froh.«

Er riss sich los und verließ mit Dora Graff das Zimmer.

Als die Tür hinter ihm zuklappte, vernahm Dr. Mainetti hinter sich einen tiefen Seufzer. Ehe sie zuspringen konnte, sank Frau Schwabe auf das Bett und drückte den weißhaarigen Kopf in die Kissen.

»Erich!«, schrie sie in das Kissen. »Mein Junge! Mein Junge!«

Dann weinte sie, endlich befreit von allem Zwang, dem sie sich zwei Stunden gebeugt hatte. Nun fand das Grauen auch zu ihr, und ihr war, als zerreiße es ihr das Herz.

Dr. Mainetti ließ sie weinen. Sie setzte sich sacht neben sie auf das Bett und wartete, bis die alte Frau den Kopf hob.

»Wird er ... wird er jemals wieder ein Gesicht bekommen, Frau Doktor?«

»Ja. Wir werden alles versuchen. Haben Sie ein gutes Foto von Ihrem Sohn? Wir wollen uns bemühen, sein Gesicht so ähnlich wie möglich wiederherzustellen.«

Frau Schwabe trocknete ihre Tränen ab. Ein Gedanke nahm jetzt von ihr Besitz, der ihre ganze mütterliche Kampfbereitschaft aufrief und keinen Platz für Trauer oder Entsetzen ließ.

»Was wird Ursula, seine Frau, sagen, wenn sie ihn so sieht?«, fragte sie. »Was soll ich ihr sagen, Frau Doktor?«

»Die Wahrheit. Ich habe mit der kleinen Frau gesprochen. Während wir dachten, sie sitzt in der Wachstube, ist sie spazieren gegangen und hat einige der Gesichtsverletzten durch Zufall gesehen. Sie hat sich besser benommen, als ich erwartet habe. Sie will ihren Mann sehen …«

»So nicht!« Frau Schwabe hob beide Hände. »Ich lasse das nicht zu, Frau Doktor!«

»Sie will warten. Vielleicht in zwei oder drei Monaten wird es möglich sein.« Dr. Mainetti legte die Hände zusammen. »Sie haben jetzt zwei große Aufgaben, Frau Schwabe. Sie müssen Ihrem Sohn die Zukunft schenken, indem Sie ihn belügen. Und Sie müssen auf Ihre Schwiegertochter Acht geben, dass sie an diese Zukunft ebenso fest glaubt wie Ihr Sohn. Es wird nicht leicht sein, ich kenne das aus vielen Fällen. Für Sie bleibt Erich immer Ihr Kind … aber die kleine Frau wird sich nächtelang den Kopf zergrübeln, ob es möglich ist, mit einem Mann ohne Gesicht für immer zusammenzuleben. Sie ist noch jung, ihr Leben als Frau hat eben erst begonnen. Es wird für sie unendlich schwerer sein als für Sie als Mutter, sich an einen Anblick zu gewöhnen, der einem ständig einen Stich ins Herz gibt. Sie werden eine schwere Aufgabe haben …«

»Ich weiß.« Frau Schwabe holte die Tasche unter dem Bett hervor und packte sie aus. Den Kuchen, die Wurst, die Plätzchen. Abgehungert von den wenigen Lebensmittelmarken, erbettelt von den Nachbarn. »Geben Sie es den Jungen, die wieder richtig kauen können«, sagte sie stockend. »Darf ich morgen wiederkommen?«

»Aber natürlich.«

»Ich brauche Ursula nichts zu sagen?«

»Nein. Sie weiß alles.«

Sie gingen durch die langen Gänge bis zu dem kleinen Wartezimmer neben dem Verbandsraum. Dort wartete Ursula, auf einem Schemel hockend. Ihr Gesicht hatte man ganz mit Salbe beschmiert, und über ein paar der abgeschrammten Stellen klebte Leukoplastpflaster.

Frau Schwabe fragte nicht, was geschehen war. Sie fasste Ursula unter und zog sie mit sich fort. »Komm, Kindchen!«, sagte sie nur. »Wir bleiben noch eine Woche in Bernegg.«

»Was macht … wie geht es Erich?«, stammelte Ursula. Ihre Fingernägel gruben sich in Frau Schwabes Arm. »Wie sieht er aus?«

»Gut …«

»Gut?«

»Er hat drei Pfund zugenommen.«

»Aber sein Gesicht, Mutter ...«

»Ach was!« Frau Schwabe schüttelte energisch den Kopf. »Es wird viel zu viel darüber geredet! Natürlich sieht es nicht schön aus, die Frau Doktor hat es dir ja gesagt. Aber in ein paar Monaten ist alles wieder gut!«

Ursula Schwabe schwieg. Sie dachte an die Männer, die sie über die Mauer hinweg gesehen hatte. Fratzen wie aus wilden Fieberträumen geboren. Sie wusste, dass die Schwiegermutter sie belog. Jetzt wusste sie es genau. Aber sie nahm es ihr nicht übel. Vielleicht würde ich sie auch belogen haben, wenn ich Erich zuerst gesehen hätte, dachte sie.

Erich Schwabe saß unterdessen glücklich auf seinem Zimmer und schrieb einen Brief an seine Frau.

»Liebste Uschi!«, schrieb er.

»Mutter war hier, und sie wird dir erzählen, wie es mir geht. Ich hatte solche Angst, dich zuerst zu sehen ... bitte, verzeih mir. Aber jetzt, wo Mutter sagt, dass alles halb so schlimm ist, sollst du kommen. Nun will ich dich sehen und auch von dir hören, dass du mich immer lieben wirst ...«

Zwei Tage vor Weihnachten wurde ein neuer Patient eingeliefert. Dr. Mainetti, die an diesem Abend Arzt vom Dienst war, wurde aus ihrem Zimmer zur Aufnahme gerufen. Im kleinen Verbandsraum saß ein junger Soldat auf einem Hocker. Neben ihm stand ein zweiter Soldat mit verkniffenem Gesicht, in der Faust ein Gewehr mit aufgepflanztem Bajonett.

Der Schreibstubensanitäter, der die Aufnahme eintragen musste, saß an einem kleinen Tisch am Fenster. Er kannte Dr. Mainetti seit zwei Jahren. Er schwieg, während sich der Mann mit dem Bajonett räusperte und, den Blick zu ihm gewandt, mit einer Kopfbewegung auf die Ärztin wies.

»Sie brauchen gar nicht wie ein Asthmatiker zu röcheln!«, sagte Dr. Mainetti laut. Sie begann das Kinn des jungen Soldaten abzutasten. Dabei bemerkte sie, dass der Junge eine Uniform ohne Schulterstücke trug. Sie war alt, zerschlissen und am Kragen durch Blutspritzer befleckt.

»Im Übrigen – was machen Sie hier im Behandlungszimmer?«, fragte Dr. Mainetti den Begleitsoldaten. »Sie haben vor der Tür zu warten!«

»Irrtum!« Der Mann mit dem Bajonett grinste breit. »Ich bleibe hier! Ich muss bei der Behandlung dabei sein.«

»Raus!«, schrie Dr. Mainetti »Und zwar flott!«

»Na so was! Ein Weib, das wild wird!« Der Soldat wandte sich an den Sanitäter, der still an seinem Tisch saß. »Kumpel! Hol mir mal den wachhabenden Arzt! Dem werd' ich was flüstern!«

»Sofort!«

Mit einem Satz sprang der Sanitäter auf, stand vor Dr. Mainetti stramm und meldete: »Frau Doktor ... da ist jemand, der möchte den Dienst habenden Arzt sprechen! Er möchte sich bei ihm beschweren!«

»Himmel, Arsch und Zwirn!«, machte der Mann mit dem Bajonett. Dann zog er das Gewehr an und stand ebenfalls stramm. »Melde Einlieferung eines Soldaten vom Strafbataillon zur fachärztlichen Behandlung. Ich habe den Befehl, den Mann ...«

»Wer hier befiehlt, ist wohl klar, was?« Dr. Mainetti zeigte auf die Tür. Der Blick des Soldaten ging an dem ausgestreckten Arm entlang, in seinem Gesicht zuckte es. »Raus! Und zwar mit Hurra! Und was mit dem Mann geschieht, bestimme ich und nicht Ihr Kompaniechef, verstanden?«

»Ich ...«

»Raus!«, brüllte Lisa Mainetti. Der Wachsoldat zuckte zusammen, nahm sein Gewehr unter den Arm und verließ das Behandlungszimmer. Draußen auf dem Flur blieb er vor der Tür stehen wie eine Schildwache.

Der junge Soldat mit dem schiefstehenden Kiefer sah Lisa dankbar an. In seine Augen traten plötzlich Tränen, er streckte die Hände aus, als suche er Hilfe. Dr. Mainetti tastete noch einmal vorsichtig den Kiefer ab. Sie stellte fest, dass hier kein totaler Bruch vorlag. Der Unterkiefer links war nur aus dem Gelenk gesprungen, und der äußere Prozessus war angebrochen. Ein Bluterguss war nicht mehr vorhanden, das Öffnen des Mundes war nur bis zu zwei Fingerbreiten möglich.

Dr. Mainetti richtete sich auf.

»Sie sind in einem Strafbataillon?«, fragte sie und winkte dem Sanitäter. »Evipan und Gipsbinde«, rief sie ihm zu.

Der Junge nickte.

»Und warum?«

»Ich habe den Urlaub überschritten. Nur drei Tage, nicht mehr.« Er weinte jetzt und lehnte den Kopf zurück an die Wand. »Ich war in Urlaub, und meine Mutter hatte Grippe. Ganz fürchterlich hat sie gehustet. Und am letzten Tag war Fliegeralarm, wir mussten in den kalten Keller. Da ist es schlimmer geworden mit ihr, sie hat Fieber bekommen, 40,5, Frau Doktor. Da bin ich drei Tage länger geblieben, um sie zu pflegen. Kein Krankenhaus wollte sie aufnehmen, alles war voll von den Bombenverletzten. Dann bin ich zurück zur Truppe, als das Fieber vorbei war. Und dort haben sie mich verurteilt. Wegen unerlaubter Entfernung von der Truppe – zuerst zum Tode – dann hat es mein Kommandeur umgewandelt, weil ich doch vorher noch nie etwas ... Strafbataillon.« Das Gesicht des Jungen verzerrte sich vor nackter Angst. »Aber ich wollte doch nur meiner Mutter helfen. Niemand hat ihr doch beigestanden! Und nun ... nun ... keiner glaubt mir ... keiner ...«

Dr. Mainetti wusch sich die Hände. Das ist unmöglich, dachte sie. Diese Verletzung ist keine Kriegsverletzung. Zusammengeschlagen hat man den Jungen, einfach zusammengetrommelt mit den Fäusten. Sie unterbrach ihre Waschung und klinkte mit den nassen Händen die Tür auf. Der Wachmann stand vor dem Behandlungsraum. Als er Lisa sah, wurde er rot im Gesicht und kniff die Lippen zusammen.

»Gehen Sie zurück zu Ihrem Kommandeur und sagen Sie ihm, dass der Mann hier bleibt! Ich muss den Bruch einrichten und schienen. Ein schriftlicher Bericht wird nachgereicht.«

»Das geht nicht.« Der Wachmann trat einen Schritt auf Dr. Mainetti zu. »Ich muss ihn wieder mit zurückbringen.«

»Die Schnauze müssen Sie halten!«, schrie Lisa. »Gehen Sie aufs Geschäftszimmer, und warten Sie auf einen Aufnahmeschein! Und dann 'raus hier!«

Sie knallte die Tür zu und ging zurück zum Waschbecken.

Im Flur stand der Wachsoldat unschlüssig herum.

So traf ihn Dr. Urban.

»Was ist denn hier los?«, fragte er. Er sah das aufgepflanzte Bajonett und stieß einen kurzen Pfiff aus. »Was machen Sie denn hier? Haben Sie einen gebracht? Kommen Sie mit auf mein Zimmer, und berichten Sie mir.«

Während Lisa Mainetti nach der Evipaninjektion den Kiefer des Jungen mit einem Gipsverband einrichtete und fixierte und ihn dann auf ihre Station bringen ließ, berichtete der Wachsoldat über seinen Auftritt mit ihr.

»Tun Sie alles, was sie Ihnen gesagt hat«, sagte Dr. Urban zufrieden. »Und erzählen Sie Ihrem Kommandeur alles. Das saubere Früchtchen werde ich selbst im Auge behalten. Abhauen und dann hier auch noch große Bogen spucken. Ich werde das schon regeln.«

Dr. Mainetti schrubbte sich noch den Gips von den Händen, als Dr. Urban lächelnd eintrat und sich neben das Waschbecken stellte.

»Ich nehme an, der junge Mann hat einen solch komplizierten Bruch, dass er einige Monate im Lazarett bleiben muss«, sagte er gehässig. »Wie ich höre, ist er auch auf Ihrer Station. Wissen Sie eigentlich, was auf Wehrkraftzersetzung steht?«

Dr. Mainetti nickte. »Sicherlich weiß ich das. Ich weiß auch, was auf Diebstahl von Morphium aus der Lazarettapotheke steht.«

»Damit schrecken Sie mich nicht mehr, Kollegin. Ich weiß, warum Sie den Strafsoldaten behalten. Unter dem Mantel des ärztlichen Gewissens leisten Sie passiven Widerstand gegen den Führer und den Endsieg!«

Lisa Mainetti schwieg. Sie sah Dr. Urban mit einem raschen kalten Blick an und verließ, wobei sie einen Bogen um ihn machte, den Verbandsraum.

Er blieb mit gesenktem Kopf im Behandlungszimmer stehen, während hinter ihm der Sanitäter die flachen Gipsschalen auswusch. Man trifft sie am besten, dachte Dr. Urban, wenn man ihr ihre Lieblinge nimmt. In jedem Zimmer liegen welche herum, die man längst entlassen könnte und die sie festhält, um sie der Front zu entziehen. Nur eine Meldung brauchte man zu machen. Einen kleinen Schrieb: Seht euch mal das Lazarett Bernegg an. Dort liegen Kerle herum, die manche Frontlücke füllen könnten …

Ein schwerer Schlag würde es sein. Und dabei hätte man doch nichts getan als seine simple vaterländische Pflicht.

Die Stube B 14 hatte sich an den Anblick Erich Schwabes gewöhnt. So etwas geht schnell unter Männern, die alle das gleiche Leid tragen. Schon nach dem ersten Besuch seiner Mutter war Schwabe auch aufgeschlossener geworden; er saß jetzt öfter mit am Tisch und spielte Skat oder Schach oder mit dem ›Wastl-

Pascha‹ eine Partie Mensch-ärgere-dich-nicht, die er immer gewann.

Die Stube hatte eine neue Sensation bekommen: Der Unteroffizier Kaspar Bloch war zu ihnen gekommen.

Bloch war ein hochaufgeschossener, schwarzhaariger Junge, dem ein Granatsplitter das rechte Jochbein zerschlagen und das Ohr abgesäbelt hatte. Seine rechte Gesichtshälfte sah aus, als sei sie unter einen Dampfhammer geraten. Seit über einem Jahr war er in Behandlung. Zuerst bei den Gesichtschirurgen, dann bei der Psychiatrie, zuletzt in der Abteilung für Hals-, Nasen- und Ohrenkranke. Von dort war er zurückgekommen zu Professor Dr. Rusch und Dr. Lisa Mainetti, die sein Gesicht soweit wiederhergestellt hatten, dass man es ansehen konnte.

Nur taub war er geblieben, völlig gehörlos. Das war das große Rätsel, das ihn von einer Spezialabteilung in die andere führte. Dass er rechts nichts mehr hören konnte, leuchtete allen Spezialisten ein … aber wieso er auf dem linken Ohr gehörlos geworden war, dort, wo keinerlei Verletzungen vorlagen, konnte sich keiner erklären.

Dr. Urban, der bei der Rückkehr Kaspar Blochs die Krankenblätter durchlas, sprach das aus, was Dr. Mainetti seit langem im Stillen dachte:

»Der Fall ist doch klar!«, rief er und warf die Krankengeschichte Blochs auf den Tisch zurück. »Der Lümmel simuliert! Der kann so gut hören wie wir alle. Aber ich garantiere dafür, dass ich ihn überführe! Das wollen wir doch mal sehen!«

So kam Kaspar Bloch auf das Zimmer 14. Der Ruf, ein unangreifbarer Simulant zu sein, lief ihm voraus. Mit Spannung wartete die Stube 14 darauf, wie er sich benehmen würde, wenn der Wastl Feininger einen seiner knalligen Witze losließ. Bei nur einem halbwegs intakten Gehör war es einem unmöglich, nicht die Miene zu verziehen.

Kaspar Bloch bestand die Prüfung. Er saß am Tisch und spielte Schach, als der Wastl begann, ein Erlebnis aus der Sennhütte zu erzählen. Es wurde der deftigste Witz, den die Stube 14 je gehört hatte.

Ruhig lächelnd saß Kaspar Bloch vor seinem Schachbrett und wartete geduldig, bis sich das Lachen seiner Kameraden gelegt hatte. Kein Muskel seines Gesichtes hatte sich verzogen, Fritz Adam hatte es genau beobachtet.

»Der hört wirklich nichts!«, sagte er, als es wieder still im Zimmer wurde. »So kann sich kein Mensch beherrschen. Von wegen Simulant … das ist wieder so eine Mistigkeit von dem Nazi-Urban!«

Am Abend, wenn die Lichter gelöscht waren und die anderen schliefen, lag Kaspar Bloch noch wach und starrte ins Dunkel.

Vierzehn Monate, dachte er, vierzehn Monate habe ich durchgehalten. Und ich werde weiter durchhalten, bis dieser Mist hier vorbei ist.

Manchmal war es fast unmöglich zu tun, als hörte ich nichts.

Dreimal hatte Dr. Urban versucht, Kaspar Bloch zu überführen. Es war misslungen. Sogar das letzte Mal: Dr. Urban hatte zu einem Sanitäter gesagt, als Bloch an ihnen vorbeiging:

»Ach, da ist ja der Bloch! Michel, überlegen Sie mal, wie man dem armen Jungen schonend beibringen kann, dass man seinen Vater wegen Wehrkraftzersetzung vorgestern oder vor drei Tagen verhaftet hat …«

Kaspar Bloch war nicht zusammengezuckt. Er war weitergegangen, ohne den Bruchteil einer Sekunde im Schritt zu zögern. Erst auf der Toilette hatte er sich gegen die kalten Kacheln gelehnt und sich die Lippen blutig gebissen. Drei Tage lang ging er durch die Hölle der Ungewissheit, drei Nächte lag er wach und grub die Fingernägel in die Handflächen. Dann kam ein Brief von seinem Vater, in dem er schrieb, dass es allen gut gehe. Da löste sich seine Spannung, und er weinte eine ganze Nacht, die Decke an sein Gesicht gedrückt, damit es niemand im Zimmer hörte.

»Der Kerl simuliert doch!«, sagte Dr. Urban später am Tisch des Chefarztes. »Ich werde schon was finden, was ihn umhaut. Lassen Sie nur erst einmal Weihnachten kommen. Ich habe da so einen Plan …«

»Ob Sie mich hören können oder nicht«, sagte Dr. Lisa Mainetti später zu Kaspar Bloch, »interessiert mich nicht. Nur passen Sie an Weihnachten auf. Verlieren Sie nicht Ihre Ruhe. Was man auch sagen wird, es ist nicht wahr!«

Kaspar Bloch stand im Vorzimmer zum OP und drehte Tupfer aus Mull. Man hatte ihn zu solchen kleinen Hilfeleistungen herangezogen. Während Lisa mit ihm sprach, sah er sie freundlich, aber bewegungslos an, als höre er wirklich nichts. Nur in seinen Augen glomm ein Funken auf, als Lisa zu Ende gesprochen hatte.

Weihnachten war gekommen.

Ursula Schwabe war aus ihrem Keller umgezogen in den Keller der Horst-Wessel-Straße 4, zu ihrer Schwiegermutter.

»Fährst du Weihnachten wieder hin?«, fragte Ursula.

Sie hatte eine Sonderzuteilung Mehl bekommen. Nun saß sie vor der Tüte und wusste nicht, ob sie ein paar Weihnachtsplätzchen backen sollte oder nicht.

»Ja«, sagte Frau Schwabe.

»Ob er schon Plätzchen essen kann?«

»Ich glaub' es nicht, Uschi.«

Ursula trug die Tüte mit Mehl weg in eine Ecke und verschloss sie im Oberteil eines Küchenschranks, das auf dem Kellerboden stand. Das Unterteil war verbrannt.

»Er hat geschrieben, ich soll mitkommen«, sagte sie, als sie zurückkam. Seit zwei Wochen sagte sie es, immer und immer wieder, und stets hatte Frau Schwabe die gleiche geduldige Antwort für sie.

»Im Februar wird es gehen, sagt die Frau Doktor.«

»Aber ich liebe ihn doch! Ich werde bestimmt nicht entsetzt sein … Ich … ich …«

»Du musst Geduld haben, Uschi. Sei tapfer um Erichs willen. Es wird einmal eine Zeit kommen, wo er dich voll und ganz braucht. Dich allein … nicht mehr mich. Und es wird bald sein. Mit jeder Operation kommt er näher zu dir, kommt er zu dir zurück … du kannst ihm jetzt nur helfen, indem du wartest.«

Einen Tag vor Heiligabend fuhr Frau Schwabe wieder nach Schloss Bernegg. Sie hatte diesmal nichts zu essen bei sich, aber eine große Fotografie Ursulas in einem geschnitzten Holzrahmen. Beides zusammen hatte sie die Rauchermarken von sechs Wochen gekostet. Und Bücher hatte sie gekauft, von einem Mann, der durch den Verkauf seiner geretteten Bibliothek seinen Kochtopf füllte.

So kam sie, schwer bepackt, in Bernegg an.

Sie war nicht die einzige Mutter in dem großen, ausgeräumten Zimmer, in dem sie dann saß und wartete. Viele Frauen waren gekommen; sie saßen ein wenig bedrückt auf den Stühlen und warteten, was geschehen sollte. Es roch nach frischem Tannengrün und Gebäck, nach Äther und angebranntem Gulasch. Ein Soldat mit Rotkreuzbinde stand in der Tür und sah auf seine Armbanduhr.

»Der Chef kommt gleich«, sagte er. »Er hat vorher noch etwas zu sagen.«

5

In ihren Zimmern saßen die Verwundeten und warteten mit der gleichen schmerzhaften Ungeduld wie die Mütter und Frauen im Erdgeschoss des Blocks B. Eine ameisenemsige Tätigkeit war diesen Minuten der stummen Gespanntheit vorausgegangen. Es begann schon am frühen Morgen mit einer Dusche und mit der ›Herrichtung‹ der Gesichter. Es wurde neu verbunden, neue Leukoplaststreifen wurden über die schlimmsten Narben und Entstellungen geklebt.

Die Uniformen wurden geputzt und aufgebügelt. Die Hosen hatten einen scharfen Kniff. In alter Landsermanier waren sie am Abend vorher am Bruch nass gemacht und unter die Matratze gelegt worden. Das gab eine bessere Falte als das schwerste Bügeleisen eines Schneiders.

Wastl Feininger hatte die Nachricht bekommen, dass seine Frau aus Berchtesgaden herüberkäme. Das hatte ihn in Not gebracht. »Dös Ludaa kimmt!«, schimpfte er und hieb mit seinem Schiffchen auf den Tisch. »Jetzt kann i dös Madl drunten abbestell'n! Is dös no a Festtag, wenn mei Alte kimmt?«

Fritz Adam saß nachdenklich und still auf seinem Bett. Auch seine Frau hatte sich angesagt. Zum ersten Mal kam sie nach Bernegg. Er hatte ihr geschrieben, dass er eine Verletzung im Gesicht habe und dass er – wenn die Operation gelänge – vielleicht etwas verändert aussehen würde. Irene Adam, das kapriziöse Frauchen, hatte darauf geantwortet: »Es wird sich alles finden. So schlimm wird's nicht sein …« Nun saß Fritz Adam ängstlich und mit wildem Herzklopfen auf seinem Bett. Unten, ein Stockwerk tiefer, wartete Irene. Er wusste es. Schwester Dora Graff hatte allen mitgeteilt, wer gekommen war. Er hatte sich sorgfältig rasiert und gekämmt, und der Sanitätsunteroffizier – ein Famulus, der Dr. Mainetti auf der Station half – hatte neue, breite Leukoplaststreifen über seine verbrannte und zerstörte Gesichtshälfte geklebt. Als er sich später im Spiegel anschaute, war es ein erträglicher Anblick. »Wie nach einer schweren Säbelpartie, Kommilitone!«, sagte der Famulus zu dem Medizinstudenten Fritz Adam. »Deine Frau wird sich wundem, warum du überhaupt hier im Lazarett bist.«

In einer Ecke des Zimmers standen die Weihnachtsgeschenke, die die Verwundeten in den langen Wochen zuvor gebastelt hatten. Am Nachmittag sollte die Bescherung von Waisenkindern stattfinden. Die Parteileitung hatte es sich als einen großen Propagandaeffekt ausgedacht: Die vom Krieg Gezeichneten beschenken die durch den Krieg Verwaisten – eine Front der Herzen, die unbesiegbar war!

Die Verwundeten wussten es nicht. Sie hatten die Spielsachen in echter Freude gebaut, sie hatten gesägt und geklebt, gehämmert und gebohrt, weil es ihnen Spaß machte. Kleine Kunstwerke waren dabei entstanden, automatische Mühlen, Drehkräne und Feuerwehren, Schiffe, die qualmten, und Autos, deren Motor richtig brummte. Nur militärisches Spielzeug war nicht darunter.

Auch Erich Schwabe hatte etwas gebastelt. Er war gelernter Glaser; er hatte sich Glasscherben geben lassen und sie mit Ölfarbe in vielen Farben angestrichen. Aus diesen bunten Scherben hatte er ein Mosaik gefertigt: die Silhouetten zweier Menschen, die Hand in Hand der Sonne entgegengingen. Darunter hatte er geschrieben: Nur mit dir gibt es ein Morgen. Es war Erichs Geschenk für Ursula, Frau Schwabe sollte es mitnehmen nach Köln. Ursula selbst konnte – wie die Mutter geschrieben hatte – nicht mit nach Bernegg kommen, weil sie sehr erkältet sei und über 40 Grad Fieber habe. »Aber Ostern wird sie bestimmt mitkommen«, hatte Frau Schwabe noch geschrieben. »Täglich sind jetzt Luftangriffe, und es wird so viel geplündert, trotz der Todesstrafe. Da können wir den Keller nicht allein lassen. Nur einer von uns kann zu dir kommen, mein Junge. Und Ostern wird es Uschi sein ...«

Die Tür öffnete sich. Ein Sanitäter sah kurz herein und winkte den Aufspringenden zu.

»In zehn Minuten ist's soweit, Kameraden. Der Chef spricht noch. Zeit genug, noch mal pinkeln zu gehen.«

»Erzviech, saudummes!«, schrie der Wastl Feininger.

Fritz Adam legte sich zurück aufs Bett. Er verschränkte die Arme hinter dem Kopf und schloss die Augen.

»Dieses Warten«, sagte er leise. »Dieses verdammte Warten. Ich wollte, es wäre schon Abend ...«

Keiner antwortete ihm. Sie saßen auf den Betträndern und starrten vor sich auf den Boden.

Was wird sie sagen, dachte jeder, wird alles gut gehen? Oder wird sie mir nur ein Theater vorspielen und sich im Inneren ekeln? Vielleicht hat sie schon einen anderen Mann, einen schönen, gesunden Mann mit einem glatten, ebenmäßigen Gesicht? War es ihr zuzumuten, mit einer solchen Fratze zusammenzuleben? War es nicht besser, Schluss zu machen – jetzt, jetzt gleich?

Weihnachten – das Fest der Liebe ...

»Auf mir wartet keener!«, sagte der Berliner in die Stille des Zimmers hinein, »Kinder, wie ick mir darauf freue, alleene zu sein.«

Und alle um ihn herum beneideten ihn in diesem Augenblick.

Die Frauen und Mütter sahen auf, als sich die Tür des Saals öffnete und Professor Dr. Rusch in Begleitung von Dr. Lisa Mainetti und Dr. Urban hereinkam. Sie hatten ihre weißen Kittel an. Dr. Urban allein trug unter dem Arztmantel seine Offiziersuniform und hohe, blankgeputzte Stiefel. Mit hocherhobenem, germanisch-schmalem Kopf überschaute er die Schar der Besucherinnen, und sein Blick blieb an einer jungen Frau haften, die in einem Pelzmantel nahe der Tür saß. Sie hatte zierliche, hochhackige Schuhe an, Seidenstrümpfe, und unter dem offenen Pelz ein Kostüm, dessen enger Rock jetzt hochgerutscht war und die schlanken, langen Beine freigab. Ihr weißblondes Haar war aufgesteckt, das Gesichtchen war geschminkt, die vollen Lippen glänzten unter der Zyklamenfarbe eines französischen Lippenstifts. Die dunklen, flinken Augen erfassten alles, was um sie herum vorging, und erwiderten teils erstaunt, teils herausfordernd den Blick Dr. Urbans.

Chefarzt Professor Dr. Rusch ging zu einem Stuhl, der vor einem großen, geschmückten Tannenbaum stand. Zwei Schwestern waren noch dabei, mit auf Stöcken gesteckten Kerzen die Lichter anzuzünden. Der Duft angesengten Tannengrüns durchzog den Raum. Weihnachtliche Andacht senkte sich über die dicht gedrängt sitzenden Frauen und die wenigen Männer, die dazwischen saßen. Weißhaarige Väter, die auf ihren verstümmelten Sohn warteten.

Professor Rusch sah kurz zu seinem Oberarzt hinüber. Dr. Urban stand neben der kapriziösen jungen Frau und scharrte wie ein verliebter Hund mit den Füßen.

»Liebe Mütter und Frauen«, sagte Professor Rusch. Seine Stimme war klar, sie weckte Vertrauen durch ihre menschliche Wärme. »Wenn gleich alle Lichter an dem großen Weihnachtsbaum brennen und sich die Türen des Lazaretts öffnen, dann ist das etwas anderes als das Sichöffnen irgendeines Weihnachtszimmers, hinter dessen Tür ein Baum brennt und gut gemeinte Geschenke warten. Auf Sie wartet wirklich ein Geschenk, ein wiedererstandener Mensch, der vielleicht anders aussehen mag als der Mensch, den Sie in Erinnerung haben – aber er ist da, und er ist es wirklich! Mit allen Fasern seines Herzens glaubt er wieder an die Zukunft! Er hat sich zu einem neuen Leben durchgerungen, von dem er lange dachte, dass es das für ihn nicht mehr geben würde. Nun ist er Ihnen zurückgegeben, und das Einzige, was dieser Mensch von Ihnen erbittet, nein, ich möchte sagen, was er verlangt, was er fordern kann, ist nichts weiter als Liebe. Nur Liebe! Das ist das größte und das einzige Geschenk, das Sie ihm bringen könnten. Alles, was Sie sonst in Ihren Taschen mitgebracht haben, können Sie wegwerfen. Es ist nicht wichtig – aber Ihre Liebe ist für ihn das neue Leben, ist seine Stärke, seine Zukunft, sie ist einfach alles für ihn. Ein großer Teil von Ihnen sieht den Sohn oder den Ehemann zum ersten Mal seit seiner Verwundung. Frau Dr. Mainetti hat mit jedem einzelnen von Ihnen gesprochen. Ich möchte Sie bitten, keinen Augenblick zu vergessen, was sie Ihnen gesagt hat: Seien Sie stark! Geben Sie alle Liebe her, auch wenn es Sie all ihre Kraft kostet. Es ist Ihr Sohn, es ist Ihr Mann, der Ihnen gleich gegenüberstehen wird – und er ist hilfebedürftiger als jedes Kind.« Professor Dr. Rusch senkte den Kopf. Seine Stimme wurde leise, aber bis in die letzten Reihen verstand man ihn. »Ich lege das Schicksal meiner Kameraden in Ihre mütterlichen Hände. Ich weiß, sie heilen mehr als mein chirurgisches Messer.«

Fast brüsk wandte er sich ab und verließ mit gesenktem Kopf das Zimmer.

Ein Sanitätsfeldwebel erschien in der Tür. Er hielt eine lange

Liste in der Hand und rief die Namen auf, und nacheinander entfernten sich die aufgerufenen Frauen.

»Berger – Zimmer 10
Wüllner – Zimmer 15
Eisenbarth – Zimmer 4
Gerhardt – Zimmer 20
Pollisch – Zimmer 1
Feininger – Zimmer 14
Schwabe – Zimmer 14
Adam – Zimmer 14 …«

Die kleine, kapriziöse, weißblonde Frau zupfte den Rock über ihre Knie und erhob sich. Sie raffte den Pelzmantel zusammen und sah Dr. Urban mit großen Kinderaugen an.

»Adam – das bin ich!«, sagte sie mit heller Stimme.

»Das ist eine Beleidigung der Natur!« Dr. Urban verbeugte sich galant. »Sie sind Eva, gnädige Frau. Darf ich Sie zu Zimmer 14 bringen?«

»Gern, Herr Stabsarzt.«

Sie trippelte vor ihm her über den Flur bis zur Treppe. Adam, dachte Dr. Urban und musterte die schlanken Beine der Frau. Fritz Adam. Der Mann mit der zerstörten rechten Gesichtshälfte. Medizinstudent im 4. vorklinischen Semester. Ein netter Bursche an sich – aber was will eine so entzückende Frau mit einem Mann, der nur ein halbes Gesicht hat?

»Die Treppe hinauf!«, sagte Dr. Urban und schaute den Beinen zu, die vor ihm die Stufen hinauftänzelten. Unter seiner Schädeldecke wurde ihm heiß, und er musste schlucken, weil sich eine fatale Trockenheit in seinem Mund ausbreitete.

»Sie haben Ihren Mann schon gesehen?«, fragte er und schob sich mit einem langen Schritt an ihre Seite.

»Nein. Es ist das erste Mal.« Irene Adam blieb stehen. Ihre Kinderaugen waren kullerrund und dunkel vor Angst. »Sieht er … sieht er schlimm aus?«

»Wie man's nimmt.« Dr. Urban steckte die Hände in die Taschen seines weißen Arztmantels. »Ich tue alles, was in meiner Kraft steht, um Ihren Mann wiederherzustellen. Vor allem jetzt, wo ich Sie kenne.«

»Sie operieren ihn?« Irene Adam sah bewundernd zu Dr. Urban auf. In ihren Augen flimmerte es. »Sie haben einen wunderbaren Beruf, Herr Stabsarzt.«

Dr. Urban schwieg. Er schluckte das Lob der kleinen Frau wie sonst sein Pervitin. Dass er nicht eine einzige Naht am Gesicht Fritz Adams gelegt hatte, spielte keine Rolle. Man sollte ihr sagen, dass ihr Mann nie wieder wie früher aussehen wird, dachte er einen Augenblick. Aber dann erschrak er vor seinen eigenen Gedanken und ging Frau Adam voraus zum Zimmer 14. Er öffnete die Tür und ließ sie allein eintreten. Er sah noch, wie Fritz Adam aufsprang und die kleine Frau wie erstarrt stehen blieb. Da schloss er schnell die Tür, trat an das Flurfenster und blickte hinaus auf den verschneiten Schlosspark.

Ich bin groß, gesund und stark, dachte er. So etwas braucht sie. Und er spürte, wie die Leidenschaft in ihm aufglühte und wie er sich ärgerte, dass die Tür des Zimmers 14 nicht aufsprang und Irene Adam nicht herausgerannt kam und rief: Ich kann ihn nicht sehen … ich kann nicht! …

Mit nervösen Fingern zündete sich Dr. Urban eine Zigarette an und wartete im Flur. Über eine Stunde lang ging er hin und her, bis ein Zittern durch seinen Körper flog. Da rannte er hinunter in sein Zimmer, riss aus dem Nachtschränkchen einen kleinen Kasten mit einer in Mull liegenden Spritze, zog aus einer Ampulle eine glasklare Flüssigkeit auf und stach die Nadel tief in den linken Unterarm. Schwer atmend lehnte er sich dann zurück und wartete, bis das Morphium wirkte.

Er wurde ruhiger, sein Atem ging normal, und nur an den glänzenden Augen sah der Wissende, woher Dr. Urban seine Kraft genommen hatte.

Mit schnellen Schritten lief er zurück zum ersten Stockwerk und bezog wieder Posten vor Zimmer 14.

Kurz vor dem Mittagessen klopfte es an die Tür Dr. Lisa Mainettis.

Lisa hatte es sich bequem gemacht, nachdem sie von den einzelnen Stationsschwestern erfahren hatte, dass es in den Zimmern zu keinerlei Komplikationen gekommen war. Zwar hatte es Tränen gegeben, und die mühsame Überwindung des Entsetzens war oft deutlich spürbar gewesen, aber dann hatte die Liebe der Frauen und Mütter gesiegt, und das zerstörte Gesicht war in ihren Augen glatt und heil geworden. Dr. Rusch war nach Bernegg gefahren. Er musste den Kreisleiter abholen, der am Nachmittag die Bescherung der Kriegswaisen vornehmen wollte.

Dr. Lisa Mainetti setzte sich, als sie das Klopfen an ihrer Tür hörte, strich sich die Haare glatt und sagte »Herein!« Verwundert betrachtete sie die weißblonde, puppenhafte Frau, die in das Zimmer tänzelte. Auf dem Flur bemerkte sie, während die Tür zuklappte, noch das schnelle Vorbeiwehen eines weißen Kittels und darunter zwei schwarzglänzende, wegeilende hohe Offiziersstiefel.

»Mainetti!«, stellte sich Lisa vor. »Sie möchten mich sprechen?«

»Ich bin Frau Adam.« Irene Adam sah die Ärztin mit großen unschuldigen Augen an. Wenn man sie auf den Rücken legt, müssten die Augendeckel zuklappen, wie bei einer Schlafpuppe, dachte Lisa. »Herr Stabsarzt Dr. Urban verwies mich an Sie als die Stationsärztin meines Mannes ...«

Also war es doch Urban, der eben vorbeigehuscht war, dachte Lisa Mainetti. Warum schickt er diese Frau ohne Anmeldung zu mir?

»Es stimmt, ich bin die Stationsärztin Ihres Mannes. Fritz Adam, nicht wahr?« Dr. Mainetti sprach langsam und vorsichtig. Ein merkwürdiges Gefühl hatte sie vom ersten Augenblick an ergriffen, als Irene Adam ins Zimmer trat. Verstärkt wurde es durch den weghuschenden, weißen Mantel auf dem Flur. »Wie finden Sie Ihren Mann? Sieht er nicht wieder prächtig aus? Und er hat einen so starken Willen, dass er auf andere Kameraden tröstend wirkt.«

Irene Adam wölbte die Unterlippe vor. Sie setzte sich und stellte ihre große Lacktasche neben sich auf den Boden.

»Wir sind verheiratet«, sagte sie wie ein schmollendes Kind. »Gewiss. Aber wir kannten uns nur ein paar Wochen, und gleich nach der Hochzeit musste Fritz wieder an die Front. Eigentlich bin ich gar nicht verheiratet, nicht wahr? Oder kann man ein paar Tage Zusammenleben als Ehe bezeichnen? Wenn man es genau betrachtet ...«

»Haben Sie das alles Ihrem Mann gesagt?«, fragte Lisa Mainetti mit mühsamer Beherrschung.

Irene Adam schüttelte den weißblonden Kopf. »Natürlich nicht. Er hat sich so gefreut, dass ich gekommen bin. Darum bin ich auch zu Ihnen geschickt worden, Frau Doktor. Bitte, sprechen Sie mit Fritz darüber. Er muss mich verstehen. Bringen Sie ihm das alles bei. Er kann nicht wollen, dass ich mein ganzes

Leben lang ... Ich will nach der Mittagspause auch nicht wiederkommen. Ich fahre gleich wieder zurück zu meinen Eltern. Sie müssen mit ihm sprechen, Frau Doktor!«

»Müssen?« Dr. Mainetti senkte den Kopf. Warum ist man so gut erzogen, dachte sie bitter.

»Haben Sie nie daran gedacht, was Sie bei der Trauung versprochen haben?«, sagte sie mit vor Erregung heiserer Stimme. »Bis dass der Tod euch scheidet, hieß es. Und eine Ehe ist nicht nur in guten Tagen gültig, sondern auch in bösen. Erst da zeigt es sich, wie groß eine Liebe ist.«

Irene Adam saß vor Lisa Mainetti, mit schief geneigtem Köpfchen und einem Schmollmund, mit ratlosen Kinderaugen und einer unwillig zusammengezogenen Stirn.

»Das ist ja alles ganz gut und schön«, sagte sie, als Lisa schwieg. »Damals war es auch anders. Damals hatte ich wirklich den Willen, immer mit Fritz ...« Sie schluckte und nestelte an ihrem Spitzentaschentuch herum. »Aber jetzt ist doch alles anders, Frau Doktor. Fritz ist ein anderer Mensch geworden. Nicht nur äußerlich. Er ist auch anders zu mir ... wie soll ich sagen ... er ist eben völlig umgedreht. Er ist nicht mehr der Fritz, den ich damals heiratete. Er ist mir völlig fremd.« Sie putzte sich das Näschen und tupfte wieder über die bemalten Augen. »Und im Übrigen«, sagte sie plötzlich wie ein trotziges Kind, »will ich nicht mehr! Ich bin jung und hübsch, und ich habe Aussichten, noch einen Mann zu bekommen, der mein Typ ist.«

Irene Adam erhob sich brüsk.

In Lisa Mainetti brach die letzte Hemmung. Sie sprang auf, riss die Tür ihres Zimmers auf und fasste den Arm der weißblonden Puppe. Mit einem heftigen Ruck stieß sie die Gestalt zur Tür und hinaus auf den Flur.

»Raus!«, schrie Dr. Mainetti. »Sofort raus! Ihr Mann kann Gott danken, wenn er von Ihnen befreit ist!«

Am Ende des Flurs wartete Dr. Urban. Als er Irene Adam mit gesenktem Kopf herankommen sah, eilte er ihr entgegen. An ihrem Gesicht sah er, was geschehen war. Er hatte es nicht anders erwartet, ja, er hatte es sich sogar so gewünscht, als er Irene Adam zu Lisa Mainetti schickte.

»Kann ich etwas für Sie tun?«, fragte er mit galant flötender Stimme. »Sie wohnen in Bernegg?«

»Nein. In Oberhalden. In Bernegg war alles schon besetzt.

Oberhalden, Hotel ›Goldener Engel‹.« Sie sah Dr. Urban hilfeflehend aus ihren unschuldigen Kinderaugen an. »Sie hat mich hinausgeworfen.«

»Ich weiß. Sie ist eine böse Frau.« Dr. Urban zog seinen Arztkittel aus und warf ihn auf einen Stuhl, der an der Wand des Flurs stand. Die Offiziersuniform kleidete ihn vorzüglich. Irene Adam stellte es sachkundig fest. »Wäre es Ihnen unangenehm, wenn ich Sie mit dem Wagen nach Oberhalden bringe, gnädige Frau?«

»Unangenehm? Wie können Sie so etwas fragen? Gerade jetzt brauche ich männlichen Schutz ... Ich bin doch so allein.«

»Na, dann wollen wir!« Dr. Urban ging ihr voraus und öffnete vor ihr die Tür des Seitenausgangs, der zu einem Parkweg führte und von dort zur Hauptwache. »Wann fahren Sie zurück nach Hause, gnädige Frau?«

»Vielleicht in zwei Tagen«, sagte Irene Adam und ordnete ihre weißblonden Locken. »Vielleicht – es vermisst mich ja niemand ...«

Während sie hinunter zur Hauptwache gingen, stieß Dr. Mainetti die Fenster ihres Zimmers auf. Es war ihr unmöglich, den Geruch von Irene Adams Parfüm länger zu ertragen.

Nach dem Mittagessen wurde die Post verteilt. Sie war heute etwas später gekommen.

Dr. Urban hatte es übernommen, die Post noch einmal durchzusehen, bevor sie an die Stationen weitergegeben wurde. Zwei Männer halfen ihm dabei – ein Sanitätsgefreiter aus Urbans Station und der taube Kaspar Bloch.

»Sieh an«, sagte Dr. Urban plötzlich und drehte einen Brief in seinen Fingern. Kaspar Bloch schielte hinüber – er sah nur ein amtliches Kuvert mit einem großen Dienststempel. »Ein Brief für unseren tauben Kaspar Bloch.« Dr. Urban steckte den kleinen Finger in den Schlitz der Briefklappe und riss das Kuvert auf. Gemeiner Hund, dachte er. Aber da er nicht hören durfte, was Urban sagte, zeigte er nach außen hin keinerlei Bewegung und sortierte ruhig die anderen Briefe nach den Zimmernummern weiter.

Dr. Urban beobachtete Kaspar Bloch. Langsam faltete er den Briefbogen auseinander und las aufmerksam. Dann winkte er dem Sanitätsgefreiten und nickte zu Kaspar Bloch hinüber.

»Eine Sauerei ist das«, sagte Dr. Urban laut. »Gerade zu Weihnachten muss das kommen. Wie bringt man das dem armen Bloch bloß bei? Es wird am besten sein, wenn wir ihm dieses Schreiben erst nach den Feiertagen aushändigen.«

»Jawoll, Herr Oberarzt.« Der Gefreite sah verblüfft zu Dr. Urban hinauf. »Um was handelt es sich denn?«

»Ein Brief der Kreisleitung. Beim letzten Luftangriff ist Blochs Mutter ums Leben gekommen.«

Kaspar Bloch durchfuhr es wie ein feuriger Strahl, der sein Inneres im Bruchteil einer Sekunde verbrannte. Er schloss die Augen und riss den Mund auf. Aber im gleichen Augenblick hämmerte es durch sein Gehirn: Er sieht dich an ... Er beobachtet dich jetzt ... du hast nichts gehört ... du hast nichts gehört ... du bist ja taub ... taub ... taub ...

Mutter ist tot, dachte er. Das ist keine Falle mehr. Er hat das Schreiben ja in der Hand, ich habe das amtliche Kuvert gesehen, den Dienststempel, er hat es vor meinen Augen aufgerissen. Mutter ist tot ... Mutter ...

Dr. Urban faltete den Brief wieder zusammen und steckte ihn in die Uniformtasche. Er tat so, als sei es eine unwichtige Sache. Das ›Experiment‹, wie er seine unüberbietbare Gemeinheit nannte, war misslungen. Mit schnellen Schritten verließ er das Zimmer. Auf dem Gang nahm er den Brief aus der Tasche, zerriss ihn in ganz kleine Fetzen und warf sie in einen Papierkorb. Es war wirklich ein unwichtiges Schreiben: ein alter Brief der Kreisleitung mit einer Einladung zur Feier des 9. November.

Kaspar Bloch wartete, bis einige Minuten verstrichen waren.

Dann ging es einfach nicht mehr. Er ließ den Stapel Post, den er gerade genommen hatte, zurück auf den Tisch fallen und rannte aus dem Zimmer. Der Sanitätsgefreite beachtete ihn nicht. Er verschnürte gerade wieder ein beschädigt angekommenes Paket. Kaspar Bloch blieb im großen Treppenhaus stehen und lehnte sich mit der Stirn an eine der kalten Säulen. Wohin, dachte er. Mein Gott, wohin soll ich gehen? Wem kann ich sagen, dass ich hören kann? Wen kann ich fragen, ob es wirklich wahr ist, dass Mutter ...

Es blieb ihm keine andere Wahl, als sich zu verraten. Mit großen Sprüngen raste er die Treppe hinunter zum Zimmer Lisa Mainettis und riss die Tür auf, ohne anzuklopfen.

Dr. Mainetti las einen langen Brief, der mit der Weihnachtspost gekommen war. Erschrocken sah sie hoch, als Kaspar Bloch in das Zimmer stürzte und die Tür hinter sich zuschlug.

»Frau Doktor ...«, stammelte er. »Bitte, bitte, Frau Doktor, verraten Sie mich nicht ...«

Dr. Lisa Mainetti legte den Brief zur Seite und zeigte auf einen Stuhl. Sie war weder erstaunt noch verärgert.

»Setzen Sie sich, Bloch«, sagte sie ruhig. »Ich wusste, dass Sie hören können. An Ihren Augen habe ich es gesehen.«

Bloch nickte. Er sank auf den Stuhl und schlug beide Hände vor die Augen. Auf einmal weinte er, leise, wimmernd wie ein gefallenes Kind. Dr. Mainetti ging zur Tür und schloss sie ab.

»So. Jetzt sind wir ungestört. Und nun packen Sie aus. Sie haben geahnt, dass ich Ihr Geheimnis kenne?«

Kaspar Bloch nickte. »Ich kann nicht mehr«, stammelte er. »Es ist zu viel. Ich halte es nicht mehr durch ... Bitte, helfen Sie mir, Frau Doktor ... bitte, bitte.«

Eine Ahnung stieg in Lisa Mainetti auf. Sie schloss auch das Fenster zum Park und lehnte sich gegen die Fensterbank.

»Was hat Dr. Urban Ihnen gesagt, Bloch?«

»Nichts! Gar nichts!« Kaspar Bloch sah mit flackernden, fast irren Augen zu der Ärztin hinüber. »Er hat einen Brief bekommen. Von der Kreisleitung. Meine Mutter ... beim letzten Angriff ... Er will ihn mir erst nach den Feiertagen geben ... Bitte, bitte, Frau Doktor ...« Sein Kopf sank auf den Tisch, und er weinte haltlos.

In Lisa Mainetti breitete sich wieder die explosive Hitze aus, die sie beim Anblick Irene Adams gespürt hatte. Es kann möglich sein, dachte sie schnell. Aber es kann auch eine Falle sein, eine der gemeinsten Fallen, die ein Mensch sich ausdenken kann.

»Wann ist der Brief gekommen, Bloch?«

»Vorhin mit der Post. Ich half bei der Sortierung.«

»Warten Sie. Ich hole Ihnen den Brief.«

Dr. Mainetti schloss die Tür auf, steckte den Schlüssel um und schloss ihr Zimmer von draußen wieder ab. Mit schnellen Schritten ging sie zum Geschäftszimmer und klopfte vor dem eine Zahlenreihe addierenden Zahlmeister auf den Tisch.

»Ich möchte die Post meiner Station«, sagte sie laut.

Der Zahlmeister sah verblüfft und etwas ratlos in das gerötete Gesicht der Ärztin.

»Die hat Herr Dr. Urban schon abgeholt. Vor zwei Stunden.«

»Was hat Dr. Urban mit meiner Post zu schaffen? Er hat seine eigene Station! Ich wünsche in Zukunft nicht, dass meine Post anderen ausgehändigt wird.«

Ehe der Zahlmeister etwas antworten konnte, war sie schon hinaus und rannte zu dem Zimmer, in dem der Gefreite noch immer die beschädigten Pakete zuammenschnürte.

»Die Post von Station II!«, rief Lisa Mainetti.

»Bitte!« In strammer Haltung zeigte der Gefreite auf die einzelnen Stapel. »Es ist alles schon sortiert, Frau Doktor.«

»Das sehe ich! Wer hat das veranlasst?«

»Herr Oberarzt Dr. Urban.«

Lisa Mainetti blätterte den Stapel von Zimmer 14 durch. Ein dicker Weihnachtsbrief war für Kaspar Bloch darunter. Absender: Prof. Dr. Th. Bloch. Aber kein amtliches Schreiben.

»Ist das alles?«, fragte Dr. Mainetti.

»Ja, Frau Doktor.«

»Mensch – denken Sie nach! Ist das alle Post für meine Station?«

Der Gefreite drehte die Augen zur Decke. Es war offenkundig, dass er sich zu erinnern versuchte. Dann hellte sich seine Miene auf. Er stand stramm und hob dabei wie um Verzeihung bittend die Schultern.

»Der Herr Oberarzt hat einen Brief selbst eingesteckt. Für den Bloch war er. Seine Mutter ist bei einem Luftangriff umgekommen. Der Herr Oberarzt will aber ...«

»Danke!« Lisa raffte die Stapel zusammen und verließ das Zimmer. Mit ein paar Schritten war sie an der Tür Dr. Urbans. Als sie eintrat, stand Dr. Urban gerade in Hose und Unterhemd vor einem Spiegel und rasierte sich. Er hatte für den Nachmittag eine Verabredung mit Frau Adam getroffen.

»Nanu, liebe Kollegin!«, sagte er und stellte den Rasierpinsel auf die Glasablage. »So forsch in eine männliche Behausung? Sie haben doch wohl keine erotische Ader in sich entdeckt?«

Lisa Mainetti warf die Briefstapel auf den Tisch und trat nach hinten die Tür zu. Dr. Urban sah auf die Briefe und atmete tief auf.

»Hier fehlt ein Brief!«, sagte Lisa kalt. »Der Gefreite sagte mir, dass Sie ihn eingesteckt haben. Ich möchte ihn sehen.«

»Dieser Idiot sieht Gespenster!« Dr. Urban kam mit seinem eingeseiften Gesicht näher. Er versuchte sogar zu lächeln. »Sie wollen mir doch wohl nicht unterstellen, Frau Kollega, dass ich Briefe unserer Patienten ...«

»Es war ein Brief an Kaspar Bloch. Angeblich teilte die Kreisleitung mit, dass seine Mutter ...«

»Ach das!« Dr. Urban lachte laut. Er wandte sich ab und ging zurück zum Spiegel, nahm seinen Rasierpinsel und seifte sich weiter das Gesicht ein. »Das war ein kleiner Trick von mir. Leider vergeblich. Ich glaube jetzt fast selbst, dass der Kerl das Gehör verloren hat. Bei so einer massiven ...«

Dr. Mainetti ließ ihn nicht aussprechen.

»Wenn ich keine Frau wäre«, sagte sie leise, »befänden Sie sich jetzt in akuter Lebensgefahr. So aber kann ich Ihnen nur sagen, dass ich Sie zutiefst verachte.«

»Es wird mir nicht wehtun.« Dr. Urban wandte sich ab und schraubte seinen Rasierapparat zu. »Der Zweck heiligt die Mittel, das sagte schon Machiavelli. Oder wollen Sie einen Simulanten decken, Kollega? Nun, mir scheint, er ist wirklich gehörlos. Was macht da schon der kleine Trick aus, er hat's doch nicht gehört.«

Wortlos drehte sich Lisa Mainetti um und ging zurück auf ihr Zimmer. Kaspar Bloch sprang auf, als sie eintrat, sein Körper schüttelte sich wie in einem wilden Fieber.

»Ist es wahr?«, stammelte er. »Ist es wirklich wahr?«

Lisa schüttelte den Kopf. »Nein!«, sagte sie fest. »Er wollte Sie nur überführen.«

Ohnmächtig fiel Kaspar Bloch vor ihre Füße.

Weihnachten.

Im Keller der Horst-Wessel-Straße in Köln saß Ursula Schwabe vor einem geschmückten, dicken Tannenzweig, den sie sich heimlich aus dem Kölner Grüngürtel geholt hatte. Mit in Streifen geschnittenem Silberpapier und Pappsternen hatte sie den Zweig festlich geputzt und Erich Schwabes Foto daruntergestellt. Es zeigte einen lachenden Feldwebel, ein offenes, fröhliches, lebenslustiges Gesicht.

Ein Gesicht, das es seit dem 4. Oktober 1944 nicht mehr gab.

Jetzt sitzen sie in Bernegg auch vor einem Weihnachtsbaum, dachte sie. Und Erich wird an mich denken, wie ich an ihn denke. Es war falsch, dass ich nicht mitgefahren bin. Warum soll ich nicht stark genug sein, ihn anzusehen, so wie er jetzt ist? Ich bin kein Kind mehr, ich bin doch seine Frau, und ich weiß, wie er ausgesehen hat, dort steht ja sein Bild. Und einmal wird er wieder aussehen wie die anderen Menschen auch.

Sie lauschte nach oben. Die Sirenen gellten. Es hatte nichts Erschreckendes mehr. Im Gegenteil, wenn sie einen Tag nicht heulten, war man verwundert.

Von den Stadträndern her hörte sie das Aufbellen der Flak. Die Erde zitterte leicht.

Der Lärm der Flak kam näher. Helles Motorengebrumm mischte sich dazwischen. In diesem Augenblick hörte Ursula klappernde Schritte die Kellertreppe hinabkommen, die Tür wurde aufgestoßen, und ein Mann in der Uniform eines Fliegerfeldwebels stolperte in den Kellerraum.

»Sie sind direkt über uns!«, keuchte er und drückte die Tür hinter sich zu. Dann blickte er sich um und nahm die Mütze ab, wischte sich mit dem Ärmel den Schweiß von der Stirn und lächelte etwas verlegen zu Ursula hinüber.

»Sie sind allein hier, Fräulein?« Er horchte nach oben und nickte mehrmals. »Die ziehen vorbei. Gott sei Dank! Nicht mal Weihnachten hat man Ruhe. Ein Mistkrieg ist das!« Er kam schüchtern näher und sah den Tannenzweig und das Bild Erich Schwabes. »Ihr Bräutigam, Fräulein?«

»Mein Mann.«

»Oh, Verzeihung. So ohne weiteres kann man das ja nicht sehen.«

Der Fliegerfeldwebel setzte sich auf eine Kiste neben Ursula und starrte auf Schwabes Bild.

»An der Front?«, fragte er, als Ursula nichts sagte.

»Nein. Im Lazarett.«

»Verwundet? In Russland?«

»In Bernegg. Er hat eine Gesichtsverletzung. Seine Mutter ist jetzt bei ihm. Ich darf noch nicht zu ihm.«

Der Feldwebel pfiff durch die Zähne. Er hatte ein sympathisches, ebenmäßiges Gesicht und schwarze Locken wie ein Südländer. Er war groß und breit und gesund wie ein Baum in gutem Boden.

»Und nun feiern Sie hier allein Weihnachten?«, fragte der Fliegerfeldwebel. »Übrigens, ich heiße Karlheinz Petsch. Kein schöner Name, aber ich bin nicht schuld daran.« Er lachte, kramte in seinen Taschen herum und holte eine angebrochene Blechschachtel mit Schoka-Cola hervor. Er hielt sie Ursula hin und nickte ihr zu. »Mein Beitrag zu Ihrem Weihnachtsfest. Das ist alles, was ich habe. Ja, und Urlaub habe ich. Sechs Tage noch.« Er sah sich um und lehnte sich zurück gegen die Kellerwand. »Eigentlich schön, dass ich gerade hier untergekrochen bin. Ich bin nämlich genauso einsam wie Sie. Meine Braut ist weg, keiner weiß wohin. Und meine Eltern sind evakuiert. Ich hab's erst hier erfahren. Was halten Sie davon, wenn wir zwei Vergessenen gemeinsam Weihnachten und Neujahr feiern?«

Ursula Schwabe schüttelte den Kopf. »Ich möchte allein sein«, sagte sie leise.

»Aber warum denn? Jeder Tag ist wichtig. Heute oder morgen können wir eins aufs Dach bekommen, und dann ist's aus für immer! Ich werde uns zwei Flaschen organisieren, und dann sieht die Welt ganz anders aus!«

Karlheinz Petsch sprang von der Kiste auf und klopfte Ursula auf den schmalen Rücken.

»Der Rummel ist vorbei! Ich komme heute Abend wieder.« Er klopfte Ursula wieder auf die Schulter und drehte eine blonde Locke um seinen Zeigefinger. »Und nun lass den Kopf nicht hängen, Mädchen. Es ist doch alles Mist um uns herum. Wir ändern nichts mehr. Also bis heute Abend!«

Er rannte die Treppen hinauf und ließ die Kellertür offen. Ursula presste beide Hände auf die Brust. Sie starrte das Bild Erichs an, und vor ihren Augen verschwamm sein lächelndes Gesicht, und eine Fratze schrie ihr entgegen.

Da sprang sie auf, rannte zur Treppe und schrie hinauf:

»Ich will Sie nicht mehr sehen! Kommen Sie nicht! Bitte, kommen Sie nicht! Ich will es nicht!«

Sie warf die Kellertür zu, verriegelte sie und rückte die Kiste davor, auf der er gesessen hatte.

Auf dem Wege zu Fritz Adam – wie Blei war es in den Beinen Dr. Lisa Mainettis, als sie die Treppe hinaufstieg – hörte sie in ihrem Zimmer die Alarmglocke läuten. Sie machte kehrt und ging zurück zur Aufnahme, wo bereits ein Assistenzarzt in seinen weißen Kittel schlüpfte.

»Ein Frontzugang!«, rief der Unteroffizier vom Telefon. »Ist auf dem Wege zu uns und kommt gleich an. Wurde zu uns eingeflogen. Muss ein harter Brocken sein.«

»Und das zu Weihnachten!«, sagte der Assistenzarzt. »Wo das ganze Haus voll von Besuchern ist.«

In aller Eile wurde der Eingang abgesperrt. Die Besucher wurden durch einen Seiteneingang geleitet, der Zugang zum OP wurde abgeriegelt.

Im Operationssaal bereiteten die Schwestern schon das Nötigste vor. Man kannte die Sofortmaßnahmen von Hunderten von Einlieferungen her. Meist wurde nur eine erste Wundversorgung vorgenommen.

Dr. Mainetti war noch beim Händewaschen, als der Sanka vorfuhr und zwei Sanitäter eine zugedeckte Trage in den Block B trugen. Der Assistenzarzt dirigierte sie sofort zum OP, wo sie die Trage abstellten. Ein lang gestreckter Körper lag unter den Decken, unbeweglich, wie erstarrt.

Der Assistenzarzt hielt Dr. Lisa Mainetti den Laufzettel vor die Augen, während sie sich weiter wusch.

»Fischer, Rudolf. Leutnant, geb. am 24. 4. 1916 in Breslau. Verwundet am 23. 12. 1944. Eingeliefert in HVP 0 Uhr 10. Ausgeflogen 14 Uhr 17. Dreitausend Einheiten Tetanusserum vom Hammel. Puls 60, Temperatur 36,0, in der Achselhöhle gemessen. Verletzungen durch Granatsplitter von Schädel und Gesicht.«

Dr. Mainetti sah hinüber zu der zugedeckten Bahre.

»Decken Sie ihn auf«, sagte sie zu dem jungen Arzt. »Wir sind so etwas ja gewöhnt.«

Die Sanitäter zogen die Decke von dem Kopf Rudolf Fischers. Einen Augenblick hielt selbst Dr. Mainetti mit dem Waschen inne. Es war kein Kopf mehr, kein Gesicht, keine menschliche Form. Es war ein Wunder, dass dieser Mensch lebte, dass er atmete, dass sein Herz weiter in der Brust zuckte.

Ein einziges Auge war ihm geblieben. Es lag inmitten eines Gewühls von zersplitterten Knochen und zerfetztem Fleisch. Die Kiefer waren abgerissen und die Schädeldecke zertrümmert. In der Luftröhre hatte der Verwundete einen Schnitt, in den man eine Kanüle gesteckt hatte. Nur durch diese Tracheotomie war es möglich gewesen, ihn vor dem Ersticken zu bewahren.

Lisa Mainetti starrte auf das eine, das übrig gebliebene linke Auge. Es lag in einem schweren Bluterguss, das Weiße im Auge war dunkelrot verfärbt, aber es war voll Leben. Es sah sie an mit erschreckender Deutlichkeit: ein kleiner Fleck Leben inmitten einer völlig zerstörten, verwüsteten Landschaft aus Blut und Knochen.

»Auf den Tisch – vorsichtig!«, sagte Dr. Mainetti gepresst. Sie trat zur Seite und ließ die Hände abtropfen, und der Blick des einen Auges folgte ihr.

6

Er ist bei vollem Bewusstsein, dachte Dr. Lisa Mainetti und half mit, den starren Körper auf den Operationstisch zu heben. Sie sah die bleichen Gesichter der Sanitäter und des Famulus Baumann, und sie hatte selbst Mühe, ein Frösteln zu unterdrücken.

Wie kann ein solcher Mensch noch leben, dachte sie dann. Warum hat das Herz nicht einfach aufgehört zu schlagen? Was soll ein solches Wesen noch auf dieser Welt: ein blutiger Brei mit einem großen Auge darin?

Dr. Mainetti beugte sich über Leutnant Rudolf Fischer, als er auf dem OP-Tisch lag. Sie wusste nicht, ob er sie hören konnte. Aber als sie nahe an seinem Auge war, erkannte sie, dass er sie genau beobachtete.

»Das bekommen wir schon wieder hin, mein Junge«, sagte Dr. Lisa Mainetti mit fester Stimme. »Es sieht immer alles schlimmer aus, als es wirklich ist! Schon in einer Stunde ist alles ganz anders.«

Sie las noch einmal den Laufzettel durch. Der Famulus Baumann kam mit einer Spritze Eudokal und reichte sie ihr stumm. Lisa sah wieder auf das unheimlich klare Auge. Wenn ich ihm jetzt Morphium gäbe, dachte sie, würde er selig einschlafen. Herz und Kreislauf werden das nicht mehr verkraften. Dazu der Blutverlust … Ich kann ihm auch Eudokal und Strophantin geben, dann lebt er weiter … Aber wozu soll er leben? Kann ein Mensch noch leben, den man so zugerichtet hat?

Lisa legte den Laufzettel beiseite. Mitleid und ärztliches Gewissen rangen einen kurzen Augenblick miteinander.

»Eudokal und Stroph, Baumann.«

Baumann reichte ihr die Injektionsspritze, köpfte mit geübter Hand die Ampullen. Dr. Mainetti zog die Flüssigkeit auf und injizierte in den Oberschenkel. »So«, sagte sie aufatmend, und jetzt war ihre Stimme rau wie nach einer durchschrieenen Nacht. Das Eudokal würde reichen, den heftigsten Schmerz zu betäuben, wenn sie das formlose Gesicht untersuchte und die erste Behandlung durchführte.

Lisa Mainetti wartete, bis kurz nach der Injektion das Auge trüber und kleiner wurde. Es war, als ziehe sich ein Schleier über den Blick.

Sie kontrollierte mit dem Stethoskop Herzschlag und Puls und begann dann, Stück für Stück des zerstörten Gesichtes zu untersuchen, indem sie es abtastete; gleichzeitig diktierte sie einem Sanitäter den Befund.

Als Lisa Mainetti damit fertig war, lehnte sie sich müde an den OP-Tisch. Auch die OP-Schwester war inzwischen aus der Kapelle gekommen; jetzt stand sie neben Lisa und wischte mit einem Zellstofflappen über die Stirn der Ärztin.

»Lesen Sie vor«, sagte Lisa. Und während die monotone Stimme des Sanitäters das Diktat vorlas, säuberte sie die schreckliche Wunde, stillte eine Sickerblutung aus der Arteria lingualis, legte einen Druckverband mit eingestreutem Claudenpulver an und injizierte 20 ccm Calciumlösung 10-prozentig intravenös.

Fast eine Stunde lang arbeitete sie an diesem zerstörten Kopf. Sie legte Zugstreifen an, nachdem die Sickerblutung gestillt war, machte einen Kopfverband und einen Polsterverband in der Lendenwirbelgegend.

Während sie die letzten Handgriffe tat, kam Professor Rusch in den OP. Er hatte den Kreisleiter abgeholt, dabei war ihm an der Pforte der neue Frontzugang gemeldet worden. Ohne weitere Erklärungen hatte er den Kreisleiter unten stehen lassen und war hinüber zum Operationstrakt gelaufen.

»Schwer?«, fragte Rusch, als er neben Lisa Mainetti stand. Er sah, wie abgespannt und müde sie war, wie ergriffen und noch immer entsetzt.

»Es ist manchmal nicht mehr zu ertragen«, sagte Lisa leise. »Hast du deinen Parteibonzen mitgebracht?«

»Ja. Er steht in der Halle.«

»Bring ihn her und zeig ihm dieses Gesicht. Und dann soll er noch den Mut haben, von der Ehre und Freude des deutschen Mannes zu sprechen, für Führer und Vaterland sein Blut zu geben!«

Im Rücken der Ärzte klappte eine Tür, ein Windzug strich

unter der heißen Lampe durch. Dr. Mainetti drehte sich schnell um und schrie: »Tür zu! Verdammt!«

»Bin ich hier richtig?« Der Kreisleiter stand im OP, ein wenig verlegen, in seiner kinderdurchfallfarbigen Uniform wie ein Schmutzfleck inmitten der weißen Kittel. Das Band des Kriegsverdienstkreuzes und das runde Parteiabzeichen leuchteten matt in der grellen OP-Beleuchtung.

»Sie kommen wie gerufen!«, sagte Lisa Mainetti. Professor Rusch trat sie hart auf den Fuß.

Der Kreisleiter kam langsam durch die Gasse der weißen Mäntel an den OP-Tisch heran. Noch verdeckte die Gestalt der Ärztin den grauenhaft verstümmelten Kopf des Leutnants Rudolf Fischer.

Er spürte, wie ihm unheimlich wurde. Zudem legte sich ihm der Geruch von Chloroform, warmem Blut, Körperausdünstung und Eiter schwer auf Zunge, Gaumen und Magen.

Lisa Mainetti trat zur Seite und gab den Blick frei. »Das Gesicht des Krieges«, sagte sie.

Der Kreisleiter starrte auf das eine umgekippte Auge, auf diesen Kopf, der kein Kopf mehr war. Ein plötzliches Würgen schüttelte ihn, er schluckte krampfhaft, sein Gesicht wurde erst weiß, dann gelb, schließlich farblos. Er griff um sich, suchte Halt, aber niemand war da, der ihn stützte. Da fiel er in sich zusammen und sank ohnmächtig vor dem OP-Tisch auf den Boden.

Während im großen Gemeinschaftssaal die Weihnachtsfeier der Partei abrollte, saß Lisa Mainetti auf dem Bett Fritz Adams. Das Zimmer B 14 war leer. Alle Verwundeten saßen unten im Saal, neben ihren Frauen und Müttern und Vätern oder neben den BdM-Mädchen, die die Betreuung allein stehender Verwundeter übernommen hatten.

Fritz Adam lag mit dem Gesicht zur Wand und weinte.

Dass Irene nicht wiedergekommen war, hatte Fritz Adam genug gesagt. Er war mit der gleichen Heftigkeit zusammengebrochen, mit der er sich vorher auf das Wiedersehen mit seiner hübschen, jungen Frau gefreut hatte.

Nun saß Lisa Mainetti neben ihm und legte ihm beide Hände auf die zerwühlten Haare.

»Ich habe mit ihr gesprochen«, sagte sie. »Und dass sie nicht wiedergekommen ist, daran bin ich schuld.«

»Sie?« Fritz Adam warf sich herum. Sein Gesicht, das wie ein Bratapfel aussah, verzerrte sich noch mehr. »Aber wieso denn, Frau Doktor? Was ... was ist denn passiert?«

»Ich habe ihre blonde Puppe hinausgeworfen!«, sagte sie ganz ruhig. »Jawoll, Sie hören richtig: Hinausgefeuert habe ich sie.«

»Aber Frau Doktor«, stotterte Fritz Adam. Seine Augen waren starr, und die Lippen, die erst halb wieder mit Lippenrot bedeckt waren, zitterten wie in einem Krampf. »Sie ... sie war doch nur entsetzt. Das ist doch ihr gutes Recht. Sie war immer so zart, so ängstlich, so leicht erschrocken. Man muss ihr Zeit lassen. Und nun tun Sie selbst ...« Fritz Adam sprang auf und riss seinen Uniformrock aus dem Kleiderspind. »Wo ist sie jetzt? Ich gehe zu ihr! Sofort! Sie werden sehen, sie hat es gar nicht so gemeint! Ich weiß doch, dass sie mich liebt! Sie hat es mir doch noch vor drei Stunden gesagt.«

Dr. Mainetti hielt Adam am Rockärmel zurück und zog ihn zum Bett.

»Setz dich«, sagte sie.

»Ich muss zu ihr!«

»Setz dich!«, schrie Lisa. Fritz Adam zuckte zusammen und setzte sich auf die Kante seines Bettes. Sein Gesicht war ein einziges nervöses Zucken. Stumm, voller Abwehr, starrte er vor sich hin.

»Du gehst nicht zu ihr!«, sagte Lisa.

»Doch! Ich liebe sie. Mein Leben hat keinen Sinn mehr, wenn Irene ...«

»Keinen Sinn mehr! Wie die kleinen Kinder reden die Männer, wenn sie einen Rock in der Hand fühlen! Mensch, Fritz Adam – besteht denn die Welt nur aus dieser Irene?«

»Meine Welt – ja.«

»Und sie ist einfach nicht mehr da, wenn auch Irene nicht mehr da ist, was? So einfach ist das? Weib weg, Leben weg! Man sollte euch alle durchprügeln, euch Mannsbilder! Hat dich das Schicksal nur dafür vor dem Tode bewahrt, dass du jetzt alles wegwirfst? Haben wir in zwei Jahren nur darum Stück für Stück deines Gesichtes wiederhergestellt, damit du jetzt sagst: Ohne dieses Weib will ich nicht mehr! Ich haue ab aus dieser Welt! Ist denn der ganze Sinn des Lebens nur diese eine Frau, dieses Modepüppchen, dieses Betthäschen, das nichts als schnurren kann, wenn man es krault, und das wegläuft, wenn ein raues Lüftchen weht? Gibt es nicht Tausende von Frauen, die hundertmal wertvoller sind als diese kleine, dumme Hure?«

»Frau Doktor!« Fritz Adam sprang auf. Er hatte die Fäuste geballt, als wollte er Lisa Mainetti ins Gesicht schlagen. »Auch von Ihnen lasse ich meine Frau ...«

»Deine Frau!«, schrie Dr. Mainetti. »Als ich hierher kam, wollte ich behutsam mit dir sprechen, so, wie man zu einem Kranken spricht. Aber ich sehe, dass es sinnlos ist. Du liebst diese Frau, und diese Liebe ist ein Gift, das man nur mit einem Gegengift ausräuchern kann! Jetzt hör einmal zu, du großer, dummer Junge, du Riesenschaf.« Lisa zog Fritz Adam zurück zum Bett und drückte ihn auf die Matratze. Sie sah in seinen Augen ein Flackern und eine panische Angst vor dem, was ihn erwartete. Sie biss einen Augenblick die Zähne aufeinander. Es geht nicht anders, dachte sie. Hier hilft nur ein neuer Schock.

»Du bist doch ein kluger Mensch«, sagte Lisa Mainetti. »Du hast dein Abitur gemacht, du hast begonnen, Medizin zu studieren. Und da lernst du diese Puppe kennen und heiratest sie einfach, anständig wie du bist. Dann kommst du gleich darauf weg, an die Front, und nun bist du wieder da und siehst nicht mehr aus wie der Fritz Adam, der einmal die schöne Irene geheiratet hat. Und diese Irene kommt nun zu mir und sagt: Ich habe einmal einen schönen Mann geheiratet, und wie sieht er jetzt aus? Alles, was ich einmal an ihm liebte, ist weg! Keiner kann es mir zumuten, dass ich mein ganzes Leben ...«

»Nein!«, schrie Fritz Adam. Er presste die Fäuste auf seine Ohren. »Nein! Nein! Das hat sie nicht gesagt. Das kann Irene gar nicht sagen ... das ...«

Dr. Mainetti riss ihm die Hände mit einem Ruck von den Ohren. »Hör mir zu!«, sagte sie hart. »Warum glaubst du, habe ich sie hinausgeworfen wie eine Nutte, die ihre Zimmermiete nicht bezahlt hat? Glaubst du, ich würde eine Frau so behandeln, wenn ich auch nur den leisesten Funken Hoffnung hätte, dass noch etwas zu retten ist? Ich war euch immer mehr als eure Ärztin, das wisst ihr alle. Ich war eure Freundin, euer Beichtvater, eure Mutter, wenn es nötig war. Ich habe mit euch gelitten und mich mit euch gefreut, und alles, was ihr hier in diesem Lazarett erlebt habt, habe ich miterlebt! Glaubst du Hornvieh wirklich, ich würde mich so benehmen, wenn ich keinen Grund hätte?«

Fritz Adam starrte sie aus seinem Bratapfelgesicht mit flatternden Augen an.

»Irene hat ...«, stammelte er. »Frau Doktor ... das ist doch nicht möglich. Sie hat doch noch vor drei Stunden gesagt, dass sie mich liebt! Frau Doktor ... das kann doch nicht sein. Warum hat sie denn ...«

»Weil sie ein Charakterschwein ist!«, sagte Lisa laut. »So. Nun weißt du's!« Sie drückte ihn an den Schultern aufs Bett zurück, als er wieder aufspringen wollte. »Vorhin, als ich reinkam, hast du geheult wie ein kleines Kind. Da hast du geglaubt, dass sie nicht wiederkommt. Jetzt willst du's plötzlich nicht mehr glauben? Warum denn? Es ist besser, unter großen Schmerzen einen Wahn aus seinem Herzen zu reißen, als immer mit einem Selbstbetrug herumzulaufen und an ihm langsam, aber sicher zugrunde zu gehen. Es wird einmal die Zeit kommen, wo du für diese Stunde unendlich dankbar sein wirst. Und es wird gar nicht lange dauern.«

»Sie hat einen anderen, nicht wahr?« Fritz Adam krallte die Finger um den Bettpfosten. »Irene hat einen anderen Mann. Sie hat es Ihnen gesagt, Frau Doktor, nicht wahr? Sie können es mir ruhig verraten. Nach alldem, was Sie schon gesagt haben.«

Lisa schüttelte den Kopf. Der Junge tat ihr Leid, unendlich Leid. Aber sie sah keinen anderen Weg, sie musste ihn durch diese Hölle jagen, um ihm ein neues Leben zu eröffnen.

»Ich weiß es nicht«, sagte sie. »Aber ich glaube es fast.«

»Ich bringe sie um!«, schrie Adam grell.

»Und was hättest du davon?« Lisa griff in die Tasche ihres weißen Mantels und holte einen Spiegel hervor. »Los, sieh dich an!«, befahl sie laut, als Adam dem Spiegelbild auswich. »Das ist Fritz Adam! Der andere Fritz Adam, der mit der Irene Puppenfee verheiratet war, ist in einem glühenden Panzer auf Russlands Steppen geblieben. Für diesen neuen Fritz Adam musst du leben. Und für den lohnt es sich auch zu leben. Er hat die Zukunft vor sich. Er ist ein neuer Mensch. Ein Mensch ohne Vergangenheit. Sieh ihn dir genau an, Fritz Adam: Für diesen Menschen gibt es keine Irene mehr – sie paßt einfach nicht zu ihm!«

Fritz Adam starrte sein verschrumpeltes Gesicht an. Dann warf er plötzlich die Hände nach vorn, riss den Spiegel aus Lisas Hand und schleuderte ihn mit einem Aufschrei auf den Boden.

»Gut so!«, sagte Lisa ruhig. »Tob dich aus, mein Junge! Das

befreit von den letzten Schlacken. Aber vergiss nicht, dass morgen auch noch ein Tag ist!«

Sie stand auf und verließ ohne sich umzublicken das Zimmer B 14. Als sie die Tür schloss, hörte sie noch, wie Fritz Adam aufheulte wie ein getretener Hund.

Auf dem Flur traf Lisa Mainetti die kleine Schwester Dora Graff. Sie kam von der Weihnachtsfeier im großen Saal.

»Dora, Sie können mir einen Gefallen tun«, sagte Dr. Mainetti nachdenklich und blickte auf die Tür von Zimmer 14. »Warten Sie hier zehn Minuten, und gehen Sie dann ins Zimmer. Da drinnen ist ein Mann, der dringend einer weiblichen Hand bedarf. Aber sie muss jünger sein als meine. Ich werde Sie unterdessen unten bei der Weihnachtsfeier vertreten.«

Im großen Saal hatte die Bescherung begonnen.

Was die Verwundeten gebastelt hatten, wurde an die Waisenkinder verteilt. Als Dank sagten sie Gedichte auf oder machten auch nur einen verlegenen Diener oder Knicks. Der Kreisleiter hatte seinen Schwächeanfall überwunden. Er ließ von zwei Propagandafotografen Aufnahmen machen und untermalte die Bescherung mit markigen Worten.

In der letzten Stuhlreihe saß Walter Hertz. Man hatte seinen großen Rundstiellappen mit Mull überdeckt und mit Leukoplast verpflastert. So sah er aus wie ein Mann, der einen Ziegenpeter hatte, nur einen nach oben verrutschten. Das Gesicht war völlig schief. Neben ihm saß ein junges Mädchen in BdM-Uniform. Eine grüne Kordel an der Bluse zeigte, dass sie sogar eine Führerin war. Sie saß neben dem schiefen Gesicht, ein wenig gedrückt und fast ängstlich. Ihre Aufgabe, den ihr zugewiesenen Verwundeten zu betreuen, hatte sie erfüllt. Nun hatte sie nichts mehr zu sagen und wusste nicht, wie es weitergehen sollte mit der Betreuung.

Walter Hertz, neben ihr auf den Stuhl geklemmt, die Hände zwischen die Knie gepresst, suchte ebenfalls nach Worten. Was sagt man zu einem jungen Mädchen, dachte er verzweifelt.

Wie eine Erlösung kam ihm ein Gedanke. Er wandte den schiefen Kopf zu dem Mädchen um und berührte sie leicht am Arm. Das Mädchen zuckte zusammen und sah ihn an.

»Ich habe noch gar nicht gefragt, wie Sie heißen«, sagte er. »Sie haben mir so viel Freude gemacht.«

»Ich heiße Petra Wolfach.«

»Petra – ein schöner Name. Ich heiße Walter Hertz.«

»Herz! Wie lustig. Richtig wie Herz?«

»Nein. Mit tz. Wie der Physiker Heinrich Hertz, der Entdecker der elektromagnetischen Wellen. Nach ihm sind die Einheiten der Frequenzen benannt worden. Hertz, Kilohertz und so weiter ...«

»Wie interessant«, sagte Petra Wolfach.

Das Gespräch versickerte wieder. Walter Hertz mit tz kaute weiter auf der Unterlippe. Sicherlich versteht sie nichts von Physik, dachte er. Dumm von mir. Man sollte Herz wie Herz heißen, ohne tz. Dann wäre es leichter, ein Gespräch zu beginnen.

Er räusperte sich und berührte Petra wieder am Arm.

»Fräulein Wolfach«, sagte er unsicher. »Es ist nicht meine Schuld, das mit dem tz. Aber trotzdem habe ich ein Herz ohne tz! Und dieses Herz sagt mir, dass es schön wäre, wenn wir mal zusammen ins Kino gehen könnten. Unten spielen sie gerade ›Die große Liebe‹ mit Zarah Leander. Ein paar von meinen Kameraden waren drin. Sie waren hell begeistert.«

Petra Wolfach sah den Mann mit dem schiefen Gesicht lächelnd an. Wie nett und wie unbeholfen er spricht, dachte sie. Wie alt mag er sein? Bei keinen von ihnen kann man es mehr schätzen. Ihre Gesichter haben die Sprache verloren.

»Das könnte man machen«, sagte sie und nickte ein paar Mal. »Bekommen Sie denn Urlaub?«

»Bestimmt. Geht es nächsten Donnerstag?«

Petra Wolfach zögerte einen Augenblick. Ins Kino, dachte sie. Was werden meine Freundinnen sagen, wenn ich mit ihm ausgehe? Was werden die Leute denken?

»Ja!«, sagte sie fest, um sich selbst von der Richtigkeit ihres Entschlusses zu überzeugen. »Ja. Es geht.«

»Wir treffen uns vor dem Kino. Um halb acht?«

Petra nickte. Im Kino war es dunkel. Da sah man sie nicht. Und was nach dem Kino sein würde, das musste man abwarten.

»Donnerstag um halb acht«, sagte sie. »Ich besorge die Karten, einverstanden?«

»Einverstanden!« In Walter Hertz' Stimme schwang Jubel. »Und nun freue ich mich auf den Tanz nach der Feier! Können Sie tanzen, Petra?«

»Ja.«

»Ich auch! Ich war der Beste im Tanzkursus der Pennäler! Walzer links rum und rechts rum, wie gewünscht. Kinder, ist das ein schönes Weihnachtsfest!«

In einer anderen Ecke des Gemeinschaftssaales saßen Erich Schwabe und seine Mutter.

»Du hast Ursula alles erzählt?«, fragte Erich Schwabe. Man hatte ihm verschwiegen, dass seine Frau über die Mauer hinweg einen Blick auf die zerstörten Gesichter geworfen hatte und ahnte, wie Erich aussah.

»Ja, mein Junge«, sagte Frau Schwabe tapfer. »Sie hat gesagt: Deshalb bleibt er doch immer der Erich.«

»Aber wenn sie mich so sieht, Mutter? Sie macht sich doch gar kein Bild, wie ein Mensch ohne … wie er eben aussieht, wenn er so ist wie ich.«

»Ich habe ihr alles erklärt. Sie war wirklich tapfer, die Uschi. Und sie hat zwei Tage lang geweint, dass sie gerade jetzt die Grippe bekommen musste und nicht mitfahren konnte.«

»Ich werde Vaters Geschäft wieder aufbauen«, sagte Erich Schwabe. »Nach dem Krieg wird es viel Arbeit geben. Stell dir vor, wie viel zerstörte Häuser bloß in Köln wieder aufgebaut werden, wie viel Fenster verglast werden müssen! Da habe ich gar keine Sorge, Mutter. Angst habe ich nur, dass sich Uschi an meinen Anblick nicht gewöhnen kann.«

»Du bist immer noch ein dummer Junge!«, sagte Frau Schwabe streng. Sie gab Erich einen leichten Klaps auf den Hinterkopf, ganz sacht, sodass es mehr wie eine Liebkosung war. Erich Schwabes Augen lächelten.

»Wenn man wochenlang nachts wach im Bett liegt, kommen einem viele Gedanken, Mutter. Und wenn der Krieg zu Ende ist, werden viele gesunde Männer zurück in die Heimat kommen. Und eine so hübsche Frau wie Uschi …«

»So eine Dummheit!«, rief Frau Schwabe. »Uschi und ein anderer Mann! Das ist wirklich das Dümmste, was du je gesagt hast, Erich! Wenn andere Männer so eine treue Frau hätten wie du …«

Frau Schwabe wischte mit der Hand durch die Luft. Sie sah Dr. Lisa Mainetti in den Saal kommen und atmete auf. »Da kommt die Frau Doktor«, rief sie ablenkend. »Ich werde ihr sagen, sie soll dir jeden Tag einmal den Kopf zurechtsetzen!«

Lisa war an der Tür des Saales stehen geblieben.

Professor Rusch trat auf sie zu.

»Du siehst abgespannt aus«, sagte er leise. »Du solltest dir einen Tag wirklicher Ruhe gönnen. Wollen wir morgen eine Schlittenfahrt in die Berge machen?«

Lisa lächelte ihn schwach an.

»Ich habe Angst um Fritz Adam, Walter. Ich möchte ihn nicht allein mit Urban lassen. Lass uns nach dem Weihnachtsfest für ein oder zwei Tage fortfahren.«

Professor Rusch nickte. Sie standen, durch den Weihnachtsbaum verdeckt, neben der Tür. Das Stimmengewirr umrauschte sie wie ein Wasserfall, und trotz der vielen Menschen spürten sie auf einmal, dass sie in Wahrheit ganz allein waren.

»Es wird nicht mehr lange dauern«, sagte Rusch leise. »Im Osten und im Westen brechen die Fronten zusammen. Und was wird dann, Lisa? Du hast mich vor einigen Tagen einmal gefragt, was ich mir zu Weihnachten wünsche. Ich will es dir heute sagen. Lass uns heiraten, Lisa. Ich weiß, wir haben uns in den letzten zwei Jahren viel gezankt, ich war oft unausstehlich, und mehr als einmal hast du ausgerufen: Die Frau, die dich einmal heiratet, muss wahnsinnig sein! Bitte, sei so wahnsinnig – nimm mich.« Professor Rusch lehnte sich an die Wand. Das Stimmengewirr um ihn herum erreichte ihn nicht mehr, er war in einer Welt, die nur ihm und Lisa gehörte. »Wenn diese Welt, in der wir bisher leben mussten, in Kürze zusammenbricht, werden wir alle nackt und schuldig dastehen. Auch ich. Wir müssen von vorn anfangen wie die ersten Menschen. Ich werde dann ganz allein sein und mich immer fragen: Wofür fängst du überhaupt an? Lohnt es sich noch für die paar Jahre? Ist dein Rest Leben so viel wert, dass du es in eine Arbeit steckst, deren Früchte du nicht mehr genießen kannst? Es ist eine Sinnlosigkeit, siehst du das denn nicht, Lisa? Aber mit dir hätte ich den Mut weiterzuleben. Da hätte ich ein Ziel, da hätte alles wieder Sinn und Zweck.«

»Wenn die Welt sehen könnte, wie klein der große Chirurg ist.« Lisa Mainetti strich Professor Rusch leicht über den Arm. Es war ein scheues, schnelles Streicheln, weil sie wusste, dass viele Augen sie beobachten konnten. So, wie sie es tat, sah es unverfänglich aus, aber Rusch spürte, wie sehr sie ihn verstand.

»Wir haben uns beide gegenseitig nötig, spürst du das nicht,

Lisa? Wir zwei können zusammen unsere eigene Welt aufbauen, wie sie schöner nicht denkbar ist.«

»Vielleicht.« Lisa strich sich über die schwarzen Haare.

»Man sollte es versuchen, Lisa. Allein gehen wir sowieso zugrunde.«

»Also die Ehe als Experiment? Fliegt die Sache in die Luft oder nicht?«

Rusch wandte sich mit gequälter Miene ab. »Ich kann nicht mehr sagen, Lisa. Ich liebe dich. Das ist alles.«

Lisa Mainetti strich sich den weißen Arztmantel glatt. Sie sah Erich Schwabe und seine Mutter in der Ecke sitzen und zu ihnen herübersehen. »Und ich liebe dich auch, Walter«, sagte sie leise. »Das ist das Schreckliche.«

Mit schnellen Schritten ging sie hinüber zu Erich Schwabe, ehe Rusch etwas erwidern konnte.

Um die gleiche Zeit, in der auf Schloss Bernegg die ersten Akkordeontöne aufklangen und Walter Hertz und Petra Wolfach als Erste die Tanzfläche betraten, klopfte in Köln an die Kellertür des Hauses Horst-Wessel-Straße 4 der Luftwaffenfeldwebel Karlheinz Petsch.

Er hatte den Arm voller Kostbarkeiten: Zwei Flaschen Wein, eine Dauerwurst, eine Dose Kekse, ein halbes Pfund Butter, etwas Schnittkäse, ein Kommissbrot und ein Paar französische Seidenstrümpfe mit schwarzer Naht. Woher er das alles hatte, war sein Geheimnis. Wie ein übermütiger Junge war er die Kellertreppe hinuntergekommen, pfeifend und schon von oben rufend:

»Es kommt der Weihnachtsmann, mein Mädchen! Macht hoch die Tür, das Tor macht weit!«

Im Keller saß Ursula Schwabe auf der Kiste, die sie vor die verriegelte Tür geschoben hatte. Ein Zittern lief durch ihren schmalen Körper, als sie die Tritte und die Stimme Karlheinz Petschs hörte. Sie starrte hinüber zu Erichs Bild.

»Hilf mir«, sagte sie leise. »Erich, hilf mir! Er darf nicht hereinkommen. Warum hast du mich nicht bei dir haben wollen? Warum bin ich jetzt allein?«

Feldwebel Petsch war an der Kellertür angelangt. Er drückte mit dem Ellenbogen des rechten Armes gegen die Klinke.

»Abgeschlossen!«, sagte er zu sich, dann stellte er die beiden Flaschen Wein vorsichtig auf den feuchten Betonboden des Kellers und klopfte gegen die Tür.

»Aufmachen, kleine Frau! Das letzte Weihnachtsfest in diesem Mistkrieg wollen wir feiern!«

Ursula lehnte den Kopf gegen die Kellertür.

»Gehen Sie!«, rief sie mit erstickter Stimme. »Wenn Sie nicht gehen, rufe ich um Hilfe.«

Feldwebel Petsch sah verblüfft gegen die rohen Bretter der Tür. »Das ist 'n Ding!«, sagte er laut. »Wenn du wüsstest, Kleines, was ich alles hier habe! Für so was würde man heute Leute ermorden. Sogar ein Paar Strümpfe hab' ich hier. Aus Paris. Seide mit schwarzer Naht! Einem Zahlmeister aus den Zähnen gezogen. Wenn ich mir diese Strümpfe an deinen Beinen vorstelle! Schon der Gedanke macht mich ohne Alkohol besoffen. Komm, mach auf!«

Ursula schüttelte wild den Kopf.

»Gehen Sie!«, sagte sie noch einmal. »Ich mache Ihnen nicht auf. Und wenn Sie versuchen, die Tür einzutreten – ich habe ein Beil hier. Und ich schlage zu – bestimmt!«

»Frohe Weihnachten!«, sagte auf der Kellertreppe Karlheinz Petsch. »Da rennt man einsam durch die Gegend und organisiert ein Festessen, um einem kleinen Mädchen eine Freude zu machen, und was tut sie? Sie will mit einem Beil um sich schlagen. Hab' ich das verdient?«

Ehe Ursula antworten konnte, heulten oben die Sirenen wieder auf.

Feldwebel Petsch trommelte mit den Fäusten gegen die Kellertür.

»Alarm – verdammt noch mal! Jetzt müssen Sie aufmachen! Oder wollen Sie, dass ich hier verrecke, wenn die Eier fallen?«

»Rennen Sie zum nächsten Keller!«, schrie Ursula.

»Ich kann mich beherrschen! Da – die Flak schießt schon! Da soll ich raus und einen Splitter um die Ohren bekommen? Fünf Jahre hab' ich Glück gehabt, und jetzt wollen Sie mich zur Minna machen lassen? Nee, mein Mädchen – aufmachen, wie es die Nächstenliebe befiehlt!«

Mit zitternden Fingern schob Ursula den Riegel zur Seite. Feldwebel Petsch stieß die Tür auf, schob mit dem Fuß die Kiste zur Seite und trug in zwei Etappen seine Geschenke in den muffigen Kellerraum. Er baute alles auf den Tisch auf, legte Erich Schwabes Bild mit dem Gesicht nach unten neben die Tannenzweige und setzte sich auf das Luftschutzbett. Seine Mütze warf er auf die Erde.

»Warum hast du Angst?«, fragte er und sah Ursula groß und jungenhaft fragend an. »Glaubst du, ich tu dir was, wenn du nicht willst?«

Ursula schwieg. Sie stand mit dem Rücken an die offene Tür gelehnt, als wolle sie jeden Augenblick flüchten können. Von oben hörte man das Bellen der Flak und das helle Brummen leichter Bombenflugzeuge. Sie zogen über die Stadt, ohne etwas abzuwerfen.

»Ich kannte mal ein Mädel, das war genauso wie du«, sagte Petsch. »Aber nach zwei Stunden kam sie von selbst, und dann war ihr alles egal. Wissen wir, ob wir morgen noch leben?«

Ursula sah hinüber auf den Tisch. Sie sah die Wurst, die Butter, das Brot, den Wein. Und die Strümpfe.

»Soll ich Ihnen etwas zurechtmachen?«, fragte sie heiser. »Ein Brot mit Wurst, wollen Sie ein Glas Wein? Ich habe nur einen Becher hier – aber er wird auch daraus schmecken …«

»Mach uns ein schönes Abendessen!« Feldwebel Petsch ergriff eine Flasche Wein und hieb den Hals am Pfosten des Luftschutzbettes ab. »Und lass uns einen trinken. Darauf, dass das nächste Weihnachten anders aussieht! Prost, kleine Frau! Und nun komm her, trink mit mir und lass uns Weihnachten feiern! Und wenn du noch 'n paar Kerzen hast, dann steck sie an. Das macht das alles so schön feierlich. Oben Flak, unten Stille Nacht. Kinder, in was für einer Zeit leben wir!«

Am ersten Weihnachtsfeiertag gegen Abend fuhr Frau Hedwig Schwabe wieder zurück nach Köln. Erich durfte sie bis zum Zug begleiten. Der Famulus Baumann hatte seinen Kopf so verbunden, dass man außer den Augen nichts sah. So war Erich Schwabe kein Schrecken erregender Anblick mehr und konnte sich unter die Leute wagen. Er fiel auch auf dem Bahnhof nicht auf und stand so lange winkend auf dem Bahnsteig, bis der Zug in der Abenddämmerung verschwand. Frau Schwabe setzte sich, als sie Erich nicht mehr sah, und legte vorsichtig das Glasmosaik in das Gepäcknetz. Das rührend-naive Geschenk eines verstümmelten Mannes an seine Frau. Das wortlose Flehen um Liebe und Treue.

Fast zwei Tage brauchte Frau Schwabe, ehe sie durch Umleitungen und Stockungen in Köln eintraf. Am 27. Dezember, gegen Mittag, in einer Pause zwischen zwei Luftangriffen, kam sie unverhofft in den Keller zurück, das Glasmosaik vor sich hertragend wie eine unersetzbare Kostbarkeit.

»Ursula!«, rief sie schon auf der Treppe. »Uschi, ich bin's. Ich bin wieder da!«

7

Ursula riss die Kellertür auf. Ihre blonden Haare waren unordentlich, sie hielt einen Schrubber in der Hand und war gerade damit beschäftigt gewesen, den Kellerboden zu scheuern. »Mutter …«, sagte sie, und in ihrer Stimme war weniger Freude als verborgene Angst. »Du bist schon da …«

»Ja, da staunst du, was?« Frau Schwabe legte das Paket mit dem Glasmosaik vorsichtig auf ihr Bett und hing dann ihren Mantel in den Spind.

»Du wolltest doch bis Neujahr bei Erich bleiben?«

»Das wollte ich. Aber Erich hat mich heimgeschickt. Zu dir. Sein Geschenk sollst du haben. Keine Ruhe hatte er mehr. Und ich hatte, ehrlich gesagt, auch keine Ruhe. Erich geht es soweit gut, ihm fehlt nichts, er wird von allen verwöhnt. Und da habe ich gedacht: Die Uschi ist so ganz allein, und die Angriffe … und wer weiß, wie es jetzt in Köln aussieht … Aber vor allem das Geschenk.« Frau Schwabe blinzelte und legte große Spannung in ihre Worte. »In mühsamer Arbeit hat er's selbst gemacht, hat sich die Stückchen einzeln zusammengesucht und gefärbt …«

Ursulas Kopf sank tief auf die Brust. Sie hielt die Augen geschlossen und presste unter der Schürze die Hände gegeneinander.

»Er hat mir etwas geschenkt«, sagte sie leise.

Ursula setzte sich auf das Bett. In ihrer Kehle würgte der Aufschrei, mit dem sich die ungeheure Qual in ihrem Innern lösen wollte. Das Gefühl, nicht mehr die Ursula Schwabe zu sein, für die dieses Geschenk gebastelt worden war, machte ihre Finger bleiern schwer.

»Na?«, fragte Frau Schwabe und rieb sich die Hände. »Na, was ist es denn?«

»Du hast es selbst noch nicht gesehen, Mutter?«

»Aber nein! Erich hat es mir so verpackt gegeben. Er ist sehr zerbrechlich, hat er gesagt. Und erklärt hat er mir, was es ist. Aber gesehen – nein! Es ist doch dein Geschenk.« Frau Schwabe sah auf Ursulas zuckenden Rücken. Sie deutete es anders, die Tränen stiegen ihr in die Augen, sie legte die Hände auf das blonde Haar der jungen Frau und streichelte es.

Ursulas Kopf fiel nach vorn. Sie drückte das Gesicht neben dem halb geöffneten Paket in die Decken und schrie ihre Qual hinaus. Durch die Decken erstickt, klang es wie ein heiseres Röcheln. Wie gemein, wie gemein, schrie es in ihr. Ich bin doch nichts als eine Hure ... nur eine Hure bin ich, Mutter! Aber ich war so allein. Und immer habe ich die zerstörten Gesichter gesehen. Überall waren sie, aus allen Ecken des Kellers kamen sie auf mich zu, riesengroß hingen sie über mir ... Und dann war er da ... Und er sah aus wie alle anderen Menschen, er hatte ein Gesicht, ein lachendes, fröhliches Gesicht, warme Lippen und leuchtende Augen. Es war so herrlich, und die anderen, die schrecklichen Gesichter verschwanden, und ich hatte plötzlich keine Angst mehr. Warum hast du mich allein gelassen, Mutter, warum hast du mich nicht mitgenommen nach Bernegg? Ich kann doch nichts dafür... und nun bin ich eine Hure ...

»Ich mach' es für dich auf, Uschi«, sagte Frau Schwabe, und auch sie weinte. »Erich würde jetzt nichts dagegen haben.«

Sie wickelte das Glasmosaik aus, trug es zum Nachttisch, stellte es neben Erichs Fotografie und zündete die Kerze an, die danebenstand. Mit einem Seitenblick sah sie, dass auf Ursulas Kopfkissen gewaschene, neue seidene Strümpfe lagen. Nur ganz kurz zuckte ihr der Gedanke durch den Kopf: Woher hat sie die denn? Wo gibt es denn noch seidene Strümpfe? Dann war der Gedanke aber schon wieder überdeckt von dem Erleben, das zuckende Licht der Kerze über die bunten Gläser des Mosaiks huschen zu sehen, so, als komme Leben in die beiden der Sonne entgegengehenden, sich an den Händen haltenden Menschen.

»Sieh es dir an, Uschi«, sagte sie leise.

Ursula hob den Kopf. Ihr Gesicht war wie zerflossen und weiß wie ein gebleichtes Tuch. Sie starrte auf das bunte Glasmosaik, auf die beiden Menschen, die der Sonne zugingen und auf die Worte, die Erich Schwabe kunstvoll aus winzigen Glasscherben geformt hatte: Nur mit dir gibt es ein Morgen.

»Ist es nicht schön, Uschi?«

»Ja, Mutter.«

»Wir haben den ganzen Weihnachtstag nur von dir gesprochen.«

»Ja, Mutter.«

»Er hat gesagt: Und wenn es zehn Jahre dauert und wenn jeden Monat eine Operation ist – er will durchhalten für dich.«

»Zehn Jahre?«

»Es war nur so eine Zahl. Er hat wieder so viel Lebensmut.«

Ursula schloss wieder die Augen. Lautlos weinte sie jetzt. Was soll ich tun, dachte sie. Mein Gott, was soll nun werden?

Oben an der Kellertreppe entstand Lärm. Es hörte sich an, als setzte man einen schweren Gegenstand ab, und ein Mann putzte sich laut die Nase. Frau Schwabe hob den Kopf. In die Augen Ursulas sprang Entsetzen. Sie biss in die gefalteten Hände und presste unglücklich und verzweifelt die Stirn gegen den hölzernen Pfosten des Bettes.

Von oben erklang eine Stimme. Laut, unbekümmert und fröhlich.

»Püppchen, du bist mein Augenstern ...«, sang die Stimme. Dann polterte etwas die Kellertreppe hinab, als würde ein schwerer Gegenstand die Stufen hinabgestoßen.

»Wer – wer ist das?«, fragte Frau Schwabe verblüfft.

Ursula antwortete nicht. Sie presste sich ohne ein Wort zu sagen an den Bettpfosten.

»Trari – trara! Ein Zentner Kartoffeln sind da!«, rief die Stimme von der Treppe. Dann wurde die Tür aufgestoßen und ein Sack Kartoffeln rollte in den Kellerraum. Ihm folgte schwitzend, aber mit lachendem Gesicht Karlheinz Petsch. Seine Uniform war auf der Schulter, wo er den Sack getragen hatte, dick mit Kartoffelstaub bedeckt. Er stellte sich in der Tür auf und klopfte sich ab.

»Hast du eine Bürste, Kleines?«, rief er.

Erst in diesem Augenblick sah er Frau Schwabe steif und mit zusammengekniffenen Lippen im Zimmer stehen. Seine Hand blieb mitten in der Bewegung ruckartig stehen, dann hob sie sich zu einem Winken, ein wenig linkisch und gehemmt.

»Guten Tag, Mütterchen!«, sagte Feldwebel Petsch. »Schon wieder zurück? Ein Sonderlob der Reichsbahn. Räder müssen rollen auch für die Heimat.«

»Wer sind Sie?«

Frau Schwabe sah hinüber zu Ursula. Sie hatte sich auf ihr Bett geworfen. Wie leblos lag sie da, lang hingestreckt. Es bedurfte keiner Erklärungen mehr.

»Karlheinz Petsch«, sagte der Feldwebel. »Zweimal mit Erfolg geimpft, zweimal verwundet, ledig, von Beruf – wenn jemals wieder normale Zeiten werden – Maurer und Putzer, erbgesund und seit 200 Jahren arisch. Außerdem …«

»Gehen Sie!«, sagte Frau Schwabe laut.

»Aber Mütterchen!« Feldwebel Petsch sah hinüber zu Ursula. Ein Mist ist das, dachte er. Übermorgen geht's wieder ab zur Truppe. Wer hätte gedacht, dass sie schon jetzt zurückkommt! Uschi sagte doch, sie wolle bis nach Neujahr in diesem fränkischen Nest bleiben.

»Wenn Sie wüssten, wie schwer es ist, einen Sack Kartoffeln zu organisieren«, sagte er und wischte sich über die schweißnasse Stirn. »Nur weil ich noch vier Paar französische Strümpfe hatte …«

Frau Schwabe dachte an die Strümpfe, die auf Ursulas Bett lagen. Ihr Gesicht wurde steinern.

»Wir brauchen ihre Kartoffeln nicht!«, sagte sie laut. »Gehen Sie!« Und plötzlich brach es aus ihr heraus – ihr ganzer mütterlicher Schmerz, ihre Enttäuschung, ihr Nichtverstehenkönnen, ihr Entsetzen und ihre Angst um den Sohn machten sich frei in einem Schrei. »Sie … Sie wollen ein Kamerad sein!«, schrie sie. Es war das Einzige, was ihr einfiel, eine läppische Anklage, aber sie schrie es heraus, als hieße es: Du Mörder!

Karlheinz Petsch knöpfte sich mit bebenden Fingern den Waffenrock zu.

»Wenn ich Ihnen was erklären darf …«, sagte er stockend.

»Hinaus!«

»Ursula kann wirklich nichts dafür. Es war Fliegeralarm und ich …«

»Raus!«, schrie Frau Schwabe grell. Sie hielt sich am Nachttischchen fest.

Feldwebel Petsch sah noch einmal hinüber zu Ursula. Einen Augenblick dachte er daran zu sagen, dass er Uschi liebe, dass es sinnlos sei, ein junges, hübsches Mädchen an einen Mann zu fesseln, der kein Gesicht mehr hatte, dass es ein Recht auf Leben und Glück gebe, das Recht der Überlebenden und Gesunden.

Und dass auch Erich Schwabe eben ein Opfer des Krieges sei – der eine tot, der andere ein gesichtsloser Krüppel. Er wollte sagen, dass er Ursula heiraten würde, wenn sie sich nach dem Kriege scheiden ließe. Jawohl, er war ein Ehrenmann, und einem Kameraden weggenommen hätte er auch nichts, denn keiner könne verlangen …

Aber er sagte nichts. Er sah nur die starren Augen der alten Frau und wusste, dass es hier keine Entschuldigungen gab.

»Mögen Sie beide den Krieg überleben«, sagte er.

Er drehte sich um und ging langsam die Kellertreppe hinauf. Frau Schwabe blickte ihm nach, die Erstarrung löste sich, als sie seinen Rücken sah.

»Ihre Kartoffeln!«, schrie sie, mit sich fast überschlagender Stimme. »Wir brauchen Ihre Kartoffeln nicht!«

Karlheinz Petsch drehte sich noch einmal um. »Was soll ich mit denen im Flugzeug? Eßt sie … sie reichen bis zum Frieden.«

Dann verlor sich sein Schritt oben auf der Treppe und in den Trümmerhalden des zerbombten Hauses.

»Mutter …«, sagte Ursula leise. Es war wie der winzelnde Laut eines getretenen Hundes.

»Ja.«

»Ich habe es allein nicht ausgehalten!«, schrie Ursula. »Ich habe nichts gesehen als aufgerissene Köpfe. Ich … ich bin doch keine Hure, Mutter!«

Frau Schwabe streckte die Hand aus. Sie ergriff Ursula an der Schürze, ihre Finger krallten sich wie Eisenklammern in den Stoff und zogen die junge Frau zu sich heran. Willenlos folgte Ursula dem harten Zug. Jetzt wird sie mich schlagen, dachte sie. Ins Gesicht schlagen, und anspucken wird sie mich. Sie hat ja Recht. Ich habe Erich verraten, ich habe ihn betrogen. Und er schenkt mir ein gläsernes Bild … Nur mit dir gibt es ein Morgen …

»Ich habe nichts gesehen und nichts gehört«, sagte die alte Frau Schwabe streng. Ihre Finger rissen an dem Schürzenstoff. »Ich bin nach Hause gekommen, und du hast gerade das Zimmer geputzt, und die Kartoffeln standen dort in der Ecke, gegen deine goldene Armbanduhr hast du sie eingetauscht, nicht wahr …«

»Mutter …«, stammelte Ursula.

»… und über Erichs Bild hast du dich sehr gefreut. Kaum erwarten konntest du es. Viel zu lange dauerte das Auspacken. Und dann hast du es auf einen Nachttisch gestellt und gesagt:

Ja, Erich, ich werde auf dich warten, ganz gleich, was kommen wird. Ich werde dich lieben wie bisher und dir treu bleiben, und wenn es Jahre dauert ... Das wirst du ihm nachher schreiben, nicht wahr?«

In Ursula brach alle Kraft zusammen. Sie fiel auf die Knie und vergrub ihren Kopf in den Schoß der alten Frau.

»Ich habe es nicht gewollt, Mutter«, wimmerte sie. Frau Schwabe nickte mehrmals. In ihren grauen Augen stand jetzt bittere Selbstanklage.

»Ich war zu egoistisch«, sagte sie stockend. »Ja, vielleicht war ich das. Ich hätte dich mitnehmen sollen, trotz allem ...« Und plötzlich umfasste sie Ursulas Körper und drückte ihn fest an sich. »Ich wollte ihn allein haben. Ich wollte zu Weihnachten meinen armen Jungen allein haben. Es war gemein von mir, Uschi, ich weiß es. Ich weiß es. Aber ich bin doch seine Mutter. Wir müssen uns gegenseitig verzeihen, Uschi. Wir haben beide Schuld.«

Sie legte ihren Kopf auf die blonden Haare Ursulas, und so hockten sie eine ganze Weile stumm beieinander, sich umklammert haltend und eins geworden in der Erkenntnis, ihr ferneres Schicksal mit einer Lüge begonnen zu haben.

»Aber Erich ...«, sagte Ursula und hob den Kopf.

»Er soll es nie erfahren.«

»Und wenn dieser ... dieser andere wiederkommt?«

»Er wird nie wiederkommen.«

»Und ... und, bist du dessen ganz sicher, kannst du es wirklich vergessen, Mutter?«

Frau Schwabe nickte. »Wir müssen uns angewöhnen, uns nicht so wichtig zu nehmen. Was sind wir denn gegen Erich? Er allein hat ein Recht auf uns, für ihn müssen wir leben, an nichts anderes dürfen wir denken. Er ist dein Mann, er ist mein Sohn – alles andere ist unwichtig. Er hat doch nichts mehr auf der Welt als uns.«

Drei Tage nach Weihnachten rief Professor Dr. Rusch gegen Mittag Dr. Lisa Mainetti zu sich in das Chefzimmer. Er hielt einen Zettel von seinem Telefonblock mit einer Notiz in der Hand.

»Ein neuer Transport?«, fragte sie.

»Generalarzt Professor Dr. Gilgen hat angerufen. Morgen kommt eine Kommission des Generals v. Unruh zu uns. Alle Reserven sollen jetzt mobilisiert werden. Man will alle Lazarette nach kampffähigen Männern durchkämmen unter Anlegung strengster Maßstäbe.«

»Das ist bei uns in Bernegg doch Unsinn!«, sagte Lisa und lehnte sich an die Schreibtischplatte. »Was will dieser General v. Unruh bei uns denn herausholen?«

»Alle, die noch schießen können.« Professor Rusch setzte sich und blätterte in einer langen Liste. Name stand hinter Name, versehen mit einem Datum und einigen knappen Bemerkungen. »Der gute Urban hat so etwas schon geahnt, vermutlich ist er gar nicht schuldlos daran. Er hat eine Zusammenstellung unserer Verwundeten nach dem Grad der Verwendungsmöglichkeit angefertigt. Eine regelrechte Fleißarbeit. Nach Urbans Liste sind in unserem Block B allein 67 Mann fähig, wieder an der Front eingesetzt zu werden, als Kraftfahrer, als Nachschub, als Tross. Sie brauchen nicht mal zu schießen, sondern nur kampffähige Männer abzulösen.«

»Um dann zusammengeschossen zu werden!«

»Das wird ihr Schicksal sein«, sagte Rusch leise.

»Genügt es nicht mehr, dass sie keine Gesichter haben? Hätten sie sich lieber die Arme und Beine abschießen lassen sollen?« Lisa Mainetti riss die Liste Urbans aus der Hand des Professors und blätterte sie durch. »So ein Schwein!«, sagte sie und spürte die Erregung in sich aufsteigen. »Feininger steht hier und Fritz Adam und Walter Hertz … und Christian Oster …«

Sie warf den Schnellhefter auf den Tisch zurück.

Professor Rusch zerriss den Zettel mit der Telefonnotiz. Er tat es so langsam, als schmerze es ihn körperlich, ja, als vernichte er damit alle Vernunft und die Möglichkeit, noch helfen zu können.

»Wir können einen Teil wieder im Bunker verstecken«, sagte er.

»Das tue ich sowieso«, rief Lisa.

»Und die Liste Urbans darf nicht in die Hände der Kommission kommen. Diese hier wird sie nicht sehen, aber wenn Urban eine Abschrift hat, und das ist anzunehmen …«

»Ich werde mit Urban sprechen, Walter.«

»Aber es ist unmöglich, fast 70 Mann verschwinden zu lassen! Wir haben volle Belegung gemeldet, und plötzlich sind 70 Betten leer!«

»Im Block A liegen sie auf den Fluren herum, weil sie keinen Platz haben.«

»Block A ist die interne Abteilung.«

»Warum kann man Magenkranken nicht den Kopf verbinden? Und wer eine Gallenkolik hat, stöhnt genauso wie einer, dem die Nase fehlt!«

»Unmöglich!« Rusch erhob sich abrupt. »Wenn das bekannt wird, Lisa ...«

»Wer soll es verraten?« Lisa Mainetti griff nach dem Telefon. »Sind 70 Menschenleben nicht ein Risiko wert?« Sie wählte einen Hausanschluss und wartete, bis sich eine Stimme meldete. Ohne zu antworten, legte sie schnell wieder auf. »Er ist in seinem Zimmer.«

»Wer?«

»Urban. Ich gehe zu ihm. Wann kommt die Kommission?«

»Morgen gegen 10 Uhr vormittags.«

»Noch knapp 20 Stunden. Es wird genügen.«

»Es kann uns den Kopf kosten!«, rief Rusch. Er wusste, dass es sinnlos war, Lisa Mainetti zurückzuhalten. Aber ebenso sinnlos war es, das Opfer des eigenen Lebens auf sich zu nehmen, Lisas Leben wegzuwerfen – jetzt, da sich eine neue Zukunft erkennen ließ, eine Zukunft, die mit jedem Tag näher kam, während die Gegenwart immer morscher wurde.

»Es wird uns wesentlich weniger kosten«, sagte Lisa Mainetti und ging zur Tür. »Gut gerechnet vielleicht nur vierzig Mark! Das sind pro Kopf, den wir retten, nicht einmal sechzig Pfennig. Geht es noch billiger?«

Professor Rusch hielt das Streichholz, mit dem er sich eine Zigarette anstecken wollte, von sich weg. Er merkte kaum, dass er sich die Fingerspitzen verbrannte.

»Was hast du vor, Lisa?«, fragte er voll Angst um sie.

»Ich tausche wieder. Weiter nichts! Und ich werde Baumann sagen, dass er die Bunker belegen soll.«

Sie zog die Tür zu, ehe Rusch weitere Fragen stellen konnte, ging schnell über den langen Gang zum OP, machte einen Umweg zur OP-Apotheke und schloss einen weißen Stahlschrank auf. Ihm entnahm sie zwei längliche, verschlossene Pakete, steckte sie in die Taschen ihres Kittels, verschloss den Schrank wieder sorgfältig und ging dann mit weit ausgreifenden Schritten zum Zimmer Dr. Urbans. Nach kurzem, energischem Klopfen trat sie ein, ehe Urban von drinnen eine Antwort geben konnte.

»Kollega!«, sagte Urban verwundert. »Schon wieder bei mir? Sie werden doch nicht meinen nordischen Typ entdeckt haben?«

Lisa Mainetti sah sich im Zimmer um. Es war nüchtern wie alle Arztzimmer in Bernegg. Nur das Führerbild unterschied es von ihrem eigenen Zimmer. Und ein süßlicher Duft war in ihm, ein Geruch von Weiblichkeit, der nicht zu Urban paßte.

»Sie hatten Besuch?«, fragte Lisa. Urban erhob sich. Er sah ein wenig übernächtigt und verfallen aus. Seine Haut war grau und faltig.

»Wieso?«, fragte er zurück.

»Ich habe dieses Parfüm schon einmal gerochen, und ich habe mich damals schon vor ihm geekelt. Noch mehr vor der Person, die sich damit einhüllte, anscheinend, um ihre dreckige Seele damit zu verdecken. Bei Ihnen riecht es penetrant nach Irene Adam.«

Dr. Urban schob die Unterlippe vor. Er strich sich die Haare glatt und zog den heruntergeschobenen Schlips hoch.

»Sie sind sicherlich nicht gekommen, um Parfümanalysen bei mir vorzunehmen«, sagte er ironisch. »Sie machen es spannend, Kollega.«

Lisa legte die beiden verschlossenen Pakete auf den Tisch. Sie waren in neutralem Papier verpackt. Sie selbst hatte es getan und die Pakete versiegelt, ehe sie sie in den Apothekerschrank gelegt hatte.

»Wissen Sie, was das ist?«, fragte sie.

»Nein! Woher? Es sieht aus wie Konfektschachteln.«

»Es sind 20 Ampullen Morphin ...«

Dr. Urban sah Lisa entgeistert an, dann glitt sein Blick zurück zu den beiden Päckchen.

»Was soll das?«, fragte er. Seine Stimme hatte plötzlich einen heiseren Klang. Er stieß die Worte mühsam heraus, als sei er drei steile Treppen hinaufgelaufen.

»Wir haben einmal getauscht: ihr Schweigen gegen Morphium. Ich biete Ihnen einen neuen Tausch an ...«

»Sieh an!« Urban trat rückwärts an sein Bett und setzte sich. »Ist eine neue Schweinerei im Gange?«

»Ich biete Ihnen zehn Ampullen MO für die Herausgabe aller Durchschläge Ihrer Tauglichkeitsliste der Verwundeten«, sagte

Lisa unbeirrt, »und weitere zehn Ampullen MO, wenn Sie heute Abend bis übermorgen früh Urlaub nehmen und wegfahren. Nach Würzburg, nach Bamberg ... es ist gleich, wohin. Nur weg aus Bernegg!«

Dr. Urbans Gesicht war eine einzige, große Genugtuung. Er schlug die Beine übereinander und trommelte mit den Fingern auf seinem Knie.

»Der liebe Unruh kommt, nicht wahr? Lag ja in der Luft. Alles frei machen zum siegreichen Endkampf! Und nun wollen Sie und der Chef ein bisschen Blindekuh spielen, was? Für zehn Ampullen MO! Haltet ihr mich für verrückt?«

»Ich weiß, dass Sie nur noch einen Vorrat für zwei Tage haben, Urban.«

»Genau! Aber dann ist die Kommission wieder weg, und ich bekomme ohne diesen Betrug an Führer und Reich meine Ampullen von Ihnen – bei unserem gegenseitigen Vertrauensverhältnis.«

Lisa Mainetti schwieg. Sie erkannte, dass Urban in diesem Augenblick die Trümpfe in der Hand hielt. Solange er sein Morphium besaß und Vorrat hatte, war es unmöglich, ihn zu zwingen.

»Es ist schade«, sagte sie nach einer kurzen Spanne des Nachdenkens. »Sie haben mich überzeugt.« Sie steckte die Päckchen wieder in ihre Tasche und wandte sich ab. Langsam ging sie zum Fenster, vorbei an Urban, der noch immer fröhlich auf sein Knie trommelte.

Vor dem Fenster blieb sie stehen und sah hinaus auf die Straße. Vom Zimmer Urbans konnte man über die Mauer hinwegblicken zur Hauptwache und zur Einfahrt in den Block B.

»Was ist denn das?«, sagte Lisa plötzlich und drehte sich herum. »Verlieren Sie jetzt auch noch das letzte Schamgefühl, Dr. Urban? Da unten steht Irene Adam auf der Straße und versucht, Zeichen zu diesem Fenster hinauf zu machen.«

»Unmöglich!« Dr. Urban sprang auf. »Das ist völlig unmöglich.«

Er rannte ans Fenster und riss die Gardine zur Seite. Die Straße unten war leer. Nur ein Posten pendelte durch den Schnee vor der Einfahrt hin und her.

»Wo ist sie denn?«, fragte er, öffnete das Fenster und beugte sich hinaus. »Ich sehe nichts.«

Lisa Mainetti hatte die wenigen Sekunden genutzt. Während sich Dr. Urban aus dem Fenster beugte, war sie rasch an seinen Nachttisch getreten und hatte die Schublade aufgezogen. Hilf Gott, dass er es hier verwahrt, dachte Lisa. Es ist meine letzte Chance, 70 Menschen zu retten.

Unter einem Buch und einigen Taschentüchern fand sie mit schnellem Griff, was sie suchte. Einen kleinen, länglichen, verchromten Kasten. Ein Spritzenetui mit einer Spritze, drei Nadeln und drei Ampullen MO. Sie riss den Kasten aus der Schublade und stieß sie mit dem Knie wieder zu, in dem Augenblick, als sich Urban umdrehte.

Sein Blick wurde starr, als er erkannte, was geschehen war. Er streckte die Hände vor, spreizte die Finger und drückte das Kinn gegen den Hals.

Lisa wich zur Tür zurück. Sie legte die Hand auf die Klinke und drückte sie hinunter. Aber sie öffnete die Tür noch nicht.

»Wenn Sie mich anfassen, schreie ich«, sagte sie laut. »Und ich kann schreien, das wissen Sie!«

»Sie verdammtes, raffiniertes Aas«, sagte Dr. Urban heiser. »Es war ein nie wieder gutzumachender Fehler, Sie nicht ins KZ zu bringen!«

»Geben Sie mir die Liste, und Sie bekommen zehn Ampullen und Ihre Spritze zurück!«

»Und wenn ich mich weigere?«

»Dann werden Sie spätestens heute Abend halb wahnsinnig herumlaufen. Sehen Sie sich doch in Ihrem Spiegel an. Sie halten es ohne MO nicht aus bis heute Abend.«

Dr. Urban schloss mit zitternden Händen das Fenster. Ohne ein weiteres Wort ging er zu seinem Schrank, holte zwei Schnellhefter heraus und warf sie auf den zwischen ihm und Lisa stehenden Tisch.

»Sind das alle Durchschläge?«, fragte sie.

»Ja. Halten Sie mich für einen Lumpen?«

»Genau das!« Sie trat an den Schrank heran, und Urban hinderte sie nicht, als sie die Wäsche durchwühlte. Unter seinen Hemden fand sie einen dritten Schnellhefter und warf ihn auf den Tisch zu den beiden anderen.

»Also doch ein Lump!«, sagte sie dabei. Sie legte eines der versiegelten Päckchen auf den Nachttisch, sowie den abgegriffenen, verchromten Kasten mit der Spritze. »Die anderen zehn

Ampullen bekommen Sie, wenn Sie morgen früh das Haus verlassen!«

»Und wenn ich wiederkomme? Wenn ich den Mund nicht halte und alles der Kommission erzähle?«, schrie Dr. Urban.

Lisa Mainetti nahm die drei Schnellhefter vom Tisch und klemmte sie sich unter den Arm. Dabei schüttelte sie den Kopf.

»Mut haben die Hungrigen«, sagte sie. »Sie aber sind satt wie ein Mastferkel, wenn Sie Ihr Morphium gespritzt haben!«

In den nächsten Stunden sah es auf Schloss Bernegg aus, als wolle man das Lazarett verlegen.

In den Verbandszimmern marschierten die Kranken aus dem Block A auf, begleitet vom Chef der Inneren Abteilung und einem älteren Stabsarzt. Professor Rusch hatte alles in die Wege geleitet, ein Assistenzarzt und der Famulus Baumann, assistiert von drei Ordensschwestern, saßen neben Bergen von Verbandsmaterial bereit. In Gruppen zu fünfen wurden die Kranken hereingeführt und an die Tische verteilt.

»So, nun kriegste einen Turban!«, sagte Baumann zu dem Ersten, der eintrat. »Was haste denn?«

»'n Magengeschwür, Kumpel.«

»Ab heute haste keine Nase und keine linke Wange mehr, verstanden?«

»Seh ick so doof aus? Wenn ick vorm Heldenklau weglaufen soll, könnt ihr mir auch die Arschbacken wegrasieren.«

»Nee, danke – dein Gesicht reicht mir!«, sagte Baumann.

In einer Ecke des OPs standen Professor Rusch und der Chef der Inneren Abteilung zusammen. Lisa Mainetti war hereingekommen und hatte Rusch stumm die drei Schnellhefter gegeben. Sie sah, wie sein Blick sie fragte, und sie nickte zustimmend. Es war, als atme Rusch erleichtert auf.

»Sie haben die Kollegen von der Inneren eingeweiht?«, fragte er den Chef von Block A. Der Oberstabsarzt, ein dicker, schwerer Mann, nickte mehrmals.

»Ich kann mich auf meine Herren verlassen, Herr Kollege. Ich habe Ihnen die Männer rübergeschickt, deren Entlassung besonders nahe liegend ist. Ich habe nur ein Bedenken: Fällt es nicht auf, wenn Sie so viel ›schwere Fälle‹ haben? Lauter Dreivierteltote? Ob man Ihnen das abnimmt?«

»Man wird es tun. Ich werde ihnen nur einen einzigen Fall

zeigen, ein einziges völlig zerstörtes Gesicht, und man wird darauf verzichten, dass wir die Verbände der anderen abnehmen!«

»Und warum pflastern Sie nicht Ihre eigenen Leute so zu wie meine Gesunden?«

»Jeder von ihnen ist noch vor kurzem operiert worden. Wenn ich ihnen jetzt unnütze Verbände und Leukoplaststreifen anlege, die ich später abreißen muss, kann ich die frisch eingewachsenen Gewebe zerstören, neue Blutungen können entstehen, Heilvorgänge werden unterbrochen …«

»Aber das ist doch auch der Fall, wenn man sie wieder im Truppendienst verwendet!«

»Darum verstecke ich sie ja, Kollege.«

Unterdessen wurden in den Bunkern die Betten bezogen und die Räume kräftig durchgelüftet. Noch während in den OPs die Verbände angelegt wurden, ließ Dr. Lisa Mainetti die von Dr. Urban in die Liste aufgenommenen Anwärter des Heldentodes in den großen Gemeinschaftssaal kommen. Sie hatte die Verwundeten in zwei Gruppen aufgeteilt. Der größte Teil zog in die Bunker um; ein kleines Häuflein, mit bereits wieder menschlich aussehenden Gesichtern, wartete abseits. Noch wussten sie nicht, was mit ihnen geschehen sollte.

Es stellte sich heraus, dass die kleine Gruppe einen Urlaubsschein bekam. Der Schreibstubenunteroffizier kam mit einem Stapel unterschriebener Formulare und begann, sie mit den Namen auszufüllen.

»Nachturlaub bis morgen, 24 Uhr!«, sagte der Berliner. »Meine Fresse – wat mach ick bloß damit? So schnell kriegste doch keene Puppe!«

Die Hände von Walter Hertz zitterten, als er den Urlaubsschein in Empfang nahm.

»Das ist wie ein Geschenk, Herr Unteroffizier. Heute wollen wir doch ins Kino, Petra und ich, und nun …«

»Nun haste 'ne ganze Nacht dazu! Junge, dreh mir bloß keenen Film ab!« Der Unteroffizier lachte. »Ick mach nachher sowieso 'ne Kontrolle, ob det Marschgepäck stimmt!«

Sie alle bekamen ihren Nachturlaubsschein bis zum nächsten Tag 24 Uhr, der Wastl und der Kaspar Bloch, der Berliner und auch Fritz Adam, dessen Frau noch immer heimlich in der Nähe von Bernegg wohnte.

»Als Erstes kipp ick 'ne Molle!«, sagte der Berliner, als er mit den anderen draußen im Gang stand. »Und der Baumann muss mir meine Fresse so verkleben, det ick ausseh wie 'n Student, der von der Mensur kommt. Und dann fahr ick nach Würzburg. Leute. Da fällste weniger uff, und Auswahl haste och mehr! Taktik, Freunde! Wer fährt mit?«

Es waren neun Mann, die sich dem Berliner anschlossen. Der Wastl Feininger war unter ihnen. Mit seinem mächtigen Rolllappen allein auszugehen schien ihm ein sinnloses Unternehmen. Auch wenn man ihn wie in einen Turban einwickelte. Zu neunen war es jedenfalls sicherer, dass man was erlebte.

Dora Graff war im Zimmer, als Fritz Adam mit dem Urlaubsschein zurückkam. Sie putzte die Nachtschränke und ordnete Vasen und verstreut herumliegende Zeitungen.

Fritz Adam setzte sich auf sein Bett und legte den Urlaubsschein neben sich auf die glatt gezogene Decke.

»Ich habe Urlaub, Schwester«, sagte er bitter. »Zum ersten Mal Urlaub. Aber was soll ich mit einem Urlaubsschein? Wo soll ich denn hin?«

»Sie müssen sich freuen, Fritz, dass Sie wieder hinaus dürfen.«

»Freuen auf die Einsamkeit?«

»Sie sind nicht einsam. Ich gehe mit Ihnen.«

»Sie, Schwester?«

»Man hat mir auch Urlaub gegeben. Wenn Sie wollen – wir können den Urlaub gemeinsam verleben.«

Fritz Adam sah Dora Graff zu, wie sie zwei leere Tassen auf ein Tablett stellte. Dann nahm er den Urlaubsschein, faltete ihn sorgfältig und steckte ihn in die Rocktasche.

»Heute Abend? Nach dem Essen?«

»Ja«, sagte Dora Graff. Sie drehte sich nicht um dabei.

»Es … ist schön, dass Sie so viel Mitleid aufbringen, Schwester«, sagte Adam.

Dora Graff stellte einen Aschenbecher mit einem Knall auf den Tisch zurück.

»Wenn Sie noch mal von Mitleid reden, komme ich nicht!«, rief sie wütend. Aber es schwang etwas in ihrer Stimme, was mehr war als Entrüstung.

Langsam drehte sich Dora Graff herum. Fritz Adam stand vor ihr, und sie sah seine schönen, blauen Augen und die braunen, lockigen Haare, sah sein zerstörtes Gesicht, verbrannt in der Glut eines in Flammen aufgehenden Panzers, ein Gesicht aus Narben, rotem Fleisch und weißer, papierdünner Haut.

Und sie beugte sich vor und küsste ihn auf die harten, verschrumpelten Lippen.

»Warum … warum tust du das?«, fragte Adam mit erstickter Stimme.

»Muss man alles erklären?«

»Mich kann eine Frau doch nicht mehr lieben!«, schrie er plötzlich. »Das ist doch Lüge! Das ist doch alles Lüge!«

»Heute Abend nach dem Essen«, sagte Dora Graff und nahm das Tablett. »Wir haben so viel Zeit, darüber nachzudenken.«

Im Zimmer B 1 lag der Leutnant Rudolf Fischer, der Mann, dessen Gesicht nur aus einem Auge bestand. Er lebte noch immer, und niemand begriff es, auch Lisa Mainetti nicht.

Er lag da, eingebettet in Polsterverbände, steif und stumm, und das Auge starrte ins Leere, der Blick irrte umher – von der Tür zum Fenster, vom Tisch zur Decke, vom Boden zurück zur Tür, als begriffe er nicht, was geschehen war. Mehrmals am Tage kam Dr. Mainetti zu ihm und gab ihm eine Infusion aus Kochsalzlösung und Traubenzucker. An den Zuckungen der Hände sah sie, wenn die Schmerzen unerträglich wurden. Dann injizierte sie wieder 0,02 Morphium und legte ihre Hände auf seine trommelnden Finger, bis sie spürte, wie die Ruhe wiederkam und der stumme Schmerz in seinem Auge einem unnatürlichen Glanz wich.

Die Personalpapiere waren angekommen. Er war verheiratet, von Beruf Musiker, Saxophonist einer bekannten Kapelle. Seine Frau lebte in München bei ihren Eltern. Sie wusste nichts von der Verwundung ihres Mannes. Ein Brief von ihr war mit den Papieren nachgeschickt worden. Lisa Mainetti hatte den Brief geöffnet und ihn gelesen. Es war eine Liebeserklärung, ein Hymnus der Sehnsucht und des Glaubens an das Wiedersehen. Und noch etwas stand darin, ein rührend hilfloser Satz. »Gestern hat es sich zum ersten Mal bewegt … ich bin so glücklich, Rolf …«

»Ich kann ihr die Wahrheit nicht schreiben«, sagte Dr. Mainetti, als sie den Brief gelesen hatte, zu Professor Rusch. »Ich bringe es einfach nicht fertig.«

Es war, als habe der Leutnant Rudolf Fischer es gefühlt. Als Lisa Mainetti nach der Ausgabe der Urlaubsscheine in das Zimmer 1 kam, um eine neue Infusion anzulegen, starrte ihr das Auge mit einem flehenden Zittern entgegen. Die blassen Hände bewegten sich auf der Bettdecke unruhig hin und her – sie hoben sich und machten die Bewegung des Schreibens.

Lisa Mainetti drehte die Pappscheibe, auf die man die Fiebertabelle steckte, herum, hielt sie vor das Auge und drückte in die fahlen Finger einen Bleistift. Mühsam presste Rudolf Fischer den Stift gegen die Unterlage und schrieb in großen, eckigen, abrutschenden Buchstaben. Dann fiel ihm der Bleistift aus den Fingern, und das Auge suchte Dr. Mainetti.

Lisa nahm die Fiebertafel und drehte sie herum.

»Bitte Frau nicht rufen. 5. Monat.«

Das *nicht* war dreimal unterstrichen. Es war wie ein stummer Schrei, der in diesen Strichen Gestalt annahm.

Lisa Mainetti schüttelte den Kopf. Das Flackern in dem Auge erlosch. Es schloss sich sogar, als wolle es jetzt schlafen, befreit von aller Not. Wie in eine tiefe, selige Ruhe glitt es hinweg unter die geschwollenen, blutigen Lider.

Fast eine Stunde saß Lisa Mainetti an dem Bett und hielt die Hände Rudolf Fischers fest. An ihrer Erschlaffung spürte sie, dass er eingeschlafen war.

Warum wacht er wieder auf, dachte sie, und sie schämte sich nicht, so zu denken. Kann es wirklich Gottes Wille sein, nichts weiterleben zu lassen als ein einzelnes Auge? Ein Auge und zwei Hände – ist das genug, ein Mensch zu sein?

Während sie saß und seine Finger hielt, spürte sie, wie die Hände kalt und feucht wurden. Sie zog ihre Finger weg, schob die Bettdecke herunter und setzte das Stethoskop auf die nackte Brust. Kein Herzschlag war mehr zu hören.

Die misshandelte Hülle der Seele war leer und stumm.

Vorsichtig, als könne er wieder erwachen durch die Berührung, zog Lisa das weiße Laken über den unförmigen Berg von Mull, Zellstoff und Leukoplast, der einmal ein Kopf gewesen war, den zwei weiche Frauenhände gestreichelt hatten.

Die Tür öffnete sich leise. Professor Rusch trat ein. Er wartete, bis Lisa das Laken glatt gestrichen hatte, ehe er etwas sagte.

»Nun musst du seiner Frau doch schreiben.«

Lisa nickte. Sie nahm die Fiebertabelle und drehte den Karton um. Noch einmal las sie die großen, eckigen Buchstaben.

»Jetzt wird es leichter sein. Ich werde sie kommen lassen, hierher. München ist ja nicht weit. Ich habe es in seinem letzten Blick gesehen, dass er es von mir erwartet.« Sie atmete tief auf und lehnte plötzlich den Kopf an Ruschs Schulter, als komme eine große Schwäche über sie. »Sie ist erst zwanzig Jahre alt, und sie freut sich so auf ihr erstes Kind. Auf sein Kind.«

Stumm legte Rusch seinen Arm um Lisas Schulter und schob sie aus dem Zimmer.

Pünktlich um 10 Uhr vormittags fuhr die Kommission aus dem Stabe des Generals v. Unruh bei der Hauptwache des Schlosses Bernegg vor.

Der Wachunteroffizier brüllte die Wache heraus und meldete durch das Telefon zur Zentrale:

»Hier Hauptwache! Der Heldenklau ist da!«

Dr. Mainetti und Professor Rusch sahen aus dem Fenster hinunter zur Straße. Zum ersten Mal seit langer Zeit trug Rusch wieder seine Offiziersuniform und darüber den weißen Chirurgenkittel. Irgendwie sah er fremd aus. Auch Lisa empfand das und kleidete es in die Bemerkung: »Muss ich heute zu Ihnen ›Herr Oberstabsarzt‹ sagen?«

Vor der Hauptwache meldete der Wachhabende einem Offizier mit roten Streifen an den Hosen und rot unterlegten, goldenen Eichenlaubspiegeln. Er stieg aus einem riesigen Horchwagen und legte zwei Finger an seine Mütze. Weiße Haare quollen unter dem Mützenrand hervor und ringelten sich ganz unmilitärisch bis zum Kragen.

»Generalarzt Professor Gilgen«, sagte Rusch und schloss das Fenster. »Er war mein Doktorvater in Heidelberg. Und neben ihm, der forsche, kleine Oberst, das ist Paul Mayrat vom Stabe des Generals v. Unruh.« Er knöpfte den Chirurgenkittel zu und zog die Manschetten seines Hemdes gerade. »Gehen wir, Lisa. Es ist doch alles klar?«

»Alles, Walter.«

Das Lazarett Schloss Bernegg war bestens vorbereitet. In den Bunkern lagen die versteckten Gesichtsverletzten, auf den Stationen im Block B streckten sich die dick verbundenen ›Neueingänge‹ aus, die Männer mit dem Urlaubsschein waren schon am vergangenen Abend abmarschiert. Und auch Dr. Urban war weggefahren, am frühen Morgen schon, nachdem er von Lisa das zweite versiegelte Päckchen erhalten hatte. Er hatte nichts mehr gesagt, das Morphium eingesteckt und war mit heulendem Motor hinunter nach Bernegg gerast. Der Einzige von Stube B 14, der zurückgeblieben war, hatte es nicht nötig, sich zu verstecken. Es war Erich Schwabe. Ihm hatte man im Gegenteil die Verbände abgenommen, soweit es möglich war. Er saß auf seinem Bett und las, angestarrt von den anderen ›Gesichtsverletzten‹, die jetzt in den Betten lagen und ›gesichtsversehrt‹ spielten.

»Heil Hitler, Herr Kollege!«, sagte unten am Eingang Professor Gilgen zu Professor Rusch und schüttelte ihm die Hand. »Und da ist ja auch unsere tapfere Lisa Mainetti!« Er wandte sich an Oberst Mayrat, der Lisa mit den kullernden Augen eines sehr interessierten Mannes musterte. »Dr. Mainetti ist die einzige Frau, die in einem Wehrmachts-Gesichtsverletztenlazarett als Chirurgin arbeitet! Sollte man ihr gar nicht zutrauen, was, wenn man sie so sieht?«

Oberst Mayrat fand dies auch. Er gab Lisa Mainetti die Hand.

Professor Rusch kniff die Lippen zusammen und steckte die Hände in die Taschen des weißen Kittels.

»So ernst, lieber Rusch?«, fragte Professor Gilgen und klopfte ihm auf den Arm.

»Ich halte diese Durchkämmaktion in meinem Lazarett für ausgemachten Blödsinn!«, sagte Rusch grob.

Oberst Paul Mayrat hob die Schultern. »Was soll man machen, lieber Oberstabsarzt? Auch General v. Unruh führt nur einen Befehl aus. Außerdem braucht die Front Ersatz. Wenn Sie sehen könnten, wie gut genährt und blendend ausgerüstet die Amerikaner sind. Die Gefangenen, die wir machen, könnten wir direkt ins Museum stellen: Seht, so sieht ein satter Soldat aus!«

»Und das gibt Ihnen nicht zu denken?«

»Wir alle denken mehr oder weniger.« Oberst Mayrat sah hinüber zu der gläsernen Tür, die den OP-Trakt vom Flur abteilte. Ein Bett wurde herausgerollt. Auch während des Besuchs der Kommission ging der normale Betrieb weiter. Gerade rollte man einen Mann durch die Tür, dessen Nase und linke Gesichtshälfte mit breiten transplantierten Hautlappen bedeckt war.

Oberst Mayrat drückte das Kinn an den Uniformkragen.

»Sehen die alle so aus?«, fragte er, etwas weniger forsch.

»Das ist einer der Gesündesten!«, sagte Lisa Mainetti. »Sie werden noch andere Gesichter sehen, Herr Oberst, den Feldwebel Schwabe zum Beispiel. Er sieht wie abgehobelt aus.«

»Wirklich tragisch!« Oberst Mayrat fuhr sich mit dem Zeigefinger zwischen Kragen und Hals. »Wie stellen sich die Verwundeten dazu? Die Mütter, die Frauen?«

»Sie verfluchen den Krieg!«, sagte Professor Rusch laut. »Und sie geben ihre ganze Liebe diesen armen Menschen.«

Oberst Mayrat nickte heftig. »Die deutsche Frau!«, sagte er fast enthusiastisch. »Sie hat sich fabelhaft benommen! Wäre es nicht eine Schande, meine Herren, wenn wir da den Krieg verlieren würden?«

Die Besichtigung begann. Ein freundlich lächelnder Tod ging durch die Zimmer und drückte die Hände seiner Opfer.

Im dunklen Kinosaal saßen Walter Hertz und Petra Wolfach. Sie hielten sich an der Hand wie zwei verirrte Kinder, und die Lieder, die Zarah Leander von der Leinwand mit voluminösem Bass sang, tönten an ihren Ohren und ihrem Verständnis vorbei. Sie spürten nur sich, den Druck ihrer Hände, die Nähe des anderen, die Berührung der Knie und das Pulsen des Blutes unter der Haut.

»Wo wirst du schlafen?«, fragte Petra und drückte Walters Hand. Er hob die Schultern.

»Ich weiß nicht. Das ist das Blöde bei so einem Nachturlaub. Wenn man niemanden hat … man muss schon die Nacht durchsaufen …«

»Was machen denn die anderen?«

»Die?« Walter Hertz zögerte. Er schämte sich, darüber zu sprechen. »Die haben ein Mädchen oder so«, sagte er stockend. »Die suchen sich was. Die wollen doch nur was erleben. Viele haben fast ein Jahr lang nicht …« Er schwieg und wusste nicht, wie er es ausdrücken sollte.

Petra Wolfach sah ihn kurz an.

»Du gehst nachher mit, ja?«, fragte sie leise.

Seine Hand zuckte in der ihren.

»Wohin?«

»Zu meinen Eltern. Wir haben vier Fremdenzimmer in unserem Haus. Da ist Platz genug.«

»Hast du deinen Eltern gesagt …?«

»Sie wissen, dass ich mich mit dir treffe. Ich habe ihnen erzählt, dass ich einen verwundeten Soldaten …«

»Hast du gesagt, wie ich verwundet bin?«

»N – ein. Aber das ist doch …«

Walter Hertz schüttelte den Kopf. »Das ist durchaus nicht egal«, sagte er leise. »Ein Bein weg, oder ein Arm – daran kann man sich gewöhnen. Aber kein Gesicht mehr …«

»Vater war selbst Soldat im Ersten Weltkrieg. Du wirst sehen – wie zu Hause wirst du dich fühlen.«

»Ich habe Angst«, sagte Walter Hertz kläglich.

»Aber ich bin doch bei dir!«

»Das ist es ja.« Er umklammerte ihre Hand, als wolle man sie ihm entreißen. »Ich habe Angst, dich zu verlieren, wenn … wenn sie mich sehen …«

Nachher ging er doch mit.

Auf einem Hügel etwas außerhalb Berneggs lag das Haus. Eine stattliche Villa im Jugendstil mit einem klassizistischen Säuleneingang. Sie sah merkwürdig aus, aber sie repräsentierte jenen Reichtum, bei dem Geschmacklosigkeit zum neuen Stil wird.

»Da ist es!«, sagte Petra und zeigte den Hügel hinauf. »Großvater hat es gebaut, und jede Generation hat etwas dazugebaut. Ich würde es abreißen lassen.«

8

Sie gingen durch die Halle, durch ein Speisezimmer und einen Salon und sahen durch eine breite Glastür den großen Wohnraum mit den Fenstertüren zum Park. In einem offenen Kamin aus rotem Marmor brannten dicke Buchenscheite, zwei Stehlampen verbreiteten einen gedämpften Schein über die mit Gobelinstoff bezogenen, schweren Sessel und den weißen Flügel. Eine hoch gewachsene, schlanke, schwarzhaarige Frau saß davor und spielte Chopin. Zarte, schmale Finger glitten über die Tasten.

»Mama war früher Pianistin, bevor sie Papa heiratete. Wir haben oft Hauskonzerte gegeben.« Petra legte die Hand auf die Klinke der Glastür. Walter Hertz stand im Dunkeln des Salons, an einen alten, geschnitzten Schrank gedrückt.

»Bitte, lass mich gehen«, flehte er.

»Schämst du dich, dass du dein Gesicht geopfert hast?«

»Nein, aber die anderen schämen sich, dass so etwas herumläuft!«

Petra Wolfach drückte die Klinke herunter. Sie stieß die Tür auf und rief in einen perlenden Tonlaut hinein:

»Da sind wir! Und das ist Walter Hertz!«

Sie zog Hertz in den Raum. Der Feuerschein aus dem offenen Kamin flackerte und zuckte über seinen Kopf, über das schiefe Gesicht und das abgerutschte linke Augenlid, als läge dieser Kopf in einem Scheiterhaufen und schrumpfte in den Flammen zusammen.

Frau Wolfach blickte von den Tasten auf, ihr Blick traf auf Walter Hertz, und das Nocturne von Chopin erstarb in einem grellen Missklang.

Walter Hertz senkte wieder den Kopf. Man brauchte nichts mehr zu sagen. Der Aufschrei des Klaviers sagte mehr als tausend Worte. Er zerriss die letzte winzige Hoffnung.

»Guten Abend«, sagte er leise und rang mit sich, nicht loszuschreien. »Ich wollte nicht mitkommen. Bitte verzeihen Sie. Aber Petra ließ nicht locker. Darf ich mich gleich wieder verabschieden?«

Hubert Wolfach, Fabrikant und als Chef eines Zulieferungsbetriebs der Rüstung unabkömmlich, erhob sich aus dem tiefen Sessel am Kamin. Er warf seiner Frau einen schnellen, fast befehlenden Blick zu und kam mit sichtlicher Jovialität auf Walter Hertz zu.

»Sie sind Gast meiner Tochter und damit auch unser Gast, Herr Hertz«, sagte er und drückte dem Gesichtslosen die Hand. »Bitte verzeihen Sie, wenn … wenn der erste Eindruck … Aber das werden Sie gewöhnt sein! Es ist ein schreckliches Schicksal, wirklich. Aber unsere Ärzte sind so tüchtig, glauben Sie mir. Es wird sich wieder alles normalisieren.«

Auch Frau Wolfach war näher gekommen. Sie reichte Walter Hertz ihre lange, schmale Hand hin, eine kühle, glatte Hand, die kaum, dass er sie spürte, auch schon wieder aus seinen Fingern glitt wie ein Schlangenleib.

»Trinken Sie ein Glas Wein mit uns?«, fragte sie.

Wie sehr sie sich beherrscht, dachte Walter Hertz. Aber ihre Kälte ist noch grausamer als das natürliche Entsetzen, mit dem man mich sonst betrachtet.

»Ich möchte wirklich nicht stören«, sagte Hertz und blieb stehen.

»Nun kriegen Sie keine Komplexe, junger Krieger!«, rief Hubert Wolfach. Er drückte Hertz in einen der Sessel und schob mit dem Fuß ein verkohltes Buchenscheit tiefer in die Flammen des Kamins. »Trinken wir einen Rotwein, ja? Rotwein ist Blut bildend und stärkend. Das können Sie gebrauchen, was?«

»Walter wird heute Nacht hier schlafen. Er hat einen Urlaubsschein bis morgen 24 Uhr«, sagte Petra. Frau Wolfach schwieg. Wie gefroren saß sie am Kamin, unbeweglich und weiß.

»Ich … ich möchte das wirklich nicht«, stotterte Hertz.

»Erna kann das erste Fremdenzimmer fertig machen!« Hubert Wolfach goss den Rotwein in die Gläser, hob seins in den zuckenden Schein der Flammen und ergötzte sich an der rubinroten Farbe seines Weines. »Aus Frankreich«, sagte er. »Ein echter Mouton Rothschild. Zwei Kisten hat man mir mitgebracht. Verbindungen, wissen Sie … Na, dann Prost, Herr Hertz!«

Es wurde wenig gesprochen. Hertz erzählte stockend von seiner Verwundung, von jenem Sommertag, dem 30. Juni 1944, an dem plötzlich vor ihm eine Rauchfahne aufstieg, die Erde aufriss und der Himmel versank. Eine unsichtbare Faust hatte ihn gegen die linke Seite des Kopfes geschlagen, er war in die Knie gebrochen und hatte eben noch gesehen, wie die Fontäne aus Erde und Feuer zusammensank und der blaue Sommerhimmel wiederkam. Als er später aufwachte, in einem rumpelnden Pferdewagen, der südlich Minsk nach Westen flüchtete, hatte er mit seinem Gesicht seine Jugend, seine Zukunft, sein Menschsein verloren. Er fand dies alles erst wieder unter den Händen Dr. Lisa Mainettis.

»Schrecklich, schrecklich«, sagte Hubert Wolfach und goss neuen Wein zu. »Jaja, die Kriege. Ich habe den Ersten Weltkrieg ja auch mitgemacht. Die Marneschlacht, Ypern, Cambrai, zwei Gasangriffe. Auch wir hatten viele Verluste. Wo gehobelt wird, fallen eben Späne.« Er klopfte Hertz mit väterlich-nationaler Güte auf die Schulter. »Aber keine Sorge, junger Krieger, nicht den Kopf hängen lassen! Unsere Ärzte kriegen das wieder hin. Und später wird man immer sagen: Das hat er für das Vaterland getan.«

Walter Hertz schwieg. Ihm war speiübel zumute. Er sah Petra an, und über den gähnenden Abgrund, der zwischen ihren beiden Welten lag, schien für diesen einen Augenblick lang kein Steg mehr zu führen.

Wenig später führte ihn Petra auf sein Zimmer. Sie gab ihm

einen Kuss auf die verbundene Stirn. »Schlaf gut, Walter«, sagte sie.

»Gewiss. Du auch, Petra.«

Er wartete, bis sie aus dem Zimmer war. Er schloss die Tür ab und trat an den Spiegel, der über dem Waschbecken hing. Lange sah er sich an, eine durch Binden und Leukoplaststreifen gemilderte Fratze.

»Nein«, sagte er und lehnte den Kopf an den Spiegel. »Nein, du kannst nicht mehr geliebt werden.«

Walter Hertz sah aus dem Fenster. Drei Meter unter ihm lag der tief verschneite Boden. Es würde nicht schwer sein, hinunterzuspringen und wegzugehen, irgendwohin.

Im Wohnzimmer stellte Frau Wolfach die Gläser auf ein Tablett, Hubert Wolfach schloss die Flasche Mouton Rothschild in einen Wandschrank und schob mit einem großen, schmiedeeisernen Haken die verglimmenden Buchenscheite weiter zurück. Trotzig, mit zusammengepressten Lippen stand Petra am Kamin, die Hände zu Fäusten geballt.

»Wie stellst du dir das vor?«, fragte Frau Wolfach. »Sicherlich, er mag ein netter Mann gewesen sein …«

Diese Feststellung in der Vergangenheit bedurfte keiner weiteren Erklärung. Hubert Wolfach räusperte sich.

»Petra tut nur ihre Pflicht, meine Liebe. Verwundetenbetreuung ist etwas sehr Wichtiges. Sie hebt die Moral der Truppe. Man braucht da nicht gleich zu denken, dass …«

»Mutter erkennt es besser als du!«, sagte Petra hart. »Ich habe Walter Hertz gern.«

Hubert Wolfach drehte sich abrupt um. »Was soll das heißen?«

»Was Mutter befürchtet: Ich liebe ihn.«

»Einen Menschen ohne Gesicht?«

»Ist er deshalb weniger wert als andere?«

»Aber es ist doch … Petra, wenn man ganz nüchtern denkt …« Hubert Wolfach sah Hilfe suchend zu seiner Frau. »Du bist unser einziges Kind … und … und … Im Übrigen ist es nur wieder eine von deinen Verrücktheiten!«

»Nein, Vater! Jetzt liebe ich ihn gerade! Alle lassen ihn allein. Er ist doch kein Aussätziger, er ist doch nicht schuld an seinem Aussehen. Er braucht uns, versteht ihr das denn nicht? Er braucht mich, um wieder zurückzufinden in das Leben, das ihm der Krieg gestohlen hat. Und ihr, ihr seid mitschuldig daran!«

»Petra!« Hubert Wolfach knöpfte seine Jacke zu. »Das sind ja geradezu kommunistische Reden! Ins Bett! Sofort! Wir sprechen noch darüber! Und auch mit diesem jungen Mann werde ich sprechen. Ganz nüchtern, von Mann zu Mann. Er wird genügend Verständnis aufbringen.«

»Das hat er für das Vaterland getan. Hast du das vorhin nicht selbst gesagt, Vater?«

»Das sind so Redensarten, weißt du«, sagte er mit väterlicher Nachsicht. »Das tut so einem armen Menschen gut.«

Eine Stunde später stapfte Walter Hertz durch den Schnee den Hügel hinab. Er war aus dem Fenster gesprungen und über den Zaun des Parks geklettert. Nun keuchte er durch den knietiefen Schnee, vorbei an dem schlafenden Bernegg, den Wäldern entgegen, der großen, wunderbaren Einsamkeit.

Was er tun wollte, wusste er nicht, wo er die Nacht verbringen würde, daran hatte er nicht gedacht. Er spürte nur die Sehnsucht, hinauszulaufen in Dunkelheit, Schnee und Wald, wie ein Wolf, der die Nähe der Menschen flieht …

Der Besuch der Kommission war vorbei. Die Stationen waren durchgegangen, von den Bunkern hatte man nichts erwähnt, und Oberst Mayrat hatte auch nichts gefragt. Die beiden Stabsärzte, die Mayrat als Fachleute mitgebracht hatten, führten auf einer Liste die Namen von dreiundzwanzig Männern, die nach ihrer Ansicht fähig waren, im Ersatztruppendienst und im Nachschub eingesetzt zu werden.

Im Gemeinschaftssaal hatten die Ordonanzen eine Tafel aufgestellt und gedeckt. Es gab Gulasch mit Nudeln und dazu ein dünnes Bier, das aus der ehemals berühmten Schlossbrauerei stammte. Die gesamte Ärzteschaft des Lazaretts aus allen Blocks war anwesend, die Zahlmeister und der dicke Stabsintendant, der sich ›Chef der Verwaltung‹ nannte. Drei Sanitäter unter Leitung des Famulus Baumann servierten.

»Meine Herren!«, sagte Oberst Mayrat, und es war so etwas wie eine Tischrede, zu der er ansetzte. »Es freut mich, dass auch der heutige Tag in einem so guten, kameradschaftlichen Geist vergangen ist und dass wir unter Anlegungen weitestgehender Toleranz doch noch ein ganz schönes Grüppchen für die Entlastung unserer im Schicksalskampf um die Nation stehenden Front herausziehen konnten.«

Weiter kam er nicht. Professor Rusch klopfte mit der Gabel an sein Bierglas. Oberst Mayrat blickte verwundert und verärgert zu Rusch hinüber.

»Bitte?«, fragte er mit maliziöser, hoher Stimme.

Rusch erhob sich. Sein zerfurchtes Gesicht war kantig. Lisa kannte diese Veränderungen an ihm, es gab jetzt keine Kompromisse mehr.

»Ich möchte einen Irrtum klarstellen!«, rief Professor Rusch mit lauter Stimme. »Herr Oberst Mayrat spricht von einem Grüppchen Verwundeter, die seine Kommission für wert achtet, wieder dem Führer zu dienen!« Jeder spürte den dicken Spott aus seinen Worten. Professor Gilgen sah aufgeregt zu Dr. Mainetti hinüber. Hilflos hob sie leicht die Schultern. »Es stimmt. Es existiert seit einer Stunde eine solche Liste. Der Irrtum aber ist, dass wohl Namen aufgeschrieben worden sind – aber wer aus diesem Lazarett entlassen wird, bestimme ich!«

»Herr Oberstabsarzt!«, rief Oberst Mayrat hochrot im Gesicht.

»Ich allein, Herr Oberst!«, schrie Professor Rusch zurück. »Ich bin Arzt! Ich habe einen Eid auf die Menschlichkeit geschworen!«

»Einen Eid auf den Führer!«, schrie Mayrat.

»Auch das!« Professor Rusch lächelte mokant. »Ich danke Ihnen, Herr Oberst, dass Sie zwischen Menschlichkeit und Führer einen so großen Unterschied herausstellen! Ich hatte das nicht bedacht!«

»Unerhört!«, schrie Mayrat.

Professor Gilgen legte die Hand vor den Mund. »Er ist verrückt«, sagte er leise. »Er ist total verrückt.«

»Als Chefarzt dieses Lazaretts beurteile ich allein, welcher Verwundete zur Entlassung vorgeschlagen wird! Ich trage hier allein die Verantwortung, und auch ein General von Unruh kann sie mir nicht abnehmen!«

»Er tut es!«, brüllte Oberst Mayrat außer sich. »Meine Kommission hat das Recht …«

»Sie hat das Recht auszusuchen. Sie entbindet mich vielleicht vor dem Gesetz von meiner Verantwortung – aber nicht vor Gott, Herr Oberst.«

»Lassen Sie den alten Mann aus dem Spiel! Es geht um Sein oder Nichtsein des Volks!«

»Was für ein Sein ist das, das von dreiundzwanzig Menschen ohne Gesicht abhängt!«

Oberst Mayrat schwieg, als habe man ihn mit einem mächtigen Schlag betäubt. Er sah sich um. Überall blickte ihm Kälte entgegen, Gegnerschaft, Verachtung, Hass. Generalarzt Professor Gilgen wandte den Blick zur Seite, als Mayrat ihn musterte.

»Ach, so ist das«, sagte Mayrat leise. »So also ist die Stimmung in der Heimat. Ein neuer Dolchstoß ...«

Professor Rusch legte die Hände um sein Bierglas. Auch wenn sie alle in diesem Saal so dachten wie er – er wusste, dass er einsam dastand und für ein Recht kämpfte, das seinen Kopf wert war.

»Ich werde Herrn General von Unruh einen genauen schriftlichen Bericht über die 23 ausgewählten Verwundeten einreichen«, sagte er kalt. »Ich werde Schlussuntersuchungen vornehmen müssen und Gutachten für spätere Ansprüche. Melden Sie bitte General von Unruh, dass diese Meldung schätzungsweise vier Wochen dauern wird. Wir werden die deutsche Gründlichkeit nicht verletzen.«

Oberst Mayrat setzte sich. Er aß nichts mehr und ließ auch das Bier stehen. Mit verkniffener Miene verabschiedete er sich nach dem Essen von den Ärzten. Professor Gilgen blieb noch einen Augenblick bei Rusch stehen, bevor er in seinen Horch stieg.

»Sie waren unvorsichtig, Rusch«, sagte er leise. »Ihre Äußerungen in die Ohren der Gestapo ... Seien Sie klug, so kurz vor dem Ende hat es keinen Sinn mehr. Wir brauchen auch noch einige Köpfe für nachher. Wer soll denn aufbauen? Ich werde mit Mayrat reden, dass er den Mund hält.«

Er gab Rusch die Hand und hielt sie fest. Mit väterlichem Lächeln beugte er sich vor. »Sie können Ihre Jungs wieder aus dem Bunker holen, Rusch. Und die wie Paschas im Bett liegenden internen Kranken können auch zurück zum Block A.«

»Sie ... Sie wissen alles, Herr Generalarzt?« Rusch lächelte schwach. Professor Gilgen drückte noch einmal seine Hand. Die weißen Haare unter der Mütze flatterten im Wind.

»Ich kenne doch meine ehemaligen Doktoranden. Und ich lasse sie auch nicht im Stich.«

Als die Wagen abfuhren, winkte ihnen Rusch mit beiden Armen nach. Er fühlte sich befreit und glücklich.

Er sah Professor Gilgen nicht wieder. Eine Fliegerbombe zerfetzte ihn wenige Tage vor Kriegsschluss bei einer anderen Besichtigung.

Im Lauf des Abends kamen sie alle wieder zurück. Der Berliner und Wastl Feininger, zwei Tüten mit großen Laugenbrezeln in der Hand, Fritz Adam mit Dora Graff, der taube Kaspar Bloch. Und Walter Hertz.

Dr. Mainetti sah sie alle kommen. Wie von einem Geburtstag heimkehrende Kinder sind sie, dachte sie gerührt. Ihr Glück steht in ihren Augen. Vor allem Fritz Adam fiel ihr auf – er lachte wieder und hörte sich die ersten Berichte des Wastl Feininger an, die er schon auf der Treppe mit großer Lautstärke kundgab: »Dös war a Gaudi! G'soffen hab' i wia a Ochs! Und dös Weibsstück nimmt's Glas weg und sagt: ›Sei stad, Wastl, sonst wirst mir nacha no impotent.‹«

Auch Walter Hertz meldete sich zurück und gab seinen Urlaubsschein auf der Schreibstube ab. Er sah etwas verwildert aus, an seinem Verband hingen Heufäden, und Strohhalme klebten an den Leukoplaststreifen.

Auf seinem Zimmer legte er sich sofort ins Bett und schlief ein, kaum dass er die Augen geschlossen hatte.

Eine Nacht in einer Waldscheune lag hinter ihm und ein sinnlos vertaner Tag. Er war durch die Hügelketten gerannt, durch tiefen Schnee, wie ein verirrter Fuchs, ziellos, im Kreise um Bernegg herum, allen Menschen ausweichend, frierend, einsam, verzweifelt und immer gegen den drängenden Gedanken ankämpfend: Mach Schluss! Hat es denn noch einen Sinn? Was kannst du denn noch erwarten? Es gibt doch keine Zukunft mehr für dich!

Er wusste nicht, dass schon am frühen Morgen Petra Wolfach an der Hauptwache des Lazaretts war und nach ihm fragte. Viermal war sie heraufgekommen und hatte ihn suchen lassen. Erst als es dunkel war, schlich Walter Hertz zum Lazarett zurück, zur gleichen Stunde, in der Petra hoch aufgerichtet vor ihren Eltern stand und sagte: »Ich werde Walter heiraten! Jetzt gerade!«

Erich Schwabe hatte keine Augen für seine zurückkommenden Kameraden. Mit der Post war ein Brief Ursulas gekommen. Ein langer Brief des Dankes für das Weihnachtsgeschenk und ein Schwur, auf ihn zu warten.

»Und wenn es zehn Jahre dauert«, schrieb Ursula in ihrer kindlichen Schrift, »ich bleibe dir treu und warte auf dich. Damit du es nie vergisst, will ich es dir immer wieder sagen: Ich bin deine Frau und nichts, nichts wird uns trennen. Nur der Tod.«

Erich Schwabe las diese Sätze zum ungezählten Male. Er war mit diesem Brief sogar zu Lisa Mainetti gelaufen und hatte ihn ihr gezeigt.

»Uschi hat den Schock überwunden!«, rief er glücklich. »Lesen Sie, Frau Doktor, was sie schreibt! Meine Mutter wird ihr alles erzählt haben, sonst würde sie die zehn Jahre nicht erwähnen. Ist das nicht wunderbar, dass ich eine solche Frau habe? Wann darf ich sie denn kommen lassen, Frau Doktor? Jetzt, jetzt will ich sie doch sehen!«

Dr. Mainetti überflog den Brief. Sie las ihn nicht Wort für Wort. Sie kannte diese Briefe. Es waren Worte, die man aus der Entfernung sprach. Die tägliche Nähe eines Menschen ohne Gesicht ist weniger pathetisch. Da wird man still, beißt die Zähne zusammen und streckt den Kopf vor wie einen Rammbock, um gegen Mitleid, Dummheit und Gleichgültigkeit anzurennen.

»Wir werden Ihre Frau so bald wie möglich rufen«, sagte Lisa Mainetti und gab den Brief zurück. »Aber erst wollen wir Ihre Nase machen. Das ist das wichtigste. Mit einer richtigen Nase sieht man immer gut aus.«

»Sie haben mir versprochen, gleich nach Neujahr damit anzufangen, Frau Doktor«, sagte Schwabe, fast flehend.

»Das werd' ich auch, Schwabe. Ihre Mutter hat mir ein Bild von Ihnen mitgebracht. Sie werden sehen, wie ähnlich wir Sie wieder hinbekommen.«

»Ähnlich?«, sagte Schwabe leise und gedehnt.

»Wenn ich Gott wäre, Schwabe, würde ich Ihnen mit der Hand bloß über das Gesicht streichen und sagen: Sei Erich Schwabe. Und Sie sähen wieder aus wie früher. Aber ich bin nur ein Mensch wie Sie. Uns gibt Gott nur die Möglichkeit, Ähnlichkeit zu schaffen.«

Am Abend kehrte auch Dr. Urban ins Lazarett zurück. Er war missgelaunt und schnauzte schon auf den Treppen die Verwundeten an, weil sie nicht zackig genug grüßten.

»Solange ihr noch einen Arm habt, gehört der zum Gruß nach oben!«, brüllte er. »Zurück marsch marsch – noch mal rankommen und grüßen!«

Nach viermaligem Herumjagen wurde es ihm langweilig, und er verschwand in seinem Zimmer. Er zog sich um und visitierte dann seine Station. Die im Bunker Versteckten lagen wieder in ihren Betten und spritzten hoch, als Urban mit wehendem Mantel erschien.

»Da sind ja unsre Helden!«, schrie er. »Deutsche Männer wollen das sein und verkriechen sich unter der Erde!« Er stellte sich in die Mitte des Zimmers und stemmte die Hände in die Seiten. »Aber so einfach ist das nicht, sich von dem Dienst an Führer und Vaterland zu drücken, meine Herrschaften. Einigen von euch wird noch das dämliche Grinsen vergehen! Und wenn ihr glaubt, Silvester könntet ihr euch voll saufen, dann habt ihr in die eigenen Hosen geschissen! Meier. Rumbold. Senkblei. Schmitz III.«

»Hier – hier – hier – hier!«, brüllten die Aufgerufenen und traten zwei Schritte vor ihr Bett. In ihren Augen stand Angst.

»Ihr werdet morgen drangenommen! Ihr wollt doch schnell wieder schön werden, was?«

Dr. Urban sah die bleichen Gesichter und lächelte breit. Dann stampfte er wieder hinaus, um sich bei Chefarzt Professor Rusch dienstlich zurückzumelden und seinen Operationsplan für morgen vorzulegen.

»Warum so viele?«, fragte Rusch und las die Krankengeschichten durch.

»Damit sie Neujahr im Bett liegen müssen. Die Rache des helfenden Arztes«, sagte Dr. Mainetti. Dr. Urban zog die Augenbrauen hoch.

»Ich halte diese Operationen für notwendig. Die Wiederherstellung der Funktionen ist doch nicht abhängig von Feiertagen oder Jahreswechseln.«

»Gut!« Professor Rusch zeichnete die Vorschläge ab. »Ich werde alle Fälle selbst übernehmen. Sie und Dr. Mainetti assistieren, sowie die Herren Plugge und Vohrer.«

Dr. Urban nahm seine Krankengeschichten von Professor Rusch zurück, klemmte sie unter den Arm und verließ das Chefzimmer. Kopfschüttelnd setzte sich Rusch.

»Er ist so still und wenig kampflustig. Ist er krank?«

»Nein, in der Klemme.« Dr. Mainetti zündete sich eine Zigarette an. Es war selten, dass sie rauchte, aber manchmal hatte sie einen plötzlichen Heißhunger auf eine Zigarette. »Diese kleine

Hure Irene Adam rief gegen Mittag an. Sie besteht darauf, dass sich ihr Mann von sich aus scheiden lässt. Anscheinend will sie Urban zwingen, sie zu heiraten.« Lisa sah einer bizarr verschlungenen Rauchfahne nach, die durch das Zimmer schwebte. »Wenn ich daran denke, könnte ich sogar Mitleid mit ihm haben. Das hat er denn beinahe doch nicht verdient.«

Der Operationstag begann wie alle OP-Tage mit der Klage der Oberschwester, dass alles, was man brauchte, nicht genügend vorhanden sei. Zu wenig Binden, zu wenig Zellstoff, zu wenig Medikamente. In der Lazarettwäscherei wurden die gebrauchten Verbände so lange gewaschen, bis sie wie Spinnweben beim Aufwickeln zerrissen. Die Papierbinden, die als Ersatz geliefert wurden, riefen bei Professor Rusch Tobsuchtsanfälle hervor. »Soll ich meine Verwundeten mit Lokusrollen verbinden?«, schrie er den unschuldigen Apotheker an, der die Papierbinden brachte. »Dann machen wir es doch gleich einfacher und legen die neuesten Nummern vom ›Reich‹ auf die Gesichter. Vielleicht heilen Goebbels' Worte besser!«

An den Waschbecken standen Dr. Mainetti und Dr. Urban und bürsteten sich die Hände. Sie hatten die Kopfhauben schon auf und trugen über den nackten Füßen die weißen Gummischuhe. Obgleich sie nebeneinander standen, sprachen sie kein Wort miteinander. Stumm seiften sie Hände und Unterarme ein und schrubbten sie mit den Bürsten. Professor Rusch war noch nicht gekommen. Er führte ein Telefongespräch mit Oberst Mayrat. Die Dienststelle des Generals von Unruh verzichtete auf einen Bericht aus Bernegg. Er war gegenstandslos geworden. Die Aktion ›Heldenklau‹ betraf nicht die Gesichtsverletztenlazarette. Es war ein Missgriff gewesen, eine bedauerliche falsche Auslegung des Befehls. Rusch meinte die Hand seines Doktorvaters, des Generalarztes Professor Gilgen, dahinter zu sehen. Oberst Mayrat entschuldigte sich förmlich und steif. Es war zu hören, wie schwer es ihm wurde.

Im OP I wurde der erste Patient vorgeführt. Es war der Obergefreite Rumbold, 32 Jahre alt, Vater von zwei Kindern, Bergmann aus Gelsenkirchen, verwundet in Russland, August 1944. Kieferzertrümmerung mit großen Weichteilverlusten. Nach zwölf Operationen war er so weit hergestellt, dass es nur noch einiger kleinerer Knochentransplantationen bedurfte, um dann an die endgültige plastische Gestaltung des in den Grundlagen wiederhergestellten Gesichts zu gehen.

Dr. Mainetti sah von dem Waschbecken auf, als Rumbold in den OP trat. Er kam zögernd, ängstlich, fast schob ihn der Sanitäter in den Raum, wie ein Lamm, das den Schlachthof riecht und sich dagegen stemmt. Er starrte auf den Rücken Dr. Urbans und blieb zwei Schritte neben der Tür stehen. Sein Gesicht war wie eingesunken, spitz stach die Nase daraus hervor, kalter Schweiß tropfte von der Stirn und sammelte sich an den Augen, die tief in den Höhlen lagen, als habe man sie in den Kopf zurückgedrückt.

Dr. Lisa Mainetti ließ das Wasser über die gebürsteten Hände und Arme laufen und zog dann die Hände zurück.

»Wer ist denn das?«, fragte sie. Dr. Urban drehte den Kopf zur Seite.

»Nummer eins, Kollega! Knochentransplantation.«

Lisa trat vom Waschbecken weg. Rumbold sah sie wie ein Hund bettelnd an. Wie ein Totenschädel war sein Gesicht.

»Was ist denn mit dem Mann los?«, fragte Dr. Mainetti noch mal. »Wieso wird er operiert?« Sie wandte sich zurück zu Dr. Urban und sagte leiser, damit es Rumbold nicht hörte: »Das geht doch schief, Urban. Der Mann hat ja eine Facies hippocratica.«

Dr. Urban wandte wieder den Kopf und sah Rumbold ärgerlich an. »Blödsinn!«, sagte er laut. »Der hat nie anders ausgesehen. Außerdem hat er die Hosen voll. Das ist alles.«

»Wissen Sie denn überhaupt, was eine Facies hippocratica ist?«, fragte Lisa scharf.

»Nein.« Dr. Urban spülte die Hände ab. »Interessiert mich auch nicht. Der Mann hat nie anders dreingeschaut. Kann nicht jeder eine Schönheit wie der Chef sein.«

Lisa überhörte die Anspielung. Sie nahm die Haube von den Haaren und warf sie auf einen Tisch. »Ich gehe zum Chef, Herr Urban!«, sagte sie. »Ich will, dass die Operation abgesetzt wird!«

Dr. Urban hielt sie am Ärmel des OP-Mantels fest.

»Was für ein Unsinn!«, sagte er leise. »Liebe Lisa, Sie können mich als Menschen missachten und meinetwegen auch versuchen, mich fertig zu machen. Aber als Arzt lasse ich mir das nicht bieten! Hier ist die Grenze! Genügt es Ihnen, wenn ich versichere, dass der Patient nie anders ausgesehen hat? Nur weil Sie gefühlsmäßig schwarzsehen, wollen Sie einen Tagesplan über den Haufen werfen? Wollen Sie mich vor dem Chef als Idioten hinstellen? Ich warne Sie, Lisa!«

Dr. Mainetti sah noch einmal hinüber zu dem bleichen Rumbold. Der Famulus Baumann bereitete ihn zur Operation vor. Er wurde ausgezogen und nackt auf den OP-Tisch gelegt. Aus der Hüfte wollte man einen Knochenspan meißeln und ihn in den Kiefer transplantieren.

»Gut!«, sagte Lisa widerwillig. »Ich kann mich irren! Glauben Sie mir, Urban, dass ich alles tun würde, diese Operation zu verhindern, wenn ich völlig sicher wäre. Ich würde mich einen Dreck darum kümmern, ob ich Sie als Arzt bloßstelle! Das wissen Sie!«

Die Operation begann. Professor Rusch kam hinzu, als Lisa schon die Hüfte geöffnet hatte. Er nickte allen zu und begann mit der Ausmeißelung des Spans.

Nichts geschah. Wie Hunderte von Malen vorher verlief die Operation planmäßig. Rusch arbeitete schnell und sicher wie immer, mit einer Gewandtheit, die an Artistik grenzte. Dr. Urban bemühte sich, das Tempo mitzuhalten und verlangsamte es dadurch. Die Fähigkeit, Griffe vorauszuahnen, die Dr. Mainetti auszeichnete, fehlte ihm völlig.

Der Knochenspan war eingepasst, die Kiefernaht war beendet, Professor Rusch begutachtete noch einmal den Kiefer, legte die Nadel hin und trat vom Tisch zurück. Er wusch sich schnell und verließ wieder den OP. Dr. Urban trat zu Dr. Mainetti, die die Hüftwunde versorgte.

»Na, Sie Unke«, sagte er gut gelaunt. »Was ist mit Ihrer Facies?«

Dr. Mainetti zeigte auf die offene Hüfte. Das Knochenmark blutete noch, aber das Blut war bläulich, viel stärker und deutlicher, als es bei venösem Blut im Allgemeinen der Fall ist.

»Fällt Ihnen nichts auf?«, fragte sie.

»Nein. Ist doch alles bestens gelaufen!«

»Sie werden es sehen! Den Chef trifft keine Schuld. Er war ahnungslos.«

»Was für Unsinn reden Sie bloß?«

Lisa Mainetti stillte die Blutung, winkte Baumann und verlangte eine Weckspritze. Dann vernähte sie die vier Schichten, klammerte die Epidermis, führte einen Schlauch ein und entfernte Mullbinden und Schlauch der Intubationsnarkose.

Dr. Mainetti fühlte Rumbold den Puls, nachdem sie die Weckspritze gegeben hatte. Der Pulsschlag war unregelmäßig, hüpfte und schlich in stetem Wechsel, das Gesicht des Operierten war spitz und eingefallen.

»Da haben Sie die Schweinerei, Urban!«, sagte Lisa Mainetti grob. »Er wacht nicht aus der Narkose auf!«

Lisa legte das Stethoskop auf Rumbolds Brust. »Hören Sie sich das an!« Während Urban die Herztöne abhorchte, winkte Lisa Baumann heran.

»Sympatol!«, rief sie. »Und Kampfer! Verdammt noch mal!«

Wenn Lisa Mainetti fluchte, war dickste Luft. Professor Rusch hörte ihre laute Stimme draußen auf dem Gang und steckte den Kopf herein. Er sah die beiden noch immer um den Patienten bemüht und riss die Tür auf.

»Was ist denn los?«, rief er. Lisa Mainetti injizierte bereits Sympatol und Kampfer. Dr. Urban fühlte den Puls. Er stand bleich und mit verkniffenem Gesicht neben dem ausgestreckten Körper. Als Rusch an den OP-Tisch trat, wagte er nicht, ihn anzusehen. »Was ist denn?«, fragte Rusch noch einmal.

»Er wacht nicht auf! Und der Puls geht weg!«

»Himmel, Arsch und Wolkenbruch!«, schrie Professor Rusch. Er stieß mit den Ellenbogen Dr. Urban zur Seite und beugte sich über Rumbold. Dessen Körper bedeckte sich mit kaltem, klebrigem Schweiß. Ein weißer Fleck bildete sich auf der spitzen Nase, und dieser Fleck wuchs und wuchs und breitete sich über das ganze eingefallene Gesicht aus.

»Adrenalin!«, rief Rusch. »Und eine lange Nadel!«

Es war zu spät. Bevor Baumann ihm die Spritze reichen und Rusch als verzweifeltes, letztes Mittel die lange Nadel zur kardialen Injektion in den Brustkorb stoßen konnte, hörte die Atmung auf.

Der Obergefreite Rumbold aus Gelsenkirchen war tot.

Professor Rusch warf die Spritze auf die Erde. Sie zerschellte, und die Glassplitterchen spritzten durch den OP.

»Wie konnte das passieren?«, schrie er Dr. Mainetti und Dr. Urban an. »Was ist hier versaut worden?«

Dr. Mainetti drückte dem Toten die Augen zu. »Nichts weiter als die Unkenntnis einer Facies hippocratica«, sagte sie ruhig.

»Ich werde den Mann obduzieren und den Beweis erbringen, dass er an einem blanden Fernthrombus starb. Irgendwo hatte er diesen nichtinfizierten Thrombus sitzen, und der chirurgische Schock, vielleicht schon die Angst vorher hat ihn gelöst, was weiß ich?«

Professor Rusch wandte sich zu Dr. Urban. Der Oberarzt drehte den Stethoskopschlauch unruhig zwischen den Fingern.

»Haben Sie den Mann gestern, am Tage vor der Operation, vor den Röntgenschirm gestellt, wie es bei uns Vorschrift ist?«, fragte Rusch.

Dr. Urbans Lippen waren weiß.

»Nein ... acht Tage vorher.«

Er drehte sich wie eine aufgedrehte steife Puppe um und ging aus dem Operationsraum. Professor Rusch fuhr zu Dr. Mainetti herum.

»Und warum hast du die Operation nicht verhindert?«, schrie er. In seiner Erregung duzte er sie vor den anderen Ärzten und dem Personal, es war ihm gleichgültig, und er merkte es auch nicht.

»Ich hatte nur einen vagen Verdacht, eine Ahnung. Es war mir nicht möglich, eine klare Diagnose zu stellen. Vielleicht hätten auch Sie mich ausgelacht, wenn ich vor Beginn der Operation verlangt hätte, dass man sie absetzt!«

Lisa Mainetti winkte dem Famulus Baumann. »Lassen Sie den Toten wegschaffen, Baumann. Und dann den nächsten Patienten. Dr. Urban hat uns ein großes Programm zusammengestellt.«

Professor Rusch rannte aus dem OP. Auf dem Flur prallte er auf Dr. Urban, der dort auf ihn gewartet hatte.

»Herr Professor ...«, begann Urban. Rusch hob abwehrend beide Hände.

»Sprechen Sie mich nicht an, Sie ... Sie ...«, schrie er.

»Werden Sie Meldung machen?«

»Erwarten Sie etwas anderes von mir?«

»Ist Ihnen noch nie ein Patient gestorben?«

»Nicht auf diese Art!«

»Ich ... ich bitte Sie, Herr Professor, von einer Meldung abzusehen«, sagte Dr. Urban mit leiser, bebender Stimme. Er war völlig verstört.

»Sie Stümper!«, schrie Rusch. Er kannte sich selbst nicht mehr.

Er sah mit innerem Schauder, dass auch in ihm alle Hemmungen zerbrechen konnten. »Sie Schwächling! Sie Emporkömmling! Ich will Sie heute nicht mehr in meinem Lazarett sehen. Bis nach Neujahr nicht!«

Dr. Urban wandte sich ab und rannte den Flur hinunter.

Der Übergang von 1944 zu 1945 verlief still auf Schloss Bernegg. Menschen, die keine Gesichter mehr haben, werden nachdenklich, nicht fröhlich, wenn ein neues Jahr beginnt. Man hält Rückschau und denkt an die Zukunft, wünscht sich die Erfüllung heimlicher Gedanken und großer Sehnsüchte und trinkt sehr versonnen das Glas Wein, das aus der Spende eines Würzburger Weinhändlers pro Kopf des Lazaretts zugeteilt werden konnte.

Dr. Urban war wirklich weggefahren, wohin, wusste niemand. Er hatte sich bei Professor Rusch nicht abgemeldet. Nach seiner Ansicht war der Hinauswurf Abmeldung genug.

Fritz Adam feierte mit Dora Graff unten in Bernegg in einem Hotel das neue Jahr. Er hatte am Silvestertag einen Brief an seine Frau geschrieben und ihr mitgeteilt, dass er einsehe, ihre Jugend nicht durch seinen Anblick zerstören zu können. Er gebe sie frei und bitte sie, die Scheidung mit seinem Einverständnis einzureichen. Damit es schneller gehe, nehme er alle Schuld auf sich. Er habe sich in eine Krankenschwester verliebt und gestehe einen Ehebruch ein.

Er zeigte den Brief Dr. Mainetti, noch bevor sie ihm von dem Anruf Irene Adams berichtet hatte.

»Hatte ich nicht Recht?«, fragte sie. »Das Leben geht immer weiter. Wenn Fritz Adam allein stehen geblieben wäre, würde das alle irdischen Gesetze umgeworfen haben. Nur halte ich es für Blödsinn, Ihrer Frau von Ehebruch zu schreiben.«

»Damit es schneller geht, nur darum.«

»Mann Gottes – wollen Sie zu allem auch noch die Alleinschuld auf sich nehmen?«

»Ja. Wenn es sein muss.«

»Es muss nicht. Ich werde auch das für Sie regeln.«

»Sie? Wie können Sie denn das?«

»Mein Lieber!« Lisa Mainetti gab Adam den Brief zurück. »Hat es sich noch nicht herumgesprochen, dass ich zu allem anderen auch noch zaubern kann?«

Die Amüsiergruppe der Stube B 14 zog wieder aus. Der Berliner, der Wastl Feininger und drei andere. Sie hatten bereits bei ihrer Ausquartierung in Sachen ›Heldenklau‹ in Würzburg Hotelzimmer bestellt und hatten bis zum Silvestertag in einem heroischen Kampf mit der Schreibstube um einen neuen Urlaubsschein gestanden.

Dann zog die große Stille über Schloss Bernegg. In den Zimmern saß man um die Radios und hörte die Neujahrsbotschaft von Goebbels und ein schönes Konzert, man trank dünnes Bier und hob sich das Glas Wein für den Zwölfuhrtrunk auf. Man las oder schrieb, spielte Schach oder Skat, und es war eigentlich genauso wie jeden Abend, nur ein wenig stiller, wehmütiger, nachdenklicher.

Professor Rusch und Lisa Mainetti saßen zusammen im Chefzimmer und tranken still eine Flasche Wein. Sie hatten das Licht gelöscht und saßen sich im Dunkeln gegenüber, Schatten in den Polstersesseln, die Rusch aus seiner Wohnung hatte kommen lassen.

»Wann heiraten wir, Lisa?«, fragte er unvermittelt in die Stille hinein.

»Welche Frage! Erst schreist du mich vor allen Ärzten und den Sanis an ...«

»Ist meine Frage nicht eine einzige große Entschuldigung?«

»Lass erst Frieden sein, Walter. Wir wissen alle nicht, was uns noch bevorsteht. Vielleicht wird jeder glücklich sein, der dann allein steht, weil er nur sein Leid tragen muss und nicht auch noch das eines anderen.«

»Du bist die merkwürdigste Frau, die ich je gekannt habe«, sagte Rusch. Er stand auf, beugte sich über Lisa und küsste sie. Sie legte den Arm um seinen Nacken und drückte seinen Kopf an sich.

So blieben sie beieinander, bis die Tischuhr zwölf schlug. Sie hoben die Gläser, stießen an und tranken das Glas leer.

»Gott steh uns bei!«, sagte Lisa leise.

Und plötzlich weinte sie.

Fünf Tage nach Jahresanfang traf Frau Irma Fischer in Bernegg ein. Lisa Mainetti hatte ihr ein Telegramm geschickt.

»Ihr Mann schwer verletzt. Bitte kommen.«

Lisa Mainetti wurde von der Hauptwache angerufen, als Frau

Fischer dort eintraf. Mit großen, fragenden Augen saß sie auf dem harten Stuhl vor dem alten Tisch und wartete geduldig, was mit ihr geschehen würde.

Nur einmal fragte sie den Wachhabenden, und es klang schüchtern und verzagt:

»Kennen Sie einen Leutnant Rudolf Fischer?«

Der Unteroffizier schüttelte den Kopf. »Nee. Ihr Mann?«

»Ja. Er soll schwer verwundet sein.«

»Davon haben wir hier in Block B über 150. Die kann man nicht alle kennen.«

»Nein, gewiss nicht, nein«, sagte die junge Frau und wartete weiter.

Im Block B hatte Lisa Mainetti den Befehl durchgegeben: Alle Mann in die Zimmer! Die Stubenältesten hatten dafür zu sorgen, dass niemand die Zimmer verließ. Erst als die Flure wie ausgestorben waren, ging Lisa hinunter zur Wache und holte Frau Fischer in das Schloss. Sie ging mit ihr zu ihrem Zimmer, ohne dass sie jemanden sahen bis auf den Famulus Baumann, der eine MO-Spritze zu einem Frischoperierten brachte.

»Wie geht es meinem Mann, Frau Doktor?«, fragte die junge Frau. »Ist er wirklich schwer verletzt? Hat ... hat er ein Bein verloren? Oder einen Arm?«

»Sie müssen ganz tapfer sein, Frau Fischer«, sagte Lisa und drückte die junge Frau auf einen Stuhl. »Sie sind nicht allein, Sie tragen jetzt das Leid von Tausenden von Frauen und Müttern mit. Ich weiß, das sind alles dumme, leere Worte, abgedroschen und unpersönlich. Aber es gibt keine Worte, die man hier noch sagen könnte.«

Die junge Frau bekam große, runde, starre Augen. Sie legte die Hände auf ihren Leib und atmete ein paar Mal schnell und laut.

»Rudolf ... Rudi ... ist er tot?«

»Ja.«

»Kann ich ihn sehen?« Es war ein Hauch.

»Er ist schon begraben. Ich werde Ihnen alles erzählen.«

»Kann ... kann ich sein Grab sehen?«

»Wir gehen zusammen hin.« Lisa legte den Arm um die andere. »Er hat nicht zu leiden brauchen«, log sie, und so schrecklich es war, sie spürte, dass es wie ein Trost war.

9

Langsam ging Dr. Lisa Mainetti mit der jungen Frau Fischer durch den tief verschneiten Schlosspark, um die kleine Kapelle herum in Richtung des Teichs, in dessen Wasserspiegel Erich Schwabe zum ersten Mal sein zerstörtes Gesicht gesehen hatte. Zwischen Kapelle und Teich lag, von hohen Buchen und einer Nusshecke umschlossen, der kleine Friedhof des Lazaretts Bernegg.

Eine Reihe von Birkenkreuzen stand im Schnee, auf schwarzen Blechtafeln waren von einem Graveur die Namen der Toten eingeritzt und mit gelber Farbe grundiert worden. Von Weihnachten her lagen noch einfache Tannenkränze und Gebinde vor den Kreuzen.

Dann standen sie am Grabe des Leutnants Rudolf Fischer. Ein frisches Birkenkreuz, noch ohne Schild. Das wurde gerade graviert. Ein Tannenkranz. Ein frischer Erdhügel, fleckig durchsetzt mit verharschtem Neuschnee.

»Hier ist es«, sagte Lisa Mainetti leise und trat hinter die junge Frau.

Frau Fischer senkte den Kopf, und wieder legten sich ihre Hände mit gefalteten Fingern auf den runden Leib. Sie spürte, wie das Kind sich rührte – ein neues Leben, ein Teil des Toten unter dem Birkenkreuz.

»Rudolf«, sagte Frau Fischer leise, »Rudi – mein Rudi.«

Sie senkte den Kopf und weinte still, lautlos. Mit der rechten Hand tastete sie nach hinten und zur Seite, suchte Lisa Mainetti, und als sie deren Hand ergriffen hatte, klammerten sich ihre Finger darum, Halt und Hilfe suchend.

So stand sie lange und weinte lautlos, eine tapfere, im Schmerz gewachsene Frau. Auch Lisa Mainetti schwieg. Wie zwei Schwestern, Hand in Hand, standen sie im Schnee und spürten weder die Kälte noch das Vergehen der Zeit.

»Was hat er gehabt, Frau Doktor?«, fragte Frau Fischer nach langen Minuten. »Bitte, sagen Sie mir alles. Bitte.«

Lisa Mainetti dachte an das völlig zertrümmerte Gesicht, an das wache, allein übrig gebliebene Auge, das jeden ihrer Schritte verfolgte, an die gelbweißen Finger, die mit zittrigen, eckigen Buchstaben schrieben: »Bitte, meine Frau nicht rufen.« Und an den glücklichen Tod, der auch das eine Auge wegsinken ließ ins Nichts.

»Er hatte einen Kopfschuss«, sagte Lisa Mainetti. »Er brauchte nicht lange zu leiden.«

Frau Fischer beugte sich vor und streichelte das raue Birkenkreuz. Soviel Liebe lag darin, soviel Hingabe und Verbundenheit, dass Lisa spürte, wie sich ihr Hals zuschnürte vor wilder Ergriffenheit.

»Er hat sich so auf das Kind gefreut«, sagte Frau Fischer. »Sein letzter Brief kam vor zehn Tagen. Er sollte über Neujahr Urlaub bekommen. Nur zwei Tage. Wissen Sie, wie wunderbar zwei Tage sein können, Frau Doktor?« Sie sah wieder auf das Birkenkreuz. »Kann ich ihn überführen lassen?«

»Ich werde es für Sie beantragen.«

Dann standen sie wieder stumm vor dem Grab und nahmen Abschied. Frau Fischer weinte nicht mehr. Eine merkwürdige Starrheit war über sie gekommen. Sie lehnte sich gegen den Schmerz auf. Sie spürte die Regungen des Kindes und ihre große Aufgabe, für dieses Kommende stark zu sein.

Während die Rote Armee die deutsche Ostfront aufriss und über die Warthe hinaus nach Frankfurt/Oder und Küstrin vorstieß, während die letzte deutsche Offensive unter dem heulenden Beschuss amerikanischer Jabos im Elsaß stecken blieb, während ständig neue Verwundete nach Würzburg eingeflogen und auf dem schnellsten Wege nach Bernegg gebracht wurden und das Schloss mehr und mehr zu einem Frontlazarett wurde, begann die erste große Operation am zerstörten Gesicht Erich Schwabes. Lisa Mainetti hielt ihr Versprechen.

Von Anfang Februar an gab es keine Zeiteinteilung mehr, Tag und Nacht rollten die Transporte heran, und nur an dem Zittern der Beine und dem Zufallen der Augenlider merkte man, dass eine Nacht vorüber war und der Körper nach Ruhe schrie. Dann nahmen die Ärzte eine Tablette Pervitin, tranken starken Kaffee, wuschen sich in eiskaltem Wasser Gesicht und Puls und eilten zurück in den OP, zu den Bahren mit röchelnden, blutenden, zuckenden Leibern. Zu den Männern ohne Gesicht, in deren grässlichen Wunden jetzt auch noch die Erdklumpen klebten, die Splitter und die zerfetzten Knochenstücke steckten, denn sie kamen jetzt ohne Vorversorgung in den Verbandplätzen nach Bernegg.

Bei der großen Zahl der täglichen Neuzugänge mussten die

›alten Knaben‹, wie sie Dr. Urban nannte, warten. Es galt jetzt, Leben zu retten, das bloße Weiteratmen zu ermöglichen, die Schmerzen zu dämpfen und das zerfetzte Gesicht zu den notwendigsten Funktionen zu bringen.

Walter Hertz hatte Sorgen, die weniger sein Gesicht als sein Herz betrafen. Er hatte Petra Wolfach nicht mehr gesehen seit jenem Abend in der Villa der Eltern, er hatte sich abgeschlossen und saß allein in der Stube mit Erich Schwabe, wenn die anderen zum Kinobesuch ausrückten oder – an der Spitze der Wastl Feininger – in die Schenke ›Zum Bären‹ zogen, um dort das Dünnbier, von dem Berliner ›Urinol‹ genannt, literweise zu trinken.

Einmal hatte Petra geschrieben. Nur ein paar kurze Zeilen, so, als habe sie das Papier gegen eine Mauer gedrückt und schnell die Worte hingekritzelt.

»Warum kommst du nicht mehr? Ich kann doch nichts dafür, dass Papa so ist. Du weißt doch, dass ich dich liebe. Bitte, gib mir Nachricht, wann wir uns sehen können. Schreib mir postlagernd.

Deine Petra.«

»Du solltest nicht so stur sein«, sagte Fritz Adam auf einmal. »Du weißt gar nicht, was eine Liebe wert ist.«

Aber Walter Hertz schüttelte nur den Kopf und blieb stumm.

Man hat kein Recht auf Liebe mehr mit einem solchen Gesicht, dachte er. Und man muss sich daran gewöhnen.

Der einzige Glückliche war Erich Schwabe. Er wurde operiert.

Ein Knorpel sollte als Nasenwurzel eingepflanzt werden, ein biegsamer Pfropfen, um den man später einen Fernlappen aus der Armhaut transplantieren wollte. Eine neue Nase – die einzige vorspringende Stelle in diesem abgehobelten, wie wegrasierten Gesicht!

Dr. Mainetti hatte mit Professor Rusch die Operation gründlich vorbereitet. Eine Wehrmachtspressestelle in Würzburg hatte die von Frau Schwabe mitgebrachte Fotografie auf Lebensgröße gebracht. Das genaue Kopfmaß war dabei eingehalten worden. Peinlich genau wurden nun Maße und Form der alten Nase berechnet und damit der Umfang des zu verpflanzenden Knorpelstückes. Man konnte ja nicht wissen, ob der überpflanzte Lappen schrumpfte oder wucherte, und danach richteten sich die weiteren Operationen, die noch notwendig waren. Lisa Mainetti zeichnete im Detail die neue Nase, und nach mehrmaligen Röntgenkontrollen wurde Erich Schwabe zur Operation vorbereitet.

Famulus Baumann und Assistenzarzt Dr. Vohrer machten die Intubationsnarkose. Es war ein langwieriges, noch primitives Verfahren, eine Quälerei für den Patienten, der sich vorkommen musste wie in einer modernen Folterkammer.

Erich Schwabe lernte es in vollem Ausmaß kennen. Baumann deutete auf einen Stuhl, als Schwabe in den OP kam.

»Setz dich, Kumpel!«, sagte er. »Und nun reiß mal das Maul auf, so weit du kannst, und streck die Zunge heraus. Denk an Urban, dann gelingt's prima!«

Schwabe setzte sich und öffnete den Mund, diese Höhle ohne Lippen und Formen. Die Zunge hing heraus wie bei einem hechelnden Hund. Baumann nickte zufrieden.

»Prima! Pass mal auf, was wir jetzt Schönes machen.«

Er hielt die Zunge mit einem Stück Zellstoff fest. Dr. Vohrer beugte sich vor und pinselte den Rachen Schwabes mit Kokain ein. Schwabe schluckte krampfhaft, als müsse er sich übergeben.

»Lass man«, sagte Baumann. »Kotzen is nicht. Hast ja nischt im Magen, und schwanger biste ooch nich.«

Dr. Vohrer führte den Kehlkopfspiegel ein und sondierte in die Tiefe; Baumann schob ihm den Intubationsschlauch in die Hand. Vorsichtig ließ Dr. Vohrer den Schlauch in die Luftröhre gleiten, bis er die Teilung der Bronchien spürte.

»Das hätten wir, Erich!«, sagte Baumann zufrieden und klopfte Schwabe auf die Schulter. »Das Ding sitzt! Nun hüpf mal schön auf den Tisch. Und wennste wieder aufwachst, kannste mit Willy Fritsch konkurrieren!«

Schwabe erhob sich vorsichtig. Mit dem Schlauch in der Luftröhre, mit heraushängender, auf einem Mullappen festgehakter Zunge ging er langsam zum OP-Tisch und ließ sich hinaufheben.

»Hinlegen!«, sagte Baumann.

Die Operationslampe schien Schwabe grell in die Augen. Er schloss die Lider geblendet und hörte jetzt nur noch, was um ihn herum geschah.

»So, mein Lieber«, hörte er Baumanns Stimme, »nu jib mal dein Ärmchen her – so – strecken – noch mehr strecken, den Ellbogen durchbiegen …«

Jemand schlang Schwabe einen Gummischlauch um den Oberarm. »Fest anziehn, und nun machste ein hübsches Schleifchen dran, det die Schose ooch hält«, kommandierte Baumann. »So, und nu pump mal, Erich. Immer feste die Faust auf und zu machen. So is det richtich, man könnte denken, du hättest det auswendich jelernt. Tupfer und Äther!«, brüllte er den Sani an, dann reinigte er die Haut in der Ellenbeuge und klopfte auf den Unterarm Schwabes. »SEE-Spritze!« Dr. Mainetti hatte auf das Stichwort gewartet. Sie tastete den Venenplexus ab und stach eine Ader an. Blut floß in die Spritze. »Loslassen!« Der Sani entfernte vorsichtig den Gummischlauch vom Oberarm, und Lisa injizierte das Narkotikum, langsam und mit ruhiger, sicherer Hand.

»Det is det Nirwana«, sagte Baumann fröhlich. »In wenigen Sekunden träumste süß un selig, Erich.«

Schwabe spürte, wie an seinem Mund gearbeitet wurde. Dr. Vohrer schloss den Intubationsschlauch an. Das war ein denkbar primitives Verfahren: Auf das äußere Ende des Schlauches wurde ein Trichter gesetzt, in den ein dicker Wattebausch kam, auf den man später den Äther für die Narkose träufelte. Die Mundhöhle Schwabes wurde mit Mullbinden ausgestopft, wie das Fell eines Teddybären mit Sägespänen. Immer wieder kontrollierten Baumann und Dr. Vohrer und stopften noch mehr Mullbinden in den Mund, bis Schwabe keine Seitenluft mehr bekam. Er atmete nun nur noch durch den Intubationsschlauch, kurz, stoßartig und schnell. Baumann beugte sich über ihn. Schwabe schlug die Augen auf, aus seinem Blick schrie höchste Qual.

»Keine Angst, Erich«, sagte Baumann begütigend. »Es kann dir gar nichts passieren. Nur schöner wirste.«

Dr. Mainetti kam an den Tisch und blickte auf Schwabe. Sie blinzelte ihm zu, und dieses kleine Augenzwinkern war mehr als alle Worte Baumanns. Schwabe wurde ruhig und gefasst. Das unbegrenzte Vertrauen zu Lisa Mainetti verscheuchte alle Angst.

Die SEE-Injektion begann zu wirken, Vohrer träufelte Äther in den Trichter, kontrollierte den Bauchdeckenreflex, Puls und Atemfrequenz. Das Operationsfeld war eingejodet. Ein gestielter Lappen aus der Stirnhaut sollte zunächst den äußeren Defekt decken und, sobald er reaktionslos eingeheilt war, in freier Transplantation ein knöchernes Stützgerüst erhalten. Erst dann konnte man daran denken, etwa noch fehlende Weichteile aus der Wange heranzuziehen und die Nasenlöcher zu formen. Wenn alles gut ging und keine Komplikationen eintraten, waren noch wenigstens vier Operationen notwendig. Dr. Mainetti legte den Verband an.

»Narkose beginnen«, sagte Professor Rusch. Er stand Dr. Mainetti auf der anderen Seite des Tisches gegenüber. »Tief atmen, Junge!«, sagte er zu Schwabe.

Die nackte Brust hob und senkte sich ein paar Mal, dann wurde die Atmung schwächer, die Lider schlossen sich zuckend zu einem kleinen Spalt, die Augäpfel verdrehten sich nach oben. Dr. Vohrer zählte Puls und Atmung.

»In Ordnung«, meldete er.

Zwei Hände streckten sich nach hinten, die Oberschwester und Famulus Baumann reichten Professor Rusch und Dr. Mainetti die ersten Instrumente. An zwei Körperstellen gleichzeitig begann die Operation: Im Gesicht, an der zerstörten Nase, bereitete Lisa Mainetti ein Wundbett für die Einpflanzung des Knorpelzapfens vor. Professor Rusch legte derweil den Rippenbogen frei und begann, ein genügend großes Knorpelstück auszuschälen.

Es wurde kaum gesprochen. Die Handgriffe waren Hunderte Male geübt, einexerziert wie eine artistische Nummer. Die Ergebnisse der Messungen Dr. Vohrers von Puls, Atmung und Herztätigkeit waren normal, die Narkose war richtig gesteuert, so gut es eben bei dieser Methode ging.

Professor Rusch hatte das Knorpelstückchen ausgeschält und setzte es jetzt in das von Lisa Mainetti vorbereitete Bett ein. Sie hatte eine peinlich genaue Blutstillung vorgenommen, und auch das Umlegen des Knorpelpfropfens mit dem Gewebe geschah wie die Arbeit an einem Filigran. Dann wurde das Operationsgebiet sorgfältig verbunden. Professor Rusch verband selbst, um ein Verrutschen des Knorpels zu vermeiden, während Dr. Mainetti den Schnitt über dem Rippenbogen mit schnellen Handgriffen vernähte.

»Weckspritze!«, sagte Rusch, nachdem er noch einmal den Sitz des Verbands kontrolliert hatte. Baumann machte die Injektion. Aber noch bevor sie wirkte, hob man Schwabe vom Tisch herunter auf ein fahrbares Bett und rollte ihn aus dem OP zurück zum Zimmer B 14.

Erich Schwabe brauchte nur kurze Zeit, um wieder wach zu werden. Die Schmerzen an seiner neuen Nasenwurzel waren durch das SEE gedämpft, aber nicht völlig ausgeschaltet. Ein dumpfer, bohrender Schmerz war es, der durch die Hirnwindungen weiterkroch und an den Haaren nach außen zu gleiten schien.

Fritz Adam und der Berliner saßen an seinem Bett, als er aufwachte.

»Guten Tag, Erich!«, sagte Fritz Adam. Er drückte Schwabe an den Schultern aufs Bett zurück, als dieser sich aufrichten wollte. »Ruhig liegen bleiben! Vor allem den Kopf still halten. 'ne schiefe Gurke willste doch nicht haben.«

Schwabe lag ruhig und tief atmend auf dem Bett. Sein zerrissener, in dicken Narben verheilter Mund ohne Lippen zuckte, seine Augen blickten fragend von einem zum anderen.

»Nun frag schon, Erich!«, sagte der Berliner. »Ick hab' det hinter mir.«

»Ist ... ist es gelungen, Kameraden?«, stotterte Schwabe.

»Das wird sich bald zeigen. Pack mal ganz vorsichtig deine Nase an, ganz sachte!«

Schwabes Hand glitt zitternd nach oben, über das vernarbte Gesicht, über den dicken, gewölbten Verband. »Na, fühlst du was?«, fragte Fritz Adam.

»Es ... es fühlt sich an, als ob was Festes da ist.«

»Det is se!«, lachte der Berliner. »Die neue Neese, Erich! Und nu heul mal los! Ick hab' nach meinem ersten Rolllappen wie 'ne jeschwängerte Jungfrau jeflennt.«

Sie ließen Erich Schwabe allein, und es war gut so. Er lag flach auf dem Rücken, starrte gegen die Decke, und die Tränen rannen ihm aus den Augen und wurden von dem neuen Verband aufgesaugt.

Ich habe eine neue Nase, dachte er. Mutter ... Ursula ... ich habe wieder eine Nase. Und plötzlich dachte er an dumme, lächerliche Dinge: Ich kann wieder eine Sonnenbrille tragen. Ich kann wieder auf der Treppe riechen, ob Mutter Reibekuchen gebacken hat. Ich kann – ich kann – mein Gott, was man mit einer Nase alles kann. Man weiß es erst, wenn man keine mehr gehabt hat.

Erich Schwabe war der fröhlichste Mensch im Block B. Er spielte Skat und lachte, wenn Feininger die Karten hinwarf und schrie: »A Glück hat der! D'Hosen zieht er mir vom Arsch!«

In der Nacht zum vierten Tag nach der Operation wachte Schwabe von einem wahnsinnigen Schmerz auf. Sein Kopf brannte, als läge er in einem Schmiedefeuer. Durch den ganzen Körper jagten die Stiche, es war unerträglich, es zerriss ihn, es drückte die Därme aus dem Leib.

Schwabe schnellte im Bett hoch. Mit beiden Händen umklammerte er seinen zerspringenden Kopf, und dann schrie er, grell, unmenschlich, mit den Beinen auf das Bett schlagend, weil mit jedem Schrei ein Teil seines Hirns wegzufliegen schien.

Dora Graff kam in das Zimmer gerannt. Fritz Adam, Feininger und der Berliner hielten Schwabe fest. Er wollte sich den Verband von der Nase reißen und mit dem Kopf gegen die Wand rennen.

»Ich verbrenne!«, schrie er immer wieder. »Ich verbrenne doch! Hilfe! Hilfe! Mein Kopf verbrennt!«

Lisa Mainetti kam hereingestürzt. Über dem Schlafanzug trug sie den weißen Arztkittel, das lange schwarze Haar fiel losgelöst bis zu den Hüften. Der Wastl Feininger riss die Augen auf und sagte tonlos: »Direkt a Schönheit! Ja, Sakrament!«

Dr. Mainetti sah die verquollenen Augen Schwabes und die Rötung, die unter dem Verband hervorkroch bis über die Stirn. Das durfte nicht kommen, dachte sie. Wundrose. Streptokokkeninfektion. Damit haben wir nicht gerechnet. Hundertmal ging es gut, und hier geht es schief. Ausgerechnet bei Schwabe. Wir sind zu sicher geworden. Sie sah sich nach Dora Graff um. »Eukodal, Höchstdosis.« Dora Graff brachte die Spritze, und Lisa injizierte.

»Sofort in den OP!«, rief sie. Aus Dora Graffs Händen nahm sie die Spritze und injizierte das schmerzstillende Skopolamin. Dann warf sie die Spritze aufs Bett zurück und rannte hinaus zu Professor Ruschs Zimmer.

Im OP legte man den apathisch gewordenen Schwabe wieder auf den Tisch. Rusch stand im Schlafanzug daneben und begann mit dem Abwickeln des Verbandes, noch während Baumann um Arme und Beine die Lederriemen schnallte.

»So eine Sauerei!«, sagte der Professor Rusch, als der Verband auf dem Boden lag.

Der Mutterboden, in den man das Knorpelstück gesetzt hatte, war dick geschwollen und hellrot. Der Pfropfen selbst hatte sich entzündet und war dabei, sich abzustoßen. Bis zu den Augen zogen sich die entzündlichen Schwellungen hin. Ohne es auszusprechen wussten Dr. Mainetti und Professor Rusch, dass Erich Schwabe knapp an einer Erblindung vorbeigekommen war.

»So eine Sauerei!«, wiederholte Rusch. Er winkte Baumann. »Prontosilstoß! Vierzig ccm!« Baumann holte Spritze und Ampullen. Dr. Mainetti zog sie auf und injizierte das Sulfonamid in den Gesäßmuskel.

»Das wird fürs Erste genügen«, sagte Rusch. »Ein Glück, dass es Sulfonamide gibt.« Das Wort Wundrose fiel nicht. Auch nicht das Fachwort: Erysipel. Es war das Schreckgespenst der Lazarette. War die Wundrose einmal ausgebrochen, verbreitete sie sich mit Windeseile. Jede noch so kleine, unsichtbare Wunde war den Erysipel ausgeliefert. Erst durch das Sulfonamid Prontosil war man ihrer Herr geworden.

Schwabe wurde nach Anlegen eines Salbenverbandes in sein Zimmer zurückgebracht. Baumann blieb bei ihm.

Nach drei Tagen war Schwabe fieberfrei, und es erwies sich, dass der Schaden geringer war, als man erwartet hatte. Aber Rusch war vorsichtig und ließ den Patienten nicht aus den Augen. Schwabe durfte das Bett nicht verlassen, obwohl kein neuer infektiöser Schub aufgetreten war.

Fritz Adam hatte von seiner Frau Irene Nachricht erhalten. Mit keinem Wort erwähnte sie sein Geständnis des Ehebruchs, noch fand sie ein Wort des Danks dafür, dass er bereit war, die Schuld auf sich zu nehmen. Sie teilte nur in nüchternen Worten mit, dass die Gerichte eine Annahme des Scheidungsantrages bis zu einer normaleren Zeit verweigert hätten.

»Betrachten wir uns deshalb als geschieden«, schrieb sie. »Die gerichtliche Bestätigung wird ja nur eine Formsache sein.« Und dann folgte ein Satz, der in Fritz Adam eisige Kälte erzeugte und das letzte Gefühl für die zierliche puppenhafte Irene abtötete: »Auf Unterhalt und so weiter verzichte ich. Du weißt, ich habe von zu Hause aus Geld genug, um für mich zu sorgen. Und außerdem wird es bei deinem Gesicht ja auch recht lange dauern, bis du wieder Geld verdienen kannst.«

Fritz Adam gab den Brief ohne Erklärungen der Schwester Dora Graff. Sie las ihn, und dann zerriss sie den Bogen und warf die Schnipsel in den Ofen.

»Wir wollen nichts mehr von ihr sehen und hören«, sagte sie fest. »Es hat sie einfach gar nicht gegeben, Fritz.«

»Ihr Schatten ist immer da! Wir können nicht heiraten.«

»Es werden auch mal normale Zeiten kommen. Dann geht es schnell.«

»Aber wann wird das sein, Dora? Ich bin an Irene gefesselt, es kann noch Jahre dauern.«

»Was ändert das an unserer Liebe? Wir sind noch jung, wir haben Zeit. Wenn wir den Krieg überleben, liegt doch noch alles vor uns.«

Fritz Adam schüttelte den Kopf.

»Was bin ich denn?«, sagte er. »Ein Medizinstudent, der gerade gelernt hat, wie viel Öffnungen der menschliche Körper hat. Ein Nichts ohne Gesicht. Gewiss, meine Eltern haben Geld – aber weißt du, ob es noch einen Pfennig wert ist, wenn wir den Krieg verlieren? Dann stehen wir da wie die Bettler.«

»Es wird sich alles finden, Fritz.« Dora Graff küsste ihn auf die Augen. »Ich habe doch auch noch zwei gesunde Arme. Das müsste doch reichen.«

So langsam die Zeit bisher weggetropft war, unendlich gedehnt durch das ständige Warten auf eine neue Operation, auf ein neues kleines Stückchen menschlichen Gesichts, so stürmisch jagten jetzt die Tage und Wochen dahin.

Die Fronten in Ost und West waren in Bewegung geraten. Nur ging es nicht vorwärts, sondern hinein nach Deutschland. Britische Truppen hatten Kleve besetzt und den Rhein nördlich Kalkar erreicht. Amerikanische Divisionen hatten Prüm gestürmt und setzten an der Ruhr zum Großangriff an. Venlo, Neuss und Mönchen-Gladbach fielen. Aus verschiedenen Richtungen zogen die Panzerspitzen auf Köln zu. Die ›Operation Lumberjack‹ hatte begonnen. Im Osten hatten die Divisionen der Roten Armee Tilsit, Allenstein und Memel überrannt, drangen durch das Weichseltal vor und schnitten Ostpreußen ab. Die gesamte deutsche 4. Armee saß wie eine Maus in der Falle, ihr Durchbruch zum Westen, mit Tausenden von Frauen, Kindern und Greisen im Gefolge, zerbrach im Feuer russischer Panzer und Geschütze. Dresden wurde bis zur Unkenntlichkeit bombardiert, Posen und Graudenz gingen verloren. Und immer weiter spülte die Rote Welle nach Deutschland hinein, über Niederschlesien, wo Breslau zu einer einsamen Insel wurde, über Ober- und Mittelschlesien, über Danzig und Pommern. Die Apokalypse schien Wirklichkeit zu werden: »Es ward ein Hagel und Feuer mit Blut gemengt, und fiel auf die Erde, und der dritte Teil der Bäume verbrannte, und alles grüne Gras verbrannte ... Und der dritte Teil des Meeres ward Blut ... weh, weh, weh denen, die auf Erden wohnen ...«

Jeden Abend saßen in Bernegg die Verwundeten um die Rundfunkgeräte und hörten die Nachrichten. Erst den deutschen Wehrmachtsbericht. Dann, etwas leiser, Luxemburg und einen amerikanischen Soldatensender in deutscher Sprache. Die Todesstrafe stand darauf, aber sogar Dr. Urban saß vor seinem Volksempfänger und verglich auf einer Karte die Truppenbewegungen, die Radio Luxemburg durchgab, mit denen des deutschen Wehrmachtsberichts.

»Scheiße!«, sagte der Wastl Feininger, als die Meldung durchkam, die Amerikaner rückten auf Köln zu. »Mist is dös mit dem Besuch von deiner Ursula, Erich!«

Erich Schwabe hatte sich einen alten Schulatlas aus der Lazarettbücherei geholt. Er hatte Glück, denn kurz danach kamen vierundzwanzig Mann, die eine Landkarte verlangten. Es war ein beliebtes Spiel auf den Zimmern geworden, Wetten über die nächsten Eroberungen der Amerikaner und Russen abzuschließen.

Erich Schwabe lauschte auf die Worte der breiten, gequetschten Stimme, die jetzt deutsche Nachrichten sprach. Der amerikanische Soldatensender.

»Wir sehen schon die Türme des Kölner Doms. Unsere Panzer stehen bereit. Wir grüßen die deutsche Bevölkerung. Wir kommen als Freunde.«

Schwabe sah auf den Kalender, der über seinem Bett an der Wand hing.

5. März 1945.

Jetzt hocken sie im Keller und zittern vor Angst, dachte er. Die Amerikaner schießen nach Köln hinein, die Rheinbrücken sind gesprengt. Es gibt keinen Weg mehr nach Bernegg. Jetzt kann es Monate dauern, bis ich sie wieder sehe.

Ob ich sie überhaupt jemals wieder sehe?

Dr. Urban verfolgte die Truppenbewegungen mit exakten roten und blauen Linien, die er auf seiner Karte einzeichnete. Als die Amerikaner vor Köln aufmarschierten und die Rote Armee gegen Danzig vorstieß, packte er einen kleinen Koffer mit dem Nötigsten und stellte ihn zurück in den Schrank. Man braucht nicht viel für eine Übergangszeit. Ein paar Hemden, Seife, Rasierzeug, einen strapazierfähigen Zivilanzug, gutes Schuhwerk, einen warmen Mantel. Geld in genügender Menge – und Morphium. Damit konnte man den ersten Sturm überleben. Die Erschütterung des Zusammenbruchs würde manches vergessen lassen.

Am 7. März standen die amerikanischen Panzer am Rheinufer Kölns und schossen hinüber nach Mühlheim und Deutz. Zweihunderttausend Menschen, der zurück- und übrig gebliebene Rest einer Dreiviertelmillion, hockten in den Kellern, ohne Strom, ohne Wasser, ohne Essen.

Am 7. März zogen die ersten Erkundungstrupps verwundert und vorsichtig, an eine Falle glaubend, über die unversehrt vor ihnen auftauchende Rheinbrücke bei Remagen. Eines der unverständlichsten Wunder aller Kriege war geschehen. Das Tor in das Herz Deutschlands war aufgestoßen worden. Der Rhein, das große Hindernis, an dem die Armeen Englands und der USA zerbrechen sollten, wurde überquert wie bei einem Frühlingsspaziergang.

Erich Schwabe kreiste auf seiner Landkarte den Ort Remagen rot ein, als er die Nachricht im Radio hörte und die Meldung, dass der Kommandeur der für die Sprengung der Brücke verantwortlichen Truppen zum Tode verurteilt worden war.

»Der Krieg ist verloren!«, sagte er. »Ob wir entlassen oder auch Kriegsgefangene werden?«

»Wieso Kriegsjefangene, wenn's keenen Krieg mehr jibt?« Der Berliner mischte die Skatkarten. Es war das Einzige, was ihn etwas ablenkte von seiner Angst um Berlin und seine Mutter. »Wat solln die mit unsera Fresse anfangen?«

»Vielleicht können wir hier bleiben«, sagte Schwabe. »Vielleicht bleibt alles so, wie es ist.«

»Ick spiel doch nich Landser, wenn Frieden ist! So tief hab' ick die Macke nich im Jehirn!«

»Was sollen wir denn da draußen?« Schwabe sprach jetzt aus, was er in den vergangenen Tagen und Wochen reiflich überlegt hatte. »Wer wird uns operieren? Wollt ihr so 'rumlaufen, wie wir jetzt aussehen? Wer hilft uns denn da draußen? In den Hintern wird man uns überall treten. Nein, Kumpels«, er schüttelte den Kopf. »Hier ist unsere Heimat, hier bei Lisa und dem Chef im Lazarett. Die helfen uns, die machen uns wieder zu Menschen.«

In den OPs arbeiteten die Ärzte jetzt in zwei Schichten, Tag und Nacht. Schloss Bernegg verlor den Charakter eines Speziallazarettes für Gesichtsverletzte. Von der immer näher rückenden Front spien die Züge und Sankas die zerrissenen Leiber aus. Strohsäcke wurden gefüllt, Decken – die letzten – in Würzburg geholt, jedes normale Bett musste eine Decke abgeben, in allen Blocks lagen die Gänge und Flure voll Verwundeter auf Strohsäcken, in den Bunkern lagen sie Mann neben Mann, wie Sardinen in einer riesigen Betonbüchse, sogar in der Schlosskapelle brachte man die letzten Transporte unter, einfach auf Strohschütten, weil es keine Säcke zum Stopfen mehr gab.

Ende März fuhr Dora Graff im Auftrag Lisa Mainettis nach Würzburg. In der Heeresapotheke waren neue MO-Ampullen abzuholen. »Ich kann Ihnen keinen Wagen rüberschicken!«, hatte der Oberapotheker am Telefon gesagt. »Vorgestern hat man alle Fahrzeuge beschlagnahmt und weggeschafft. Muss gewaltig stinken. Wenn Sie jemanden schicken können?«

Dora Graff nahm Fritz Adam mit nach Würzburg. Er fuhr einen alten, in allen Fugen klappernden belgischen Beutesanka, der im ehemaligen Pferdestall des Schlosses verrostete. Zum Verwundetentransport war er wegen seiner durchgeschlagenen Federn unbrauchbar geworden.

Jetzt erinnerte man sich an den Karren. Fritz Adam reinigte die Kerzen, füllte Öl in Motor und Getriebe, Wasser mit Frostschutzmittel in den Kühler und Benzin in den Tank. Er ließ ihn im Pferdestall Probe laufen und ratterte auch dreimal auf der Straße vor der Hauptwache hin und her.

›Berneggs Geheimwaffe‹, wie er schnell im Lazarett hieß, erwies sich noch als tauglich, nach Würzburg zu fahren und Morphium zu holen. An einem sonnigen Februartag fuhren Dora Graff und Fritz Adam ab, in Decken gehüllt, Wollschals um den Kopf gebunden, denn ›Berneggs Geheimwaffe‹ hatte keine Frontscheibe mehr. Der Wastl Feininger hatte sie vor Weihnachten heimlich herausgenommen und zerschlagen und die Scherben auf die Stube B 14 gebracht. Aus ihnen hatte Erich Schwabe sein Glasmosaik für Ursula gemacht.

Die Stube B 14 hing aus den beiden Fenstern und winkte Fritz Adam nach. »Det is unser ureigenster Wagen«, sagte der Berliner nachdenklich. »Kinda, ick hab 'ne Idee! Det wird unsere Stubenkutsche für 'n Sonntagsbummel!«

»Pfeifen werden die uns was!«

»Uff 'n Schrott lag det Biest. Fritze hat se wieder flott jemacht. Det is unsere Droschke. Ick werd det der Mainetti schon beibiejen!«

Erich Schwabe beteiligte sich nicht an dem Abschied. Mehr als ein Monat seit der ersten Nasenoperation war vergangen, bis sich Professor Rusch entschloss, den Patienten wieder unters Messer zu nehmen. In einer mehr als zweistündigen Operation hatte er ihm ein knöchernes Nasengerüst aus Stücken des Schienbeins gebaut. Mit einer Präzision, die Lisa Mainetti stumm bewunderte, hatte er das Knochentransplantat so vorsichtig entnommen, dass das Periost nach allen Seiten hin geschont wurde, um den Osteoblasten ihre Regenerationsfähigkeit zu erhalten. Rusch atmete auf, als die Operation zu Ende war.

»Ich glaube, diesmal hat es geklappt«, sagte er zu Lisa. »Man darf es sich eben nicht zu einfach machen.«

Nun hatte Schwabe acht Tage strengste Bettruhe, lag auf dem Rücken und las Kriminalromane und historische Erzählungen aus der Lazarettbücherei. Nach Köln hatte er nichts geschrieben von der missglückten ersten Operation und von der Gefahr der Blindheit, der er gerade noch einmal entronnen war. Dr. Mainetti hatte ihm alles ohne Beschönigung erzählt, und er war stark genug gewesen, mit einem verzerrten Lächeln zu sagen: »Na, dann eben noch mal, Frau Doktor. Die Nase muss auf jeden Fall wieder dran!«

»Jetzt sind se weg!«, sagte der Berliner auf der Stube B 14. Man schloss die Fenster und setzte sich wieder an den Tisch zum Skatspiel. »Kinder, mit der Droschke fahr 'n wa üba Land und orianisieren Zusatzfressen! Ick möchte den seh'n, der beim Ankieken von fünf Köppen ohne Jesichter nich in die Hosen macht ...«

»Bist a Erzviech!«, sagte der Wastl anerkennend. »Schad, dass d' a Preiß bist ...«

Mit der ›Bernegger Geheimwaffe‹ dauerte es zwei Stunden länger als gewöhnlich, ehe Fritz Adam und Dora Graff über die alte Mainbrücke fuhren. In der Altstadt schwelten an verschiedenen Stellen noch immer Brände von dem großen Luftangriff, der kurz zuvor über Würzburg niedergegangen war, ein träger Geruch von Rauch, verbranntem Holz und Lumpen und kaltem Pulverschmauch lag fettig und ätzend über der schönen Bischofsstadt am Main.

»Urban ist heute auch in Würzburg«, sagte Dora Graff.

»Verhüte der Himmel, dass wir den treffen! Der kriegt es fertig und macht mit uns mitten auf der Straße Wagenputzen und Fahrexerzieren.«

Über zwanzig verschiedene Posten und Polizeiwachen fragten sie sich durch zur Heeresapotheke. Eine Schlange von Sanitätswagen wartete vor dem Gebäude.

»Das kann lange dauern«, sagte Dora Graff. »Fahr den Wagen an die Seite, Fritz. Ich gehe zum Stabsapotheker und versuche, uns dazwischen zu schmuggeln.«

Sie stieg aus, band den Schal ab, ordnete die Haare unter der Schwesternhaube und ging durch die wartenden Reihen zu dem von drängenden Menschen völlig verstopften Eingang.

»Platz da für das Karbolmäuschen!«, riefen einige.

Lachen quoll auf. Jemand grölte: »Der Nachtisch für den Stabsapotheker.« Die Landser brüllten begeistert. Dora Graff reagierte nicht auf die wilden Späße. Sie drängelte sich zum Eingang vor und wurde nach ein paar weiteren Bemerkungen durchgelassen.

Fritz Adam ging unterdessen spazieren. In den Trümmern der zerbombten Häuser gruben die Bewohner nach brauchbaren Überbleibseln.

Adam blieb stehen. Niemand beachtete ihn und sein zerstörtes Gesicht. Wer die Nachbarn wie brennende Fackeln über die Straße rennen gesehen und die auf Kindsgröße verkohlten Leichen am Bordstein gestapelt hatte, hatte den Blick für die Grauen des Krieges verloren. Für diese in den Trümmern wühlenden Menschen sah Adam fast normal aus. Er lebte, und das war das Wichtigste.

Und dann sah er sie.

Sie bog um die Ecke, zwei Straßen weiter, trug einen grauen Persianermantel und eine runde Pelzkappe, hatte den Arm in den des Mannes eingehängt und trippelte in Stiefeln mit hohen Absätzen an seiner Seite, plappernd, verliebt, sich an ihn drückend, ungeniert, ein schnurrendes, süßes Kätzchen.

Fritz Adam sprang einen Schritt zurück in den Eingang eines ausgebrannten Hauses. Die beiden blieben stehen, sie sprach auf ihn ein, lachend und sich in den Hüften wiegend, sie hob sich auf die Zehenspitzen und gab dem Mann einen Kuss auf die Wange.

Fritz Adam wartete, bis sie weitergingen und kurz vor dem Hauseingang waren, in dem er stand. Dann trat er mit einem großen Schritt vor und versperrte ihnen die Straße.

»Guten Tag, Herr Oberarzt!«, sagte er völlig ruhig und hob dazu die Hand zum Deutschen Gruß. »Guten Tag, du Hure!«

Dr. Urban senkte den Kopf, er wurde blass. Mit einem leisen Quietschlaut, wie eine gejagte Maus, war Irene Adam zwei Schritte zurückgeprallt und lehnte nun mit schreckensweiten Augen an der rußigen Hauswand.

»Adam!«, sagte Dr. Urban heiser. »Machen Sie hier keinen Skandal, verstanden? Im Übrigen heißt der Gruß Heil Hitler!«

»Heil Hitler, du Hure!«, rief Adam.

Urbans Gesicht überzog sich mit einer hellen Röte, es war eine fatale Situation, das erkannte er völlig illusionslos. Es war möglich, dass Adam auf ihn einschlug. Er würde dann zwar bestraft werden, aber auch Dr. Urban würde sofort versetzt werden, an die Front, die ohnehin nicht mehr weit war. Ein Offizier, der dem verwundeten Kameraden die Frau wegnimmt und sich auf offener Straße mit ihm herumschlägt, ist für die Armee untragbar.

»Ich warne Sie, Adam«, sagte Dr. Urban mit gefährlich leiser Stimme. »Es kommt nichts dabei heraus, wenn Sie hier Rummel machen. Seien Sie vernünftig!«

Es war regelrechter Ekel, vermischt mit grenzenloser Verachtung, was in Fritz Adam aufstieg. Welch ein erbärmliches Schauspiel, dachte er. Wie widerlich war das alles. Man sollte kotzen vor Ekel.

»Verschieben wir es bis auf heute Abend, nicht wahr? Wir fahren zusammen hinunter nach Bernegg, und ich lade Sie zu einer Flasche Wein ein.« Dr. Urban versuchte ein freundliches Lächeln. »Und nun geben Sie den Weg frei, Adam, machen Sie keine Schwierigkeiten. Sehen Sie sich Irene an – sie ist so höflich, Ihnen nichts wegen Ihrer Beziehung zu der kleinen Dora Graff vorzuhalten.«

Das war der Augenblick, in dem in Fritz Adam die Mauer der Duldsamkeit zusammenstürzte. Es war keine Explosion, kein wilder verzweifelter Ausbruch. Ganz ruhig und fast langsam geschah es. Er trat auf Dr. Urban zu, sah ihn stumm an und schlug dann mit der flachen Hand mitten in das lange, erwartungsvolle Gesicht. Die Offiziersmütze flog in einem Bogen vom Kopf und rollte in die rußigen Trümmer des ausgebrannten Hauses. Irene quietschte wieder auf, aber sie rief nicht mehr um Hilfe, auf dem Gesicht Urbans begannen sich schnell, mit einer leichten Schwellung, die fünf Finger Adams abzuzeichnen.

»Heil Hitler, Herr Oberarzt!«, sagte Adam ruhig. »Es steht Ihnen frei, etwas gegen mich zu unternehmen!«

Fritz Adam drehte sich um und ging wieder die Straße hinunter. Die Wagenschlange vor der Heeresapotheke hatte sich beträchtlich verlängert. Dora Graff stand an ›Berneggs Geheimwaffe‹ und sah unruhig nach allen Seiten. Als sie Adam von weitem kommen sah, rannte sie ihm entgegen. »Fritz!«, rief sie. »Fritz! Wo bleibst du denn? Ich habe die Kartons. Wir sollen von hinten heranfahren und aufladen. Wo hast du denn gesteckt?«

Fritz Adam wischte sich über das verbrannte Gesicht, über Narben, Runzeln und eingeheilte Hautlappen.

»Ich habe mir Würzburg etwas angesehen«, sagte er, und nichts war in seiner Stimme von Erregung oder Enttäuschung. »Eine interessante Gegend. Komm, wir laden auf.«

Er legte den Arm um Dora Graffs Schulter und ging mit ihr zu dem alten, klapprigen, verrosteten Auto zurück.

Am 1. April war Ostern.

Mannheim, Wiesbaden und Frankfurt/Main waren gefallen, in langen Heersäulen zogen die Amerikaner den Main hinauf, auf Würzburg zu. In den Kellern und zwischen den Trümmern verbrannten die Parteifunktionäre ihre gelben und braunen Uniformen, der Kreisleiter tauchte noch einmal kurz in Bernegg auf, holte von einem Bauernhof drei große, verschlossene Koffer ab und fuhr mit seinem Dienstwagen nach Norden. Unterwegs, in einem Waldstück, hielt er an, zog seine Uniform aus, warf sie ins Dickicht, stieg in einen dezenten blauen Zivilanzug und fuhr dann weiter.

Am Morgen des 10. April, bei der Tagesschicht im OP, fehlte Oberarzt Dr. Urban. Professor Rusch winkte dem Famulus Baumann. Nun musste auch Baumann trotz seiner geringen medizinischen Kenntnis operieren. Er band ab, er versorgte Wunden und Splitterverletzungen, er operierte Steckschüsse heraus und half bei Notamputationen. Die wenigen Ärzte wankten an den Tischen vor Übermüdung.

»Holen Sie Urban!«, sagte Rusch grob. Unrasiert stand er vor einem gelbweißen Leib, in dem die Splitter steckten wie die Stacheln eines Igels. »Der Kerl hat wieder zu viel Morphium genommen ...«

Baumann kam sofort zurück. Schon an der Tür hob er die Schultern.

»Der Herr Oberarzt ist getürmt!«, sagte er so laut, dass alle es hörten. Im OP war plötzliche Stille, die Instrumente ruhten, die Köpfe waren hochgeflogen. »Ich habe nachgesehen. Er hat alles dagelassen, nur einen kleinen Koffer hat er anscheinend mitgenommen. Ich habe die Wache angerufen. Es stimmt. Dr. Urban hat gestern gegen 23 Uhr ohne nähere Angaben das Haus verlassen. Zu Fuß.«

Professor Rusch winkte nach hinten. Eine neue Pinzette wurde gereicht. »Machen wir weiter, Jungs!«, sagte er schwer atmend. »Was – was geht uns das an!«

Dr. Lisa Mainetti zögerte. Dann trat sie vom Operationstisch zurück, zog ihre Gummihandschuhe ab und warf sie in einen Eimer. Von einem Verdacht getrieben rannte sie aus dem OP.

In der Lazarettapotheke sah sie ihren Verdacht bestätigt. Die Türen des Giftschranks waren mit einem Stemmeisen aufgebrochen, Kartons lagen zerrissen und leer darin.

Langsam ging Lisa Mainetti zum OP zurück. Ihr Gesicht war fahl geworden. Sie wusch sich erneut, ließ sich die Gummihandschuhe überziehen und trat an den Tisch zurück. Rusch sah kurz auf.

»Was ist?«

»Nichts weiter.« Lisa klammerte eine Arterie ab, um eine Blutung zu stillen. »Wir haben nur kein Morphium mehr. Er hat alles mitgenommen.«

Am 11. April rückten die Amerikaner in Bernegg ein, ein paar Tage nach der Besetzung Würzburgs. Vier Jeeps und zwei leichte Panzer rasselten die Straße zum Schloss hinauf. Vor der Hauptwache gingen die Panzer in Stellung. Dr. Vohrer und Famulus Baumann traten aus dem Tor, in weißen Arztkitteln, waffenlos. Die Wache trat auf der Straße an, in Stahlhelm, Koppel und mit allen Ehrenzeichen. Aber ohne Waffen. Die lagen gestapelt in der Wachstube, daneben die Munition.

Aus dem ersten Jeep stieg eine kleine, drahtige Gestalt mit einem runden Stahlhelm und einer grünlichen Kampfuniform. Das Gesicht war verschwitzt und mit Staub verschmiert. Dr.

Vohrer ging dem Amerikaner entgegen und grüßte mit einem Kopfnicken.

»Hier ist das Speziallazarett für Gesichtsverletzte Schloss Bernegg«, sagte er in fließendem Englisch. »Der Chefarzt Professor Dr. Rusch erwartet Sie, Sir.«

Der kleine Mann grüßte zurück. »Ich weiß«, sagte er in ebenso fehlerfreiem Deutsch. »Ich freue mich, Ihren Professor begrüßen zu können. Ich bin Major James Braddock.«

In der Halle kamen ihnen Rusch und Dr. Mainetti entgegen. Braddock riss die kleinen Augen auf, als er Lisa sah. »Eine Lady hier?«, fragte er Vohrer verblüfft. Dann blieb er stehen, grüßte straff und machte eine höfliche Verbeugung. »Major Braddock. Ich habe den Befehl, das Lazarett zu besetzen und zu übernehmen. Bis zur weiteren Regelung setzen Sie Ihre ärztliche Tätigkeit fort.«

Lisa Mainetti streckte Braddock die Hand hin. »Major!«, sagte sie. »Nun sind Sie der Chef. Ich brauche sofort 100 Ampullen Morphium!«

10

Major James Braddock lachte und schob mit dem Zeigefinger der rechten Hand den runden Helm in den Nacken. Er lachte richtig laut wie über einen fabelhaften Witz und sah dabei die stummen, mit verschlossenen Gesichtern dastehenden deutschen Ärzte der Reihe nach an. »Ein guter Witz!«, sagte er, als er sich etwas beruhigt hatte. »Morphium! Ich kann Ihnen viertausend Flugblätter geben mit dem Aufruf, die Waffen wegzuwerfen und der US Army mit erhobenen Armen entgegenzukommen – aber Morphium?«

Dr. Lisa Mainetti hob die Schultern. »Wir haben noch 24 Ampullen für 236 Verwundete, Major. Ich nehme an, dass Sie durch das Lazarett geführt werden wollen. Der Rundgang wird Sie überzeugen, dass die Situation durchaus nicht zum Lachen ist!«

James Braddock nahm seinen Helm ab. Seine Haare waren schon angegraut.

»Ich bin kein Arzt, Miss!«, sagte Braddock. »Ich habe die Aufgabe, das Lazarett militärisch zu besetzen, die gesunden deutschen Soldaten als Gefangene abzuliefern, die Gebäude nach Kriegsmaterial zu durchsuchen und Ihnen zu sagen, dass auch Sie sich als Gefangene der US Army zu betrachten haben. Es wird auf Sie sofort geschossen werden, wenn Sie den Lazarettbereich verlassen!«

Professor Rusch nickte. Er griff in die Tasche und hielt Braddock auf der flachen Hand seine kleine Offizierspistole entgegen. »Das ist meine ganze Bewaffnung, Major«, sagte er dabei. »Ob Krieg oder nicht Krieg, ob unter Hitler oder Roosevelt – ich bin Arzt und gehöre zu meinen Patienten. Ich stehe dafür ein, dass niemand versuchen wird, das Lazarett heimlich zu verlassen. Unsere Verwundeten sind nicht das, was man landläufig Verletzte nennt, die jeder Arzt behandeln kann. Hier liegen über 200 Männer, die kein Gesicht mehr haben!«

James Braddock klemmte seinen Helm unter den linken Arm. Er war sehr ernst geworden. »Es ist mir bekannt, Professor. Ich wurde auf Ihre Spezialklinik schon in Frankfurt aufmerksam gemacht und später in Aschaffenburg.« Er sah auf seine mit einem Schutzleder eingefasste Armbanduhr. »In zwei Stunden etwa treffen sie ein.«

»Wer?«, fragte Lisa Mainetti.

»Drei amerikanische Soldaten. Sie haben bei Darmstadt, Hanau und Miltenberg ihr Gesicht verloren. Es ist der Wunsch unseres Generals, dass sie bei Ihnen so lange versorgt werden, bis sie in die Staaten ausgeflogen werden können.«

»Ohne Morphium, Major?«, sagte Lisa steif.

»Für unsere drei Verwundeten werden die Medikamente mitgeliefert werden. Außerdem wird Dr. Red Stenton mitkommen, der die Oberaufsicht übernimmt.« Braddock wurde wieder dienstlich. »Räumen Sie drei gute Zimmer!« Und zu Professor Rusch: »Bitte, führen Sie mich durch das Haus, Sir.«

Dr. Vohrer übernahm die Aufgabe, drei Zimmer räumen zu lassen. Er verlegte die Gesichtsverletzten in die größeren Räume und ließ aus dem Bunker die frei gewordenen Strohsäcke heraufkommen. Frei geworden bedeutete, dass die bisherigen Inhaber der Strohsäcke im Laufe des Tages gestorben waren.

Langsam, sehr gründlich, ging Major James Braddock durch die Zimmer. Er prüfte die Betten für die drei amerikanischen Soldaten, besah sich die Gesichter einiger Neueingänge, die mit

Druckverband, Schienen und einer Tracheotomie, zum Teil noch im Wundschock, regungslos auf den Säcken lagen. In Zimmer B 14 erwartete ihn ein besonderer Genuss. Kaum öffnete sich die Tür, schrie der Berliner »Achtung!« Die Männer sprangen vom Tisch hoch, um den sie in Erwartung der kommenden Dinge gesessen hatten, nahmen Haltung an, und der Wastl Feininger, aufgeregt, erschüttert, aus der Fassung gebracht, dass für ihn der Krieg endlich zu Ende war, vergaß das Denken. Mit dem Kommando ›Achtung!‹ verband sich bei ihm eine jahrelange selbstverständliche Reaktion. Und so stand er auch jetzt wie ein Pflock und brüllte in die Stille hinein: »Heil Hitler!«

Der Famulus Baumann wurde bleich und fasste sich an die Stirn, Major Braddock drehte sich zu Dr. Mainetti um.

»Aha!«, sagte er. »Das ist die Stube, in der Sie die Verrückten aufbewahren?«

Auch dem Wastl war nach seinem zackigen Heilgebrüll klar geworden, was für ein Hornochse er war. Sein Gesicht mit dem riesigen Rolllappen wurde tief rot, seine stramme Haltung weichte auf, Fritz Adam trat ihm schmerzhaft gegen das Schienbein, und der Berliner murmelte: »So wat sollte man kastrieren!«

Major Braddock wandte sich zu Dr. Mainetti um. »Sind die in dieser Stube alle so?«

»Nein.« Über Lisas schmales, südländisches Gesicht zog ein Schimmer stiller Freude und unterdrückten Lachens. »Der Wastl Feininger aus Berchtesgaden ist nicht blöd, Major. Es ist ihm so rausgerutscht. Er hat es ja nicht anders gekannt. Und nun hat er nichts als Angst.«

Feininger starrte Lisa an wie ein bettelnder Hund. James Braddock wandte sich ihm wieder zu.

»Wir fressen keinen!« Er klopfte Feininger auf den Arm und nickte ihm zu. »Hoffentlich klappt alles mit Ihrem Gesicht.«

Eine Stunde lang ging Major Braddock durch den Block B. In den Bunkern blieb er besonders lange, bei den Sterbenden und den Schreienden, für die kein Morphium mehr vorhanden war.

»Ich bin mit meinem Stab unten in Bernegg«, sagte er, als er wieder in seinen Jeep stieg, zu Professor Rusch. Die beiden leichten Panzer blieben am Eingang stehen, ein Zug amerikanischer Infanterie hatte die Wache übernommen. Ein neu hinzugekommener Lastwagen transportierte die deutschen Soldaten ab, sie standen eng zusammengepfercht auf der Ladefläche und hielten sich an den Seitenwänden fest. »Leutnant Potkins wird im Lazarett bleiben.«

Professor Rusch sah verwundert auf die Hand, die sich ihm entgegenstreckte. Braddock bemerkte das Erstaunen.

»Mein Händedruck gilt dem Arzt, der meine drei Kameraden pflegen wird, nicht dem Deutschen!«, sagte er hart.

Rusch legte seine Hand in die des Amerikaners. »Sind meine Gesichtsverletzten auch Kriegsgefangene?«, fragte er.

»Was denken Sie?« Braddock winkte. Der Motor des Jeeps heulte auf. »Ob mit oder ohne Gesicht – bis zu anders lautenden Befehlen sind es deutsche Soldaten.«

Drei Stunden später fuhr in schneller Fahrt ein amerikanischer Sanitätswagen durch das Einfahrtstor vor die Aufnahme. Ein junger Offizier, der über seiner Uniform einen weißen Kittel trug, sprang aus dem Fahrerhaus, kaum dass der Wagen hielt. Von der amerikanischen Wache rannten sechs Mann heran und ergriffen die Tragen, als die Rückwand des Wagens aufklappte. Lisa Mainetti und Dr. Vohrer standen bereits im OP, als die drei amerikanischen Gesichtsverletzten hereingetragen wurden. Man hatte ein Tuch über ihre Köpfe gelegt, als könne selbst die Sonne den Anblick nicht ertragen.

»Doktor Stenton«, sagte der junge Offizier. Auch er betrachtete Lisa verblüfft, wie sie in Gummihandschuhen neben dem Operationstisch wartete, neben sich den Famulus Baumann und die OP-Schwester.

Es waren schwere Gesichtsverletzungen, aber sie waren blendend versorgt worden. Die Schienen an den zerschossenen Kiefern saßen, obwohl sie nur provisorisch waren, genau und rutschfest, die Druckverbände waren aus bestem Material, die Verwundeten schliefen unter der Einwirkung beruhigender und schmerzstillender Drogen. Das Erstaunlichste war ein weißgraues Pulver, das auf einigen offenen Wunden lag. Dr. Mainetti sah Dr. Stenton an, der auf der anderen Seite des Tisches gewandt, wortlos, mit schnellen Fingern bei der Bloßlegung der Gesichter half.

»Was ist das?«, fragte Dr. Mainetti und zeigte auf den Puder.

»Penicillin!«

»Dieses geheimnisvolle Wundermittel?«

»Nicht geheimnisvoll.« Doktor Stenton lächelte. »Vielleicht für Germany. Sind hier 50 Jahre zurück! Wo Penicillin, keine Eiterungen!«

Durch die Tür des OP stürzte Professor Rusch. Er war aufgeregt, zum ersten Mal sah man ihn mit unordentlichen Haaren und flatternden Bewegungen. Er rannte an den Tisch Dr. Mainettis und drehte sie an den Schultern zu sich um.

»Lisa«, sagte er, atemlos vom schnellen Laufen. »Lisa, ein amerikanischer Wagen ist gekommen. Mit Verbandsmaterial, mit chirurgischem Besteck, mit Morphium, mit diesem neuen Penicillin, mit allem, was uns fehlt!«

»Sie sorgen gut für ihre drei Mann! Sie demonstrieren unseren Irrsinn, gegen sie den Krieg gewinnen zu wollen!«

»Nein, Lisa, nein! Begreifst du denn nicht.« Rusch wischte sich über die Augen, als müsse er aus einem schweren Traum erwachen. »Es ist für uns – für uns, Lisa!«

Dr. Mainetti legte die Schere hin, mit der sie gerade ein Stück Bindegewebe abgetrennt hatte. »Für uns?« Sie sah zu Doktor Stenton. »Für uns?«

Stenton nickte. »Yes! Seit Abraham Lincoln kennen wir die Humanität.«

»Bumm!« Lisa beugte sich wieder über das zerstörte amerikanische Gesicht. »Dr. Stenton ist ein Genie darin, gut sitzende Ohrfeigen zu verteilen!« Während sie den Kiefer vorsichtig mit einer Sonde abtastete, ob lose Splitter vorhanden waren, schielte sie zu Stenton hinauf. »Nun erwarten Sie ein kräftiges ›Thank you‹, nicht wahr?«

»Yes!«, sagte Stenton grinsend.

»Das ist schade. Humanität will keinen Dank. Sie gehört zur Menschenwürde.«

Professor Rusch wandte sich ab und rannte wieder hinaus. Doktor Stenton lachte leise. Mit einer stumpfen, gebogenen Schere drohte er Lisa Mainetti.

»Sie sind ein Teufelskerl!«, sagte er.

Es blieb nicht alles so, wie es vordem war.

Noch wurde im Ruhrkessel gekämpft, Magdeburg und Leipzig wurden erobert, von Küstrin und Frankfurt/Oder aus nahmen die Sowjets Berlin in eine tödliche, sich immer enger schließende Zange, da erschien Major James Braddock wieder auf

Schloss Bernegg. Er hatte die Belegungslisten des Lazaretts studiert und war auf einen Fehler gestoßen.

»Ich möchte Dr. Fred Urban sprechen«, sagte er, als er im Chefzimmer mit Rusch und Dr. Mainetti zusammensaß.

»Ich auch!«, sagte Lisa.

»Was heißt das?« Major Braddock wurde sehr grob. »Sie hatten mir Ihr Wort gegeben, Professor, dass niemand ...«

»Dr. Urban setzte sich ab, bevor die amerikanischen Truppen einrückten, Major.« Professor Rusch zerdrückte die starke amerikanische Zigarette, die Braddock ihm angeboten hatte. Der ungewohnte Virginiatabak verursachte ihm ein flaues Gefühl im Magen.

»Warum ist er weg? Als Einziger, nicht wahr?«

Rusch hob die Schultern. »Es wird eine Art Panik gewesen sein. Wir wissen es nicht.« Dabei sah er Lisa an, bittend, zu schweigen. Sie verstand seine Anständigkeit nicht und blickte weg, Braddock bemerkte es, ohne darauf einzugehen. Aus seiner Uniformtasche holte er eine kleine, flache Flasche Whisky und stellte sie auf den Tisch.

»Haben Sie drei Gläser, Madam?«

»Sofort.«

»Der Krieg ist für Deutschland verloren«, sagte der Major langsam. »Es kann sich nur um einige Wochen bis zur völligen Kapitulation handeln. Ihr Land, Professor, ist zerstört, es wird noch ärmer werden nach der Kapitulation. Ihr Volk hat einen Krieg verloren, wie noch nie ein Volk vorher einen Krieg verloren hat.«

Er goss die Gläser voll, die ihm Lisa reichte.

»Es ist verfrüht, darüber zu sprechen, ich weiß.« Braddock trank sein Glas Whisky mit raschen, kleinen Zügen leer und reichte es Lisa wieder hin, die es erneut vollgoß. »Aber ich könnte mir denken, dass es auf der Welt andere Plätze für Sie gibt, als gerade einen Aschehaufen.«

Professor Rusch nippte an seinem Glas. Der ungewohnte, pure Whisky brannte in seiner Kehle. Er musste husten und setzte das Glas ab. »Ich bin Deutscher, Major.«

»Aber Ihr gesichtschirurgisches Können ist international bekannt.«

»Ich bin erstaunt, Major.« Rusch nahm trotz der Stärke des Tabaks eine neue Zigarette aus der Packung Braddocks. »Ihr General Eisenhower hat das ›No fraternisation‹ verkündet, und Sie sitzen hier wie ein guter Freund.«

»Das ist meine Privatsache.« James Braddock trank wieder. »Die unangenehme Seite meines Dienstes hat damit nichts zu tun. Ich muss Ihnen zum Beispiel ankündigen, dass ab sofort nur noch 700 Kalorien pro Mann und Tag zugeteilt werden können! Deutsche Bestände sind nicht mehr da. Wir müssen diese 700 Kalorien also von unseren Truppenkontingenten abzweigen. Es muss genügen!«

»Wäre es nicht besser, einige hundert Ampullen Morphium zu liefern? Wir könnten dann unsere Verwundeten schneller erlösen als durch einen langwierigen Hungertod!«, sagte Lisa Mainetti. Sie stellte das Whiskyglas hart auf den Tisch und zerdrückte ihre Zigarette.

Braddock verstand die Demonstration. Er erhob sich abrupt. »Machen Sie bitte Herrn Hitler dafür verantwortlich. Wir haben die Aufgabe, Deutschland zu erobern, nicht, es zu ernähren!«

Er steckte seine Whiskyflasche wieder ein und trank sein Glas aus. An der Tür drehte er sich noch einmal um.

»Ich habe die Personalakten dieses Dr. Urban heraussuchen lassen. Ich bin informiert.« Er schüttelte den Kopf, als stehe er vor einem Rätsel. »Euch Deutsche soll einer verstehen. Ihr putzt die Schweine noch, die euch den Stall verdrecken.«

Die 700 Kalorien wirkten sich bald aus.

Dünne Suppen, ein Kleckschen Margarine, ein paar amerikanische Kekse, ein Büchschen Schinken mit Ei, ein Würfelchen Presstee, ein flaches Stanniolmäppchen Nes-Kaffee, eine Stange aus getrockneten Früchten und ab und zu eine Kelle voll rosafarbener Rosinensuppe aus Trockenmilch – das war die Ernährung.

Es gab keine Post mehr. Irgendwo musste sie sich stapeln, vielleicht verbrannte man sie auch, weil sie nur den Transport wichtigerer Güter belastete. Vor allem Walter Hertz wartete auf ein Lebenszeichen von Petra. Bei dem Zusammenbruch Deutschlands musste auch der Fabrikant Wolfach hinweggefegt worden sein. Und mit ihm Petra. In den langen vergangenen Wochen war es Walter Hertz klar geworden, dass er falsch an dem Mädchen gehandelt hatte. Es war im Grunde so einsam gewesen wie er, in eine Welt gestellt, die ihrem Wesen zuwider war und die sie ertragen musste, weil der Mittelpunkt dieser Welt ihr eigener Vater war. Nun war das alles zusammengebrochen, und irgendwo mochte sie jetzt sein, ausgestoßen ohne Hoffnung.

Aber schlimmer als alle seelischen Qualen waren die 700 Kalorien.

Der Wastl Feininger fiel vom Fleisch und schreckte nachts mit einem Aufschrei hoch, weil er von Weißwürsten, G'selchtem und einer Haxe mit Kraut träumte. Er war es auch, der eine glorreiche Idee gebar und dem Spruch Wahrheit verlieh: Ein Genie muss hungrig sein.

Er führte seine Idee im Alleingang aus, sich bewusst, dass die anderen ihn für blöd halten würden. Mit einer Bettpfanne in der Hand, als habe man ihn zur Unterstützung gerufen, pilgerte er zu den drei ausgeräumten Zimmern, in denen die drei amerikanischen Gesichtsverletzten allein lagen. Neben Dr. Red Stenton kümmerte sich noch Dora Graff und natürlich Dr. Mainetti um sie.

Feininger hatte Glück. Im ersten Zimmer war niemand. Der amerikanische Soldat lag allein.

»Bye-bye!«, sagte der Wastl und setzte sich an das Bett. Er hatte dieses Wort aufgeschnappt und glaubte irrtümlich, dass es eine Begrüßung sei. Der amerikanische Verwundete nickte schwach. Er hatte helle, blaue Augen und kurzgeschorene, blonde Haare, die jetzt wie Stoppeln den Kopf überwucherten.

»Langweilig, was?«, fragte der Wastl. Er stellte die Bettpfanne auf den Boden, um sie als Alibi sofort hochzureißen, wenn jemand das Zimmer betreten sollte. Ich setz ihn sogar drauf, ob er will oder nicht. Sagen kann er ja nichts, dachte er. Da kann gar nichts passieren.

»Nix Lust?«, fragte er und machte vor den Augen des Amerikaners die Bewegung von Kartenmischen und Aufspielen. »Skat! 17 und 4! Mauscheln! Herzblättchen! 66! Doppelkopp! Sakrament, kennt's ihr koa G'spül?«

Der amerikanische Gesichtsverletzte schien zu verstehen. Er hob die Hände und zuckte mit den Schultern. Wastl Feininger atmete auf. Er nahm den Block Papier, auf dem der Verletzte seine Wünsche aufschrieb, und malte in dicken, klobigen Buchstaben:

»Nr. B 14.«

Er reichte das Blatt hin und tippte auf die Zahl.

»Dös bin i!«, sagte er. »I!« Er zeigte auf sich. Dann bückte er sich, nahm die Bettpfanne und nickte dem Amerikaner zu. »Byebye!«, sagte er wieder freundlich grinsend und verließ zufrieden das Zimmer.

Der Erfolg war verblüffend. Er stürzte Dr. Stenton in einen Gewissenskonflikt, der ihn zwang, bei Major Braddock anzurufen. Braddock kam sofort hinauf zum Schloss.

»Wem gehört diese Schrift?«, fragte er und zeigte das Blatt Papier mit der Zahl B 14 zuerst Professor Rusch, dann Dr. Mainetti. »Der Kerl, der das geschrieben hat, bringt meine Verwundeten durcheinander. Sergeant Rondey verlangt – und er ist nicht davon abzubringen – auf Zimmer B 14 verlegt zu werden. Er tobt, weil er nicht mehr allein sein will.«

Dr. Mainetti gab Braddock den Zettel zurück. »Für Verletzte, wie unsere Fälle es sind, ist es immer eine große psychologische Hilfe, in der Gemeinschaft mit Gleichleidenden zu leben. Einzelzimmer fordern zu sehr zum Nachdenken heraus und verstärken nur noch das Gefühl, ausgestoßen zu sein.«

»Das leuchtet ein!« Braddock rannte erregt hin und her. »Aber es ist unmöglich! Ein Sergeant der US Army auf einem Zimmer mit deutschen POWs! Das ist völlig ausgeschlossen! Wenn das bekannt würde!«

»Aus diesem Hause sind noch nie Geheimnisse getragen worden, Major. Es ist eine Welt für sich – die abgeschlossene Welt der Gesichtslosen. Hier gelten ganz andere Gesetze als draußen, viel bessere.«

Wütend rannte Braddock hinaus. Zwei Stunden verhandelten Braddock, Leutnant Potkins und Dr. Stenton mit dem Verwundeten. Es wurden Seiten voll geschrieben und harte Worte gebrüllt. Sergeant Rondey wollte weg. Heraus aus der Einsamkeit. Er wollte Karten spielen.

»Ich liebe die Deutschen nicht«, schrieb er auf seinen Block, »aber es sind Menschen.«

Endlich gab Braddock seufzend nach, nachdem er durch Handschlag Leutnant Potkins und Dr. Stenton zum Schweigen verpflichtet hatte. Am Abend fuhr man Rondey durch die Tür des Zimmers 14. Sein Bett war aufgeschlagen, die Insassen der Stube 14 hockten auf ihren Stühlen – es war ein ebenso feierlicher Augenblick wie bei der Überreichung eines Weihnachtsgeschenkes.

»Bye-bye!«, sagte der Wastl wieder, als Rondey in seinem Bett lag und mit einem Winken und einem glücklichen Leuchten seiner hellen, blauen Augen die deutschen Gesichtsverletzten begrüßte. »Die Kuh ist da.«

»Wieso Kuh?«, fragte der Berliner.

»Ja, seid's ihr denn blöd! In vier Wochen frisst er wieder. Aber sovüll, wie der kriagt, kann er gor net fressen! Und wos übrig bleibt, ihr Deppen – a Melkkuh is der doch, ihr Deppen, ihr damischen!«

Die Männer der Stube 14 schwiegen andächtig und sahen zu Sergeant Rondey hinüber. Ein herrliches Ei war ihnen ins Nest gelegt worden. Wenn es ausschlüpfte, hatten alle etwas davon. Es gab zu essen, es gab zu rauchen, es gab Pakete aus Amerika, und es gab etwas, was den Berliner und den Wastl vom Stuhl riss, als sie es beim Auspacken aus dem Kleidersack Rondeys zogen: eine Kollektion Fotos nackter Frauen.

»Sakrakruzidonnerwetter!«, brüllte der Wastl. »Jetzt san 700 Kalorien noch zuvüll!«

Am 9. Mai 1945 um 0.01 Uhr war der Krieg zu Ende. Von den noch erhaltenen Kirchtürmen klangen die übrig gebliebenen Glocken.

Dr. Lisa Mainetti saß im verdunkelten Zimmer Professor Ruschs in einem der Sessel und hörte das Ende des braunen Deutschlands im Radio. Von der Hauptwache herüber klangen Grölen und Gesang. Unten in Bernegg wurde Salut geschossen. Vom Tor des Schlosses antworteten die amerikanischen Wachmannschaften. Sie hielten die Maschinenpistolen in den Nachthimmel und feuerten ihre Magazine leer. Dann begannen auch die beiden Panzer zu schießen. Sie zielten in den Wald neben der Schlossmauer, und bei jeder Explosion, bei jedem Zusammenkrachen der hohen Fichten erhob sich ein Johlen und ein Geschrei: »Happy victory!«

Professor Rusch stand auf und ging in der Dunkelheit zu seinem Bücherschrank. Aus dem unteren Regal räumte er alle Bücher aus, dicke, hohe medizinische Werke, die seit Jahren dort standen und verstaubten. Hinter der Bücherreihe war noch Platz bis zur Rückwand des Schranks. Dort lag, in Packpapier eingewickelt, eine Flasche Wein. Professor Rusch entfernte das Papier und kam zu Lisa Mainetti zurück.

»Eine 1938er Brauneberger Juffer Auslese«, sagte er. »Es ist die letzte Flasche aus meinem Keller. Für den heutigen Tag habe ich sie aufgehoben. Er musste ja einmal kommen.«

Mit dem Korkenzieher an seinem Taschenmesser öffnete er die Flasche und goss den Wein in die Gläser, aus denen sie damals den Whisky getrunken hatten.

»Nun ist der Krieg vorbei, Lisa«, sagte er feierlich. »Wir haben ihn überlebt. Lass uns das weitere Leben gemeinsam durchstehen. Wenn du nein sagst, hält mich nichts mehr in Deutschland. Ich weiß es von Major Braddock. Sie werden mit einem Angebot kommen. Bald. Es gibt Ausnahmen im allgemeinen Deutschenhass. In mir sieht man eine solche Ausnahme. Ich werde zusagen, wenn du nein sagst.«

Lisa Mainetti hob ihr Glas und trank.

Ruschs Stimme wurde atemlos. »Ja – oder nein?«

»Ja.«

»Lisa!« Rusch sprang auf. Er warf sein volles Glas mit dem köstlichen Wein an die Wand und riss Dr. Mainetti aus dem Sessel empor. »Lisa! Ich glaube, ich habe als Einziger den Krieg gewonnen!«

Mit dem Ende des Kriegs begann, fast über Nacht, der Aufbau. Wie ein Heer Ameisen sich über den zerstörten Bau stürzt und Hälmchen und Hölzchen und Tannennadeln zusammenträgt, so wimmelte es in den Trümmern der Städte von tätigen Menschen.

Eine Hilfspolizei mit weißen, gestempelten Armbinden wurde eingesetzt, erste Ausweise wurden ausgestellt, Bürgermeister wurden ernannt, die bisherigen Beamten blieben bis zur kommenden ›Durchleuchtung‹ im Amt, soweit sie nicht besonders stark belastet waren, was sich anhand der überall sofort beschlagnahmten Parteilisten feststellen ließ.

Auch in Köln standen die Frauen und die alten Männer auf den Straßen, räumten die Fahrbahnen frei, warfen die Trümmer in ausgebrannten Häusern zu Haufen zusammen, zogen Lichtleitungen, flickten die Wasserrohre und bargen die letzten Toten aus den Kellern, die freigeschaufelt wurden.

Bei einem der letzten Angriffe auf Köln war eine Luftmine in die Trümmer der gegenüberliegenden Straßenseite gekracht. Der Luftdruck hatte die Kellertür gesprengt und die beiden Frauen gegen die Wand geschleudert.

Aber Ursula und Frau Schwabe hatten den Luftdruck bis auf einige Beulen am Körper überlebt.

Eine neue Tür war notwendig. Dreimal waren Trümmerfledderer in den Keller gekommen. Nur der Hilfeschrei der beiden Frauen hatte sie verjagt.

Am Abend hatten sie endlich eine schöne, feste Tür gefunden.

Ursula und Frau Schwabe bauten sie aus. Sie hieben mit Hämmern den Rahmen auseinander, luden die Tür auf den Handkarren und schoben ihren Schatz ächzend und keuchend zurück zur Horst-Wessel-Straße. Sie hieß noch so, obwohl man die noch vorhandenen Straßenschilder sofort beim Einmarsch abmontiert hatte. Aber einen neuen Namen hatte man der Straße noch nicht gegeben.

Als sie vor dem Haus Nr. 4 ankamen und die schwere Tür von der Karre hoben, saß auf der Kellertreppe ein Mann. Er trug einen zerschlissenen graublauen Anzug, eine karierte Sportmütze und plumpe ›Knobelbecher‹, über die er die Hosenbeine gezogen hatte. Er sprang auf, als er die beiden Frauen kommen hörte.

»Der liebe Junge ist wieder da!«, rief der Mann, riss seine Mütze vom Kopf und schwenkte sie durch den Maiabend.

Die Tür glitt aus den Händen Ursula Schwabes.

»Karlheinz ...«, stammelte sie. »Karlheinz Petsch.«

Frau Hedwig Schwabe biss die Zähne zusammen. Sie stemmte sich gegen die Tür, damit die Karre nicht umschlug.

»Fassen Sie an!«, rief sie. »Wenn Sie schon 'mal da sind!«

Und Karlheinz Petsch, der ehemalige Feldwebel der Luftwaffe, spuckte in die Hände, sagte »Hauruck!«, bückte sich etwas, ließ sich die schwere Tür auf die Schulter schieben und trug sie die Kellertreppe hinunter.

»Er ist zurückgekommen«, stotterte Ursula. Sie lehnte sich gegen die Reste des Hauseinganges. »Er muss weg, Mutter. Er muss sofort weg. Du musst ihm sagen, dass Erich jeden Tag kommen kann. Du musst ihn hinauswerfen. Sofort, hörst du, Mutter. Sofort!«

»Die passt wie nach Maß gemacht!«, rief Petsch aus dem Keller. »Nur das Schloss geht nicht. Aber ein Schloss kriegen wir auch noch!«

»Jag ihn weg, Mutter«, stammelte Ursula. Ihre Augen waren schreckensweit. »Bitte, bitte.«

Frau Schwabe nickte und stieg in den Keller.

Karlheinz Petsch saß auf einem Stuhl und hatte sich eine Zigarette angezündet. Es war eine süßliche Virginiazigarette. Fünf Stück davon genügten den Amerikanern, um dafür ein deutsches Mädchen zu kaufen. Frau Schwabe wedelte mit der Hand durch die Luft, um den Rauch zu vertreiben, der zu ihr hinzog. Petsch wischte sich mit dem Handrücken den Schweiß von der Stirn.

»Tja, Muttchen – da bin ich wieder«, sagte er. Es war eine lahme Rede. In Frau Schwabes Augen las er genau, was sie dachte und was sie ihm gleich sagen würde. Er kam dem zuvor, indem er sich erhob und die Zigarette auf dem Betonboden zertrat. Die Kippe schob er mit der Schuhspitze zum Ofen.

»Ich wusste nicht, wohin, Muttchen. Meine Heimat ist von den Iwans besetzt, Verwandte habe ich nicht mehr, ich habe eigentlich nichts auf der Welt als mich selbst. Ja, und die Erinnerung an Ursula. Das war's. Das hat mich nach Köln getrieben. Gehste hin und fragste höflich, ob du bleiben kannst, habe ich mir gedacht. Und nützlich kannste dich machen, habe ich mir gedacht. Ein Mann kann mehr organisieren als zwei Frauen. Organisieren haben wir schließlich gelernt beim Barras, Muttchen!«

»Wie stellen Sie sich das vor?«, fragte sie.

»Wie man sich das so denkt. Ich werde mir einen Nebenkeller ausbauen, und Sie oder Ursula kochen für mich. Das ist alles, was Sie zu tun brauchen. Alles andere mache ich. Ich besorge zu essen, ich beschaffe für euch, was ich kann. Und ich baue das Haus wieder auf.«

»Das Haus?«

»Aber ja! Ich bin doch Maurer und Putzer! Wir werden die Steine schön abklopfen, Wasser gibt's wieder, Sand und Zement werd' ich organisieren. Und Sie sollen sehen, wie schnell wir das Parterre wieder hochgezogen haben! Wenn andere noch in den Bunkern hocken, haben Sie schon eine Luxuswohnung! Und als Maurer, Muttchen, da kommt man überall ran, da kriegt man alles, was man braucht. Ich bin doch jetzt der wichtigste Mann.«

»Und Ursula?«

»Tja«, Karlheinz Petsch hob die Schultern. »Das muss nun Ursula allein wissen. Ich bin immer für sie da.«

»Sie weiß es schon. Sie wartet auf ihren Mann!«

»So sicher bin ich da nicht. Hat sie überhaupt schon einen Gesichtsverletzten gesehen?«

»Ja. Zufällig.«

»Zufällig sehen ist etwas anderes als ein ganzes Leben mit einem solchen Mann zusammenleben. Man kann sich das einmal oder zweimal ansehen. Aber immer? Tag und Nacht? Und man weiß nie: Wird's wirklich anders? Oder bleibt er so?«

Frau Schwabe trat aus dem Eingang. Ihr verhärmtes, vom Hunger gezeichnetes Gesicht zuckte.

»Sie sprechen von meinem Sohn!«, sagte sie kalt. »Gehen Sie.«

»Da hört doch alles auf!« Karlheinz Petsch nahm seine karierte Mütze und stülpte sie über die verschwitzten Haare. »Jedem ist heute das Hemd näher als die Hose. Und Sie denken zehn Jahre weiter. Ich könnte mich ja auch hinsetzen und sagen: ›So, jetzt wartest du, bis der Iwan wieder aus deiner Stadt raus ist.‹ Einmal muss er ja gehen. Mensch, wo kämen wir da hin? Weitergehen muss es, rundlaufen muss der Motor, sonst wird er sauer! Was ihr macht, ist Blödsinn. Im Keller hocken und sagen: ›Es wird schon werden.‹«

»Bitte, gehen Sie«, sagte Frau Schwabe eisig. »Wir brauchen Ihre Lebensphilosophie nicht. Wir wissen, was wir tun werden, wenn Erich zurückkommt.«

»Heulen werdet ihr, Kohldampf zu dritt schieben und auf 'n Wunder warten! Es gibt aber in Deutschland keine Wunder mehr. Das letzte war, dass wir noch leben!«

Er tappte die Treppe hinauf, die Hände in den Taschen, die Schultern nach vorn gedrückt. Oben am angeschlagenen Hauseingang lehnte noch immer Ursula und wartete. Als sie Petsch aus dem Keller steigen sah, lief sie ein paar Schritte weiter in die Trümmerberge hinein. Karlheinz Petsch blieb stehen.

»Bin ich ein Wolf?«, schrie er zu der zitternden Uschi hinüber. Er holte tief Atem, griff in die ausgebeulten Taschen seiner Hose und zerrte eine flache Schachtel mit Schoka-Cola hervor, wie sie die Flieger als Sonderverpflegung erhalten hatten. Er legte die Blechdose auf den stehen gebliebenen Sockel einer einstigen Zwischenwand und winkte mit dem Kopf. »Hol sie dir. Seit drei Monaten schleppte ich sie mit rum. Die bringste der Uschi mit, hab' ich gedacht. Wann hat die zum letzten Mal Schokolade gesehen.« Er zögerte, wartete auf eine Antwort, aber als Ursula schwieg, hob er wieder die Schultern. »Also dann nicht, Mädchen. Ich ziehe drei Keller weiter ein. Hab' ihn schon angeguckt, er ist trocken und groß. Und wennste mich brauchst, ich bin immer da. Nicht nur jetzt. Auch wenn der Erich wiederkommt!«

Ursula wartete, bis Karlheinz Petsch über die Trümmer kletterte und hinter den Schuttbergen verschwand. Dann rannte sie zurück zum Keller, an der Schokolade vorbei, und stolperte die Treppe hinab.

Frau Schwabe saß mit versteinertem Gesicht auf ihrem Bett. Das Bild Erichs hielt sie in den Händen und starrte sein lachendes, jugendfröhliches Gesicht an.

»Ich fahre nach Bernegg«, schluchzte Ursula. »Ich fahre morgen schon nach Bernegg, Mutter. Ich ... ich will hier nicht mehr bleiben.«

»Es ist gut«, sagte Frau Schwabe und starrte weiter auf das Bild. »Fahr du nur. Es kann dir nur gut tun. Und Erich auch!«

In der Nacht stand Ursula auf und schlich nach draußen. Sie holte die Schokolade.

Die Rechnung Wastl Feiningers mit dem Sergeanten Bill Rondey ging nicht auf. Sie erwies sich als ausgesprochener Fehlschlag. Rondey bekam wegen seines zertrümmerten Kiefers nur flüssige Nahrung, genau abgemessen. Für die Stube B 14 blieb nichts übrig, ganz davon abgesehen, dass diese Ernährung nicht in der Geschmacksrichtung lag, die man erhofft hatte.

»Blöde Hunde sind wir!«, sagte der Berliner. »Det müssten wir doch von uns kennen! Wie lange haben wir jebraucht, bis det erste feste Essen kam? Als ob bei 'nem Ami die Visage schneller heilt!«

Zwei Wochen nach der Kapitulation holte man Bill Rondey ab. Er sollte nach Amerika geflogen werden, in ein amerikanisches Spezialkrankenhaus für Gesichtsverletzte, nach San Diego.

»Mach's gut, Junge!«, sagte der Berliner, als Rondey auf der Trage lag. Sie drückten ihm alle die Hand.

Bill Rondey nickte. Seine hellen, blauen Augen waren plötzlich wässrig. Er nahm seinen Block und schrieb mit großen Buchstaben:

»I like you all together! – Ich mag euch alle zusammen.«

Dann wurde er von zwei riesigen Negern herausgetragen,

und er winkte mit beiden Armen zurück, bis er um die Biegung im Treppenhaus verschwand.

Am nächsten Tag brachte Leutnant Potkins, der ›Kommandant‹ des Lazarettes, einen Stapel Post zu Dr. Mainetti. Major Braddock hatte ihn vom Postamt Bernegg herausschaffen lassen, nachdem die Briefe, zum Teil schon drei Wochen alt, die Zensur seiner Schreibstube passiert hatten. Auch ein Telegramm war dabei.

Lisa Mainetti betrachtete es staunend. Ein Telegramm zu dieser Zeit war seltener als ein Brillant. Entweder war die Weiterleitung ein Irrtum oder ein unsagbarer Glücksfall.

Dr. Mainetti las den Text und zögerte. Soll man es weitergeben?, dachte sie. Ist es nicht noch zu früh? Wird Major Braddock es überhaupt erlauben? Aber dann schien es ihr, als sei es nicht recht, das Telegramm zu vernichten und alles in der Stille abzuwenden. Sie faltete das Papier wieder zusammen und ging zu Stube B 14.

Die Männer saßen beim Skat. »Die Hosen runter! Ich hab' 'n Nullouvert!«, brüllte der Berliner gerade, als Lisa eintrat.

Sie wedelte mit dem Papier und blickte sich um. »Ein Telegramm für Erich Schwabe.«

»Für mich? Ein Telegramm?« Schwabe kam um den Tisch herum. Das Knochengerüst mit dem Periost war gut eingeheilt. In den nächsten Tagen wollten Rusch und Lisa mit der Hautdeckung beginnen. Noch immer sah das Gesicht schrecklich aus, aber es hatte wieder einen vorspringenden Teil, es war keine glatte Fläche mehr.

Mit beiden Händen griff Schwabe zu und faltete das Papier auseinander. Dann begann er zu zittern, riss die Arme hoch, drehte sich im Kreis, umarmte Dr. Mainetti und tanzte im Zimmer herum.

»Sie kommt!«, jubelte er. »Frau Doktor, Jungs, sie kommt! Meine Uschi kommt hierher! Sie ist schon unterwegs! Meine Frau kommt, meine Frau …« Er ließ das Telegramm fallen und streckte beide Arme zu Lisa aus, als versinke er in einem rasenden Strudel. »Frau Doktor«, rief er, »Sie müssen mir jetzt einen schönen Verband machen, einen richtig schönen Verband, mit breiten Leukoplaststreifen, damit sie nicht so viel sieht. Mein Gott!« Er setzte sich auf sein Bett und legte die Hände vor das zerstörte Gesicht. »Sie kommt …«

Der Berliner kratzte sich den Kopf. »Det is schön, Erich«, sagte er langsam. »Aba – ob die Amis se rinlassen? Wir sind doch ooch bloß Kriegsjefangene.«

11

Erich Schwabe ließ die Hände sinken. »Sie werden Uschi nicht zu mir lassen«, wiederholte er leise. »Natürlich, wir sind ja jetzt Gefangene.«

»Det is ja der Mist!« Der Berliner hieb mit der Faust auf den Tisch. »Doppelt bestraft ham sie uns! Keene Fresse mehr und keene Freiheit. Ick jloobe, Jerechtigkeit is bloß noch 'n Wort im Lexikon!«

»Was soll ich machen, Frau Doktor?« Es war ein kläglicher Schrei, der aus Schwabe herausbrach.

»Ich werde mit Major Braddock sprechen«, sagte sie. »Vielleicht lässt er Ihre Frau zu Ihnen.«

»Vielleicht«, stammelte Schwabe.

»Ich werde alles versuchen, Schwabe.« Lisa Mainetti legte ihre Hand unter Schwabes Kinn und hob sein verstümmeltes Gesicht mit dem neuen Nasenknochengerüst empor. In seinen Augen sammelten sich die Tränen und rannen lautlos durch die Narbengräben zum Mund. »Sie sind doch ein Mann, Schwabe, und keine Heulsuse!«, sagte sie grob »Es wird sich schon eine Möglichkeit finden. Schon vorher flennen – Himmel, was seid ihr bloß für große Kinder!«

Schwabe schluckte und legte beide Hände auf sein Gesicht, um die Tränen zu verdecken.

»Ich danke Ihnen, Frau Doktor«, sagte Schwabe leise. »Ich werde Ihnen ewig danken!«

»Sie reden wieder Dummheiten, Schwabe! An Ihre Frau sollten Sie jetzt denken und was Sie ihr sagen wollen, wenn sie zum ersten Mal vor Ihnen steht und Sie sieht. Das ist nicht einfach.«

»Und Sie werden vorher mit ihr sprechen, nicht wahr, Frau Doktor?«, rief Schwabe ihr durch die offene Tür nach, als Lisa das Zimmer schon verlassen hatte. Vom Flur her nickte sie ihm zu.

»Natürlich, Schwabe! Wenn Sie vor Ihrer Frau stehen, kriegen Sie ja doch kein Wort heraus.«

Die Tür klappte zu. Schwabe legte die Hände unter seinen Kopf und sah hinüber zu seinen Stubengenossen.

»Woher Sie das bloß weiß?«, sagte er.

Major Braddock sah erstaunt auf das Whiskyglas, das vor ihm auf dem Tisch stand. Es war leer, und niemand machte Anstalten, es zu füllen. Professor Rusch saß hinter seinem Schreibtisch. Man sah ihm an, dass er es als unangenehm empfand, was Lisa Mainetti hier ohne ihn zu fragen arrangiert hatte. Sie stand neben Braddock, an den Schreibtisch gelehnt, und sie hatte den Arztkittel mit einem hellen, luftigen Sommerkleid vertauscht.

Damned, dachte James Braddock. Sie ist ja eine Frau, und was für eine! Sie hat einen schlanken, schönen Körper, lange, gerade Beine und einen Kopf wie eine Römerin. Und jünger sieht sie plötzlich aus – sie ist von jener Unbestimmbarkeit, die einen Mann reizt, die Reife einer Frau festzustellen.

»Hier bin ich also«, sagte Braddock und schielte wieder auf das leere Whiskyglas. »Ich konnte nicht widerstehen, sofort Ihrer Bitte nachzukommen, Miss Mainetti.« Er legte seine Hand um das Glas, es wirkte aufreizend auf ihn durch seine Leere. Dr. Mainetti lächelte und tippte Braddock auf den Handrücken.

»Sie vermissen Whisky, Major?«

»Ein leeres Glas irritiert mich immer. Warum steht es hier?«

»Ihretwegen. Ich nehme an, dass Sie eine Flasche bei sich haben. Wenn Sie nichts dagegen haben, hole ich für den Chef und mich auch noch ein Glas.«

James Braddock starrte Lisa entgeistert an. Dann lachte er schallend, zog aus der Tasche eine flache Flasche und stellte sie auf den Schreibtisch. »Diese Erpressung sollten Sie sich patentieren lassen!«, rief er. »Verdammt, ich muss nach Germany kommen, um so eine Frau kennen zu lernen.«

Lisa Mainetti hielt Braddock ihr und Ruschs Glas hin. Sie schien ausgelassen fröhlich zu sein, ebenso sehr wie Professor Rusch stumm und sichtlich missgelaunt war.

»Es ist eben doch etwas dran an dem Begriff ›Made in Germany‹!«, rief sie. Braddock vergoß vor Lachen seinen Whisky, er lief Lisa über die Hand und den Unterarm.

»Ein Teufelsweib!«, rief er.

»Ich finde, du benimmst dich ein wenig frivol«, sagte Professor Rusch. Seine Stimme war dunkel und gepresst. In Lisa Mainetti sprang eine heiße Welle hoch und durchspülte ihren

Körper. Er ist eifersüchtig, dachte sie. Professor Walter Rusch ist eifersüchtig auf einen amerikanischen Major. Der Gedanke und dieses Gefühl machten sie noch glücklicher. Sie stieß mit James Braddock an und trank einen langen Schluck des goldgelben Whiskys. Rusch nippte nur, unlustig, mit verkniffenem Gesicht, trotzig wie ein Junge, dem Spielzeug weggenommen wurde.

»War's nur der Whisky?«, fragte Braddock. Dr. Mainetti lachte und setzte sich auf den Schreibtisch.

»Ich habe Sie immer für einen besonders klugen Mann gehalten, Major«, sagte sie. »Aber was ich Ihnen jetzt zu sagen habe, ist kein Appell an Ihre Intelligenz, kein Versuch, Gesetze, Bestimmungen, Befehle oder was Sie sonst von Washington haben, zu verwässern oder vergessen zu lassen. Es ist nichts anderes als ein simpler Appell an Ihr Herz, weiter nichts! Ich rufe Ihr Herz, Major, Ihre Menschlichkeit …«

»Das klingt geheimnisvoll, Miss Mainetti.« Braddock lehnte sich im Sessel zurück und betrachtete eingehend Lisas Knie. »Wollen Sie mehr Kalorien für das Lazarett? Völlig unmöglich! Deutschland hat den Krieg verloren. Und nun werden die Deutschen hungern müssen, bis ihnen die Knochen erweichen. Ich kann es nicht ändern.«

»Ich weiß.« Lisa wartete, bis Braddock wieder einen langen Zug genommen hatte. »Aber es geht nicht um Essen, Major.«

»Nicht? Haben die Deutschen denn noch wichtigere Probleme?«

»Ich habe sie, Major. Ich persönlich.«

Braddock nickte verständnisvoll. »Verstehe. Was also wollen Sie von mir? Wo soll mein Herz sprechen?«

»Ein Verwundeter von uns, einer der ganz schwer Gesichtsverletzten, der bestimmt noch fünf Jahre braucht, um wieder wie ein halbwegs ansehbarer Mensch zu wirken, bekommt Besuch von seiner Frau.«

James Braddock erhob sich sofort. Sein Gesicht wurde dienstlich und undurchdringlich. »Nicht erlaubt!«, sagte er hart.

»Genau das habe ich erwartet, Major. Hier spricht der Soldat, hier kommandiert der Sieger: Nicht erlaubt! Auch die Verwundeten sind POWs!«

»Ich habe noch keine anderen Befehle erhalten, Miss.«

»Eben darum geht es. Ich möchte keinen Befehl umgehen. Ich rufe Ihr Herz, Major!«

»Was Sie verlangen, ist gegen jede Instruktion!« James Braddock begann, in dem großen Chefzimmer hin und her zu laufen. »Sie haben hier über 200 Gesichtsverletzte! Wenn jeder seine Frau oder seine Mutter oder seine Braut kommen ließe: Das ist ja vollkommener Irrsinn! Ein Gefangenenlager – auch ein Gefangenenlazarett – ist doch kein gemütliches Kaffeekränzchen oder kein riesiges Ehebett!«

»Es handelt sich um eine Frau, Major. Sie ist schon unterwegs. Sie schlägt sich von Köln bis nach Bernegg durch, auf der Straße per Anhalter, mit Güterzügen, auf Zugdächern oder Trittbrettern. Zum ersten Mal will sie ihren Mann sehen, den sie zum letzten Mal geküsst hat, als er mit blonden Haaren und einem lachenden Gesicht vom Urlaub zurückfuhr. Und nun wird sie ihn wieder sehen – ein glattgeschabtes Gesicht ohne Lippen, ohne Nase, mit abgerissenen Ohren und vernarbten und verkrusteten Wangen – eine Fratze nur, Major Braddock. Und sie kommt über Hunderte von Kilometern, um dieser Fratze ihre Liebe zu sagen. – Rührt das nicht an ihr Herz, Major? Sind da nicht alle Befehle nur noch leeres Papier? Können Sie da sagen: ›Nicht erlaubt!‹, ohne sich vor sich selbst zu schämen?«

James Braddock stand am Fenster, mit dem Rücken zu Lisa und Professor Rusch. Seine Finger trommelten gegen die Scheibe, ein rasender, monotoner Rhythmus.

»Ich möchte den Mann sehen«, sagte Braddock rau. Er drehte sich um und ging rasch an Lisa Mainetti vorbei aus dem Zimmer.

»Ich gratuliere«, sagte Professor Rusch dumpf.

Mit wirbelnden Beinen folgte Lisa dem Major, sie holte ihn auf dem Treppenhaus ein und hielt ihn am Ärmel fest.

»Zimmer 14, Major«, sagte sie atemlos.

Braddock blieb stehen. »Da lag doch Sergeant Rondey!«

»Ja, dieses Zimmer ist es. Erich Schwabe heißt der Mann. Wenn Sie ins Zimmer kommen und alle ansehen, werden Sie sofort wissen, wen ich meine.«

Braddock ging den Flur entlang, Lisa folgte ihm. Der Major riss die Tür von Zimmer 14 auf. Fritz Adam schrie: »Achtung!«, und gleich hinterher: »Good day, Major!« Die sechs Mann standen stramm, sogar Kaspar Bloch, der eigentlich das ›Achtung‹ nicht hören durfte.

Braddocks Blick fiel sofort auf Schwabe. Das ist er, dachte er, und er spürte, wie eine leichte Gänsehaut über seinen Rücken lief. Zu ihm kommt eine Frau, dachte er weiter, und diese Frau will und soll ihn lieben. Dieses Gesicht, das aussieht wie eine uralte, verwitterte, rissige, wurmstichige Holzplatte. O mein Gott, wenn es wirklich diese Frau gibt. Man sollte sie verwöhnen mit allen Herrlichkeiten, die unsere Welt bereithält.

»Sie sind Erich Schwabe?«, fragte Braddock mit ausgetrocknetem Hals. In Schwabes Augen sprang ein Funke Angst. Er trat einen Schritt vor und nahm stramme Haltung an.

»Ja, Herr Major.«

»Ihre Frau kommt?«

»Ja, Herr Major.«

»Dr. Mainetti wird Ihnen alles Weitere sagen. Kommen Sie mal mit.« Braddock trat auf den Flur hinaus, und Schwabe folgte ihm. Mit dem Fuß trat Braddock die Tür zu. Sie waren allein auf dem Gang. Lisa war im Zimmer geblieben.

»Schwabe«, sagte Braddock und schluckte. »Wie alt sind Sie?«

»Bald 27 Jahre, Herr Major.«

»Sie könnten fast mein Sohn sein.« Braddock nestelte an den Knöpfen seiner Uniform. »Ich werde erlauben, dass Sie Ihre Frau sehen.«

»Herr Major.« Durch Schwabes Körper lief ein Zittern. »Ich … ich …«

»Sie können das Lazarett verlassen. Urlaub auf Ehrenwort. Geben Sie mir Ihr Ehrenwort, Schwabe! Einen Tag – vom Nachmittag bis zum nächsten Morgen um 10 Uhr.«

Braddock streckte seine Hand hin. Schwabes Hand tastete vor und lag bebend in Braddocks Fingern.

»Mein Ehrenwort, Herr Major«, stammelte er. »Mein Ehrenwort … Ich …«

Dann brach er zusammen. Sein Kopf sank auf die Schulter des amerikanischen Majors, er weinte haltlos. Steif und unbeweglich stand Major Braddock, mit hängenden Armen und versteinertem Gesicht. Aber er wehrte ihn nicht ab. Er blieb so stehen und ließ den deutschen Soldaten an seiner Schulter weinen.

Es könnte mein Sohn sein, dachte er nur. Mein Gott, wenn Percy kein Gesicht mehr hätte.

Drei Tage brauchte Ursula, um nach Bernegg zu kommen.

Auf den Puffern eines Güterzuges fuhr sie bis Hanau. Dahinter hörten die Schienen auf. Sie waren von Bomben zerfetzt und nur eingleisig wieder aufmontiert worden. Zu Fuß ging sie weiter, über die staubige Landstraße und auf Waldwegen.

Sie biss die Zähne zusammen, hakte die Daumen in die Träger des Rucksacks, den sie auf der Schulter trug, und stemmte sich gegen die Müdigkeit an, die von den Füßen her über die Beine und den Leib bis an ihr Herz kroch.

Wie mit Mehl bestäubt kam sie am Abend des ersten Tages in ein Dorf. Die unversehrten Häuser sahen sauber aus, in den Gärten blühten Blumen. Tulpen und Narzissen, weißer und roter Flieder mit dicken Dolden, Rotdorn und Lupinen.

Wie schön das ist, dachte sie trotz ihrer bleiernen Müdigkeit.

Hinter dem Fenster des Hauses, vor dessen Garten sie stand, sah sie zwei Köpfe. Eng zusammengesteckt blickten sie durch die Gardine und beobachteten sie.

Ob sie ein Bett haben, dachte Ursula. Oder nur ein Sofa? Und ein wenig Kaffee?

Sie ging zur Tür und drückte auf die Klingel. Sie hörte den Klang, aber im Hause blieb alles still. Niemand kam, keiner öffnete. Aber sie sind doch da, dachte Ursula, ihre Köpfe waren doch hinter der Gardine. Sie schellte wieder und wartete.

Sie wollen nicht, dachte Ursula und ging die Straße weiter durch das Dorf. Sie machen nicht auf, sie haben Angst, ich würde betteln. Natürlich müssen sie das denken, denn ich habe ja einen Rucksack auf der Schulter.

Sie läutete beim nächsten Haus, beim übernächsten, beim dritten und vierten. Niemand öffnete ihr, als seien die Häuser ausgestorben, so still war es in ihnen. Nur die Gardinen bewegten sich und Köpfe zuckten zurück, wenn sie genauer hinsah.

Schließlich übernachtete sie in einer Scheune, auf einem Ballen fauligen Strohs. Sie war zu müde, um sich zu ekeln, nicht einmal den Geruch der Fäulnis nahm ihre Nase auf. Sie sank einfach um und warf sich auf die Seite, den Rucksack noch auf dem Rücken.

Am Morgen des zweiten Tages nahm sie ein Milchauto mit. Es brachte einige verbeulte Zinkkannen zu einer Sammelstelle, wo die Milch an Kinder und Krankenhäuser verteilt wurde.

»Nach Bernegg wollen Sie?«, fragte der Fahrer. »Das ist noch ein gutes Stück. Den Main hinauf bis Würzburg und dann durch die Hügel.«

»Wenn noch ein paar so freundlich sind wie Sie«, sagte Ursula, »kann ich morgen da sein.«

Von Aschaffenburg fuhr wieder ein Zug nach Würzburg. Es war sogar ein Personenzug, mit uralten Dritter-Klasse-Wagen und zerbrochenen Scheiben. An deren Stelle hatte man Pappe oder Drahtglas in die Rahmen genagelt. Ein Platz war in dem Zug nicht mehr zu haben, auf den Trittbrettern hingen die Menschen wie Trauben und waren bereit, jeden wegzutreten, der noch aufsteigen wollte. Ein Bahnbeamter rannte den Zug entlang und brüllte: »Runter von den Trittbrettern und Puffern! Runter! Es ist verboten!«

Niemand hörte auf ihn. Sie ließen ihn laufen und schreien.

»Der Zug fährt gleich ab!«, rief der hilflose Bahnbeamte. »Die Trittbretter und Puffer räumen! Ich lasse den Zug nicht eher abfahren!«

Jeder wusste, dass es eine leere Drohung war. Man lachte, man grölte. Jemand schrie: »Wenn du nicht abpfeifst, leg ich dich auf die Schienen und pfeif für dich!« Er erntete lauten Beifall. Der Bahnbeamte schwieg und rannte bis zur Lok, begleitet vom Gejohle der Menge.

Der Zug fährt gleich, dachte Ursula. Ein Zug nach Würzburg. Ich muss mit – so oder so! Wenn ich bis Würzburg laufen muss, brauche ich ja eine Woche.

Sie kletterte auf einen Puffer, und als man sie dort hinunterwerfen wollte, schrie sie grell: »Lass mich! Ich will aufs Dach. Ich muss nach Würzburg. Ich muss zu meinem Mann!«

»So 'n Druck, Mädchen?«, rief jemand. Und plötzlich lachten alle und hoben Ursula auf das Wagendach. Dort saßen schon einige Männer und hielten sich an den Entlüftungshauben fest.

»Vom Dach 'runter!«, brüllte der Bahnbeamte und drohte mit der grünroten Kelle.

»Leck mich am Arsch!«, schrie einer der Männer zurück.

Dann fuhr der Zug endlich an, langsam, träge, überladen und vorsichtig, um die Menschen nicht von den Trittbrettern, Puffern und Dächern zu wehen.

Fünf Stunden brauchte er von Aschaffenburg bis Würzburg, fünf Stunden lag Ursula in der prallen Sonne, an eine Entlüftung festgeklammert. Der schwarze Qualm der Lok strich über sie und rußte ihr Gesicht und das Kleid ein, legte sich auf den Gaumen und nahm ihr fast den Atem.

Aber sie kam in Würzburg an, und es war ihr, als spüre sie schon die Nähe Erichs, so wie man das Meer schon von weitem riecht, ohne es zu sehen.

Die zweite Nacht schlief sie in einem der kleinen Weingerätehäuschen in einem Weinberg bei Sommershausen. Sie wusch sich an einer Pumpe und stieg dann zur Straße hinab, über die in langen Kolonnen die grünen Transporter der Amerikaner brummten.

Heute werde ich in Bernegg sein, dachte sie glücklich. Auch wenn ich zu Fuß gehen muss – ich werde es erreichen. Und ich werde Erich sehen und ihm alles sagen. ALLES. Auch das mit Karlheinz Petsch. Und er wird mich verstehen, denn ich will ihn ja lieben, so wie er ist. Ganz gleich, wie sein Gesicht auch jetzt aussieht.

Und sie redete sich ein, dass es nicht schwer sein würde. Immer wieder sagte sie es sich. Und trotzdem wuchs ihre Angst, je näher sie Bernegg kam.

Das letzte Stück fuhr sie auf dem Leiterwagen eines Bauern aus Bernegg. »Zum Lazarett wollen Sie?«, fragte er und musterte verstohlen die kleine blonde Frau. »Waren Sie schon mal dort?«

»Ja. Einmal.«

»Dann ist's ja nichts Neues. Und nun wollen Sie wieder da rauf?«

»Ja.«

»Einen besuchen?«

»Ja.«

»Das wird nicht gehen.«

Ursula fuhr zusammen. »Warum nicht?«, stammelte sie.

»Da kommt doch keiner rein. Das sind doch Kriegsgefangene.«

Ursula umklammerte das Gestänge des Wagens. Ihre Stimme war ganz klein und kläglich. »An wen muss ich mich denn wenden?«

»So 'n Major ist da. Wohnt in der Schule. Ein sturer Bursche.«

Ursula nickte stumm. Und wieder kam die Angst, und sie wuchs und wuchs mit jedem Räderknarren.

Seit dem Brief Petra Wolfachs wartete Walter Hertz geduldig jeden Tag auf ein neues Zeichen dieser aussichtslosen Liebe.

Manchmal stand er stundenlang am Fenster und sah nach Bernegg hinab. Dort steht sie jetzt und sieht zu mir hinauf, dachte er. Vielleicht hat sie mir geschrieben, viele Briefe, und sie liegen dort unten bei den Amerikanern, und sie geben sie nicht weiter. Oder sie ist gar nicht mehr in Bernegg, geflüchtet mit den Eltern, als die Panzerspitzen von Würzburg her kamen. War Hubert Wolfach nicht Fabrikant von Kriegsmaterial? Zubringerindustrie, wie man das nannte.

Bestimmt sind sie geflohen, dachte Walter Hertz. Irgendetwas hätte ich sonst längst gehört von Petra. Und dann half er sich über seine Enttäuschung und seinen leisen inneren Schmerz hinweg mit dem ständigen Vorsagen: Es wäre doch nichts geworden, Walter Hertz! Es war nur eine Episode, ein Erlebnis am Rande des Kriegs, ein flüchtiger Anhauch des Glücks, weiter nichts. Was hat ein Mensch wie du, ein Mensch mit einer eingedrückten Gesichtshälfte, zu suchen in der Welt dieser Menschen, die bis dahin nichts gekannt hatten als Reichtum und Zufriedenheit? Es gibt da keinen Platz für dich.

Fritz Adam und Schwester Dora Graff lebten wie ein glückliches Brautpaar. Sie gingen im Schlosspark spazieren, saßen am Teich und verloren sich in Zukunftsplänen.

»Ich werde weiter studieren«, sagte Adam. »Woher ich das Geld nehme, weiß ich noch nicht. Aber es wird sich schon etwas finden. Man kann Nachhilfeunterricht geben, ich bin ein guter Mathematiker. Oder ich kann in den Semesterferien in einer Fabrik arbeiten.«

»Es wird in Deutschland keine Fabrik mehr geben, Liebster.« Dora Graff strich ihm zärtlich über das verbrannte Gesicht. »Aber Krankenhäuser gibt es immer. Ich werde eine Stelle als Schwester annehmen.«

Sie hatte vor einigen Tagen mit Professor Rusch und Dr. Mainetti gesprochen. Sie hatte erzählt, dass Fritz Adam und sie heiraten wollten, gleich nachdem die sinnlose Ehe Adams geschieden sein würde. Professor Rusch hatte ihr versprochen, für eine gute Schwesternstelle zu sorgen. »Wenn man mich weiterarbeiten lässt«, hatte er gesagt, »nehme ich Sie mit, Dora. Sie können sich darauf verlassen.« Das war ein großer Trost und eine Hoffnung für die Zukunft.

»Wir werden es schaffen, Fritz«, sagte sie und küsste seine Stirn. »Alles fängt ja wieder von vorn an, es geht allen gleich.«

Der Wastl Feininger hatte andere Sorgen. Sein Hof bei Berchtesgaden war unzerstört. Was noch an Schweinen und Großvieh übrig geblieben war, wusste er nicht Aber zu hungern brauchte die Resi nicht. Da war der Garten, da waren die Obstbäume, und auch wenn sie allein war auf dem Hof, konnte sie immer noch so viel Getreide anbauen, dass es zum Mehlreiben und zum Brotbacken reichte. Und tauschen konnte man natürlich. Für den Wastl waren allein die strammen Neger eine innere Plage.

»Wos mach i, wenn's an Negerbuam kriagt?«, fragte er öfter und kratzte sich den Schädel. »Stellt's euch vor, a Negerbua, der nachher Seppl Feininger heißt!«

Kaspar Bloch, der ›Gehörlose vom Dienst‹, wie man ihn nannte, versuchte seit dem 5. Mai vergeblich mit seinem Vater in Verbindung zu treten. Major Braddock hatte einen Bericht von Professor Rusch erhalten, in dem geschildert war, dass der Unteroffizier Kaspar Bloch alle Bedingungen für eine sofortige Entlassung aus der Kriegsgefangenschaft erfülle, da sein Vater, der bekannte Psychiater Professor Dr. Thomas Bloch, als ›Opfer des Nazismus‹ gelte. Man habe ihm im Mai 1944 seine Praxis geschlossen, ihn als Chefarzt entlassen und ab Juli 1944 in eine Fabrik für Granatzünder ›kriegsdienstverpflichtet‹, weil Professor Bloch sich geweigert hatte, an so genannten ›erbkranken‹ Kindern und später auch an durch Kopfschüsse irrsinniggewordenen deutschen Soldaten die Euthanasie vorzunehmen.

Kaspar Bloch wusste weder von diesem Schriftstück etwas noch von dem tragischen Schicksal seines Vaters. Er hatte immer Briefe nach Bernegg bekommen, in denen Professor Bloch schrieb, es gehe ihm gut, nur die Arbeit in der Klinik nehme überhand und Mutter mache sich Sorgen um seinen Gesundheitszustand, bis in die Nacht hinein halte ihn oft die Klinik fest, und andere fromme Lügen mehr.

Major Braddock hatte Ruschs Schriftstück eingehend studiert und an das Oberkommando weitergeleitet. Von da an war Schweigen. Niemand wusste, wo Professor Bloch war. Man hatte gesehen, dass er mit einem Militärkommando weggefahren war. Frau Bloch war einen Monat vorher nach Norddeutschland gefahren. Zu Verwandten, hatte sie den Nachbarn erzählt. Aber eine Adresse wusste man nicht.

»Ich verstehe das nicht«, sagte Kaspar Bloch einmal zu Professor Rusch. »Mein Vater hat mir doch fest versprochen, sofort zu kommen. Wie lange soll ich denn nun immer noch hier den Tauben spielen?«

Erich Schwabe lebte in einer anderen Welt, seit er Ursulas Telegramm bekommen hatte. Er wusste nicht mehr, was er tun sollte. Alles erschien ihm dumm und sinnlos. Am Kartenspiel hatte er kein Interesse mehr, am Schachbrett konnte er sich nicht mehr konzentrieren. Er saß nur herum, rannte unruhig im Zimmer oder im Park hin und her und stand dann wieder am Fenster und sah die Straße nach Bernegg hinab.

Endlich war es soweit. Lisa Mainetti ging zur Stube 14, es war ihr, als käme ihre eigene Mutter zu Besuch, als erlebe sie selbst etwas Wunderbares und Einmaliges.

Schwabe saß am Fenster und sah nach Bernegg hinab. Er fuhr zusammen, als Lisa seinen Namen rief.

»Schwabe – der Major hat eben angerufen. Er schickt gleich einen Wagen herauf und lässt Sie abholen. Ursula ist da.«

»Sie ist da?«, schrie Schwabe. »Jungs, hört ihr – meine Frau ist da!« Er drehte sich im Kreise und hielt sich den Kopf fest. »Was nun?«, stotterte er. »Was zieh ich an? Was hat der Major denn gesagt? Wie sieht sie aus? Sie wollten doch noch mit ihr sprechen, Frau Doktor!«

»Ich fahre mit Ihnen nach Bernegg«, sagte Lisa. Sie freute sich mit Schwabe und empfand jetzt selbst ein dumpfes Gefühl im Magen. Wird es gut gehen?, dachte sie. Eine Entscheidung würde fallen, das war sicher. Ein Tag begann, der über ein ganzes weiteres Leben entschied. »Wenn Sie sich umgezogen haben, kommen Sie in den OP I. Ich mache Ihnen einen Verband, dass Sie wie eine Schönheit aussehen!«

Walter Hertz, der am Fenster stand, hob beide Arme. »Der Amiwagen kommt! Los, beeil dich, Erich!«

Endlich stand Schwabe mit Hilfe der ganzen Stube ausgehfertig im Zimmer.

»Viel Glück, Junge«, sagte Fritz Adam und drückte Schwabe die Hand.

»Und det mir ooch 'n Junge dabei rauskommt!«, rief der Berliner.

Walter Hertz klopfte Schwabe stumm auf die Schulter. Dann wandte er sich ab und ging zum Fenster. Er musste an Petra denken, und es zerriss ihm das Herz.

Erich Schwabe taumelte zum OP I. Dort wartete Lisa Mainetti bereits. An der Wand standen zwei baumlange amerikanische Soldaten. Auf ihren Helmen stand in weißer Leuchtfarbe MP. Wie Cowboys trugen sie ihre schweren Pistolen in langen Halftern, die gegen die Kniekehlen schlugen.

»Wir werden Sie mit Leukoplast vollkleben«, sagte Dr. Mainetti, »und um die Nase legen wir einen schönen, weichen Verband.«

Schwabe setzte sich auf den Verbandsstuhl. »Machen Sie, wie es richtig ist, Frau Doktor«, sagte er heiser vor Erregung. »Sie können alles verbinden – nur nicht die Augen.«

Lisa schwieg. Baumann reichte ihr die Verbände und Leukoplaststreifen. Nach wenigen Minuten sah Schwabe in einen Spiegel, den ihm Dr. Mainetti hinhielt.

Es war der über und über verpflasterte Kopf eines Verwundeten. Mehr nicht. Man sah keine Verstümmelungen mehr, man ahnte nicht einmal, dass unter diesen rosa Streifen und weißen Mulllappen ein abrasiertes Gesicht lag. Nur der Mund war frei. Ein narbiger, verharschter, eingezogener Mund. Schwabe sah lange in den Spiegel.

»Muss der Mund frei sein?«, fragte er dann leise. Lisa nickte.

»Sie wollen doch mit Ihrer Frau sprechen. Sie sieht ja sonst nichts von Ihrem Gesicht.«

Schwabe wandte sich ab. Einer der MP-Männer winkte und grinste breit. »Come on!«, sagte er.

Schwabe blieb in der Tür des OP stehen. Er wartete auf etwas. Lisa Mainetti stand am Instrumententisch und räumte die Scheren zusammen.

»Sie wollten doch mitkommen, Frau Doktor?«, sagte er.

Lisa sah kurz auf. »Ich wollte es ja, Schwabe. Aber der Major hat nur Ihnen Ausgang gegeben. Ich muss hier bleiben. Ich darf nicht mit nach Bernegg!«

Schwabe rührte sich nicht. Die beiden MP-Männer hinter ihm kauten ihren Kaugummi und grinsten verständnislos.

»Was soll ich denn ohne Sie bei Uschi«, stammelte Schwabe. »Sie – Sie wollten ihr doch vorher sagen, wie ich aussehe. Ich kann doch nicht so ohne weiteres …«

»Sie werden es können, Erich«, sagte Dr. Mainetti. Güte und Aufmunterung waren in ihrer Stimme. »Packen Sie das neue Leben mit beiden Händen und lassen Sie es nicht mehr los. Haben

Sie Mut, und wenn es der Mut der Verzweiflung ist. Für eine ehrliche Liebe darf es einfach kein Unmöglich geben.«

Schwabe nickte stumm. Er schluckte ein paar Mal, dann drehte er sich um und ging vor den beiden MP-Riesen die Treppe hinunter.

Major James Braddock saß in seinem Sessel und hatte die Beine bequem auf den Tisch gelegt. Er rauchte und trank seinen geliebten Whisky.

Vor Ursula stand ein Glas mit Whisky und eine aufgerissene Packung Zigaretten. Sogar eine Tafel Schokolade hatte Braddock hingelegt und eine Schachtel Butterkekse. Ursula hatte nichts angerührt. Die Angst engte ihr den Magen ein und legte eine eiserne Klammer um ihre Kehle.

»Haben Sie schon ein Zimmer?«, fragte James Braddock. Über die Schuhspitzen warf er einen Blick auf die schmale, blonde Frau. Ursula schüttelte den Kopf.

»Nein, ich bin doch eben erst gekommen. Ich weiß überhaupt nicht …«

»Natürlich.« Major Braddock zerdrückte seine süßlich duftende Zigarette. »Es wird auch schwer sein, etwas zu finden. In den Hotels wohnen meine Offiziere. Ich kann sie schlecht wegen eines deutschen POW hinauswerfen. Aber wir werden schon etwas frei machen. Ich schicke zwei von meinen Jungs los, die sollen ein Privatzimmer suchen.« James Braddock nahm die Füße vom Tisch und dachte an etwas Bestimmtes. Es war ihm plötzlich eingefallen, und sein Gesicht wurde von einem väterlichen Lächeln überstrahlt. »Natürlich, das ist es. Wir fahren zusammen hin.« Seine Hand winkte flink durch die Luft. »Alles okay, Mrs. Schwabe, wir haben ein Zimmer!«

»Sie erlauben mir also, dass ich meinen Mann sehe?«, fragte Ursula schüchtern. »Darf ich ihn auch sprechen? Nur ein paar Worte? Ich will ihm nur die Grüße von seiner Mutter bestellen. Und – und sagen will ich ihm, dass ich ihn liebe. Darf ich das, Herr Major?«

»Warten Sie ab«, antwortete Braddock und sah zur Seite aus dem Fenster. Der Jeep mit den beiden MP-Männern und dem in sich zusammengesunkenen Erich Schwabe raste auf den Schulhof und bremste quietschend. Einer der Militärpolizisten stieß Schwabe gegen die Schulter.

»Go on, boy!«

Mit steifen Beinen kletterte Schwabe aus dem Jeep.

Das POW auf seinem Rücken leuchtete grell. Er nahm das alte Militärschiffchen vom Kopf, und seine blonden Haare fielen über den Verband und wehten im Wind über die sorgfältig mit Mull geschützte neue Nase.

Major Braddock setzte seine Mütze auf und erhob sich. Auch Ursula schnellte vom Stuhl hoch. Aber dann schwankte sie, hielt sich an der Tischkante fest und schloss die Augen.

»Wenn Sie schlappmachen, schaff ich ihn wieder weg!«, sagte Braddock absichtlich grob. Ursula richtete sich auf und zwang sich, nicht zu zittern. »Wenn Sie ihn aber lieb umarmen, mein Kind – ich lasse ihn Ihnen auf meine Verantwortung ungestört bis morgen früh 10 Uhr.«

»Bis ... bis morgen früh?« Ursula starrte ihn ungläubig an.

»Jawohl. Eine ganze Nacht.«

»Eine Nacht!« Es war wie ein unterdrückter Schrei.

Im Flur der Schule hörten sie jetzt Schritte. »Da ist er«, sagte Braddock überflüssigerweise. »Ich komme in zehn Minuten wieder, und dann fahren wir los.«

Die Tür wurde aufgerissen. Einer der MP-Riesen schob Erich Schwabe in das Schulzimmer. Major Braddock zeigte mit dem Daumen auf Ursula. Mit dem Rücken zur Tür stand sie, die Fäuste vor dem Mund und die Zähne in die Fäuste gegraben.

Erich Schwabe blieb an der Tür stehen. Uschi, dachte er, meine kleine Uschi. Das Schifflein fiel ihm aus der Hand, sein lippenloser Mund verzerrte sich, er wollte etwas sagen, nur ein Wort: Uschi. Aber es kam kein Laut aus seiner Kehle, nicht einmal ein Röcheln oder ein Stammeln. Es war ein lautloser Schrei, der tief unten in der Kehle bereits erstickte.

»Er ist da«, sagte Major Braddock heiser. »Schön sieht er nicht aus, aber stumm ist er bestimmt nicht.«

Dann ging er hinaus, schloss die Tür hinter sich und winkte die beiden MP-Riesen weg, die draußen Wache hielten. »Der läuft nicht weg«, sagte er, zündete sich eine Zigarette an und ging auf dem Flur hin und her, die Hände auf dem Rücken und mit gesenktem Kopf.

Erich Schwabe stand noch immer an der Tür. Sein Blick glitt über die schmale Gestalt.

»Uschi«, sagte Schwabe leise. »Uschi, dreh dich um.«

Durch Ursulas Körper rann es eiskalt. Sie hörte die Worte, aber es war nicht Erichs Stimme. Es war eine dumpfe, kehlige, fremde Stimme. Eine Stimme, die wie durch einen verstopften Trichter sprach, ohne Schwingungen, ohne Klang.

»Uschi«, sagte Schwabe noch einmal, ganz leise.

Mit einem Aufschrei drehte sie sich um. Nur eine Sekunde lang sah sie den verbundenen Kopf, das kreuz und quer mit Leukoplaststreifen verklebte Gesicht, einen flachen, verharschten Mund … und seine Augen sah sie, blau, wie sie immer gewesen waren, und seine Haare lagen über der verbundenen Stirn, blond und wirr wie immer.

Wie das Aufblitzen eines Lichts in einem dunklen Raum war das alles, ein zuckendes Erkennen und Begreifen. Dann warf sie die Arme vor und stürzte auf ihn zu, und sie schrie »Erich! Erich!«, und fiel gegen ihn, umklammerte ihn und tastete nach seinem Kopf. Verbände, Leukoplast, narbige Haut. »O mein Erich!«, schrie sie wieder, und dann zog sie den Kopf herunter und küsste den lippenlosen Mund und spürte, wie die Narben gegen ihre Lippen drückten und wie nichts da war, keine Wärme, keine Weichheit, nichts, nichts …

»Ich liebe dich, Erich!«, schrie sie. »Nun bin ich bei dir, und bleibe bei dir. Immer … immer … immer …« Und dann wurde ihr Körper schlaff, ihr Kopf sank von Schwabes Mund weg und fiel gegen seinen Hals. Sie hing in seinen Armen, ohnmächtig und in der Ohnmacht verzweifelt nach Luft ringend, als ersticke sie.

»Sanitäter!«, brüllte Schwabe. Er trug Ursula zu Braddocks Schreibtisch und legte sie darauf wie auf einen OP-Tisch, mitten auf die Papiere und Akten. Dann rannte er zur Tür und riss sie auf. »Sanitäter!«, schrie er grell. »Hilfe! Hilfe!«

Braddock raste den Flur entlang zum Schulraum. Die beiden MP-Männer folgten ihm. Schwabe kniete schon wieder neben Ursula. Er hatte ihr die Bluse aufgerissen und massierte wie wild ihre kleine Brust, bewegte ihre Arme auf und nieder und rief immer wieder ihren Namen, mit einer kindlich schrillen, in der Angst zerreißenden Stimme.

Major Braddock ergriff Schwabe am Kragen und stieß ihn zur Seite. Er taumelte gegen einen Stuhl, verlor das Gleichgewicht und stürzte zu Boden.

»Sie stirbt!«, schrie er grell.

»Blödsinn!« Braddock legte Ursulas Kopf auf seinen Unterarm. Mit der Linken holte er seine Whiskyflasche, entkorkte sie mit den Zähnen und setzte die Flasche an Ursulas farblose Lippen. Die beiden MP-Männer klopften mit geübten Griffen, als handele es sich um einen bewusstlosen Kameraden, den nackten Oberkörper und massierten den Hals, bis Ursula Schluckbewegungen machte und der scharfe Alkohol in den schlaffen Körper rann.

James Braddock sah zu dem noch immer auf der Erde sitzenden Schwabe. »Tut mir Leid, boy«, sagte er. »Aber nun werden Sie eine betrunkene Frau wiedersehen. Hat auch seine Vorteile, gerade in Ihrem Fall.«

Nach einigen Schlucken kehrte die Farbe in Ursulas Gesicht zurück. Braddock setzte die Flasche ab. Er knöpfte die Bluse über Ursulas Brust wieder zu, hob den schmalen Körper vom Schreibtisch und setzte ihn in den Sessel. Dort schlug Ursula wieder die Augen auf. Sie waren groß und glänzend und kreisten unkontrolliert in den Augenhöhlen.

»Groggy!«, sagte Major Braddock sachverständig. »Hatte sicherlich nichts im Magen. Na, denn los, boys!«

»Wohin?«, fragte Schwabe. Er hielt die schwankende Ursula fest und drückte ihren Kopf gegen seine Brust.

»Das werden Sie sehen. Wir machen eine kleine Fahrt.«

Mit dem Jeep fuhren sie aus Bernegg hinaus, die Hügelstraße entlang. Nach einigen Biegungen sah man auf einer Erhebung ein großes, stolzes Haus stehen, eine Villa im Jugendstil mit einem säulenverzierten Eingang.

»Da ist's!«, sagte Braddock und zeigte auf die Wolfachsche Villa. »Die haben Platz genug.«

Der Jeep ratterte den steilen Weg hinauf und hielt vor der Terrasse. Die dicken, schmiedeeisernen Gittertore vor dem Eingang waren geschlossen. Vor allen Fenstern waren die Jalousien heruntergelassen. Das Haus war verlassen.

»Es geht um Höheres als um Gesetze!«, sagte Braddock. »Macht auf, boys!« Die beiden MP-Männer zerschlugen mit den Kolben ihrer Maschinenpistolen eine der Holzjalousien und das dahinter liegende Fenster. Sie kletterten in die verlassene Villa und öffneten von innen eine der Fenstertüren zur Terrasse. Major Braddock trat ein. Zufrieden sah er sich in dem großen, elegant eingerichteten Salon um.

»Ich wollte euch nur ein Zimmer geben, aber so ist es auch gut! Echte Teppiche, ein Flügel, tiefe Sessel. Ich wette, ihr werdet sogar Daunenbetten finden.« Er klopfte Schwabe auf die Schulter und nickte ihm zu. »Morgen früh um 10 Uhr holen wir dich wieder ab, boy. Nutz die Zeit!«

Er nickte den beiden Riesen zu, und über die Terrasse entfernten sie sich wieder. Kurz darauf hörte Schwabe das Aufheulen des Jeepmotors und das sich entfernende Geräusch der wild mahlenden Räder.

Sie waren allein in einer fremden, gewaltsam aufgebrochenen Villa, ein Kriegsgefangener ohne Gesicht und eine schwankende, betrunkene Frau. Seine Frau.

»Uschi«, sagte er. »Uschi.« Er kniete vor ihr, und sie saß in einem der Kaminsessel und lächelte ihn an.

»Mir ist so komisch, Liebling.« Sie hob die rechte Hand und tippte mit dem Zeigefinger Schwabe auf die verbundene, neue Nasenwurzel. »Ein ganz buntes Gesicht hast du, ganz bunt, wie im Zirkus. Da … das sieht lustig aus.«

»Uschi«, stammelte Schwabe. »Uschi.«

»Uschilein ist müde …«, sagte sie mit einem Schmollmündchen. »Komm … bring Uschilein ins Bett.«

Und Erich Schwabe nahm seine Frau auf die Arme und trug sie durch das fremde Haus, bis er ein Schlafzimmer fand, darin ein Doppelbett mit weichen Daunensteppdecken und weißen Fellen auf dem Boden.

Mit zitternden Fingern entkleidete er Uschi und deckte sie zu. Dann saß er neben ihr und hielt ihre Hände, als müsse er sie in den Schlaf singen.

»Komm, Liebling«, lächelte Ursula und dehnte sich und rückte zur Seite. »Komm zu deinem Uschilein.« Ihre trunkenen Finger glitten über Schwabes Gesicht. »Und nimm die Maske ab, ja? Komm doch!«

»Mein Gott«, stammelte Schwabe. »O hilf, mein Gott.« Er fiel neben Ursula auf das Bett, vergrub das zerstörte Gesicht in die Kissen und weinte und krallte die Hände in das Bett und biss in das Kissen in wilder, zerstörerischer Verzweiflung.

12

In der Nacht wachte Erich Schwabe plötzlich auf durch das Gefühl, es sei Licht im Zimmer. Er hielt die Augen geschlossen, nur durch einen Lidspalt beobachtete er, was um ihn geschah. Ursula hatte die Nachttischlampe angeknipst und sie mit einem Tuch verdunkelt. Sie saß im Bett neben ihm, mit zerwühltem Haar, aber ihre Trunkenheit war verflogen, sie hatte jetzt klare Augen und saß ruhig, ohne zu schwanken, neben Schwabe. Sie hatte die Hände flach auf die Steppdecke gelegt und sah ihren Mann an. Stumm, mit einem starren Blick, der wie festgesaugt war an dem Kreuz und Quer der rosa Leukoplaststreifen.

Schwabe bemühte sich, ruhig und gleichmäßig zu atmen, wie es ein Schlafender tut. Sein Herz begann wild zu zucken, der Hals wurde trocken, und bis in die Zehenspitzen hinein rieselte ein merkwürdiges, unerträgliches Kribbeln. Ruhig, dachte er verzweifelt, ruhig bleiben. Jetzt sieht sie mich richtig, und sie ist allein, sie braucht sich nicht zu verstellen, und niemand redet ihr gütig zu und versucht, mit Worten zu trösten, wo nicht zu trösten ist. Jetzt steht sie vor ihrer Entscheidung, jetzt weiß sie, wie das weitere Leben mit dem Glasergesellen Erich Schwabe aussehen wird, dem Mann, an dem sie nur noch die Augen und die Haare erkennt.

Ursula sah ihn noch immer an, stumm, unbeweglich, wie eine Puppe aus Wachs. Nur das Heben und Senken ihrer kleinen Brust bewies, dass Leben in diesem weißen, nackten Körper war.

Das ist Erich, dachte sie. Mein Mann Erich. Er hat den Krieg überlebt und sein Gesicht dabei geopfert. Und ich habe ihn betrogen, zwei Tage und zwei Nächte lang. Betrogen aus Angst vor der Einsamkeit, aus Verzweiflung, aus Gier nach Wärme und Glück, aus Sehnsucht nach ein wenig Vergessen. Er könnte es nie begreifen, wenn ich es ihm sagte. Sie würden für immer zwischen uns bleiben, diese zwei Tage Selbstbetrug.

Sie zwang sich, sich tiefer über das verbundene und verpflasterte Gesicht zu beugen. Wie es unter den Verbänden aussah, konnte sie ahnen, wenn sie den Mund betrachtete. Wie ein Ungeheuer muss er aussehen, dachte sie und zog die nackten Schultern zusammen. Die Menschen werden zur Seite blicken, ein Kinderschreck wird er werden, ein herumgehender Albtraum: mein Mann Erich Schwabe.

Sie hob die Hand, und ganz sacht, damit er nicht aufwachte, fuhr sie mit den Fingerspitzen über das verbundene Gesicht.

Rund um den Kopf strichen ihre zarten Finger, so wie ein Blinder seine Welt abtastet und damit in seinem Inneren ein Bild seines Lebensraumes schafft.

Als ihre Hand von seinem Kinn abwärts über seine Brust glitt, zuckten Schwabes Hände hoch und hielten Ursulas Finger fest. Wie Eisenklammern legten sie sich um sie. Ursula zuckte mit einem leisen Schrei zurück. Schwabe drehte den Kopf zu ihr, zur abgeschirmten Lampe, in das unbarmherzige Licht.

»Du – du schläfst nicht«, sagte Ursula stockend. »Warum schläfst du nicht, Erich?«

»Wie sehe ich aus, Uschi?«, fragte Schwabe leise. Er blieb flach auf dem Rücken liegen, sah sie mit großen, bettelnden Augen an. Sein Blick glitt über ihren nackten, jungmädchenhaften Körper, über ihr schmales, süßes Gesicht, über die wilden blonden Locken. Bitte, bitte, sag etwas Liebes, flehte er stumm. Sag, dass du mich liebst. Es ist das Ende, wenn du mich wegstößt, das Ende.

»Wie sollst du aussehen, Erich?« Sie lächelte, und wenn es auch ein krampfhaftes Verzerren des kleinen Gesichtes war – es war ein Lächeln. Es war wie eine Sonne, eine herrliche, die Seele wärmende Sonne, ein Aufreißen des Himmels …

»Ich bin über eine Mine gefahren. Und in meinem Gesicht bleibt vieles zurück, nicht nur Narben. Ich werde einmal ganz anders aussehen. Ganz fremd. Begreifst du das, Uschi? Nur den Namen habe ich noch behalten.«

Sie schüttelte die Haare aus dem Gesicht und beugte sich über seinen Kopf. »Das ist nicht wahr«, sagte sie leise. »Die Augen sind noch von Erich Schwabe, und die Haare sind von Erich Schwabe, und die Brust und der Bauch, und die Schenkel und die Hände – es ist ja noch alles da von Erich Schwabe. Nur ein kleiner Teil ist anders geworden, ein bisschen von dem ganzen Erich Schwabe. Soviel ist ja noch da von ihm. Und sein Herz ist da – ich höre es ja, ich spüre es klopfen.« Sie legte den Kopf auf seine Brust und küsste die Herzgegend, schlang die Arme um ihn und presste ihren kleinen, kalten Körper an ihn. »Es hat sich doch gar nichts geändert. Du bist doch da – du, mein Mann.«

»Ursula«, stammelte Schwabe mit erstickender Stimme. »Ursula, du weißt nicht, was du sagst.«

»Ich weiß, dass ich dich liebe, Erich.«

»Ursula!« Es war ein Schrei. Ihr Kopf auf seiner Brust zuckte zusammen, aber sie blieb liegen, und ihr nackter Körper drängte sich enger an ihn. Seine Hände umfassten sie, glitten über ihren Rücken, tasteten über die Schulter, über ihre kleinen Brüste, über die glatte, weiße, unter einem zarten Haarflaum schimmernde Haut.

Mit der linken Hand warf er ein Kissen gegen die Lampe. Sie fiel vom Nachttisch, zerklirrte auf dem Boden, und die Nacht stand wieder im Zimmer.

»Als wärest du nie weggewesen«, flüsterte sie. »Auch in der Hochzeitsnacht hast du die Lampen zertrümmert, weißt du noch?«

Pünktlich um 10 Uhr vormittags ratterte der Jeep mit Major Braddock und den beiden MP-Riesen den Hügel hinauf zur verlassenen Wolfach-Villa. Braddock fuhr wieder um das Haus herum zur Terrasse und stieg langsam und allein die wenigen Stufen vom Park hinauf.

Erich Schwabe und Ursula saßen glücklich, Hand in Hand, auf dem Sofa vor dem Kamin, als Braddock in den Salon trat. Sie hatten das Geschenk gefunden, das Braddock am Abend hatte liegen gelassen: zwei große amerikanische Frühstückspäckchen. Ein Festmahl für zwei hungernde Menschen.

»Good morning!«, rief James Braddock und blieb in der Fenstertür stehen. »Wieder klar, Mrs. Schwabe?«

»Es ist alles klar«, sagte Schwabe. Seine großen, blauen Augen glänzten voll Seligkeit. »Ich werde Ihnen das nie vergessen, Major.«

»Machen Sie keine großen Worte!« Braddock trat ein und schloss die Fenstertür hinter sich. »Was ich gestern getan habe, kann mich ein Disziplinarstrafverfahren kosten. Das wissen Sie! Ich nehme an, dass Sie alles, was geschehen ist, nur geträumt haben! Sie waren unten in Bernegg, ich habe Ihnen Ihre Frau gezeigt, sie durften zehn Minuten mit ihr sprechen, eine Ausnahme, nur, weil Sie Gesichtsverletzter sind – und dann haben Sie in einem Klassenzimmer übernachtet, weil es mir zu lästig war, Sie noch in der Dunkelheit aufs Schloss zu fahren.«

Schwabe und Ursula erhoben sich. Sie legte den Arm um ihn und lehnte den Kopf an seine Schulter. »So war es genau, Herr Major«, sagte Schwabe. »Nicht anders.«

James Braddock zeigte auf die Reste des Frühstücks. »Packen Sie das zusammen. Wir verlieren es auf dem Wege nach Bernegg. Und nun sagt euch auf Wiedersehen. Noch weiß keiner, wann die deutschen POWs entlassen werden. Es kann lange dauern. Diese Nacht muss vielleicht für ein Jahr dauern.«

»Sie reicht für das ganze weitere Leben, Herr Major«, sagte Schwabe. »Ich bin wieder ein Mensch.«

»Na, dann kommen Sie – Sie Mensch …« Braddock lächelte.

In schneller Fahrt ratterten sie zurück nach Bernegg. Braddock und Ursula stiegen auf dem Schulhof aus, Schwabe blieb im Jeep sitzen, man wollte ihn sofort wieder ins Lazarett aufs Schloss bringen.

»Mach's gut, Uschilein«, sagte er, und keine Trauer war mehr in seiner Stimme, kein Abschiedsschmerz, nicht ein Funken Angst vor der Zukunft. »Und grüß Mutter. Erzähl ihr alles, hörst du? Nun bin ich bald zu Haus.«

Ursula nickte. Auch sie weinte nicht. Sie war glücklich, unendlich glücklich. Nun ist alles wieder gut, dachte sie. Nun ist alles überwunden. Ich habe keine Angst mehr, ich bin nicht mehr allein. Ich habe Erich wieder, und ich liebe ihn, liebe ihn noch mehr als früher. Wir brauchen uns gegenseitig, und darum kann uns nichts, nichts trennen.

»Schreib mir, Erich!«, rief sie, als der Jeepmotor wieder aufheulte. »Schreib mir jeden Tag. Und bleib gesund, hörst du. Und komm bald. Ich liebe dich.«

Ohne Formalitäten setzten die MP-Männer Erich Schwabe vor der Hauptwache ab, fuhren zurück nach Bernegg. Am Fenster der Stube 14 stand Walter Hertz, und als er Schwabe durch das Tor kommen sah in den Vorgarten, winkte er mit beiden Armen und rief in das Zimmer hinein: »Er kommt!«

»Sieht zehn Jahre jünger aus!«, sagte der Berliner, als Schwabe in der Stube stand und seinen Rock auszog. »Wat det ausmacht, Kinder!«

»Und träumen wird a!«, rief der Wastl. »A Gaudi wird's, wenn wir ihn im Schlaf ausfragen!«

»Lass die blöden Hunde quatschen!«, sagte Fritz Adam. »Und behalt's für dich. Das kann dir niemand nehmen.«

Walter Hertz nahm Schwabe zur Seite. Die Augen in seinem schiefen Gesicht waren voller Erwartung.

»Hast du was gehört von Petra, Kumpel?«

»Petra, nee.«

»Petra Wolfach. Kann ja sein, dass irgendwo der Name gefallen ist. Hast du nichts gehört?«

»Nein.« Erich Schwabe schüttelte den Kopf. »Ich hätte fragen können, ich weiß, Walter. Aber ich habe nicht daran gedacht. Ich habe nur meine Frau gesehen. Es war so kurz. Du musst das verstehen, Junge. Ich habe an nichts anderes gedacht.«

»Schon gut, Erich.« Walter Hertz nickte ein paar Mal. »Wenn sie noch in Bernegg wäre – bestimmt hätte sie etwas von sich hören lassen. Ganz bestimmt.«

»Das glaube ich auch.«

Gegen Mittag kam Dr. Mainetti zur Visite. Sie gab Schwabe die Hand, aber sie fragte nichts. Sie sah seine glänzenden Augen und nickte ihm zu. »Übermorgen machen wir einen wunderschönen Rolllappen für die neue Nase«, sagte sie. »Hier von der Brust, entlang des Sternums nehmen wir ihn.« Sie tippte Schwabe auf die Brust. »Da Sie keine Frau sind, macht so eine Narbe auf der Brust ja nichts aus ...«

»Das kann man nie sagen«, antwortete Schwabe fröhlich. »Da legt Uschi oft ihren Kopf drauf.«

Lisa Mainetti lachte. »Ihnen geht es gut, was?«, sagte sie, und die Freude machte auch sie glücklich. Er hat es geschafft, dachte sie. Er hat das innere Grauen überwunden. »Dann muss sich Ihre Uschi eben auf die linke Brustseite legen. Platz genug ist immer noch da.«

»Jawoll, Frau Doktor!«, rief er.

Es war ihm, als sei die ganze Welt auf Hochglanz poliert.

Mitte September fuhr Major James Braddock wieder einmal vor dem Schloss vor. Er kam fast jede Woche, um zu kontrollieren, ob alles vorhanden sei und keine Klagen vorlägen, denn die Besatzungstruppen hatten Verwaltung und Versorgung der Lazarette voll übernommen.

Der Besuch an diesem Septembertag aber war außerplanmäßig und streng dienstlich. Zwei Jeeps mit MP begleiteten Braddock, und diese stämmigen Burschen mit den weißen Helmen nahmen Posten im Flur vor dem Chefarztzimmer, als Braddock den Block B betrat.

Dr. Mainetti, die aus dem Chefzimmer wollte, um dem Major

entgegenzugehen, wurde mit dem Lauf einer Maschinenpistole zurückgehalten.

»No!«, sagte der Posten hart.

»Sind Ihre Leute verrückt geworden, Major?«, rief Lisa Braddock entgegen, der den Flur entlang kam. »Geht der Krieg weiter?«

»Er ist gar nicht zu Ende gegangen, Miss Mainetti!«, sagte Braddock knapp.

Er trat an Dr. Mainetti vorbei ins Chefzimmer, winkte, die Tür zu schließen, und sah Professor Rusch ernst an, der einige Röntgenplatten aus der Hand legte und sich erhob.

»So ernst, Major?«, fragte er. »Wer ist Ihnen über die Leber gelaufen?«

»Sie, Professor!«

Dr. Mainetti schüttelte den Kopf. »Ich weiß nicht, Walter, was plötzlich los ist.«

»Wir haben ihn verhaftet, Professor«, sagte Braddock laut. »Er hielt sich in Frankfurt auf. Peter Weller nannte er sich jetzt. Er hatte sogar einen Pass auf diesen Namen. Aber nach sechs Stunden Verhör gab er es zu.«

»Wer?«, fragten Rusch und Lisa fast gleichzeitig.

»Dr. Urban!« Braddock sah von Dr. Mainetti zu dem Chefarzt. »Er wurde erwischt, als er aus der US-Heeresapotheke Morphin stehlen wollte.«

»Kein Irrtum. Er ist es!«, sagte Lisa hart.

»Natürlich ist er es!« James Braddock wandte sich wieder Professor Rusch zu. »Und der Junge hat ausgepackt! Warum haben Sie mir verschwiegen, Professor, dass Sie ein alter Parteigenosse sind?«

Rusch sah verblüfft Lisa Mainetti an. »Was soll ich sein? Ein alter Pg? Ausgerechnet ich?«

»Sie haben sogar das Goldene Parteiabzeichen! Als Spezialist für Gesichtsverstümmelungen waren Sie Mitglied einer Kommission, die unheilbare Fälle für die Euthanasie vorschlug.«

»Aber das ist doch Wahnsinn!«, rief Lisa Mainetti. »Wer hat diesen Irrsinn erzählt?«

Major Braddock winkte ab. »Es ist uns bekannt, dass Sie, Professor Rusch, viermal bei der Dienststelle v. Unruh angerufen und um eine Auskämmkommission gebeten haben. Gott sei Dank ohne Erfolg!«

»Die sind wirklich verrückt, Walter!«, sagte Dr. Mainetti. »Gerade du, der sich gegen Oberst Mayrat stemmte, der …«

Major Braddock hob die Schultern. »Die Beschuldigungen sind in den Akten! Wir haben die Pflicht, sie nachzuprüfen. Ich muss Sie bitten mitzukommen, Professor!«

»Verhaftet?«, fragte Rusch leise. Sein Gesicht war fahl.

»Wieso? Sie sind Kriegsgefangener. Sie werden nur verlegt! In ein Lager, wo man Sie verhören muss und die Wahrheit feststellen wird.«

»Ich kann die Wahrheit beschwören, Major!«, rief Lisa Mainetti. »Alles ist eine Lüge, ist haltloser Blödsinn! Kein Mann hat so für seine Verwundeten gesorgt wie Professor Rusch. Wie seine Söhne hat er sie geliebt und …«

Braddock wedelte mit beiden Händen durch die Luft. »Keine romantischen Erzählungen, Miss Mainetti. Wir drehen keinen Hollywoodfilm, sondern es geht um Verbrechen gegen die Menschlichkeit …«

»Professor Rusch – und Verbrechen gegen die Menschlichkeit? Müssen Sie nicht selbst darüber lachen, Major?«

»Nicht mehr! Es liegen konkrete Aussagen und Angaben vor.«

»Von wem denn, um Himmels willen!«, rief Rusch.

»Von Dr. Urban.«

Lisa und Rusch sahen sich lange an. Sie wussten in diesem Augenblick, dass jedes weitere Wort umsonst gesprochen wäre. Nur eine gründliche Rehabilitierung konnte die Unschuld Ruschs ergeben. Aber diese Rehabilitierung konnte Monate dauern.

»So ein verdammtes Schwein!«, sagte Lisa leise.

»Das ist er!« Major Braddock winkte Rusch, sich für das Mitkommen fertig zu machen. »Es ändert aber nichts, dass wir alles nachprüfen müssen. Wir haben unsere Befehle.«

»Natürlich, natürlich.« Professor Rusch zog seinen weißen Arztkittel aus. Er nahm seinen Offiziersrock mit dem leuchtenden POW auf dem Rücken, warf ihn über, und Lisa knöpfte ihn mit zitternden Fingern zu. »Was muss ich mitnehmen, Major!«

»Das Nötigste. Was man so braucht.«

»Wie lange wird es dauern?«

Braddock hob die Schultern. »Wir haben einige tausend Fälle nachzuprüfen. Vielleicht ein Jahr.«

»Ein Jahr?«, stammelte Lisa Mainetti.

»Auch das wird vorbeigehen.« Rusch zögerte. Dann nahm er Lisas Gesicht zwischen seine Hände und küsste sie innig.

»Ich warte auf dich, Walter«, flüsterte sie. »Es ist mir jetzt, als habe ich auf dich mein ganzes bisheriges Leben gewartet. Pass auf dich auf, ja? Und komm gesund zurück!«

Braddock drehte sich wieder um. »Er wird nach Darmstadt kommen«, sagte er. »Beste Nazigesellschaft! Jeden Tag müssen wir die politischen Camps vergrößern.«

Rusch packte einen kleinen Koffer. Noch einmal küsste er Lisa Mainetti, dann riss er sich los aus ihren umklammernden Armen und ging Major Braddock nach, der schon über den Flur stampfte. Drei riesige MP-Männer folgten Rusch, die Maschinenpistole im Anschlag.

Aus den Türen der Krankenzimmer sahen die Gesichtsverletzten und starrten dem seltsamen Zug nach. In der OP-Tür standen die Ärzte und Schwestern, der Famulus Baumann und die Oberschwester. »Das ist doch ein idiotischer Irrtum!«, rief Dr. Vohrer.

»Auf Wiedersehen, Jungs!«, rief Professor Rusch mit bebender Stimme. »Auf Wiedersehen. Ich komme ja zurück.«

»Wenn jetzt och noch die Amis verrückt werd'n – wat bleibt denn da von der Welt noch übrich?«, schrie der Berliner.

Major Braddok senkte den Kopf. Wie ein wütender Stier rannte er aus dem Lazarett. Professor Rusch stieg in den zweiten Jeep, zwei Maschinenpistolenläufe in seinem Rücken. Er sah sich nicht einmal um, als er in rasender Fahrt abfuhr. Er hielt seinen Kopf sehr gerade, und seine weißen Haare flatterten wild im Wind.

Das Lazarett war verwaist. Allen kam es so vor, auch wenn Dr. Mainetti nun die ärztliche Leitung übernahm und zusammen mit dem amerikanischen Arzt Dr. Red Stenton, diesem stillen, wortkargen Chirurgen aus New Orleans, die laufenden Operationen durchführte. Er war ein guter Allgemeinchirurg, aber von der Wiederherstellung eines Gesichtes verstand er wenig. Er legte die Rolllappen an und meißelte die Knochenspäne aus den Schienbeinen, aber die eigentliche Formung des Gesichtes, diese Feinarbeit mit unendlichem Fingerspitzengefühl, machte Dr. Mainetti allein und ließ Dr. Stenton nur assistieren.

James Braddock kam jetzt dreimal wöchentlich. Er saß im Chefzimmer herum und starrte gegen die Wände, trank seinen

Whisky und kaute seinen Gummi und kam sich ungerecht behandelt vor, weil ihn Lisa nie ansprach, ja nicht einmal beachtete. Ob er im Zimmer saß oder nicht – Braddock hatte das Gefühl, dass er überhaupt nicht vorhanden war.

Mitte September kam wieder ein Sack voll Post nach Bernegg. Famulus Baumann verteilte sie unter Bewachung von Leutnant Potkins. Die gesamte Stube B 14 war diesmal dabei. Der Wastl bekam einen Brief aus Berchtesgaden, Ursula Schwabe hatte geschrieben, eine Tante von Fritz Adam, die Mutter von Kaspar Bloch aus Flensburg. Und dann rief Baumann die Namen von zwei Menschen auf, für die ein Brief, ein dünnes, fleckiges Kuvert mit vielen Leitvermerken, eine Seligkeit, ein Taumel des Glückes bedeutete:

Paul Zwerch, der Berliner, hielt seinen Brief in der Hand, und er heulte und zeigte Baumann den Absender und begriff es nicht.

»Meine Mutter, Junge, meine Mutter. In Braunschweig is es jetzt. Raus aus Berlin. Keen Russe kann ihr wat wollen. Se lebt – Baumann, du stures Rindvieh – se lebt!«

Der zweite Glückliche war Walter Hertz. Petra hatte geschrieben. Ein schmales, rosa Kuvert hielt er in den Fingern und las immer wieder seinen Namen, den ihre Hand geschrieben hatte. Woher der Brief kam, wusste er noch gar nicht, was in ihm stand, hatte er noch nicht gelesen. Es war ein Brief von ihr – nach den langen Monaten verzehrenden Wartens. »Sie hat mich nicht vergessen«, stotterte er, und sein schiefes Gesicht wurde noch formloser. »Ich habe es gewusst, Jungs, ich habe es gefühlt, sie denkt an mich!«

Dann war Ruhe in der Stube. Die sechs saßen auf ihren Betten und lasen ihre Briefe. Erich Schwabe wischte sich immer wieder über die Augen und zerwühlte sich mit der linken Hand die Haare. »Das – das sollte nicht sein«, sagte er. »Meine arme Uschi.« Er ließ den Brief auf das Bett flattern und stierte vor sich auf das Kissen. »Was mach ich denn jetzt?«, dachte er laut. »Was kann ich denn jetzt bloß machen?«

Fritz Adam, auf dem Nebentisch, beugte sich herüber. »Was ist denn wieder los, Erich?«, fragte er leise.

»Uschi bekommt ein Kind!«

»Mensch freu dich doch! Nun ist doch überhaupt alles kein Problem mehr.«

Schwabe schüttelte langsam den Kopf. »Wer sorgt denn für sie, gerade jetzt, in diesem Zustand. Sie haben doch nichts zu essen, Fritz. Wenn ich jetzt zu Hause wäre, ja, da wäre das anders. Als Glaser kann ich arbeiten, kann ich tauschen, kann ich hintenherum was kriegen. Und nun sitze ich hier. Nicht mal bei der Geburt bin ich dabei. Wir haben uns immer so sehr auf das erste Kind gefreut, Fritz.«

Der Wastl, auf seinem Bett, räusperte sich laut. »Flüchtlinge aus Dresden hab' ich kriagt«, sagte er. »An Professor der Zoologie. Jetzt will der mei Hühner kreuzen und veredeln! Aba vun an Neger schreibt's nix, die Resi. Sakrament!«

»Sie ist in Mannheim. Ganz allein ist sie da«, sagte Walter Hertz. »Ihr Vater ist in München. In einer Kantine der US-Air Force arbeitet sie. Wenn's geht, will sie mir ein Paket schicken.«

»Mein Vater liegt in Münster im Lazarett. Kurz vor Kriegsende ist er noch verwundet worden, am Bein.« Kaspar Bloch sah sich um. Überall blickten ihn glückliche Augen an. »Aber er lebt, das ist die Hauptsache.«

»Mir is, als ob ick Weihnachten hätte«, sagte der Berliner leise. »Und ich hab' 'n Stück von'n Engelflüjeln erwischt!«

In ihrem Zimmer saß Lisa Mainetti ebenfalls in einen Brief versunken und durch das Fenster in die Weite des Landes blickend. Professor Rusch hatte geschrieben. Aus dem Lager Darmstadt. Man hatte ihn mit Dr. Urban zusammengeführt und die beiden Männer einander gegenübergestellt. Und Dr. Urban hatte alles, was er gegen Rusch vorbrachte, alle Lügen, beschworen. »Meine Lage ist nicht rosig«, schrieb Rusch ehrlich. »Man wird natürlich alles nachprüfen. Aber wenn die Akten verbrannt oder vernichtet sind, wenn es keine Gegenbeweise gegen diesen gemeinen Eid gibt, kann ich einer der Letzten sein, der Darmstadt verlässt.«

Lisa Mainetti faltete den Brief zusammen. Natürlich, dachte sie. Urban beschwört alles. Er hat nichts mehr zu verlieren. Was macht ihm noch ein Meineid aus? Jetzt kann er die Rache nehmen, die ich ihm immer aus den Händen schlagen konnte. Und was die Nazis nicht konnten, unternehmen jetzt die Amerikaner – die Vernichtung eines Mannes, der nur die Wahrheit denkt. Zu späten Handlangern Hitlers werden sie. Und sie ahnen es nicht!

Sie ging hinüber zum Chefzimmer und rief Major Braddock

an. Er war sofort am Apparat, als habe er schon auf den Anruf gewartet.

»Professor Rusch hat geschrieben«, sagte sie. Braddocks Stimme war gleichgültig.

»Ich weiß. Ich habe mir erlaubt, gerade diesen Brief zu öffnen.«

»Natürlich. Sie sind ja auch der Sieger!«, sagte Lisa giftig.

»Professor Rusch wird nicht lange in Darmstadt bleiben«, sagte Braddock. »Diese Stelle seines Briefes ist ein Fehlgedanke.«

In Lisas Brust zuckte es schmerzhaft. »Woher – woher wollen Sie das wissen, Major?«, fragte sie atemlos.

»Aus einigen Berichten, Madam! Kennen Sie Wernher von Braun?«

»Nie gehört.«

»Ein Genie. Er konstruierte für die Deutschen die V 1 und die V 2 mit. Ein Fachmann für Raketen und Weltraumträume. Er ist auf dem Wege nach den USA! Er wird bei uns arbeiten, für uns. Mit Möglichkeiten, die er sich nie hat träumen lassen in seinem kleinen Peenemünde.«

»Was hat das mit Professor Rusch zu tun?«

»Professor Rusch steht als Fachmann für Gesichtsplastiken auf ebenso einsamer Höhe wie dieser Wernher v. Braun auf dem Gebiet der Raketentechnik. Es wäre nur logisch, wenn mein Land auch diesen Fachmann gebrauchen könnte.«

»Das sind Fantastereien, Major Braddock!«

»Ich habe es schon kurz nach dem Einmarsch angedeutet, erinnern Sie sich?«

Lisa nickte stumm. Natürlich erinnerte sie sich an dieses Gespräch. Rusch hatte schon damals an diese Möglichkeit geglaubt und wollte zusagen, wenn sie ihn nicht heiraten würde. Nun war alles verändert, Rusch würde Deutschland nie verlassen.

»Er wird ein Angebot nicht annehmen«, sagte Lisa fest.

»Dann wäre er ein dummer Mensch, Miss Doktor! Warum sollte er es nicht?«

»Er weiß, dass er hier gebraucht wird! Wir haben den Krieg verloren, jawohl. Aber es wird auch wieder einen Aufbau geben. Man kann ein 70-Millionen-Volk nicht von der Landkarte löschen. Und darum müssen Männer hier bleiben, die dem blutenden Volke wieder die Wunden verbinden.«

»Dieser verdammte deutsche Nationalismus!«, schrie Braddock. Dann klirrte es in der Leitung. Es war, als ob Braddock das Telefon vom Tisch geschlagen hätte.

Karlheinz Petsch, der Maurer und ehemalige Fliegerfeldwebel, hatte sich einen Keller in der neubenannten Rathenaustraße fast feudal ausgebaut. Er hauste dort wie ein kleiner Fürst, beneidet und umschmeichelt von allen, von den Frauen versteckt oder offen mit Angeboten überhäuft, die er je nach Laune wie auf einem orientalischen Markt aushandelte: Ein Pfund Speck hat den Wert von zwei Nächten, zwei Koteletts bedeuten zwei Stunden und zwei Pfund Hülsenfrüchte – na ja, man ist ja nicht kleinlich.

An Ursula Schwabe trat er mit solchen Angeboten nicht heran. Im Gegenteil, aus einer unerklärlichen Dankbarkeit und fast hündischen Anhänglichkeit heraus schaffte er alles heran, was Frau Schwabe und Ursula brauchten. In seiner Freizeit saß er in den Trümmern des Hauses Nr. 4 und klopfte Steine, schichtete Balken und Bretter und planierte die Kellerdecke, um Platz für das Aufsetzen der neuen Wohnungswände zu bekommen.

»Er soll gehen!«, hatte Ursula in den ersten Tagen nach ihrer Rückkehr aus Bernegg geschrien. »Ich will ihn nicht sehen. Warum jagst du ihn nicht fort?«

Frau Schwabe hatte die Schultern gehoben. Sie war dünn und eingefallen und ging neuerdings etwas nach vorn gebeugt. Sie hungerte, man sah es ihr an, und sie hatte fast alle ihre Kraft verbraucht in den Monaten vor dem Einmarsch der Amerikaner in Köln und bis zum Waffenstillstand. Nun war sie nur noch eine alte, gebeugte Frau, die Hunger hatte. Er hatte ihren eisernen Willen zerfressen, ihre Vitalität, ihre mütterliche Autorität. Es war ein körperlicher Zusammenbruch, von dem es kein Aufrichten mehr gab.

»Ich kann ihm nicht verbieten, nebenan zu wohnen«, sagte sie schwach. »Und wenn er die Steine abklopft – lass ihn doch!«

»Du weißt, warum er es tut!«, rief Ursula verzweifelt.

»Wir haben uns gegenseitig versprochen, nie mehr darüber zu reden«, sagte Frau Schwabe ernst. »Erich wird es nie erfahren.«

»Ich werde es ihm erzählen, wenn er wieder zu Hause ist.«

»Aber warum denn?«

»Ich will nicht mit dieser Lüge im Herzen mit ihm weiterleben. Und darum muss dieser Petsch weg. Ich will ihn nicht mehr sehen, ich will an nichts, an gar nichts mehr erinnert werden.«

Frau Schwabe hob hilflos die Arme. »Wir können ihm nur verbieten, nicht mehr in unser Haus zu kommen.«

Drei Tage nach diesem Gespräch ging Ursula zu Karlheinz Petsch hinaus in die Trümmer. Er saß wieder in den Ruinen des Schwabschen Hauses, klopfte Ziegelsteine sauber und stapelte sie. Es war ein heißer Abend, staubig und windstill, und Petsch saß zwischen den zerborstenen Mauern mit nacktem Oberkörper, eine alte Feldmütze über den verschwitzten Haaren, zwischen den Zähnen eine dicke Pfeife, in der er besten amerikanischen goldgelben Tabak rauchte.

»Na, Mädchen?«, sagte er und reckte den muskulösen Oberkörper. »Das ist nett, dass du mich noch kennst.«

»In drei Monaten etwa wird Erich zurückkommen!«, log Ursula.

Karlheinz Petsch legte seinen Hammer und den Flachmeißel hin. »Du liebst deinen Mann, ich weiß es, Uschi. Was zwischen uns war – Schwamm darüber. Ist ja auch lange her. Aber ich spreche auch nicht mehr darüber. Heute zum letzten Mal, Ehrenwort! Aber ich weiß, dass es nicht gut gehen wird, Uschi, nicht auf die Dauer. Jetzt hast du noch Mitleid mit dem Erich, und du redest dir ein, dass du ihn mehr liebst als früher – ja, wink nicht ab, lass mich weitersprechen. Diese ganze große Liebe, die du jetzt spürst, ist nur Mitleid, nur Selbstbetrug, ist wie eine Morphiumspritze, die du täglich nimmst, um dir was vorgaukeln zu lassen. Aber wenn der Erich zu Hause ist und wenn du täglich, stündlich, jede Minute um ihn bist, und wenn die andern weggucken, wenn er kommt, und die Kinder ihm nachlaufen – und Kinder sind so grausam, Uschi –, das ist wie ein steter Tropfen, Uschi, das höhlt dich aus. Und eines Tages bist du fix und fertig und kannst nicht mehr.« Petsch sah sie groß an. »Darauf warte ich. Auf diesen Tag, dann nehm ich dich zu mir, damit du nicht völlig zusammenklappst.«

»Such dir eine andere Frau!«, schrie Ursula wild. »Du hast ja Auswahl genug. Sie laufen dir ja den Keller ein.«

Petsch schüttelte langsam den Kopf. »Das sind Weiber«, sagte er mit tiefer Verachtung in der Stimme. »So etwas wirft man weg wie einen faulen Apfel, von dem man ein Stückchen abgebissen hat. Aber dich liebe ich, Uschi. Ich kann nun mal nichts dafür. Und wenn ich mich geirrt habe, dann habe ich eben Pech gehabt!«

»Du hast dich geirrt! Ich kann es dir schon jetzt sagen. Du brauchst nicht zu warten. Ich liebe Erich, und ich bleibe bei ihm – ganz gleich, was noch kommt!«, rief Ursula.

Karlheinz Petsch drückte bedächtig den Daumen auf die heiße Asche in seiner Pfeife und presste den brennenden Tabak etwas zusammen. Dabei sah er von unten her Ursula nachdenklich und fast mitleidig an.

»Du weißt gar nicht, was kommt, nicht wahr?«, sagte er langsam. »Du hast dir gar keine Gedanken darüber gemacht, was? Der Erich kommt nach Hause, und alles ist wieder gut. Mädchen, wenn das so einfach wäre. Das ist ganz anders! Das fängt schon damit an, dass wir den Krieg verloren haben. Solange Krieg war, und erst recht, wenn wir den Krieg gewonnen hätten, war es mit dem Erich eine sichere Sache. Er bliebe im Lazarett, er würde operiert, neue Backen und was weiß ich, was ihm alles fehlt. Und wenn er dann wieder leidlich vernünftig ausgesehen hätte, hätte man ihn entlassen und gesagt: ›Nun mach deine Arbeit weiter, Erich Schwabe.‹ Aber das ist doch alles vorbei, Mädchen! Jetzt wird er aus dem Lazarett rausgeworfen, sobald er wieder essen kann – meinetwegen macht man ihm auch noch die Nase. Aber dann ist Schluss! Wie kommen die Amis dazu, dem Erich Schwabe jahrelange kosmetische Operationen zu bezahlen? Er wird als normaler Kriegsgefangener eines Tages – vielleicht schon vorzeitig – entlassen, und dann ist er da! Ohne Gesicht! Essen kann er, sich die Nase putzen kann er auch wieder – und das ist alles! Kein Schwein wird sich um ihn kümmern, denn er ist ja – wie's so schön heißt – funktionsfähig! Und 'ne Rente wird man ihm in die Hand drücken, für die er sechs Ami-Zigaretten kaufen kann. Und jede Operation an seinem Gesicht, jede Narbe, die er wegnehmen lässt, jede neue Verpflanzung, einfach alles, was über dem ›funktionsfähig‹ liegt, muss er aus eigener Tasche bezahlen. Das kostet Tausende – und hat er die, Mädchen? Was ist also los, wenn der Erich kommt? Er wird jahrelang ohne Gesicht rumlaufen, denn dafür bekommt er ja seine Rente. Und keiner, keiner wird sich um ihn kümmern.«

Ursula biss die Lippen zusammen. Sie starrte Karlheinz Petsch stumm an, wandte sich dann um und rannte durch die Ruinen davon.

Sie wusste, dass er Recht hatte, und dieses Wissen war so grausam, dass sie vor sich selbst flüchten wollte und vor der unterdrückten Frage: Kann ich das wirklich aushalten – ein ganzes Leben lang?

Als er hörte, dass sie ein Kind bekam, hob Karlheinz Petsch nur die Schultern.

»Ich habe das erwartet, Mädchen«, sagte Petsch. »Aber das ändert nichts. Ich nehme das Kind auch mit zu mir.«

»Jetzt kann mich überhaupt nichts mehr von Erich trennen!«, rief Ursula.

»Du kennst die Menschen nicht, Uschi. Im Augenblick bist du noch die kleine, arme Frau, deren Mann schwer verwundet in Gefangenschaft ist. Aber wenn er zurückkommt, ändert sich das.«

»Was soll sich ändern?«

»Alles, Mädchen. Dann ist das Mitleid weg! Dann heißt es nicht: Die arme Frau muss mit solch einem Krüppel leben. Nein, es wird heißen: Die Schwabe ist verrückt! Ist noch so jung und könnte was aus sich machen! Wenn so eine Verstümmelung kein Scheidungsgrund ist – das wird man sagen!«

»Du bist ein Menschenverächter, weiter nichts!«, sagte Ursula gepresst.

Karlheinz Petsch nickte. »Warte es ab«, sagte er. »Man kann gar nicht so schlecht denken, wie der Mensch ist. Und am schlimmsten ist der satte Mensch! Warte es nur ab.« Er legte seine Hand auf Ursulas Arm, aber sie schüttelte ihn ab, als ekle sie die Berührung. »Darum bleibe ich auch in deiner Nähe«, sagte Petsch leise. »Du bist mir zu schade, um in dieser Mühle zermahlen zu werden.«

Zwei Besucher standen in der großen Halle der Wolfach-Villa auf dem Hügel, in die Major James Braddock als Kommandant des Gebiets Bernegg gezogen war. Offiziere des Sicherheitsdienstes hatten das Haus vor einigen Tagen vom Keller bis zum Dach untersucht und alle vorhandenen Papiere mitgenommen. Braddock erfuhr, dass der Besitzer der Villa, der Fabrikant Hubert Wolfach, auf einer Liste der Kriegsverbrecher stand. Er hatte mit seinen Werken geholfen, den Krieg zu verlängern, hatte Bombenzünder und Granatzünder hergestellt.

Der eine der beiden Besucher, die heute hier warteten, war ein alter, weißhaariger Mann in einem geflickten, schmutzigen Anzug, der um den ausgemergelten Körper schlotterte. Nun setzte sich der alte Mann in einen der Gobelinsessel, bewunderte die Gemälde, die an den Wänden in schweren Goldrahmen hingen und registrierte vor sich hinlächelnd den starken Kontrast zwischen alten Meistern und vier uniformierten Negern, die gummikauend um einen runden Tisch in der Halle saßen und Karten spielten.

Der zweite Besucher saß zusammengedrückt und ängstlich in einem anderen Sessel. Es war ein Mädchen. Es sah nicht so verhungert wie der alte Mann aus, aber in ihrem blassen Gesichtchen spiegelte sich eine große innere Not. Das Mädchen sah die alten Meister an den Wänden nicht einmal flüchtig an, es kannte das alles. Es war hier zu Hause.

In der Tür zum Herrenzimmer erschien jetzt ein Sergeant. Er winkte dem Mädchen zu und stieß den Daumen über seine Schulter in Richtung des Raumes. »Please!«, rief er.

Das Mädchen stand auf und ging an dem Sergeanten vorbei in das Herrenzimmer des Fabrikanten Wolfach. Es war ein großer Raum mit schweren Möbeln im Renaissancestil, einem echten Täbristeppich und einem mittelalterlichen Globus, der in einer geschnitzten Holzwanne lag und sich in einem bronzenen Radius drehte. Zwei große Fenstertüren führten hinaus in den herbstlichen Park.

Major James Braddock saß hinter dem Schreibtisch mit den mächtigen Löwenfüßen und aß ein braun gebranntes, kaltes Hühnerschenkelchen. Mit dem Knochen winkte er dem Mädchen zu und zeigte auf den Lederstuhl vor dem Tisch.

»Setzen Sie sich. Was wollen Sie? Eine Beschwerde über einen meiner Leute? Aussichtslos, mein Fräulein. Ich weiß, dass ihr viel zu entgegenkommend seid, als dass man noch von Nötigung reden könnte! Seid weniger wild auf Schokolade und Zigaretten, dann passiert euch auch nichts.« Braddock legte den Hühnerknochen in den Alabasteraschenbecher. »Noch etwas?«

»Ja«, sagte das Mädchen. »Ich bin Petra Wolfach.«

13

Major Braddock blies die Flamme des Streichholzes aus, bevor er seine Zigarette angezündet hatte.

»Wolfach?«, fragte Braddock gedehnt. »Hier – dieser Fabrikant Wolfach?«

»Ja. Es ist unser Haus, in dem Sie jetzt wohnen. Ich bin seine Tochter.«

Major Braddock kratzte sich die Stirn. »Und warum sind Sie zurückgekommen? Das Haus ist beschlagnahmt. Ihr Vater ist ein Kriegsverbrecher!«

»Man sagt es.«

»Was heißt: Man sagt es? Er ist es! Dass er geflüchtet ist, beweist, dass er von seiner Schuld überzeugt ist.« Braddock beugte sich vor und sah Petra fordernd an. »Wo ist er denn?«

»Sie erwarten doch nicht, dass ich meinen Vater verrate?«

Braddocks Faust fiel auf den Schreibtisch. »Dieser deutsche Geist!«, brüllte er. »Haben wir ihn denn noch immer nicht gebrochen?«

Petra Wolfach saß steif auf dem Lederstuhl. Ihr bleiches, hübsches Gesicht war versteinert.

»Wie würde ein Amerikaner einen Menschen nennen, der seine Verwandten oder Freunde denunziert?«, fragte sie laut. Braddock winkte mit beiden Händen ab.

»Ein Nazi hat keinen Anspruch darauf, mit moralischen Wertmaßen gemessen zu werden! Wer zwölf Jahre lang die Moral verachtet hat, kann von uns nicht Milde verlangen! Sie wissen, dass ich Sie festnehmen kann.«

»Die Sippenhaft ist eine Nazi-Erfindung.«

»Was wollen Sie hier?«, brüllte Braddock und sprang auf. »Ich lasse Sie hinauswerfen!«

Petra Wolfach senkte den Kopf. »Ich komme aus Mannheim«, sagte sie leise und mit mühsam beherrschter Stimme. Das Weinen gluckste in ihrer Kehle, aber sie schluckte es tapfer bei jedem Atemzug hinunter. »Nein, mein Vater ist nicht dort. Er lebt woanders. Ich arbeite in Mannheim in einer Kantine der US Air Force.«

»Weiß man in Mannheim, dass Sie …?«

»Natürlich. Ich habe alles erzählt, auch dass ich im BdM war. Führerin.«

»In wie viel Offiziersbetten müssen Sie dafür liegen?«, fragte Braddock gemein.

Petra schüttelte den Kopf. Sie blickte nicht auf. Braddock sollte nicht sehen, wie nass ihre Augen waren. »Sie können mich beleidigen, Herr Major«, sagte sie leise. »Ich bin ein wehrloses Mädchen. Ich nehme an, es ist eine große Freude, so vollkommen ein Sieger zu sein.«

»Diese Hochnäsigkeit hat die Deutschen seit dreihundert Jahren überall in der ganzen Welt die Freundschaft der anderen Völker gekostet.«

»Ich bin nicht hochnäsig, Herr Major.« Petra schüttelte wieder den Kopf. Jetzt blickte sie auch auf, und Braddock sah die Tränen in ihren Augen. »Ich bin zu Ihnen gekommen, um Sie um etwas zu bitten.«

»Zu bitten? In diesem Ton? Mit dieser deutschen Arroganz?«

»Sie haben mich, gleich als ich eintrat und ohne dass ich etwas sagen konnte, wie eine Soldatendirne behandelt, die sich beschweren will.«

»Ich schöpfe aus einer reinen Erfahrung!«, sagte Braddock höhnisch. »Also – was wollen Sie?«

»Ich möchte einen Soldaten besuchen. Einen deutschen Soldaten. Ich weiß nicht, ob er noch dort ist. Kurz bevor Ihre Truppen in Bernegg einmarschierten, war er noch auf dem Schloss.«

Braddock legte den Kopf zur Seite. »Oben, im Lazarett?«

»Ja. Ein Gesichtsverletzter.«

»Und Sie lieben einen dieser Männer?«

»Ja. Ich weiß nicht, ob er noch oben ist. Walter Hertz heißt er, Gefreiter Hertz.«

»Wie soll ich bei 200 Gesichtsverletzten wissen, wer Walter Hertz ist? Entlassen ist keiner aus dem Schloss. Sie sind noch alle dort.«

»Dann ist auch Walter Hertz noch oben!«, sagte Petra glücklich. Ihre Augen bekamen einen freudigen Schimmer. Braddock steckte einen Kaugummi in den Mund und wölbte die Unterlippe.

»Das ist anzunehmen. Und nun?«

»Kann ich ihn sehen?«

»Nein. Er ist Kriegsgefangener.«

»Sehen wenigstens …«

»Das müsste ein Zufall sein.« Braddock setzte sich wieder. »Sie können ihm schreiben.«

»Das habe ich schon getan. Und er hat nicht wiedergeschrieben.«

»Dann ist etwas faul an der Sache.«

»Oder der Brief ist verloren gegangen oder falsch geleitet worden.« Petra presste die Handflächen gegeneinander und stand langsam auf. »Ich kann ihn nicht sehen?«

»Nein.«

»Und wann werden Sie ihn entlassen?«

»Da müssen Sie in Washington anfragen.«

»Danke. Entschuldigen Sie, Herr Major.«

Braddock sah ihr nach, wie sie schleppend, als habe sie Blei in den Füßen, zur Tür ging. Der Sergeant erhob sich, um einen der großen Flügel zu öffnen.

»Mein Fräulein vom BdM!«, sagte Braddock laut. Petra blieb stehen, aber sie drehte sich nicht um. »Ich könnte eine Ausnahme machen, wenn Sie mir einen gewissen Ort sagten.«

Petra antwortete nicht. Sie ging weiter, an dem Sergeanten vorbei in die Halle, vorbei an dem alten, wartenden Mann, und sie hatte den Kopf gesenkt und weinte still vor sich hin.

Braddock kratzte sich wieder die Stirn. »Sie gefällt mir«, sagte er zu sich. »Irgendwie erinnerte ihn Petra an Lisa Mainetti. Auch diese hatte jenen Stolz, der ihn rasend machte. Als Hitler an die Macht kam, war dieses Mädchen Petra acht Jahre alt, dachte er. Von Mitschuld kann man da nicht sprechen. Ihr Vater, ja. Und weil ihr Vater schuldig ist, muss auch sie … »so ein Mist«, sagte Braddock laut.

»Da kann ich Ihnen beipflichten, Major.«

Braddocks Kopf flog hoch. Der alte, abgerissene Mann stand im Zimmer und verbeugte sich.

»Wer sind denn Sie?«, fragte Braddock ungnädig. »Wenn Sie Hunger haben, wenden Sie sich an die deutschen Behörden.«

»Ich habe keinen Hunger. Ich habe nur einen väterlichen Wunsch.«

»Natürlich. Sonst ständen Sie nicht hier! Väterlicher Wunsch?« Braddock stützte den Kopf in die rechte Hand. »Sie haben einen Sohn oben im Schloss, im Lazarett? Einen Gesichtsverletzten?«

»Ja.« Der alte Mann hielt sich an der hohen Lehne des Lederstuhles fest. »Ich bin Thomas Bloch. Professor Thomas Bloch.«

Major Braddock schnellte hoch, als habe ihn ein Stachel getroffen. »Professor Bloch!«, rief er. »Und das sagen Sie erst jetzt?« Er kam um den Schreibtisch herum und gab Bloch beide Hände. »Nehmen Sie Platz, ruhen Sie sich aus. Phillips – Whisky, Kaffee, was zu essen, was Kräftiges.« Der Sergeant rannte aus dem Zimmer. Braddock hielt Bloch seine Zigarettenpackung hin. »Rauchen Sie, Herr Professor?«

»Ja, schon.« Professor Bloch lächelte schwach. »Aber ich glaube, ich vertrage die starken amerikanischen Zigaretten nicht.«

Braddock setzte sich vor Bloch auf die Kante des Schreibtisches. »Sie wollen Ihren Sohn sprechen, nicht wahr? Natürlich ist das möglich. Unter der Hand natürlich. Wissen Sie, dass man Sie sucht? Ich habe eine Akte über Sie hier, Professor Rusch hat sie noch angelegt. Sie kennen Rusch?«

»Aber ja. Ein ehrenwerter Mann, ein blendender Chirurg. Ich habe ihm die Rettung meines Sohnes zu verdanken.«

»Er ist weg«, sagte Braddock.

»Weg? Wieso?«

»Im Nazilager in Darmstadt.«

»Rusch? Das ist doch wohl ein Witz oder ein fataler Irrtum.«

»Wenn sich das Letztere herausstellt, ist's ein fataler Witz.«

»Dann lassen Sie uns jetzt schon zusammen bitter lachen, Major«, rief Professor Bloch. »Rusch ein Nazi? Ebenso gut hätte man Sie einsperren können.«

Braddock hob die Schultern. »Ich habe nur einen Befehl des Hauptquartiers ausgeführt.«

»Und wieso besteht eine Akte über mich?«, fragte Bloch.

»Professor Rusch hat uns berichtet, dass Sie von den Nazis verfolgt wurden.«

»Verfolgt? Nein.« Professor Bloch schüttelte den weißen, ausgehungerten Kopf. »Ich war nie in einem KZ, in keiner Gestapohaft.«

»Aber man hat Sie als Chefarzt Ihrer Klinik zwangsweise entlassen, Ihnen die private Praxis geschlossen und Sie ohne weiteres zur Fabrikarbeit eingezogen.«

»Das stimmt. Ich habe viele Benachteiligungen durch das so genannte Dritte Reich erfahren. Auch meine Lehrbücher über die neuen Erkenntnisse der Psychiatrie durften nicht erscheinen, weil sie das Euthanasieprogramm gefährdeten. Aber ich war nie in einem KZ. Man hat mich nie geschlagen oder in den Gestapokellern gefoltert. Das sind die echten Verfolgten, die so etwas erleiden mussten.«

»Merkwürdig.« Braddock nahm seinen Kaugummi aus dem Mund und klebte ihn unter die Tischkante. »Sie glauben nicht, wie viele Naziverfolgte es gibt, seitdem wir hier sind. Jeder, den ein Blockleiter wegen des rückständigen Parteibetrags scharf mahnte, betrachtet sich als verfolgt. Alle waren innerlich dagegen, wir haben plötzlich ein Volk von Gezwungenen, ein Millionenheer der stillen Gegner. Es ist ein fantastisches Rätsel, dass die NS-Idee nach diesen neuen Entdeckungen nur in den Hirnen einer Hand voll Irrer bestand. Das wäre doch ein Problem für den Psychiater, was, Professor?«

Professor Bloch schüttelte wieder den Kopf. »Es ist gar kein so schwieriges Problem, Major. Es ist eben nur das allgemeine große Hosenscheißen einer von jeher trägen, denk- und konsequenzfaulen Masse Mensch.«

»Sehr gut.« Major Braddock lachte laut. Sergeant Phillips brachte ein Tablett mit Nes-Kaffee, Keksen, Fruchtstangen, zwei dick belegten Weißbrotschnitten und einer Flasche Whisky ins Zimmer. Braddock schob Bloch das Tablett hin. »Guten Appetit, Professor.«

Bloch aß vorsichtig und langsam kauend eine der Weißbrotschnitten mit gekochtem Schinken. Man sah es ihm an, wie er den Schinken genüsslich auf der Zunge liegen ließ, ehe er ihn zerkaute. In Braddocks Magen bildete sich ein merkwürdiges Gefühl, als quelle ein großer Kloß rasend schnell auf und versteinere dann.

»Ich lasse Ihren Sohn sofort holen, Professor«, sagte er. »Und er wird der Erste sein, den wir entlassen. Ich werde sofort einen Antrag ans Hauptquartier weitergeben.«

»Was wollte das junge Mädchen von Ihnen?«, fragte Bloch und schlürfte vorsichtig den heißen Kaffee. Braddocks Miene verdunkelte sich.

»Sie hat einen Freund oben auf dem Schloss.«

»Ein Kamerad meines Sohnes?«

Braddock spürte den stillen Angriff, der in dieser Frage lag.

»Ja!«

»Sie ging weinend hinaus.«

»Professor!« Braddock ging mit langen Schritten hin und her. »Sie wissen, dass wir durch Kriegsgesetz zur Härte gezwungen sind. Es besteht ein Sprech- und Besuchsverbot für die Kriegsgefangenen und ...«

»Und dieses Verbot gilt natürlich auch für meinen Sohn Kaspar Bloch.« Professor Bloch erhob sich. Er hatte nur eine Scheibe Brot gegessen und eine halbe Tasse Kaffee getrunken. »Ich habe von jeher nach dem Prinzip der Gerechtigkeit gelebt, Major. Bei den Nazis – nun ja, was konnte man da erwarten? Sie haben mit Ihrer Armee diesen Staat zerschlagen, um endlich die Gerechtigkeit einzuführen. Es erscheint mir merkwürdig, dass nun auch bei Ihnen die Gerechtigkeit zwei Gesichter haben soll.«

Major Braddock blieb vor den Fenstertüren stehen und starrte hinaus auf den herbstlichen Park. »Dieses verdammte Deutschtum«, sagte er laut.

»Darf ich mich verabschieden, Herr Major. Ich danke Ihnen für das Brot und den Kaffee. Sie haben damit einem alten Mann eine Köstlichkeit bereitet. Und im Übrigen werde ich warten, bis mein Sohn mit den anderen entlassen wird. Es ist schon etwas Schönes, hier unten zu stehen, zu dem Schloss hinaufzusehen und zu sagen: Dort oben ist mein Junge. In meinem Alter sind die bescheidenen Freuden die nachhaltigsten.«

Major Braddock fuhr herum. »Der Vater dieses Mädchens ist ein Kriegsverbrecher, Professor.«

»Das ist eine klare Antwort, Major.« Professor Bloch schob den Lederstuhl an den Tisch heran. »Es ist wirklich eine Frechheit, dass dieses Mädchen sich nicht das Leben genommen hat, sondern die Stirn besitzt, zu hoffen, zu glauben und zu lieben.«

»Hinaus!«, schrie Braddock dröhnend. »Gehen Sie hinaus!«

Eine Stunde später holten zwei Jeeps Kaspar Bloch und Walter Hertz hinunter nach Bernegg.

Warum man sie aus dem Lazarett holte, wussten weder Kaspar Bloch noch Walter Hertz. Die MPs sagten es nicht, und auch Lisa Mainetti hatte es nicht erfahren können. Braddock hatte angerufen und ins Telefon gebellt: »Die POWs Bloch und Hertz werden sofort abgeholt. Ohne Gepäck. Bereiten Sie alles vor.« Dann hatte er aufgelegt, bevor Dr. Mainetti fragen konnte, was das bedeuten sollte.

So war es nur natürlich, dass die beiden lediglich ihre Uniformen anzogen und ohne besondere verdeckende Verbände, die vor allem Walter Hertz nötig hatte, für die Fahrt nach Bernegg bereitstanden.

Auf Stube B 14 jagten sich die Mutmaßungen.

Man kam zu keiner Übereinstimmung. Als die Jeeps abfuhren, hingen die Zurückgebliebenen in den Fenstern und winkten. Die neueste Auslegung des Falles stammte von Wastl Feininger.

»Leut«, hatte er gesagt, »dös is doch klar. Walter und Kaspar sein die G'sündesten von uns. Arbeiten müassens.«

Man war geneigt, diese Ansicht einstimmig als die einzig richtige hinzunehmen.

Die Jeeps rasten in einem Halbkreis in den Schulhof von Bernegg und hielten vor dem Eingang. Major Braddock kam aus dem Tor, mit finsterer Miene und schlechtester Laune. Er schob seine Mütze etwas in den Nacken und steckte die Hände in die Hosentaschen.

»Wer ist Kaspar Bloch?«, fragte er rau.

»Hier.« Das Wort entfuhr Bloch unwillkürlich.

»Rindvieh«, murmelte Hertz hinter ihm. Bloch senkte den Kopf. Gebe Gott, dass er nicht weiß, dass ich taub zu sein habe, dachte er. Eigentlich ist es unmöglich, dass Braddock alle Krankengeschichten auswendig kennt. Aber er wird sich an dieses ›Hier!‹ erinnern, wenn einmal die Krankenpapiere wegen Entlassungen durchgekämmt werden und hinter dem Namen Bloch ›taub‹ steht.

»Dann sind Sie Walter Hertz?«, fragte Braddock. Er betrachtete das unverbundene, schiefe, eingedrückte, von Narben und Nähten übersäte Gesicht, das hängende Auge und die weggerissene Braue. Ist es nicht ein Wunder, dachte er, dass dieser arme Mensch von einem Mädchen wie dieser Petra Wolfach geliebt wird?

»Mitkommen«, sagte Braddock. »Sie in Klasse I, Bloch – und Sie in Klasse 2, Hertz. Eine halbe Stunde – mehr geht beim besten Willen nicht.«

Bloch und Hertz sahen sich verwundert an. Sie verstanden Braddock nicht. »Was soll das?«, flüsterte Hertz. »Soll'n wir die Klassen schrubben? Das fängt ja gut an.«

Er sah an der Schulfassade entlang, und plötzlich war es, als habe er einen Schlag in den Nacken bekommen, er kippte nach vorn, hielt sich an Kaspar Bloch fest und krallte die Finger in dessen Oberarm.

»Verrückt, was?«, schrie Bloch und wollte Hertz abschütteln.

Hinter einem Fenster war ein Mädchenkopf zurückgezuckt. Den Bruchteil einer Sekunde zu spät. Walter Hertz hatte ihn noch gesehen, und das Erkennen war wie ein völliger Zusammenbruch.

»Petra!«, schrie Hertz auf.

Bloch sah auf die Fenster. Sie waren staubig, ungeputzt, fast schon blind.

»Du Vollidiot!«, sagte Bloch und schlug Hertz auf die sich festkrallenden Finger. »Los, komm 'rein.«

Hertz hielt sich an Bloch fest, als habe er Angst, umzufallen. Sein Körper zitterte wild und zuckte im Rhythmus des Herzschlags.

»Petra ist da. Dort, in der Klasse. Ich habe sie gesehen!« Hertz hielt Bloch fest, der in die Schule wollte. »Kaspar, ich bin nicht verrückt, sie ist da. Und ich habe keinen Verband im Gesicht!«

»Mach kein Theater!« Bloch zog Hertz mit sich fort. »Deinen Koller kannste beim Schrubben austoben.«

Walter Hertz riss sein Taschentuch aus der Hose und presste es gegen seine eingedrückte Gesichtshälfte und das hängende Auge. Er stolperte neben Bloch her in die Schule, stieß mit den Füßen gegeneinander und wäre ein paar Mal hingestürzt, wenn Bloch ihn nicht am Rock festgehalten hätte.

»Da, Klasse 2, du Hornochse«, sagte Bloch. »Hoffentlich haben die einen vernünftigen Besen da. Ich werde mir mal meine Klasse I ansehen.«

Walter Hertz zögerte. Dann richtete er sich auf, legte das Taschentuch über sein Gesicht, drückte es mit der flachen Hand an und stieß mit der linken Hand die Tür zur Klasse auf.

»Petra!«, schrie er, »Petra!«

Fast im gleichen Augenblick ertönte in seinem Rücken, von der Tür der Klasse 1, ebenfalls ein Aufschrei.

»Vater! Vater!«

Dann klappten die Türen zu, und es war vollkommene Stille in den Räumen.

Major Braddock saß am Telefon und sprach mit Dr. Lisa Mainetti.

»Professor Bloch ist soeben hier aufgekreuzt«, sagte er fast gleichgültig. Er hörte, wie oben auf dem Schloss Dr. Mainetti tief Atem holte.

»Bloch? Mein Gott, darum haben Sie Kaspar Bloch heruntergeholt?«

»Yes.«

»Und Walter Hertz? Major, sagen Sie nur noch, seine kleine Petra ist auch da?«

»Genau das ist sie. Das liebe Kriegsverbrechertöchterlein von Bernegg.«

»Warum haben Sie das nicht gesagt? Ich hätte Walter Hertz erst verbunden und ...«

»Warum immer die Menschen belügen und betrügen? Die Kleine soll ruhig sehen, wie er aussieht. Ein Fegefeuer ist doch dazu da, zu reinigen.«

Lisa Mainetti setzte sich. »Ich werde aus Ihnen nicht klug, Major. Einmal sind Sie eine befehlsausführende Maschine, ein Roboter ohne Eigenleben. Und dann entdecke ich in Ihnen wieder einen fabelhaften Menschen.«

Braddock wölbte die Unterlippe vor. »Wir alle haben einen Januskopf, Miss Doktor. Das liegt in der menschlichen Struktur. Im Übrigen habe ich einige Aussagen von Professor Bloch über Professor Rusch zu Protokoll genommen und an das Hauptquartier weitergegeben.«

»Was sagte Bloch über Ruschs Verhaftung?«

Braddock zögerte. Dann antwortete er unwillig: »Er war erstaunt.«

Lisa lächelte still. Sie kannte Bloch. Er hatte nie mit seiner Meinung zurückgehalten, früher nicht bei den Nazis, und er würde es heute auch nicht tun. Sie ahnte, was Bloch gesagt hatte, und es machte sie fast fröhlich, einen Menschen zu wissen, der auf der Seite Ruschs stand und erhaben war über allen Verdacht der Schönfärberei oder der Unobjektivität.

»Genügt es, um Rusch freizulassen?«, fragte sie gespannt.

»Wohl kaum. Aber es kann die Nachprüfungen abkürzen.«

»Wie kann man bloß einem solchen Schwein wie Dr. Urban glauben? Einem Denunzianten, der selbst ...«

Braddock klopfte gegen die Sprechmuschel, um Lisa zu unterbrechen.

»Ein altes Spiel, Miss Doktor. Kain erschlug Abel, und Jakob betrog Esau. Und waren doch alle Gottes Kinder.«

»Mögen Sie nicht Isaak sein!«, sagte Lisa und hängte ein.

Major Braddock trank ein großes Glas Whisky. »Fantastisch«, sagte er, »wie in der Bibel alles stimmt.«

Während in der Schule in Bernegg vier glückliche Menschen nebeneinander saßen, bereitete Dr. Mainetti im OP 1 eine neue Operation vor. Sie hatte Dr. Red Stenton und Dr. Vohrer die Röntgenbilder gegeben, und während sie die Aufnahmen betrachteten und in Schulenglisch und holprigem Deutsch sich zu unterhalten versuchten, saß Dr. Mainetti in ihrem Zimmer und studierte noch einmal die Operationsmethode, die sie bei dieser Transplantation anwenden wollte. Sie hatte sie oft bei Professor Rusch gesehen, aber nie selbstständig und allein ausgeführt – die von Rusch entdeckte Methode des ›Verlötens‹ von Knochen zur Vermeidung von Pseudoarthrosen.

Es war der Gefreite Christian Oster, der in diesen Minuten von Famulus Baumann für die Intubationsnarkose vorbereitet wurde. 24 Operationen hatten sein Gesicht leidlich wieder in eine menschliche Form gebracht. Zuletzt hatte Rusch, kurz vor seinem Abtransport in das Lager Darmstadt, einen Weichteillappen aus der Brusthaut formiert und eingepflanzt. Es war gut verheilt. Nun war es nötig, eine Knochentransplantation aus der Hüfte vorzunehmen und diesen Knochenspan als neuen Unterkiefer einzusetzen.

Christian Oster lag bereits narkotisiert und operationsbereit auf dem Tisch, als Lisa Mainetti in den OP kam und sich wusch. Dr. Vohrer machte ihm noch eine SEE-Injektion, eine große Erleichterung für die Äthernarkose, bei der dann weniger Äther gebraucht wird. Oster war rasiert, jodiert und atmete ruhig durch den Schlauch. Dr. Stenton kontrollierte den Puls, den Bauchdeckenreflex, es war alles normal. Er war ein wenig aufgeregt, man sah es an seinen unruhigen Augen, denn es war die erste große Gesichtsoperation, die er als Assistent Nr. 1 machte, der Platz, auf dem sonst Lisa stand, wenn Professor Rusch operierte.

Dr. Mainetti trat an den Tisch heran.

»Alles okay, Doc?«, fragte Dr. Mainetti. Dr. Stenton nickte.

»Okay, Madam.«

Lisa machte den ersten Schnitt, von einem Kieferwinkel zum anderen. Stenton klemmte die Gefäße ab und setzte Catgutligaturen. Famulus Baumann kontrollierte und regulierte unter Aufsicht Dr. Vohrers die Narkose. Schnell, an die einzelnen Handgriffe Ruschs denkend und sie wie einen Film vor dem inneren Auge abspielend, schuf Lisa ein Wundbett für die Aufnahme des Knochenspans aus der Hüfte. Die noch stehenden Stümpfe des Unterkiefers wurden präpariert, damit sie genau im Wundbett lagen. Mit einer Fräse glättete Lisa alle Unebenheiten. Mit größter Vorsicht und Sorgfalt führte sie den elektrischen Bohrer, der die Fräse trug, es war eine ungeheure Feinarbeit, denn bei der kleinsten falschen Haltung des Bohrers konnte die Fräse abgleiten, ins Wundbett geraten und dort nach der Mundhöhle zu ein Loch reißen.

Das würde bedeuten, dass alle Arbeit umsonst gewesen war, denn die Sterilität konnte nicht gewahrt werden. Die Schleimhaut der Mundhöhle ist voller Bakterien und nicht steril zu halten.

Dr. Vohrer hatte während dieser Millimeterarbeit am Kiefer schon den Hüftschnitt gelegt. Er war 18 Zentimeter lang, der Hüftknochen lag frei, und Dr. Stenton maß mit einem Zirkel die Ausdehnung ab, die der Span haben sollte.

Lisa Mainetti winkte. Der Knochenmeißel wurde gereicht.

»Lassen Sie mich das machen«, sagte Dr. Vohrer. »Das ist Männersache, Lisa.«

Dr. Mainetti schüttelte den Kopf. Sie beugte sich tiefer, die Hitze des OP-Scheinwerfers verbrannte ihr den Nacken, und dann hämmerte sie den Span ab. Es war vollkommen still im OP, nur das Klopfen schwirrte durch den heißen Raum. Da-dam da-dam da-dam. Fünfzig-, sechzigmal, das gleiche eintönige Geräusch, in einem fast einschläfernden Rhythmus. Da-dam dadam.

Dann war der Span abgelöst, wurde vorsichtig herausgehoben und von Lisa zweimal angebrochen, um die Kinnwinkel zu formen. Stenton hielt den Span in seinen leicht bebenden Fingern. Noch einmal untersuchte Lisa das Wundbett, ob nichts vergessen war. Dann nickte sie, und Stenton gab ihr den gebrochenen Span. Auf den Millimeter genau paßte er, als Lisa ihn zwischen die beiden Kieferstümpfe einsetzte.

Stenton atmete auf. »Wonderful!«, sagte er leise.

Lisa sah ihn nicht an. Jetzt kam jene Phase der Operation, die Rusch sich erarbeitet hatte. Das Verlöten. Oft kommt es vor, dass die Enden des eingepflanzten Spans und die Kieferastreste nur eine schwache Kallusbildung hatten und nicht zusammenwuchsen: die gefürchtete Pseudoarthrose, also die Bildung einer Art beweglichen Gelenks an einer falschen Stelle. Umfangreiche Nachoperationen wurden dann notwendig, und manchmal war es unmöglich, überhaupt noch Transplantationen vorzunehmen.

»Löffel!«, sagte Lisa laut. Die Operationsschwester hatte ihn bereits in der Hand und reichte ihn ihr.

Lisa begann, wie es Rusch immer getan hatte, das Knochenmark der Hüfte auszulöffeln und zwischen die beiden Enden von Span und Kiefer zu ›schmieren‹. Wie das feine Vergipsen einer Mauerlücke war das. Als Lisa sich zurückbeugte, waren die Knochenenden nicht mehr sichtbar. Es war eine glatte Fläche geworden.

Dr. Stenton nickte stumm. Auch wenn er wenig davon verstand, leuchtete ihm die an sich primitive Methode ein. Dr. Mainetti hatte ihm erzählt, dass es seit drei Jahren, solange sie mit Professor Rusch zusammenarbeitete, nach der Transplantation mit dieser Methode keine Pseudoarthrosen mehr gegeben hätte.

Dr. Vohrer und Lisa stellten den neuen Unterkiefer ruhig, er wurde sozusagen verschnürt, die Wunde wurde mit Silberdraht verschlossen und der Kopf ›steif‹ verbunden, sodass er kaum drehbar war: Eine Gipsmanschette wurde angelegt. Unterdessen vernähte Stenton die Hüftwunde, legte einen Schlauch ein und klammerte die Epidermis. Dann entfernte Famulus Baumann den Tubus und injizierte Weckmittel. Noch während der Gefreite Christian Oster mit seinem neuen Kiefer, der ihm das vollständige Aussehen eines Menschen wiedergab, aus der Narkose erwachte, wurde er in sein Zimmer weggerollt, und Baumann blieb bei ihm, bis er wieder völlig zu sich kam und bei Bewusstsein war.

»Na also«, sagte er zu Oster, der stocksteif im Bett lag, unbeweglich durch seine Gipsmanschette. »Das hätten wir. Nur Boxer darfste später nicht werden.«

Christian Oster blinzelte mit den Augen. Sprechen konnte er ja nicht. Er machte die Bewegung des Schreibens, und Baumann hielt ihm einen Block hin und gab ihm einen Bleistift.

»Boxer nicht«, schrieb Oster. »Aber dich trete ich bei Gelegenheit noch mal in den Hintern. Ist das Kinn wirklich in Ordnung? Junge, was wird sich meine Frau freuen.«

Baumann nickte, nachdem er die Zeilen gelesen hatte.

Nach dem Mittagessen kamen Kaspar Bloch und Walter Hertz ins Schloss zurück. Sie hatten jeder eine große Schachtel Kekse bei sich und eine Büchse Schinken mit Ei.

Der Berliner sah die beiden verwundert an, als sie glückstrahlend ins Zimmer marschierten und ihre Schätze auf den Tisch legten.

»Ich meld mir ooch zur Arbeit!«, rief der Berliner sofort.

»Was gibt es Neues, Jungs?«, fragte Schwabe. »Seit einer Woche keine Post mehr. Habt ihr was gesehen von Post?«

»Mein Vater ist gekommen«, sagte Bloch und wischte sich über die Augen.

»Und Petra ist auch da«, rief Walter Hertz.

»Du jrüne Neune! Und die hat dir so in de Oojen jekuckt? Ohne Verband?« Der Berliner sah Hertz entsetzt an. »Det arme Mä'chen.«

Erich Schwabe legte Bloch und Hertz die Arme um die Schultern. Er wusste, was es bedeutete, so unendlich glücklich von Bernegg zurückzukommen. »Ich freue mich mit euch, Jungs«, sagte er. »Sieht das Leben nicht gleich anders aus?«

Kaspar Bloch zog seine Uniformjacke aus und warf sie auf sein Bett. Das leuchtend weiße POW kam nach oben zu liegen. Bloch zeigte auf das Zeichen.

»Das ist auch bald vorbei!«, sagte er.

»Was hoaßt dös?«, brüllte der Wastl.

»Mein Vater hat lange mit Major Braddock gesprochen. Es ist so etwas im Gange, dass wir noch vor Weihnachten entlassen werden. Vor allem die schweren Fälle.«

»Det is vielleicht 'ne Scheiße!«, sagte der Berliner. »Je vernünftiger de Fresse, um so länger in Gefangenschaft! Ick werd' mir weigern, det se weiter an mir operieren!«

Fritz Adam tippte sich an die Stirn. »Nun überlegt doch mal, Kinder. Gut, ihr werdet entlassen, es geht nach Hause. Und dann? Wollt ihr denn immer und ewig so wie jetzt herumlaufen? Lieber ein Jahr länger hier und ein halbwegs vernünftiges Gesicht, als ...«

»Det kann ooch nur der sajen!«, schrie der Berliner. »Der hat sein Mäuschen im Stall. Die Dora bleibt, wo er ist. Aba uns kneifen se janz schön in den Hintern. Det Jesicht ham se mir wegjeschossen – alles andere ist normal!«

»Wenn man euch hier behält, gibt's alles umsonst: Verpflegung, ein Bett, die Operationen und Medikamente. Seid ihr entlassen, müsst ihr alles selbst bezahlen. Und das kostet ein Vermögen!«

»Det is ne schiefe Rechnung.« Der Berliner hob die rechte Hand hoch und zählte an den Fingern ab. »Ick mache dir 'ne andere Mühle. Wat du Verpflegung nennst, ist 'n Dreck. 700 Kalorien, die hab' ick früher nebenbei jeschluckt. Und ist det etwa 'n Bett, wo ick allein drin liege? Und Operationen und Medikamente – wofür jibt's denn Krankenkassen? Ick hab' doch mein Gesicht nicht uff 'ner Kirmes gelassen! Ick hab' es für 'n Staat jeopfert, un nu soll der ooch dafür zahlen.«

»Er wird's nicht tun, Paul.« Fritz Adam schüttelte heftig den Kopf. »Welcher Staat denn? Den du verklagen könntest, der ist bankrott, kaputt. Der existiert gar nicht mehr. Aber solange wir hier im Lazarett sind, sorgt man für uns.«

»Weihnachten zu Haus«, sagte Walter Hertz. Er saß auf dem Bett und hielt ein kleines Bild in der Hand. Ein verknittertes Passfoto. Das leicht lächelnde Gesicht eines jungen Mädchens mit großen, ernsten Augen. »Ich kann als Elektriker allerhand verdienen, meint ihr nicht auch, Kumpels? Wir wollen heiraten, wenn ich rauskomme. Petras Vater ist jetzt auch ein armes Schwein wie ich. Im Gegenteil, ich kann arbeiten und er nicht.«

Erich Schwabe ging nachdenklich zu seinem Spind und holte den letzten Brief Ursulas heraus. Er las ihn noch einmal, und er empfand den großen Zwiespalt, der sich in ihnen allen auftat. Solange Krieg war, war das Lazarett ihre schöne, sichere Heimat gewesen. Nun war das Sterben abgeblasen worden, und man konnte zurück in die wirkliche Heimat. Aber ihre Gesichter waren nur halb fertig, und mit dem Schritt hinaus in die Freiheit schlüge das Tor eines erträglichen menschlichen Aussehens hinter ihnen zu. Vorläufig vielleicht nur – aber wer wusste jetzt schon, wie lange es dauern würde, bis wieder in mühsamer Kleinarbeit ein Teil des Gesichts nach dem anderen neu geformt wurde. Und gab es dann noch einen Professor Rusch und eine Lisa Mainetti?

»Vielleicht wird alles anders, Kinder«, sagte Schwabe in die gedankenvolle Stille hinein. »Warum sich jetzt den Kopf zerbrechen? Bis Weihnachten ist noch Zeit – und außerdem ist's ja bloß ein Gerücht!«

Zwei Wochen lang sprach man nicht mehr darüber. Es war fast, als habe man es vergessen. Aber dann kam es wie eine Explosion über die Stube B 14 und mit ihr über den ganzen Block B des Lazarettes.

Major Braddock rief an einem Morgen ganz unerwartet wieder Lisa Mainetti an.

»Miss Doktor«, sagte er wohlwollend. »Machen Sie diesen Kaspar Bloch bereit. Er wird abgeholt.«

»Wieder Besuch vom Vater?«

»Nein. Fertigmachen mit Gepäck. Er wird entlassen.«

»Was wird er?«, fragte Lisa ungläubig.

»Entlassen. Er wird Zivilist. Das Hauptquartier hat es angeordnet. Name und Schicksal Professor Blochs rechtfertigen eine Ausnahme.«

»Und … und die anderen, Major?«

»Müssen warten.« Braddock klopfte mit einem Bleistift auf den Schreibtisch. »Es wird nicht mehr lange dauern, Miss Doktor. Wir heben dann den Status der Kriegsgefangenschaft auf, und Schloss Bernegg wird Spezialklinik für Gesichtsplastik. Das geht allerdings erst dann, wenn wir einen Kostenträger dafür gefunden haben. Bis jetzt tragen wir es ja, weil die Patienten Gefangene sind. Nach ihrer Entlassung aber sind es Zivilpersonen, und die gehen uns nichts an.«

»Das kann ja ein lustiger Zustand werden, Major.«

»Sie leben eben in einem falschen Land, Miss Doktor.«

»Wollen Sie nun auch mir ein Angebot für die USA machen?«

»Wir werden es müssen. Professor Rusch hat verlauten lassen, dass er Sie heiraten wird. Stimmt das?«

»Es stimmt.« Lisas Herz schlug bis zum Hals. »Wann hat er das gesagt? Was wissen Sie von Rusch, Major?«

»Beim letzten Verhör. Dies zu Frage eins. Und wie es ihm geht? Gut. Er ist im Lagerlazarett tätig und zieht ehemaligen Nazigrößen die Zähne. Ist das nicht ein herrlicher Witz?«

»Ihr Humor war immer hintergründig, Major.«

»Im Übrigen läuft die Untersuchung auf Hochtouren. Dr. Urban hat man weggebracht aus Darmstadt, in eine Heilanstalt. Er wurde tobsüchtig, weil er kein Morphium mehr bekam.«

»Und man glaubt ihm noch immer?«

»Kaum, Miss Doktor. Aber die politischen Untersuchungen werden nicht von Soldaten, sondern von Beamten gemacht. Und wo Beamte arbeiten, gibt es Akten. Und wo Akten voll geschrieben werden, steht die Zeit still. Die Beamten in der ganzen Welt sind da wie eineiige Zwillinge.«

Braddock lachte, aber Lisa stimmte in seine Fröhlichkeit nicht ein. Sie legte den Hörer auf und starrte aus dem Fenster in den fast kahl gewordenen Schlosspark.

Vielleicht ist Rusch Weihnachten wieder hier, dachte Lisa Mainetti. Dann könnten wir heiraten, und wenn man uns hier nicht mehr braucht, könnten wir eine Praxis aufmachen. Eine Praxis? Wovon?

Sie ging zu Baumann und unterrichtete ihn, dass Bloch entlassen würde. Dann betrat sie das Zimmer 14 und nickte Kaspar Bloch, der gerade einen herrlichen Grand ausspielte, fröhlich zu.

»Es ist soweit. Packen Sie alle Sachen. Sie werden abgeholt.«

»Abgeholt?«, fragte statt Bloch der Berliner. »Wieso denn, Frau Doktor?«

»Kaspar ist der Erste, der wegkommt. Entlassung.«

»Was? Entlassung?«, rief Bloch und sprang auf. In seiner Erregung warf er der Tisch dabei um. Auch die anderen sprangen auf und stolperten über die Tischbeine in der Mitte des Zimmers.

»Ja, Ihr Vater wartet unten in Bernegg.«

»Es geht nach Haus! Nach Haus, Jungs!«, schrie Kaspar Bloch. Er stürzte zu seinem Spind, riss die Tür auf und warf alles auf das Bett und den Boden.

»Professor muss man sein«, sagte der Berliner. »Die Söhne der Witwen kommen zuletzt, wat?«

»Und … und wir, Frau Doktor?«, fragte der Wastl gedehnt. »Mei Hof braucht mi. Die Wintersaat muaß i – Sakrament-no-amoi!« Er wandte sich um und ging ans Fenster. Nur an seinem breiten Rücken und dem dicken Stiernacken sah man, dass er weinte. Der Wastl weinte. Man wusste gar nicht, dass er es konnte, man hatte es für unmöglich gehalten.

Lisa Mainetti biss sich auf die Unterlippe. Ihr taten die anderen Männer Leid. Sie wollten ein neues Gesicht, aber stärker als alles, was sie außerhalb der schützenden Mauern von Schloss Bernegg erwarten mochte, war ihr Drang zu den Müttern und zu den Frauen, jene Kraft eines wiedergewonnenen Lebens, die ihnen die ersten Begegnungen und das Bewusstsein der erhaltenen Liebe gaben.

»Auch ihr kommt dran«, sagte Lisa Mainetti. »Aber erst legt ihr euch noch auf den Tisch. Schwabe machen wir neue Lippen und einen schönen Stirnlappen. Hertz, Ihnen richten wir das Auge. Feininger, bei Ihnen müssen wir die linke Wange polstern. Bei Ihnen, Zwerch, müssen wir die dicken Wulstnarben wegtrennen, und Sie, Adam, bekommen mindestens noch fünf Hauttransplantationen. Und erst dann gebe ich euch frei.«

»Prost Mahlzeit«, sagte der Berliner. »Jehn wir also wieda Skatkloppen!«

Adam und Schwabe halfen Kaspar Bloch beim Packen. Es war nicht viel, was er mitnahm. Das meiste verschenkte er an seine Kameraden. »Was brauch ich die Klamotten noch?«, sagte er. »Rock und Hose, das ist alles. Und wenn ich zu Hause bin, fliegt die Uniform in den Ofen. Ich glaube, ich habe noch nie so selig ein Feuer betrachtet wie das, was dann kommen wird.«

Baumann erschien im Zimmer 14. »Fertig?«, rief er. »Die Amis sind schon da.«

Noch einmal drückte Kaspar Bloch die Hände seiner Stubengenossen. Es wurde ihm plötzlich schwer zu gehen, trotz der seligen Freude, die ihn durchrann.

»Auf Wiedersehen!«, sagte er zu jedem. »Jungs, das ist kein leeres Wort. Wir sehen uns wieder. Wir bleiben immer in Verbindung, ja? Wir wollen uns nie mehr aus den Augen verlieren, ganz gleich, wo jeder von uns stecken wird. Und wenn irgendetwas ist, wenn einer Hilfe braucht – wir helfen ihm, wir sechs zusammen.« Er stockte und wischte sich über die Augen. »Und ich dank euch für alles, Jungs.«

»Hau ab!«, schrie der Berliner. »Soll ick ooch noch heulen?«

»Macht's gut. Und seht zu, dass alles so wird, wie wir es uns zusammen gedacht haben.« Er drehte sich um zu Lisa Mainetti und streckte ihr die Hand hin. Aber bevor sie sie ergreifen konnte, stürzte er vor und legte den Kopf auf ihre Schulter.

»Frau Doktor«, stammelte er. »Sie waren wie eine Mutter zu mir. Sie haben mir geholfen, Sie haben mich geschützt und versteckt. Ich kann Ihnen nie, nie danken.«

Lisa Mainetti streichelte Bloch über die wirren Haare. »Bleiben Sie ein guter Mensch, Kaspar«, sagte sie leise. Ihre Stimme schwankte. »Das ist mehr als alles andere. Und wenn Sie mir danken wollen – helfen Sie mit, dass Professor Rusch freikommt. Dann bin ich ewig in Ihrer Schuld.«

»Ich verspreche es Ihnen, Frau Doktor. Ich verspreche es Ihnen.«

Mit langen Schritten rannte Kaspar Bloch vor Baumann die Treppe hinunter zur Eingangshalle. Als er draußen vor der Hauptwache in den Jeep stieg, flog ein Gejohle zu ihm hin. Oben in den Fenstern der Stube 14 hingen die Zurückgebliebenen und winkten mit Handtüchern und Bettlaken.

Auch die MP-Soldaten winkten grinsend hinauf. Dann jagte der Jeep die Straße hinab nach Bernegg und verschwand zwischen den Bäumen.

»Der Erste von uns«, sagte Fritz Adam leise. »Ob wir den jemals wieder sehen?«

14

Schneller als erwartet kam der Winter. Eines Morgens sah der Berliner aus dem Fenster, und über dem Land, über Park und Schloss, über Hügeln und Feldern lag eine Schneedecke. Es schneite in dicken Flocken, träge und langsam.

»Wieder 'n Jahr um«, sagte er und ließ das Fenster offen. »Ick krieje imma Traurigkeit ins Gemüt, wenn ick Schnee sehe.«

Unten vor der Hauptwache, an der Anfahrt zum Eingang, schaufelten zwei Negersoldaten den Schnee weg und streuten Salz auf die in der Nacht gefrorene Unterschicht. Ab und zu blieben sie stehen, schlugen die Arme gegen den Körper und stampften auf und ab.

»Onkel Toms Hütte friert«, stellte der Berliner fest. »Vom Baumwollfeld ins kalte Germany – Jungs, da könnte man wat draus machen. Ick jehe zu ihnen und sag: Boys, nix frieren, rin in de warme Wache. Ick und meine friends, wir schaufeln. Aba nur jejen Camel und ham and eggs. Is det 'n Jedanke?«

Die Stube 14 nickte geschlossen. Die 700 Kalorien pro Tag ließen die Mägen knurren.

Der Berliner war gleich nach dem Waschen und dem Kaffeetrinken losgezogen und verhandelte bereits im Park mit einem

Neger, der dort mit einem Schneeschieber keuchend den Weg freischob.

»Hello, sonny boy«, sagte Paul Zwerch und war verwundert, dass der Soldat die Augen rollte und den runden, schwarzen Kopf wie zum Angriff senkte. »Nix schipp-schipp, understand? Nix frieren. Ich – Ich schipp very well!«

Der Negersoldat stützte sich auf den Stiel des Schneebrettes und starrte den Berliner mit seinen weißen Augäpfeln wortlos an. Paul Zwerch seufzte.

»Bist 'n Dussel, my boy! Pass mal auf. I – ich snow weg. Zehn Camel.« Er hob alle zehn Finger hoch. »And one Dose ham and egg. Kapiert?«

»Yes.« Der Neger stieß den Stiel des Schneebretts dem Berliner hin. »Go on!«

»Nix. Camel und Dose. Ick bin doch nich von 'n Affen jebissen! Komm, zahlen!« Er streckte die Hände offen hin und machte die Bewegung des Hineinlegens. Der Negersoldat nickte. Mit langen Schritten ging er durch den Schnee und verschwand in einer Tür des Wachgebäudes. Paul Zwerch sah nach oben. Im Fenster hingen die Insassen der Stube 14 und beobachteten den Erfolg der ersten Fühlungnahme.

»Det klappt, Jungs!«, rief der Berliner hinauf. »Ick schaufle den Schnee nach links, dann kommste runter, Wastl, und schippst 'n von links nach rechts. Dann der Erich wieder nach links. Und so jeht det weiter. Damit sanieren wir uns!«

Der Neger kam zurück. Er hatte eine Schachtel Zigaretten in der Hand, eine Packung Kekse und eine kleine Büchse mit Marmelade. Der Berliner nickte zustimmend.

»Ooch jut, Erdbeerkonfitüre. Mit janzen Früchten! Det wird Mamas Sohn als Abendserenade singen. My big Dankeschön, Blacky.«

Das letzte Wort war kaum ausgesprochen, als Paul Zwerch durch die kalte Luft segelte und mit dem Bauch voran im Schnee landete. Der Negersoldat hatte ihn wortlos in den Hintern getreten, und es war ein solch gewaltiger Tritt, dass Zwerchs Steiß gefühllos war und wie abgestorben.

»Ich muss mir mehr um die englische Sprache kümmern«, sagte der Berliner, als er wieder auf Zimmer 14 war und stöhnend ins Bett kroch. »Irjendwat is da falsch jelaufen.«

Der Wastl unternahm den zweiten Anlauf. Er fing es klüger

an. Er stellte sich neben den Neger in den Schnee und begann zu jodeln. Holodrijo, sang der Wastl und ließ die flachen Hände auf seine Oberschenkel krachen.

Der Neger hörte auf, Schnee zu schippen und blickte kritisch zu dem jodelnden Mann mit den mächtigen Rolllappen im Gesicht. Dann ließ er den Stiel des Schneebrettes wieder fallen und kam langsam auf den Wastl zu.

O jeh, dachte der Feininger, und der letzte Jodler verunglückte kläglich. Jetzt kriag i a Watschen!

Aber der Neger blieb stehen, seine dicken Lippen verzogen sich, weiße Zähne blinkten, und dann lachte er und klopfte dem Wastl auf die Schulter.

»Well, well!«, sagte er. »Very good! Me too.«

»Wos is?«, fragte der Wastl entgeistert.

»Me too!«, brüllte der Neger.

»Er will es auch!«, rief Fritz Adam vom Fenster herunter. »Du sollst es ihm beibringen, Wastl!«

»Dös Jodeln?«

»Ja!«

»Als Ne –«

»Halt die Fresse!«, brüllte der Berliner schnell dazwischen. Wastl Feininger verschluckte das Wort. Er lächelte und hob beide Hände.

»Camel and eat.«

»Okay!« Der Neger griff in die Tasche seiner Uniform und holte die Zigaretten, die Kekse und die Büchse Marmelade wieder hervor. »Go on!«

»Mitkommen!« Der Wastl steckte die Herrlichkeiten ein und ging dem Neger voraus zu einer Ecke des Lagerschuppens in dem noch immer, unter Stroh und Gerümpel, Fritz Adams Auto stand, die ›Geheimwaffe Berneggs‹. Dort hob er den Zeigefinger, zeigte auf seinen Hals und begann wieder. Holodrijoh.

Nach einer Stunde – es war die schwerste Stunde in Wastls Leben – kamen sie wieder zurück zum Block B. Der Negersoldat lachte breit, ergriff wieder sein Schneebrett und schaufelte weiter. Dabei warf er den wolligen Schädel in den Nacken, rollte die Augen und brüllte in die kalte Luft. »Juchodriloh Holodrij.«

Es klang, wie wenn ein Berg Porzellan zerspringt. Wastl Feininger klatschte in die Hände und klopfte dem Neger auf die Schulter.

»Very nice, friend«, sagte er. »Weitermachen.«

An diesem Abend schwelgte die Stube 14. Jeder bekam zwei Kekse mit Marmelade und drei Zigaretten. Die restlichen Camel behielt der Wastl einstimmig als Gratifikation für seine Leistung zugesprochen.

»Und was machen wir morgen?«, fragte Erich Schwabe. »Du kannst mit dem doch nicht jeden Tag jodeln üben.«

»Es wird sich schon etwas finden.« Walter Hertz kaute lange an seinem Keks, er ließ ihn auf der Zunge zergehen und drehte die ganzen Erdbeeren der Konfitüre wie einen Bonbon im Mund. Man muss den herrlichen Genuss des Essens ausdehnen bis zum letzten Geschmacksempfinden. »Kann einer von uns zaubern?«

Es konnte keiner, lediglich der Berliner beherrschte einige Kartentricks. Sie reichten zwar für Mogeln beim 17 und 4, aber für Zauberei war es zu wenig.

»Der Oster kann zaubern«, sagte Fritz Adam.

»Wer ist Oster?«

»Ein Kumpel, dem sie vor ein paar Wochen ein neues Kinn gemacht haben. Ganz große Sache von der Mainetti. Ich habe gesehen, wie er auf seiner Bude ein paar ganz nette Tricks vorgeführt hat. Er liegt auf Nr. 4.«

»Det is ja der Mist.« Paul Zwerch leckte die Marmeladendose aus. Er bekam diese Vergünstigung als Schmerzensgeld für seine fehlgeschlagenen Bemühungen. »Wat nützt uns der Oster auf Nr. 4?«

»Man sollte ihn zu uns herüberholen«, schlug Schwabe vor.

»Und wie?«

»Ick saje der Mainetti, det mir dat leere Bett vom Bloch stört. Leere Betten machen mir imma trübsinnig. Und Trübsinn is vaboten bei uns. Und dann schlag ick den Oster vor.«

»Das geht schief«, sagte Schwabe.

»Vasuchen kann ick ja.«

Es blieb ein Geheimnis, wie Paul Zwerch es erreichte. Am nächsten Mittag erschien Dora Graff und half dem Gefreiten Christian Oster seine Sachen herübertragen. Er war nicht in der besten Stimmung und hatte sich gegen die Verlegung in ein anderes Zimmer heftig gewehrt. In Stube 4 hatte er sich wohl gefühlt. Dort lag er schon über ein Jahr, kannte jeden und fühlte sich wie zu Haus. Die plötzliche Verlegung kam ihm wie eine persönliche Schikane vor. Auch Dr. Mainetti konnte es nicht verhindern, und schließlich erfuhr die Stube 14, dass nicht Lisa, sondern Leutnant Potkins, Major Braddocks ›Statthalter‹ auf Schloss Bernegg, die Verlegung angeordnet hatte. Was zwischen Potkins und Paul Zwerch geschehen war, blieb noch im Dunkeln.

»Willkommen, großer Kalanag«, sagte Walter Hertz. Christian Oster feuerte sein Gepäck in den leeren Spind und warf sich aufs Bett.

»Leckt mich am Arsch«, sagte er und drehte sich zur Wand.

»Dazu musste aba erst die Hose ausziehn«, sagte der Berliner gemütlich. Die anderen brüllten, und Oster drehte sich langsam zu ihnen um.

»Was seid ihr für blöde Hunde?«

»Quatsch!« Fritz Adam setzte sich zu Oster aufs Bett. »Ich bin der Stubenälteste. Alle, die du hier siehst, sind Pfundskameraden. Mit uns kann man Pferde stehlen, das wirst du noch erleben. Und es wird dir bei uns gefallen, bestimmt.«

»Und warum hat man mich verlegt?«

»Vielleicht, weil hier ein Bett frei ist. Vielleicht kommt auf Nr. 4 ein neuer Fall, aus einem anderen Lazarett. Wer weiß das?« Fritz Adam zeigte auf den Wastl, der gerade Karten mischte. »Der da hat gestern einem Neger das Jodeln beigebracht.«

»Das Jodeln? 'nem Neger?« Oster lachte. »Verrückt!«

»Na also«, sagte Erich Schwabe. Er reichte Oster einen Keks herüber, Schwabe hatte ihn am Abend weggelegt, um zwischen dem Mittagessen und dem Abendbrot etwas zum Kauen zu haben. »Wir sind eine verrückte Bande. Und wenn du mitmachst, kann noch allerhand passieren!«

Man sah Oster an, dass er begann, sich wohl zu fühlen. Er räumte seinen Spind ein und pickte mit einer Heftzwecke ein Foto an die Innentür. Eine pausbäckige, braun gelockte junge Frau, mit einem Grübchen in der linken Wange.

»Jeschmack hat der Junge«, sagte der Berliner, der zusah.

»Meine Frau«, sagte Oster stolz.

»Jratuliere! Bei der isses aba ooch schwer, nachts zu schlafen, wat?«

Oster lachte und schlug dem Berliner auf die Schulter.

»Ihr seid wirklich ein toller Verein«, rief er. »Jungs, tragt mir nicht nach, dass ich vorhin so ...«

»Schon vergessen!«, sagte Walter Hertz.

Am Abend zauberte Christian Oster. Er holte dem Wastl eine Mark aus der schiefen Nase und dem Berliner drei Hosenknöpfe aus den Ohren. Eine Herz-Zehn, die im Kartenspiel fehlte, hatte Erich Schwabe in den Socken, und Fritz Adam sah verblüfft, dass in seiner Brieftasche die Armbanduhr von Walter Hertz lag.

»Det ist ne Wucht!«, schrie der Berliner. »Damit hau'n wir den Amis die halbe Verpflegung aus 'n Rippen!«

Major Braddock erschien überraschend im Lazarett. Er hatte sich nicht, wie bisher, telefonisch angemeldet. Plötzlich fuhren vier Jeeps durch die Hauptwache in den Park und hielten vor dem Eingang von Block B. Zehn in dicke Mäntel mit Pelzkragen vermummte Männer stiegen aus und klopften sich den Schnee ab, traten in die Halle und zogen sich die mit Lammfell gefütterten Wintermützen vom Kopf. Dr. Lisa Mainetti, die gerade operierte, wurde von Famulus Baumann benachrichtigt, der einen Frischoperierten auf sein Zimmer gerollt hatte.

»Ich operiere«, sagte Dr. Mainetti schroff. »Er soll sich anmelden.«

»Es sind zehn Mann, Frau Doktor. Alles Offiziere.«

»Und wenn es hundert Offiziere sind. Ich kann die Operation nicht unterbrechen. Sagen Sie das dem Major!«

Famulus Baumann kam nicht mehr dazu, das auszurichten. Braddock öffnete die Tür des OPs und steckte den Kopf in den Saal. »Miss Doktor!«, rief er in die Stille hinein.

»Verdammt!« Lisa Mainetti drehte sich wütend herum. »Sie sehen doch, dass ich operiere! Gehen Sie raus, aber möglichst schnell. Sie sind nicht steril!«

»Das wäre meiner Frau auch nicht recht«, sagte Major Braddock gut gelaunt und schloss die Tür. Auf dem Flur hob er die Schultern und schüttelte den Kopf. »Meine Herren, es wird gerade ein Gesicht gemacht. Dieses Weib geht mit dem Skalpell auf uns los, wenn wir sie jetzt herausholen! Kommen Sie, meine Herren, bei Potkins können wir uns aufwärmen. Der Junge hat immer was im Schrank stehen.«

Sie gingen schnell von Block B zu Block A, wo die Verwaltung des Schlosses untergebracht war und Leutnant Potkins an der Seite eines deutschen Oberzahlmeisters die bürokratischen Geschicke des Lazaretts überwachte.

Nach einer Stunde war Lisa Mainetti endlich so weit, Major

Braddock und die anderen Offiziere im Chefarztzimmer empfangen zu können.

»Sie haben ja einen wahren Aufmarsch veranstaltet, Major«, sagte Dr. Mainetti und sah die zehn Offiziere der Reihe nach kritisch an. »Mir scheint, es ist etwas sehr Offizielles.«

»Zwei Dinge sind es, die mich zu Ihnen führen.« Braddock reichte Zigaretten herum und ließ sein Feuerzeug kreisen. »Zunächst etwas Internes, was nur meinen Befehlsbereich angeht. Wissen Sie, dass meine Schlosswache und von ihr ausgehend auch meine MP ein neues Hobby hat? Alles zaubert!«

»Was tun sie?«, fragte Lisa verblüfft.

»Zaubern. Simsalabim. Ganz verrückt sind die Kerle. Bei einem Training mit Eiern sind neununddreißig Eier zerbrochen.«

»Sie sehen mich erschüttert, Major.« Lisas Stimme war voll Spott. »Ihre Leute trainieren Zauberkunststückchen mit Eiern. Und um sie herum hungern Frauen und Kinder. Man sollte nach einer anderen Richtung zaubern.«

Braddock wandte sich an die anderen Offiziere. »Hab' ich es nicht gesagt: eine Löwin!« Er ging hin und her und umkreiste Lisa wie ein Jagdhund, der eine Beute gestellt hat. »Doch davon später. Ich weiß, dass diese Zauberei von hier kommt. Aus dem Lazarett. Irgendjemand bringt meinen Jungs diese Tricks bei und kassiert dafür ganze Berge von Lebensmitteln.«

Lisa lachte laut. Eine Bande sind sie doch, meine Jungs, dachte sie mit mütterlichem Wohlwollen. Muss man sie nicht bewundern? Sie haben kein Gesicht mehr. Aber sie beginnen wieder, das Leben zu lieben. Man könnte sie alle umarmen und an sich drücken. »Bei 700 Kalorien pro Tag ist das eine Art Selbstschutz, Major.«

»Gut, gut. Wir reden noch darüber. Diese Herren«, Braddocks Hand machte eine Bewegung zu den Offizieren hin, »bilden eine Kommission. Das Hauptquartier in Heidelberg hat sie geschickt, und sie haben die Aufgabe, eine Lazarettbegehung durchzuführen.«

Dr. Mainetti nickte den Offizieren freundlich zu. »Warum nicht? Im Louvre werden die Gemälde besichtigt, in Hamburg die Dirnenstraßen. Hier sind es die Fratzen des Krieges. Darf ich den Museumsführer machen?«

Major Braddock schnaubte laut durch die Nase. »Miss Doktor, mir ist es ein Rätsel, warum ich mich überhaupt mit Ihnen unterhalte. Diese Herren sind eine Kommission, die eine Liste über die ersten Entlassungen anfertigen soll. Man will die Lazarette zuerst räumen, und zwar nach der Schwere der Verwundungen. Alle Amputierten, alle Verletzten, die arbeitsunfähig sind, werden zuerst entlassen.«

Dr. Mainetti sah die Offiziere halb erfreut und halb besorgt an. »Das mag für normale Verwundungen richtig sein, meine Herren«, sagte sie laut. »Ein Gesichtsverletzter erfüllt unter Umständen alle diese Bedingungen, aber man wird ihm mit einer Entlassung keinen Gefallen erweisen. Er muss immer wieder nachoperiert werden, es müssen Verpflanzungen gemacht werden, Narbenaustrennungen, Transplantationen. Wer soll das tun, wenn man diese Leute entlässt? Eine Entlassung aus dem Lazarett wäre in solchen Fällen nur eine neuerliche und vollkommen ungerechtfertigte Bestrafung.«

»Diese Frau ist mit nichts zufrieden!«, rief Major Braddock. »Habe ich es nicht gesagt, meine Herren? Immer schwimmt bei ihr ein Haar in der Suppe. Nun wollen wir die POWs entlassen – und schon ist's wieder falsch.«

»Geben Sie den Soldaten den Status von Zivilpersonen, aber lassen Sie sie auf dem Schloss, Major.«

»Das muss das Hauptquartier entscheiden. Und wer soll die Kosten tragen?«

»Es wird ja wohl irgendeine verantwortliche Stelle geben. Ich nehme an, Sie haben Übergangsgesetze erlassen. Ich habe mich nie darum gekümmert, ich habe nur operiert und neue Gesichter gemacht. Aber es ist doch unmöglich, dass man einen Mann wie etwa Schwabe – Sie kennen ihn ja, Major – nach Köln entlässt und sagt: So, du kannst wieder essen und kauen, schlucken und hören, sehen und fühlen – das genügt. Hau ab und sieh zu, wie du durchs Leben kommst.«

»Warum geht das nicht, Madam?«, fragte der lange Oberstleutnant.

»Weil wir eine menschliche Verpflichtung haben, diesen grausam Verstümmelten gegenüber.«

»Wir, Madam? Hat Amerika den Krieg verloren?«

»Es hat den Krieg gewonnen, um uns die wahre Humanität zu bringen, oder irre ich mich da?«

»Was sage ich? Was sage ich?«, rief Braddock fast entzückt. »Jetzt gehen Sie k. o., lieber Seymore.«

Oberstleutnant Seymore lachte gezwungen. »Das Hauptquartier wird zu entscheiden haben, nicht wir. Können wir das Lazarett besichtigen, Madam? Zunächst darf ich Ihnen einige der Herren vorstellen. Kollegen aus Rochester und Cincinnati, Chirurgen und Gesichtsplastiker.«

Er stellte vier Offiziere vor, Namen, die Lisa sofort wieder vergaß. Wichtig war nur, dass es Gesichtschirurgen waren, Fachleute, die ihre Arbeit beurteilen konnten und die wussten, was es für den unglücklichen Patienten bedeutet, ein halb angefangenes Gesicht aus der Hand zu geben und solche Menschen unbehandelt sich selbst zu überlassen.

»Also gehen wir«, sagte Lisa. Sie suchte unter den vielen Aktenstücken eine große Mappe, in der alle Krankenblätter abgeheftet waren. Famulus Baumann, Dr. Vohrer und Dr. Stenton kamen gerade vom OP zurück, aus dem der letzte Operierte hinausgerollt wurde. »Kommen Sie, Baumann, schleppen Sie mir mal die ganzen Krankengeschichten nach«, rief Dr. Mainetti ihm zu. »Die Herren wollen unsere Schäfchen auf die Privatweiden treiben.«

Der Ausruf Lisas pflanzte sich in Sekundenschnelle fort. Er flog durch das Lazarett, von Stube zu Stube, und wo er hinkam, wirkte er wie ein Blitzschlag, der das Dach über dem Kopf wegreißt. Auch in die Stube 14 brüllte ein Mann aus dem Nebenraum: »Zehn Amis kommen für die Entlassung!«

Und auch die Stube 14 saß zunächst wie gelähmt da.

Es war eine lange Schlange, die sich nun durch die Zimmer wand: zehn Offiziere, drei Ärzte, Schwestern und Sanitäter. Von Bett zu Bett – und jedes Mal las Lisa Mainetti die zusammengefasste Diagnose und die bisherigen Maßnahmen vor. Die vier Chirurgen aus Amerika ließen sich Verbände abwickeln, tasteten raue vernarbte Gesichter ab, neue, im Werden begriffene Nasen, wulstige Lippen und einheilende neue Unterkiefer, dicke Rolllappen und große Hautplatten. Es war ein Aufmarsch des Grauens und ein Flehen um Hilfe. Major Braddock ging stumm neben Lisa her. Zum ersten Mal sah er das Lazarett in seiner ganzen schrecklichen Wirklichkeit.

Erst spät am Abend war die Kommission so weit, die Untersuchungen auszuwerten. Es zeigte sich, dass von 200 Gesichtsverletzten 160 entlassen werden konnten. Die gesamte Stube B 14 war darunter. Auch Erich Schwabe.

»Er ist zwar am schlimmsten dran«, sagte einer der Ärzte aus Cincinnati, »aber er kann in ambulanter Behandlung weiter betreut werden. Ein strenger Lazarettaufenthalt ist nicht nötig.« Er sah zu Dr. Mainetti hoch, die am Fenster stand, die Arme über der Brust gekreuzt. Sie hatte bisher noch nichts gesagt, sondern stumm die Arbeit der amerikanischen Kommission beobachtet. »Wie ist es denn nun in diesen Fällen eigentlich mit der psychischen Lage der Verletzten?«

»Nett, dass Sie auch daran denken«, sagte Lisa bitter. »Ich dachte, Sie denken nur an die Funktionsherstellung. Das habe ich nämlich schon einmal erlebt – vor tausend Jahren.«

»Es geht wieder los«, rief Braddock gespannt. »Die neuen Fighter in den Ring!«

»Wer hat von den zur Entlassung Vorgesehenen noch seelische Hemmungen?«, fragte der amerikanische Arzt.

»Alle.«

»Wieso?«

»Ich mache Ihnen den Vorschlag, sich von einer Hobelmaschine das Gesicht weghobeln zu lassen. Dann sprechen wir erneut darüber, wieso das so ist.«

Der Arzt aus Cincinnati räusperte sich und blätterte in seinen Notizen. »Natürlich wird es zu häuslichen Schwierigkeiten kommen«, sagte er gedehnt. »Aber alle Verletzten sehen so aus, dass sie als erträglich bezeichnet werden können.«

»Für einen Arzt – ja. Wir messen mit anderen Maßstäben. Wenn wir sagen: Das Gesicht ist wieder in Ordnung, sehen wir es mit dem Blick des Mediziners. Für die Frau oder Mutter sieht der Verletzte aber noch immer wie ein Ungeheuer aus. Und auch er empfindet es so. Er weiß, wie er früher aussah.«

»Sie glauben, dass es Schwierigkeiten geben wird, wenn wir sie entlassen?«

»Ich *weiß* es! Nicht bei allen. Nicht bei Schwabe etwa, oder bei Feininger oder bei Oster. Bei Adam schon gar nicht. Aber Walter Hertz ist ein kritischer Fall. – Und so wie ihn habe ich noch etwa vierzehn Fälle im Lazarett. In ihnen wurzelt noch immer die Angst, nicht mehr lebensfähig zu sein. Ein schiefer Blick, eine unvorsichtige Bemerkung, und schon kann es zur Katastrophe kommen. Ein Gesichtsverletzter hat auch eine verletzte Seele: Das sollte ein Lehrsatz werden.«

Die Kommission fuhr in der Nacht noch zurück nach Bernegg. In allen Zimmern des Blocks B brannten noch die Lichter, saßen die Verletzten in den Betten oder um die Tische. Die einen dumpf und nachdenklich, die anderen zitternd vor Freude und Erwartung. Sie alle konnten nicht schlafen.

Am 10. Dezember war es soweit.

In Gruppen wurden die Verwundeten aufgerufen und mussten zur Schreibstube kommen. Dort saßen Leutnant Potkins, der Stabszahlmeister und vier Schreiber, auch Gesichtsverletzte, und stellten die Entlassungspapiere und die Fahrtausweise zu den Heimatorten aus. Es vollzog sich alles reibungslos, still, ohne fröhliche Bemerkungen, wie man sonst einen einschneidenden guten Abschnitt des Lebens begrüßt. Die Männer waren ernst, nahmen ihre Papiere und die Fahrscheine, unterschrieben lange Bögen mit Paragraphen, ohne sie zu lesen, und gingen wieder auf ihre Zimmer, setzten sich auf die Betten und lasen den Fahrschein und den Vermerk auf dem Schlussuntersuchungsbefund.

»Untauglich«, stand darauf. Wofür?

Untauglich auch für das Leben?

»Ob man 'n Telejramm schicken kann?«, fragte der Berliner. »Ick muss doch Muttern mitteilen, det Paulchen kommt.«

»Vielleicht von Würzburg aus.« Erich Schwabe begann schon, seine wenigen Sachen zu packen. »Wir fahren doch alle zusammen nach Würzburg, nicht wahr?«

»Müssen wir ja.« Fritz Adam faltete die Hände über der Tischplatte. »Und wie der Bloch wollen wir uns versprechen: Wir bleiben zusammen. Jeder wird in Zukunft, solange er lebt, immer für den anderen da sein!«

»Ehrensache«, sagte Walter Hertz.

Sie schrieben ihre Adressen auf und ließen sie rundgehen. Jeder schrieb sie sich in sein Notizbuch.

»Ob die Lisa hier bleibt?«, fragte Hertz.

»Wenn nicht – es wird sich immer feststellen lassen, wohin sie gegangen ist.« Fritz Adam sah die anderen zustimmend an. »Ich schlage vor, dass wir sie im nächsten Jahr besuchen. Alle zusammen. Einen Tag können wir ja noch ausmachen.«

Sie nickten und dachten wieder an zu Haus. Nur Walter Hertz nicht. Er hatte kein Zuhause mehr. Er hatte bei der Entlassung einfach Frankfurt angegeben. Nach Frankfurt lautete nun auch sein Fahrschein. Was er dort sollte, wusste er nicht. Irgendetwas würde sich finden. Oder sollte er zu Petra fahren? Mit ihr in der amerikanischen Kantine arbeiten. Heiraten kann ich sie nie, dachte er. Auch jetzt nicht, wo sie so arm wie ich ist. Einmal wird sich das ändern, und ich weiß, dass ihre Eltern es nie erlauben würden. – Für sie bin ich kein Mensch mehr.

Zum letzten Mal wurden die Gesichter verbunden und mit Leukoplaststreifen überklebt. Und jedes Mal, wenn ein Gesicht fertig war, drückte Lisa Mainetti die Hand des Verletzten und sagte: »Mach's gut, Junge. Und beiß die Zähne zusammen!«

Und alle sagten, ohne Ausnahme: »Auf Wiedersehen, Frau Doktor. Und nochmals für alles Dank.«

Walter Hertz weinte, als er Lisa die Hand drückte. Sie nahm seinen Kopf und hielt ihn mit beiden Händen hoch.

»Du kannst jederzeit zu mir kommen«, sagte sie leise. »Ich werde etwas für dich finden. Wenn es dir draußen zu viel wird – es gibt immer einen Platz auf der Welt, wo du leben kannst. Schäme dich dann nicht und komm nach hier zurück.«

Walter Hertz nickte stumm. Dann riss er sich aus ihren Händen los und rannte aus dem Verbandsraum.

Der Auszug der ersten Gruppe, zu der die Stube B 14 gehörte, war wie ein kleines Volksfest. Ärzte und Sanitäter, Famulus Baumann und die Ordensschwestern, die anderen Gesichtsverletzten, die am übernächsten Tage abmarschieren sollten und sogar die amerikanischen Soldaten standen vor dem Schloss und winkten den Lastwagen nach, die die Entlassenen nach Bernegg brachten.

Dora Graff lief neben dem Wagen her, auf dem Fritz Adam stand, das Gesicht in einem Schal vermummt, mit hochgezogenem Mantelkragen, frierend und mit blau angeschwollenen Gesichtsnarben.

»Ich komme in 14 Tagen nach, Fritz!«, rief sie in das Motorengeheul hinein. »Hörst du? Ich habe einen Anruf bekommen. In 14 Tagen. Nach Heidelberg. Die chirurgische Universitätsklinik arbeitet wieder. Ich kann ankommen. Hörst du, Fritz. In 14 Tagen. Heidelberg ...«

Fritz Adam nickte und winkte durch die kalte Luft. Auch er rief etwas zurück. Man verstand es nicht mehr, nur die weiße Atemwolke vor seinem Mund war da, und es war, als erfrieren die Worte und stöben als winzige Kristalle davon.

Lisa Mainetti stand in der großen Eingangstür des Blocks B und sah den wegrollenden Wagen nach. Sie winkte mit beiden

Händen, aber in ihrem Gesicht stand kein fröhliches Lachen, es war überschattet von tiefer Nachdenklichkeit.

Da fahren sie weg, meine Jungs, dachte sie. Was wird sie im Leben erwarten?

Und plötzlich hatte sie Angst.

In Würzburg standen Christian Oster, Erich Schwabe, der Wastl Feininger, Fritz Adam und Paul Zwerch am provisorischen Postschalter und gaben ihre Telegramme auf. Walter Hertz war nicht mehr bei ihnen. Er war in Bernegg abgeholt worden. Von Petra Wolfach, die Major Braddock benachrichtigt hatte. »So sind wir«, hatte er zu Petra gesagt. »Auch wenn Sie uns den Aufenthalt Ihres Vaters nicht verraten.«

Walter Hertz hatte es die Sprache verschlagen, als er Petra im Schulgebäude sah. Seine Sorgen, alle jagenden Gedanken der letzten Wochen waren weggewischt. Die Liebe, die Petra ihm jetzt bewies, diese Selbstverständlichkeit, mit der sie ihn abholte, als sei er ihr Mann oder Bruder, überwältigten ihn.

»Was soll denn jetzt werden?«, fragte er nur, als Braddock die Fahrscheine umschreiben ließ.

»Komm erst einmal mit«, sagte Petra fest und fasste seine Hand. »Und denk nicht soviel, Walter. Ich habe auf diesen Augenblick fast ein Jahr lang gewartet.«

In Würzburg kam dann der große Abschied. Sie brachten den, der zuerst fuhr, immer gemeinsam zum Zug und versprachen noch einmal, sich nie aus den Augen zu verlieren. Und so ging einer nach dem anderen weg in das neue Leben, bis nur noch Erich Schwabe übrig blieb. Sein Zug nach Köln fuhr zuletzt. Er saß noch fast eine Stunde, von Reisenden heimlich angestarrt, aber es machte ihm nichts mehr aus. Er hielt seinen über und über mit Leukoplast verklebten Kopf gesenkt, hatte den Mantelkragen hochgeschlagen und das Gesicht darin versteckt.

Was wird jetzt in Köln geschehen, dachte er. Sie haben das Telegramm vielleicht schon, und Mutter wird herumrennen, um etwas extra zu bekommen, und Ursula wird nicht wissen, was sie zuerst tun soll und herumlaufen und allen im Weg sein. Im sechsten Monat war sie jetzt, man musste es schon sehen. Es wird Zeit, dass ich komme, dachte Schwabe und sah auf seine Uhr. Noch zwanzig Minuten, wenn der Zug pünktlich aus München eintraf. Abends gegen 9 Uhr würde er dann in Köln sein. Und Mutter und Uschi würden auf dem Bahnsteig stehen und dem Zug entgegenlaufen, wenn er in die zerstörte Halle einfuhr. »Erich!«, würden sie rufen. »Erich! Erich!«

Es war schön, nach Haus zu kommen.

Eine Schwester des Roten Kreuzes weckte ihn aus seinen Gedanken. Sie tippte ihm auf die Schulter. »Wollen Sie eine Tasse heißen Kaffee? Kommen Sie mit in die Baracke.«

Schwabe schüttelte den Kopf. »Danke, Schwester, danke. Aber mein Zug kommt ja gleich.«

Endlich lief der Zug aus München ein. Erich Schwabe sah die Wagen entlang. Sie waren überfüllt. In den Gängen und Vorräumen standen die Menschen eingekeilt. Niemand stieg aus, als habe jeder Angst, seinen Platz zu verlieren. Schwabe lief die Wagen entlang, riss die Türen auf, versuchte einzusteigen. Die Menschen quollen ihm entgegen, eine feindliche Masse, die ihn zurückdrängte.

»Lassen Sie mich doch rein«, rief Schwabe. »Ein Mann wird doch noch reingehen.«

»Besetzt«, schrie man ihm entgegen und schlug ihm die Tür vor der Nase zu. Was ist schon ein entlassener Mensch ohne Gesicht.

Schwabe rannte den ganzen Zug entlang. Überall warf man ihm die Türen zu. In einigen Wagen hielt man sie von innen fest, wenn er sie aufreißen wollte, und grinste ihn durch das Fenster an.

»Saubande«, schrie Schwabe. »Ihr Schweine!«

Dann gab er es auf. Mit schlaffen Armen stand er im wirbelnden Schnee auf dem Bahnsteig und starrte hoffnungslos den Zug entlang. Es war der Letzte, der Nächste fuhr erst am nächsten Morgen um 7 Uhr, und er würde genauso überfüllt sein.

Die erste Begegnung mit dem Leben. In Schwabe stiegen Ekel und Verachtung hoch. Er wandte sich ab und wollte gehen.

Da ergriff ihn jemand von hinten am Ärmel. »Kommen Sie«, sagte die Rotkreuzschwester von vorhin. »Es gibt hier ein Abteil für Schwerverletzte. Kommen Sie, ich mache Ihnen schon noch einen Platz frei.«

Fast mit Gewalt und nur mit der Drohung, die Polizei und die amerikanische MP zu holen, räumte die kleine, energische Schwester einen Platz.

»Gute Fahrt«, rief sie noch und sprang dann aus dem anfahrenden Zug.

Um Schwabe stand eine riesige Mauer schweigender, feindlicher Menschen. Sie starrte ihn hohlwangig an wie ein hungriges Untier.

»Das ist richtig«, sagte jemand aus der Mauer. »Erst immer durchhalten, bis alles im Eimer ist, und jetzt noch Sonderrechte beanspruchen.«

Schwabe schwieg. Er senkte nur den Kopf.

Das sind die Menschen, mit denen ich nun leben muss, dachte er. Das sind Deutsche, die einen Krieg verloren haben.

Und wieder stieg es bitter in seinem Hals auf. Enttäuschung, Verachtung, Ekel.

Es war spät abends, als der Zug im Kölner Hauptbahnhof einlief.

Erich Schwabe stand am Fenster und presste das leukoplastverklebte Gesicht gegen die schmutzige, gefrorene Scheibe. Der Bahnsteig war leer. Nur einige Beamte liefen herum, trübe Birnen brannten in notdürftigen Lampen. Die Türme des Doms ragten in den dunklen, kalten Winterhimmel.

Köln, dachte Schwabe ergriffen. Mein Köln.

Der Zug hielt mit einem Ruck. Schwabe blieb am Fenster stehen und starrte hinaus. Die Menschen hasteten aus den Wagen, über den Bahnsteig, wurden von den beiden Ausgängen verschluckt, als zöge es sie hinab in die Unterwelt. Schwabe wartete, bis alle das Abteil verlassen hatten, bis er allein im Wagen war. Erst dann stieg er langsam aus und blieb allein und einsam auf dem eisigen Bahnsteig stehen.

Ursula war nicht da. Und auch seine Mutter war nicht gekommen. Er sah auf seine alte Armbanduhr. Natürlich, über eine halbe Stunde Verspätung. Sie hatten sicherlich gefroren und waren in einen Wartesaal gegangen, sich aufzuwärmen. Nun mussten sie gleich eine der Treppen herauflaufen, winkend und vor Freude weinend. Und er würde die Arme ausbreiten, Mutter und Ursula an sich drücken, sie selig umarmen und voller Freude sagen: »Da bin ich.«

Erich Schwabe blieb auf dem Bahnsteig stehen und wartete.

Nach einer halben Stunde hob er sein Gepäck auf und warf es über die Schulter. Es war ihm unerklärlich, warum Ursula und

Mutter nicht gekommen waren. Er suchte einen Grund und fand ihn nicht. Vielleicht war Mutter krank – dann konnte Uschi kommen. Oder Uschi ging es nicht gut wegen des Kindes – dann hätte Mutter kommen können. Oder war etwas geschehen? War etwas mit Ursula? Mit dem Kind? Vielleicht lag sie im Krankenhaus.

Erich Schwabe begann zu laufen. Er hetzte die Treppen hinunter, zeigte an der Sperre seinen Fahrausweis, rannte weiter durch die zerstörte Bahnhofshalle, hinaus auf den weiten Domplatz, über den früher Hunderte von Tauben geflattert waren. Dort blieb er stehen, und Wehmut ergriff ihn, als er sich umsah. Die Hohe Straße eine Trümmerwüste, die Komödienstraße ein Wall von Ruinen, das Deichmannhaus ausgebrannt, der linke Turm des Domes über dem Fundament aufgerissen. Wohin man sah, nur ausgebrannte oder zerfetzte Häuser. Eine tote Stadt.

Dann ging er weiter, durch die von Schutt geräumten, einsamen Straßen, durch ein neues Pompeji, ein Gräberfeld mit den monumentalen Kreuzen stehen gebliebener Hauswände und Kamine. Er stand am Ring, und seine Erinnerung umkreiste die Stätten seiner Kindheit: das Hohenstaufenbad, die Humboldtstraße, wo einst das Gymnasium stand, das er bis zur Quarta besuchte, um dann doch in die Glaserlehre einzutreten. Er ging langsam durch die Grünanlagen des ehemaligen Horst-Wessel-Platzes, jetzt Rathenauplatz, und sah die Stellen, wo er sich als Kind in den Büschen versteckt oder in einem Sandkasten gespielt hatte. Jetzt war es ein aufgerissener Platz mit Baumstümpfen, und die fensterlosen, ausgebrannten Riesenhöhlen der Synagoge glotzten ihn feindlich an.

Dann sah er sein Haus. Das Haus Nr. 4. Die Fassadenmauer stand noch, drei Meter hoch. Hinter ihr waren die Trümmer weggeschafft, und zwei neue Mauern strebten in den kalten Nachthimmel.

Da begann er wieder zu laufen, rannte durch die Straße, stolperte über Steine und Balken und erreichte keuchend und mit schmerzendem Gesicht den Eingang zum Keller.

Ursula. Mutter, dachte er stöhnend. Ich bin da. Ich bin da.

An der gefrorenen, nassen Wand Halt suchend, tastete er sich die dunkle Kellertreppe hinab.

Schon nach den ersten Stufen wehte ihm Wärme entgegen und der Geruch gebratenen Fleisches. Und Stimmen hörte er. Sie waren laut und lachten.

15

Langsam stieg Erich Schwabe tiefer in den Keller hinab. Vor der neuen, dicken Tür blieb er stehen und legte das Ohr an das Holz. Sein Herz klopfte wild, und die Erregung schnürte ihm den Hals zu. In seinem Schädel brauste es, und es war ihm, als schlüge man mit einem Hammer gegen seine Trommelfelle. Da hielt er den Atem an und presste die Ohrmuschel eng an die Bretter der Tür.

Mutters Stimme, dachte er. Und da – Ursulas Lachen, ein helles, herrliches Lachen. Und noch eine Stimme, eine Männerstimme, tief und etwas polternd, in Alkohol gebadet. Was sagen sie? Warum sitzen sie hier, anstatt auf dem Bahnhof zu sein und ihn abzuholen? Natürlich, das Telegramm ist nicht gekommen! Er war schneller als die Nachricht. Da, wieder das Lachen Ursulas. Dann ein deutlicher Satz, unter Lachen ausgerufen: »Du bist eine Type, Karlheinz!«

Wer ist Karlheinz?, dachte Schwabe und atmete wieder. Ihm fiel der erste, kurze Eindruck ein, der ihn streifte, als er das zerstörte Haus sah. Ausgebrannt, mit zwei neuen Mauern. Wer hatte sie aufgebaut? Er legte die Hand auf die Klinke und wischte sich mit der anderen Hand über das kalte, schmutzige Leukoplastgesicht. Im Keller begann die tiefe Männerstimme zu singen. »Mädel, ich bin dir so gut …« Geschirr klapperte.

»Noch einen Grog, Karlheinz?« Die Stimme der Mutter. Auch sie nannte den fremden Mann mit dem Vornamen.

»Nur immer ran, Mütterchen.«

Erich Schwabe legte den Kopf wieder gegen die Tür. Meine Heimkehr, dachte er kläglich. So kommt man nach Haus. Nach sechs Jahren Krieg, nach sieben Verwundungen, mit einem verlorenen Gesicht. Jahrelang hat man auf diesen Tag gewartet, hat für diese Stunde gelebt, hat an diesen Augenblick geglaubt, selbst als die Welt um einen herum unterging. Ich komme wieder, hatte man sich immer gesagt.

Und so ist es nun wirklich. Man steht frierend vor der Tür und hat Angst, sie aufzustoßen. Angst hat man vor dem, was hinter der Tür ist.

Ob es dem Wastl auch so ergangen ist, dachte Schwabe plötzlich. Und dem Oster? Und was machte der Berliner? Was hatte Fritz Adam vorgefunden?

»Mein Mädel, mein Mädel vom Rhein ...«, sang drinnen die dröhnende Stimme. Erich Schwabe warf den Kopf in den Nacken und drückte die Klinke herunter. Dann gab er der Tür einen Stoß und ließ sie gegen die Kellerwand schlagen. Der Gesang verstummte, ein Stuhl fiel um, Ursulas Stimme klang auf. Sie rief: »Wer ist denn da?«

An einer Porzellanschüssel stand Frau Hedwig Schwabe und spülte Gläser. Ihre Augen waren weit und starr. Sie erkannte nichts, weil sie geblendet aus dem hellen Licht in den dunklen Kellergang schaute.

»Wer ist da?«, rief Ursula wieder. Ihre Stimme zitterte vor verhaltener Angst.

»Das hab'n wir gleich!«, sagte die Männerstimme. Dann schob sich eine untersetzte, breite Gestalt in das Licht, ein kräftiger Bursche in einem weiten Maureranzug, ein Glas Grog dampfend in der Hand.

Erich Schwabe trat langsam einen Schritt vor. Es war, als stürze er aus der Dunkelheit in das Licht. Er stand im Türrahmen, in seinem alten Militärmantel. Er hatte einen Schal um das Gesicht mit den schmutzigen, rußigen Leukoplaststreifen gewickelt, es sah aus wie der zertrümmerte Kopf einer Puppe, den man notdürftig wieder geflickt hatte.

»Erich!«, schrie Ursula gellend. Sie warf beide Arme nach vorn. Aber sie schaffte es nicht mehr, die drei Schritte bis zur Tür zu gehen. Sie fiel vornüber auf die Knie und rollte ohnmächtig auf den Kellerboden.

»Mensch, Kumpel, Erich«, sagte Karlheinz Petsch laut. Er bückte sich, griff Ursula unter die Arme und hob sie auf das Bett. »Kommt da rein wie 'n Geist im Theater. Die Weiber kriegen ja 'n Herzschlag.«

»Mein Junge«, stotterte Frau Schwabe. Dann fielen die Gläser hin, die Spülschüssel zerschellte auf dem Boden, und das Wasser spritzte an Erich Schwabe hoch und klatschte Karlheinz Petsch in die Schuhe. »Du bist da – du bist entlassen, Erich.« – Sie rannte auf ihn zu, umarmte ihn, drückte den starren Körper an sich. Aber dann verließen auch sie die Kräfte, sie weinte plötzlich und hing schlaff in den zupackenden Händen ihres Sohnes.

»Ihr – ihr habt mich nicht erwartet, was?«, sagte Erich Schwabe über den Kopf seiner Mutter hinweg, zu Karlheinz Petsch gewandt.

»Aber nein, wieso denn?«
»Mein Telegramm –«
»Hier ist keins angekommen.«
Petsch schloss die Tür hinter Schwabe und wischte sich schnell über das Gesicht. Verdammt, dachte er, das ist eine Panne. So sollte es nun auch wieder nicht sein. Ganz langsam in die Situation hineinwachsen, so hab' ich mir das gedacht.
»Ich bin Karlheinz Petsch«, sagte er und ging um Schwabe herum. »War mal Feldwebel bei der Luftwaffe. Und Ihre Frau hat mir das Leben gerettet.«
»Ursula?«
»Genaugenommen Ihr Keller. Ich kam in einen Luftangriff rein und flüchtete hier runter. Und da hab' ich mir gedacht: Das vergisst du nie. Und wenn's mal anders kommt, baust du das Haus wieder auf. Tja, und nun bin ich da dran.«
Erich Schwabe nickte. Er führte seine Mutter zu einem Stuhl, zog den Mantel aus und band den Schal von seinem Kopf. Nun erst sah man die völlige Zerstörung des Gesichtes, den lippenlosen Mund, die notdürftig neugeformte Nase, die Narben der Hautplastiken, die durch die Kälte rotviolett angelaufen waren.
»Einen Grog, Kumpel?«, fragte Petsch mit etwas belegter Stimme und hielt ihm ein Glas hin. Schwabe schüttelte den Kopf und setzte sich neben Ursula auf das Bett. Er starrte sie stumm an. Dann hob er zögernd die Hand und strich ganz leicht und mit einer hilflosen, zitternden Zärtlichkeit über ihre blonden Haare und das bleiche, schmale Gesicht. Jetzt erst bemerkte er, wie sich ihr Leib rund und mächtig vorwölbte, und seine Hand glitt über ihren Körper und blieb auf ihrem schweren Leib liegen.
Mein Kind, dachte Schwabe, und plötzlich wich alles von ihm, was ihn starr und stumm gemacht hatte. Die Einsamkeit, die er auf dem leeren Bahnsteig des Bahnhofes gespürt hatte, die wilde Verzweiflung, die ihn erfasst hatte, als er den Kopf gegen die Kellertür lehnte, der eisige Schreck, als er den Mann so vertraut mit Mutter und Ursula fand.
Mein Kind, dachte er wieder und schloss glücklich die Augen. Mein Gott, ich bin ja zu Haus, ich bin wirklich zu Haus. Es gibt keinen Krieg mehr, und wir werden von vorn anfangen, wirklich von vorn mit diesem Kind.
»Man sollte ihr was zu trinken geben«, sagte Petsch und zeigte auf Ursula.

Schwabe nickte. Er nahm aus Petschs Hand ein Glas mit Schnaps und flößte es Ursula langsam und vorsichtig ein. Sie schluckte krampfhaft, hustete wild und bäumte sich wie in Abwehr auf. Dann öffnete sie die Augen und starrte in Erichs schmutziges, verklebtes Gesicht, auf diesen formlosen Kopf, an dem nur die Augen das einzig Menschliche waren.

»Erich«, sagte sie schwach und schlang die Arme um seinen Hals. »Wie freue ich mich.«

»Tut dir was weh?«, fragte er besorgt. »Hast du Schmerzen? Spürst du etwas durch den Fall?«

Sie schüttelte den Kopf. »Nichts«, sagte sie schwach. »Nun ist alles gut. Du bist da. Du bist endlich da.«

Sie küsste ihn, indem sie seinen Kopf zu sich herabzog.

Als sich Schwabe aufrichtete und sich nach Karlheinz Petsch umsah, war der nicht mehr im Keller. Er war gegangen, und keiner hatte ihn weggehen hören.

Erich Schwabe fragte nicht nach ihm. Es würden noch viele Tage der Fragen kommen. Zwischen seiner Mutter und seiner Frau saß er auf dem Bett, hielt beider Hände fest und erzählte von den letzten Stunden in Schloss Bernegg.

Bis gegen Morgen erzählte er. Und dann lag er neben Ursula im Bett, hatte den Arm um ihre Schulter gelegt, und ihr Kopf lag müde, klein und leicht auf seiner Brust. Sie schlief mit einem kindlichen Lächeln und kuschelte sich im Schlaf zärtlich und eng an ihn.

Ich bin zu Haus, dachte Schwabe wieder. Und er war so glücklich, dass er weinen konnte. Im Bett nebenan schlief mit rasselndem Atem die Mutter. Sie hatte die Hände über der Brust gefaltet, als bete sie im Traum.

Morgen beginnt ein neues Leben, dachte Schwabe, auch wenn sich nicht viel ändern wird. Er hörte auf die Atemzüge der beiden Frauen und konnte selbst nicht schlafen.

Zu Haus, dachte er wieder. Mein Gott, ist das schön.

Für den Gefreiten Christian Oster, den Zauberer von Schloss Bernegg, war die Heimkehr ein entscheidendes Experiment.

Seine kleine, pausbäckige, braun gelockte Frau Susanne hatte nie die Gelegenheit gehabt, ihn auf Bernegg zu besuchen. Nach seiner Einlieferung hatte er sich wie fast alle Gesichtsverletzten geweigert, überhaupt jemanden zu sehen. Dann hatte er seine

Mutter kommen lassen und seine ganze seelische Qual herausgeschrien. Aber Susanne Oster, die zweimal unangemeldet in Bernegg erschien, wurde von Dr. Lisa Mainetti abgefangen, bevor sie noch in den eigentlichen Lazarettbereich kommen konnte. Wie zu allen Frauen hatte Lisa auch ihr gesagt: »Geduld ist das größte Geschenk, das Sie Ihrem Mann machen können. Jeder Tag Warten ist mehr als alles Gold.«

Das war alles, was die kleine, rundliche Susanne Oster von ihrem Mann erfuhr. Zwar gingen im Laufe der Monate viele Briefe hin und her, und immer hieß es: »Mir geht es gut. Es wird alles an mir getan, was möglich ist. Von Woche zu Woche wird es besser mit mir.« Ja, sogar ein Foto schickte Christian Oster an seine Frau, ein Foto schräg von hinten, sodass man nur die linke Gesichtspartie ein wenig erkennen konnte, und dieses Foto trug Susanne Oster immer mit sich und zeigte es jedem: Seht, so schlimm ist es ja gar nicht. Man sieht ja überhaupt nichts. Was sie nicht wusste, war die grausame Verstümmelung von Nase, Mund und rechter Gesichtsseite, ein aufgerissenes, von einem glühenden Granatsplitter völlig zerfetztes Antlitz, bei dessen Einlieferung sogar Dr. Lisa Mainetti leise zu Professor Rusch gesagt hatte: »Mein Gott – wo sollen wir hier noch anfangen?«

Was an Christian Osters Gesicht geleistet wurde, war das Musterbeispiel eines ›neuen‹ Gesichtes. Nach den fünfundvierzig größeren Operationen – die vielen kleinen Eingriffe wurden gar nicht mehr gezählt – sah sich Oster in einem Spiegel verblüfft und nachdenklich an. Dann nahm er ein Passbild aus der Brieftasche und verglich es mit dem Antlitz, das ihm aus dem Spiegel entgegenschaute. Er erkannte sich nicht mehr. Der alte Christian Oster war von dem glühenden Granatsplitter weggewischt worden. Nur die Haarfarbe war geblieben und der Ausdruck der blauen Augen. Das Gesicht aber war ein fremdes Gesicht. Christian Oster lächelte gequält.

»Es ist, als müsste ich jetzt Sie zu mir sagen«, sagte er leise.

Dr. Mainetti legte ihm die Hand auf die Schulter.

»Denken Sie, das ist mein Friedensgesicht. Das alte hat der Krieg genommen. Es war der unvermeidbare Kaufpreis für das Weiterleben.«

»Ich könnte mich schon daran gewöhnen – aber meine Frau?« Christian Oster drehte sich vom Spiegel weg. »Sie hat doch –

wenn man es genau bedenkt – einen anderen Mann geheiratet als den, der jetzt zurückkommt, nicht wahr?«

»Man heiratet nicht nur ein Gesicht, Oster.«

»Aber eine große Rolle spielt's doch, Frau Doktor.« Er drehte sich wieder zum Spiegel. »Was wird sie bloß sagen, meine Susanne? Ich bin doch ein völlig fremder Mann.«

»Wir werden es ihr vorher schreiben, Oster.«

Aber es waren Worte, weiter nichts, was Dr. Mainetti an Frau Oster schreiben konnte. Susanne Oster las sie und nickte. Natürlich wird Christian anders aussehen, dachte sie. Er wird Narben haben oder vielleicht ein schiefes Gesicht. Aber daran gewöhnt man sich, und man kann es auch im Lauf der Zeit immer wieder ändern und verbessern. Auch als Christian selbst schrieb: »Erschrick nicht, wenn ich einmal nach Hause komme. Ich sehe ganz anders aus, aber ich bin's wirklich …« Da hatte sie nur vor sich hingelacht und sich gesagt: Sieh an, jetzt macht er schon wieder dumme Witze. Als ob ich meinen Christian nicht erkennen würde.

Auch Oster hatte von Würzburg, wie alle der Stube B 14, ein Telegramm nach Hause geschickt. »Ankomme heute 11.23 Hauptbahnhof. Christian.« Dann saß er in dem überfüllten Zug und ratterte durch die Schneelandschaft nach Norden. Und je näher er seiner Heimatstadt kam, umso mehr schnürte die Angst sein Herz ein. Über zwei Jahre ist es her, seit ich Susanne gesehen habe, dachte er. Zwei Jahre, in denen man aus mir einen anderen Menschen gemacht hat. Einen Menschen, dessen Vater das Skalpell und dessen Mutter Rolllappen und Stiellappen aus Brust, Stirn und Oberschenkel waren.

Mit einer Stunde Verspätung rollte der Zug fauchend in die zerstörte Bahnhofshalle ein. Ein paar Menschen standen frierend und mit zusammengezogenen Körpern in der Kälte und starrten dem Zug entgegen.

Christian Oster hockte am Abteilfenster und sah hinaus auf die näher kommende Menschengruppe. Dort ist sie, durchfuhr es ihn heiß.

Der Zug hielt. Christian Oster sah, wie Susanne an der Wagenreihe entlangschaute, wie sie jeden musterte, der ausstieg, wie sie einem Soldaten entgegenlief, der mit dem Rücken zu ihr stand und wie sie enttäuscht umkehrte, als sie sah, dass es nicht ihr Christian war.

Oster stand im Gang, seitlich von der Tür, und wagte nicht, auszusteigen. Immer wieder strich er sich mit der Hand über das narbige, neue Gesicht. Als Letzter kletterte er schließlich aus dem Wagen und sprang von der untersten Stufe in den Schnee. Er zog seinen schlaffen Rucksack nach, hängte ihn über den linken Arm und wandte sich Susanne zu, die noch immer den Zug entlangsah und suchte.

Einmal glitt ihr Blick auch über ihn, blieb kurz an ihm haften und irrte dann weiter.

In Oster stieg ein heißer Schrei empor, er brannte in der Kehle, trocknete den Gaumen aus und drückte wie eine stählerne Faust auf das Herz.

Sie erkennt mich nicht, schrie es in ihm. Mein Gott, mein Gott – sie sieht mich an und erkennt mich nicht.

Die Wagen waren leer. Die wenigen Menschen hatten den Bahnsteig verlassen. Zwei Schaffner liefen an den Wagen entlang und warfen die Türen zu. Vom Zugende schrillte die Pfeife eines Rangierers. Nur Susanne Oster und Christian Oster standen noch im Schnee unter dem Eisengerippe der Bahnhofshalle und sahen sich stumm an.

Noch einmal blickte Susanne an dem Zug entlang. Sie wartete, bis er nach hinten zum Abstellgleis weggezogen wurde und hob dann frierend und resignierend die Schultern. Sie drückte den Persianerkragen gegen das Gesicht und kam zögernd die wenigen Schritte auf Christian Oster zu. In ihren verschreckten Augen glitzerten unterdrückte, in der scharfen Kälte beinahe kristallisierende Tränen.

»Verzeihen Sie«, sagte sie zu Christian Oster, »ist das der letzte Zug, der aus Würzburg kommt?«

In den Ohren Osters brauste und gellte es. Er starrte in Susannes Augen, und er sah, dass sie ihn bittend anblickten, doch ohne die geringste Regung des Erkennens. Ich bin es doch, wollte er schreien. Er wollte die Arme vorwerfen, Susanne an sich reißen, brüllen wollte er, bis das Herz aus der Kehle quoll: Ich bin es! Ich bin es! Ich bin es! Aber er blieb wie gelähmt stehen und schüttelte nur den Kopf.

»Keiner mehr?«, sagte Susanne und wandte sich ab. »Danke schön. Dann wird er morgen kommen …«

Ein paar Schritte zum Ausgang war sie langsam gegangen, als die Erstarrung von Christian Oster wich. Mit einem gurgelnden Schrei warf er den Rucksack in den Schnee und streckte beide Arme nach der kleinen, rundlichen Frau aus.

»Susanne ...«, stammelte er. »Ich ... ich ...«

Er stürzte vor, ergriff seine Frau und riss sie an sich. Sie wehrte sich, als Christian sie küssen wollte.

»Susanne!«, flehte er. »Susanne, erkenn mich doch! Meine Augen, die Haare ...« Er riss die Mütze vom Kopf und stöhnte, als er die Frau wieder an sich presste und ihre Brüste spürte und das Zittern ihres Leibes. »Susanne, ich ...«

Susanne Oster krallte sich in die Schultern des Mannes. Mit weit aufgerissenen Augen starrte sie in das fremde Gesicht. Sie begriff nun. Sie sah Christians Augen, sie sah seine Haare, sie hörte seine Stimme. Und doch war es ihr, als hänge sie an einem unbekannten Mann, als wären es fremde, nicht gewollte Lippen, die über ihr Gesicht glitten und um ein bisschen Zärtlichkeit bettelten.

»Das – das bist du?«, sagte sie leise.

Es war der furchtbarste Satz, der je gesprochen wurde. Sie merkte es, kaum, dass sie ihn gesagt hatte.

»Christian«, sagte sie deshalb mühsam. »Christian, wie schön, dass du gekommen bist. Ich – ich habe so auf dich gewartet. Komm nach Haus.«

Über eine Stunde gingen sie stumm, Hand in Hand, durch die Stadt, bis aus der Dunkelheit am Rande eines Grünstreifens das kleine Haus auftauchte. Sein Haus. Der Vater hatte mit dem Bau begonnen, und als er verunglückte, hatte er es zu Ende gebaut. An der Gartentür blieb er stehen und sah hinüber zu dem spitzen, schlanken Dach.

»Komm rein«, sagte Susanne kaum hörbar. Sie wagte nicht, Christian anzusehen.

»Ich – ich bin es wirklich«, wiederholte er heiser. »Ich habe doch geschrieben ...«

Susanne drückte ihr Gesicht an seine schneebedeckte, eissteife Brust.

»Komm doch!«, schrie sie gegen den Stoff. »Komm – ich spüre doch, dass du es bist.«

Sie spürt es, dachte Oster, und wieder ergriff ihn ein heißer Schwindel. Sie spürt es, aber sie sieht es nicht mehr. O Gott – das halten wir nicht aus!

Wie ein Tanzbär, den man an einem Nasenring hinter sich

herzieht, tappte er an der Hand seiner Frau durch den Vorgarten zum Haus.

Kurz vor Weihnachten kam Major Braddock wieder hinauf aufs Schloss und brachte eine Flasche Whisky mit. Er verband diesen Besuch mit einer Inspektion des Lazaretts und ließ sich von Dr. Stenton und Leutnant Potkins durch die halb leeren Zimmer und Säle führen.

»Langweilig, was?«, fragte er Lisa Mainetti nach diesem Rundgang und goss den Whisky zwei Finger hoch in die Gläser.

»Ich habe immerhin noch vierunddreißig Gesichtsverletzte, die täglich versorgt und nachoperiert werden müssen.« Lisa nippte an dem Whisky und sah über den Glasrand hinweg Major Braddock an. Was will er, dachte sie. Hat er Neuigkeiten von Walter Rusch? Ist etwas geschehen? Sie unterdrückte ihre aufkommende Angst und setzte das Glas ruhig zurück auf die Tischplatte. »Wird unser Lazarett eigentlich aufgelöst?«

»Vorläufig nicht. Sie werden sogar noch Zugänge bekommen. Aus anderen Lazaretten wird man Gesichtsverletzte nach Bernegg verlegen. Es spricht sich rum, welch zärtliche Hand hier Narben wegstreichelt.«

»Reden Sie nicht solchen Blödsinn, Major!«, sagte Lisa grob. »Ich hatte gedacht ...«

James Braddock nickte mehrmals. Er trank mit Genuss sein Whiskyglas leer und schnalzte mit der Zunge, als wolle er ein Pferd antreiben.

»Ich weiß, dass man Ihnen nichts vormachen kann, Miss Doktor. Also gut – wir könnten eine kleine Reise machen.«

»Wir?«

»Nach Darmstadt.«

»Nach ...«

»Zu Professor Rusch, richtig.« Braddock goss sich wieder Whisky ein.

»Ich habe angefragt und eine Nachricht erhalten: Sie können vor Weihnachten Rusch besuchen und sprechen. Natürlich nur im Beisein von zwei GIs, aber immerhin ...«

»Sie haben ...« Dr. Mainetti ergriff Braddocks Hand, als er die Flasche wieder zurückstellen wollte. »Major – warum tun Sie das?«

»Verdammt – diese deutsche Gründlichkeit, immer alles analysieren zu wollen! Nehmen Sie es doch hin! Fahren wir nach Darmstadt.«

»Wann?« Es war fast ein Schrei. Ein Jubelschrei.

»Von mir aus schon morgen.«

»Morgen habe ich vier Operationen auf dem Plan. Übermorgen?«

»Auch gut. Übermorgen. Sie dürfen Essbares mitbringen, was nicht in Büchsen ist.«

»Essbares? Sie sind ein Zyniker, Major.« Dr. Mainetti war aufgesprungen. »Darf ich Krankengeschichten mitnehmen ...«

Braddock starrte zu Lisa empor. In seinem Gesicht spiegelte sich völlige Ratlosigkeit. »Krankengeschichten?«

»Ja. Und Röntgenplatten und Plastikzeichnungen und ...«

»Sind Sie übergeschnappt, Miss Doktor?«

Lisa schüttelte wild den Kopf.

»Das verstehen Sie nicht, Major. Walter Rusch ist Arzt, nichts als Arzt. Seine Welt ist der OP, sind seine Patienten, sind die Erfolge seiner Hände und Gedanken. Für ihn ist es ein Geschenk, mehr als zehn Pfund Butter oder drei Brote – um es profan zu sagen –, wenn jemand in einer verzweifelten Lage zu ihm kommt und sagt: Hier sind Röntgenbilder. Was würden Sie jetzt tun, was sollen wir machen?«

Braddock schob die Unterlippe vor. Welch eine Frau, dachte er. Natürlich hat sie Recht. Das richtet ihn auf, das zeigt ihm, dass er trotz allem gebraucht wird, das gibt ihm Lebensmut. »Versuchen wir es«, sagte er nachdenklich. »Ich werde mit dem Kommandanten sprechen. Röntgenplatten sind ja nichts Gefährliches. Allerdings werden sie genau überprüft werden. Wegen Geheimnachrichten, verabredeter Zeichen und was es da noch alles gibt.«

»Und wir fahren bestimmt übermorgen?«

»Hat James Braddock jemals sein Wort nicht gehalten, Miss Doktor? Bis übermorgen. Ich komme Sie abholen.«

Der Rest des Tages war für Lisa Mainetti eine Qual. Sie wusste nicht, was sie mit ihrer Freude und ihrem Glück anfangen sollte. Sie suchte im Zimmer Ruschs alle Röntgenplatten zusammen, die interessant waren, selbst Aufnahmen von Verwundeten, die längst entlassen worden waren. Fast die ganze Nacht hindurch schrieb sie alte Krankengeschichten ab, veränderte die Namen und schrieb nur die ersten Eingriffe hin. Alles andere, die ganze Weiterbehandlung, ließ sie offen. So schaffte sie fast ›neue‹ Fälle, um die sie Professor Rusch um Rat fragen wollte. Gegen Morgen erst legte sie sich hin und schlief bleiern bis gegen 10 Uhr. Dora Graff weckte sie nach langem Zögern.

»Dr. Vohrer und Dr. Stenton operieren schon«, sagte sie, als Lisa endlich aufwachte und sich betroffen umsah. »Sie wollten nicht, dass ich Sie weckte. Aber ich dachte ...«

»Ich komme sofort!«

Lisa Mainetti sprang auf und rannte in das Badezimmer. Unter dem heißen Wasserstrahl der Brause drehte sie sich wohlig und ließ die Hitze in ihren Körper dringen.

Noch einen Tag, dachte sie, dann sehe ich Walter wieder.

Ob er sich sehr verändert hat?

Sie reckte den Kopf in die dampfenden Strahlen und prustete und ließ sich von dem heißen Wasser streicheln.

Zum ersten Mal gab sie vor sich selbst zu, dass sie Sehnsucht nach seiner Umarmung hatte, und es war ein herrliches Gefühl, darauf zu hoffen.

In der Kommandantur des Lagers Darmstadt saß Dr. Lisa Mainetti einsam und mit gefalteten Händen in einem kahlen Zimmer, dessen einziger Schmuck eine an der Rückwand aufgespannte amerikanische Fahne war. Das Sternenbanner. Davor stand ein Tisch. Auf dem einzigen Stuhl saß Lisa. Sonst war der Raum leer.

Major Braddock hatte sie allein gelassen und war mit dem dicken Paket aus Röntgenplatten und Krankengeschichten irgendwo in den weit verzweigten Zimmern verschwunden. Dort saßen jetzt voraussichtlich einige Abwehrexperten und studierten die Papiere, sekundiert von Major James Braddock, der die Gefahrlosigkeit der Schriftstücke und Röntgenfilme immer wieder beteuerte.

Professor Rusch in Camp III erfuhr nichts von diesem Besuch. Er hatte dienstfrei und brauchte heute nicht in das Lagerlazarett. Dort arbeitete auch Dr. Fred Urban, ein bisschen weniger arrogant, aber immer noch eingepresst in seinen unverlierbaren Charakter: Was auch immer im Lazarett geschah – er meldete es gewissenhaft weiter an die Lagerleitung.

Für Professor Rusch hatte man sich eine besondere, ›weich machende‹ Arbeit gedacht: Er musste in dem Team Urbans arbeiten, nicht als Chef, sondern als Assistent. Der Teamchef war

Dr. Urban. Zwar vermied es Urban immer, mit Rusch zusammenzustoßen. Er gab ihm weder Anweisungen, noch wehrte er sich, wenn Rusch ihn einfach zur Seite schob und an seiner Stelle operierte – aber allein die Gegenwart Urbans war Rusch eine Qual, und Urban spürte es und beobachtete Rusch wie eine Katze die Maus.

An diesem Tag saß Rusch vor einer Waschschüssel und wusch sein altes Hemd. Er hatte einen Seifenrest aus dem Lazarett mitgebracht – und dieses winzige Stückchen Seife wanderte nun von Hand zu Hand und erzeugte herrlichen Schaum, in dem Hemden, Unterhosen, Taschentücher und Strümpfe gewaschen wurden. Das gebrauchte Waschwasser wurde dann weiterverkauft, für ein paar Zigaretten, für ein paar Kekse, bis die Lauge schwarz war und in die Latrine gegossen wurde.

»Mitkommen zum Kommandanten!«, sagte ein junger GI zu Professor Rusch, als er gerade sein Hemd zum Trocknen aufhängen wollte. Rusch hob die Schultern und zeigte auf das nasse, tropfende Wäschestück.

»Wie?«, fragte er. »Ich habe nur das eine Hemd! Ich kann doch nicht ...«

»Let's go«, sagte der junge Soldat und winkte energisch.

»Aber ich kann doch nicht mit nacktem Oberkörper zum Kommandanten!«

»Schnell, schnell!«, rief der Soldat ungeduldig.

Professor Rusch hob noch mal resignierend die Schultern. Er zog seine Jacke über, schlug die Revers und den Kragen hoch, hielt sie mit beiden Händen vor der Brust zu und folgte dem GI durch die verschneiten Campgassen zur Kommandantur. Dort stand er in dem langen Flur, lehnte sich an die warme Holzwand und strich sich mit gespreizten Fingern mehrmals durch die Haare, um etwas Ordnung in das verwehte, nasse Gestrüpp zu bringen.

Aus einer Tür kam Major James Braddock. Er stutzte, als er Rusch stehen sah und kam dann überrascht mit schnellen Schritten auf ihn zu.

»Professor, Sie? Schon da?«

»Major Braddock! Sie hier? Hat man Sie versetzt?«

Braddock drückte Rusch beide Hände. Dabei fielen die Revers herunter, und der Major sah erstaunt die nackte Brust unter der Jacke.

»Was ist denn das?«

Rusch lächelte schwach. »Ich hatte mein Hemd gewaschen und zum Trocknen aufgehängt, als man mich holte.«

»Ich werde Ihnen sofort ein neues Hemd besorgen, Professor.« Braddock sah den jungen GI an, der starr geradeaus sah, als höre er nichts und sei aus Wachs. »Hatten Sie tatsächlich nur ein Hemd mit?«

»Vier, Major.«

»Und die drei anderen?«

Rusch senkte den Kopf. »Ich hatte Hunger«, sagte er leise. »Ich habe sie gegen Brot eingetauscht.«

Braddock schwieg. Er starrte Rusch einen kurzen Augenblick an, wandte sich dann ab und stampfte durch den langen Gang davon. Ein Leutnant kam aus einem der vielen Zimmer und winkte dem GI. »Professor Rusch?«, rief der junge Offizier.

»Ja«, rief Rusch zurück.

»Okay! Zimmer sechs. Eine Stunde.«

Die Tür klappte wieder zu. Verwundert sah Rusch sich um.

»Was ist eine Stunde?«

Der GI winkte mit starrem Gesicht. »Go on.« Er ging bis zur Tür Nr. 6 und stieß sie auf. Rusch folgte ihm langsam, vorsichtig, wie ein sicherndes Wild. Ein neues Verhör, dachte er. Hat Urban wieder eine Lüge verbreitet? Will man mich auf ›humane‹ Art weich machen zu einem sinnlosen Geständnis?

Das Erste, was Rusch in dem Zimmer sah, war eine ausgespannte Fahne an der Wand. Dann bemerkte er einen Tisch. Er war leer und ein wenig staubig. Was soll das alles, dachte er verblüfft. Er trat in das Zimmer, schnell, um zu zeigen, dass er die Angst überwunden hatte.

Vor ihm schnellte etwas hoch. Es geschah so plötzlich, dass er gar nicht wahrnahm, was es war. Aber einen Schrei hörte er, und er erkannte die Stimme, noch bevor seine Augen die Gestalt der Frau erkannt und er ihre Arme warm und zärtlich um seinen Nacken spürte.

»Lisa«, stammelte er. »Lisa. Ist das denn wahr, Lisa?«

Der junge GI hatte die Tür geschlossen und stand wie ein Pfahl an der Wand. Mit unbewegtem Gesicht sah er zu, wie sich der weißhaarige Mann und die schöne, schwarzlockige Frau küssten, immer und immer wieder, er beobachtete, wie Rusch sie zurück zum Stuhl führte und die Frau kraftlos darauf niedersank und ihren Kopf in seine Hände legte.

»Du bist gekommen«, sagte Rusch stockend. »Wie schön ist das, wie schön.«

»Wie – wie dünn du geworden bist.« Lisa strich mit den Fingern über seine nackte Brust und tastete über die aus der Haut stechenden Rippen. »Wie geht es dir, Walter? Hast du großen Hunger? Behandelt man dich gut? Du hast doch keinem etwas getan, du hast doch nur allen Menschen geholfen.«

»Darauf kommt es jetzt nicht an, Lisa.« Er setzte sich auf den Tisch und schlug Kragen und Revers der Jacke wieder hoch. »Wieso konntest du hierher kommen?«

»Braddock hat es möglich gemacht.«

»Ich glaube, er ist unser einziger Freund.«

»Er wird dich auch wieder herausholen aus diesem Lager.«

Rusch schüttelte langsam den Kopf. »Ich glaube es nicht mehr, Lisa ...«

»Aber du hast doch niemals ...«

»Urban hat einen Eid geleistet.«

»Solch ein Lump!« Lisa sprang auf. Ihr Gesicht flammte auf, und sie ballte die Fäuste vor ohnmächtiger Wut. »Und was hast du getan?«

»Was sollte ich tun? Ich habe einen Gegeneid geleistet. Aber man glaubt anscheinend Urban.« Rusch senkte den Kopf. »Sie geben ihm in kleinen Dosen Morphium. Dafür sagt er alles, was gewünscht wird, und beschwört es auch. Natürlich wird sich alles als sinnlos herausstellen – aber wann, Lisa, wann? Es kann noch Monate dauern, bis man alle Listen durchgegangen ist, die sich mit KZ-Ärzten und Euthanasiebeauftragten beschäftigen. Und das ist es ja, was Urban beschworen hat: Ich soll bei einer dieser Euthanasiekommissionen mitgewirkt haben.« Rusch hob beide Arme und ließ sie resigniert wieder herabfallen. »Ich habe keine Gegenbeweise. Ich kann immer nur wiederholen: Ich bin es wirklich nicht.«

»Ich bin es nicht?«, sagte Lisa atemlos. »Was heißt das?«

Rusch schluckte mehrmals, ehe er weitersprach. »Es gab einen Dr. Rusch bei diesen Kommissionen.«

»Walter!«, rief Lisa Mainetti entsetzt.

»Man hat es mir gezeigt. Diagnosen und Empfehlungen, unterschrieben mit Rusch. Ich habe meine Unterschrift als Gegenbeweis gegeben. Man sagt, ich verstelle meine Schrift jetzt. Ich habe zu beweisen versucht, dass dieser Dr. Rusch neun Jahre jünger ist als ich. Man sagt: Sie haben jetzt gefälschte Papiere. Alle Nazis haben falsche Papiere. Sie sind dieser Rusch. Sie haben Verbrechen gegen die Menschlichkeit begangen. Gestehen Sie. Ich habe gerufen: Dieser Rusch ist doch Psychiater – ich bin Chirurg! Und man hat mir geantwortet: Alles Tarnung. Nirgendwo steht, dass dieser Rusch Psychiater ist. Und Urban, dieses Schwein, beschwört, dass ich dieser Dr. Rusch bin.«

Major Braddock kam ins Zimmer. Er hatte ein grünes amerikanisches Hemd über dem Arm und einen wütenden Ausdruck im Gesicht.

»Diese sturen Gehirne!«, schrie er bei offener Tür. »Ich weiß, was man Ihnen vorwirft, Professor. Idioten sind das! Aber sie lassen nicht mit sich reden. Sie wollen für das Geld, das man ihnen zahlt, auch was tun. Also machen sie Mist. Nachher entschuldigen sie sich und werfen Sie auf die Straße. Sie werden sehen, so kommt es! Nur weil es zwei Ruschs gibt, spielen sie verrückt. Dabei stehen Sie auf der Liste jener Personen, denen wir ein Angebot für die USA machen wollen. Ein Freundesangebot! Es sollte mich nicht wundern, wenn dieser andere Rusch in die Staaten fährt. Es ist zum Kotzen mit der Militärbürokratie!«

Er warf Rusch das olivenfarbene Hemd hin und nickte. »Ist ganz neu. Ziehen Sie es an, Professor!«

»Morgen wird man es mir wieder abnehmen.«

»Ich habe es gekauft.«

»Das weiß aber der Campleutnant nicht!«

»Dann lasse ich Ihnen mit Farbe auf den Rücken schreiben: Dieses Hemd kaufte Major James Braddock!«, brüllte der Major.

Zwei junge Offiziere kamen ins Zimmer. Sie trugen einen Stapel Schriftsachen und warfen sie auf den Tisch.

»Okay!«, sagte der eine. »Sie können fragen, Miss Doktor.«

Rusch starrte auf die Röntgenplatten, die neben seinen Händen lagen. Er erkannte die Formulare, auf denen man die Krankengeschichten schrieb, und seine Hand tastete langsam nach einem der großen, entwickelten Filme.

»Was – was soll das, Lisa?«, fragte er heiser vor innerer Erregung.

»Die neuen Krankengeschichten, Walter«, sagte Dr. Mainetti fest. »Ich wollte sie dir zeigen und dich um Rat fragen. Manchmal komme ich nicht mehr weiter. Du fehlst uns überall.«

»Noch eine halbe Stunde habt ihr«, sagte Major Braddock.

»Ich will sehen, ob ich diese sturen Hunde nicht doch zum Bellen bekomme.«

Dann waren sie wieder allein, nur der stumme Posten stand an der Tür, unbeweglich, mit starrem Gesicht, wie hingemalt. Er störte nicht, er war ein Teil des Zimmers wie das ausgespannte Sternenbanner an der Wand.

Aufmerksam las Rusch die einzelnen Krankengeschichten und hob die Röntgenplatten gegen das Licht, das fahl durch das schmale Fenster drang. Nach der vierten Platte lächelte er leicht vor sich hin. Er erkannte sie wieder, auch wenn die Namen weggewischt und durch neue ersetzt worden waren. Sein bewundertes Gedächtnis hatte nicht gelitten. Dies war der Mann aus Dresden, dachte er, als er eine neue Platte hochhielt. Ich habe ihm ein neues Schläfenbein gemacht. Und das hier ist ein Unteroffizier aus Wuppertal gewesen. Ein schwerer Fall. Neben dem Unterkiefer war der Oberkiefer gespalten, als habe ein Beil ihn durchhackt. Der ganze Nasenraum lag offen.

Liebe, liebe Lisa – es ist ein herrlicher, ein das Herz weitender Betrug. Ich danke dir dafür.

»Wann eingeliefert?«, fragte er und spielte die Komödie mit.

»Vor neun Wochen. Aus einem anderen Lazarett.«

»Ein schwerer Fall, Lisa.«

»Darum komme ich ja zu dir, Walter. Nur du kannst hier raten, was ich tun soll.«

Er nickte, legte die Röntgenplatte vorsichtig auf den Tisch zu den anderen zurück und küsste Lisa mit einer zitternden, fast vergehenden Innigkeit.

»Du bist alles, was ich jetzt noch habe«, sagte er leise. »Und doch fühle ich mich reicher als je zuvor. Und stärker, Lisa. Viel, viel stärker.«

Erich Schwabe besuchte drei Tage nach seiner Heimkehr Karlheinz Petsch in dessen Kellerwohnung. Petsch hatte sich seit diesem Abend nicht wieder bei den Schwabes sehen lassen. Da der Frost gekommen war, ruhte auch die Bauarbeit an der Schwabe-Wohnung. Petsch verputzte jetzt in Köln warme Innenräume gegen Brotmarken, Raucherkarten und Speck. Er fuhr mit einem eingetauschten Fahrrad bis ins Vorgebirge und reparierte die Ställe der von der Kriegswelle überrollten Bauern. Abends kam er mit prallem Rucksack auf dem Gepäckständer zurück und bestellte die Baustofflieferanten zu sich. Es war ein reges und fruchtbares Geschäft.

»Wir sollten uns zusammentun«, sagte Erich Schwabe, nachdem er von Petsch einen Schluck echten französischen Cognac bekommen hatte. »Maurer und Glaser, das paßt zusammen. Ich habe mit Uschi über alles gesprochen. Du hast dich gut benommen, Kumpel. Es wird mal die Zeit kommen, wo ich dir das danken kann.«

»Halt's Maul und sprich nicht solchen Blödsinn.« Karlheinz Petsch scharrte mit den Füßen. Alles wird sie ihm nicht erzählt haben, dachte er. Warum auch? Und es wird sich noch manches ändern in den nächsten Monaten. Bei aller Liebe kann Uschi mit solch einem Gesicht nicht zusammenleben. Es wird genauso kommen, wie ich's gesagt habe. Dafür werden schon die anderen sorgen.

»Wie ist's denn mit Glas?«, fragte er.

Schwabe hob die Schultern. »Ich will sehen, ob die alten Lieferanten ...«

»Die blasen dir quer durch den Hintern, Kumpel. Ohne Kompensation ist nichts mehr auf der deutschen Welt. Komm her! Hier sind zwei Pfund Speck. Ich pump sie dir als Anfangskapital. Damit gehste zu deinen Scheichen und winkst ihnen damit unter der Nase. Und sagst: Ich brauche soundsoviel Glas. Oder ich fress das Zeug allein! Du sollst sehen, wie die in die Ecken kriechen und dir das Glas hinhauen. Und übermorgen fährste mit nach Efferen. Ein Bauer will da ein Hühnerhaus gebaut haben. Hühnerhaus – hörste die Glocken läuten? Mensch, Erich – das wäre gelacht, wenn wir nicht auf alle vier Beine fallen, was?«

Mit zwei Pund Speck in der Hand kroch Erich Schwabe wieder aus dem Keller.

Es gibt noch Kameraden, dachte er froh.

16

Ursula hatte die Zeit von Erich Schwabes Besuch bei Karlheinz Petsch genützt, um mit Erichs Mutter die unmögliche Situation durchzusprechen. In den vergangenen drei Tagen hatten sie keine Gelegenheit dazu gehabt. Erich war immer um sie gewesen, als wolle er keine Minute mehr verschenken, in der er Ursula oder seine Mutter nicht sah.

Noch in der Nacht seiner Rückkehr hatte Frau Schwabe ihren Sohn mit dem erfreut, was er sich über ein Jahr lang immer als ›Heimkehrermahlzeit‹ gewünscht hatte. Sie hatte Kartoffeln geschält und gerieben und ihm einige Pfannen voll Reibekuchen gebacken. Dazu gab es Apfelmus, aus den Äpfeln gekocht, die Petsch im Herbst aus dem Vorgebirge mitgebracht hatte.

»Es war vor Weihnachten«, sagte Frau Hedwig Schwabe und schob eine neue Pfanne Reibekuchen auf Erichs Teller, »ich war bei dir in Bernegg, da war ein neuer Angriff auf Köln, und dieser Petsch suchte Schutz hier im Keller. Damals war er noch Feldwebel und auf Urlaub. Tja, und seitdem kennt er uns. Er hat viel für Ursula und mich getan.«

Erich Schwabe nickte und legte den Arm um Uschis schmale Schulter. »Es war gut, dass ihr nicht allein wart«, sagte er glücklich. »Ich will in den nächsten Tagen mit ihm reden und ihm sagen, dass sich nichts geändert hat. Wir werden jetzt das Haus zusammen aufbauen.«

Das war es, was Ursula nun herausschrie, kaum dass Schwabe den Keller verlassen hatte.

»Es geht nicht, Mutter. Es geht einfach nicht. Einmal wird er es erfahren. Karlheinz muss in eine andere Gegend ziehen, es gibt doch soviel Möglichkeiten für ihn.«

»Erich wird mit Karlheinz Freundschaft schließen«, sagte Hedwig Schwabe langsam. »Was gewesen ist – wir wollten es alle vergessen, Uschi. Man kann es nicht ungeschehen machen, aber man kann die Erinnerung daran in sich abtöten.«

»Nicht, wenn ich ihn täglich sehe!«, rief Ursula verzweifelt.

Frau Schwabe hob hilflos die Hände. »Was sollen wir denn sonst anderes tun?«

»Wenn ich es ihm sage?«

»Nicht jetzt. Vielleicht später. Er ist so glücklich.«

»Wir werden ein Kind haben, Mutter. Um des Kindes willen wird Erich ...«

Frau Schwabe senkte den Kopf und schlug beide Hände vor das Gesicht. »Ich weiß es nicht«, stöhnte sie. »Es ist so furchtbar. Auch ich habe mich falsch benommen. Ich habe ja auch Schuld. Ich weiß wirklich nicht, was ich tun soll.«

»Es gibt nur eine Möglichkeit: Karlheinz muss wegziehen!«

»Aber er wird nicht gehen.«

»Ich werde ihn zwingen.«

»Wie?«

»Ich werde ihm sagen, dass ich Erich alles beichten werde.«

»Darauf wartet er ja nur.«

»Dann werde ich ihn mit einem Stein erschlagen!«, schrie Ursula. »Ich lasse mir mein Glück nicht nehmen.« Und plötzlich weinte sie und lehnte den Kopf an die feuchte Kellerwand. »Was habe ich denn getan?«, schluchzte sie. »Es war doch nur aus Verzweiflung. Ich wusste ja gar nicht, was ich tat. Ich wollte nur etwas Wärme haben, das Gefühl, nicht allein zu sein – und du, du bist schuld daran!«

»Ich?« Frau Schwabe sprang auf.

»Ja, du! Warum hast du mich nicht mit nach Bernegg genommen? Kein Vertrauen hattest du zu mir. Allein wolltest du zu Weihnachten mit Erich sein! Egoistisch warst du – nur dich und deinen Sohn hast du gesehen, und ich war ein Nichts in diesem Augenblick. Ein in die Ecke gekehrter Dreck. Ich habe das gefühlt, und ich hatte Angst – vor den Nächten, vor den Tagen, vor der Zukunft und vor euch. Und da ist es geschehen!«

Sie warf sich auf das Bett und vergrub das Gesicht in das Kissen. Hochaufgerichtet, steif stand Hedwig Schwabe im Keller. Die Anklage Ursulas war ihr geheimes, nun laut gewordenes Schuldbekenntnis. Es gab keine Erwiderung mehr darauf.

»Es ist gut«, sagte Frau Schwabe mit fester Stimme. »Ich werde gehen. Ich werde Platz machen. Eine alte Frau mehr oder weniger – was spielt das für eine Rolle? Aber ihr seid jung, ihr habt das Leben noch vor euch, und das Kind braucht euch, so wie Erich einmal mich gebraucht hat. Ich gehe gleich.«

»Das ist doch Dummheit, Mutter.«

»Nein, nein. Wenn es Erich einmal erfährt – ich nehme die Schuld auf mich. Ich bin eine alte Frau, mir wird man verzeihen. Und wenn nicht – was kümmert's mich? Ich habe das Leben hinter mir. Auf mich kommt es nicht an. Die Hauptsache ist, dass ihr glücklich werdet.«

Frau Schwabe packte ihren Koffer, als Erich von Karlheinz Petsch zurückkam.

»Was ist denn das?«, fragte er und sah hinüber zu Ursula, die mit verquollenen, roten Augen kläglich auf dem Bett saß.

»Ich ziehe um«, sagte Frau Schwabe.

»Bist du verrückt?« Erich Schwabe nahm den halb gepackten Koffer und warf ihn zwischen Kleiderspind und Bett. »Was soll der Unsinn? Habt ihr Krach gehabt?«

»Nein. Aber der Keller ist zu klein.« Frau Schwabe drehte ihrem Sohn den Rücken zu. »Und wenn das Kind kommt ... Ich kann bei einer Freundin wohnen, ganz in der Nähe. Glaub mir, es ist besser so.«

»Wir reden nicht mehr darüber, Mutter, verstanden?« Erich Schwabe legte sein Paket mit den zwei Pfund Speck auf den Tisch. »Und wegen des Platzes – auch das ist geregelt. Wir werden tauschen.«

»Tauschen?«

»Karlheinz hat sich seinen Keller fabelhaft ausgebaut. Drei Räume hat der Lümmel, fast komfortabel. Er ist bereit, mit uns zu tauschen und in unseren Raum zu ziehen.«

»Unmöglich!«, rief Ursula entsetzt.

»Aber warum denn? Ein solches Angebot, Uschi! Karlheinz ist ein wirklicher Freund.«

»Es geht nicht«, sagte Ursula schwach. »Es geht einfach nicht.«

»Nur vorübergehend. Bis wir oben unsere Wohnung stehen haben. Im Frühjahr ziehen wir alles hoch, und für Petsch bauen wir eine Wohnung mit. Ehrensache!«

Frau Schwabe hob beide Arme. »Es muss wohl so sein«, sagte sie starr. »Es ist ein Teufelskreis.«

»Wieso ein Teufelskreis?«, fragte Erich Schwabe verblüfft.

»Ich kann diesen Petsch nicht sehen!«, schrie Ursula grell. »Ich ekle mich vor ihm!«

»Aber er ist doch ein fabelhafter Kamerad«, sagte Erich hilflos. »Schon morgen könnten wir umziehen. Wer macht uns heute schon noch so ein Angebot?«

»Lass uns hier wohnen bleiben«, flehte Ursula. »Der Keller ist groß genug. Auch wenn das Kind kommt.«

»Ich verstehe euch nicht!« Erich Schwabe zog seine Jacke aus und warf ein paar Kohlen in den blubbernden Eisenofen. »Karlheinz' Keller ist wärmer, er hat ihn sogar mit Platten isoliert. Und Mutter kann einen eigenen Raum haben. Und sogar heißes Wasser hat er. Irgendwo hat er einen elektrischen Boiler ausgebaut und sich damit eine Duschanlage gebaut. Das alles stellt er uns zur Verfügung. Und da soll ich nein sagen? Ursula kann das Kind baden, und das Kleine liegt dann wenigstens an keiner feuchten Kellerwand.«

»So ist es!«, sagte Frau Schwabe laut. Sie winkte energisch ab, als Ursula etwas dazwischenrufen wollte. »Ganz gleich, was ist – wir ziehen morgen um! Es wird alles so kommen, wie es kommen muss.«

»Warum hilfst du mir nicht, Mutter?«, schrie Ursula. Ratlos starrte Erich Schwabe zwischen den beiden Frauen hin und her. Er verstand nichts und begriff nicht die glühende Erregung, die in Uschi brannte. Frau Schwabe schüttelte wild den Kopf.

»Können wir etwas ändern?«, rief sie hart. »Es geht alles seinen Lauf – aber wir haben drei warme, ausgebaute Räume.«

»Und sogar einen Kachelofen.«

»Na also. Morgen ziehen wir um!«

In der Nacht lag Ursula schlaflos neben ihrem Mann und starrte gegen die dunkle Kellerdecke. Angst lag wie lähmender Frost in ihrem Körper. Sie wusste, dass man heute eine langsam glimmende Zündschnur angesteckt hatte.

Bis kurz vor Weihnachten hatte sich die Stube B 14 wieder zusammengefunden. Zwar nur mit Kartengrüßen, aber über alle Entfernungen hinweg waren die Brücken geschlagen worden. Nur von Walter Hertz war keine Nachricht gekommen. »Det is klar«, schrieb der Berliner aus dem Harz, wo er seine Mutter gesund wiedergefunden hatte. »Der flittert im siebenten Himmel. Alleene mit det Mä'chen – habt Verständnis, Jungs!«

Kaspar Bloch und Fritz Adam hatten schon Verbindung mit den Universitäten aufgenommen. Sie konnten sofort studieren. Christian Oster schrieb eine kurze Karte: »Mir geht es gut. Das Wetter ist schrecklich. Wie geht es euch? Gruß Christian.« Weiter nichts, eine nichts sagende, dumme Nachricht, mit der niemand etwas anzufangen wusste. Am ausführlichsten, aber auch am unleserlichsten schrieb der Wastl Feininger. Mit Negern war nix, berichtete er. Die Resi war treu geblieben, was ihn sehr verwunderte, denn früher – Sakrament, da stand's Kammerfensterl bei der Resi immer offen. Im Übrigen aber habe die Sau geferkelt, das letzte, übrig gebliebene Schwein, und man habe von dem Wurf nur sechs angegeben, aber neun waren's. Also würde es bald ein Spanferkelchen geben, heimlich im Stall gebraten, und wer kommen wolle, der solle nur anrücken. Beim Wastl brauche keiner zu hungern, keiner aus Bernegg.

Auch an Dr. Lisa Mainetti hatten sie geschrieben. Als habe man es abgesprochen, kamen die Grüße und Weihnachtswünsche fast gleichzeitig auf Schloss Bernegg an. Der Wastl schickte sogar ein Päckchen mit zwei Würsten und einem tellergroßen Handkäse. Aber auch hier fehlte eine Nachricht von Walter Hertz. Lisa hatte alle Briefe und Karten sortiert und war sehr nachdenklich geworden. Sie glaubte nicht an alles in Vergessenheit tauchende Flitterwochen, sie empfand ein ungutes Gefühl, wenn sie an Walter Hertz dachte, an diesen großen Jungen mit der so zarten, zerbrechlichen Seele, den niederdrückenden Komplexen und der Angst vor der Zukunft, die vor ihm wie eine unerforschte Wüste lag.

Am Heiligen Abend kam James Braddock hinauf nach Schloss Bernegg. Er platzte in die einfache Weihnachtsfeier des Lazaretts hinein. Die Patienten saßen um einen geschmückten Baum und packten die Geschenkpakete aus.

»Merry Christmas!«, rief Major Braddock, als er Lisa Mainetti ein kunstvoll verschnürtes Päckchen überreichte. Es war mit Staniolbändern umwickelt und mit einer großen, dicken Schleife verziert.

Sie saßen in einer Ecke des großen Gemeinschaftsraums.

»Ich habe ein Geschenk für Sie, Miss Doktor«, sagte Major Braddock etwas stockend.

»Ich pack es gleich aus.«

Braddock hielt Lisas Hand fest, die das Päckchen aufschnüren wollte. »Nicht das Paket, das ist unwichtig. Ich habe eine Nachricht für Sie, die Sie erfreuen wird: Ich werde in Kürze versetzt werden.«

Aus Dr. Mainettis Hand fiel das Päckchen auf den Tisch zurück. »Das – das nennen Sie eine Bescherung, Major?«

»Ich dachte, es würde Sie freuen, mich nicht mehr zu sehen.«

»Sie wissen genau, wie ich – wie sehr ich …« Dr. Mainetti schwieg. Braddock nickte wehmütig.

»Unsere herrliche Hassliebe, Miss Doktor. Was wird nun aus ihr? Ich gehe zurück in die Staaten. Dort habe ich eine nette kleine Farm, auf der ich mein Leben beenden werde. Es ist die Sehnsucht von Millionen, die es nicht kennen: Ein Häuschen, ein Frauchen, ein paar Enkelchen und viel, viel Zeit.«

James Braddock legte die Hand auf Lisas Arm. Es waren kalte, harte Finger. »Ich muss Ihnen etwas sagen, Miss Doktor.«

»So ernst, Major?«

»Man sollte Sinnlosigkeiten immer ernst nehmen, dann geschähe weniger Unglück auf der Welt. Vor allem ist es gut, wenn man rechtzeitig erkennt, dass es Sinnlosigkeiten sind.«

»Und Sie haben da etwas erkannt?«

Es sollte spöttisch klingen, aber Braddock spürte in diesen Worten dennoch so etwas wie Mitgefühl. Er nickte mehrmals.

»Eben weil es Sinnlosigkeiten sind, kann ich es Ihnen jetzt unbefangen sagen: Ich habe mich in Sie verliebt, Lisa.«

»Ich weiß es, Major«, sagte Dr. Mainetti schlicht.

»Sie haben es gewusst?«

»Man sollte es nicht glauben – aber ich bin eine Frau! Unausgesprochene Wünsche spüren wir, als seien sie laut gesagt. Ich habe Sie immer bewundert, Major, wie tapfer Sie alles hinunterschluckten, was Ihnen schon in der Kehle steckte.«

»Ich habe im Stillen Professor Rusch immer schon gehasst. Ihretwegen, Lisa.«

»Aber Sie waren klug genug zu erkennen, dass Sie gegen Rusch nicht ankommen konnten.«

»Ich habe mich gezwungen, das zu ertragen. Zum letzten Mal war es, als wir im Lager Darmstadt waren. Nicht Ihretwegen oder Ruschs wegen waren wir dort. Ich wollte mich von dem Wahn heilen, Sie jemals zu besitzen.« Braddock sah auf seine Hände. »Es war eine gute Therapie«, sagte er leise. »Ein radikaler chirurgischer Schnitt. Nun, da ich bald zurück in die Staaten fahre, kann ich Ihnen das alles sagen, ohne rot oder verlegen zu werden wie ein verliebter Schüler.«

Sie schwiegen und dachten beide an die Wochen und Monate, die hinter ihnen lagen. Das Erleben eines ganzen Menschenalters war in diese Monate zusammengepresst worden, sie würden sie nie vergessen können.

»Haben Sie etwas Neues von Rusch erfahren?«, fragte Dr. Mainetti in die Stille hinein. Braddocks Kopf zuckte hoch. Aus seinen Gedanken gerissen starrte er Lisa verwirrt an.

»Von Rusch? Nein, nein – nichts!«

»Er hat nicht zu Weihnachten geschrieben.«

»Vielleicht kommt die Post zwischen Weihnachten und Neujahr.«

Er hielt wieder Lisas Hand fest, als sie erneut zu dem Päckchen griff und die Stanniolbänder lösen wollte.

»Bitte erst, wenn ich wieder fort bin«, sagte Braddock hart.

»So geheimnisvoll?« Sie wog das Päckchen in der Hand. »Es ist leicht.«

»Für mich ist der Inhalt schwer genug. Zu schwer.«

»Für Sie?« Dr. Mainetti betrachtete das Päckchen mit vorgeneigtem Kopf. »Ich platze vor Spannung, Major!«

Nach der Feier fuhr Braddock wieder hinab nach Bernegg. Lisa Mainetti trug das geheimnisvolle Päckchen auf ihr Zimmer und wickelte sorgfältig das Papier ab. Vielleicht war es etwas Zerbrechliches; bei Major Braddock waren Überraschungen nie ausgeschlossen.

Ein länglicher Pappkarton kam zum Vorschein. Als Lisa den Deckel abhob, sah sie nichts als einen dünnen Brief auf einem Bett aus eng zusammengedrückten Tannenzweigen liegen. Verwundert hob sie das Kuvert an das Licht der Tischlampe und las zuerst die Anschrift: ›James Braddock, Major.‹

Lisa zögerte, ehe sie mit dem kleinen Finger in den engen Schlitz der Kuvertklappe fuhr und den Umschlag langsam aufriss. Sie sah, dass das Kuvert schon einmal geöffnet worden war und dass man es nachher kunstvoll mit Klebstoff wieder verschlossen hatte.

Ein einziger Bogen Papier lag in dem Umschlag. Ein Privatbrief, den sie daran erkannte, dass kein gedruckter Briefkopf vorhanden war. ›Dear Sir‹, begann die Anrede. Tatsächlich ein Brief an Braddock.

Dr. Mainetti rückte die Lampe näher und begann, das Schreiben zu übersetzen. Es lautete:

»Auf Ihre Anfrage teilen wir Ihnen mit, dass im Zusammenhang zwischen den militärischen und zivilen Ermittlungsbehörden, dem CIC und der deutschen Staatsanwaltschaft die Ermittlungen gegen Professor Walter Rusch, z. Z. im Lager Darmstadt, abgeschlossen worden sind.

Die Verdachtsmomente haben sich als unbegründet erwiesen. Professor Rusch wird an einem noch zu bestimmenden Tag nach dem 1. Januar aus Darmstadt entlassen werden.

Wir hoffen, Ihnen hiermit ...«

Weiter las Lisa nicht. Der Brief flatterte aus ihren Händen. Mit dem Ellenbogen stieß sie die Lampe vom Tisch, sie zerschellte auf den Dielen, und völlige Dunkelheit hüllte Lisa Mainetti ein.

»Braddock«, stammelte sie. »James Braddock – das werde ich dir nie, nie vergessen.«

Sie rannte zum Telefon und rief die Kommandantur in Bernegg an. Ein Sergeant war am Apparat. »No, Major Braddock ist fort. No, nicht weiß, wohin. Fort mit Jeep«, sagte er.

Am Neujahrsmorgen fuhr sie nach Darmstadt. Braddock hatte ihr 14 Tage Urlaub gegeben und einen amerikanischen Arzt aus dem Hauptlazarett in Würzburg als Vertreter während ihrer Abwesenheit geschickt.

Am Nachmittag stand sie vor dem Lagerausgang, im tiefen Schnee seitlich der von Bulldozern freigeschaufelten Straße, und wartete. In der Kommandantur, wo sie den Brief von Braddock vorzeigte, zuckte man die Schultern.

»Kommt vom CIC, Miss«, sagte ein junger Leutnant, an den sie verwiesen wurde.

»Und wann wird er entlassen?«

»Ganz unbestimmt. Morgen, übermorgen, jeden Tag werden welche entlassen.«

»Und wann werden sie entlassen?«

»Meistens morgens.«

»Dann werde ich warten.«

Der Leutnant zog die Schultern hoch und grüßte lässig, als Dr. Mainetti das Zimmer verließ.

Vier Tage lang stand Lisa jeden Morgen vor dem Lagerausgang. Die ausrückenden Arbeitskolonnen grüßten sie schon wie eine alte Bekannte, und die Posten riefen: »Hello! How do you do?« Sie stand an der Straßenseite im Schnee, in hohen Stiefeln und mit hochgeschlagenem Mantelkragen, und sie lief den dunklen Kolonnen entgegen, die als Freigelassene die doppelten Wachketten passierten.

Am fünften Tag schritt Professor Rusch durch die Posten, zeigte seinen Entlassungsschein und machte einen großen Schritt aus dem Bereich des Stacheldrahtes hinaus auf die schlammige, von dicken Rädern zermahlene Straße.

Mit einem lauten Aufschrei rannte ihm Lisa Mainetti mit weit ausgebreiteten Armen entgegen.

Christian Oster hatte sich zu Hause wieder eingelebt. Alles war so wie früher, sogar der Brandfleck an der Tapete hinter dem Bett war noch da. Dort hatte er einmal fast ein Feuer entfacht; mit einer Zigarette in der Hand war er eingeschlafen, und die Tapete hatte zu schwelen begonnen.

Auch Susanne Oster gab sich alle Mühe, in dem fremden Gesicht Christian zu erkennen. Zitternd war sie nach der Ankunft und nach dem zusammengesparten Abendessen zu Bett gegangen. Wie vor einem Fremden hatte sie sich nebenan im Badezimmer ausgezogen und war schnell unter die Steppdecke geschlüpft, bevor Christian Oster von seinem Rundgang durch das Haus zurück ins Schlafzimmer kam.

Susannes Angst war umsonst. Ihr Mann mit dem fremden Gesicht duschte sich und legte sich dann hin. Er tastete mit der Hand nach ihr, drückte ihren Oberarm, streichelte über ihr Haar und sagte leise, stockend: »Gute Nacht, Susi.«

Dann machte er das Licht aus und tat so, als ob er einschliefe.

In Wahrheit lagen sie beide wach und lauschten auf den Atem des anderen. Sie rührten sich nicht, und jeder wartete, dass der andere sich regte, dass er ein Wort sagte, nur einen Seufzer, der eine Brücke zwischen ihren Seelen sein konnte. Aber sie schwiegen und starrten gegen die Wände und schliefen endlich so ein, in der Hoffnung, dass ein neuer Tag vielleicht alles noch klären würde.

Am nächsten Tag kamen die Nachbarn und die Freunde. Sie brachten zur Begrüßung Geschenke mit, die meisten etwas Essbares, das man für andere Dinge eingetauscht hatte. Und in allen Augen sah Christian Oster ein Erschrecken, eine völlige Ungläubigkeit, eine Ratlosigkeit, die sich erst legte, wenn er sprach und man erkannte, dass es wirklich Christian Oster war.

Kurz nach Neujahr fuhr Christian Oster mit seinem alten Fahrrad in die Stadt, um sich bei seiner alten Firma vorzustellen. Die Personalabteilung hatte ihm nach Bernegg geschrieben, dass es selbstverständlich sei, ihn wieder einzustellen. Er möge nach seiner Entlassung aus dem Lazarett vorsprechen.

Das Werk war kaum zerstört worden, aber statt Schlafzimmer und schwerer Renaissanceschreibtische wurden einfache Türen und spindähnliche Schränke hergestellt, und in der großen Furnierhalle, wo früher die besten ausländischen Hölzer verarbeitet wurden, hatte sich eine Autowerkstatt der US Army eingerichtet.

Herr Berger, der Möbelfabrikant, ließ es sich nicht nehmen, den Heimkehrer Christian Oster selbst zu begrüßen. Emanuel Berger hatte Glück gehabt. Er war nur zahlendes Parteimitglied gewesen, hatte seinen Betrieb behalten dürfen, war in kein Nazilager gekommen und hatte sogar neue große Aufträge für den Wiederaufbau erhalten. Auch von amerikanischer Seite. Möbel für Kasernen und Baracken.

Herr Berger sah missbilligend auf den Mann, der in sein Büro kam. »Wo kommen Sie denn her?«, fragte er ziemlich grob. »Ich erwarte Besuch. Wer hat Sie denn reingelassen?«

»Ich bin der Besuch«, sagte Christian Oster.

»Wer sind Sie?«, bellte Berger.

»Christian Oster.«

Berger sprang um seinen Schreibtisch herum. Er war rot vor Erregung und spreizte beim Sprechen die Finger wie ein springender Frosch.

»Hören Sie mal, Herrn Oster kenne ich seit Jahren! Er war Leiter meines Lohnbüros! Und wenn Sie nicht …«

Christian Oster sah Herrn Berger aus weiten Augen an.

»Aber ich bin doch Christian Oster, Herr Berger.« Er schluckte mehrmals, sein Hals schnürte sich wieder zu. »Meine Augen, meine Haare – die sind geblieben. Das andere liegt in Russland. Ich war doch gesichtsverletzt. Ich habe ein anderes Gesicht bekommen.«

Herr Berger fuhr sich mit der rechten Hand über die Augen und blinzelte erschrocken. »Das – das ist doch nicht möglich.«

»Leider ja. Man kann es nicht mehr ändern.«

»Und was – was sagt Ihre Frau dazu?«

»Sie wird sich damit abfinden. Ich bin doch kein anderer Mensch geworden. Ich bin doch immer noch der Christian Oster. Nur anders sehe ich aus.«

»Eben! Eben! Das ist verwirrend. Verdammt – ich muss einen Cognac trinken! Trinken Sie einen mit, Herr – Herr Oster?«

»Schönen Dank, Herr Berger.«

Nach zwei Stunden fuhr Oster mit seinem alten Rad wieder nach Hause. Er hatte seine Stelle wieder. Er war wieder Leiter des Lohnbüros. Der bisherige Leiter wurde zum Chef des Einkaufs befördert. Schon am nächsten Tag konnte er anfangen. Sein Schreibtisch stand aufgeräumt und kahl zu seiner Verfügung. Der gleiche Tisch wie vor seiner Einberufung zur Wehrmacht. Er erkannte ihn an einem Tintenfleck auf der Platte. Damals war ihm der Füllfederhalter ausgelaufen.

Herr Emanuel Berger stand am Fenster seines Büros, als Christian Oster wieder abfuhr. »So was«, sagte Berger und biss die Spitze einer langen Zigarre ab. »Nee, so was! Ein ganz anderes Gesicht. Wenn das mal gut geht!«

Drei Tage vor Weihnachten waren die Schwabes in Karlheinz Petschs Luxuskeller umgezogen. Um allen etwaigen Komplikationen aus dem Wege zu gehen, hatte Petsch dann die Einladung zum Weihnachtsfest und zu Silvester ausgeschlagen und war angeblich zu einem Vetter nach Düsseldorf gefahren. In Wahrheit saß er bei einem Bauern in Knapsack herum, trank selbst gebrauten Knollenschnaps, baute ein Dachgeschoss des alten Hauses aus und vergnügte sich mit einer Nichte des Bauern, die aus Krefeld gekommen war, um den Onkel um einen Neujahrsbraten zu bitten.

Nach den Feiertagen kam er schwer beladen zurück, und dann klapperten sie die Baustoffgroßhändler und Glaslieferanten ab und feilschten um Material gegen Butter und Schinken, Zigaretten und amerikanische Stangenschokolade.

»Warum tust du das alles, Karlheinz?«, fragte Schwabe einmal, als sie im Vorgebirge bei einem Bauern ein Gewächshaus bauten und in der Mittagspause Sauerkraut mit einem dicken Eisbein bekamen.

»Deine Frau hat mich einmal in großer Not nicht verlassen.«

»Das war doch selbstverständlich.«

»Na ja. Und ebenso selbstverständlich ist das, was ich mache. Wenn wir jetzt nicht zusammenhalten, Kumpel, eisern wie ein Büstenhalter, rutschen wir ab!«

Sie lachten, und es war alles gut. Unter Männern sind seelische Probleme schnell gelöst und geklärt.

Abends saßen sie oft zusammen in Schwabes neuer Wohnung und tranken den Habra, wie im Volksmund der ›Hausbrand‹ hieß, der heimlich in den Kellern gebrannte Schnaps aus Kornmaische oder Kartoffeln.

Auch Karlheinz Petsch brannte schwarz. Er hatte Kupferrohre besorgt und lange Kühlschlangen daraus gebogen. Er brannte den Alkohol zweimal, ehe er ihn filterte. »So rein ist kein staatlich überwachter Sprit«, sagte er stolz, als er die ersten Flaschen zu Schwabes brachte. »Übermorgen kriege ich drei Zentner Korn. Das setzen wir alles an. Und dann wird gebrannt wie in den Wodkafabriken.«

»Und wo sollen wir hin mit den hundert Flaschen?«, fragte Erich Schwabe.

»Auch dafür hat Holzauge gesorgt!«, Karlheinz Petsch lachte und schlug Schwabe auf die Schulter. »Für dreihundert Pullen Habra kann ich ein Auto bekommen, einen alten Opel P 4. Aber der Karren läuft noch wie eine Jungfrau zum Rendezvous. Mensch, Erich – einen eigenen Wagen! Was das bedeutet! Schneller Material herbei, weitere Kundenkreise, kleine Spritztouren nach Bayern – wir werden die Firma Schwabe und Petsch schon schaukeln, was?«

Eine Woche lang brannten Erich Schwabe und Karlheinz Petsch in einem leer stehenden Keller von Schwabes Haus dreihundertneununddreißig Weinflaschen voll Kornschnaps. Als sie aus dem Keller krochen, rochen sie nach Schnaps, als hätten sie darin gebadet. »Unser Auto steht«, sagte Erich Schwabe. »Wohin geht die erste Tour?«

»Wohin unsere Uschi will!«, schrie Petsch.

Ursula wandte sich wortlos ab und ging in den Nebenraum zu Hedwig Schwabe. Erich hob die Schultern.

»Trotz allem, Karlheinz – bist eben nicht ihr Typ.«

Petsch putzte sich geräuschvoll die Nase. Verdammt, dachte er. Er ist ein so feiner Kumpel. Es wäre schade, wenn das in die Brüche ginge – wegen damals. Aber ich komme von Uschi, diesem blonden Biest, nicht los. Was kann ich dafür.

Sofort nach seiner Entlassung aus dem Nazilager Darmstadt wollte Professor Rusch zurück nach Bernegg.

»Ich muss Braddock noch einmal sehen, bevor er zurück in die Staaten fährt«, sagte er. »Und die Verwundeten brauchen mich auch. Wir haben schon zu viel Zeit verloren.«

Aber Lisa Mainetti schüttelte den Kopf. »Nein«, sagte sie. »Und ich sage dieses Nein als Frau. Du hast es nicht anders gewollt, Walter – nun zieh die Konsequenzen und füge dich! Nein, wir fahren nicht sofort nach Bernegg. Ich habe noch neun Tage Urlaub, und die verleben wir allein in aller Stille.«

»Das fängt gut an!« Rusch drückte Lisas Arm fester an sich. »Ich füge mich. Wohin willst du mich verschleppen?«

»Dorthin, wo ich dich ganz allein habe und wo ich vor langen Jahren einmal – das letzte Mal – wirklich glücklich war, als junges Mädchen – in Heidelberg.«

»Auch ich habe in Heidelberg studiert.«

»Ich weiß es. Darum fahren wir.«

In einem der wenigen von den Amerikanern nicht beschlagnahmten Hotels fanden sie ein kleines Zimmer. Der Besitzer erinnerte sich noch an den Dozenten Dr. Rusch, der jeden Donnerstag mit einem Stammtisch im Hinterzimmer gesessen hatte. »Das waren Zeiten«, seufzte er. »Damals hatten wir als Speisekarte ein Buch mit sechs Seiten ... heute steht da: »Maisgrießsuppe mit Einlage und Schmorbraten mit Maisknödel. Aber fragen Sie mich nicht, was ›Einlage‹ bedeutet.«

Es war alles unwichtig, was um sie herum geschah. Der Krieg war vorbei, das Untersuchungslager – nun gab es nur noch eins: sie ganz allein, ihre Liebe, die reif und schwer war wie alter, abgelagerter Wein, und ihre gemeinsamen glücklichen Gedanken, die nüchtern die Tatsachen durchdachten und die ›unsere gemeinsame Zukunft‹ hießen.

»Soll ich wirklich nach Amerika gehen?«, fragte Rusch immer wieder. Ja, er schreckte mehrmals hoch, mitten aus einer zärtlichen Geste Lisas, stützte sich auf, sah ihr tief in die weiten, glücklichen Augen und fragte unsicher: »Sollen wir wirklich nach Amerika?«

»Ich weiß es nicht, Walter. Ich weiß es wirklich nicht«, sagte sie jedes Mal, aber er hörte aus ihrer Stimme heraus, dass sie an ein Nein dachte.

»Wir hätten keinerlei Sorgen mehr, Lisa. Man würde mir alle Möglichkeiten der Weiterentwicklung der Gesichtsplastik einräumen. Es gäbe keinen Hunger mehr, keine finanziellen Überlegungen, man würde uns ein Haus zuweisen, das wir abzahlen könnten, ich würde einmal amerikanischer Staatsbürger werden. Es wäre wie ein erfülltes Schlaraffenland – es wäre wirklich ein neues Leben.«

»Ich weiß.« Lisa legte den Kopf auf seine Brust und umschlang seine Schultern. So lag sie, eng an ihn gepresst, und hörte auf den schnellen Schlag seines Herzens. »Ich weiß gar nichts mehr. Ich weiß nur, dass ich glücklich bin ... glücklich ... glücklich ...«

Am Abend gingen sie wieder durch Heidelberg. Die amerikanischen Uniformen herrschten vor, nur ab und zu sah man einen deutschen Zivilisten, blass, eingefallen, vom Krieg gezeichnet, verschüchtert, ohne Hoffnung in den Augen.

Vom Bahnhofsviertel herüber hörten sie Lärm und das Schreien eines Menschen. Dort war ein Auflauf. Zwei Polizeiuniformen tauchten in der wogenden Menge auf, zwischen ihnen ein Mann, der um sich schlug, der gegen die Beine der Beamten trat und dessen Stimme über den stillen abendlichen Platz gellte.

»Ihr Bande!«, brüllte der Mann. »Noch kein Jahr vorbei, und schon kommen die Götter in Uniform wieder. Ihr kriegt euer Gehalt, ihr habt zu fressen, aber wer sorgt für mich? Loslassen, sag ich, loslassen. Ihr Hunde. Helft mir doch, Leute! Verdammt – überall nur Feiglinge. Feiglinge! Das Gesicht haben sie mir weggeschossen – und nun soll ich dafür verhungern!«

Dr. Mainetti krallte die Finger in Ruschs Arm. »Hast du das gehört, Walter?«

Professor Rusch nickte heftig. »Komm«, sagte er. »Das sehe ich mir an.«

Sie rannten über den Bahnhofsplatz, auf die dunkle Menschentraube zu und kamen an, als die Polizisten den tobenden Mann im Polizeigriff auf die Knie zwangen.

Er hatte einen alten, blauweiß gestreiften Anzug an, sein blondes, langes, ungeschnittenes Haar hing wirr und verschwitzt über ein schiefes, von Narben und Kerben zerklüftetes Gesicht, in dem ein hängendes Auge tränte, während das zweite vor verzweifelter Wut sprühte.

»Hertz!«, schrie Lisa Mainetti auf, als sie das zerstörte Gesicht sah. »Walter Hertz!«

Der Mann riss an den Fingern der Polizisten, sein Kopf schnellte hoch. Mit weiten Augen starrte er auf Lisa und auf Professor Rusch, die in den Kreis getreten waren.

»Frau – Frau Doktor«, stammelte Walter Hertz. »Herr Professor.« Dann verließ ihn alle Kraft, alle Auflehnung, alle Wut. Schlaff hing er in den Händen der Polizisten und ließ sich willenlos aufrichten.

»Sie kennen den Mann?«, fragte einer der Polizeibeamten. »Wer sind Sie?«

»Das ist Professor Rusch, ihr Idioten!«, sagte Walter Hertz. »Mein Chefarzt.«

Auf der Polizeiwache wurde alles schnell geklärt. Walter

Hertz war aufgegriffen worden, als er eine Stange Camel-Zigaretten verkaufen wollte.

»Wir wollten nur die Stange beschlagnahmen«, sagte der Polizist. »Das kennen wir ja, ist nichts Neues. Aber der Kerl schlug gleich um sich und brüllte. Da mussten wir eben notgedrungen …«

Später standen sie auf der Straße, und Walter Hertz weinte in die vor das Gesicht geschlagenen Hände.

»Wo wohnst du?«, fragte Rusch.

»In einem verlassenen Keller.«

»Aber …« Dr. Mainetti schwieg, als Rusch ihr abwinkte.

»Das, was geschehen ist, erzählst du uns alles später. Hier hast du Geld. Damit fährst du nach Bernegg und sagst zu Major Braddock, ich schickte dich und er möchte dich wieder hinauf aufs Schloss bringen. Du bleibst von jetzt an bei uns, hast du verstanden?«

Walter Hertz schüttelte den Kopf. »Ich will nicht mehr, Herr Professor«, stammelte er. »Ich kann einfach nicht mehr – das war das Letzte, heute. Ich mach Schluss!«

»Ach so«, sagte Lisa Mainetti leise. »So ist das.« Sie legte den Arm um Hertz' zitternde Schulter und vermied es dabei, Rusch anzusehen. »Morgen früh fahren wir alle drei zurück nach Bernegg, was? Es wäre gelacht, wenn ein Walter Hertz an der Umwelt zugrunde ginge!«

»Es geht nicht mehr«, stöhnte Hertz. Dr. Mainetti ließ ihn los.

»Noch einmal eine solche Antwort, und es donnert!«, brüllte sie. Hertz zuckte zusammen und hob das tränenüberströmte Gesicht. »Morgen fahren wir nach Bernegg – oder wollen Sie mir einen Korb geben, Sie Flasche?«

»Ne – nein, Frau Doktor.« Walter Hertz legte die Arme an. »Ich komme. Auf Ehrenwort.«

Und er lächelte sogar, ganz schwach. Aber es war ein sichtbarer Hauch der Geborgenheit.

In der Nacht zuckte Rusch wieder hoch. Er sah, dass auch Lisa nicht schlief und mit offenen Augen neben ihm lag.

»Lisa«, sagte er leise. Seine Stimme war merkwürdig heiser.

»Ja, Walter. Was, Liebster?«

»Jetzt weiß ich es. Amerika.«

»Und …?«

»Ich werde nicht fahren. Man braucht mich hier nötiger.«

»Ich wusste es, Walter.« Lisa Mainetti ergriff seine schlaffe Hand und küsste sie. »Es wäre auch gar nicht anders möglich gewesen. Denn ich wäre nie mitgefahren.«

Am Morgen fuhren sie ganz früh mit dem ersten Zug zu dritt nach Bernegg.

17

Major Braddock hatte bereits gepackt und wartete und wartete auf die Nachricht, wann sein Schiff von Genua aus nach New York führe, als Professor Rusch und Dr. Mainetti wieder in Bernegg eintrafen.

»Willkommen«, rief Braddock und schielte dabei zu Lisa hinüber. Er sah das Glück aus ihren Augen sprühen und verbiss sich die Bemerkung, dass zwischen der Entlassung aus Darmstadt und der Rückkehr nach Bernegg einige Tage vergangen seien und diese Zwischenzeit trotz Maisgrieß und Brotaufstrich aus roten Rüben offenbar äußerst belebend gewirkt hätte. »Es ist schön, dass Sie zurück sind, Professor. Hat man Ihnen in Darmstadt noch nichts gesagt?«

»Gesagt? Nein.«

»Was denn gesagt?«, fragte Dr. Mainetti.

»Das Interesse für Sie ist auf unserer Seite da, Professor. Mein Land ist bereit, Ihnen …«

»Ehe Sie weitersprechen, Major …« Rusch setzte sich und nippte an dem Whisky, den ihm Braddock gleich bei seinem Eintritt eingegossen hatte. »Wie auch immer das Angebot lauten wird – ich bleibe in Deutschland.«

»Was wollen Sie in Deutschland, Professor?« Major Braddock setzte sich auf die Tischkante.

»Der stille Held im weißen Kittel. Ein Hollywood-Stoff. Der Krieg hat Deutschland um Jahrzehnte zurückgeworfen. Auch in der Medizin. Während ihr Deutschen vom Nordkap bis nach Tunis die Rolle der siegreichen Germanen spieltet, hat unsere Wissenschaft unser Jahrhundert überrundet. Wir haben das Penicillin entdeckt – um nur das Wichtigste zu nennen –, und auch in der Chirurgie haben wir neue Methoden entwickelt, die schneller und heilungssicherer sind – auch in der Gesichtschirurgie.«

Professor Rusch sah auf seine langen, schmalen Hände. »Ich glaube Ihnen das alles, Major. Ich weiß, dass ich in die USA nicht als Lehrer, sondern als Lernender kommen müsste, und es wäre eine große Chance für mich. Aber da ist noch etwas. Dieses kranke Deutschland braucht mich und Lisa Mainetti. Auch wenn wir und unsere Methoden veraltet sind, wie Sie eben sagten – irgendetwas ist doch noch an uns dran, womit wir die ärgste Not lindern können.«

Major Braddock starrte Rusch und Dr. Mainetti fast ungläubig und sogar mit einer Spur von Entsetzen an. »Er betrachtet dieses widerliche Deutschland als einen Kranken«, sagte er entgeistert.

»Als einen Gesichtsverletzten.«

»Professor, Sie sind verrückt.«

»Deutschland hat durch seinen zwölfjährigen Wahnsinn und seinen Krieg vollkommen sein Gesicht verloren. Niemand erkennt es wieder, jeder schaudert vor ihm, alle ekeln sich vor ihm, überall stößt es auf Abscheu. Sollen wir dieses verlorene Gesicht einfach vernarben lassen, damit es eine schreckliche Fratze bleibt? Nein, Major – gerade jetzt beginnt unsere Arbeit, eine Herkulesarbeit, gewiss, aber nun haben wir ein Ziel, ein deutliches Ziel: Oben im Schloss geht es um Nasen und Lippen, um Kiefer und weggerissene Weichteile. Im Großen aber geht es jetzt darum, dafür zu sorgen, dass man eines Tages auch das Deutschland wieder erkennt, dem man ohne Ekel die Hand reichen kann.«

»Worte, wie für ein Lehrbuch über Nationalstolz.« Major Braddock winkte lässig ab, als Rusch wieder etwas erwidern wollte. »Sparen Sie sich alle heldischen Metaphern, Professor. Deutschland liegt auf dem Rücken wie eine halb tote Fliege. Man braucht jetzt nur den Fuß zu heben und krrr – ist diese Fliege endgültig zertreten. Niemand hindert uns daran, es zu tun. Jederzeit, wann es uns paßt. Und Deutschland wird immer diese auf dem Rücken liegende, halb tote Fliege bleiben. Dafür gibt es den Morgenthau-Plan, den wir noch immer in der Schublade schlummern haben.« Braddock lächelte zufrieden, als er das blasse Gesicht Lisas sah und die verhärtete Miene Professor Ruschs. Endlich sind sie sprachlos, dachte er. »Was wollen Sie denn da noch in Deutschland?«, hakte er wieder ein.

»Es mag dumm klingen«, sagte Rusch laut, »aber wenn ich

schon in Ihren Augen nur eine Fliege bin, möchte ich auf keinen Fall zu einer Wanze werden.«

»Sehr gut.« James Braddock lachte und klopfte Rusch auf die Schulter. »Ehrlich gesagt – es hätte mich enttäuscht, wenn Sie in die Staaten gekommen wären –, jetzt schon.«

»Sie sind ein Teufel, Braddock«, sagte Lisa ehrlich.

»Wenn Sie ›lieber Teufel‹ gesagt hätten, würde ich es akzeptiert haben.« Er sah aus dem Fenster und bemerkte Walter Hertz, der zwischen zwei riesigen MP-Soldaten stand und hinaufstarrte zum Schloss. »Wer ist denn das? Den muss ich doch kennen?«

»Walter Hertz, Major.«

»Ja, wer ist denn das? Das ist doch der Geliebte von diesem Kriegsverbrechertöchterchen, wie hieß sie doch?«

Lisa Mainetti schob die Unterlippe etwas vor. »Die Tochter von dem Fabrikanten Hubert Wolfach.«

»Richtig. Der war getürmt. Wo ist er jetzt? In einem Lager?«

Lisa Mainetti schüttelte den Kopf. »Der Fabrikant Hubert Wolfach hatte neben seinem Rüstungsbetrieb ein Zweigwerk für Zinkeimer, Zinkwannen und Zinkkannen in Süddeutschland. Und Töpfe stellte er her. Major Braddock, was ist heute ein guter Topf in Deutschland wert! Und so transportierte man Hubert Wolfach in die Fabrik, gab ihm eine vorläufige Lizenz und sagte: ›Nun dreh aber fleißig Töpfe!‹ Er tut es jetzt.«

»Und was hat dieser Hertz damit zu tun?«, schrie Braddock.

»Alles. Denn kaum war Hubert Wolfach wieder Fabrikant, warf er Walter Hertz hinaus. Und zwar mit den Worten: ›Ich werde es nie dulden, dass meine einzige Tochter einen Menschen ohne Gesicht heiratet.‹ Walter Hertz wartete die Stellungnahme seiner Braut gar nicht ab. Wie schon einmal, verschwand er in der Nacht und wanderte nach Heidelberg, wo er sich auf dem schwarzen Markt über Wasser hielt. Dort haben wir ihn zufällig aufgelesen.«

»Wo ist dieser Wolfach?«, fragte Braddock leise.

»In einem Dorf südlich von Donaueschingen.« Lisa Mainetti winkte ab. »Es hat keinen Sinn, Braddock. Wolfach hat bereits wieder eine Schlüsselstellung. Ohne seine Eimer und Töpfe gibt es keine Normalisierung des deutschen Lebens.« Dr. Mainetti hob beide Arme. »Man sagt immer, es gäbe kein Perpetuum mobile. Es gibt eines, lieber Major. Und es heißt: Die deutsche Wesensart.«

Braddock sah wieder hinaus auf den Schulhof. Walter Hertz rauchte gierig eine Zigarette. Gleichzeitig aß er ein Sandwich, das ihm ein US-Soldat zugeschoben hatte. »Was soll nun mit dem da werden?«

»Wir nehmen ihn hinauf aufs Schloss. Als Hilfssanitäter.«

»Unmöglich.« Braddock wischte sich über die Stirn. »Schloss Bernegg ist noch immer kein freies Krankenhaus, sondern ein Gefangenenlager. Und ich kann keinen entlassenen Kriegsgefangenen als Freiwilligen wieder in ein Lager stecken. Das ist doch völliger Widersinn.«

»Er muss aber aufs Schloss.« Professor Rusch erhob sich. »Er muss nachoperiert werden.«

»Im Heimatkrankenhaus.«

»Er hat keine Heimat mehr.«

»Sein Pech, Professor.«

»Warum sind Sie so, Major?« Lisa erhob sich gleichfalls. »Sobald Sie dienstlich werden, sind Sie ein Ekel.«

»Dazu bin ich verpflichtet.« Major Braddock zwinkerte mit den Augen. »Ich kann zum Beispiel sehr ekelhaft werden und diesen Burschen sofort wieder einsperren lassen, wenn er etwa einen meiner Soldaten tätlich angreift.«

Dr. Mainetti nickte. »Er ist sehr jähzornig, dieser Walter Hertz«, sagte sie. »Ich werde einmal nachsehen, ob er nichts angestellt hat.«

Sie lächelte Rusch und Braddock an und verließ schnell das Dienstzimmer des Majors. Braddock wartete, bis sie die Tür geschlossen hatte. Dann zündete er eine Zigarette an und blies den Rauch mit in den Nacken gelegtem Kopf hoch gegen die Zimmerdecke.

»Als Mann könnte ich Sie umbringen, Professor«, sagte er leise. »Ich habe mich in Lisa verliebt.«

»Ich weiß es. Lisa hat es mir gesagt.«

»Und Sie nehmen es so ruhig hin?«

»Weil ich Lisa selbst liebe, weiß ich, dass man es einem Mann nur übel nehmen könnte, wenn er sich in Lisa nicht verlieben würde. Es ist fast selbstverständlich, von ihr fasziniert zu sein.« Rusch blickte aus dem Fenster und hob den Arm. »Da – sehen Sie, Major Braddock. Ein Deutscher greift dort unten einen Ihrer Soldaten an!«

Auf dem Schulhof war ein kleiner Tumult entstanden. Walter

Hertz hatte nach einer kurzen Absprache zwischen Dr. Mainetti und einem der MP-Soldaten die Fäuste geballt und war gegen die Brust des grinsenden Riesen gerannt. Nun trommelte er mit seinen Fäusten wie gegen einen Sandsack, bis der Soldat ihn wie ein störrisches Kind unter den Arm nahm und den wild Schreienden zurück zum Schuleingang trug. Major Braddock rannte aus dem Zimmer. Es war erstaunlich, wie echt die dunkle Zornesröte in seinem Gesicht stand.

»Damned«, brüllte er. »Was fällt dem Kerl ein? Jim, Clark und Bob – hinauf mit ihm zum Schloss. Ich rufe Leutnant Potkins an. Alles andere wird sich finden.«

Die Baufirma Schwabe & Petsch entwickelte sich innerhalb kürzester Zeit zu einem lukrativen Geschäft. Für den kommenden Frühling hatte man genug Wiederaufbauten angenommen, um davon – wie Karlheinz Petsch errechnete – ein Jahr wie ein Konservenfabrikant zu leben. Jetzt im Winter bauten sie nur die Bauernhöfe am Rande Kölns aus, und das wurde zu einer langen Kette von Tauschgeschäften, die im Hühnerstall begann und beim Baustoffhersteller endete. Was dabei in den beiden Kellern der ehemaligen Horst-Wessel-Straße hängen blieb, war genug, um für das sehr bald erwartete Kind Ursulas eine vollständige Säuglingsausstattung und vieles andere zusammenzutauschen.

Im Februar sollte das große Ereignis stattfinden, Karlheinz Petsch hatte bereits ein Zimmer in einem Krankenhaus reservieren lassen, das beste, wie er versicherte, denn er hatte versprochen, für dieses Entgegenkommen unentgeltlich in einem bombengeschädigten Labor zwei Wände hochzuziehen. Erich Schwabe lieferte für diesen Raum die Scheiben.

»Wie eine Fürstin wird man sie behandeln«, sagte Petsch, als alles abgesprochen war, zu Frau Hedwig Schwabe. »Wir werden uns jeden Tag davon überzeugen, oder wir lassen die Mauer halb fertig stehen.«

Es wäre also alles in bester Harmonie verlaufen, wenn nicht der als Nasengerüst eingepflanzte Knorpel für Erich Schwabe zu einem dauernden Schmerzherd geworden wäre. Vor allem nachts saß er oft stöhnend im Bett und zerrte an den Bettlaken. Dann bohrte ein wahnsinniger, stechender Schmerz von der neuen Nase bis unter die Kopfhaut und schien die Schädeldecke zu sprengen. Ein paar Mal war es Schwabe, als platzten ihm die

Schläfen. Wimmernd lief er herum, beide Hände gegen die Schläfen gedrückt. Im Krankenhaus zuckten die Ärzte nur die Schultern. Von außen war nichts zu sehen, keine Entzündung, keine Veränderung, keine Verwachsungen oder Deformierungen. »Es werden die Nerven sein«, hieß es wenig tröstend. »Mann, bei solch einer Verletzung bleiben die Nerven nicht ungeschoren.« Und man gab ihm einige starke Narkotikapräparate mit, die er bei einem neuen Schmerzanfall einnehmen sollte.

Aber es war nur eine zeitlich begrenzte Betäubung. In immer schnelleren Intervallen kamen die Schmerzanfälle wieder, jetzt auch am Tage, auf der Baustelle, ganz plötzlich, bei Verhandlungen mit den Zulieferern, die sich an Schwabes Anblick leidlich gewöhnt hatten. Es überfiel ihn wie ein Schüttelfrost. Er zuckte wie von einer Nadel gestochen auf und knirschte mit den Zähnen, wurde weiß im Gesicht, und seine Augen erstarrten wie von einer inneren Lähmung.

Karlheinz Petsch beobachtete still und interessiert die Veränderung Schwabes. Er sagte nichts, er half, wo er konnte, er flößte Schwabe die Narkotika ein, wenn er vor Schmerzen selbst dazu nicht mehr in der Lage war, er machte die vielen Wege zu den Lieferanten Schwabes geduldig mit und setzte die Scheiben ein, die ihm Schwabe zu Hause zugeschnitten hatte. Nur einmal sagte er zu Ursula, als Schwabe in der Apotheke ein neues Rezept einlöste und Frau Schwabe seit drei Stunden wegen einer Sonderzuteilung Frischfisch anstand: »Wer hat Recht gehabt, Mädchen? Es geht nicht mehr lange, es wird nie mehr gehen. Ein solches Gesicht bekommt kein Arzt mehr hin. Und wenn es wirklich so weitergeht – was wird dann? Der Erich wird Morphinist.«

»Es ist nicht seine Schuld.« Ursula sah Petsch fast flehend an. »Und du – du lass mich in Ruh.«

Petsch nickte. »Ich kann warten, Mädchen.«

Anfang Februar, eine Woche vor der errechneten Geburt des Kindes, ging es nicht mehr weiter. Erich Schwabe saß entsetzt neben dem Ofen und weinte. Ursula versuchte, ihn zu beruhigen, aber er schrie sie an, aufgelöst in seine Qual, zermartert von den Schmerzen, die sein Hirn durchbohrten und es aus den Schläfen zu reißen schien.

»Du musst nach Bernegg«, sagte Ursula immer wieder. »Du musst an diese Frau Dr. Mainetti schreiben. Sie allein weiß, was das mit deiner Nase ist.«

»Nicht jetzt«, stöhnte Erich Schwabe. Er legte kalte Kompressen auf seine Nase, er schluckte Narkotika, bis er vor sich hindämmernd auf dem Bett saß und wie verblödet in den Keller stierte. Aber kaum ließ die Wirkung etwas nach, schrie er wieder auf und rannte stöhnend herum.

»In einer Woche kommt das Kind«, sagte Schwabe in einer der jetzt ganz seltenen Pausen zwischen den Anfällen. »Ich will dabei sein. Unser erstes Kind, Uschi. Ich will es sehen und auf den Armen tragen.«

»Aber du hältst es so nicht aus, Erich. Du musst ...«

»Ich verspreche dir, dass ich sofort nach Bernegg fahre, wenn das Kind angekommen ist. Jahrelang habe ich mich auf diesen Tag gefreut: Mein Kind kommt auf die Welt. Das lasse ich mir von niemandem nehmen. Von niemandem, auch nicht von diesen verdammten Schmerzen.«

An einem Februartag war es ganz schlimm. Auch die Betäubungsmittel halfen nicht mehr. Erich Schwabe lag auf dem Bett und schlug in wahnsinnigem Schmerz mit den Absätzen der Schuhe gegen das Bettgestell. Und jeder Tritt war ein lautes Stöhnen und ein Stich im Gehirn.

Erst später in der Nacht schlief er endlich ein. Ursula hielt ihm die Hände fest, bis er tief und regelmäßig atmete. Dann setzte sie sich an den Tisch und schrieb einen Brief an Dr. Mainetti. Sie versteckte ihn und brachte ihn am nächsten Morgen zur Post, noch bevor Erich Schwabe aus seinem Betäubungsschlaf erwacht war.

»... bitte, bitte helfen Sie uns ...«, hatte Ursula an Lisa Mainetti geschrieben.

»... sagen Sie nicht, dass ich Ihnen geschrieben habe. Erfinden Sie irgendetwas, damit er nach Bernegg kommt. Aber so geht es nicht weiter. Oder Erich wird eines Tages wahnsinnig.«

Die Antwort war fast postwendend in Köln. Es war ein kurzes, amtliches Schreiben, das Erich Schwabe durchaus nicht erfreut las.

»Im Verfolg einer routinemäßigen amtlichen Untersuchung werden Sie gebeten, sich in den nächsten Tagen auf Lazarett Schloss Bernegg einzufinden.

Bei Nichtbefolgung dieser Aufforderung erlischt ein späterer Rentenanspruch ...«

»Da musst du hin«, sagte Frau Hedwig Schwabe.

»In fünf Tagen kann das Kind kommen.«

»Wenn deine Rente erlischt!«

»Ich werde hinschreiben.« Schwabe las die Unterschrift. »Professor Rusch hat selbst unterschrieben. Er ist wieder da. Ich werde ...«

»Du wirst hinfahren, Erich«, sagte Ursula energisch. »Und zwar schon morgen. Dann bist du wieder zu Hause, wenn ich ...«

»Ich warte«, sagte Erich Schwabe störrisch. Er wandte sich an Karlheinz Petsch, der still in einer Ecke saß und frischen Schinken in dünne Scheiben schnitt. Für zwei Pfund Schinken sollte er zehn Sack Zement erhalten. »Was meinst du, Karlheinz?«

Petsch hob die Schultern. »Meine Meinung in Familiendingen ist hier nicht gefragt. Aber von Kumpel zu Kumpel sage ich dir: Fahr hin, Mensch. Gerade jetzt, wo's so in deiner Birne brennt. Weißt du denn so genau, wann das Kind kommt? Wenn's nun noch 14 Tage dauert? Die Bälger kommen nicht nach 'm Fahrplan. Aber ich würd es mir verdammt überlegen, ob ich den ganzen Kopf nun wegwerfe, wenn ich schon 'n Gesicht verloren habe. 'n Kind ohne Vater ist nämlich wirklich auch kein Idealfall. Ich paß schon auf, dass hier alles weitergeht. Und wenn's mit Uschi soweit ist, hole ich dich mit 'm Wagen ab. Ehrenwort.«

Am nächsten Tag fuhr Erich Schwabe nach Bernegg. Alle begleiteten ihn zum Zug. Sie winkten mit beiden Armen, als der Zug aus der Bahnhofshalle rauchte. Ursula lief neben dem Fenster her, so gut sie es noch konnte mit ihrem schweren Leib.

»Schreib mir sofort, Erich«, rief sie keuchend und blieb stehen, weil das Kind in ihr zuckte und trat und ihr fast das Herz abdrückte. »Und erzähl alles. Und hab' keine Angst. Es wird alles gut gehen. Es wird alles – gut – gehen.«

In dem kleinen Haus des wiedereingestellten Leiters des Lohnbüros der Möbelfabrik Berger, Christian Oster, war nach den anfänglichen Unsicherheiten der Frieden eingekehrt. Aber es war ein trügerischer Frieden, dieses Ansiedeln zweier menschlicher Seelen auf einem vulkanischen Boden, der so dünn war, dass man das Brodeln unter den Füßen zu hören meinte.

Christian Oster, der Mann mit dem neuen Gesicht, an dem nur noch die Augen und das Haar an den alten Christian Oster erinnerten, ging seiner Arbeit so fleißig und gewissenhaft wie früher nach. Die ihn von vorher kannten, vermieden es, von den ›alten Zeiten‹ zu sprechen, und als immer neue Heimkehrer kamen und den alten Arbeitsplatz einnahmen, hatte es Herr Berger selbst übernommen, jedem von weitem Christian Oster zu zeigen und zu sagen: »Das ist er. Tut so, als habe er sich nur wenig verändert. Auch wenn Sie es nicht glauben wollen: Es stimmt. Er ist Oster.«

Soweit ging alles gut in der Möbelfabrik. Aber in dem kleinen Haus am Rande der Stadt schliefen die Probleme nur und wurden nicht so einfach gelöst wie auf der Arbeitsstelle.

In einer Nacht geschah es dann. Susanne Oster wachte auf, weil ein Lichtschein sie blendete und schneidende Kälte durch ihren Körper rann. Sie schlug die Augen auf und sah das fremde Gesicht ihres Mannes dicht über sich. Das Licht der Nachttischlampe fiel auf ihren Körper. Christian Oster hatte die Steppdecke weggezogen und ihr das Nachthemd über die Brust hochgestreift. Nackt lag Susanne vor ihm und die Kälte glitt über ihre Haut und ließ ihren Körper leicht vibrieren.

Oster kniete neben ihr. Auch er war nackt, und in seinen Augen lag eine solche Panik, ein solch schreiender Hunger, dass Susanne die Knie anzog und versuchte, das Nachthemd über ihren Leib zurückzustreifen.

Mit hartem Griff hielt Oster ihre Hand fest.

»Nein!«, sagte er heiser.

»Christian ...« Susannes Augen weiteten sich voller Angst. »Was soll das? Ich bitte dich. – Bitte, bitte ...«

»Über zwei Jahre habe ich gewartet und von diesem Augenblick geträumt. Fünfundvierzigmal bin ich operiert worden, um ein Gesicht zu bekommen. Es war alles umsonst.«

»Christian – du musst mir Zeit lassen. Versteh mich doch. Es ist mir – es ist ...«

»Ich bin ein fremder Mann, nicht wahr?« Christian Oster drückte ihre Hände zur Seite, dann ergriff er das Nachthemd und riss es ihr mit einem Ruck vom Körper. »Gut also – nimm diesen Fremden!«

»Ich kann nicht ...«, stammelte sie. »Bitte, bitte ...«

»Für wen willst du treu bleiben?«, fragte Oster gepresst. Er legte seine Hände auf ihre Brust und krallte die Finger in ihr kaltes, glattes Fleisch. »Für diesen Christian Oster? Der ist doch tot. Der kommt nie wieder. Nie wieder, hörst du? Der liegt in

Russland. Auf dem Rücken liegt er, und während ihn seine Kameraden in einer Zeltplane wegtragen, schreit er immer: Erschießt mich doch. Erschießt mich doch. Weg ist er, dieser Oster, einfach weg. Und nun ist ein anderer Mann da, und du liegst neben ihm, nackt, und auch er ist nackt. Und er will dich. Hörst du – er will dich. Ich will dich!«

»Christian«, schrie sie und stemmte die Fäuste gegen seine Brust. Sie trat um sich, wehrte sich verzweifelt.

»Ich bin nicht mehr Christian«, brüllte Oster. »Ich bin irgendein Mann, irgendeiner. Ein Mann – ein Mann …« Er presste seinen Kopf auf den ihren und warf sich auf ihren kalten Leib, der sich unter ihm aufbäumte und sich wegzurollen versuchte. »Ich betrüge mich mit mir selbst«, stöhnte er heiser. »Ich vergewaltige meine eigene Frau. Nur weil ich ein anderes Gesicht habe. Ein anderes Gesicht. Kann ich dafür – kann ich denn dafür? Du – du …«

Er küsste sie. Die Zunge, dachte sie, da ist diese Schlangenzunge. Sie presste die Zähne zusammen, aber er drängte sie auseinander und vergrub sich in ihrem Mund. Ekel schüttelte sie, Brechreiz würgte in ihrer Kehle. Sie schrie und stöhnte und kratzte ihm den ganzen Rücken auf, bis sie das Blut klebrig an ihren Fingern spürte und die Fetzen seiner Haut unter ihren Nägeln.

»Ich kann nicht – ich kann nicht …«, schrie sie heiser und stieß mit den Knien nach ihm. Da drückte er die Finger gegen ihren Hals, schlug auf sie ein, in blinder, verzweifelter Wut. Er rang mit ihr, keuchend und brutal, bis ihre Körper schweißüberzogen in- und übereinander glitten.

»Zwei Jahre …«, röchelte er. »Zwei Jahre. Und wenn ich dich dabei umbringe.«

Später lag Susanne Oster vor ihm, blass, mit geschlossenen Augen, blutverschmiert und wie ein knochenloser Körper in einer seltsam verkrümmten Stellung. Christian Oster saß neben ihr und streichelte weinend ihren misshandelten Leib.

»Verzeih mir«, sagte er schluchzend. »Aber ich konnte nicht mehr. Verstehst du das denn nicht, Susi? Ich konnte einfach nicht mehr. Freiwillig wärst du nie zu mir gekommen.«

Sie antwortete nicht. Wie tot lag sie vor ihm. Da sprang er auf, holte warmes Wasser und wusch den Körper wie ein Leichenwäscher. Sie ließ es bewegungslos geschehen, mit geschlossenen Augen, um den Mund ein Ausdruck tiefster Verachtung.

Am Morgen sprach sie ebenfalls nicht darüber. Stumm machte sie wie jeden Morgen seinen Kaffee, packte ihm Frühstücksbrote ein und duldete seinen scheuen Abschiedskuss. Und dann saß sie allein in dem kleinen Haus am Stadtrand, starrte in den Spiegel und sah sich an. Ein bleiches, schmal gewordenes Gesicht, mit Augen, die in tiefen Schatten lagen. Ein rundlicher Körper, auf dem die Striemen der Nacht lagen wie rote, voll gefressene Würmer.

Am Abend kam Christian Oster später als sonst zurück.

Er war betrunken.

Mit hartem Griff fasste er Susanne, zerrte sie wieder ins Schlafzimmer und vergewaltigte sie von neuem. Sie biss ihm wie eine Wildkatze in das neue Gesicht, sie riss ihm mit den Zähnen die mühsam gestalteten neuen Lippen auf – es kümmerte ihn nicht. Er zwang sie unter seinen Willen und nahm sie mit einem Schrei, der sich anhörte wie ein Triumphgeheul.

Und so war es jetzt jede Nacht. Er war betrunken und tat ihr Gewalt an. Und von Tag zu Tag verfiel er mehr, und sein Blick wurde glasig, starr und fast irr.

Aber dann weinte er wie ein Kind.

»Verzeih mir, verzeih«, stammelte er dann.

Aber sie sprach kein Wort, sie legte die Hände auf ihren Leib und drehte den Kopf zur Seite.

Sie hasste ihn, und er spürte es und suchte Vergessen in neuer Wildheit.

Major James Braddock war zurück in die USA gefahren. Es hatte einen Whisky-fröhlichen Abschied gegeben, und Lisa Mainetti hatte traurig an der Straße gestanden, als Braddocks Jeep noch einmal eine Runde um den Schulhof fuhr und dann hinausknatterte auf die Chaussee nach Würzburg.

»Ich komme wieder, Darling«, hatte Braddock gerufen. Auch ihm versagte die Stimme am Schluss. Verdammt, dachte er. Da ist man in dieses Land gekommen, um das Unrecht auszutreiben. Man hatte sich gesagt: ›Diesen Deutschen werden wir es zeigen. Eher geben wir einem Nigger die Hand, als einem dieser Pseudogermanen.‹ Und nun? Man hatte sich in dieses Land verliebt, und der Abschied war schwerer als jener Abschied vor zwei Jahren im Hafen von New Orleans. Ein Stück Herz blieb zurück und – verflucht – es war das beste Stück, das man anzubieten hatte.

Seine letzte Tat als Kommandant war gewesen, Schloss und Lazarett Bernegg als aufgelöstes Kriegsgefangenenlager zu erklären und die Überführung in die Zivilverwaltung vorzubereiten. Der bayerische Staat übernahm die Zuständigkeit. Man merkte es sofort daran, dass jetzt jeden Tag lange Fragebogen eintrafen, ein neuer Verwaltungsdirektor die Leitung übernahm und umständlich Kostenberechnungen angestellt wurden, ob es sich lohnte, diese Spezialklinik aufrechtzuerhalten oder ob es besser sei, die Gesichtsverletzten durch die heimatlichen Kliniken behandeln zu lassen.

»Ich habe Medizin studiert, nicht um Buchhalter zu werden, sondern um zu helfen«, sagte Professor Rusch nach zwei Tagen zu dem neuen Verwaltungsdirektor, als der wieder um Unterlagen bat. »Wenn man Geld genug hatte, sechs Jahre Krieg zu führen, sollte man auch Geld genug haben, die Opfer dieses Irrsinns anständig zu versorgen.«

»Sie vergessen, dass wir den Krieg verloren haben«, sagte der Verwaltungsmann indigniert.

Nach der Umwandlung des Lazaretts Schloss Bernegg in eine Landes-Spezialklinik war die Tätigkeit Dr. Mainettis eigentlich beendet. Sie konnte gehen, wohin sie wollte, ihre Dienstverpflichtung war erloschen. Es war eine Kriegsmaßnahme gewesen. Da auch Dr. Stenton versetzt wurde, waren nur noch Professor Rusch und Dr. Vohrer als Ärzte auf Schloss Bernegg. Auch Dr. Vohrer hätte hingehen können, wohin er wollte; als Militärarzt war er entlassen. Er war in Bernegg geblieben und hatte um seine Anstellung nachgesucht. »Was soll ich jetzt in Hagen?«, hatte er Rusch gefragt. »Sicherlich, Ärzte braucht man überall. Aber ich glaube, hier bei Ihnen habe ich den besten Platz. Darf ich bleiben, Herr Professor?«

Es war noch gar nichts entschieden, als Lisa Mainetti den ›Gestellungsbrief‹ mit Ruschs Unterschrift an Erich Schwabe schickte und ihn nach Bernegg holte. Nur ein neuer Arzt war aus München gekommen, gewissermaßen als eine Art ›amtliches Auge‹. Er berichtete an das Arbeitsministerium über Wesen und Arbeit der Bernegger Klinik. Mit Dr. Mainetti war er gleich am ersten Tag zusammengestoßen.

»Hier gab es einmal einen Arzt, der war braun«, sagte sie. »Ich hoffe, dass Sie nicht hier sind, um eine andere aktuelle Farbe zu verkörpern.«

Dr. Peter Sulzbarth verschluckte schicklich alle Bemerkungen und berichtete wahrheitsgetreu nach München: »Die Klinik ist dringend erforderlich. Sie ist bestens eingerichtet und mit 123 Gesichtsverletzten aller Grade belegt. Die Leitung ist bei Professor Rusch in den besten Händen. Neben ihm und Dr. Vohrer ist auch noch eine Frau, Dr. Lisa Mainetti, im Haus, eine qualifizierte Chirurgin, aber eine etwas schwierige Dame.«

Zunächst übernahm man provisorisch die alte Besetzung. Sogar der Famulus Baumann wurde als 1. Krankenpfleger mit Gehalt übernommen. »Noch ein Jahr, Herr Professor«, hatte er gebeten, »dann bin ich so weit, dass ich wieder studieren kann. Wenn ich solange bleiben darf.«

So war das Wiedersehen mit Erich Schwabe nicht anders als eine Rückkehr von einem längeren Urlaub.

»Gott verhüte, dass nun auch der Wastl und der Berliner zurückkommen«, rief Baumann, als er Schwabe umarmte. »Wir haben nicht mehr die Kraft, euch alle noch einmal zu ertragen.«

Dr. Mainetti und Professor Rusch untersuchten Schwabe sofort. Sie gerieten in einen neuen Schmerzanfall hinein, der um so heftiger war, als Schwabe keinerlei Narkotika bei sich hatte. Stöhnend und mit den Zähnen knirschend saß er im OP und umkrallte den Arm Lisa Mainettis.

»Mein Kopf«, wimmerte er. »Himmel – mein Kopf ...«

Rusch injizierte ihm Eudokal und machte von seinem Schädel Röntgenaufnahmen in allen möglichen Ebenen. Schon Minuten später hielt er die noch feuchten, tropfenden Aufnahmen gegen das Licht der OP-Lampe. Es zeigte sich, dass sich zwischen dem Wundgrund und dem eingepflanzten Knochensplitter eine Verdickung gebildet hatte. Sie drückte auf einen Nerv und erzeugte den wahnsinnigen Schmerz. Rusch sah Dr. Mainetti kurz an. Lisa nickte.

»Was ist es?«, fragte Schwabe leise.

»Mist ist es«, sagte Lisa laut.

»Die Nase«, Schwabe atmete tief durch. »Muss sie wieder weg ...?«

»Ja.«

»Mein Gott. Geht es jetzt wieder von vorn los?«

»Nur keine Panik, Schwabe.« Professor Rusch legte die Röntgenbilder zur Seite. »Sie werden diese Nacht ruhig durchschlafen und morgen gehen wir wieder an dieses Biest von Nase heran.«

»Und – wie lange dauert es?«

»Bis Sie wieder nach Köln zurück können? Etwa vier Wochen.«

»Unmöglich.« Schwabe rutschte vom Schragen und legte wie zum Schutz seine rechte Hand über die Nase. »Das geht nicht.«

»Wieso denn nicht?«

»Meine Frau bekommt doch in den nächsten Tagen das Kind.«

»Ihre Frau – aber doch nicht Sie. Die bringt es auch allein auf die Welt.«

»Aber ich will dabei sein. Es ist – wie man so sagt – das größte Ereignis in meinem Leben.«

»Das größte Ereignis war, als man Ihnen das Gesicht wegrasierte«, sagte Professor Rusch grob. »Alles andere ist dagegen unwichtig. Diese Operation muss sofort gemacht werden.«

»Aber wenn sie noch einige Tage Zeit hat – nur ein paar Tage noch, Herr Professor.«

»Ich kann diese Verantwortung nicht übernehmen. Ach was, Schwabe, ich lasse Sie einfach nicht weg aus Bernegg.«

Schwabe senkte den Kopf. Er wusste, dass Rusch es gut meinte, er wusste, dass er Recht hatte, er spürte, dass in seinem Kopf etwas war, das gefährlicher war als alles, was er bisher durchgestanden hatte. Aber er sah nicht ein, dass es nicht ein paar Tage Zeit haben sollte.

»Das war früher«, sagte Schwabe gepresst. »Früher, Herr Professor, konnten Sie befehlen. Heute sind wir Privatpersonen.«

»Ein Idiot sind Sie«, rief Dr. Mainetti laut. »Sie bleiben hier – und damit basta. Und wenn es gar nicht anders geht, holen wir Ihre Frau nach Bernegg und lassen sie hier entbinden. Wir können nicht nur neue Nasen und Kiefer machen.«

»Wenn – wenn das möglich wäre«, sagte Erich Schwabe voll Hoffnung. »Frau Doktor – wenn Uschi nach hier kommen kann …«

»Natürlich geht das.«

»Kann ich ihr sofort schreiben? Oder sogar telegrafieren?«

»Von mir aus.« Dr. Mainetti blinzelte Rusch zu, als sie dessen erstaunt fragenden Blick sah. »Erst einmal legen Sie sich auf das berühmte Zimmer B 14.«

Erich Schwabe entschloss sich, sein Telegramm an Uschi bis zum nächsten Tag aufzuschieben. Famulus Baumann setzte ihn für die Nacht unter Eudokal, und so schlief er ruhig bis gegen 8 Uhr morgens.

Professor Rusch hatte noch lange mit Lisa über die bevorstehende Operation gesprochen. Er hatte mit einem Histologen in Würzburg telefoniert und gebeten, zu der Operation herüberzukommen. Mit bleichem Gesicht hatte Lisa das Gespräch gehört und immer wieder die Röntgenbilder angesehen.

»Du glaubst doch nicht, dass es …«, sagte sie dumpf und ließ das Wort unausgesprochen. Rusch hob die Schultern.

»Wir müssen mit allem rechnen, Lisa. Es ist ja bekannt, dass durch traumatische Schäden Tumore entstehen können.«

»Und – und wenn es – das ist?«

Rusch hob wieder die Schultern, diesmal stumm und ohne Lisa anzusehen. Es bedurfte keiner Antwort, Lisa kannte sie selbst gut genug.

Die Operation wurde um zwei Tage verschoben. Der Histologe aus Würzburg hatte sich den Fuß verstaucht und lag mit Alkoholkompressen im Bett. Aber er versprach, sich so schnell wie möglich nach Bernegg fahren zu lassen.

Erich Schwabe hatte einen Brief an Ursula geschrieben. Das erschien ihm besser als ein kurzes Telegramm. Er ließ ihn durch Eilboten wegschicken und wartete nun auf Uschis Anruf. Stattdessen kam einen Tag später ein Brief aus Köln. Nicht von Ursula, nicht von Karlheinz Petsch oder Frau Hedwig Schwabe. Es war ein unscheinbares, neutrales Kuvert, ein billiges Kuvert aus der Kriegszeit. Ein Brief ohne Absender.

Verwundert riss Schwabe den Umschlag auf und entnahm ihm einen Zettel aus braungrauem Wehrmachtspapier. Mit einer alten, verschmutzten und typenverschlissenen Schreibmaschine waren ein paar Sätze geschrieben.

»Sie Narr,
Glauben Sie, Ihre Frau liebt Sie? Betrogen werden Sie. Sie können nichts dafür, dass Sie kein Gesicht mehr haben, deshalb tun Sie uns Leid. Glauben Sie wirklich, dieser Petsch tut alles nur aus purer Kameradschaft? Fragen Sie doch mal Ihre Frau …

Einige Nachbarn.«

Erich Schwabe las den Brief ein paar Mal ohne zu atmen. Dann seufzte er und legte sich zurück auf sein altes Bett im Zimmer 14.

Wie gemein, dachte er. Wie kann man Uschi so verdächtigen.

Aber dann dachte er weiter.

Wer hatte ihn gedrängt, wieder nach Bernegg zu fahren?

Wie kam es, dass gerade in diesen Tagen dieser Brief von Professor Rusch kam? Ein Brief – wie bestellt.

Erich Schwabe las den Brief noch einmal. Fragen Sie doch mal Ihre Frau.

»Das ist nicht wahr«, sagte Schwabe laut. »Das ist eine Gemeinheit. Das ist nicht wahr!«

Nach dem Mittagessen ging Schwabe hinunter nach Bernegg. »Ich hole mir Briefpapier«, sagte er zu Baumann, den er auf dem Flur traf. Und er scherzte sogar: »Abmelden braucht man sich ja jetzt nicht mehr, was?«

Am Abend war er noch immer nicht zurück. Als Baumann es bei Dr. Mainetti meldete, saß Erich Schwabe bereits im Zug und fuhr durch das verschneite Hessen.

Fragen Sie doch mal Ihre Frau, bohrte es in ihm. Sie können nichts dafür, dass Sie kein Gesicht mehr haben …

Nun wollte er sie fragen.

Was ist mit Karlheinz Petsch?

Von wem – von wem ist das Kind?

Erich Schwabe stöhnte und legte sein zerstörtes Gesicht in beide Hände.

18

Der Zug hielt auf der rechten Rheinseite, im Bahnhof Köln-Deutz. Ein eiskalter Wind pfiff den Rhein hinauf und schlug mit seiner nägelgespickten Faust Erich Schwabe ins Gesicht.

Schwabe ging langsam über die von den Amerikanern und Engländern konstruierte Pontonbrücke, blieb in der Mitte des Stroms stehen und starrte in die graubraunen Wellen.

Was soll ich tun, wenn es wahr ist?, dachte er. Man könnte vieles tun, gewiss. Man könnte zum Beispiel töten, beide und sich selbst. Aber was nützte es?

Hinter ihm blieb ein englischer Soldat stehen und betrachtete ihn misstrauisch.

»Ueitergähenn«, sagte er laut. »Los, los!«

Schwabe nickte und tappte weiter über die leicht schwankende Pontonbrücke auf das linke Rheinufer zu. Der Dom ragte vor ihm auf wie zwei Finger einer Schwurhand, die aus der Erde wächst und gegen den Himmel stößt.

Mit großen Schritten ging Schwabe durch die Trümmerstadt. Aber als er in seine Straße einbog, wurden seine Schritte kürzer und langsamer. Schließlich blieb er zwei Häuser vor seinem Haus stehen und drückte sich in einen dunklen, zerstörten Hauseingang.

Was soll ich sagen, wenn ich plötzlich vor ihnen stehe?, dachte er. Was kann geschehen, wenn dieser Brief nur eine Lüge ist? Wenn er wahr wäre – bestimmt hätte Mutter etwas zu mir gesagt. Mutter hätte es mir nie verschwiegen, nie. Sie hätte Ursula hinausgeworfen und diesen Karlheinz Petsch dazu.

Ein neuer, ihn voll und ganz ausfüllender Zweifel hemmte in ihm alle Aktionen. Mein Gott, wenn es nicht wahr ist, dachte er.

Vom anderen Ende der Straße rappelte ein Auto heran. Schwabe erkannte es: der P 4 mit der seitlichen Ölfarbenaufschrift ›Schwabe & Petsch. Wiederaufbau GmbH‹.

Schwabe zertrat seine Zigarettenkippe und drückte sich gegen die zerborstene Mauer. Der Wagen hielt vor dem Schwabe-Keller. Petsch sprang aus dem Auto, rannte um den Kühler herum und riss wie ein Chauffeur die andere Tür auf. Langsam stieg Ursula heraus. Sie war durch ihren schweren Leib unbeweglich und unsicher geworden. Petsch fasste sie unter – fast zu liebevoll, dachte Schwabe – und stellte sie auf die glatte Straße.

»Na, das hätten wir«, hörte Schwabe deutlich Petsch sagen. »Zufrieden, Mädchen?«

»Ja, Karlheinz.«

»Und was kriegt der gute Heinzi dafür?«

Ursula lachte. Sie beugte sich vor und gab Petsch einen Kuss auf die Augen.

»Wie zahm«, sagte Petsch. »Früher war's mehr.«

Erich Schwabe presste die Hände flach gegen die rissige Mauer. Zitternd starrte er hinüber zu Ursula und Petsch, der wieder um den Wagen herumging und einstieg.

»Ich bring die Karre weg und komm noch auf 'nen Sprung zu

euch«, rief er. »Und dem Erich kannste schreiben, dass du hier bleibst.«

Schwabe verhielt sich still. Er sah, wie Ursula in den Keller hinabstieg und drückte sich eng an die Wand, als Karlheinz Petsch mit dem P 4 an ihm vorbeifuhr. Trotz des Motorenlärms hörte Schwabe, wie Petsch lustig und laut pfiff.

Dann war wieder die einsame, kalte Nacht um ihn, und auch in seinem Inneren war es Nacht und kalt und von einer grenzenlosen Öde.

Es war nicht mehr nötig, hinabzugehen in den Keller und zu fragen. Es war sinnlos geworden, Lügen zu hören und sich zu bemühen, sie zu glauben, um sich selbst zu betäuben vor der zerreißenden Wahrheit.

Was sollte jetzt noch gefragt werden? Was hatten Beteuerungen, gestammelte Worte, Tränen, Schwüre, Erklärungen noch für einen Sinn?

Erich Schwabe löste sich aus der Dunkelheit der Trümmer und tappte durch das Ruinenfeld, quer durch die zerstörten Häuserreihen, zurück in die Innenstadt. Erst drei Häuserblocks weiter, wo er eine Begegnung mit Petsch nicht mehr zu befürchten hatte, trat er wieder auf die Straße und stapfte durch den eisigen Wind wieder dem Rhein zu.

Im Deutzer Bahnhof klemmte sich Schwabe in eine Ecke des notdürftig mit Sperrholz und Pappe abgedichteten Wartesaals. Die ätzende Luft von Schweiß, trocknenden, nassen Kleidern, Ausdünstungen von ungewaschenen Körpern trieb die Müdigkeit in seine Augen. Wie die hundert Menschen um ihn rollte sich auch Schwabe zusammen und schlief.

Nun bin ich allein, war das Letzte, was er deutlich dachte. Kein Gesicht, keine Heimat, keine Frau, keine Mutter, keine Zukunft. Wie eine Ratte liegt man hier, wie sie verfolgt von Abscheu und Ekel.

Ein Abfall des Krieges.

Von den gesunden Menschen weggestoßen.

Was ist das: Vaterland?

Am späten Nachmittag tappte Schwabe wieder durch die Eingangshalle von Schloss Bernegg, schmutzig, hungrig, müde, mit trüben Augen. Er stierte Dr. Mainetti, die auf der Treppe stand, wie eine Fremde an, und es war offensichtlich, dass er sie gar nicht bemerkte.

»Schwabe«, sagte Lisa laut. »Mensch, wo waren Sie denn? Wie sehen Sie denn aus?«

»Wie eine Ratte«, sagte Schwabe dumpf.

»Wo waren Sie?«

»In Köln.«

»In Köln? Ohne etwas zu hinterlassen? Ist das Kind denn schon da?«

»Das Kind?« Schwabe starrte Dr. Mainetti wie einen explodierenden Vulkan an. »Das – Kind …?«

Er warf die Arme hoch, und dann schrie er gellend auf und fiel vornüber auf das Gesicht, wie ein Baum, den der letzte Axthieb umwirft.

Es war mit ihm nicht mehr zu reden. Dr. Mainetti erreichte nichts, Professor Rusch gab resignierend auf, und auch der Famulus Baumann sagte nach einer Stunde: »Mach, was du willst, du sturer Hund. Aber den Brief an deine Frau schreibe ich nicht. Sieh zu, wer dir diesen Blödsinn schreibt!«

Erich Schwabe saß, gebadet und wie in alten Zeiten mit leukoplastverklebtem Gesicht, im Zimmer 14 und hatte die Fäuste auf den Tisch gelegt. Seit drei Stunden hatte man versucht, ihn von seinem Plan abzubringen.

»Es ist völlig sinnlos, was Sie alles sagen«, hatte er Lisa angefaucht. »Ich bleibe hier. Ich gehe nie mehr nach Köln zurück. Ich will ihnen nicht einmal mehr selber schreiben. Ihr habt den Walter Hertz wieder aufgenommen – bitte, nun nehmt auch mich auf. Ich kann mich nützlich machen. Ich kann alles, schreinern, mauern, Leitungen legen, alle Reparaturen. Stellt mich als Hausmeister ein oder als Lokuspfleger – mir ist alles egal. Aber ich bleibe hier. Und wenn ihr mich rausschmeißt …« Er stockte und sah Dr. Mainetti aus entschlossenen Augen an, »bitte, dann ist da noch der Teich. Und Bäume gibt's hier auch genug. Ich will nichts mehr von der Welt sehen – nichts mehr, nichts«, brüllte er.

Der Einzige, der ihn verstand, war Walter Hertz. Der hatte Schwabe seine Geschichte mit der Familie Wolfach erzählt. »Wir gehören eben einfach nicht mehr zu denen da draußen, Erich«, sagte er. »Es war eben ein großer Fehler, dass wir weiterleben. Als Tote wären wir jetzt Helden – aber als Menschen ohne Gesicht sind wir ein Ärgernis. Alle wollen so schnell wie möglich vergessen, und da kommen wir mit unseren Fratzen und sagen: ›Seht, so war's. Das ist der Krieg.‹«

Walter Hertz war es denn auch, der den Brief an Ursula schrieb, den Schwabe selbst nicht schreiben wollte. Hertz schrieb ihn nach Schwabes Diktat.

Es war eine kurze Abrechnung, ein endgültiger Abschied, ein totaler Verzicht auf alles, was einmal die Welt des Erich Schwabe gewesen war.

»Es hat keinen Sinn, hierher zu kommen. Ich werde niemanden empfangen, ich will keinen mehr sehen. Ich schließe hiermit das Leben des Erich Schwabe ab, für euch und für alle. Was übrig bleibt und hier hinter einer Mauer weiterlebt – was kann es euch interessieren? In eine Scheidung willige ich hiermit ein. Besorgt alles und macht es schnell.

Und lebt weiter – und lasst mich in Ruhe. Erich Schwabe.«

Das war der Schluss des Briefes, den Walter Hertz mit seiner schönen Handschrift für Schwabe schrieb. Baumann, der die Post auf den Stationen einsammelte, brachte den Brief sofort zu Dr. Mainetti, die das Kuvert sinnend zwischen den Fingern drehte.

»Man sollte es aufmachen, Frau Doktor«, sagte Baumann. »Hier dürfen wir es.«

»Warum?« Lisa legte den Brief Schwabes auf den Stapel der anderen Post zurück. »Ich weiß, was er geschrieben hat.«

»Ich auch, Frau Doktor. Ich habe es abgelehnt, diesen Blödsinn zu schreiben. Aber der Hertz ist ja genauso verrückt. Was sollen wir tun?«

»Abschicken, Baumann.«

»Aber die Frau? Wenn es nun gar nicht wahr ist? Wenn der Erich sich das zurechtgesponnen hat?«

»Das wird sich jetzt herausstellen. Sie wird diesen Brief ja nicht unbeantwortet lassen. Vor allem die Mutter wird kommen.«

»Und er wird keinen anhören.«

»Abwarten, Baumann.« Dr. Mainetti gab ihm die Briefe zurück. »Ich bin ja auch noch da.« Sie dachte an das Gesicht Schwabes und an das, was noch an ihm getan werden musste, ehe man sagen konnte: ›Mehr können wir nicht tun.‹ Es würde drei oder vier Jahre dauern.

»Und Zeit haben wir, Baumann, viel Zeit. Bei Schwabe ist

manches zu schnell gegangen. Das war ein Fehler, an dem auch ich mitschuldig bin.«

Drei Tage später trafen Ursula und Frau Hedwig Schwabe in Bernegg ein.

Dr. Mainetti hatte es erwartet, als ein Telegramm auf dem Schloss eintraf, das Schwabe ungeöffnet zerriss und wegwarf. Lisa aber hatte sofort ein Doppelzimmer auf Abruf reservieren lassen, und Professor Rusch hatte mit der Würzburger Klinik telefoniert und ein Bett auf der Wöchnerinnen-Station bestellt.

Dr. Mainetti fuhr sofort hinunter nach Bernegg, als Frau Hedwig Schwabe anrief. Ursula sah aus, wie eine Frau aussieht, die drei Tage und Nächte nicht geschlafen hat. Unter ihrem bleichen, aufgedunsenen Kopf und den schmalen Schultern wirkte der schwere Leib noch unförmiger, und Lisa sah, dass es nur noch Stunden dauerte, bis das Kind zur Welt kam.

Ursula saß starr auf der äußersten Kante eines Stuhls, als Lisa in das Hotelzimmer trat. Bevor sie etwas sagen konnte, hob Ursula die Hand.

»Bitte, bitte, sagen Sie die Wahrheit, Frau Doktor. Ist – ist Erich verrückt geworden?«

»Nein. Nicht direkt.« Lisa Mainetti drückte Frau Hedwig Schwabe die Hand. Die alte Frau war wie damals bei ihrem ersten Besuch in Bernegg von einer beherrschten Ruhe und einer mütterlichen Kraft, die Lisa deutlich spürte. Jetzt, wo ihr Sohn die Wahrheit wusste, begann sie wieder zu kämpfen. Gegen Karlheinz Petsch, gegen Ursula, nur um das Wohl ihres Sohnes sorgend, eine eisgraue Tigerin, die kein Mitleid mehr kannte, mit niemandem – außer mit ihrem Sohn.

Sie hatte in Köln sofort Karlheinz Petsch in den Keller gerufen. Sie hatte ihm den Brief gezeigt, und als Petsch fröhlich sagte: »Na also, hab' ich doch immer gesagt: ›Alles löst sich von allein.‹ Wenn alles normal läuft, können Uschi und ich im Sommer heiraten« – da hatte sie stumm ihre Hand gehoben und kräftig in das Gesicht Petschs geschlagen.

»Aber Mütterchen …«, hatte Petsch gestammelt, und Frau Schwabe hatte ganz ruhig gesagt:

»Hinaus. Oder ich rufe die Polizei und zeige deine ganzen Schiebereien an.«

»Davon habt ihr ja auch gelebt«, hatte Petsch gebrüllt.

»Natürlich. Und ich werde auch dafür ins Gefängnis gehen. Einer alten Frau macht das nichts mehr aus, es schadet ihr nichts. Aber vor dir haben wir dann endlich Ruhe.«

Und Karlheinz Petsch war hinausgegangen und mit dem P 4 abgefahren.

Irgendwohin. Am nächsten Tag holte ein Spediteur seine Möbel aus dem Keller.

Frau Schwabe sagte etwas, was auch Ursula empfand und was ihr eine flammende Angst durch das Herz trieb:

»Zu spät. Was nun?«

»Wir fahren nach Bernegg, Mutter.«

»Und dort?«

»Es wird alles gut werden.«

»Das glaube ich nicht.« Frau Schwabe sah ihre Schwiegertochter kalt an.

»Er weiß von Petsch. Einmal musste es soweit kommen. Er ist mein Sohn, und er hat kein Gesicht mehr. Mich wird er wieder sehen wollen – ich bin seine Mutter.«

»Das heißt – das heißt –«, stammelte Ursula, »… dass ich …«

Frau Schwabe nahm ihren Einkaufskorb und legte einen Schal um ihre weißen Haare. »Vielleicht. Ich gehe jetzt einkaufen. Es gibt Eier.«

Nun saßen sie Dr. Mainetti gegenüber, und Lisa spürte den Bruch, der zwischen den beiden Frauen war.

»Sie wissen, wie die Situation ist«, sagte sie ernst. »Ihr Mann, Frau Schwabe, war heimlich in Köln.«

»Er – er war in Köln?«, sagte Ursula wie eine aufgezogene Sprechpuppe.

»Er hat einen anonymen Brief bekommen. In Köln erlebte er, durch Zufall, von einem Trümmergrundstück aus, wie Sie mit diesem Karlheinz Petsch in seinem Wagen nach Hause kamen und ihn küssten.«

»Hure«, sagte Frau Hedwig Schwabe eisig.

Ursulas Kopf sank auf die Brust. Sie schüttelte ihn ganz schwach und kaum sichtbar.

»Ich weiß«, sagte sie mit heller Stimme wie ein Kind. »Aber es war ganz anders.«

»Auch als er bei dir im Bett lag und dir Seidenstrümpfe schenkte? Wie eine Hure hat er dich bezahlt.«

»Nein, damals war es wahr.« Ursula sah mit flatternden Augen zu Dr. Mainetti auf. »Ja, ich habe etwas mit diesem Petsch gehabt. Aber ich habe es bereut, jeden Tag, jede Stunde bereut. Damals war ich verzweifelt und einsam, und er kam herein, und er war Leben, warmes, lustiges Leben. Aber seitdem war nichts mehr, gar nichts. Warum glaubt ihr mir denn nicht?«

»Und der Kuss, den Erich gesehen hat?«, fragte Frau Schwabe hart und mitleidlos.

»Das war Dankbarkeit.«

»So kann man's auch nennen«, lachte Frau Schwabe bitter.

»Petsch war mit mir zur Klinik gefahren. Ich habe mich noch einmal untersuchen lassen, um genau zu wissen, wann das Kind kommt. Ich – ich hatte einen Plan. Wenn ich noch etwas Zeit gehabt hätte, wollte ich nach Bernegg fahren, zu Erich. Aber der Arzt sagte, ich solle in Köln bleiben. Es wäre ungewiss, ob ich die lange Eisenbahnreise überstehen könnte. Und dann hat mir Petsch angeboten, mich mit dem Auto nach Bernegg zu bringen. Und darum habe ich ihm einen Kuss gegeben – nur darum ...«

Frau Hedwig Schwabe sah starr aus dem Fenster. Ihr Gesicht war maskenhaft weiß und unbeweglich. So war es, dachte sie, oder so könnte es gewesen sein. Und wenn es nur eine Lüge war? In ihrer Kampfbereitschaft für ihren Sohn war sie gewillt, an das Letztere zu glauben. Sie lügt, redete sie sich ein. Es darf nicht anders sein. Sie lügt.

Dr. Mainetti ging wortlos im Zimmer auf und ab. Sie war bereit, Ursula zu glauben, und grübelte nun darüber nach, wie man es Erich Schwabe erklären solle. Für ihn gab es keine Erklärung mehr, keine Argumente, keine verzeihende Vernunft. Erst wenn sein Gesicht wieder so aussah, dass er selbst von sich sagen konnte: ich sehe wieder wie ein Mensch aus – erst dann gab es eine Möglichkeit, eine Brücke zwischen Einsamkeit und Leben zu bauen.

Dr. Mainetti blieb stehen. Sie sah die beiden Frauen mit einem Ausdruck an, der Frau Hedwig Schwabe instinktiv erkennen ließ, dass hier eine Gegnerin vor ihr stand. Sie straffte sich und erwiderte den Blick Lisas.

»Nun?«, fragte sie kampfbereit.

»Sie haben mir die Wahrheit gesagt«, begann Dr. Mainetti. »Erwarten Sie, dass Ihr Sohn und Ihr Mann diese Wahrheit einfach hinnimmt?«

»Nein.« Frau Hedwig Schwabe räusperte sich. »Aber ich kann als seine Mutter mit ihm sprechen und ihm …«

»Sie werden nicht mit ihm sprechen.«

»Doch.«

»Nein.«

Dr. Mainetti blieb vor Frau Schwabe stehen. Sie starrten sich an – zwei unerbittliche, mitleidlose Feindinnen.

»Warum haben Sie über ein Jahr geschwiegen?«, fragte Lisa leise. Frau Schwabes Augen begannen zu flimmern.

»Um meinen Sohn zu schonen.«

»Und nun ist das nicht mehr nötig?«

»Er weiß es jetzt. Nun braucht er mich, um es zu überwinden.«

»Das glauben Sie.« Lisa holte Atem. Es ist gemein, was ich sage, dachte sie, aber ich muss es aussprechen, um Erich Schwabe zu retten. »Ich weiß, dass Ihr Sohn Sie als eine Mitschuldige betrachtet. Er weiß, dass Sie diesen Petsch in Ihrer Wohnung geduldet haben. Weil er Speck und Butter brachte, Eier und Schinken. Und Schnaps. Frau Schwabe – Schnaps, den Sie heimlich tranken, um Ihr Gewissen zu betäuben. So ist das. Auch Sie will Ihr Sohn nicht mehr sehen.«

Frau Schwabe saß wie eine Wachsfigur, steif und unbeweglich. Nur ihre Augen flackerten. Neben ihr weinte Ursula lautlos in ein Taschentuch, das sie sich vor das Gesicht hielt.

»Mein – mein Sohn soll mir das selbst sagen. Mir ins Gesicht. Seiner Mutter ins Gesicht«, sagte Frau Schwabe dumpf. »Erst dann glaube ich es und gehe.«

»Er hat es gesagt«, rief Lisa Mainetti grob. »Durch mich.«

»Und was soll nun werden?«, fragte Ursula kläglich. »Es kann doch nicht so bleiben. Es ist doch sein Kind … Sie glauben es mir doch, Frau Doktor, nicht wahr?«

Lisa nickte und legte den Arm um die zuckende Schulter Ursulas. »Vor einem Jahr sagte ich zu Ihnen: Geduld, Geduld. Ich kann Ihnen heute nichts anderes sagen. Doch – ein anderes Wort ist dazugekommen: Kraft. Besitzen Sie die Kraft, unendlich geduldig zu sein. Das ist alles, was Sie tun können. Und bringen Sie Ihr Kind zur Welt – mit Freude. Dieses Kind könnte eine Brücke sein – die einzige.«

»Ich bleibe in Bernegg«, sagte Frau Schwabe steif.

»Ich auch«, stammelte Ursula.

»Wir warten hier.«

»Das ist doch sinnlos. Es kann Monate dauern, vielleicht Jahre.« Dr. Mainetti sagte das Letzte, was sie eigentlich verschweigen wollte. »Es wird für Erich Schwabe nicht eher einen Weg zurück zu den Menschen geben, bis er sein Gesicht wieder völlig wiederhat.«

Frau Hedwig Schwabe nickte. »Ich bin jetzt 63 Jahre«, sagte sie. »Ich bin noch nicht zu alt zum Warten. Ich bleibe hier.«

»Ich kann Sie nicht daran hindern«, sagte Lisa Mainetti.

»Nein. Das können Sie nicht«, antwortete Frau Schwabe, fast stolz.

»Wenn ich Ihnen helfen kann.«

»Danke. Wir helfen uns selbst. Helfen Sie meinem Sohn.«

Ohne ein weiteres Wort verließ Dr. Mainetti das Zimmer und fuhr zurück zum Schloss. Sie hatte das deutliche Empfinden, der alten Frau unterlegen zu sein. Diese unerklärliche, mütterliche Kraft – das war etwas, vor dem jeglicher Verstand versagte.

In der Nacht bekam Ursula die ersten Wehen. Ein Krankenwagen brachte sie nach Würzburg in das bereitgestellte Bett.

Um 9 Uhr morgens gebar sie das Kind. Einsam, weinend, nur im Beisein der Hebamme. Und als sie zurückkam in das Krankenzimmer, erschöpft, schweißgebadet, den Lysolgeruch des Kreißsaales um sich, empfingen sie kein Blumenstrauß, kein liebevoller Händedruck, kein Dankeskuss, kein liebes Wort, keine glücklichen Augen, keine Zärtlichkeit.

Man hob sie in ihr Bett, stellte eine Tasse Tee neben sie auf den Nachttisch und überließ sie der Einsamkeit.

»Ein Mädchen«, sagte Ursula, nur um etwas zu hören, einen Laut, eine menschliche Rührung. »Es ist ein Mädchen, Erich. Sollen wir es Erika nennen?«

Dann drehte sie sich zur Wand und weinte mit gegen den Mund gepressten Fäusten.

Lisa Mainetti traf Erich Schwabe im Park. Er saß, in einen dicken, alten Militärmantel gehüllt, am Teich und fütterte mit Maiskörnern einen Schwarm Grünmeisen.

»Gratuliere«, sagte Lisa und klopfte Schwabe auf die Schulter. Erich Schwabe nickte beifällig.

»Nicht wahr, sie sind fast zahm. Es ist schön, mit Tieren zu leben. Sie machen es einem leicht, nicht mehr an die Menschen zu denken.«

Lisa bückte sich, nahm eine Hand voll Mais und streute sie in den girrenden Vogelschwarm hinein.

»Es soll Erika heißen«, sagte sie dabei.

Schwabes Hand, die zu den Maiskörnern griff, blieb auf halbem Weg in der Luft hängen. Es war nur ein kurzes Zusammenzucken – dann griffen seine Finger in den Topf und streuten neue Körner auf den festgestampften Schnee.

»Es wiegt 8 Pfund und 345 Gramm, ist gesund und kräftig und hat ganz blonde lange Haare – wie Sie und Ursula ... Petsch hatte dunkle Haare, nicht wahr?«

Schwabe stand auf. Dabei trat er den Topf mit den Maiskörnern um. Er merkte es nicht. Er sah Dr. Mainetti stumm an, fast anklagend, wandte sich dann ab und ging vornübergebeugt tiefer in den verschneiten Park hinein.

Lisa Mainetti folgte ihm nicht. Sie sah ihm nach, bis er zwischen den Buschgruppen verschwand. Sie bückte sich, drehte den Topf um und schöpfte mit der hohlen Hand die Maiskörner wieder hinein.

Was wird er tun?, fragte sie sich. Er muss darauf reagieren. Es gibt keinen Menschen, der es einfach hinnimmt, ein schönes, gesundes, blondes Kind zu haben, 8 Pfund und 345 Gramm schwer. Über zwei Stunden blieb Schwabe allein im kalten, verschneiten Park. Als er endlich zum Block B zurückkam, hatte Baumann eine Kanne Tee mit etwas Rum bereitgestellt und goss ihm stumm eine große Tasse voll ein. Schwabe trank den dampfenden Tee in kurzen, durstigen Zügen. Baumann beobachtete ihn aufmerksam und lauernd wie ein Jäger das gestellte Wild.

»Wo ist es?«, fragte Schwabe gleichgültig, als er die Tasse getrunken hatte. Er wischte sich den Schweiß ab, den ihm das heiße Getränk auf die Stirn getrieben hatte.

»In Würzburg. Zimmer 9. Frauenstation.«

»Kannst du mich hinfahren?«

»Ja«, sagte Baumann atemlos. »Morgen schon.«

»Gib mir noch 'ne Tasse.«

Baumann goss ein. »Eigentlich müsstest du einen ausgeben, Erich«, sagte er dabei.

»Warum?«

»Na, wenn man Vater wird ...«

»Wer ist denn Vater geworden?«

»Verrückter, sturer Hund!«, schrie Baumann und goss die heiße Tasse Tee über den Tisch. »In die Fresse müsste man sie dir gießen, wenn das nicht der Lisa wieder neue Arbeit machen würde!«

Erich Schwabe wartete, bis Baumann das Zimmer verlassen hatte. Dann goss er sich selbst wieder eine Tasse voll und malte mit dem Zeigefinger über die nasse Tischplatte.

Erika, schrieb er in den Tee mit Rum. Erika. Erika.

Dann nahm er die ganze Handfläche und putzte alles wieder weg und schob die Pfütze auf den Boden.

Sie hat lange blonde Haare, dachte er. Wie Ursula und ich.

Erika.

Es war, als springe ihm das Herz aus der Kehle.

Eines Abends kam Christian Oster wieder betrunken nach Haus. Aber es war eine andere Trunkenheit als bisher. Dass er mit glasigen Augen und verschwitzten Haaren heimkam, dass sein Atem nach billigem selbstgebranntem Schnaps stank und er seine Frau Susanne ohne viele Worte unter seinen Willen zwang, war fast zu einer Gewohnheit geworden.

Aber an diesem Abend war es anders. Oster kam still nach Haus, mit gesenkten Augen, bleich und offenbar bis in den Grund seiner Seele verwirrt. Zwar roch er wieder nach billigem Fusel, aber er hatte anscheinend nicht soviel getrunken, um das Tier in sich erweckt zu haben.

Er setzte sich mit einer für Susanne unheimlichen bürgerlichen Bravheit hinter den Tisch, aß sein Abendessen, trank eine Flasche Dünnbier, die er sonst nie angerührt hatte, und blieb stumm am Tisch sitzen, stierte vor sich hin und faltete sogar die Hände auf der Tischdecke.

»Was hast du denn?«, fragte Susanne Oster stockend. »Ist etwas passiert? So sag doch etwas!«

Christian Oster sah seine Frau an, als sähe er sie zum ersten Mal. »Es ist aus«, sagte er dumpf.

»Was heißt das, es ist aus?«

Oster sah sie an, und in seinen Augen war nichts mehr, war absolute Leere.

»Was – was ist denn?«, stammelte sie und wich zur Wand zurück. Eine panische Angst kroch an ihr hoch wie ein klebriges Riesentier.

»Sie haben mich entlassen«, sagte Oster leise. »Hinausgeworfen. Einfach gesagt: ›Gehen Sie. So etwas wie Sie können wir nicht gebrauchen. Ein Mann, der jeden Tag seine Frau vergewaltigt, der immer betrunken ist – also gehen Sie.‹ Das haben sie gesagt. Und Herr Berger sagte noch: ›Wir wissen es von den Nachbarn, wie Sie sich benehmen. Und Ihre Frau hat es überall erzählt. Natürlich haben wir Mitleid mit Ihnen, Sie haben Ihr Gesicht verloren, man kann vieles verstehen. Aber das geht zu weit. Es ist unserer Firma nicht zuzumuten, dass Sie weiterhin als Leiter des Lohnbüros …‹ Das hat Herr Berger gesagt. Und nun bin ich draußen. Hinausgeworfen, weggejagt wie ein räudiger Hund, von der Schwelle getreten … Die Nachbarn haben es erzählt. Und meine Frau hat es überall erzählt …«

»Christian.« Susanne Oster legte die Hände flach an die Wand. »Du musst das verstehen. Ich habe Hilfe gesucht. Schutz …«

»Hilfe. Schutz. Vor mir.« Oster nickte wieder. Seine leeren Augen starrten auf seine Frau, aber es war, als sehe er durch sie hindurch, und auch durch die Wand, weit weg über das Land hinweg, in die Ferne, dort irgendwo im Osten, wo ein Granatsplitter den alten Christian Oster wegfegte. »Natürlich«, sagte er leise. »Ich bin ja ein fremder Mann. Niemand erkennt mich mehr. Fünfundvierzigmal haben sie mich operiert, und wie stolz waren sie, als sie fertig waren, der Professor Rusch und die schöne Dr. Mainetti. ›Jetzt sind Sie wieder ein Mensch, Oster‹, haben sie zu mir gesagt. Und ich habe in den Spiegel geguckt und gesagt: ›Das bin ja ich nicht mehr.‹ Und sie haben geantwortet: ›Die Hauptsache ist, dass die Seele des Christian Oster geblieben ist, sein Wesen, seine Art. Ein Mensch besteht nicht nur aus Gesicht.‹ Wie wenig kannten sie die Menschen, nicht wahr, Susanne?«

»Man – man braucht Zeit«, stotterte Susanne Oster.

Oster schüttelte den Kopf. »Wir haben nun keine Zeit mehr. Hinausgeworfen haben sie mich. Worauf sollen wir denn noch warten? Es wird nie mehr anders sein. Nie. Nie … Ich werde nie mehr der Christian Oster sein.« Er starrte sie wieder an, leer, mit der Weite der Einsamkeit in den Augen. »Aber ich liebe dich«, sagte er leise. »Ich habe dich immer geliebt, du weißt es. Ich habe alles mit mir machen lassen, nur weil ich dich liebte. Fünfundvierzigmal habe ich mich operieren lassen …«

Susanne schluckte krampfhaft. »Vielleicht – vielleicht wäre es besser gewesen, du wärst so nach Hause gekommen, mit den Narben, mit der zerstörten Nase, so, wie du warst. Ich – ich hätte dich eher wiedererkannt, du wärst mir nie so fremd gewesen wie jetzt.«

»Es ist eben aus«, sagte Oster dumpf.

Er stand auf, ging ein paar Mal sinnlos um den Tisch herum, trat ans Fenster und sah hinaus auf den verschneiten Garten. Eine lange Reihe Grünkohl stand im Schnee. Er schmeckte nach dem ersten Frost am besten. Grünkohl mit gebratener Mettwurst.

Dann machte Christian Oster seinen Rundgang durchs Haus, wie er es jeden Abend tat. Er schloss alle Türen ab, verriegelte die Fensterläden und drehte in der Küche den Wasserhahn kräftig zu, weil er tropfte und die Dichtung verrostet war.

Als er alles in Ordnung fand, kam er ins Zimmer zurück und blieb vor Susanne stehen. Er war bleich, und sein neues Gesicht sah merkwürdig verstört und wie eine leblose Maske aus Gummi aus.

»Es ist soweit«, sagte er mit ruhiger Stimme.

Susanne gab keine Antwort. Sie konnte nicht mehr. Osters Finger hatten ihren Hals umklammert, mit einer blitzschnellen Bewegung, die alle Gegenwehr ausschloss. Es war nur eine Sekunde der Qual, bis Susanne das Bewusstsein verlor.

»So schnell geht es«, sagte Oster in die aufgerissenen Augen Susannes hinein. »So schnell, mein Liebling – und wir wollten uns ein ganzes Leben lang quälen. Warum denn? Warum?«

Als die letzte Regung in dem rundlichen Frauenkörper erloschen war, fing er Susanne auf, trug sie auf den Armen in das Schlafzimmer, deckte das Bett auf und legte sie hinein. Aus dem Wohnzimmer holte er aus zwei Vasen die großen Immortellensträuße, die Susanne jeden Winter als Dauerschmuck aufstellte, und legte sie neben den Kopf der Toten. Eine große, rote Immortelle schob er zwischen ihre Finger, die er über der Brust faltete.

Nachdem er sie aufgebahrt hatte, stieg er hinab in den Keller, nahm einen scharfen Spaten und begann, ein Loch in den nicht betonierten Boden des Holzkellers zu graben. Nach dreißig Zentimetern traf er auf eine Blechkiste. Er hob sie aus der Grube, öffnete sie und entnahm ihr ein Paket, eingewickelt in Fettpapier und mit Öl durchtränkt. Er riss die Verschnürung ab und wickelte eine neue, fettglänzende 08-Pistole aus dem Papier. Ein volles Magazin lag daneben.

Christian Oster stieß den Spaten in die Erde, lud die Pistole und tappte wieder nach oben ins Haus.

»Es war ein schönes Leben«, sagte Oster zu Susanne und rückte die große Immortelle in ihren Fingern zurecht.

Dann lud er die Pistole durch, legte sich neben die Tote auf sein Bett und steckte den Lauf der Waffe in den Mund.

Niemand in der Nachbarschaft hörte den einzelnen Schuss. Man wunderte sich nur, dass am nächsten Morgen die Läden so lange geschlossen blieben.

Er schläft sich aus, dachte man. Er hat gestern wieder gesoffen.

Und außerdem war Sonntag.

Nach dem Morgenkaffee fuhren der Famulus Baumann und Erich Schwabe nach Würzburg.

Man hatte nicht mehr darüber gesprochen. Auch Dr. Mainetti und Professor Rusch verzichteten auf alle Aussprachen ... Rusch hatte lediglich die Operation um wiederum zwei Tage verschoben. »Das ist das Äußerste, Lisa«, sagte er. »Wir können Schwabe nicht wie einen Ballon mit Morphium voll pumpen.«

Baumann war einfach mit dem alten Wehrmachtskübelwagen, den man dem Spezialkrankenhaus als ›Dienstwagen‹ überlassen hatte, vorgefahren und hatte zu Schwabe gesagt: »Los, du Flasche, steig ein. Zufällig sind die Straßen eisfrei.«

Während der ganzen Fahrt sprach Erich Schwabe kein Wort. Aber je näher sie Würzburg kamen, umso unruhiger wurden seine Hände und schabten an der Tür auf und ab.

Kurz vor dem großen Tor des Krankenhauses hielt Baumann den Kübelwagen an.

»Was ist?«, fragte Schwabe. »Eine Panne?«

»Nee. Warte mal.« Baumann griff nach hinten unter den Hintersitz und holte einen Strauß blassroter Alpenveilchen hervor. »Von der Frau Doktor«, sagte er. »Du sollst sie ihr von ihr geben.«

»Wem?«, fragte Schwabe hart.

»Du Dussel, deiner Frau natürlich.«

Schwabe antwortete nicht. Er nahm den Alpenveilchenstrauß und warf ihn in hohem Bogen aus dem Wagen in die Haustrümmer.

»Nun fahr weiter«, sagte er heiser. »Oder ich laufe zu Fuß.«

Mit heulendem Motor raste Baumann der Klinik zu. »Darüber sprechen wir uns nachher«, brüllte er. Regungslos saß Schwabe neben ihm, undurchdringlich, mit zusammengekniffenen, farblosen Lippen.

19

Die Stationsschwester auf der Säuglingsstation sah Erich Schwabe kurz an, als sich die beiden Besucher bei ihr anmeldeten. Schwabe kniff die narbigen Lippen zusammen. »Ja, ich bin's«, sagte er rau. »Gott sei Dank ist ein solches Gesicht nicht vererbbar.«

»Schnauze«, raunte ihm Baumann zu und stieß ihm die Faust in den Rücken.

»Sie können Ihre Tochter gern sehen.« Die Schwester sah auf einer Liste nach und legte den Zeigefinger auf den Namen Erika Schwabe, Bett 12. »Aber nur durch eine Glasscheibe.«

Die Schwester wandte sich zur Tür. »Wenn Sie bitte mitkommen möchten, Ihre Frau können Sie natürlich im Zimmer besuchen, ohne Glasscheibe.«

»Danke«, sagte Schwabe heiser vor Erregung. »Ich möchte nur das Kind sehen.«

Er sagte nicht mein Kind, sondern das Kind. Baumann bemerkte es sofort und hielt Schwabe am Arm fest.

»Erich, wenn du Theater machst«, sagte er leise, »ich schwöre es dir: Vor allen hier haue ich dir eine runter, dass du ein drittes Gesicht brauchst!«

»Schon gut.« Erich Schwabe senkte den Kopf. Über sein zerstörtes Gesicht zuckte es. »Wie schön habe ich mir das vorgestellt: Mein Kind ansehen – zum ersten Mal, und nun …«

Die Schwester ging in die Kinderstation. Neben der Tür war ein breites, längliches Fenster in die Wand eingelassen. Baumann sah dahinter eine Reihe kleiner, weißer Betten und die hin und her huschende Haube einer anderen Schwester.

»Komm näher, Erich«, sagte er. »Hier ans Fenster. Sie zeigen es dir gleich.«

Schwabe kam ein paar Schritte heran und blieb zwei Meter vor dem Fenster stehen. Es war, als habe er Angst, noch weiter näher zu treten, als scheue er davor zurück, sein zerfetztes Gesicht zu eng an die Scheibe zu legen.

Wie in einem großen Bilderrahmen erschien die Schwester wieder im Fenster. Auf den Armen trug sie ein kleines, strampelndes Bündel. Ein runder, blonder Kopf, zusammengekniffene Augen und zu Fäusten geballte Fingerchen, rosig, zerbrechlich, mit kleinen Wülsten an den Gelenken, ein aufgerissener Mund und ganz fern, ganz gedämpft durch die Scheibe dringend, ein lang gezogenes, helles Geschrei.

Die Schwester lächelte und hob das schreiende Bündel hoch gegen das Fenster.

Erich Schwabe stand wie aus Stein. Er starrte das Kind an, hatte den Kopf weit vorgebeugt, aber er kam keinen Schritt näher. Die Finger seiner rechten Hand krallten sich in den Arm Baumanns, so wie ein Erstickender sich in Todesangst festklammert.

Er sagte kein Wort. Er starrte nur auf das zappelnde Bündel hinter der großen Scheibe, das die Schwester ihm entgegenhielt.

»Na«, sagte Baumann leise, »sieht es dir nicht ähnlich? Sogar den Hals reißt es auf wie du.«

Schwabe antwortete nicht. Wie ein müder Bär tappte er die beiden Schritte bis zum Fenster vor und presste das zerstörte Gesicht gegen das Glas. Ganz nahe war er jetzt dem Kind, nur getrennt durch drei Millimeter dickes Glas. Zögernd hob er die Hand und streichelte mit zitternden Fingern über das Fenster, rund um den pendelnden Kopf des Kindes, über dieses schreiende Gesicht. Die Schwester hielt es ganz dicht an die Scheibe, und der Atem ließ das Glas beschlagen, und über diesen Nebel sah Erich Schwabe zwei große, runde, blaue Augen.

Lautlos rannen aus seinen Augenwinkeln die Tränen über die Falten und Narben. Immer wieder streichelte er mit ergreifender Zärtlichkeit die Scheibe, bis die Schwester das Kind in das Zimmer mit den vielen weißen, kleinen Betten zurücktrug. Schwabe starrte weiter durch das Fenster, er sah, wie man sein Kind flach hinlegte, wie eine weiß bezogene Decke über den winzigen Körper gebreitet wurde, wie ein großes Gazetuch als Schutz gegen Zugluft und Staub über das Bett gespannt wurde.

Famulus Baumann legte die Hand auf Schwabes Schulter.

»Na, du Idiot«, sagte er leise, »kommst du jetzt endlich zur Vernunft?«

Schwabes Kopf zuckte von dem Fenster zurück, als habe man ihn in den Nacken geschlagen. Er steckte die Fäuste in die Taschen des Mantels und zog das Kinn an.

»Komm«, sagte er laut.

»Wohin?«

»Nach Haus.«

»Ein Stockwerk tiefer liegt Ursula. Sie – sie weiß, dass du heute hier bist. Dr. Mainetti hat es ihr sagen lassen.«

»Wir gehen«, sagte Schwabe trotzig.

»Mein Gott, ein solches Kind hat dir deine Frau geschenkt, und du sturer Hund willst nicht einmal ...«

Erich Schwabe wandte sich ab und tappte den langen Gang hinunter. Er stieg die Treppen hinab, ohne sich noch einmal umzudrehen, verließ die Klinik mit gesenktem Kopf und setzte sich in den alten Kübelwagen, den Kragen hochgeschlagen und die alte Wehrmachtswintermütze über die schartigen Ohren gezogen. Baumann kam nach fünf Minuten hinterher. Er war blass und zog Schwabe mit einem Ruck vom Sitz des Wagens.

»Sie weint«, sagte er rau. »Keiner hat sie besucht, seit sie das Kind geboren hat. Niemand kümmert sich um sie. Auch deine Mutter nicht. Man sollte euch Schwabes mit den Köpfen gegeneinander schlagen!«

Schwabe antwortete nichts. Er stand im Schnee, sein zerstörtes Gesicht war weiß, mit violetten Kälteflecken durchsetzt.

»Habt ihr denn kein Herz?«, schrie Baumann und schüttelte Schwabe.

»Sie hat es verraten.«

»Wenn ich so etwas höre.« Baumann drückte Schwabe gegen den Kotflügel des Kübelwagens. »Nun hör einmal zu, mein Junge: Du warst in Polen ...«

»Ja«, sagte Schwabe rau.

»Und in Frankreich, in Griechenland, auf dem Balkan und zuletzt in Russland. Und in all diesen Jahren hat deine Ursula treu zu Hause gesessen und darauf gewartet, dass du zwei Wochen im Jahr mal auf Urlaub kommst. Und du? Na, Kumpel, wie ist's? War da nicht was in Griechenland? Und in Jugoslawien? Und wie war's an der Atlantikküste? Oder war der Feldwebel Schwabe der einzige Soldat der deutschen Wehrmacht, der sich wirklich nur für sein Gewehr interessiert hat und sonst für nichts? Na, wie ist das?«

Erich Schwabe atmete ein paar Mal tief. »Lass mich in Ruh'«, sagte er dann.

»Du gehst jetzt hinauf zu deiner Ursula und dankst ihr dafür, dass sie dir ein solches Kind geschenkt hat.«

»Nein.«

Baumann fasste Schwabe an den Mantelaufschlägen. »Erich«, sagte er leise, »wenn du jetzt nicht einsiehst, dass es eine Schweinerei ist, was du tust, bist du für mich Luft. Und für alle anderen auf Schloss Bernegg, dafür werde ich sorgen.«

Schwabe nickte. »Gut«, sagte er mit heiserer, stockender Stimme. »Dann bin ich Luft. Ich brauche euch nicht, um weiterzuleben. Ich will nur meine Ruhe haben und nichts mehr von den Menschen wissen.«

»Aber dieses Kind da ist auch ein Mensch«, schrie Baumann und warf Schwabe gegen den Kübelwagen wie einen schweren Sack.

»Darum habe ich auch Abschied von ihm genommen.«

»Abschied?«, stammelte Baumann ungläubig. »Von deinem Kind?«

»Fahr schon«, brüllte Schwabe plötzlich und packte Baumann mit ungeahnter Kraft und hob ihn wie eine Puppe in den offenen Wagen hinter das Steuer. »Was geht dich das alles an? Was kümmert ihr euch alle um mein Privatleben? Macht mir ein vernünftiges Gesicht! Mehr geht euch der Erich Schwabe gar nicht an!«

Ohne ein weiteres Wort fuhr Famulus Baumann zurück nach Bernegg. Als sie durch die Stadt kamen, sahen sie in einer Menschenschlange, die vor einem Fischgeschäft stand, auch die Mutter Schwabes. Sie hatte einen alten, braunen Mantel an mit einem Krimmerkragen und um die weißen Haare ein rotes Kopftuch gebunden. Baumann verringerte die Fahrt.

»Deine Mutter«, sagte er und nickte zu der Menschenschlange hin.

»Fahr weiter«, sagte Schwabe eisig.

»Erich – sie hat dich erkannt. Sie schaut herüber. Soll ich nicht …«

»Weiterfahren«, schrie Schwabe und schloss die Augen, als sie knatternd an der Menschenschlange vorbeisausten. Er drückte den hochgeschlagenen Mantelkragen an sein Gesicht und wandte den Kopf zur Seite.

Frau Hedwig Schwabe sah ihrem Sohn mit starren Augen nach. Der Arm, den sie zum Winken schon halb erhoben hatte, fiel schlaff an den Körper zurück. Hinter ihr stießen sie die anderen Anstehenden in den Rücken, die Schlange rückte langsam weiter zum Eingang des Fischgeschäftes.

Frau Schwabe schluckte mehrmals krampfhaft, als müsse sie einen Kloß in der Kehle herunterdrücken. Der Kübelwagen tanzte auf der glatten Bergstraße zum Schloss hinauf und entschwand langsam ihren Blicken.

Dann wandte sie sich ab und starrte in den Nacken der vor ihr Stehenden. Er hat mich nicht gesehen, sagte sie sich immer und immer wieder. Sie sind zu schnell gefahren, er konnte mich nicht sehen. Er wäre nie vorbeigefahren, nie, nie. Ich bin doch seine Mutter.

In der Eingangshalle von Block B stand Dr. Mainetti mit Dr. Vohrer zusammen, als Baumann und Schwabe zurückkamen. Baumann schüttelte den Schnee von seinem Mantel, ließ Schwabe einfach in der Halle stehen und ging auf sein Zimmer. Verwundert trat Lisa auf Schwabe zu.

»Na, wie war's?«, fragte sie. »Sieht die Kleine nicht süß aus? Und wie geht es Ihrer Frau?«

»Ich muss mit Ihnen sprechen, Frau Doktor«, sagte Schwabe tonlos.

»Natürlich. Jetzt sofort? Sie wollen wieder nach Hause, was?«

Sie ging voraus, hielt Schwabe die Tür zu ihrem Zimmer auf und wartete, bis sich Schwabe zögernd gesetzt hatte. Dann ging sie zu ihrem Bücherschrank, nahm die letzte Flasche Whisky heraus, ein immer mehr schwindendes Andenken an Major James Braddock, goss zwei Gläser viertelvoll und schob eines von ihnen zu Schwabe über den Tisch.

»Na, nun schießen Sie mal los. Es hat sich alles geklärt, nicht wahr?«

»Ja, Frau Doktor. Ich möchte Sie bitten, meiner Frau zu sagen, sie soll sich scheiden lassen.«

Lisa Mainetti setzte das Glas, aus dem sie gerade trank, abrupt ab. »Was soll der Unsinn, Schwabe?«, fragte sie grob.

»Es soll reiner Tisch gemacht werden, Frau Doktor.«

»Sie haben doch das Kind gesehen?«

»Ja.«

»Und Ihre Frau?«

»Nein.«

»Hat Baumann nicht ...«

»Er wollte es. Ich habe die Blumen weggeworfen, Frau Doktor. Ich will nicht mehr. Es hat keinen Sinn, länger darüber zu reden. Ich bleibe hier im Lazarett, das wissen Sie. Und wenn Sie mich rauswerfen, passiert was.«

»Das ist Erpressung, Schwabe.«

»Ich weiß, Frau Doktor. Kommt es darauf noch an? Ich bin ausgestoßen, ich gehöre nicht mehr zu den anderen Menschen, jetzt überhaupt nicht mehr.«

»Was heißt das, Schwabe: Jetzt überhaupt nicht mehr?«

Schwabes Kopf sank auf die Brust. »Ich habe das Kind gesehen«, sagte er leise und mit schwankender Stimme. »Es ist so schön. Und – und es soll nie einen Vater haben, der so grauenhaft aussieht wie ich. Nie soll es wissen, dass ich der Vater bin. Es soll sich nie vor mir fürchten, sich nie vor seinem Vater ekeln, nie von den anderen Kindern hören: ›Dein Papa sieht aber schrecklich aus.‹ Alles, was ich jetzt höre und sehe und fühle, soll ihm erspart bleiben.« Er sah zu Dr. Mainetti auf, und seine Augen schwammen wieder in Tränen.

Dr. Mainetti antwortete nicht sofort. Sie sah Schwabe nur lange und stumm an, bis er den Blick senkte und den Kopf zur Seite wandte.

»Schämen Sie sich nicht?«, fragte sie dann leise.

»Nein.«

»Sie wollen ihr unschuldiges Kind dafür bestrafen, dass man Ihnen das Gesicht weggenommen hat.«

»Ich will ihm lebenslange Qualen ersparen«, schrie Schwabe voller Verzweiflung.

»Für ein Kind ist der eigene Vater nie eine Qual.«

»Ich sehe wie ein Scheusal aus«, brüllte Schwabe.

»Kein Kind wird das empfinden. Wie soll es das auch? Es wächst auf und kennt den Vater gar nicht anders. Gut, er sieht anders aus als andere Papas. Aber kein Mensch sieht aus wie der andere. Das Kind gerade ist es, das Ihnen zeigen wird, dass das Leben weitergeht und dass es so selbstverständlich weitergeht, wie es einen Frühling und einen Sommer gibt, einen Sonnenaufgang und einen Sonnenuntergang, Wolken am Himmel und Sterne in der Nacht.«

Erich Schwabe verkrampfte die Finger ineinander. Sein mühsam zusammengeflickter Mund zuckte wild.

»Ich habe kein Vertrauen mehr zu den Menschen«, sagte er leise. »Zu keinem mehr. Ich will hier bleiben, hinter den hohen Mauern, bei Ihnen, Frau Doktor.«

»Ich bin auch ein Mensch.«

»Aber ein anderer.«

»Das ist eine Täuschung. Ich habe meine Fehler und Schwächen wie jeder andere. Ich bin nicht um einen Pfennig besser als die, vor denen Sie fliehen wollen.«

»Aber Sie sind meine einzige Rettung«, schrie Schwabe. Er sprang auf und streckte beide Arme weit nach Lisa Mainetti aus. »Sie sind doch meine ganze übrig gebliebene Welt. Sie machen mir ein neues Gesicht ... Sie geben mir alles wieder, was ich verloren habe. Nicht wahr, das tun Sie doch? Sie schenken mir ein Gesicht?«

»Was ich mit Skalpell und Nadel tun kann, das werde ich machen, Sie wissen das, Schwabe.« Dr. Mainetti sprach laut und grob, wie man es im Lazarett früher von ihr gewöhnt war. »Aber Ihre miese Weltanschauung und Ihren Charakter kann ich nicht vernähen. Wenn ein Kind, Ihr Kind, Sie nicht einmal zu rühren vermag. Mein lieber Schwabe – Ihr Gesicht werde ich wieder aufbauen, aber als Mensch verachte ich Sie.«

Erich Schwabe lehnte sich schlaff an die Wand. »Ich will einen Schlussstrich ziehen«, sagte er noch einmal dumpf. »Das Kind soll nie einen solchen Vater sehen.« Er schluckte und wischte sich über die Augen. »Es wird glücklicher sein, bestimmt. Ein toter Vater ist besser als ein lebendes Ungeheuer von Vater.«

Dr. Mainetti schwieg. Es war im Augenblick sinnlos, weiter mit Schwabe darüber zu reden.

Die Monate gingen langsam und träge dahin.

Professor Dr. Rusch hatte selbst mit Frau Hedwig Schwabe und Ursula gesprochen. Nach der Rückkehr aus dem Krankenhaus hatte sich Frau Schwabe ihrer Schwiegertochter wieder angenommen, nicht aus verzeihender Liebe, sondern aus dem Gefühl des Mitleids heraus. Sechsmal hatte sie versucht, Erich Schwabe zu besuchen und zu sprechen, und jedes Mal war sie abgewiesen worden. Die Briefe und die vom Mund abgesparten Esspakete kamen ungeöffnet zurück.

»Es hat keinen Zweck, er steckt in einer seelischen Krise, die nur noch schlimmer wird, wenn man sie mit Gewalt, und sei es die Gewalt der Liebe, zu lösen sucht. Er wird von allein aus seiner Isolation herausfinden.« Das war ein schwacher Trost, den Dr. Mainetti geben konnte. Aber sie riet auch gleichzeitig, niemals in eine Scheidung einzuwilligen. Auch Professor Rusch war der Ansicht und überbrachte Schwabe selbst die Antwort seiner Frau.

»Da können Sie gar nichts machen, Schwabe«, sagte er, den Brief erklärend, den er selbst aufgesetzt hatte und den Ursula nur abgeschrieben hatte. »Ihre Frau lehnt eine Scheidung ab. Sie selbst können keinerlei Gründe angeben, die ein Gericht anerkennen würde, das wissen Sie. Misstrauen allein genügt nicht!«

Schwabe las den Brief Ursulas mit ihrer strikten Weigerung. Er hob die Schultern und gab das Schreiben an Professor Rusch zurück.

»Auch gut«, sagte er gleichgültig.

Schwabe wandte sich ab und klappte ein Buch auf. Es war sein einziger Schutz – die Flucht in die Fantasie. Um ihn herum war alles Persönliche gestorben. Er war ein fast anonymer Patient. Dr. Mainetti und Professor Rusch operierten ihn in gewissen Abständen, je nachdem die Eingriffe verheilten und neue Gesichtspartien aufgebaut werden konnten. Sie sprachen dabei nicht mehr wie früher ein persönliches Wort mit ihm.

Die geschwulstartigen Verwachsungen in der Nase Schwabes stellten sich als nicht bösartig heraus. Vier Tage warteten Rusch und Lisa auf den histologischen Befund aus Würzburg, und als er eintraf, atmeten sie erleichtert auf. Es war eine an sich harmlose Wucherung des transplantierten Knochenstücks gewesen, dessen Auswirkung auf die Nerven allerdings äußerst gefährlich werden konnte.

Zwei Stunden dauerte die Operation, die Schwabe seine dritte Nase geben sollte. Als er aus der Narkose erwachte, lag er, wie damals Ursula in Würzburg, allein auf dem Zimmer in seinem Bett. Walter Hertz half in der Küche, Baumann, der sonst am Bett gesessen und das Aufwachen und die stummen Fragen mit einigen dummen Bemerkungen zur Seite geschoben hatte, war nach Bernegg gefahren, um sich mit der Kleiderkarte ein Hemd zu kaufen. Wie ein Aussätziger lag Schwabe in dem stillen, großen Zimmer, den dicken Verband über dem Gesicht und die unbeantwortete Frage wie eine Zentnerlast auf dem Herzen: Ist die Operation diesmal gelungen?

In Bernegg hatten sich Frau Hedwig Schwabe und Ursula eine Zweizimmerwohnung gemietet. Dr. Mainetti hatte sie durch den Bürgermeister besorgen lassen, nachdem das Wohnungsamt in guter, deutscher Art gesagt hatte: »Eine Wohnung? Wo denken Sie hin? Vierhundertachtzig Antragsteller sind vor Ihnen dran. Und dann noch ortsfremd? Gehen Sie doch nach Köln zurück, die sind da zuständig für Sie.«

Der Bürgermeister fand schließlich zwei Zimmer, unter dem Dach der Schule, wo man früher alte Karten und ausrangierte Schulbänke aufbewahrt hatte. Als Gegenleistung statt der Miete putzte Frau Schwabe die Schulklassen. Außerdem legte sie einen Schulgarten an, und man versprach ihr, sie dürfe von der kommenden Ernte die Hälfte behalten.

In ihrem Dachzimmer hatte sich Ursula eine winzige Schneiderwerkstatt eingerichtet. Sie hatte vor ihrer Ehe mit Erich Schwabe in einer Schneiderei gelernt, und es reichte aus, um alte Wehrmachtsmäntel in flotte Ulster umzunähen, Jacken zu wenden oder aus gefärbten Decken und Katzenfellen modische Wintermäntel zu nähen. Auch hierbei hatte ihr Dr. Mainetti geholfen. In dem Geräteschuppen, in dem noch immer ›Berneggs Geheimwaffe‹, das uralte Auto Fritz Adams, verrostete, fand man eine fast neue Nähmaschine, die von den amerikanischen Soldaten irgendwo mitgenommen worden war.

So fing die Tätigkeit im ›Atelier Schwabe‹ an, wie Professor Rusch Ursulas nächtliche Arbeit nannte. Erst, wenn die kleine Erika in Omas Zimmer fest schlief, setzte sich Uschi an die Nähmaschine, und das rhythmische Rattern klang die ganze Nacht hindurch bis in den frühen Morgen. Dann schlief Ursula ein paar Stunden, Frau Schwabe kochte die erste Milch für Erika und weckte dann ihre Schwiegertochter, denn es war Zeit, dass sie die Klassen ausfegte und die Räume in Ordnung brachte, bis um 8 Uhr die Kinder kamen.

Mit der Zeit spielte sich alles gut ein. Sogar aus Würzburg kamen Frauen nach Bernegg zu Ursula und brachten alte Kleider und neue, getauschte Stoffe.

Im Juli bekam sie eine neue Kundin. Lisa Mainetti brachte ihr einen dunkelblauen Kostümstoff, ein Vorkriegsstoff, der in all den Jahren im Schrank Lisas gelegen hatte und auf die Gelegenheit gewartet hatte, die jetzt bevorstand.

»Für das Standesamt«, sagte Dr. Mainetti. »Wenigstens an diesem Tage will ich etwas Neues anziehen.«

Ursula nahm Maß, aber so sehr Lisa darauf wartete – Ursula fragte nicht nach Erich. Er arbeitete unterdessen im Garten, schnitt die großen Rasenflächen, pflegte die Blumenrabatten und hatte vor allem einen Gemüsegarten angelegt, der die Spezialklinik von den unzureichenden Lebensmittelzuteilungen unabhängig machen sollte.

Noch 64 Gesichtsverletzte waren auf dem Schloss.

Zu den ständigen Insassen des Blocks B kamen die Ambulanten. Sie reisten von allen Ecken Westdeutschlands heran und ließen sich nachoperieren. Viele Bekannte aus den Kriegstagen kehrten für Wochen nach Bernegg zurück, auch Fritz Adam, der Medizinstudent, dessen püppchenhafte Frau Irene ihn wegen Dr. Fred Urban verlassen hatte.

Ohne Anmeldung war er plötzlich auf dem Schloss, und Baumann fiel ihm um den Hals wie einem zurückgekehrten Bruder. Dora Graff, die kleine Rotkreuzschwester, war mitgekommen. Sie hieß jetzt Dora Adam, und das Glück strahlte froh aus ihren Augen.

»Kinder«, sagte Dr. Mainetti und legte die Arme um die Schultern der beiden. »Ich freue mich so, dass ihr beide es geschafft habt!«

Fritz Adam studierte wieder Medizin in Heidelberg. Es war die erste Universität, die wieder voll arbeitete. Schon am 15. August 1945 hatte die medizinische Fakultät die Arbeit aufgenommen, und seit dem 7. Januar 1946 war die Universität mit allen Fakultäten wieder eröffnet. Dora Adam arbeitete in der Medizinischen Klinik als Oberschwester und verdiente den gesamten Unterhalt der jungen Ehe.

»Wie geht es den anderen?«, fragte Fritz Adam, als sie jetzt in Dr. Mainettis Zimmer saßen und ein Stück trockenen Hefekuchen aßen. »Von dem Berliner weiß ich, dass er im Harz ist und das halbe Dorf schon ›'ne Molle‹ sagen kann. Der Wastl beackert seinen Hof wieder und hat mir dreimal ein Fresspaket geschickt und Oster … na, Sie haben das ja gehört.«

»Von Oster?« Professor Rusch erinnerte sich sofort an ihn. Christian Oster, der als Einziger unter den Gesichtsverletzten von Schloss Bernegg mit einem neuen Gesicht entlassen worden war. Drei Jahre hatte man an ihm aufgebaut, was nur möglich war. Die vielen kleinen Eingriffe waren gar nicht mehr zu zählen. »Was ist mit Oster?«

Adam warf einen raschen Blick hinüber zu seiner Frau. »Oster – Oster ist tot. Er hat erst seine Frau und dann sich selbst getötet.«

Professor Rusch setzte die Tasse, aus der er gerade dünnen Bohnenkaffee trank, hart auf den Tisch. »Aber er war doch am besten dran von allen!«

Fritz Adam hob die Schultern. »Trotzdem. Seine Frau, die sich mit diesem fremden Gesicht nicht abfinden konnte, die Umwelt, die Oster mit triefendem Mitleid überschüttete, das Saufen, bei dem er Zuflucht suchte – es muss für ihn eine unbeschreibliche Hölle gewesen sein. Und dann kam der Kurzschluss.« Adam sah Rusch und Lisa an, die starr auf ihren Stühlen saßen. »Ich dachte, Sie wüssten es. Man hatte mir eine Nachricht geschickt, weil man unter Osters Post auch Briefe von mir fand. Ich bin zum Begräbnis gefahren. Die Nachbarn Osters standen stumm um das Doppelgrab und starrten mich an, als müsste ich der Nächste sein. Es war furchtbar. Und der Pfarrer sagte: ›Er zerbrach an seinem Schicksal …‹ Das war falsch. Christian Oster zerbrach an seiner Umwelt, die ihn nicht mehr aufnahm.«

Professor Rusch sah auf seine Hände und bewegte die Finger, als spiele er auf unsichtbaren Tasten. »Da gibt man einem Menschen wieder ein Gesicht«, sagte er leise, »man operiert ihn drei Jahre lang, mit unendlicher Geduld, Millimeter um Millimeter holt man ihn zu den Menschen zurück – und dann kommen sie her und treiben ihn in die Verzweiflung, aus Dummheit, aus Borniertheit, aus Seelenkälte, aus Gleichgültigkeit. Verdammt, es ist zum Kotzen.« Er sprang erregt auf und lief in dem großen Chefzimmer hin und her. »In diesem Augenblick könnte ich lernen, die Menschen zu hassen wie Schwabe«, rief er laut.

Fritz Adam und seine Frau Dora zuckten fast gleichzeitig zusammen.

»Was ist mit Erich?« Adam wandte sich an Dr. Mainetti. »Ich habe seit Monaten keine Nachricht von ihm. Meine Karten kamen als ›unzustellbar‹ zurück. Wir alle haben ihn damals um seine Frau und seine Mutter beneidet. Als wir, wie man so sagt, auf der Schnauze lagen, hat er uns mit seinem verteufelten Glauben an die Zukunft aufgerichtet. Das ist doch nicht möglich, dass der Erich jetzt ...«

»Er ist hier.«

»Hier?« Dora Adam sprang auf. »Im Schloss?«

»Ja. Als Gärtner. Und Walter Hertz ist auch hier.«

»Der Walter auch?« Adams Stimme war leise, sie schwankte. »Was ist denn mit seiner Petra? Sie hatte ihn doch selbst von Braddock abgeholt.«

»Es ist wie bei Oster. Die Umwelt stößt sie zurück. Ein Mensch ohne Gesicht ist den Gesunden ein Gräuel.« Dr. Mainettis Stimme war voller Bitterkeit. »Hertz und Schwabe kamen zu uns zurück, weil sie noch so viel Lebensmut hatten, nicht das zu tun, was Oster tat. Aber wie es weitergehen soll – ich weiß es nicht.« Lisa hob die Arme und ließ sie hilflos sinken. »Manchmal kommen sie mir vor wie aus dem Nest gefallene junge Vögel, die keiner ihrer Art mehr annimmt, wenn eine fremde Hand sie berührt hat.«

»Kann ich mit Walter und Erich sprechen?«, fragte Adam und sprang auf.

»Natürlich.« Rusch stand am Fenster und blickte hinaus in den schon wieder vor Hitze flimmernden Park. »Aber es wird wenig Sinn haben. Es wäre alles kein Problem, wenn sie einen äußeren Halt hätten.«

»Ja, Hertz kann ich noch verstehen. Aber Schwabe? Er hat doch eine liebe, hübsche Frau, und auch das Kind ist doch da.«

Dr. Mainetti sah Adam stumm an.

»Ach so«, sagte er und senkte den Kopf. Er verstand plötzlich. »So ist das.«

»Schwabe braucht Zeit – aber ob er sie durchhält?«

»Ich werde mit ihm sprechen.« Fritz Adam fasste Dora unter. »Und den Wastl, den Berliner und den Bloch hole ich auch hierher. Schließlich war ich der Stubenälteste. Und hier geht es nicht um den Einzelnen, sondern es ist unser aller Problem. Wir haben versprochen, uns gegenseitig zu helfen. Bei Oster haben wir versagt – wir wussten ja von nichts. Aber hier können wir helfen, ehe es völlig zu spät ist.«

Drei Tage später traf der Wastl Feininger in Bernegg ein. Keuchend trabte er den Schlossberg hinauf und schleppte einen dicken Rucksack auf seinen breiten Schultern.

Sein Gesicht hatte sich etwas verändert, und die Narben der transplantierten Hautlappen lagen auf der Haut wie kleine, runde, pralle Weißwürste. An dem großen Rolllappen, mit dem er entlassen worden war, hatte niemand etwas verändert. Er wabbelte noch immer an seiner Gesichtsseite; wie ein Henkel sah er aus, an dem man den Kopf in die Höhe heben konnte.

»Kruzidonnerwetter«, brüllte der Wastl, als er in der Halle von Block B stand und der Famulus Baumann ihn in die Rippen boxte. »Nix hot sich verändert, sogar der saudumme Baumann is do, der damische Hirsch. Und wo san d'andern? Holodrio.« Er jodelte mit erhobenem Kopf und aufgerissenem Rachen das Treppenhaus hinauf und wuchtete seinen schweren Rucksack auf den blanken Steinboden. »Und z'fressen hob i dabei. Eigenschlachtung, ös vertrocknete Zwetschgn. An Kuchen von der Resi. Und drei Büchsen Schmalz.«

Mit dem Nachmittagszug traf Paul Zwerch, der Berliner, ein. »Det ick hier bin, is reine Kameradschaft«, verkündete er als Erstes bereits unten in der Halle, als ihn Adam, der Wastl, Schwabe und Hertz umringten. »Mensch, 'ne Puppe saß im Zug. Hellblond, Oojen wie 'n Schaukelpferd und Kurven wie de Avus. Det gab vielleicht 'n Zucken in meenem Maisgrießherz. Und se hat mir anjeblinzelt – so, Kameraden, mit 'nem Blick wie sechs Steppdecken. Aba ich hab' mir jesagt: Die Kameraden warten uff dir, und vazichten is jetzt die erste Bürgerpflicht.«

Kaspar Bloch kam nicht. Er war mit seinem Vater auf einer Vortragsreise in Schweden. Er schickte ein Telegramm: »Macht's gut, Jungens. Beim nächsten Treff bin ich dabei.«

»So, det wär'n wa nun«, sagte der Berliner, als sie ihre Betten in der Stube B 14 gebaut hatten. Er legte zwei Päckchen Spielkarten auf den Tisch und zog seinen Rock aus. »Und nu 'n Doppelkopp, det et kracht. Ich kenn da 'n paar neue Tricks – die Hosen zieh ich euch vom Hintern.«

Erich Schwabe saß auf seinem Bett. Vor vier Tagen hatte man ihm einen breiten Hautlappen zur Deckung der linken Wangenpartie transplantiert. Er sah im Augenblick so deformiert aus wie kurz nach seiner Einlieferung 1944. Fritz Adam hatte drei Tage lang mit ihm gesprochen und nichts erreicht als die Bemerkung: »Wenn du weiter über diese Dinge redest, lass ich mich auf ein anderes Zimmer verlegen. Ich will meine Ruhe haben, verstehst du. Endlich Ruhe.«

»Eins will ich euch gleich sagen«, Schwabe sah in die Gesichter, die sich ihm zuwandten, »wenn ihr hierher gekommen seid, um ein großes Palaver mit mir zu veranstalten – spart euch den Atem. Ich weiß, dass ihr alle Pfundskerle seid und dass wir versprochen haben, uns gegenseitig immer zu helfen. Aber ich brauche keine Hilfe. Bei mir ist alles in Ordnung. Ich fühle mich wohl, so wie es jetzt ist. Und auf eine solche Dummheit wie Oster komme ich auch nicht. Ich habe jetzt andere Freuden.«

»'ne Meise haste im Jehirn«, sagte der Berliner und warf die Karten, die er gerade mischte, auf den Tisch zurück. »Seh ick aus wie 'n Pastor, der dir zureden will? Jut, vielleicht hat deine Uschi mal 'n falschen Jlas jenippt – Mensch, trinkste denn selbst imma Himbeerwasser? Mensch, Erich – stell dir nicht an wie 'n Heiliger.«

»I hob mit zwoa Sennerinnen a Kind«, schrie der Wastl entrüstet. »Jessesmaria – wenn's Resl oiwei so an Spektakel machn tät. Dös ganze Lebn wär ja koa Freud nimma!«

»Ich habe nicht gewusst, dass die Stube B 14 wirklich aus lauter Idioten besteht«, sagte Erich Schwabe laut. Dann stand er auf und verließ demonstrativ das Zimmer. Auf dem Flur stieß er auf Baumann.

»Ich möchte auf ein anderes Zimmer«, sagte Schwabe.

»Was anderes habe ich von dir auch nicht erwartet.«

»Na also. Und wie ist's?«

»Schlaf im Schuppen.«

»Auch gut.« Schwabe hob die Schultern und verließ den Block B. Er ging um den Teich herum spazieren, setzte sich dann unter einer alten Linde ans Ufer und warf Steinchen über die glatte, im Schein der Abendsonne goldene Wasserfläche. So traf ihn Dr. Mainetti an, die von dem kleinen Schlossfriedhof herüberkam.

»Das habe ich auch als Kind gemacht«, sagte sie und setzte sich neben Schwabe in das schattige Gras. »Zwölfmal habe ich einen Stein über die Oberfläche flitschen lassen, aber das ist mir nur ein einziges Mal gelungen.«

»Warum lasst ihr mich nicht in Ruhe?«, sagte Schwabe dumpf. »Merkt ihr denn nicht, dass ich umso weniger will, je mehr ihr auf mich einredet. Es hat keinen Sinn – bitte, merken Sie sich das auch, Frau Doktor. Ich bin jetzt ›drüber‹, wie man so sagt. Und ich kann dieses Gewäsch nicht mehr hören. Sagen Sie das auch den anderen.«

»Gut also, Schwabe.« Lisa Mainetti erhob sich und warf die Steine, die sie in die Hand genommen hatte, auf einmal in den Teich. »Wir werden nicht mehr darüber reden. Nie mehr. Ich stelle fest: Für Sie existiert die Welt da draußen nicht mehr?«

»Genauso ist es.«

»Sie werden auch nichts mehr davon erfahren. Nicht, wie es Ihrer Mutter geht, was ihre Frau macht.«

»Es interessiert mich nicht«, sagte Schwabe heiser und gepresst.

»Und auch, was das Kind macht, erfahren Sie nicht mehr. Es ist ja nicht Ihr Kind, nicht wahr?«

Schwabe schwieg hartnäckig. Er starrte Dr. Mainetti nach, wie sie zurück zum Block B ging. Er wusste, dass sie ab sofort alles fern halten würde, was ihn interessieren könnte.

»Erika«, sagte er leise. »Sie verstehen alle deinen Vater nicht. Ich will doch nur, dass ihr glücklich werdet ... Mit mir zusammen könntet ihr es nie.«

Dann ging er langsam tiefer in den Park hinein, warf sich zwischen den Bäumen auf den Rücken und starrte in den blauen Himmel und auf die träge ziehenden Sommerwolken.

»Mein Gott«, schrie er plötzlich, »verstehst du mich denn?«

Der Berliner fuhr wieder ab, nachdem man ihm ein paar Narben herausgetrennt hatte. Dem Wastl nahm Professor Rusch endlich den dicken Rolllappen weg, indem er ihn als Deckung der aufgerissenen und zerfurchten Stirn einpflanzte. Dann stand auch der Wastl abmarschbereit und mit leerem Rucksack im Zimmer B 14 und drehte seinen grünen Lodenhut mit dem dicken Gamsbart in den Fingern.

»Noch amol, Erich, komm mit. I bring di unter bei mir. I hob an großen Hof – und Weiber gibt's genug. Vun dö Städt kemmas rüber zum Tauschen. Für a Wurst kriagst fas a jede.«

Erich Schwabe lächelte schwach und klopfte dem Wastl auf die breite Schulter.

»Bist ein prima Bursche, Wastl. Aber was soll ich bei euch? Hier im Schloss habe ich meine Arbeit. Und ich bin von allem genauso weit entfernt wie auf deinem Hof. Vor allem aber werde ich operiert.«

»Dös stimmt«, sagte der Wastl. »An neue Visagen kann i dir net bieten. Mach's guat, Kumpel.«

Nach dem Gesetz, dass sich die Ereignisse, sind sie erst einmal richtig im Fluss, wie Sturmwellen überstürzen, brach über die Stube B 14 eine neue und diesmal wesentlich lautere Entscheidung herein.

In der Halle des Blockes B, abgefangen von Baumann und einer Ordensschwester, stand plötzlich Petra Wolfach und verlangte, Walter Hertz zu sehen.

»Ich bin gekommen, ihn abzuholen«, sagte sie zu Baumann, der sie an die Hand nahm und ins Besuchszimmer zerrte. Dort drückte er sie auf einen der geflochtenen Stühle und wischte sich den Schweiß von der Stirn.

»Abholen. Wie damals, was?«, sagte er grob. »Haben Sie eine Zwangsjacke mitgebracht? Anders kriegen Sie Walter nicht mehr aus dem Bau. Der hat von allen Wolfachs die Schnauze voll.«

»Ich bin nicht wie mein Vater«, schrie Petra zurück und sprang auf.

»Mag sein – aber Sie sind von Papas Tasche abhängig.«

»Nicht mehr. Ich habe eine Stellung als Sekretärin angenommen. Ich verdiene genug für Walter und mich. Und außerdem bin ich jetzt 21 Jahre.«

Die Tür schwang auf, ehe Baumann etwas antworten konnte. Dr. Mainetti kam herein, ihr Gesicht war vor Aufregung leicht gerötet. Jetzt fliegt sie raus, dachte Baumann und empfand plötzlich Mitleid mit dem Mädchen, das bis zu den Fenstern zurückwich. Jetzt feuert sie die Mainetti in alter Stabsarztmanier hinaus. Und zwar so, dass sie nie wiederkommt. Baumann hielt den Atem an. Es war wie die Windstille vor einem Taifun.

»Gut, dass Sie da sind«, sagte Dr. Mainetti laut und streckte Petra beide Hände entgegen. »Ich habe mir immer gewünscht, dass Sie noch einmal kommen. Ich brauche Sie so nötig, wie ein Verdurstender das Wasser. Kommen Sie mit – die Überraschung kann nicht groß genug sein.«

20

Walter Hertz war allein im Zimmer B 14. Er saß am Fenster und putzte seine Schuhe. Er sah nicht auf, als hinter ihm die Tür klappte und jemand ins Zimmer kam. »Eine Drecksschuhkrem ist das«, sagte er bloß. »Da ist ja an Spucke mehr dran.«

Dr. Mainetti schob die zitternde Petra Wolfach vor sich her ins Zimmer, legte den Finger auf den Mund und ging schnell wieder hinaus. Sie zog die Tür so leise hinter sich zu, dass es Walter Hertz nicht vernahm.

Schmal, mit verkrampften Händen, stand Petra hinter Walter Hertz und betrachtete ihn. Er hatte eine alte Bürste in der Hand, spuckte auf die Schuhspitzen und begann dann, mit weiten Schlägen das Leder blank zu wienern.

»Sie sehen wie neu aus«, sagte Petra leise.

Sein Arm blieb in der Luft hängen. Dann fiel die Bürste aus den Fingern, der Schuh folgte ihr, er stieß den Stuhl unter sich weg und schnellte hoch.

»Petra«, sagte er atemlos. »Wo – wo kommst du her? Wie bist du hereingekommen? Petra!«

Impulsiv, aus seiner plötzlich aufglühenden Freude heraus, streckte er beide Arme aus, um Petra zu umarmen. Aber dann setzte der überrumpelte Verstand wieder ein, Walter ließ die Arme zurückfallen und trat einen Schritt zurück, als wolle er einen Abstand schaffen, der so gut wie eine Schranke war.

»Was willst du hier?«, fragte er hart. Es machte ihm Mühe, man sah es seinem zuckenden Gesicht an, aber er zwang sich dazu. Denk an Heidelberg, dachte er. Denk an alles, was hinter dir liegt. Es gibt kein Zurück mehr. Es ist wie ein Märchen, das man so oft gelesen hat, dass man es auswendig kann und nicht mehr daran glaubt.

»Was willst du hier?«, fragte er noch einmal, als Petra ihn nur stumm mit großen bittenden Augen ansah.

»Ich will dich holen, Walter«, antwortete sie leise.

»So wie man einen Koffer von der Gepäckaufbewahrung abholt, was? Hier bin ich, hier ist der Hinterlegungsschein – nun raus mit dem Ding.«

»Walter!«

»Ich habe genug von den Wolfachs. Verschwinde!«

»Ich bin nicht mehr zu Haus, Walter.« Petra stützte sich gegen den Tisch. Sie spürte, wie ihre Beine schwach wurden und der Körper schwer, wie mit Blei gefüllt. »Ich lebe allein, als Sekretärin. Ich verdiene genug, um uns …« Sie schwieg, schluckte mehrmals und presste dann die Lippen fest aufeinander, um nicht zu weinen.

Walter Hertz sah sich hilflos um. Niemand war im Zimmer, der ihm einen Rat geben konnte. Allein und hilflos stand er Petra gegenüber, starrte sie aus seinem hängenden Auge an, strich sich über die eingedrückte Gesichtshälfte und suchte Mut in dem Gefühl, die Narben unter seinen Fingerspitzen zu spüren.

»Du – du bist also allein?« Das war alles, was aus ihm herausquoll.

»Ja. Und wir können heiraten.«

»Heiraten?«

»Ich bin jetzt 21 Jahre. Ich brauche niemanden mehr zu fragen.«

»Du brauchst niemanden mehr zu fragen? So, so.«

Walter Hertz hob seinen Schuh und seine Schuhbürste auf. Sie will mich heiraten, dachte er dabei. Aber was soll ich bei ihr? Sie wird das Geld verdienen, und ich putze das Zimmer, koche und spüle das Geschirr. Und abends, wenn es dunkel ist, werden wir spazieren gehen, immer im Schatten, damit niemand sieht, wie dieser Walter Hertz ausschaut und damit die Nachbarn nicht, wie bei Christian Oster, sagen können: Die arme, kleine Frau Petra. Wie kann sie nur mit einem solchen Verstümmelten zusammenleben? Die hätte doch auch noch einen anderen Mann bekommen können …

»Nein«, sagte Walter Hertz laut.

»Was heißt nein, Walter?«

»Ich bleibe hier.«

»Ich habe geglaubt, du hättest mich geliebt«, sagte Petra leise. Es war wie ein Schlag, der Walter Hertz durchfuhr. Er warf den Schuh und die Bürste gegen die Wand und reckte den Kopf weit vor.

»Sieh dir das an«, brüllte er. »Sieh dir das genau an. Das eingedrückte Gesicht, die Nase, das Auge, die Narben und Flecken, diese abgrundtiefe Hässlichkeit!«

»Ich kenne es, Walter.« Petra hob die Hand zu ihm hin. »Habe ich es nicht oft gestreichelt? Habe ich es nicht geküsst, manche Nacht?«

»Man kann ein solches Gesicht nicht lieben«, schrie Walter Hertz. Die Qual zerriss ihn fast, er presste die Fäuste auf sein Herz und rang nach Luft.

»Wie willst du das wissen?«, sagte Petra schlicht. »Hast du meine Gedanken, meine Gefühle, mein Herz?«

»Aber dein Vater. Und deine Mutter. ›Sie haben keine Zukunft, junger Mann‹, hat dein Vater gesagt. ›Und ein Mann ohne Zukunft ist doch wohl kein Mann für meine einzige Tochter.‹ Und deine Mutter sagte hinterher: ›Sie müssen verstehen, ich bin Pianistin, ich bin Ästhetin, es wäre mir unerträglich, immer jemanden um mich zu haben – Sie verstehen mich.‹« Walter Hertz atmete tief. »Und ich habe verstanden«, schrie er wieder. »Es ist kein Platz auf der Welt für einen Gesichtskrüppel. Man verletzt die Ästhetik.«

Petra schüttelte stumm den Kopf. Sie kam auf Walter Hertz zu, ergriff seine schlaffe Hand und zog ihn zu sich her.

»Komm«, sagte sie, so nüchtern und selbstverständlich, dass Hertz wie ein folgsamer Junge ein paar Schritte bis zur Tür mitging. Aber dann blieb er plötzlich stehen.

»Nein«, sagte er laut. »Wohin denn?«

»Zu mir.«

»Das ist doch alles Unsinn! Was soll denn aus mir werden?«

»Wieder ein Mensch, Walter.«

»Sie werden mich alle wegstoßen.«

»Keiner wird das tun.«

»Sie haben es ja getan.«

»Nur meine Eltern. Das ist ein Teil unseres Lebens, den wir vergessen müssen, du und ich. Was gehen uns die anderen an? Es ist genug, wenn die Welt nur aus uns besteht. Was um uns herum ist – sehen wir es als Kulisse an. Wie einfach ist dann das Leben.«

Eine halbe Stunde später stand Walter Hertz im Zimmer Dr. Lisa Mainettis. Er hatte seine wenigen Sachen gepackt. Famulus Baumann hatte ihm dafür einen Karton gegeben, einen amerikanischen Verpflegungskarton, auf dem groß ›Eggs‹ stand.

»Schreiben Sie uns oft«, sagte Dr. Mainetti und drückte Walter Hertz die Hände. »Professor Rusch lässt Ihnen alles Gute wünschen. Er operiert gerade.«

Hertz nickte. Seine Mundwinkel zuckten. »Frau Doktor«, stotterte er. »Frau Doktor – nun ist es schon der zweite Abschied. Ich werde Sie nie, nie vergessen.«

»Und zurückkommen wird er auch nicht wieder, das verspreche ich«, sagte Petra und legte den Arm um seine Schulter. »Nur als Patient oder Freund – aber nicht mehr wie bisher.«

Als Adam und Erich Schwabe aus dem Park zurückkamen auf Zimmer B 14, war das Bett von Walter Hertz abgedeckt, und eine Schwester stellte die Matratze hoch ans Fenster zum Lüften.

»Was soll denn das?«, fragte Schwabe und stieß Adam in die Seite. »Ist der Walter Bettnässer geworden?«

»Herr Hertz ist entlassen«, sagte die Schwester. Sie kannte die Zusammenhänge nicht. Erich Schwabe blieb starr stehen.

»Entlassen? Was heißt denn das? Man kann doch den Hertz nicht entlassen. Da ist doch etwas faul.«

»Er ist abgeholt worden«, sagte die Schwester, nahm die Bettwäsche zusammen und verließ das Zimmer.

Erich Schwabe sah zu Fritz Adam hinüber, der ebenso verblüfft war wie er.

»Abgeholt?«, sagte Schwabe leise. »Mein Gott, Fritz, den Fachausdruck kenne ich. Der wird doch wohl keinen Quatsch gemacht haben, der Walter? In letzter Zeit hat er immer so dusselig geredet, Himmel noch mal.«

Schwabe drehte sich um und rannte aus dem Zimmer.

»Wohin denn?«, schrie Adam über den Flur.

»Zu Dr. Mainetti.«

»Ich komme mit.«

Zu zweit rannten sie die Treppe hinunter und stürzten ohne anzuklopfen in Lisas Zimmer. Dr. Mainetti saß am Schreibtisch und füllte einen Krankenbogen aus. Sie war nicht erstaunt, die beiden erhitzten, fragenden Gesichter zu sehen. Freundlich nickte sie ihnen zu.

»Walter Hertz?«, sagte sie, ehe Adam oder Schwabe etwas fragen konnten. »Den hat eben seine Braut abgeholt und mitgenommen. Sie werden nächsten Monat heiraten.«

Erich Schwabe war es, als sei er mit Eiswasser überschüttet worden. Er schüttelte sich sogar, als müsse er die Tropfen von sich abschleudern. Dann senkte er den Kopf, drehte sich herum und sagte im Hinausgehen:

»Sie haben alle keinen Charakter, alle nicht. Alle nicht!«

Im September heirateten Professor Dr. Rusch und Dr. Lisa Mainetti auf dem Standesamt in Bernegg, und Erich Schwabe als Schlossgärtner schmückte den Gemeinschaftssaal mit Blumen aus, in glühenden Farben und wunderbar gebundenen Arrangements. Famulus Baumann sprach das aus, was die Insassen der Klinik alle dachten: »Es ist schwer, sich jetzt umzugewöhnen. Für uns bleiben Sie immer die Lisa Mainetti.«

Fritz Adam machte in Heidelberg sein Physikum. Kaspar Bloch schrieb aus England, er studierte in Oxford. Walter Hertz berichtete knapp: »Petra bekommt ein Kind.« Und der Wastl schrieb mit ungelenken Buchstaben: »Ich habe eine Fremdenpension aufgemacht. Alle von Stube 14 können frei bei mir wohnen.«

Der Einzige, der aus der Reihe brach, war der Berliner. Er hatte sich als Conférencier einem Kabarett angeschlossen. »Kinder«, schrieb er in einem langen Brief, »das ist 'ne Wolke. Wenn ich mit meiner schiefen Fresse Witze mache – das Publikum bepinkelt sich vor Lachen.«

Lisa zeigte den Brief ihrem Mann, und Professor Rusch hob resignierend die Schultern. »Auch das muss es geben«, sagte er. »Ein zerstörtes Gesicht als Maske eines Clowns. Und die Leute lachen sogar darüber. Das ist das Schrecklichste an der Sache. Sind wir schon wieder so weit, Lisa, dass wir den Krieg als lustige Erinnerung empfinden?«

In Bernegg hatten Frau Schwabe und Ursula eine größere Wohnung bekommen. Die Nähkünste Ursulas öffneten ihnen alle Wege und Umwege, und gegen Herausgabe von zwei großen Steintöpfen eingeschmolzenen Fetts, fünf Einmachgläsern mit Rindfleisch und 5000 Mark konnte die Familie Schwabe in eine schöne Vier-Zimmer-Wohnung ziehen, am Stadtrand von Bernegg, mit einem schönen, weiten Garten und einem Blick auf das Schloss. Das Haus gehörte einer Witwe, deren Bruder beim Wohnungsamt es bisher erreicht hatte, eine Beschlagnahme zu verhindern mit der Begründung, zwei Söhne seien vermisst und können jederzeit wiederkommen. Das Angebot Frau Hedwig Schwabes aber erschütterte alle Schutzwälle, umso mehr, als bei dem regen Publikumsverkehr im Schneideratelier auch wichtige Verbindungen geknüpft werden konnten. Wer in diesen Monaten ohne Beziehungen weiterleben konnte, musste ein Zauber- oder Hungerkünstler sein.

Dreimal hatte Erich Schwabe noch versucht, eine Scheidung zu erreichen. Ursula ließ wissen, dass sie nicht daran dächte. Da resignierte Schwabe und sagte zu Lisa:

»Dann geht es eben so weiter. Es ist ja doch nur eine Formsache.«

Seine Tochter Erika hatte Schwabe nicht wieder gesehen. Sein erster Besuch in Würzburg war Begrüßung und Abschied zugleich gewesen. Er sprach auch niemals mit einem anderen über sein Kind, auch nicht mit Rusch oder Lisa. Nur abends saß er manchmal still und blass unter der Lampe und betrachtete Bilder kleiner, lockiger Mädchen, die in den Zeitungen und Illustrierten abgebildet waren.

Von Monat zu Monat veränderte sich auch das Gesicht Erich Schwabes. Die dritte Nase saß endlich richtig und wuchs ohne Komplikationen ein. Die linke Ohrmuschel wurde geformt. Rusch und Lisa nahmen dazu Rippenknorpel Schwabes und ein neues Plastikmaterial, das man in Amerika bei Gesichtsplastiken verwendete und das Fritz Adam von der Universität Heidelberg zu Versuchen herüberschicken ließ. Professor Rusch machte den Versuch mit Schwabes rechtem Ohr und transplantierte das körperfreundliche Weichplastikmaterial. Es heilte ohne Zwischenfälle ein. Am Tage der Währungsreform 1948 operierte Rusch die letzte Korrektur der Nase. Das Gesicht Schwabes hatte jetzt das Fratzenhafte verloren, es war wieder ansehbar, es war ein menschliches Gesicht, ein bisschen fremd, wenn man die Fotos des früheren Erich Schwabe mit dem neuen Antlitz verglich, aber immerhin doch ähnlich, erkennbar und vor allem nicht abstoßend. Ein paar große Narben störten zwar noch, aber sie sahen aus, als habe Schwabe als Student auf dem Paukboden ein paar kräftige Durchzieher erhalten.

»Na, wie stehen wir da?«, fragte Lisa, als Schwabe nach dem letzten Verbandswechsel in den Spiegel sah. »Fast vier Jahre sind vergangen, und der Kerl sieht jünger aus als vorher.«

Der Spiegel in Schwabes Fingern zitterte. Er musste ihn mit beiden Händen festhalten.

»Ich – ich bin wieder da«, sagte er mit einer kläglichen Stimme. »Sie haben mich wieder zu einem Menschen gemacht.«

Und plötzlich umarmte er die Ärztin, drückte das Gesicht an ihre Brust und weinte haltlos.

»Ich bin wieder ein Mensch«, schluchzte er. »Ich erkenne mich wieder, ich erkenne mich wieder.«

Der ewige Famulus Baumann wischte sich schnell über die Augen. Er tippte Schwabe auf die zuckende Schulter und zog ihn von Lisa weg.

»Mensch, komm vom Tisch runter«, sagte er grob. »Nach vier Jahren kannst mal Platz machen für die anderen. Und reiß dich zusammen, Kerl. Wennste dir die Augen ausheulst – die können wir dir nicht ersetzen.«

»Du Rindvieh, du erbärmliches«, weinte Schwabe. Er umarmte Baumann, küsste ihn auf die Backe und drückte ihn an sich. »Du hast es nicht geglaubt, nicht wahr. Du hast es nicht geglaubt?«

»Ich kenne doch unseren Professor, Mensch. Natürlich war das klar. Aber du hast nie daran geglaubt, du Pflaume.«

Schwabe nickte. »Ich habe es nie für möglich gehalten. Und nun so etwas, so etwas.«

Er rannte aus dem OP wie ein Junge, der einem davonschwebenden Luftballon nachjagt.

Professor Rusch sah vom Vorbereitungsraum aus herein. Er hatte durch die offene Tür alles mit angehört, während er sich für die nächste Operation wusch.

»Jetzt sollte man seine Frau kommen lassen«, sagte er.

Lisa schüttelte den Kopf. »Ich weiß etwas Besseres, Walter. Ich habe nur auf diesen Augenblick gewartet.«

Das deutsche Volk stand einen Augenblick fassungslos vor den über Nacht prall gefüllten Geschäften. Es hatte pro Kopf 40 neue Deutsche Mark in der Hand und eine unbezwingbare Kauflust im Herzen. Nach der Auszahlung des nächsten Gehaltes und Lohnes in der harten Währung begann dann auch ein Sturm auf die Geschäfte, der in die Geschichte des Wiederaufbaus als ›Fresswelle‹ einging.

Aber mit einer äußeren Gesundung allein war es nicht getan. Ein Hausputz erfasst nicht nur den Fußboden, wo man ihn sieht, sondern er fegt auch die Ecken leer. Er kehrt die Spinnweben weg und die Überreste vergangener Tage.

Professor Dr. Walter Rusch erhielt ein Schreiben. Es war

dienstlich, knapp und enthielt eine Vorladung zur Entnazifizierung. Der Termin für eine öffentliche Verhandlung in Würzburg war bereits angesetzt.

»Entnazifizierung?«, sagte Rusch und legte die Vorladung auf seinen Tisch zu den Röntgenplatten. »Das ist doch wohl wieder ein Irrtum wie in Darmstadt. Sie müssen doch die Akten haben.«

Er schrieb nach Würzburg, schilderte seinen Fall und erhielt postwendend eine Antwort.

»Die Entscheidungen des amerikanischen Gerichtes im Internierungslager Darmstadt sind für uns nicht bindend. Sie haben sich zum angegebenen Termin ...«

Eine Woche später fuhren sie nach Würzburg zur Verhandlung vor der Entnazifizierungskammer. Professor Rusch hatte einen schwarzen Anzug angezogen, als gehe er zu einem Fest oder zu einer Beerdigung. Baumann fuhr den neuen Wagen, den sich Rusch gekauft hatte. Auf dem vierten Sitz saß Erich Schwabe. Lisa hatte darauf bestanden, ihn mitzunehmen, dazu eine Fülle von Fotos und Röntgenbildern.

»Wir wollen ihnen zeigen, was du getan hast, während die anderen marschiert sind und gesungen haben ›Es zittern die morschen Knochen.‹ Diese Anklage hat ein Idiot erhoben.«

Die Verhandlung fand in einem mittelgroßen Zimmer statt, das kahl war bis auf einen Tisch und einige Stühle. Hinter dem Tisch saßen wichtig dreinblickende Herren, die Professor Dr. Rusch wie ein Wundertier bestaunten und mit einer Handbewegung – gleich drei machten sie mit deutlich sichtbarer Jovialität – aufforderten, Platz auf einem Stuhl vor dem Tisch zu nehmen.

»Zu gütig«, sagte Rusch und blieb stehen, stützte sich auf die Lehne des angebotenen Stuhles und sah auf seine Richter hinab.

Die einstündige Verhandlung verlief nicht sehr zufriedenstellend. Man verlas die Anklage, und Professor Rusch erwiderte darauf: »Alles Blödsinn.«

»Erlauben Sie mal«, rief der Vorsitzende. »Wir haben hier Dokumente.«

»Sie haben Aussagen.« Professor Rusch nickte zu dem Tisch hin, auf dem ein dickes Aktenstück lag, mit einem Etikett, auf dem sein Name stand. »Sie lesen mir da vor: Bei einer Aktion ›Heldenklau‹ soll ich selbst eine Reihe Gesichtsverletzter zur Entlassung vorgeschlagen haben. Ja, auf meinen Antrag hin soll diese Aktion überhaupt erst angelaufen sein, obwohl die Speziallazarette ausgenommen waren. Und von wem stammt diese Aussage? Von einem Oberst a. D. Paul Mayrat. Protokolliert bei dessen Antrag auf Pension. Als Zeuge gegengezeichnet von einem Dr. Fred Urban.« Professor Rusch beugte sich etwas vor. »Meine Herren, wenn ich den schweinischen Charakter dieser ›Herren‹ hätte, könnte ich Ihnen jetzt etwas erzählen. Aber wozu? Nur eine Frage: Wo ist dieser Dr. Urban jetzt?«

»Fragen stellen wir, Herr Professor«, antwortete der Vorsitzende der Entnazifizierungskammer steif. »Im Übrigen tut dies nichts zur Sache.« Er blätterte in dem Aktenstück. »Sie bestreiten diese Ihnen zur Last gelegte Handlung?«

»Bestreiten? Ich lache darüber.«

»Das ist wohl nicht der richtige Weg der Wahrheitsfindung.«

Der Vorsitzende blätterte wieder in den Akten. »Wie wir wissen, standen Sie sogar unter dem Verdacht, maßgeblich am Euthanasieprogramm beteiligt gewesen zu sein.«

»Aber meine Herren, das ist doch längst geklärt«, rief Rusch. »Nicht ich – ein mir unbekannter Namensvetter. Die Amerikaner haben das bereits vor einem Jahr ...«

Der Vorsitzende hob die Hand. »Ja, wir wissen das. Sonst stünden Sie ja auch nicht hier, sondern vor dem Strafrichter. Aber ...«

»Es ist lächerlich, dieses ganze Affentheater«, unterbrach ihn Rusch grob. »Entscheiden Sie, wie Sie wollen. Ich werde mir meine künftigen Schritte vorbehalten. Für mich können über 500 Gesichtsverletzte aussagen.«

»Sicherlich«, sagte einer der Beisitzer. Er war dick und gut genährt und trug zur Feier des Tages einen silbergrauen Schlips. »Aber sagen Sie mal, sind diese Gesichtsverletzten nicht einzuordnen in die Gruppe der Kopfverletzten? Und sind nicht die meisten Kopfverletzten ein bisschen plemplem?«

Rusch starrte den Sprecher an, als habe dieser ihn in hohem Bogen angespuckt. Dann wandte er den Blick zu dem Vorsitzenden und sah, dass dieser durchaus nicht empört war, sondern offensichtlich eine Antwort erwartete.

»Guten Tag, meine Herren«, sagte Rusch steif. »Ich kann meine Zeit, die meinen Verletzten gehört, nicht für dummdreiste Hirne opfern.«

Der Vorsitzende sprang auf, als Rusch sich umdrehte und aus dem Zimmer gehen wollte.

»Sie können doch nicht einfach die Spruchkammer verlassen«, rief er.

»Sie sehen – ich kann es. Und ich weigere mich sogar, vor diesem Gremium auch nur noch eine Aussage zu machen.«

»Unerhört«, rief der Vorsitzende. Er wartete, bis Rusch hinter sich die Tür zugeworfen hatte und sah dann hinüber zu Lisa Rusch, Baumann, Schwabe und den Zuhörern. »Die Kammer wird unter diesen Umständen in Abwesenheit des Geladenen beschließen müssen«, sagte er laut.

Eine halbe Stunde lang verhandelte Dr. Lisa Rusch dann für ihren Mann.

»Ihr Gatte hatte bei seiner überragenden Intelligenz wie kein anderer die Möglichkeit übersehen, welchem verbrecherischen Regime er diente«, sagte der Vorsitzende. »Und er diente ihm, trotz dieser Erkenntnis.«

»Er half den Gesichtsverletzten. Er schuf ihnen neue Gesichter, er holte sie zum Leben zurück. Er war nur Arzt – ist es seine Schuld, Hunderten zu helfen?«

»Wir erkennen das ja auch an, was wollen Sie denn?« Der Vorsitzende klappte das Aktenstück zu. »Wäre dem nicht so, käme Ihr Mann nicht so leicht davon.«

»Weil er operierte?«, fragte Lisa starr vor dem Unfasslichen.

»Weil er dem Regime diente mit seinem Können.«

»Er hat den Ärmsten der Armen, den grausamsten Opfern des Krieges neue Gesichter geschenkt.«

»Das ist die eine Seite. Gut, aber die andere: Zunächst war er ja wohl mit seinem berühmten Namen ein Aushängeschild für Verbrecher.«

»Dann hätte er also sagen sollen: Nein, ich operiere nicht. Ich lasse diese grausam Verstümmelten so herumlaufen, wie sie sind. Ich kümmere mich einen Dreck um die Menschlichkeit, um meinen ärztlichen Eid, um meine Pflicht. Ich bekämpfe dieses Hitler-Regime, indem ich die Verstümmelten verstümmelt lasse. Ich sabotiere den Staat mit den Fratzen der Gesichtslosen. Wäre es so richtig gewesen?«, schrie Lisa.

Der Vorsitzende der Spruchkammer sah sie nur starr und sprachlos an.

Aber dann trat Lisa erst richtig in Aktion. Sie zeigte die Reihenfotos der Operationen an den zerstörten Gesichtern, sie zeigte Briefe, sie erklärte Krankenberichte, sie beschwor die Wahrheit über die ›General-von-Unruh-Aktion‹ auf Bernegg und bewies die Rettung von über hundert Verwundeten. Nur an die ›Ehre‹ des ehemaligen Obersten Mayrat und des Oberarztes Dr. Urban konnte sie nicht tasten. Oberst a. D. Mayrat hatte einen Schwager, den man zum Landgerichtspräsidenten ernannt hatte, und Dr. Urban wiederum war ein Freund Mayrats.

»Es genügt auch so«, sagte der Vorsitzende zugeknöpft. »Der Spruchkammerentscheid wird Ihnen zugestellt.« Er klemmte das Aktenstück unter den Arm.

Dann schob er seinen Stuhl zurück und ging steif an Lisa vorbei aus dem Zimmer.

Baumann umklammerte wütend die Stuhllehne vor sich. »Der Deutsche ist wieder satt, man merkt es«, sagte er heiser. »Und ein satter Deutscher ist seine eigene größte Gefahr.«

Professor Dr. Rusch wurde in die Gruppe V der Entlasteten eingestuft. Er las den Entscheid gar nicht, sondern legte ihn zu alten Röntgenbildern, die für das Archiv ausgesucht worden waren.

Auch Famulus Baumann verließ nun das Schloss Bernegg. Er wollte in Bonn zu Ende studieren. »Meine klinische Zeit aber mache ich bei Ihnen, Herr Professor«, sagte er zum Abschied. »Und wenn ich eine nicht zu große Flasche bin, wäre es schön, wenn Sie mich später als Assistent anforderten.«

»Machen wir, Baumann.« Rusch gab ihm eine Empfehlung an den Ordinarius in Bonn mit. Seit einem Monat war auch Rusch wieder als a. o. Professor in die Medizinische Fakultät der Würzburger Universität aufgenommen worden. Im Wintersemester sollte er mit Vorlesungen über Wiederherstellungschirurgie beginnen. »Ich hoffe, Sie eines Tages als Oberarzt zu sehen.«

»Denken Sie daran, dass auch Fritz Adam mit im Rennen liegt. Er hat sein Staatsexamen hinter sich.«

»Es ist merkwürdig«, sagte Rusch mit spürbarer Ergriffenheit. »Ihr kommt alle zu mir zurück.«

Baumann senkte den Kopf. »Weil Sie im wahrsten Sinne des Wortes unser Vater sind, Herr Professor, unser aller Vater.«

So wurde Erich Schwabe allmählich sehr einsam im Lazarett, das jetzt offiziell ›Versorgungskrankenhaus Schloss Bernegg‹ hieß. Die Verwaltung hatte ihn als Gärtner und Hausmeister übernommen, er bekam ein kleines Gehalt bei freier Wohnung und freier Kost und galt als Angestellter des Landes Bayern.

In Bernegg traf er, wenn er einmal etwas einkaufte, nie mit seiner Mutter oder Ursula zusammen. Er hörte nur, dass seine Frau eine gut gehende Schneiderei mit vier Gehilfinnen habe und dass seine Mutter das Hausgrundstück in Köln verkauft habe, um mit dem Erlös aus dem teuer bezahlten Ruinenplatz Bauland in Bernegg zu erstehen. Der Käufer in Köln war Karlheinz Petsch. Er wollte den ganzen Häuserblock wieder aufbauen, mit großen Läden und luxuriösen Apartmentwohnungen. Er konnte sich diesen Plan leisten. Petsch war Millionär geworden. Er besaß ein Bauunternehmen mit 167 Arbeitern, mit modernen Kränen und Betonmischern, Schalgerüsten und Aufzügen.

Erich Schwabe kniff die Lippen zusammen. Aha, dachte er. Noch immer der Petsch. Ein reicher Mann also. Natürlich, so etwas imponiert den Frauen.

Eines Tages holte ihn eine Ordensschwester aus dem Gemüsegarten. »Ein Herr möchte Sie sprechen, Herr Schwabe«, sagte sie.

»Ein Herr? Mich?« Schwabe tauchte die schmutzigen Hände in die Gießkanne und wischte sich die feuchten Finger an der grünen Gärtnerschürze ab. »Wer ist es denn?«

»Er hat seinen Namen nicht genannt.«

»Ein Ehemaliger von uns?« Schwabe dachte an Adam oder Hertz, Baumann oder den Berliner. Der Wastl war es nicht, er hätte gar nicht gefragt.

Die Schwester schüttelte den Kopf. »Nein. So sieht er nicht aus. Er hat ein narbenloses Gesicht.«

An der Hecke des kleinen Schlossfriedhofs sah Schwabe mit dem Rücken zu sich den wartenden Mann stehen.

»Das ist er?«, fragte Schwabe. Die Schwester nickte. »Es ist gut. Danke schön, Schwester.«

Schwabe wartete, bis die wehende weiße Haube zwischen den Bäumen verschwunden war. Dann kam er langsam näher und stellte sich hinter den wartenden Mann.

»Was willst du hier?«, fragte er laut.

Der elegante Besucher fuhr herum. Er starrte Schwabe an, dann wurde sein Gesicht ungläubig und geradezu entgeistert.

»Mensch, Erich – du siehst ja aus wie früher«, sagte Karlheinz

Petsch mit bebender Stimme. »Nur noch 'n paar Kratzer in der Haut. Mensch – das ist ja nicht zu fassen!«

»Was willst du hier?«, wiederholte Schwabe grob. »Bist du gekommen, damit ich dir die Visage einhaue, du Schwein?«

Petsch trat zwei Schritte zurück. Seine Backenmuskeln drückten sich hart durch die braune Haut. Man sah, dass er sich bezwang, nicht als Erster zuzuschlagen.

»Nun blas die Luft ab, Erich«, sagte er stockend. »Zugegeben, es war nicht alles so, wie's sein sollte. Aber wer hat denn schon daran gedacht, dass du jemals wieder ... Also, Schwamm darüber. Und außerdem war Krieg, Junge, und wir saßen bis zum Hals in der dicksten Scheiße. Und deine Frau hatte Angst und war einsam und war verzweifelt. Mein Gott, da dreht man durch und macht Dinge, die man hinterher nicht mehr versteht. Und sie hat mich ganz schön zur Minna gemacht, deine Uschi.«

»Hau ab«, sagte Schwabe angeekelt.

»Ich habe mit ihr nichts mehr zu tun. Glaub es mir. Ich habe ihr damals nur gesagt: Wenn der Erich kein vernünftiges Gesicht mehr bekommt und du drehst durch, Mädchen – dann komm zu mir. Ich nehme dich immer. Auch mit dem Kind. Das habe ich gesagt, und das kannst du mir nicht übel nehmen, Erich. Wer hat denn daran gedacht, dass du ...« Petsch schluckte vor Erregung. »Und nun siehst du wieder aus wie früher. Nun ist ja alles hundertprozentig klar. Ich bin auch nur gekommen, um dir zu sagen, dass ich dein Haus ...«

»Es gehört meiner Mutter.«

»Ich wollte dir einen Vorschlag machen, Erich.« Petsch holte aus der Tasche einen Bauplan und faltete ihn auseinander. Es zeigte eine moderne, vielfenstrige Häuserreihe im amerikanischen Stil. Er hielt Schwabe die Zeichnung hin. »Sieh dir das an. Das gibt ein neues Einkaufszentrum in Köln. Läden und Wohnungen, ein Selbstbedienungsladen, wie bei den Amis, der Erste in Köln. Junge, wir müssen die Zukunft vorausspüren und ein Jahr früher da sein als die anderen. Und nun hör zu. Der ganze Klimbim steht auch mit auf deinem Grundstück. Du kommst nach Köln zurück, nimmst die Ursula unter den Arm, ziehst in eine der neuen Wohnungen, wenn sie fertig sind, im Augenblick nimmste dir 'ne alte Villa in Lindenthal, die ich dir besorgen kann. Und du nimmst die ganzen Verglasungen in die Hand, die Mosaikarbeiten, die Böden, den ganzen Innenausbau des

Blocks. Meine Firma macht die Hochbauten, die Betonsachen, den Putz. Und in zwei Jahren stehen wir da wie Woolworth. Was hältste davon?«

»Hau ab«, sagte Schwabe heiser. »Oder soll ich meine Hacke holen?«

»Erich, du Vollidiot«, schrie Petsch und faltete den Plan zusammen. »Du kannst doch nicht wegen einer einzigen Dummheit das ganze Leben deiner Frau und deines Kindes versauen. Mensch, man sollte dir das Gesicht wieder zu Brei schlagen!«

Erich Schwabe wandte sich ab und ließ Petsch stehen. Er sah sich nicht mehr um, auch nicht, als er Schritte hinter sich hörte, die am Zaun des Gartens innehielten, wartend, und dann weiterknirschten, dem Ausgang zu, über die von Schwabe säuberlich geharkten Kieswege.

Bis zur Dunkelheit blieb er im Garten.

Rusch, Lisa und Karlheinz Petsch beobachteten ihn vom Fenster des Chefzimmers aus. Petsch war erregt und nagte an der Unterlippe.

»Sie müssen ihn zur Vernunft bringen, Frau Doktor«, sagte er flehend. »Wie lange soll das noch so weitergehen? Ich möchte sagen, es ist fast ein Verbrechen an Ursula. Und das Kind? ›Alle haben einen Papi, warum ich nicht?‹, hat es gestern zu mir gesagt. ›Kannst du nicht mein Papi sein?‹ – Frau Doktor, das Herz dreht sich einem 'rum.«

»Er reagiert auf Argumente nicht mehr.« Professor Rusch wandte sich vom Fenster weg und trank in kleinen schnellen Schlucken sein Glas Cognac leer.

»Man kann ihm mit seelischen Regungen nicht beikommen, es ist, als habe er überhaupt kein Gefühl mehr für menschliche Belange. Er ist irgendwie ausgebrannt, so dumm das klingt. Er ist seelisch tot. Er hat seine Blumen, seine Pflanzen, seine Tiere, sein zahmes Reh – es ist wie eine mittelalterliche Geschichte: Der Einsiedler auf dem Berg. Ich glaube nicht, dass man ihn locken kann mit großen Plänen oder mit Hinweisen auf die seelische Marterung seiner Frau und seiner Mutter. Dann schaltet er einfach ab.«

»Aber so kann es doch nicht weitergehen«, rief Petsch. »Langsam aber sicher geht Ursula zugrunde. Und es wird von Tag zu Tag schlimmer, je mehr das Kind denken lernt und Fragen stellt.«

Lisa schwieg. Ein paar Mal sah Rusch zu seiner Frau hinüber, und auch Karlheinz Petsch suchte stumm ihren Rat. Aber sie sagte nichts.

»Weißt du etwas?«, sprach Rusch seine Frau direkt an.

Lisa zuckte zurück, wie aus weit entfernten Gedanken gerissen.

»Ich? Nein. Wieso ich? Wir bekommen ab Montag eine neue Putzfrau.«

Petsch starrte Rusch verzweifelt an. »Wir denken an ein unlösbares Problem, und jetzt heißt es, es kommt eine neue Putzfrau. Ist das alles, was Sie dazu zu sagen haben, Frau Doktor?«

»Eine gute Putzfrau ist sehr wichtig.«

»Zum Teufel mit Ihrer Putzfrau«, schrie Petsch. Nachdem er es geschrien hatte, sah er Rusch verzeihend an. »Die Nerven«, sagte er stockend. »Verdammt, ich habe auch nur Nerven. Und das hier haut mich um. Sie müssen verzeihen, es war nicht so gemeint. Es ist nur – weil ich ja irgendwie mitschuldig bin. Und ich kann nun nicht helfen. Das ist scheußlich, Frau Doktor.«

Lisa nickte und schloss das Fenster. Mit einem festen Ruck zog sie die Gardinen vor, als wolle sie den Vorhang endgültig über die Szene ziehen.

»Warten wir die Putzfrau ab«, sagte sie.

Rusch sah Lisa nachdenklich an. Er wusste nicht, welchen Sinn die Worte seiner Frau hatten, aber er wusste, dass sie nicht aus Interesselosigkeit gesprochen worden waren.

»Vielleicht bin ich ein Idiot«, sagte Petsch, »aber jetzt verstehe ich überhaupt nichts mehr.«

»Trösten Sie sich.« Professor Rusch lachte gequält. »Ich auch nicht.«

Am Montag, morgens um 8 Uhr, erschien die Putzfrau auf Schloss Bernegg. Es war ein herrlicher Sommertag mit einem wolkenlosen Himmel und einer goldenen Sonne. Ein Tag, der heiß zu werden versprach.

Erich Schwabe arbeitete bereits in den Blumenbeeten. Er sprengte sie, bevor die Hitze zu groß wurde.

»Guten Tag«, sagte die neue Putzfrau zu Erich Schwabe. Sie war eine Frau Mitte dreißig, drall und klein, mit langen braunen Haaren und einem rosigen, runden Gesicht. Sie gab Schwabe die Hand und drückte sie kräftig.

»Guten Tag«, sagte Schwabe. Dann blickte er zur Seite.

Neben der Putzfrau stand ein Kind. Ein kleines, blondlockiges Mädchen. Die großen blauen Augen sahen den Gärtner kritisch an und musterten ihn, ob er ein guter Onkel sei. Das Mädchen trug ein hellblaues kurzes Popelinkleidchen. Es sah aus wie eine zum Leben erwachte Puppe.

»Es ist das Kind einer Bekannten«, sagte die Putzfrau. »Ich muss es mitnehmen, weil die Mutter im Krankenhaus liegt. Und der Vater … Na ja, ich erzähle Ihnen das ein andermal. Wenn es Ihnen nichts ausmacht, könnte die Kleine hier bei Ihnen im Garten spielen, solange ich arbeite … Sie heißt Barbara.«

»Barbara«, sagte Schwabe leise. »Aber nein, es macht mir nichts aus. Im Gegenteil. Sie kann ruhig hier bleiben, und ich zeige ihr die Blumen und die Käfer und die Vögel und was es hier alles gibt im Garten. Nicht wahr, Barbara?«

»Ja, Onkel«, sagte die Kleine und streckte Schwabe die Hand hin.

»Sie hat schon Freundschaft mit Ihnen geschlossen, sieh einmal an«, rief die neue Putzfrau. »Ihr werdet euch gut vertragen, was?«

»Sicherlich.« Schwabe legte den Schlauch hin und wischte sich die Hände an der Schürze ab. Dann gab er dem Mädchen die Hand.

»Ich bin der Onkel Erich«, sagte er, merkwürdig stockend.

Die kleine Barbara nickte. »Komm, lauf mit mir zum Wasser«, rief sie und lief schon weg zum Teich. »Komm, Onkel Erich, komm.«

Und Erich Schwabe schob den Hut in den Nacken und lief ihr nach. Zufrieden ging die Putzfrau zum Block B zurück.

Die junge Sonne brach gleißend durch die Baumwipfel. Es wurde wirklich ein schöner Sommertag.

21

Nach drei Stunden holte die Putzfrau – sie hieß Frau Emmi Kartuscheck und kam aus Nikolai in Oberschlesien – die kleine Barbara wieder von Erich Schwabe ab.

Sie fand die beiden in dem Gewächshaus, das Schwabe aufzubauen begann.

»Darf ich morgen wieder mit, Tante Emmi?«, fragte Barbara, ehe Schwabe etwas sagen konnte. »Der Onkel kann so schön erzählen. – Von Weihnachtssternen, die in der Erde wachsen, und vom Volks … wie hieß das, Onkel Erich?«

Frau Kartuscheck hob wie um Verzeihung bittend die Schultern. »Ich muss sie morgen wieder mitbringen. – Solange ihre Mutter krank ist, wissen wir gar nicht, wohin mit ihr«, sagte sie. »Wenn sie Ihnen nicht allzu lästig fällt mit den vielen Fragen – darf ich morgen wieder? Natürlich kann ich sie im Block B im Gemeinschaftszimmer spielen lassen, aber …«

Erich Schwabe sah auf das blonde Lockenköpfchen, in die großen blauen Augen und auf den lachenden, kleinen Mund. Es war ihm, als presse man sein Herz mit zwei glühenden Zangen zusammen. Seine Kehle wurde trocken, und er musste mehrmals krampfhaft schlucken, um überhaupt sprechen zu können.

»Jederzeit«, sagte er mühsam. »Sie können Barbara jederzeit bringen. Ich bin ja immer hier. Auch wenn Sie Besorgungen machen wollen oder sonst irgendetwas vorhaben. Bringen Sie sie immer zu mir, ja? Ich … ich habe Kinder gern.«

»Warum haben Sie dann nie geheiratet?«, fragte Frau Kartuscheck. Schwabe wandte sich ab und grub mechanisch mit beiden Händen in einem der Beete.

»Das Leben ist gemein«, sagte er leise. »Aber lassen Sie uns jetzt nicht darüber sprechen. Unsere kleine Barbara sieht uns schon ganz verwundert an. Ich erzähle Ihnen später einmal alles.«

Barbara gab Schwabe die kleine, vom Spielen schmutzige Hand.

»Auf Wiedersehen, Onkel.«

»Bis morgen, Barbara«, sagte Schwabe heiser.

»Zeigst du mir morgen das Reh?«

»Ja.«

»Und den großen Goldfisch?«

»Ja.«

»Der Onkel sagt, im Teich da lebt der König der Goldfische. Stimmt das?«

Frau Kartuscheck nickte ernst. »Wenn Onkel Erich das sagt, wird es stimmen, Babs. Der Onkel kennt viel von der Welt und den Tieren und den Menschen …«

»Von den Letzteren wäre es mir lieber, weniger zu kennen«, sagte Schwabe bitter.

Er wandte sich ab, ließ Frau Kartuscheck stehen und ging langsam durch das Gewächshaus hinaus in den Park. Barbara zupfte an Frau Kartuschecks Kleid. Sie hatte große, ängstliche Augen.

»Was hat der Onkel, Tante Emmi?«

»Er hat ein wehes Herz, Babs.« Frau Kartuscheck zog Barbara aus dem Gewächshaus und ging mit ihr zum Ausgang des Schlosses.

Am nächsten Morgen wartete Erich Schwabe vor dem Gewächshaus auf Barbara. Er hatte aus Dahlien und frühen Astern, aus kleinen Chrysanthemen und bunten Pantoffelblumen einen lustigen Haarkranz geflochten, den er Barbara auf die langen, blonden Locken drücken wollte.

Aber Frau Kartuscheck kam nicht.

Über eine Stunde ging Schwabe untätig hin und her, den bunten Kranz in der Hand. Er ging zum Eingang und unterhielt sich mit dem Pförtner über die unmöglichsten Dinge, nur um den Weg nach Bernegg überblicken zu können. Zweimal kam der Omnibus herauf, hielt an der Haltestelle vor dem Schloss – dann fuhr er weiter nach Waldenheim, dem nächsten Dorf hinter den Hügeln. Frau Kartuscheck stieg nicht aus.

Erich Schwabe ging zu seinem Gewächshaus zurück und legte den Blütenkranz in einen Eimer mit Wasser. Vielleicht hat sie heute Nachmittagsdienst, dachte er. Aber davon hat sie gestern nichts gesagt. Oder die Mutter der Kleinen ist wieder gesund. Vielleicht ist auch etwas passiert? Es kann ja sein, dass Barbara plötzlich krank geworden ist, dass sie hingefallen ist, dass sie sich ein Knie wundgeschlagen hat, oder die Ellenbogen, oder … oder das Gesicht.

Schwabe riss seine schmutzige Gärtnerschürze herab und rannte zum Block B. Lisa hatte gerade die Morgenvisite beendet. Sie besprach mit Dr. Vohrer und Dr. Sulzbarth, dem neuen 1. Assistenten, die festgestellten Mängel und den weiteren Arbeitsplan. Professor Rusch war wieder in Würzburg zu einer Vorlesung. Er demonstrierte sein berühmt gewordenes ›Verlöten‹ der Knochen.

»Schwabe?«, fragte Lisa über die Köpfe der anderen Ärzte hinweg. »Was gibt's? Sie wollen mich sprechen?«

»Ja, Frau Doktor – wenn es möglich ist.«

»Gleich.«

Lisa strich noch einige Namen auf der Liste an, die Vohrer und Sulzbarth in den Händen hielten. Es waren Patienten, die zu neuen, kleineren Operationen für den morgigen Tag vorbereitet werden sollten.

»Kommen Sie mit, Schwabe«, sagte die Ärztin dann, als die Visitenbesprechung zu Ende war. »Aber machen Sie es kurz, ich muss noch nach Würzburg.«

Erich Schwabe blieb im Chefzimmer an der Tür stehen und drehte die Finger ineinander, dass man die Gelenke knacken hörte.

»Nur eine Frage ist es, Frau Doktor«, begann er stockend. »Eigentlich ist es dumm von mir, Sie damit zu belästigen, aber ich weiß mir keinen Rat mehr.«

Sie blickte auf und sah die Ratlosigkeit in Schwabes Augen. »Was ist es denn?«

»Es ist wegen Barbara.«

»Barbara?« Lisa tat, als begriffe sie nicht sofort. »Wer ist Barbara? Schwabe – haben Sie sich etwa verliebt? Das ist doch unmöglich bei Ihrem Menschenhass.«

»Barbara ist vielleicht drei Jahre alt«, stotterte Schwabe.

»Ach ja. Das süße, kleine Ding mit den blonden Locken.« Lisa lachte. »Ist es nicht ein süßer Balg?«

»Eben, Frau Doktor, eben darum.«

»Was soll das heißen, Schwabe?«

»Wir haben Freundschaft geschlossen, Barbara und ich. Und heute wollte sie wiederkommen. Ich habe ihr aus vielen Blumen ... aber das ist ja nicht so wichtig. Sie ist jedenfalls nicht gekommen. Und nun – nun weiß ich nicht ... Ich habe mir gedacht, dass vielleicht Sie ...«

»Frau Kartuscheck hat heute ihren freien Tag, das ist alles.«

Lisa sah, wie Schwabe aufatmete, wie eine Last von ihm abfiel und seine Augen einen anderen Glanz bekamen.

»Ihr freier Tag, natürlich. Und morgen kommt sie wieder?«

»Das nehme ich doch stark an.«

Den ganzen Tag über war Schwabe in bester Laune.

Am Abend saß er an einem großen Tisch und rahmte eine Scheibe. Dann begann er, mit besonderen Ölfarben das Glas zu bemalen. Er malte einen alten Brunnen, auf dessen Rand eine schöne, goldlockige Prinzessin saß, in weißen und rosa Spitzengewändern. Vor ihr hockte ein dicker Frosch mit einer Krone auf dem Kopf. Es war eine Szene aus dem Märchen vom Froschkönig.

Schwabe stellte die bemalte Glasscheibe an das Fenster, damit die Farbe schneller trocknete. Am nächsten Morgen trug er das Gemälde in das Gewächshaus und hängte es gegen die sonnenbeschienene Glaswand. Da leuchteten die Farben auf, und es war, als lebten die zarte Prinzessin und der dicke, hässliche Froschkönig.

Mit dem Neun-Uhr-Omnibus kamen Frau Kartuscheck und Barbara an. Schwabe sah sie aus dem Wagen steigen. Er stand hinter der ehemaligen Hauptwache und hatte die Straße durch die Toreinfahrt beobachtet. Er rannte schnell zur Gärtnerei zurück und schnitt bereits wieder die verblühten Dahlien ab, als Frau Kartuscheck mit dem Kind über die Parkwege kam.

»Onkel«, rief Barbara schon von weitem, als sie Schwabe sah. »Onkel Erich, huhu.«

Erich Schwabe spürte, wie ihn das Glück durchströmte. Er warf die Gartenschere hin und winkte mit beiden Armen.

Mit fliegenden Haaren lief Barbara auf Schwabe zu. Kurz vor ihm breitete sie die Arme aus und warf den Kopf in den Nacken.

»Fang mich auf, Onkel«, rief sie. »Fang mich.«

Schwabes Herz zuckte wild. Auch er breitete die Arme aus, bückte sich etwas, und es war ihm, als müsse er schreien vor Freude, dass ihm ein Kind in die Arme entgegenlief.

Dann fing er den kleinen Körper auf, umschlang ihn und wirbelte ihn hoch durch die Luft, schwenkte ihn im Kreis und hatte Lust, einzustimmen in den Jubel dieses hellen, klaren Stimmchens.

»Wie stark du bist, Onkel«, sagte Barbara, als sie wieder auf der Erde stand und sich die wirren Locken aus dem geröteten Gesichtchen strich. »Mama kann das nicht so – auch nicht, als sie noch gesund war.« Sie sah Schwabe wieder mit schrägem Köpfchen an und zeigte plötzlich mit ausgestrecktem Arm auf sein Gesicht. »Ist das vom Krieg?«

Schwabe zuckte zusammen. »Was weißt du vom Krieg?«, fragte er heiser.

»Mama hat mir erzählt, der Krieg hat uns den Papi weggenommen.«

Schwabe presste die Lippen fest aufeinander. »Komm«, sagte er schwer atmend. »Ich zeige dir das Reh.« Er nahm Barbaras Hand und ging mit ihr schnell in den Park.

Am Fenster des Chefzimmers standen Lisa und Frau Kartuscheck. Sie sahen zu Schwabe und Barbara hinab und warteten, was geschah.

»Er ist ganz verrückt nach dem Kind«, sagte Frau Kartuscheck. »Ich hätte nicht gedacht, dass es so schnell geht.«

»Ich schon.« Lisa schloss das Fenster. »Schwabe ist ein ausgesprochen weicher, sensibler Mensch. Und weil er das von sich selbst weiß, umgibt er sich mit dem Panzer der Gefühlslosigkeit. Unsere kleine Barbara wird ihm bestimmt bald zeigen, wie absurd das alles ist.«

»Ich habe Angst vor dem Augenblick, wo er es durchschaut«, meinte Frau Kartuscheck. Lisa schüttelte den Kopf.

»Ich nicht. Wenn es soweit ist, wird er sich ein Leben ohne das Kind nicht mehr denken können.«

»Und was dann?«

»Abwarten!« Lisa zündete sich eine Zigarette an, aber ihre Hand war durchaus nicht so ruhig wie ihre Worte. »Es wird sich alles einspielen. Im Augenblick können wir nur zusehen.«

Im Park in der Nähe des Sees stand das zahme Reh und kaute Eicheln, die Schwabe gesammelt hatte. Es hob kurz den Kopf, als es die Witterung der Menschen aufnahm, äugte zu Barbara hin, die ihm fremd war, und fraß dann weiter. Barbara blieb stehen und klatschte vor Freude in die Hände.

»Wie schön«, rief sie. »Ist das Bambi?«

»Wieso Bambi?«, fragte Schwabe verständnislos.

»Alle kleinen Rehe heißen Bambi, weißt du das nicht, Onkel Erich?« Barbara sah Schwabe fast strafend an. Ein ausgewachsener Onkel, der Bambi nicht kennt. »Du kennst Bambi wirklich nicht?«

»Nein, Babs.«

»Ich habe ein Bilderbuch, das bring ich dir morgen mit, ja? Du wirst sehen, alle Rehe heißen Bambi. Mami sagt das auch.«

»Wenn die Mami das sagt, wird es sicherlich stimmen.« Erich Schwabe trat auf das zahme Reh zu und streichelte es. Es wandte den Kopf, stieß mit der Stirn gegen die Brust Barbaras und leckte ihr dann schnell über die Hand. Barbara quietschte vor Freude.

»Es hat mich gern«, rief sie. Schwabe atmete tief und schnell. Er hatte den Drang, das Mädchen an sich zu reißen, zu küssen, herumzutragen, in den Armen zu wiegen ... Es könnte mein Kind sein, dachte er und hatte das Gefühl, innerlich zu verbrennen.

»Wer sollte dich nicht gern haben, Babs«, sagte er mit rauer Stimme.

Barbara blickte von dem Reh auf – sah ihn an.

»Was hast du, Onkel?«, fragte Barbara. Sie streichelte das Reh und hob Eicheln auf, die sie ihm hinhielt.

»Mir ist eine Fliege ins Auge geflogen, Babs«, antwortete Schwabe gepresst »Ich hab' sie gleich ausgerieben.«

»Mami hat das auch mal zu mir gesagt«, sagte Barbara und kraulte dem Reh zwischen den Ohren das Fell. »Aber in Wirklichkeit hat sie richtig geweint, ich hab's gesehen, Onkel Erich.«

Mein Gott, mein Gott, dachte Schwabe. Dieses Kind zerreißt mich völlig, aber es ist ein herrlicher, ein einmaliger Schmerz.

Mit dem zahmen Reh gingen sie zur Gärtnerei zurück und zum Gewächshaus, in dem das Glasbild vom Froschkönig hing.

»Wie schön«, schrie Babs wieder, als sie davor stand. »Der Froschkönig. Und eine richtige Prinzessin ist das. Viel schöner als bei mir im Bilderbuch. Woher hast du das?«

»Ich habe es selbst gemalt.«

»Du? Du kannst das, Onkel?«

»Ja.«

»Eine Prinzessin machen?«

»Ja.«

»Und kannst du auch einen König machen? Einen Zauberer? Eine Hexe? Schneewittchen? Und Zwerge? Und den Wolf mit dem Rotkäppchen?«

»Ich kann alles machen, was du willst, Babs.«

Barbara nickte. »Ich bringe dir morgen alle Bücher mit. Zeigst du mir, wie man das macht?«

Schwabe nickte stumm. Er streichelte die blonden Locken des Kindes und dachte an ein anderes Mädchen, das ungefähr so alt sein musste und das irgendwo aufwuchs und dem man auf seine Fragen antwortete: Dein Papi ist aus dem Krieg nicht mehr heimgekommen. Und es hatte niemanden, der ihm eine Prinzessin malte oder die sieben Zwerge.

Gegen Mittag holte Frau Kartuscheck mit vielen Dankesworten Barbara wieder ab. Sie packten das Glasgemälde in Packpapier ein, und Barbara winkte aus dem Fenster des Omnibusses bis zur scharfen Kurve hinter dem Wald.

Und es war Schwabe, als sei der Tag mit dem Weggang Barbaras zu einer trägen Last geworden, die erst am nächsten Morgen von ihm genommen würde, wenn Barbaras helle Stimme wieder durch den Garten klang.

Zwei Wochen lang kam das Kind jeden Morgen auf das Schloss und fuhr mit dem Mittagsbus nach Bernegg zurück. Und jeden Tag hatte Erich Schwabe eine neue Überraschung für Barbara bereit, um den Jubel in ihrer Stimme immer wieder zu hören, ihre leuchtenden Augen zu sehen und ihre weichen Arme um seinen Hals zu fühlen.

In diesen Augenblicken war auch Erich Schwabe von Glück erfüllt.

Er hatte für Barbara eine kleine Harke hergestellt, und Seite an Seite standen sie in den Beeten oder im Gewächshaus und pflegten die Blumen, wendeten das geschnittene Gras oder begossen die Rabatten. Schwabe mit dem Schlauch, Barbara mit einer kleinen buntbemalten Gießkanne.

In den Pausen malte Schwabe immer neue Märchenbilder auf Glas. Er zeichnete nur die Konturen, und Barbara malte sie mit Farbe aus, gewissenhaft, mit den zarten Fingerchen sicher den kleinen Pinsel führend und mit viel Gefühl für die Zusammenstellung der Farben.

»Du, Mami hat das Bild aber gut gefallen«, sagte Barbara eines Tages. »Ich hab' es ihr gezeigt.«

»Welches denn?«

»Das von dem Froschkönig.«

Frau Kartuschecks freier Tag war für Erich Schwabe der trostloseste Tag der Woche. Es war, als mache er alle Welt dafür verantwortlich, dass er an diesem Tage Barbara nicht sehen konnte. Am meisten litt die Hecke darunter, er schnitt sie so radikal zurück, dass Lisa zu ihrem Mann sagte: »Jetzt hat er drei Jahre Wachstum weggeschnippelt.«

Und plötzlich kam Barbara überhaupt nicht mehr.

Es war mitten in der Woche, und Erich Schwabe sah verwundert auf die Uhr, als die Glocke in Bernegg neun Uhr schlug und Frau Kartuscheck nicht mit dem Bus gekommen war.

»Sie wird ihn mal verpasst haben«, dachte er laut, während er die Parkwege harkte und das Laub zusammenkehrte. »Der nächste Bus kommt um zehn.«

Aber auch um zehn kam Barbara nicht. Der freie Tag war es auch nicht, wie Schwabe zur Sicherheit feststellte. Es musste also etwas geschehen sein, was Barbara am Kommen hinderte.

Sofort wieder Lisa zu fragen wagte er nicht, um nicht lächerlich zu erscheinen. Aber den ganzen Tag über war er unruhig.

Am nächsten Morgen um 9 Uhr stand Schwabe vor dem Eingang und wartete auf den Bernegger Bus. Er kam, hielt, einige Besucher der Klinik stiegen aus, fuhr weiter – aber Frau Kartuscheck und Barbara kamen nicht.

Erich Schwabe spürte, dass er die Ungewissheit nicht länger ertragen konnte. Er rannte zu Lisas Zimmer und klopfte an. Die Ärztin nickte ihm freundlich zu, als er sichtlich verwirrt bei ihr eintrat.

»Fragen Sie nicht, Schwabe«, sagte sie, ehe er etwas sagen konnte. »Barbara liegt zu Hause und ist krank. Und im Übrigen ist ihre Mutter wieder soweit hergestellt, dass sie sich selbst um das Kind kümmern kann.«

»Krank?«, stotterte Schwabe.

»Die Masern.«

»Ist … ist es ernst?«

Lisa lachte. »Aber Schwabe. Die Masern. Haben Sie auch als Kind gehabt. Die ersten Tage hat man hohes Fieber.«

»Hohes Fieber«, sagte Schwabe leise.

»In drei Wochen springt sie wieder herum.«

»In drei Wochen erst?« Schwabe wischte sich über das Gesicht. »Kann … kann man sie besuchen, Frau Doktor?«

»Warum nicht? Babs wird sich riesig freuen.«

»Wird man das auch nicht falsch auffassen? Ich meine, die Mutter oder Frau Kartuscheck und die Nachbarn?«

»Aber Schwabe.« Lisa schüttelte wie strafend den Kopf. »Seit wann haben Sie solche Hemmungen? Sie sind doch Barbaras Onkel Erich. Keiner wird denken, dass Sie wegen Frau Kartuscheck oder der Mutter der Kleinen …«

Schwabe nickte. »Dann werde ich morgen früh fahren, Frau Doktor. Wo wohnt diese … wie heißt sie eigentlich?«

»Barbara wohnt Wacholderweg 14. Sie finden das Haus sofort. Es ist ein weißes Fachwerkhaus mit schwarzen Balken, ganz frisch getüncht. Vor dem Eingang, im Vorgarten, steht eine knallrote Gartenbank. Die leuchtet Ihnen schon von weitem entgegen.«

Den Abend und die halbe Nacht hindurch malte und bastelte Schwabe. Er ging erst beim Morgengrauen ins Bett und schlief drei Stunden unruhig und sich hin und her wälzend. Mit dem Autobus um zehn Uhr morgens fuhr er dann hinunter nach Bernegg, unter dem Arm ein dickes Paket mit einem wunderschönen Märchenbild auf buntem Glas, drei dicken, schwarzblauen Weintrauben und einer Flasche selbstgepressten schwarzen Johannisbeersaft.

Vor der Post in Bernegg suchte er auf dem großen Stadtplan den Wacholderweg. Er war weit draußen in einem Neubauviertel, zwischen den Hügeln gelegen. Er war mit dem Omnibus, ohne es zu wissen, vorbeigefahren.

Schwabe kaufte sich in der Bahnhofswirtschaft ein Viertel Wein und trank es in langsamen, kleinen Zügen. Ein Problem, an das er bis zur Stunde nicht gedacht hatte, war wie ein Überfall über ihn gekommen: Was war, wenn er auf dem Wege zum Wacholderweg seiner Mutter oder Ursula begegnete? Es war möglich, dass sie noch in Bernegg wohnten. Er wusste es nicht und hatte seit einem Jahr nicht mehr danach gefragt. Es konnte sein, dass Karlheinz Petsch sie nach Köln zurückgeholt hatte. Er war ja jetzt der große Mann, der Millionär, der Besitzer eines im amerikanischen Stil aufgemachten Supermarktes. Vielleicht spielte er jetzt mit Erika in einem Garten, und Ursula sah von einer Schaukel aus zu.

Bei diesem Gedanken quoll Bitterkeit in Schwabe auf. Sein maßloses Elend kam ihm wieder zum Bewusstsein, seine Einsamkeit, seine Lebensferne und seine Sehnsucht nach einem Kind, dessen Verkörperung Barbara geworden war.

Wenn ich ihnen begegne, werde ich an ihnen vorbeigehen wie an Fremden, dachte er verbissen. Ja, das werde ich. Wenn sie noch hier sind – ich werde sie nicht sehen. Und wenn sie mich anrufen, werde ich taub sein.

Er bezahlte seinen Wein und machte sich auf den Weg zu Barbara.

Nach einer halben Stunde Weg sah er die Häuser zwischen den Hügeln. Er sah das neugetünchte weiße Haus mit den schwarzen Holzbalken, und wie Lisa gesagt hatte, leuchtete ihm schon von weitem die grellrote Gartenbank entgegen.

Da vergrößerte er seine Schritte und rannte fast dem Haus entgegen. An der weißen Vorgartentür blieb er stehen. Die Fenster des ersten Stockwerkes waren offen: es war ein schwüler, heißer Frühherbsttag, und ein Gewitter war fast körperlich spürbar.

Erich Schwabe starrte zu den Fenstern hinauf. Aus einem der Fenster hörte er eine Stimme. »Mami«, rief die Stimme. »Mami, ich habe Durst, Mami ...«

Barbara.

Warum kam die Mutter der Kleinen denn nicht? Warum antwortete sie nicht? Warum ließ sie das kranke Kind so lange rufen? War sie einkaufen gegangen, und niemand war bei dem Kind geblieben?

»Barbara«, rief Schwabe laut. »Babs, ich bin da. Onkel Erich. Ich komme sofort und bring dir was zu trinken.«

Er riss die Vorgartentür auf, rannte ins Haus. Unten an der Treppe blieb er stehen und sah zur oberen Diele hinauf, von der eine Anzahl Türen abging. »Babs«, rief er wieder. »Wo bist du?«

»Hier, Onkel Erich, hier!«

Schwabe rannte die Treppe hinauf, der kleinen Stimme nach und riss die Tür auf, hinter der er sie hörte. Ein großes Kinderzimmer tat sich vor ihm auf. Ringsum an den Wänden hingen alle seine auf Glas gemalten Märchenbilder, und inmitten dieser leuchtenden Farben lag in einem weißen Bett Barbara, mit fieberrotem Gesichtchen und mit Flecken übersät.

»Hier bin ich, Babs«, sagte Schwabe und packte sein Paket aus. Er goss von dem schwarzen Johannisbeersaft das Glas voll, das neben Barbara auf dem Nachttisch stand, und stützte ihren Kopf, während sie durstig trank und ihn aus ihren blauen Augen dankbar und voll Freude ansah. Dann legte er sie wieder in die Kissen zurück und zog die Decke über den fieberheißen Körper.

»Wo ist denn nur deine Mami?«, fragte er. »Ist sie weggegangen?«

»Eben war sie noch da, Onkel.«

»Vielleicht hinten im Garten?«

»Ich weiß nicht.«

Schwabe streichelte über das rot gefleckte, heiße Gesichtchen. Er fühlte eine unendliche Zärtlichkeit.

»Ich bleibe jetzt hier«, sagte Schwabe. »Du wirst nie mehr allein sein, wenn die Mami einmal weggehen muss. Eigentlich müsste sie jetzt wiederkommen ...«

»Warum?«, fragte eine Stimme hinter ihm. »Nun ist ja der Papi endlich da.«

Erich Schwabe duckte sich wie unter einem betäubenden Schlag. Dann schnellte er hoch, stieß den Stuhl um und wirbelte zur Tür herum. Im Zimmer stand Ursula, schmal, blond, mit großen, traurigen, blauen Augen – so, wie sie immer war, von einer zerbrechlichen, Hilfe suchenden und aufreizenden Schönheit.

»Was ... was soll das?«, sagte Schwabe tonlos. »Was machst du? Wie kommst du hierher? Wo ist Barbaras Mutter?«

»Guten Tag, Erich«, sagte Ursula kaum hörbar.

»Das ist er«, rief Barbara aus ihrem Bettchen. »Das ist Onkel Erich, Mami.«

»Du bist ...« Seine Stimme erstarb. Vom Bett aus tastete eine kleine, heiße Hand zu ihm. Er nahm sie in seine Hand, hielt sie fest und spürte, wie er zitterte. »Aber ... Barbara«, stotterte er.

»Sie heißt Erika Barbara Helga Schwabe. Wir rufen sie Barbara, weil ... weil es deine Mutter so schön fand.«

»Mutter.« Schwabe drückte die kleine, heiße Hand an seine Hüfte und streichelte sie mit den Fingerspitzen. »Wo ist sie?«

»Unten. Sie wagt nicht, heraufzukommen. Sie hat Angst, du jagst sie weg.«

»Angst? Meine Mutter?« Schwabes Stimme erlosch. »Bin ich denn ein Untier?«

»Ja.«

Er senkte den Kopf und sank auf den Stuhl zurück. Das heiße Händchen entzog sich seinen Fingern. Dafür schlangen sich zwei dünne Ärmchen um seinen Hals, und ein schweißnasses Köpfchen mit zerwühltem Haar drückte sich an sein Gesicht.

»Warum bist du plötzlich so traurig, Onkel Erich?«

Durch Schwabe lief ein neues, heftiges Zittern. Er warf die Arme um den kleinen Körper und presste ihn an sich.

»Sie nennt dich Onkel«, sagte Ursula. »Solch ein Untier bist du.«

»Ursula«, schrie Schwabe. Die Qual zerbrach alles in ihm, was er in drei Jahren aufgestaut hatte. Er umklammerte den Körper des Kindes so, wie ein Ertrinkender mit unmenschlicher Kraft sich an ein treibendes Holzstück krallt. Und dann küsste er das heiße, fiebrige Gesichtchen, immer und immer wieder, und plötzlich weinte er, und während er schluchzte, tastete er das Gesicht seines Kindes ab, so wie ein Blinder, der jede Erhebung, jede Rundung, jede Vertiefung mit den Fingerspitzen unlöschbar in sich aufnimmt.

»Mami, schau – ihm ist wieder etwas ins Auge geflogen«, rief Barbara und machte sich aus Schwabes Armen los. »Aber diesmal weint er richtig wie du.«

Und Schwabe legte seine Stirn auf das weiße Gitterbett und schämte sich nicht mehr seiner Tränen.

Eine Stunde später hielt der Wagen Professor Ruschs vor dem Haus Wacholderweg 14. Lisa stieg aus und sah zu den offenen Fenstern des ersten Stockwerkes hinauf. Dann beugte sie sich vor und riss die Tür des Fahrersitzes auf.

»Es ist alles so still da oben«, sagte sie. »Zum ersten Mal habe ich richtige Angst, Walter.«

»Na, dann gehen wir mal hinauf.« Rusch stieg aus dem Wagen und ließ die Tür zuknallen. Man musste es oben in den Zimmern hören. Aber nichts regte sich an den Fenstern.

Sie betraten das Haus und stiegen langsam die Treppe zum ersten Stockwerk hinauf. Niemand kam ihnen entgegen. Vor der Kinderzimmertür zögerte Lisa. Was werden wir hinter dieser Tür finden, dachte sie, und sie fror trotz der drückenden Schwüle.

Rusch drückte die Tür entschlossen auf. Dann blieben sie auf der Schwelle stehen, überblickten das Zimmer und sahen sich befreit und lächelnd an.

Um das Kinderbett saßen Erich Schwabe, Ursula und Frau Hedwig Schwabe. Sie saßen in einem Halbkreis, und wie zu einem Reigen hatten sie sich an den Händen gefasst: ein Wall um das Kind, das mit lächelndem Gesichtchen schlief. Ursula wandte den Kopf zur Tür. Ihr Lächeln war so voller Glück, dass es keiner Frage mehr bedurfte.

»Sie schläft«, sagte sie leise. »Vor zehn Minuten ist sie endlich eingeschlafen. Aber das Fieber ist noch da.«

Professor Rusch trat leise an das Bettchen. »Wir sind auch nur rasch vorbeigekommen, um nach Erika zu sehen.« Er sagte bewusst Erika und legte, als er sich über das Bett beugte, beide Hände auf die Schulter Schwabes. »Ich werde Ihnen noch einige Zäpfchen hier lassen, Herr Schwabe. Und bis zur völligen Gesundung Ihres Kindes sind Sie selbstverständlich beurlaubt.«

Schwabe tastete nach den Händen Ruschs und hielt sie auf seiner Schulter fest.

»Sie haben alles gewusst, Herr Professor.«

»Natürlich. Man hätte Sie ja erschlagen können, und Sie hätten sich geweigert, auch nur mit Ihrer Frau oder Ihrer Mutter zu sprechen. Aber das Kind«, Rusch drückte die Hände Schwabes. »Mein lieber Junge – ich möchte den Menschen sehen, der vor dem Lächeln eines Kindes und vor dem Blick dieser großen blauen Augen nicht alle Vorsätze vergisst.

Emmi Kartuscheck ist Fürsorgerin in Würzburg. Ihre Frau, Herr Schwabe, war zwei Wochen an einer heftigen Nervenentzündung der Arme erkrankt. – Tagaus, tagein nähen, das war eben zu viel für die kleine Frau, Sie verstehen. Und die Großmutter allein hätte die ganze Arbeit nicht geschafft. Da haben wir Frau Kartuscheck für die Betreuung des Kindes geholt und dabei den Plan geboren, Erika zu Ihnen zu bringen. Das Kind wusste von nichts. Sie waren bis heute der gute Onkel Erich für es.«

Schwabe stand leise auf und trat vom Bett zurück. Man sah, dass er sich schämte und dass er nach Worten suchte, um etwas zu erklären oder zu danken. Er reichte Lisa die Hand hin, und es war eine so hilflose Geste, dass die Ärztin sie ergriff und mit der anderen Hand behutsam streichelte.

»Ich … ich bin ein dummer Kerl, Frau Doktor«, sagte Schwabe leise. »Ich verdiene dieses Glück gar nicht.«

»Fangen Sie schon wieder an, Sie Vollidiot?«, sagte Lisa in altgewohnter grober Art. »Ihr Gesicht haben Sie wieder, so gut es eben geht. Eine Frau haben Sie und eine Mutter, die für Sie den Satan aus der Hölle zerrt. Und Sie haben das süßeste Kind, das sich ein Vater wünschen kann.«

Frau Hedwig Schwabe verscheuchte eine Fliege vom Kopf des Kindes und dachte, wie immer, am nüchternsten. »Wie sollen wir der Kleinen beibringen, dass der Onkel Erich plötzlich ihr Vater ist?«

Lisa sah ihren Mann hilfeflehend an. Sie wusste es auch nicht. »Du hast doch auch Psychologie studiert, Walter«, sagte sie. »Es ist wirklich ein Problem.«

Professor Rusch sah an den Wänden entlang und auf die vielen Glasbilder, die Schwabe gemalt hatte. »Sie müssen ein neues Märchen malen«, sagte er langsam. »Die Geschichte von einem

Vater, der auszog, und dem der Krieg Gesicht und Namen genommen hat.«

»Das ist kein Märchen. Das ist die schrecklichste Wahrheit, die es geben kann.«

»Für das Kind muss es ein Märchen sein, es muss noch an Wunder glauben.«

Rusch sah auf das kleine weiße Bett und auf das Kind, das sich in unruhigem Fieberschlaf hin und her wälzte. »Die traurige Wahrheit erzählen Sie dem Kind, lieber Schwabe, wenn es denken gelernt hat. Jetzt müssen Sie noch ein Märchen malen, wie aus dem Onkel Erich der mit einem neuen Gesicht aus dem Krieg zurückgekommene Papi geworden ist.« Er fasste seine Frau an der Hand und zog sie mit sich zur Tür. »So – und nun müssen wir weiter. Und lassen Sie sich nicht einfallen, vor zwei Wochen wieder auf dem Schloss zu erscheinen. Und dann auch nur, um Ihre Entlassungspapiere abzuholen und die Schlussuntersuchung über sich ergehen zu lassen.«

»Herr Professor«, sagte Schwabe stockend. »Die Blumen – und das Reh?«

»Verstanden?«, schnauzte Lisa Rusch wie früher, als sie noch Lisa Mainetti hieß. Schwabe zuckte zusammen. Er legte die Hände an und warf den Kopf hoch.

»Jawohl, Frau Doktor«, brüllte er zurück.

Im Bettchen fuhr Erika hoch und sah mit halb wachen Augen um sich. »Das Kind«, rief Frau Hedwig Schwabe tadelnd. »Jetzt habt ihr es wach gemacht.«

»Sehen Sie, Schwabe«, sagte Lisa und nickte Schwabe lächelnd zu. »Wir zwei müssen noch allerhand lernen, um perfekt Vater oder – Mutter zu sein.«

Unten am Wagen hielt Rusch seine Frau zurück, als sie einsteigen wollte. »Was war das eben für eine Bemerkung?«, fragte er.

Lisa ließ sich auf die Polster fallen und zog den Rock über die Knie. Mit der anderen Hand strich sie ihre schwarzen Haare aus der Stirn.

»Du bist eben ein Gesichtschirurg«, sagte sie lachend. »Unterhalb des Kinns hört für dich die Diagnose auf.«

Mit heulendem Motor raste Professor Rusch nach Würzburg, und in das Heulen hinein sang er mit weit aufgerissenem Mund, laut wie ein verliebter Jüngling.

Im Spätherbst kamen zwei Briefe in Bernegg an.

Der eine hatte einen weiten Weg hinter sich. Er war in New Orleans geschrieben und in New York in den Briefkasten gesteckt worden. Als Absender trug er die Anschrift: James Braddock, Präsident der IAFC.

Der andere Brief trug den Absender einer amtlichen deutschen Dienststelle und war an Erich Schwabe adressiert.

Seit zwei Wochen beherbergte das alte Zimmer B 14 einen neuen Gast, der innerhalb von drei Tagen die anderen Patienten soweit mit Beschlag belegt hatte, dass sie bei seinem Erscheinen schon aufjaulten: Paul Zwerch, der Berliner und Kabarettist, ließ sich nachoperieren.

»Aba nur 'n Stück, Frau Doktor«, sagte er bei der ersten Untersuchung zu Lisa. »Die linke Seite vom Unterkiefer springt mir imma aus'm Jelenk, wenn ich so mache.« Der Berliner machte eine Fratze, es knackte leise, und der Unterkiefer stand schief. Er wies mit beiden Zeigefingern auf seinen Mund. »Det is es«, kam es zischend über seine schrägen Lippen.

Die Ärztin renkte mit einem schnellen Griff den Unterkiefer wieder ein und betastete zunächst von außen die Gelenkpfanne.

»Det ham se mir zu kleen jemacht, Frau Doktor«, sagte der Berliner und bewegte den Unterkiefer vorsichtig auf und ab und hin und her. »Det hoppt imma wieda 'raus.«

»Wer hat denn auch gedacht, dass Sie eine so große Fresse haben, Zwerch«, lachte Lisa. »Ich hätte Ihnen sonst eine Kinnlade wie dem Wastl hingebaut. Na, mal sehen, was der Professor meint.«

Paul Zwerch also brachte die Post in Lisas Zimmer. Er hatte sich innerhalb von drei Tagen zum Kalfaktor der Klinik aufgeschwungen. Er wedelte mit dem Brief Braddocks in der Luft, ehe er ihn Lisa gab.

»Der gute, alte Major«, sagte der Berliner. »Wenn ick um die Briefmarken bitten dürfte, Frau Doktor. Ick sammle nämlich.«

Unten in Bernegg riss Schwabe seinen amtlichen Brief auf. Er las ihn, schüttelte den Kopf, las ihn dann noch einmal und gab ihn an Ursula weiter.

»Nein, so was«, sagte sie, als sie das Schreiben gelesen hatte. Es lautete:

»Nach Durchsicht Ihrer Krankenpapiere, die uns vom Versorgungsamt zugeschickt wurden, haben wir festgestellt, dass Sie 2

Jahre und 4 Monate ungerechtfertigt in klinischer, stationärer Behandlung waren.

Die Kau-, Schluck- und Sensibilitäts-Funktionen Ihres Gesichtes waren bereits längst wiederhergestellt. Trotzdem haben Sie sich in stationäre Behandlung des Versorgungskrankenhauses Schloss Bernegg begeben, um rein kosmetische Operationen an sich vornehmen zu lassen.

Der Kostenträger des Versorgungskrankenhauses kommt nur für Funktionsherstellungen, nicht aber für kosmetische Operationen auf. Solche Operationen gehen zu Lasten des Patienten. Sie gelten als Privatbehandlung.

Wir haben für Ihren Aufenthalt auf Schloss Bernegg für die Zeit von 28 Monaten, bei einem Tagessatz von DM 12,–, eine Summe von DM 10 080,– errechnet.

Wir bitten Sie, die Schuldsumme in den nächsten Tagen auf eines unserer unten bezeichneten Konten zu überweisen.

gez. v. Ritter

Durchschrift an Herrn Professor Dr. Rusch.«

Ursula legte den Brief vorsichtig, als sei er aus zerbrechlichem Glas, auf den Tisch zurück. »Was nun?«, fragte sie unsicher.

Schwabe starrte vor sich auf den Boden. »Das Leben ist wieder normal geworden«, sagte er dumpf. »Nun kommt der Dank des Vaterlandes auf uns zu.« Er wischte sich über die Augen. »Es ist jetzt ein Verbrechen geworden, ein neues Gesicht zu haben.«

»Aber … aber das kann doch nicht sein, Erich.«

»Hier steht es: Nur Funktionsherstellung. Den Ausdruck kenne ich von früher.« Er zog den Brief an sich und faltete ihn zusammen. »Ich gehe zu Professor Rusch. Fangen wir also wieder von vorne an. Deutschland ist ein ordentliches Land, meine Liebe. Hier ändert sich nichts. Selbst nicht nach sechs Millionen Toten.«

22

Als sich Erich Schwabe bei Professor Rusch melden ließ, wurde er sofort vorgelassen. Lisa saß an der Schmalseite des großen Schreibtisches und füllte Krankenpapiere aus.

»Ich weiß, weshalb Sie kommen«, sagte Rusch, ehe Schwabe

den Brief aus der Tasche ziehen konnte. »Das idiotische Schreiben an Sie. Ich habe ja eine Abschrift erhalten. Machen Sie sich keine Sorgen, es wird alles geregelt.«

Schwabe nickte, aber es war ein zaghaftes, ungläubiges Nicken.

»Woher soll ich über 10 000 Mark nehmen, Herr Professor?«

»Reden wir nicht mehr darüber. Wenn Sie das Geld wirklich hätten, würde ich zu Ihnen sagen: Legen Sie es gut an.«

»Sie, ja, Herr Professor. Aber die Leute von ...«

»Ich werde das klarstellen.«

»Man wird bestimmt Paragraphen haben.«

»Natürlich hat man die. Aber Sie sind eine Ausnahme.«

»Es gibt keine Ausnahmen bei den Paragraphen. Sie werden es sehen, Herr Professor.« Schwabe spielte unruhig mit den Fingern. »Wenn wir wenigstens eine Stundung herausschlagen könnten – eine langfristige Abzahlung.«

Professor Rusch klopfte mit der flachen Hand auf seinen Schreibtisch. »Nichts werden wir. Was kosmetische Operationen sind oder Funktionsherstellungen, das bestimme ich.«

»Natürlich, Herr Professor.« Erich Schwabe sah Rusch fast ein wenig mitleidig an. »Genauso haben Sie bei den Wehrmachtskommissionen gesagt, und Sie haben sich durchgesetzt. Da war aber Krieg. Jetzt ist das etwas anderes, Herr Professor. Jetzt bestimmen Verwaltungsbeamte, was richtig oder nicht richtig ist. Und es gibt nicht mehr den Druck im Nacken, und alle sind wieder satt. Da sieht alles ganz anders aus. Im Kaiserreich hatte man Angst vor den Amtsstuben, unter Hitler Angst vor den braunen Uniformen. Und jetzt sind es wieder die Amtsstuben. In Deutschland läuft doch seit jeher alles nur im Kreis.«

»Da hat er Recht, Walter«, sagte Lisa.

Professor Rusch hob den Kopf. Er holte seinen Tageskalender unter den Papieren hervor und überblickte die Rubriken. Dann klappte er ihn zu und stand auf.

»Ich habe eine halbe Stunde Zeit bis zur Gutachteruntersuchung«, sagte er. »Ich gehe zur Verwaltung. In einer halben Stunde haben wir alles geklärt, Schwabe. Bitte, warten Sie hier.«

Im Block A saß der Verwaltungsdirektor des Versorgungskrankenhauses Schloss Bernegg sichtlich betreten in einem Ledersessel und sah Professor Rusch ernst an. Er wedelte mit dem Brief durch die Luft, als sei es ihm zu heiß geworden in dem großen Zimmer.

»Diese Forderung ist berechtigt, Herr Professor«, sagte er.

»Eine Infamie ist sie«, rief Rusch. »Verlangen Sie, dass ein Mensch mit dem Gesicht eines Ungeheuers herumläuft? Was heißt Funktionsherstellung? Es ist nicht damit getan, dass man wieder kauen und schlucken kann, dass man eine Nase und zwei Ohren hat, Lippen und ein rundes Kinn. Für mich ist die Funktion eines zerstörten Gesichtes erst dann wieder hergestellt, wenn dieses Gesicht auch den ästhetischen Maßstäben genügt.«

»Für Sie, Herr Professor. Sie haben eine großzügigere Auslegung der Bestimmungen als der Kostenträger unserer Klinik.« Der Verwaltungsdirektor legte den Brief vorsichtig auf den Tisch zurück. »Natürlich soll der Mann nicht wie ein Untier herumlaufen. Aber man muss zuerst die Kostenfrage klären, ehe man daran geht, ihn wieder schön zu machen.«

»Haben Sie ›schön‹ gesagt?«, fragte Rusch gefährlich leise. »Haben Sie wirklich ›schön‹ gesagt?«

»Klammern wir uns nicht an Worte. Sie wissen, was ich meine. Also: Man muss klären, wer das bezahlt. Das Versorgungsamt? Es hat abgelehnt. Die Krankenkasse? Sie hat abgelehnt. Beide stehen auf dem Standpunkt, dass es kosmetische Regulierungen des Gesichtes sind.« Er hob beide Arme und sah Rusch ehrlich hilflos an. »Ich kann nichts daran ändern. Ich habe nur die Pflicht, die Gelder hereinzubekommen.«

»Man hat Erich Schwabe als Gärtner und Hausmeister für das Schloss angestellt. Er hatte freie Wohnung, freies Essen und bekam ein Gehalt von …«

»Das ist etwas anderes.« Der Verwaltungsdirektor beugte sich zu Rusch vor. »Sehen Sie, da haben wir ein gutes Beispiel. *Wir* zahlen Herrn Schwabe für seine Dienstleistung ein Gehalt und so weiter. Mit gleichem Recht steht uns eine Zahlung zu, wenn wir an Herrn Schwabe eine Leistung vollbringen. Auf der einen Seite war er unser Gärtner und Hausmeister, auf der anderen Seite war er aber auch Patient. Man muss das streng voneinander trennen.«

»Sie bleiben also dabei: Schwabe muss 10 000 DM zahlen.«

»Ich bleibe dabei, dass wir unsere Unkosten ersetzt bekommen. Da weder Krankenkasse noch andere Institutionen … Oder wollen *Sie* das bezahlen?«

Rusch erhob sich brüsk. »Ich habe Schwabe in die Klinik geholt, ich habe ihn die ganzen Jahre umsonst behandelt.«

»Ihr Edelmut ist allgemein bekannt, Herr Professor.«

»Und ich lasse mich durch keinerlei engstirnige Bestimmungen an der Ausübung meiner ärztlichen Pflicht hindern.«

»Das ist Ihre Sache, Herr Professor. Wenn Sie einen Privatpatienten unentgeltlich behandeln, so kann Ihnen niemand dreinreden. Aber das Haus, Herr Professor, hatte Unkosten. Benutzung des OPs, Verbände, Medikamente, die stationäre Pflege, Bettwäsche – wer soll das tragen? Sie bekommen Ihr Gehalt, Ihre Gattin, die Assistenzärzte, die freien Schwestern, die Krankenpfleger, der Klinikapotheker, ich bekomme mein Gehalt und meine Mitarbeiter –, wie sollen wir das bezahlen, wenn wir die Patienten umsonst behandeln? Der Staat buttert sowieso Millionen in die Krankenhäuser. Da ist es unmöglich, dass wir – auch wenn es sich um einen Mann handelt, der sein Gesicht dem Vaterland geopfert hat – auch noch die Schönheitsoperationen bezahlen.«

Professor Rusch hatte einen Augenblick den unwiderstehlichen Drang, sich vorzubeugen und mit beiden Händen in das Gesicht des Mannes vor sich zu schlagen.

Rusch holte einen anderen Brief aus der Tasche und warf ihn dem Direktor auf den Tisch.

»Was soll das?«, fragte dieser konsterniert.

»Lesen Sie. Ein Brief von Major Braddock. Sie kennen ihn doch noch? Er ist heute Präsident der Internationalen Arznei-Forschungs-Gesellschaft in New York.«

»Eine erstaunliche Karriere für einen Offizier«, sagte der Direktor sarkastisch. Er entfaltete den Brief und strich ihn glatt, aber er begann nicht, ihn zu lesen. »Warum geben Sie mir den Brief?«

»Zur Information. Es ist ein neues Angebot, meine Forschungen und meine chirurgische Tätigkeit in den USA fortzusetzen. Man bietet mir dort soviel Dollar, wie ich hier D-Mark erhalte. Und Freiheit der Forschung. Und volle Unterstützung meiner Arbeit. Keine Paragraphen von Beamten mit gesunden Gesichtern, die den zerstörten Gesichtern nur die Funktionen wiedererlauben.«

Der Direktor schob das Schreiben weg, als ströme es einen schlechten Geruch aus. »Was soll das, Herr Professor?«

»Ich nehme den Ruf an und verlasse mein Vaterland, wenn die Idiotie, die ich jetzt hier sehe, weiter um sich greift. Ich habe immer eine verzweifelte Liebe zu Deutschland gehabt, und ich habe in all den Jahren gehofft: Nach dem Krieg wird es besser. Diese fürchterlichen Jahre sind ein Fegefeuer, das ein für alle Mal die Hirne der Deutschen reinigt. Man wird Vernunft lernen, Einsicht und Gerechtigkeit, es wird ein Vaterland geben, das wirklich danken kann.«

Der Verwaltungsdirektor war aufgesprungen. Sein Gesicht war gerötet vor Erregung. »Herr Professor«, rief er hell. »Auch ein Mann wie Sie kann sich eine Erpressung nicht leisten. Wenn Sie nach Amerika gehen wollen – bitte, gehen Sie. Es wird Nachwuchs geben. Oder glauben Sie, Sie könnten damit eine Streichung der Schuld dieses Schwabe erzwingen? Das ist ja lächerlich. So stellt sich der kleine Moritz die Gesetze vor. Ein Staat ohne fest umrissene Bestimmungen ist wie ein Schiff ohne Ruder – es treibt hilflos auf den Wellen. Und ich wiederhole es: Auch bei den Gesichtsverletzten, so schrecklich ihre Verwundung ist, *muss* es eine Grenze geben, wo die Notwendigkeit aufhört und die Kosmetik beginnt. Und diese Grenze hat dieser Schwabe seit langem überschritten.«

Professor Rusch nahm den Brief Braddocks, den der Direktor nicht lesen wollte, wieder an sich und steckte ihn ein. Ganz ruhig, als habe es sich in den vergangenen Minuten nicht um Grundsätzliches in seinem Leben gehandelt, sagte er:

»Ich übernehme die Schuld des Herrn Schwabe. Die zehntausend D-Mark bezahle ich.«

»Bitte innerhalb von vierzehn Tagen. Wir müssten sonst die Summe einklagen.«

Rusch blieb an der Tür stehen. Er sah den Verwaltungsdirektor mit dem geröteten Gesicht an wie einen dampfenden Misthaufen.

»Meine Erziehung verbietet es mir, Ihnen zu sagen, was Sie mich können«, sagte er, jedes Wort deutlich betonend. »Aber wenn Sie es erraten, was ich meine – genau das können Sie mich.«

Zufrieden ging Erich Schwabe zurück nach Bernegg.

»Es ist alles in Ordnung«, hatte Professor Rusch gesagt, als er von Block A zurückkam. »Sie brauchen nichts zu bezahlen. Ich habe mit dem Direktor gesprochen. Die Kosten übernimmt ein anderer. Also, Schwabe – keine grauen Haare. Bleiben Sie blond.«

Lisa wartete, bis Schwabe gegangen war. Dann kam sie zu Rusch und legte ihm die Arme um den Hals.

»Der andere – das bist doch du?«, fragte sie.

»Wieso?« Rusch blätterte abwesend in einer dicken Krankengeschichte.

»Weil du mir nicht in die Augen sehen kannst, und weil du gar keine Begabung hast, mich zu belügen, mein Lieber.« Sie küsste seinen Nacken und legte ihren Kopf an seine Wange. »Wetten, es hat einen Mordskrach gegeben?«

»Wette gewonnen«, sagte Rusch hart.

»Und nun bist du mit allem fertig, nicht wahr? Auswandern, Deutschland vergessen, in der Fremde vor Heimweh umkommen?«

»Ich nehme den Ruf Braddocks an. Ich werde ihm noch heute Abend schreiben. Wenn zwei Weltkriege es nicht vermocht haben, die deutsche Bürokratie zu zerstören …«

»Und jetzt mit dem Kopf gegen die Wand. Aber die Wand ist stärker, Walter. Du rennst dir den Schädel ein.«

»Ich kann hier nicht mehr bleiben«, rief Rusch und trommelte mit den Fäusten auf den Schreibtisch. »Habe ich deshalb jeden einzelnen meiner Gesichtsverletzten wie ein eigenes Kind behandelt, damit man jetzt sagt: Sie sehen aber wieder gut aus, und arbeitsfähig sind Sie ja auch, wir streichen Ihnen die Rente bis auf einen Bruchteil? Einmal ist die Grenze erreicht – ich gehe nach Amerika.«

»Aber wann?«, fragte Lisa sanft.

»Sofort.«

»Das wird nicht gehen.«

»Warum?«

»In fünf Monaten kommt ein neuer oder eine neue Rusch auf die Welt. Ich will, dass mein Kind hier geboren wird. Nicht allein in Deutschland, nein, auf diesem alten Schloss Bernegg.«

»Verrückt«, knurrte Rusch. »Wie sentimental!«

»Mag sein. Aber hier war ich zum ersten Mal in meinem Leben richtig glücklich. Und ich möchte das größte Glück hier erleben: ein Kind zu haben. Kannst du das nicht verstehen, du Brummbär?«

Rusch schwieg. Er schüttelte auch nicht den Kopf, noch nickte er.

»Gut«, sagte er nach langem Schweigen. »Dann gehen wir in die USA, wenn das Kind da ist.«

»Dann wird Fritz Adam zu dir kommen als Assistent. Und auch Baumann wird dann soweit sein. Du hast es beiden fest versprochen. Und Kaspar Bloch kommt schon in vier Monaten zu uns. Er will sein Praktikum in der psychologischen Behandlung Gesichtsversehrter machen. Er hat heute geschrieben. Du hast den Brief vor lauter Ärger noch nicht gelesen.«

Professor Rusch schwieg wieder. Er konnte nichts sagen, weil er fühlte, wie recht Lisa hatte. Schloss Bernegg und seine Gesichtsverletzten waren eine eigene, waren seine Welt geworden. Hier war er wie ein kleiner Herrgott, der durch die Kraft des großen Herrgotts mit seinen Händen neue Gesichter schuf und neues zukunfttragendes Leben schenkte. Hier war er die letzte Station, der letzte und einzige Retter, Vater und Mutter zugleich. Zu ihm kamen die Wesen ohne Gesicht, die einmal Menschen gewesen waren und denen er das Menschsein in mühseliger Kleinarbeit millimeterweise wiederschenkte.

»Nun trinken wir einen Cognac«, sagte Lisa Mainetti leise und trat zurück. »Und dann spreche ich mit dem Verwaltungsfritzen wegen der Abzahlung. Oder haben wir 10 000 Mark übrig?«

»Nein.«

»Auch darüber werden wir kommen.« Sie goss die Cognacschwenker halb voll und trug sie zu Rusch. »Wir haben das Braune Reich, den Krieg und die Hungerjahre überlebt. Es wäre ja gelacht, wenn wir jetzt am Frieden zerbrechen sollten.«

Zwei Besucher trafen in Abständen von zwei Tagen auf Schloss Bernegg ein. Ohne sich anzumelden, ohne Vorankündigung, sie waren plötzlich da, überraschend wie Schnee aus Sommerwolken.

Major James Braddock und der Wastl Feininger.

Zuerst kam der Wastl. Nicht freiwillig, sondern notgedrungen. Er kam auch nicht forsch oder zumindest mit Galgenhumor, nein, er stand mächtig, dick und breit im Chefzimmer, drehte seinen Hut mit dem gewaltigen Gamsbart in den Händen, und die Kläglichkeit einer zerstörten Kreatur lag über ihm wie eine glänzende Ölhaut.

Sein Gesicht war dick verbunden: Wie in alten Zeiten trug er wieder den mächtigen Turban, der ihm damals den Namen ›Wastl-Pascha‹ eingebracht hatte.

»Was ist denn das?«, fragte Lisa, als sie sich von dem ersten Erstaunen erholt hatte. »Wastl, Mensch, was ist denn mit Ihnen los? Wie sehen Sie denn aus?«

Der Wastl ließ seinen Hut schneller zwischen den Fingern rotieren. »Dös is a Kreiz«, kam es mühsam aus den Verbänden und Leukoplaststreifen. »Hab' ich ahnen könna, daß's Mariandl an festen Burschen hat? Und a Mordstrumm dazua. Himmisakra noamoi.«

Die Ärztin kam auf den Wastl zu und betastete dessen Gesicht. Sie sah, wie sich sein Mund im Schmerz verzerrte.

»Dös Nosenboa is es«, sagte er rau. »Und der große Lappen, der überpflanzte, abg'rissen hot er'n mir, der Bazi, der verfluachte. Und ich hob d' Loater no net am Fensterl g'habt.«

Lisa trat zurück und wusch sich die Hände. »Also ganz klar: Sie wollten irgendwo einsteigen, und da kam der Bräutigam und hat Ihnen das Nasenbein zerschlagen und unseren so mühsam transplantierten Rolllappen abgerissen Wissen Sie, was wir jetzt machen, Wastl? Wir nähen Ihnen den Hintern ins Gesicht. Dann hören die Weibergeschichten endlich auf.«

»Ich wollt doch nur, Frau Doktor …«

»Ruhe, Wastl. Sparen Sie sich alles auf, bis der Professor kommt. Der wird Ihnen was erzählen.«

»Ich bezahle alles«, schrie der Wastl.

Lisa sah den Wastl Feininger nachdenklich an. »Sie haben doch einen großen Hof, nicht wahr?«, fragte sie.

»Ja.«

»Wie viel Vieh?«

»Dreißig Kühe und neunundvierzig Schweinderln.«

»Dann werden Sie zwei Kühe und vier Schweine verkaufen müssen. Bei solchen Dummheiten, Wastl, müssen Sie bluten. Das behandele ich Ihnen nicht auf Ihren Versorgungsschein.«

»Dös is mir klor.« Der Wastl schien zu schwitzen, aber es war nirgendwo mehr ein unverbundener Fleck in seinem Gesicht, wo er den Schweiß abwischen konnte. »Zwei Küh und vier Schweinderl, dös san a paar Tausender, Frau Doktor.«

»Noch immer billiger als sechzehn Jahre Alimente«, sagte Lisa grob. Der Wastl nickte wissend.

»Dös is a Argument«, stellte er fest. »Einverstanden, Frau Doktor. Machts mir nur wieder a guats G'sicht – und Zeit hob i a. Und wenn i wieder auf Zimmer B 14 dürfte …«

Lachend ließ Lisa den Wastl von einer Schwester auf das Zimmer bringen. Dann ging sie zu Rusch in den OP 1.

»Alles klar«, sagte sie ihm ins linke Ohr, während er das Ohr eines Patienten verband. Ihre Stimme war voll unterdrücktem Jubel. Verwundert schielte Rusch zur Seite.

»Welche Fröhlichkeit? Was ist klar?«

»Soeben ist der Wastl Feininger eingetroffen.«

»Der Wastl? Was will denn der hier?«

»Er bezahlt die Hälfte von Schwabes Schulden.«

Es war einer der seltenen Augenblicke, in denen Professor Rusch überhaupt nichts mehr verstand und seine Frau nur entgeistert anstarrte.

James Braddock traf ebenso naturgewaltig ein. Allerdings nicht mit einem von einem Nebenbuhler zerschlagenen Gesicht, sondern in einem hellen Flanellanzug, Schuhen in Form indianischer Mokassins und in jeder Hand eine Flasche Whisky. So stand er unten in der Eingangshalle, bestaunt von den Schwestern, und brüllte durch das Treppenhaus.

»Hallo. Hallo. Miss Doktor. Goddamn old James ist wieder da.«

Lisa und Rusch hörten das Gebrüll im Vorbereitungszimmer. Sie wuschen sich gerade nach einer anstrengenden Operation. Rusch hatte wieder einen Unterkiefer ›verlötet‹.

»Das ist doch nicht wahr«, sagte Lisa und ließ die Seife fallen. »Der kann doch nicht einfach da sein und ›Miss Doktor‹ brüllen.«

Sie stieß mit den Ellenbogen die Tür auf und rannte mit nassen, tropfenden Händen auf den Gang. Braddock streckte die Arme weit aus, kaum, dass er Lisa sah. Sein rundes Gesicht unter den noch immer stoppeligen Haaren leuchtete wie pomadisiert.

»Lisa, darling«, schrie er. »Come on – kiss me!«

»Braddock. Er ist es«, schrie Lisa zu der offenen Tür zurück. Nun erschien auch Professor Rusch, er trocknete sich die Hände ab und warf das Handtuch einer Schwester zu, die wie die anderen mit halb offenem Mund im Flur stand.

»Major«, rief Rusch. »Welche Freude!«

»Nicht Sie will ich ans Herz drücken, sondern Lisa. Come on, baby – darauf habe ich mich einige tausend Kilometer lang gefreut.«

Er umarmte Lisa und küsste sie ungeniert auf die lachenden Lippen. Dann hob er eine der Whiskyflaschen, schrie »hopp« und warf sie Rusch entgegen. Dieser fing sie eben noch auf und schüttelte lachend den Kopf.

»Jetzt kann ich sie küssen«, brüllte Braddock und küsste Lisa wieder. »Jetzt ist sie Ihre Frau, Professor. Und jetzt hat's auch keinen Sinn mehr, Sie zu erwürgen.«

Im Chefzimmer trank James Braddock erst einmal zwei Gläser Whisky, ehe er zu erzählen begann. In Zivil wirkte er viel zierlicher und kleiner, und man musste sogar etwas Fantasie aufwenden, sich daran zu erinnern, dass dieser Mann einmal mit einem Jeep und umgeben von MP-Riesen vor das Schloss gefahren war und gesagt hatte: »Ich habe den Befehl, das Lazarett zu besetzen.« Und der ganze Bezirk Bernegg hatte Angst vor ihm.

»Meinen Brief haben Sie doch bekommen?«, sagte Braddock. Er holte wieder die lange, flache Schachtel mit den Brissagozigarren aus der Innentasche des Rockes, zog den Strohhalm heraus und brannte sich die starke Zigarre an. »Er war ein Vorläufer. Damals stand mein Europatrip schon fest. Ich muss hier sein, wissen Sie. Kontaktaufnahme mit den europäischen chemischen Fabriken. Kinder, wenn ich bedenke, wie völlig zertrümmert Germany war und wie es heute wieder dasteht – man könnte direkt wieder Angst bekommen!«

Braddock seufzte und trank einen neuen Whisky. »Ich habe überall in den Staaten erzählt, welch ein toller Kerl Sie sind, Professor. Boys, habe ich gesagt, der setzt euch neue Nasen ins Gesicht, dass ihr von der alten nicht mal mehr träumen wollt. Und euch, liebe Mammies, nimmt er sechs Pfund Fett aus dem Hintern und modelliert euch eine Figur, deren Fotos man in der Brieftasche trägt.«

»Aber Braddock.« Professor Rusch schüttelte den Kopf. »Ich bin Gesichtschirurg. Was Sie da schildern, sind rein kosmetische Operationen.«

»Eben, eben. Damit können Sie im Monat einige tausend Dollar machen. Wenn Sie rüber kommen, werden sich die Zwei-Zentner-Weiber in Ihrer Praxis drängeln.«

Lisa Rusch sah schnell hinüber zu ihrem Mann. Sie wusste, was er in diesem Augenblick dachte, und er tat ihr Leid. Die Illusion, in die er sich hineingesteigert hatte, zerstob wie eine Seifenblase. Man sah es Professor Rusch an. Er saß still und in sich gekehrt am Tisch und hörte stumm den Begeisterungsausbrüchen James Braddocks zu.

»Sie werden in einem Jahr in Mode sein«, rief er unbeirrt und schwenkte seine Brissagozigarre wie eine brennende Fahne.

»Bestimmt«, sagte Rusch etwas mühsam und lächelte dazu. »Aber ich glaube nicht, dass ich nach Amerika passe.«

»Wenn Sie nicht – wer sonst? Professor, denken Sie sich bloß diese Publicity: Bilder Ihrer Gesichtsverletzten vor und nach der Operation. In jedem Kino, an den Anschlagsäulen, in den Hotelhallen, auf den Sportplätzen. Und dazu der Slogan: Ruschs Hände formen jedes Antlitz. Das gibt eine neue Welle, Professor. Die Million liegt auf der Straße. Und dann Hollywood, ein Film: ›Die zwei Gesichter der Linda B.‹ Sie wären ein Dummkopf, wenn Sie in Deutschland blieben.«

»Ich bin ein solcher Dummkopf«, sagte Rusch ernst und langsam.

James Braddock starrte Rusch an. Dann ließ er seine Zigarre fallen und stieß fast sein Whiskyglas um. Verwirrt starrte er zu Lisa hinüber.

»Der meint es ja ernst«, stotterte er.

»Ja, er meint es ernst«, nickte Lisa.

»Er will nicht?«

»Nein – er kann nicht.«

»Was heißt hier, er kann nicht? Verträge? Kleinigkeit. Als wenn wir keine Übung im Lösen von Verträgen hätten.«

»Und er will nicht.«

»Aber das gibt's doch gar nicht. Ein Mensch allein kann doch nicht so blöd sein.«

»Auch das stimmt, Braddock.« Lisa lächelte ihn freundlich an. »Es gibt zwei Blöde, ihn und mich. Ich will auch nicht.«

»Sie auch nicht?«, sagte Braddock entgeistert.

»Nein.«

»Aber warum denn nicht, um Himmels willen.«

»Wenn Sie Rusch nicht als einen Operationsvirtuosen, sondern als Mensch und Arzt betrachten, werden Sie es verstehen, Braddock. Es ist nicht seine Welt.«

»Damned.« James Braddock wandte sich ab. Plötzlich schämte er sich. »Ich verstehe«, sagte er leise.

»Also schweigen wir über USA. Was hat sich hier ereignet in den Jahren?«

James Braddock erinnerte sich noch an alles, sogar einen großen Teil der Namen hatte er behalten. »Es war merkwürdig«, sagte er und umfasste die Whiskyflasche. »Man rückt ein, um die Deutschen zu bestrafen. Und was tut man? Man liebt sie auf einmal. Wirklich, es war eine schöne Zeit in Bernegg.«

Lisa erzählte von dem tragischen Ende Christian Osters, von Fritz Adam, der jetzt auch schon Arzt war, von Famulus Baumann, der in drei Monaten sein Staatsexamen beendet haben würde, von dem Berliner, der auf den Brettern eines Kabaretts seine Maschinengewehrschnauze verschoss, von Kaspar Bloch, der die wissenschaftliche Laufbahn eingeschlagen hatte, von Schwabes und Walter Hertz' Lebenshetze und von Wastl Feiningers Abenteuern. Braddock nickte bei jedem Namen und erinnerte sich.

»Hertz, der Junge mit dem Kriegsverbrechertöchterchen. Ist es gut gegangen?«

»Nach dreimaligem Anlauf.«

»Und die schreckliche Villa unten in Bernegg?«

»Haben die Wolfachs verkauft und sich bei München im Isartal eine neue gebaut. Einen kleinen Palast. Der alte Wolfach steht wieder auf beiden Beinen und exportiert sogar in die Länder, die ihn einmal zum Kriegsverbrecher stempelten. Walter Hertz ist technischer Assistent eines der neuen Werke bei Donaueschingen. Sogar Frau Wolfach gewöhnt sich an seinen Anblick. Er wird im Winter zu Nachoperationen zu uns kommen.«

»Und der Wastl? Dieses Urvieh?«

»Der ist hier.«

Braddock sprang auf. »Hier? Und das sagen Sie mir jetzt erst? Der Kerl, der meinen Negern das Jodeln beibrachte. Kann ich ihn sehen?«

Eine Stunde später kam Braddock in das Zimmer 14. Der Wastl Feininger saß allein am Tisch und starrte trübsinnig in ein altes Buch der Klinikbibliothek.

Seine Nase hatte Rusch wieder gerichtet. Jetzt trug der Wastl in den Nasenlöchern Kunststoffröhrchen, die ein Stück aus der

Nase herausragten. Der abgerissene Rolllappen war völlig entfernt worden. Rusch hatte angekündigt, dass er übermorgen mit dem ›Transport‹ eines neuen Lappens beginnen wollte, und der Wastl wusste, wie langwierig und lästig das war.

Als James Braddock ins Zimmer trat, sah der Wastl kurz auf und musterte den Eintretenden.

Braddock setzte sich an den Tisch und tippte dem trübsinnigen Wastl auf die Schulter. Lisa und Professor Rusch waren in der Tür stehen geblieben. Wastl sah sie nicht, er saß mit dem Rücken zum Eingang.

»Wir kennen uns doch«, sagte Braddock.

»Hä?«, machte der Wastl.

»Hast du nicht den Negern das Jodeln beigebracht? Und als damals der amerikanische Major ins Zimmer kam, hast du Rindvieh ›Heil Hitler‹ gerufen.«

Den Wastl durchlief es wie eine elektrische Stromwelle. »Himmioarschsakrament«, brüllte er plötzlich und sprang auf. »Der Major.« Er stand stramm und sah jetzt auch Lisa und Rusch in der Tür stehen. »Dös mit dem Zaubern, Herr Major, dös wor'n nur die 700 Kalorien. I hob an Hunger g'habt ...«

Braddock nickte und zog Wastl Feininger auf den Stuhl zurück. »Ich war nicht schuld, mein Junge. Aber ich will versuchen, etwas nachzuholen.« James Braddock sah sich zu Lisa und Rusch um. »Wer ist eigentlich noch erreichbar von den Boys des Zimmers 14?«

Lisa lachte. »Alle. Bis auf Oster«, fügte sie leise hinzu.

»Very good.« Braddock legte den Arm um den verblüfften Wastl. »Ich bleibe noch zwei Wochen hier. Sie sollen alle wieder hierher kommen – auf meine Kosten. Und dann wollen wir ein Wiedersehen feiern und meine schönste Zeit in Old Germany. Und ...«, er sah Professor Rusch plötzlich ernst an, »und meinen Abschied von euch allen. Denn Sie kommen ja doch nicht in die Staaten, Professor.«

»Nein, bestimmt nicht, Braddock. Und ich weiß, dass Sie mich jetzt sogar verstehen können.«

»Vielleicht. Zugeben werde ich es nie.« Er schüttelte den Wastl und hieb ihm auf die Schulter. »Und du bringst mir das Jodeln bei. Ich kann's noch immer nicht. Obwohl ich es damals heimlich in meinem Dienstzimmer geübt habe.«

Es war ein weiter Weg von diesen Tagen bis zu jenem Vormittag im Frühjahr 1962, an dem Erich Schwabe mit seiner Frau Ursula im Gang des neuen Behördenhauses wartete.

Erika Barbara war nun über fünfzehn Jahre alt und besuchte die Oberschule, ein schlankes, hübsches, hellblondes Mädchen, mit dem Schwabe stolz durch die Straßen ging. Und wenn die jungen Männer ihr nachblickten, dachte er fröhlich: Na wartet, der Weg zu Erika führt über mich.

Die Schwabes waren nach fünf Jahren aus Bernegg weggezogen, wieder zurück an den Rhein. Die alte Sehnsucht der Kölner, im Umkreis der Domtürme zu leben, war auch in Schwabe mächtig geworden. Inzwischen besaß er eine Glasgroßhandlung, ein Häuschen am Rande des Stadtwaldes und vier Glaserkolonnen, die Hochhäuser und Bürobauten verglasten. Frau Hedwig Schwabe lebte bei ihnen. Sie war jetzt sehr gebeugt und wurde vom Rheuma gepeinigt. »Die Jahre im Keller«, sagte sie immer. »Jetzt kommt's 'raus. Wir haben alle unser Andenken an diese Zeit.«

Nun warteten sie im Flur der Behörde, Erich Schwabe und Ursula. Das große Wartezimmer war überfüllt.

Dort saßen sie herum und lasen Illustrierte oder unterhielten sich. Männer mit schiefen Schultern, Amputierte, Männer mit Narben im Gesicht, mit dicksohligen Schuhen, mit scharfen Brillengläsern. Elegante Herren und Männer in zerknitterten Hosen. Und immer wieder kamen Neue durch die große Pendeltür und stellten sich an den Wänden des Flures auf.

Obwohl es bei jedem Einzelnen bemerkenswert schnell ging, dauerte es doch über drei Stunden, bis Schwabe an der Reihe war. Er trat in das Vorzimmer, gab zwei hübschen jungen Damen seine Personalien an, man suchte seine Akte heraus und wartete dann auf ein akustisches Signal – ein vornehmes Summen –, um die Tür zum Untersuchungszimmer zu öffnen.

Schwabe trat langsam ein. Eines der Mädchen legte seine Akte auf einen kleinen Seitentisch und ging schnell wieder hinaus. Die Tür fiel lautlos zu. Es war ein großer, quadratischer Raum, modern und sachlich eingerichtet. Ein großer Schreibtisch, helle Anbaumöbel, ein Untersuchungsbett, einige Messinstrumente, zwei Instrumentenschränke, eine blau gekachelte Waschecke und zwei große Fenster auf einen schönen Garten.

Der Vertrauensarzt stand am Waschbecken und wusch sich die Hände. Er war groß, schlank, hatte blonde, gelockte Haare und trug unter dem weißen Arztkittel enge hellbeige Hosen ohne Aufschläge. Seine spitzen italienischen Schuhe blitzten vor Sauberkeit.

Erich Schwabe war an der Tür stehen geblieben. Mit großen Augen starrte er auf den Rücken des sich waschenden Arztes. Dieser griff gerade nach dem Handtuch und trocknete sich ab, noch immer der Tür abgewandt.

»Na, was ist denn?«, fragte er. »Ihren Namen bitte. Oder sind Sie stumm?«

Schwabe schluckte mehrmals. Dann sagte er laut und abgehackt: »Nein, Herr Oberarzt Dr. Urban.«

Dr. Urban fuhr herum. Jetzt sah Schwabe, dass Urban etwas fülliger um den Leib geworden war. Aber das Gesicht war das gleiche. Schmal, hochmütig, etwas verkniffen. Nur unter den Augen hingen Tränensäcke und machten dieses nordische Gesicht alt.

»Sie kennen mich?«, fragte Dr. Urban steif. Er ging hinter seinen Schreibtisch und setzte sich.

»Sie kennen mich nicht?«, fragte Schwabe.

Urban betrachtete den Mann vor sich. Die Narben im Gesicht, die immer noch etwas deformierten Ohrmuscheln, der von einer Seitennarbe leicht nach links verzogene Mund. Urban faltete die Hände und schob die Unterlippe etwas vor.

»Sie waren einmal in Bernegg?«, fragte er lauernd.

»Bis 1949.« Schwabe sah Urban ernst an. »Auch als die Amis einrückten, war ich da, Herr Oberarzt.«

Dr. Urban winkte ab. Man sah, dass er sich bemühte, die Peinlichkeit der Situation durch Großzügigkeit wegzuschieben.

»Lassen wir das. Wie heißen Sie eigentlich?«

»Schwabe. Erich Schwabe. Damals Zimmer B 14.«

»Schwabe?« Urban griff nach dem seitlich von ihm liegenden Aktenstück und blätterte darin herum. »Schwabe?«

»Ich musste damals mit zerfetztem Gesicht vor Ihnen strammstehen und ›Heil Hitler‹ rufen.«

Dr. Urban warf die Akte zur Seite, zurück auf den kleinen Beitisch. Sein schmales Gesicht war von Freundlichkeit überzogen.

»Ja, das waren Zeiten, nicht wahr?«, sagte er breit. »Wenn wir damals nicht alle mitgemacht hätten, wäre es uns an den Kragen gegangen. Eine schreckliche Zeit war das. Ich erinnere mich ungern daran.«

»Das kann ich mir denken.«

»Ich finde Ihre Bemerkung unpassend, Herr Schwabe.« Dr. Urban stützte sich auf und erhob sich hinter dem Schreibtisch. Er stand jetzt da wie vor 18 Jahren, hochmütig, seiner Macht bewusst. »Ich habe nichts zu vergessen. Nur, damit Sie heute Nacht besser schlafen können: Ich bin in einem ordentlichen Verfahren als Nichtbetroffener entnazifiziert worden und seit sieben Jahren Amtsarzt. Dass ich Offizier war, ist ja kein Verbrechen. Einer ihrer Kollegen aus Bernegg, ein Herr Kaspar Bloch, hatte eine Klage gegen mich laufen. Sie ist abgewiesen worden.« Dr. Urban lächelte mokant auf Schwabe herab. »Als alter Bernegger sollten Sie das auch wissen, Herr Schwabe, darum erzähle ich es Ihnen.«

Schwabe schwieg. Er sah Dr. Urban lange an, und Urban wusste, was Schwabe jetzt dachte. Er ging um den Tisch herum und stellte sich vor Schwabe auf.

»Man hat Sie vorgeladen wegen einer Neufestsetzung der Rente, nicht wahr?«, sagte er mit dienstlicher Stimme. »Heben Sie das Gesicht mal gegen das Licht.«

Schwabe reagierte nicht auf den Befehl. Er blieb sitzen und starrte auf die unruhigen Hände Dr. Urbans.

»Na, dann nicht«, sagte der Arzt. »Ich sehe es auch so. Sie haben ja wieder ein fabelhaftes Gesicht bekommen. Professor Rusch ist ein Künstler.«

»Es hat mich bis heute 10 000 D-Mark gekostet«, sagte Schwabe dumpf. »Professor Rusch hatte das Geld ausgelegt, und ich habe es ihm zurückgezahlt. Der Staat, der mir das Gesicht genommen hat, hat 10 000 D-Mark verlangt, weil ich ein neues Gesicht habe.«

Dr. Urban trat zwei Schritte zurück und steckte die Hände in die Taschen des weißen Arztkittels. »Na und? Andere geben 10 000 D-Mark für Reisen, für Weiber, für Sauferei aus. Sie haben wenigstens für das Geld ein anständiges Gesicht bekommen.«

»Und jetzt will man die Rente niedriger setzen, weil mein Gesicht so gut aussieht.«

»Das wird sich nicht vermeiden lassen, Herr Schwabe. Die Kriegsschäden sind weitestgehend beseitigt. Wozu soll der Staat dann noch zahlen?«

»Ich habe diese Schäden mit meinem Geld, mit eigenen 10 000

D-Mark beseitigt«, schrie Schwabe plötzlich. »Soll ich jetzt dafür bestraft werden? Hätte ich meine Fratze behalten sollen?«

»Für die Rente wäre es von Vorteil gewesen.«

Schwabe schluckte ein paar Mal. Es war ihm, als bliebe ihm die Luft einfach weg. »Ist ... ist das der Dank des Vaterlandes?«, stieß er hervor.

»Reden Sie nicht solchen Quatsch«, rief Dr. Urban grob. »Ich sehe aus Ihren Akten, dass Sie die Rente ja gar nicht brauchen. Es geht Ihnen prächtig, auch finanziell. Es ist überhaupt eine Frechheit, hierher zu kommen und sich eine Rente zu erschleichen, wo Sie wieder aussehen wie ein Engelchen von Botticelli.«

Schwabe erhob sich langsam. Er nahm seinen Hut und drückte ihn gegen seine Brust.

»Sie waren immer ein Schwein, Urban«, sagte er ruhig. »Ich werde klagen.«

»Tun Sie das.« Dr. Urban lächelte verzerrt. »Mit diesem neuen schönen Gesicht werden Sie nie einen Ersatzanspruch erhalten.«

»Und meine 10 000 D-Mark?«

»Betrachten Sie sie als private Investition. Es hat Sie ja niemand amtlich aufgefordert, dieses Geld herzugeben. Wo kämen wir hin, wenn wir jede Schönheitsoperation bezahlen sollten?«

»Ich werde ein Gutachten von Professor Rusch vorlegen.«

»Der gute Rusch.« Dr. Urban lachte. »Er soll sich die Arbeit sparen.«

»Es sind noch mehr da, Dr. Urban. Dr. Lisa Rusch, geborene Mainetti als Dozentin, Dr. Adam als 1. Oberarzt, Dr. Baumann als 2. Oberarzt. Alle an der Klinik von Professor Rusch. Lauter Bernegger.«

Dr. Urban winkte ab, so wie man einen alten Witz abtut.

»Nehmen Sie sich einen Spiegel, Schwabe«, sagte er hämisch grinsend, »und sehen Sie einmal länger hinein als nur beim Rasieren. Vielleicht eine Viertelstunde, das genügt schon. Sie werden dann erkennen, dass niemand Ihnen für dieses menschlich und ästhetisch wieder annehmbare Gesicht einen Ersatzanspruch zubilligt. Sie können eine vom Sitzen zerknitterte Hose auch nicht im Geschäft umtauschen oder Ihr Geld wiederverlangen. Man wird Ihnen sagen: Bügeln Sie sie doch selbst auf. Und glauben Sie, dass man Ihnen dann das Bügeleisen bezahlen wird? Na also, Schwabe. Seien Sie kein Don Quijote – nehmen Sie die Tatsachen gelassen hin. Wir leben schließlich in einem Rechtsstaat.«

Erich Schwabe senkte den Kopf. Er sah auf das dicke Aktenstück, das auf dem kleinen Tisch lag und das alle seine Krankenpapiere enthielt – von der Einlieferung im Hauptverbandsplatz bis zum heutigen Tag. Ein Lebenslauf voller Grauen und Schmerzen, voller Hoffnungslosigkeit und Verzweiflung, und später, langsam wachsend, voll Glauben an die Zukunft und voll Freude über die Rückkehr zur Menschheit – mit einem neuen, geschenkten Gesicht.

»Na also, gehen wir, Schwabe«, sagte Dr. Urban fast gemütlich. »Es freut mich, dass Sie voll und ganz den Anschluss wieder gefunden haben.«

»Ja, gehen wir«, nickte Schwabe.

Er machte zwei rasche Schritte um den Schreibtisch herum und ergriff seine Krankenakte. Ehe Dr. Urban zugreifen konnte, hatte Schwabe sie weggerissen, rannte zum Fenster und warf das Aktenbündel hinaus in den Garten. Dort flatterten die einzelnen Blätter im Wind davon, in die Büsche, über den Rasen, in die Baumzweige, über ein Mäuerchen auf die Straße.

»Sind Sie verrückt geworden?«, schrie Dr. Urban und riss Schwabe vom Fenster zurück. »Das sind amtliche Dokumente.«

»Wozu noch Akten, Dr. Urban?«, sagte Erich Schwabe ruhig. Er strich sich über die Hände, als habe er sie sich voll Schmutz gemacht. »Es ist doch wertloses Papier. Sehen Sie, wie es davonflattert. Den Erich Schwabe, der dort fliegt, den gibt es doch nicht mehr. Oder?«

Dr. Urban wandte sich ab. »Gehen Sie«, sagte er heiser.

»Guten Tag, Herr Oberarzt«, sagte Schwabe.

Auf dem Flur wartete ungeduldig Ursula. Sie ging hin und her und starrte immer wieder die Tür an, aus der Schwabe kommen musste.

Endlich öffnete sie sich. Schwabe kam heraus. Nicht mit wütendem Gesicht wie die anderen vor ihm, sondern ernst und doch irgendwie zufrieden.

Ursula stürzte auf ihn zu. »Was ist, Erich?«, fragte sie atemlos. »Ist alles klar?«

»Es ist jetzt alles klar«, sagte Schwabe deutlich.

»Man hat dir endlich Recht gegeben?«

»Das Recht ist immer auf den Seiten der Stärkeren«, nickte Schwabe.

»Gott sei Dank.« Ursula atmete hörbar auf. Sie fasste Schwabe unter und ging mit ihm zum Ausgang. »Und was machen wir jetzt, Erich?«

»Komm«, sagte er rau. »Lass uns schnell gehen … Lass uns hinaus in die Sonne gehen. Ich will die Sonne sehen – und keine Schatten mehr.«

LIEBE IST STÄRKER ALS DER TOD

An einem sonnigen Morgen im Spätsommer – genau am 3. September um acht Uhr zweiundvierzig – ereignete sich in Paris, an der Ecke der Avenue George V. und der Champs-Elysées, ein Verkehrsunfall. Kein Polizeibericht erwähnte ihn später, es erschien kein Flic, um den Vorfall aufzunehmen und ein Protokoll anzufertigen, ja selbst die Passanten blickten nur mit einem Auge hin und gingen weiter – so wenig wichtig war dieser kleine Unfall.

Ein Radfahrer stieß mit einem Mädchen zusammen, das gerade die Straße überquerte. Es gab keine Toten, nicht einmal Verletzte, nur das alte, klapprige Fahrrad brach auseinander, und drei unbemalte Leinwandrahmen, eine Palette und ein Kasten mit Ölfarben und Pinseln schlitterten über den Asphalt. Ein nachfolgendes Auto stoppte, fuhr einen Bogen um die Trümmer und bog dann in die Champs-Elysées ein. Der Fahrer grinste, winkte dem Radfahrer zu, warf einen Blick auf das Mädchen, schnalzte mit der Zunge, sagte vor sich hin: »O lala!«, und fädelte sich in den Pariser Morgenverkehr ein, eine Kunst, die höchste Konzentration verlangt.

Pierre de Sangries war sofort aufgesprungen, als er nach dem Zusammenstoß plötzlich auf der Straße lag, gab den Trümmern des Fahrrades, seinen Leinwänden, der zusammenklappbaren Staffelei und was sonst noch herumlag, einige Tritte, beförderte alles an den Straßenrand und wandte sich dann dem Mädchen zu, das auf dem Asphalt saß und sich das Knie rieb. Doch bevor er helfen konnte, sprang das Mädchen auf und hinkte, kaum merkbar, auf den Bürgersteig.

»Sie Trottel!«, sagte sie dabei. »Sind Sie blind?«

»Vielleicht.« Pierre de Sangries strich seine dünne Leinenjacke gerade und betrachtete wehmütig die Überbleibsel seines Rades. »Wenn ich die Reden der Kunsthändler höre, die meine Bilder betrachten, verstärkt sich immer mehr der Eindruck, dass ich wirklich blind bin. Haben Sie sich verletzt, Mademoiselle?«

»Sie sehen – nein.«

»Sie hinken.«

»Es ist schon vorbei –«

Sie wandte sich schroff ab und wollte weiterlaufen, aber Pierre hielt sie am Ärmel ihres Kleides fest. Ein schönes Kleid, dachte er. Rot-weiß-blau gestreift ... die französischen Farben. Eine Patriotin im Unterbewusstsein.

»Sehen Sie sich Fifi an ...«, sagte er dabei.

»Lassen Sie mich los!«

Ihr Kopf flog herum, ihre Augen schleuderten einen Blick auf ihn, der ihn traf wie eine Speerspitze. Tiefblaue Augen in einem ovalen Gesicht. Ein Rahmen aus blonden gelockten Haaren, in der vom Morgendunst gebrochenen Sonne schimmernd wie Metallfäden.

»Ich bin ein armer Mensch –«, sagte Pierre und ließ ihren Ärmel los. Sie zerrte an seinem Griff, und das fiel den Passanten mehr auf als der Zusammenprall. Wenn ein Mädchen sich gegen einen Mann wehrt, wird selbst der älteste Pariser zum beschützenden Kavalier. Pierre begann verzeihend zu grinsen, blinzelte einigen kritisch hinblickenden Männern zu und hob die Schultern. Die Mädchen, Messieurs ... jeder Mann sollte einen Pflichtunterricht als Dompteur durchmachen.

»Fifi war mein einziges, noch funktionierendes Kapital. Es hatte zwei Räder, einen Rahmen, eine Lenkstange und einen Sattel. Was ist von ihm geblieben?«

Das Mädchen antwortete nicht. Sie streifte ihn nur mit einem Blick, der alle Schärfe verloren hatte, ein Blick, der das ganze Gesicht verwandelte und ihm etwas Fernes, Entrücktes, Geistesabwesendes verlieh, dann wandte sich das Mädchen ab, ganz langsam, als stünde sie auf einer Drehscheibe, und ging davon. Zuerst steifbeinig wie eine maschinelle Puppe, dann immer schneller ... Nach ungefähr zehn Schritten begann sie zu laufen und tauchte in dem Strom der Fußgänger unter.

»Mademoiselle!«, rief Pierre und lief ihr nach. »He! Bleiben Sie stehen! Sie haben Fifi zertrümmert ... das ist eine Tasse Kaffee wert –«

Aber sie war schneller als er, hatte schon zu viel Vorsprung, und er sah nur noch ein paar Streifen ihres vaterländischen Kleides im Gewühl der Passanten und einige Männer, die ihn böse anstarrten und offensichtlich bereit waren, ihm den Weg zu versperren. Da blieb er stehen, hob bedauernd die Arme und trottete zurück zur Ecke der Avenue George V. Jetzt war auch ein Polizist da, betrachtete das auseinander gefallene Rad und die Leinwandrahmen und trommelte mit den Fingern gegen sein Koppel. Er hatte beide Daumen hinter den Lederriemen geschoben und sah so aus, als habe ihm der Frühstückstoast nicht besonders geschmeckt.

»Ist das Ihres, Monsieur?«, fragte er. Er sprach es so aus, als frage man nach einer abgesetzten Riesenkakerlake.

Pierre de Sangries nickte, bückte sich, legte die Leinwandrahmen übereinander und band sie wieder mit einer Schnur zusammen. »Das war ein Fahrrad«, sagte er. »Sie haben es richtig erkannt.«

»Und man konnte wirklich auf ihm fahren?«

»Mit etwas artistischer Begabung entpuppte es sich als ein wunderbares Fahrrad.« Pierre betrachtete wehmütig die Trümmer. Wie kann ein Fahrrad nach einem so leichten Zusammenprall bloß so gründlich zerfallen? Leicht? Mein Gott, das muss ein harter Zusammenstoß gewesen sein, und sie muss sich verletzt haben, es ist ausgeschlossen, dass sie nichts davongetragen hat, sie wird es später merken, vielleicht innere Verletzungen, sie wird Schmerzen haben, innere Blutungen, was ist, wenn ich sie mit der Lenkstange getroffen habe, wenn ihre Milz zerrissen ist, davon hört man doch immer, und das merkt man erst später. Sie ... wer ist sie? Warum habe ich sie nicht festgehalten?

»Aber dann brach es auseinander«, sagte der Flic.

»Wir müssen sie wieder finden!«, sagte Pierre heftig und hob den Lenker auf. »Hören Sie, wir müssen sie wieder finden ...«

»Die Schraube, die Ihnen fehlt?« Der Polizist trommelte wieder gegen sein blankes Lederkoppel. Bestimmt waren seine morgendlichen Croissants nicht frisch genug gewesen. »Wissen Sie, Monsieur, dass es eigentlich ein Verbrechen gegenüber dem Pariser Verkehr ist, mit solch einem Vehikel noch zu fahren? Schaffen Sie den Müll beiseite, und zwar sofort! Machen Sie die Straße frei! Wollen Sie Erklärungen abgeben? Dann melden Sie sich auf dem Revier, Monsieur.« Der Flic musterte noch einmal die Trümmer und schüttelte den Kopf. »Oder hatten Sie etwa einen Unfall? Mit diesem Ding? War ein Auto hinter Ihnen, hat gehupt, und vor Schreck fiel alles auseinander ...«

»Sehr witzig.« Pierre hob die beiden Räder auf und stützte sich auf den grün lackierten Rahmen. Es war der neunzehnte Anstrich, und Kenner in Saint-Germain-des-Prés nannten Fifi nur den rollenden Farbtopf. »Wissen Sie, was ein Fahrrad wert ist, wenn man in einem halben Jahr nur ein Bild verkaufen kann?«

»Ich kann es mir denken. Wäre es nicht einfacher, den Beruf zu wechseln?«

»Und wer ist dann da, das zauberhafte Leuchten der Morgensonne über den Dächern von Paris zu malen?«

»Räumen Sie die Straße«, knurrte der Polizist, zögerte etwas, bückte sich dann und half Pierre, die Staffelei und die Malutensilien aus dem Rinnstein zu heben. Er half sogar, das Rad einige Meter weiter über die Champs-Elysées zu schieben und lehnte es dort an einen der schönen gusseisernen Kandelaber.

Paris.

Man kann es aussprechen mit Honig auf der Zunge.

Sie hat sich bestimmt irgendwo verletzt, dachte Pierre, als er wieder allein neben seinem Rad stand. Vielleicht ist sie jetzt schon irgendwo auf der Straße zusammengebrochen, eine Ambulanz kommt und fährt sie in ein Hospital. Dort wird ein Arzt sie untersuchen und betroffen fragen: »Mademoiselle, wie ist das passiert? Wann und wo? Warum hat sich niemand sofort um Sie gekümmert? Man hat Sie spät eingeliefert, sehr spät ...« Zu spät würde er niemals sagen, und sie wird bereits zu schwach sein, diese Wahrheit in seinen Augen zu lesen.

Pierre suchte in den Taschen seines Anzuges, holte eine zerknitterte Packung Zigaretten heraus und steckte sich mit zitternden Fingern eine an. Er schwitzte auch plötzlich, und es war nicht die Morgensonne, die ihm die Nässe auf die Stirn trieb. Fangen wir mit der Schuldfrage an, dachte er und sog an der zerknitterten Zigarette. Er inhalierte den Rauch, behielt ihn kurz in der Lunge und stieß ihn dann mit kleinen schnellen Stößen wieder aus. Aber dieses Mal beruhigte ihn die Zigarette nicht – sie hinterließ nur ein aufreizendes Kratzen im Hals.

Sie kam von links und rannte mir direkt ins Rad – so war's! Ich habe sie kommen sehen und habe noch gedacht: Mädchen, wo hast du deine Augen? Hallo, hier kommt Pierre! Bleib stehen, Blondchen! Aber nein – sie lief weiter, sie sah mich sogar an, ihr ganzes Gesicht war mir zugedreht, und ich habe noch gedacht: Das gibt's doch nicht, dass jemand weiterläuft und sieht, dass es gleich knallen wird ... ja, und dann die Klingel! Wer hat daran gedacht, dass eine Klingel, die nie benutzt wird, verrostet? Ich habe an dem Hebel gerissen ... kein Ton, kein Ton ... und dann die Rücktrittbremse! Fifi hat nie auf Rücktritt reagiert! Er ist da wie ein eigensinniger Politiker. Es gab keine Rettung mehr – was kann man in zwei Sekunden denn schon tun?

Pierre rauchte seine Zigarette zu Ende, dann packte er die Trümmer des Rades, schob sie weiter über die Champs-Elysées, lehnte sie gegenüber dem Arc de Triomphe gegen das eiserne Gitter des unterirdischen Pissoirs und streichelte noch einmal über das dick mit Grünlack bemalte Gestänge.

»Leb wohl, Fifi!«, sagte er. »Ich bekomme es nicht übers Herz, dich als Alteisen zu verkaufen. Leb wie ein Clochard ... irgendjemand wird schon für dich sorgen.«

Er schob die Staffelei und die Leinwandrahmen unter die Achseln, wandte sich mit einem Seufzer ab und stieg hinunter in den Fußgängertunnel, der hinüberführte zum Arc de Triomphe. Der Morgenverkehr war voll im Fluss, um die Place de l'Etoile, die jetzt Place Charles de Gaulle hieß, schoben sich die Autos Stoßstange an Stoßstange vorwärts, um sich dann sternförmig in die Avenuen zu verteilen. Das Laub der Bäume hatte sich bereits verfärbt, der Farbenrausch des Herbstes war über Paris gekommen, von oben mussten die Avenuen und Boulevards aussehen wie Bänder aus verschiedenfarbigem Gold.

Ein solches Bild einmal richtig malen, dachte Pierre. Mit den Augen eines van Gogh und der Hand eines Utrillo, mit dem Herzen eines Monet und der Eleganz eines Manet, oder von allem nur ein bisschen und die Hauptsache von Pierre de Sangries – dafür lohnt es sich, zu leben und zu hungern und ab heute zu Fuß zu gehen und glücklich zu sein.

Paris.

Das ist keine Stadt. Das ist ein Schicksal.

Man sollte wissen, wer Pierre de Sangries war.

Das einzig Vornehme war sein Name. Er hatte ihn von seiner Mutter bekommen, die eine geborene Loretta de Sangries gewesen war und – wenn man Fotos trauen darf – eine sehr schöne Frau mit langen schwarzen Haaren. Loretta, in einem von Nonnen geleiteten Pensionat erzogen und dadurch von der realen Welt abgeschirmt, erlag eines Tages (nicht des Nachts, was erschwerend war!) dem Charme eines Mannes, dessen Namen sie nie kennen lernte. Er hieß Pierre, das war alles, was sie sagen konnte, als sie nach sechs Wochen Wartezeit zum Arzt ging – angeblich wegen einer Blinddarmreizung – und dort erfahren musste, dass sie diesen Blinddarm in acht Monaten in einem Kinderwagen spazieren fahren könne.

Der Familienrat, der sofort zusammentrat, beschloss zunächst, das Pensionat wegen Verletzung der Aufsichtspflicht zu verklagen und verlangte beim Mutterhaus der Nonnen eine Strafversetzung der Oberin. Dass damit nicht viel erreicht war, sah jeder ein, und so begann man, systematisch in langen Verhören die schöne Loretta zu befragen, wie der Wüstling (man nannte den charmanten Mann wirklich Wüstling, was er in Lorettas Erinnerung durchaus nicht war) ausgesehen hatte, wie er sich kleidete, wo man sich getroffen habe, wie es geschehen konnte, wo die ruchlose Tat vollbracht worden war und wie das alles vor sich gegangen war. Letzteres musste die Mutter fragen, weil sich der Vater zu solchen Fragen außerstande sah.

Wahrheiten sind oft ernüchternd, so auch bei Loretta de Sangries. Sie gestand, Pierre bei einem Ausflug des Pensionats kennen gelernt zu haben, und während nach dem Mittagessen die Mädchenklasse unter Vorsitz der Nonne Domina eine Ruhestunde einlegte, hatte sich Loretta neugierig weggeschlichen. Und bloße Neugier war es auch, was dann geschah, in einer sonnenwarmen, sandigen Mulde hinter dem Haus, dem Landcafé ›Saint Vincent‹. Es war eine Enttäuschung gewesen, Loretta hatte sich das anders vorgestellt, und deshalb hatte sie auch nicht weiter gefragt, als sie auf ihre Frage: ›Wie heißt du?‹ die knappe Antwort, ›Pierre‹ erhielt.

Madame de Sangries verließ nach diesem Intimgespräch weinend den Salon, starrte ihren draußen wartenden Mann an und sagte mühsam: »Charles, wir haben eine bis ins Mark verdorbene Tochter!« Dann verfiel sie in ihre Migräne und schloss sich in ihrem Schlafzimmer ein.

Loretta de Sangries wurde aus Paris entfernt, lebte in der Nähe von Dôle bei einem Onkel und gebar im Anblick der von der Sonne übergoldeten Maisfelder einen Sohn. Sie nannte ihn Pierre, weigerte sich auch dann noch, den Vater bekannt zu geben (man glaubte ihr einfach nicht, dass sie nur den Namen Pierre kannte, so verworfen kann ein Mädchen aus gutem Hause nicht sein), und so blieb nach dem Gesetz nichts anderes übrig, als das Kind nach der Mutter zu benennen: de Sangries. Die schockierte Familie bemühte sich drei Jahre lang um eine Adoption, aber sie missglückte immer wieder, weil Loretta sagte: »Ich gebe mein Kind nicht her! Ich liebe meinen Sohn!«

Als Pierre vier Jahre wurde, starb seine Mutter an einer Blutvergiftung. Sie hatte sich, als sie glücklich und vor Freude jauchzend mit Pierre barfüßig durch einen Wald lief, einen Dorn in den großen Zeh getreten, ihn herausgezogen und nicht weiter die winzige Wunde beachtet. In der Nacht begann das Blut im Bein zu klopfen, als hämmerten winzige Schmiede gegen den Knochen, am Morgen bekam sie Fieber, gegen Mittag schwoll das Bein rot an. Ein Krankenwagen jagte mit Blaulicht und Sirene in die nächste Klinik, aber dort kam Loretta bereits ohne Besinnung an.

Man versuchte alles, amputierte das rechte Bein weit im Gesunden, gab alle erdenklichen Gegenmittel ... Loretta de Sangries erwachte nicht wieder aus ihrer Bewusstlosigkeit. Sie starb, im Fieber glühend und verbrennend. Ein Dichter würde sagen: Sie hatte die Sonne geliebt, und die Sonne holte sie heim ...

Charles de Sangries, der Vater, sah es anders. »Der Junge hat sie getötet!«, sagte er hart. »Hätte sie das Kind nicht gehabt, wäre sie nicht im Wald herumgesprungen wie eine Irre und hätte sich also keinen Dorn –« Eine zwingende Logik.

Pierre lernte sie auf seine Weise kennen: Er wurde in ein Heim gegeben, in das Kinderheim ›Charité chrétienne‹, was nicht ›Liebe eines Kretins‹, sondern ›Christliche Nächstenliebe‹ heißt. Ein Heim hinter dicken düsteren Backsteinmauern, irgendwo im 18. Arrondissement, neben den Bahngleisen des Gare du Nord, über die Tag und Nacht die Züge donnern. Aber auch daran kann man sich gewöhnen.

Nicht gewöhnen konnte sich Pierre an die Ohrfeigen seines Heimvaters Laluc. Er kannte nur die warmen Zärtlichkeiten seiner schönen Mutter, das einzige, was in seiner Erinnerung geblieben war, die Geborgenheit zwischen ihren weichen Brüsten, ihre leise, schwebende Stimme, die ihn in den Schlaf brachte. Monsieur Laluc, ein bulliger Mann mit einer roten Knollennase, schrie ihn an, nannte ihn Bastard, für den man gerade so viel Geld erhalte, um ihm den Hintern abzuwischen, und wenn Pierre in seinem namenlosen und unsagbaren Kummer ab und zu des Nachts sein Bett nässte, schlug Monsieur Laluc auf ihn ein, als wolle er aus Pierres Kopf Getreidekörner dreschen.

Der Junge hielt das zwei Jahre lang aus. Zwei Jahre, in denen sich die Drescherei steigerte, denn Pierre begann – aus einem unwiderstehlichen Zwang heraus – die Wände mit allem zu bemalen, was sich zum Malen eignete. Kreide, Kohle, Senf, Marmelade, Butter, Gemüsesaft ... alles, was irgendwie Farbe hergab, wurde unter seinen kleinen Händen zum Werkzeug.

Monsieur Laluc verzweifelte. Charles de Sangries weigerte sich, für die Schäden aufzukommen; er behauptete, das sei wiederum ein Fall von Verletzung der Aufsichtspflicht, und von diesen Folgen – siehe Pierre – habe er nun die Nase voll.

Als Pierre sein fünftes Lebensjahr beendete, schlug Monsieur Laluc, gewissermaßen als Gratulation, einen dicken Kochlöffel auf seinem Rücken in kleine Stücke. Mit dicken roten Striemen bedeckt, schwankte Pierre in sein Bett (er hatte auf dem Lokus Nr. 3 mit Erdbeer- und Orangenmarmelade einen herrlichen Sonnenuntergang an die Wand gemalt) – aber am nächsten Morgen war das Bett leer, das Fenster stand offen, und bis heute weiß niemand im Kinderheim ›Charité chrétienne‹, wie es einem Fünfjährigen gelingen konnte, über die hohe Backsteinmauer zu entkommen.

»Er war der geborene Halunke!«, sagte Monsieur Laluc zu den Polizisten, die den Fall protokollierten. »Sie werden später von diesem Früchtchen permanent beschäftigt werden. Denken Sie an meine Worte –«

Der kleine Pierre wurde nie gefunden, denn zum ersten Mal nach dem Tod seiner Mutter hatte er Glück: Ein Reise-Chlochard, im Gegensatz zu den Brücken-Clochards nicht ansässig, las den Jungen im Morgengrauen neben den Schienen des Güterbahnhofs auf und erkannte sofort die Möglichkeiten, die ihm der Himmel damit schickte. Er lehrte Pierre, wie man bettelt, übte die verschiedenen Variationen des Handaufhaltens, des Jammerblicks und des Körperzitterns mit ihm und fand, dass Pierre ein gelehriger Schüler war.

Bis zu Pierres zehntem Lebensjahr bettelten sich die beiden kreuz und quer durch Frankreich. Sie verdienten gut, denn ab dem neunten Jahr malte Pierre bereits kleine Bilder, zuerst mit geklauten Wasserfarben, dann – schon arriviert – mit reell gekauften Temperatuben. »Du bist ein Genie«, sagte sein väterlicher Freund immer wieder. Er hieß Jean-Claude, und das war genug. »Weißt du, was ein Genie ist? Die Menschen werden einmal deine Bilder kaufen und dich mit Geld bewerfen! Das heißt, wenn sie nicht zu doof sind, dein Genie zu erkennen –«

Ein prophetisches Wort! Pierre konnte Jean-Claude später nicht mehr daran erinnern. In einem verdammt kalten Winter starb Jean-Claude an einer Lungenentzündung, durchaus bürgerlich in einem Krankenhausbett, für das Pierre (und für die Arztkosten) eine Wand der Hospitalkapelle ausmalte. Damals war er vierzehn Jahre alt, lang aufgeschossen und schmächtig, ein Gerippchen mit einem schwarz umlockten Kinderkopf und sehr wachsamen, alles sehenden und alles abschätzenden Augen.

Mit vierzehn, nach Jean-Claudes Tod, kam er auch zum ersten Mal in die Schule, ein Findling, ein moderner Kaspar Hauser. Und in vier Jahren holte er nach, wozu andere neun lange Jahre brauchen. Das war in Concarneau, oben in der Bretagne, an der Küste des Atlantik.

Als Pierre de Sangries achtzehn war, malte er eine Madonna, die so aussah, wie seine Mutter ausgesehen haben musste ... ein Engel mit schwarzen langen Haaren und einem Blick, in dem die Liebe der ganzen Welt lag. Als er das Bild fertig hatte, saß er zwei Tage davor und weinte zum ersten Mal wieder nach Jahren. Am dritten Tag verkaufte er die Madonna an den Direktor seiner Schule, bekam dafür große Worte und 50 Francs und verschwand aus der kleinen Stadt Concarneau.

Irgendwann tauchte er dann in Paris auf, bereicherte die Straßenmaler auf der Place du Tertre, wohnte mit vier anderen hungernden Malern zusammen in einem stinkenden Kellerzimmer auf dem Montmartre, porträtierte Touristen, vor allem Amerikaner, sparte das Geld und versoff es nicht oder steckte es den Huren zwischen die Brüste, sondern kaufte auf dem Flohmarkt ein gebrauchtes Fahrrad: Fifi.

Das war vor neun Jahren gewesen.

Paris war um ein Genie reicher geworden ... aber Paris wusste es nicht.

Es wusste es bis heute nicht, diesen 3. September, an dem Pierre de Sangries sein neunzehn Mal lackiertes Fahrrad an dem eisernen Geländer des Pissoirs an der Place de l'Etoile abstellte und im Fußgängertunnel verschwand.

Wer oben auf der Plattform des Arc de Triomphe steht und über Paris blickt, wenn das Sonnenlicht wie ein goldener Schleier über den Avenuen und Boulevards, den Alleen und Dächern, den Brücken und der Seine liegt, wenn er sieht, wie ein Stahlgigant wie der Eiffelturm plötzlich schweben kann, das Trocadéro zu einem Zauberschloss wird und Sacré-Cœur weit in der Ferne aus dem Himmel zu taumeln beginnt, der drückt die Hände auf sein Herz und wagt nicht mehr zu atmen. Was Schönheit ist, kann kein Wort erklären, kein Ton vermitteln, keine malende Hand aufzeichnen – es bleibt alles unvollkommen. Schönheit ist nur zu sehen, und Schönheit ist zu empfinden für den, der eine Seele dafür hat.

Pierre hatte seinen kleinen Klappstuhl vorn an der Brüstung der Plattform aufgebaut, seine Staffelei aufgeklappt, eine Leinwand darauf abgestellt, die Palette und den Farbkasten griffbereit auf den Boden gelegt und saß nun in der Sonne mit der ihm bekannten Angst im Herzen, vor dieser geballten Schönheit um sich herum kapitulieren zu müssen.

»Ich werde es nie können«, sagte er und stemmte die Sohlen seiner Schuhe gegen die Brüstung. »Nie! Ich bin ein Stümper. Aber auch Stümper müssen leben. Fangen wir also an. Das Übliche: Paris von oben in der Sonne. Ein Postkartenbild in Öl. Zum Kotzen.«

Er schob die Hände in die Hosentaschen, rührte sich nicht und starrte hinüber zu dem weißen, im Sonnenglast schwebenden Wunder Sacré-Cœur auf dem Montmartre-Hügel. Die Plattform des Arc de Triomphe war nur schwach besucht, die Schulklassen kamen erst gegen zehn, die Touristen noch später – es war eine herrliche Ruhe um ihn herum. Den brausenden Verkehr auf den Straßen hörte er nicht … hier oben war er wie ein geschlossenes Summen, kein Lärm, sondern etwas Unnennbares, das zu dieser Stadt gehörte. Ein Sonnengesang, würde der rote Henry sagen, aber so etwas fiel auch nur einem erfolglosen Dichter ein. Claude Puy, der rote Henry … Pierre lächelte verträumt. Neun Uhr vierzehn … um diese Zeit schlief Henry noch, nach Rotwein duftend und nach Weiberschweiß, und keiner löst das Rätsel, woher er für beides das Geld nimmt.

Plötzlich sah Pierre sie. Vor einer Minute war sie noch nicht auf der Plattform gewesen, sie musste mit dem letzten Fahrstuhl heraufgekommen sein. Sie hielt ihre flatternden Haare fest mit beiden Händen, lief zur Brüstung und blieb abrupt stehen, als habe sie jemand vor die Brust gestoßen. Dann zog sie die Schultern hoch, ließ die Haare und den Kopf los, warf die Hände nach vorn und stützte sich ab, um sich auf die Brüstung zu schwingen.

Pierre machte aus dem Sitzen einen weiten Satz nach vorn und bekam gerade noch ihren Rock zu fassen, der im Zugwind sich bauschte und an den langen nackten Beinen hochstieg, als sei er ein Kranz, der hochgezogen wurde. Mit einem heftigen Ruck riss er an dem Stoff, das Mädchen fiel nach hinten in seine Arme, und gemeinsam rollten sie über die Plattform, umschlangen sich instinktmäßig und kollerten in die rechte Ecke der Brüstung. Pierre war zuerst auf den Beinen und zog das Mädchen hoch. Sie wehrte sich jetzt, hieb mit kleinen Fäusten auf ihn ein, und wieder traf ihn dieser lanzenhafte Blick, der das bleiche ovale Gesicht aufriss, wie ein Blitz einen fahlen Himmel zerstört und ihm trotzdem unheimliches Leben verleiht.

»Lassen Sie mich los!«, keuchte das Mädchen und hieb wieder gegen Pierres Arme. »Was mischen Sie sich ein? Es ist mein Leben, nicht Ihr Leben –«

Es gelang ihr, sich mit einem wilden Ruck loszureißen, aber Pierre griff nach, fasste das rot-weiß-blau gestreifte Kleid vorn an ihren Brüsten, sie zerrte wieder, der leichte Stoff blieb mit einem ratschenden Laut in seinen Händen, sie starrte auf ihre Blöße, auf den weißen, kleinen Büstenhalter mit den Spitzenrüschen, bedeckte dann alles mit gespreizten Fingern und wich zur Wand des Fahrstuhlschachtes zurück.

»Mischen Sie sich nicht ein!«, sagte sie wieder. Ihre Stimme war fremd, sie passte nicht zu diesem Körper, diesem Gesicht. Sie muss eine warme, streichelnde Stimme haben, dachte Pierre widersinnig. Jetzt ist sie rostig, geradezu unnatürlich. Eine erwürgte, misshandelte, blutende Stimme. »Lassen Sie mich doch los!«

Pierre hielt seine Hände mit dem Stofffetzen vor sich hin. »Ich halte Sie ja gar nicht fest«, sagte er. »Aber ich schwöre Ihnen, dass ich es jeden Moment wieder tun werde, wenn Sie weiter so dumme Sachen machen! So viel war Fifi nun wirklich nicht wert –«

»Sie Scheusal!«, sagte sie laut. »Sie fürchterliches Scheusal!« Plötzlich weinte sie, schob die Hände, die noch ihre Brüste bedeckten, höher über ihr Gesicht, drehte sich um und presste die Stirn gegen die Wand. Ihr Körper begann im Schluchzen zu zittern. Ein Glück, dachte Pierre, dass heute kein Betrieb auf dem Arc de Triomphe ist. Man würde es schwer haben, die Tatsachen zu erklären, mit einem Stück Kleid in der Hand, weggerissen von ihrer Brust.

Er ließ sie stehen, ging ein paar Meter zur Seite, blickte um den Liftschacht herum und sah zwei junge Männer, die Hand in Hand an der Brüstung standen und hinunterblickten auf die Avenue de la Grande Armée. Zwei Schwule, versunken in ihre Liebe. Beruhigt kehrte Pierre zurück. Das Mädchen schluchzte nicht mehr ... es drehte sich, als es seinen Schritt hörte, herum und zog das Kleid mit beiden Händen über dem Büstenhalter zusammen.

»Jetzt sind Sie stolz, nicht wahr?«, sagte sie. Ihre Stimme hatte sich wieder verändert. Das Weinen hatte sie reingewaschen, jetzt war sie blank, gläsern, aber mit einem Sprung im Glas, man hörte es deutlich. »Der Lebensretter! Warum haben Sie mich nicht springen lassen?«

»Vom Arc de Triomphe? Unmöglich, Mademoiselle!«

»Wieso ist das unmöglich?«

Sie redet, dachte Pierre. Sie diskutiert. Ein seltsames Glücksgefühl durchströmte ihn. Wer debattiert, nimmt sich nicht das Leben. So weit habe ich sie schon, dass sie über den Tod sprechen kann wie über ein Problem. Er steckte den Stofffetzen in seine linke Hosentasche und holte mit der anderen Hand seine zerknitterte Packung Zigaretten heraus.

»Wer ein rot-weiß-blaues Kleid trägt, stürzt sich nicht vom Arc de Triomphe auf die Avenuen«, sagte er dabei.

»Was hat ein Kleid damit zu tun?«, antwortete sie hart.

»Ich bin ein Patriot, Mademoiselle.« Er griff wieder in seine linke Hosentasche, holte den Kleiderfetzen heraus und tupfte ihr damit die Tränen aus den Augenwinkeln. Sie warf den Kopf zurück und drückte sich mit dem Rücken gegen die Wand des Liftschachtes. »Lassen Sie das«, sagte sie abweisend.

»Welcher Franzose stürzt sich schon vom Arc de Triomphe! Das ist kein Stil, Mademoiselle. Wir stehen hier auf einem Monument des Stolzes und des Sieges! Das Herz der Grande Nation schlägt in diesem Bauwerk ... und so etwas entweihen Sie zum Sprungbrett in den Tod –«

Sie sah ihn groß an, neigte den Kopf etwas zur Seite und schien zu denken: Ist er wirklich ein so großer Idiot, oder spricht er so nur, um mich zu provozieren? Pierre konnte diese Frage in ihren großen blauen Augen lesen und lächelte sie etwas schief an.

»Ich bin Deutsche«, sagte sie endlich.

»Da hat man es!« Pierre tupfte sich mit dem Kleiderfetzen die Stirn. Sie wird nicht wieder springen, dachte er. Nicht jetzt, und nicht, solange ich bei ihr bin. Aber wie lange kann ich bei ihr sein? Was ist am Abend, am nächsten Tag, vielleicht sogar in ein paar Stunden? »Ein Franzose würde sich für solche Privatvergnügen jeden anderen Platz aussuchen, nur nicht den Arc de Triomphe!«

»Ein Vergnügen nennen Sie das?«, fuhr sie ihn an. Ihre schönen, vollen Lippen wurden schmal wie zwei Striche. Blutige Narben in einem bleichen, ratlosen Gesicht.

»Wie wäre es mit dem Eiffelturm?«, fragte er.

Sie warf den Kopf mit einem Ruck in den Nacken. »Dort hat man ein Drahtgitter gebaut. Es geht nicht. Ich war schon oben.«

»Bleiben noch die Brücken. Ich schlage wegen der Romantik die Pont d'Alexandre vor.«

»Ich kann zu gut schwimmen.«

»Werfen Sie sich unter einen Bus!«

»Und wenn er zu gute Bremsen hat?«

»Sie sind wirklich eine anspruchsvolle Dame. Eine Idee: Der Gare du Nord! Unter einen TEE-Zug ...«

»Fürchterlich! Ich möchte nicht verstümmelt werden!« Das Mädchen sah Pierre mit großen blauen Augen an. Sie standen so nah voreinander, dass er in ihrer Pupille sich selbst erkennen konnte, so, als wäre er schon in ihr und sie könne die Welt mit seinen Augen sehen. »Warum wollen Sie mich umbringen, Monsieur?«, fragte sie leise.

»Ich? Es war Ihre dumme Idee. Ich dachte, es würde Sie aufmuntern, wenn ich Ihnen einige sichere Todesarten vorschlage. Kommen Sie mit.«

Er fasste plötzlich ihre Hände, zog sie von der Wand zur Brüstung, und als sie sich gegen ihn stemmte, drehte er sie mit einem Ruck herum, umklammerte ihre Schulter und zwang sie so, über den Rand der Brüstung hinunter auf die Champs-Elysées zu blicken, über das sonnenüberflutete Paris, zum Horizont, der ein Goldstreifen war und über dem Sacré-Cœur wie eine weiße Wolke schwebte.

»Sehen Sie sich das genau an, Mademoiselle«, sagte er und

hielt sie mit hartem Griff fest, als sie zurückweichen wollte. Sie stieß mit dem Kopf nach ihm, aber da sie nur seine harten Schulterknochen traf, hörte sie bald damit auf. »Dieses Leben da unten! Diese unsagbare Lust, auf dieser Welt zu sein! Das Glück, die Sonne zu sehen, die Blumen zu riechen, den Vögeln zuzuhören, den Wind auf der Haut zu spüren, in den Sand greifen zu können und ihn durch die Finger rieseln zu lassen, das Rauschen des Meeres bis in die Träume einzusaugen, einfach im duftenden Gras zu liegen und den ziehenden Wolken nachzusehen … das alles wollten Sie wegwerfen?«

»Ich hasse dieses Leben!«, sagte das Mädchen. Ihr Kopf blieb, nach hinten geneigt, neben seiner rechten Wange auf der Schulter liegen. Sie hatte die Augen geschlossen und sah wundervoll aus. »Ich hasse es.«

»Ein Mann!« Pierre strich mit der Linken die Haare zur Seite, die der Wind über ihr Gesicht trieb. »Natürlich ein verdammter Mann –«

»Ja.«

Sie sagte es nüchtern und klar. Ohne Schmerz, ohne Hass. Es ist vorbei, sagte dieses Ja.

»Er ist weg?«, fragte Pierre.

»Nein.«

»Er hat eine andere?«

»Er hat immer eine andere.«

»Dann werfen Sie diesen Mann weg und nicht Ihr Leben!«

»Sie Schwätzer!«

»Es war nur ein logischer Vorschlag, Mademoiselle.«

Das Mädchen hob den Kopf und schüttelte ihn mehrmals. Dann blickte sie hinunter auf die Avenuen und hob, plötzlich vor der Tiefe schaudernd, die Schultern. »Ich kann ihn nie wegwerfen«, sagte sie leise. »Nur mich! Ich bekomme ein Kind …«

»Und das ist nun ein Grund, vom Arc de Triomphe zu springen?«

Er zog sie von der Brüstung weg, weil sie wieder zu zittern begann und er sich nicht ganz sicher war, ob sie den Willen zu sterben bereits ganz überwunden hatte. Ich könnte Ihnen viel erzählen von meiner schönen Mama, Mademoiselle, dachte er dabei und führte sie zur Liftwand zurück. Auf der anderen Seite der Plattform hockten die beiden Schwulen auf der Brüstung, rauchten eine Zigarette und waren offensichtlich glücklich.

Meine Mama ist nicht irgendwo hinuntergesprungen ... sie hat mich geboren und sich durchgebissen wie eine eingesperrte Ratte. Es ist nicht viel dabei herausgekommen, zugegeben. Ein Pierre de Sangries, der erfolglos malt, noch erfolgloser Storys schreibt, und der, um zu leben, morgens von 4 bis 7 in den Markthallen Kisten und Säcke schleppt, Ochsenseiten und Schweinehälften, ab und zu auch mal Kunstdünger, wonach man einen Tag lang stinkt, als habe man in Scheiße gebadet ... aber es ernährt seinen Mann. Glauben Sie nicht, Mademoiselle, dass ich ein Nichtskönner bin, o nein! Ich verfertige auch Werbesprüche und male Plakate. Hat das Toulouse-Lautrec nicht auch getan? Ist er mit Hurenbildern nicht berühmt geworden? Vor einer Woche hatte ich einen schönen Erfolg. Hundert Francs von der Babyausstattungsfirma ›Bébé‹. Ein Plakat, auf dem ein Säugling lachend in einer Waschschüssel sitzt, gefüllt mit dem neuen Babyschaum ›Vapeur printanier‹. Frühlingsduft! Den Säugling für das Foto habe ich mir von Mademoiselle Marguite geliehen. Sie wohnt im Nebenhaus und hat drei Kinder ohne Väter. Drei, Mademoiselle! Und springt nicht vom Arc de Triomphe.

»Wir sollten irgendwo eine Tasse Kaffee trinken«, sagte er und blickte auf ihr zerrissenes Kleid und den Büstenhalter mit den Spitzenrüschen. Sie bedeckte die Blöße nicht wieder mit beiden Händen, sondern presste die Fäuste gegen ihre Schläfen, als springe ihr Kopf auseinander. »Das hatte ich schon vor, nachdem Sie mir Fifi zertrümmert hatten. War das auch schon ein Versuch? Sehr, sehr schlecht, Mademoiselle.«

»Ich habe Sie gar nicht gesehen.«

»Aber Sie haben mich groß angeblickt.«

»Ich habe Sie trotzdem nicht gesehen. Ich habe nichts mehr gesehen ... können Sie das nicht verstehen?«

»Trinken wir Kaffee?«

»So?« Sie zeigte mit dem Kinn auf das zerrissene Kleid. »Selbst in Paris wird man sich darüber wundern.«

»Gehen wir zu mir.« Er verstand ihren abweisenden und zugleich fragenden Blick und schüttelte den Kopf. »Natürlich klingt das so, als wollte ich Sie zu mir locken. Sie verstehen mich falsch. Ich will wirklich nur für uns eine Tasse Kaffee kochen. Weiter nichts.«

»Wo wohnen Sie?«

»Drüben im Quartier. Rue Princesse.«

»Das klingt königlich.«

»Und ist eine aus der Urzeit übrig gebliebene Höhle. Man hat sie nur nach oben gestreckt und nennt sie jetzt Haus.«

»Sie sind Maler?«

»Pierre de Sangries.« Er verbeugte sich und hoffte, dass sie nun auch ihren Namen nennen würde. Aber sie tat es nicht. »Ich habe bisher 431 unverkäufliche Bilder gemalt. Hundert Jahre nach meinem Tode wird man damit einige Millionäre ausstatten können ...«

Sie lächelte plötzlich, ein schmerzliches Lächeln, das ihn wie ein Streicheln berührte. »Glücklich klingt das auch nicht«, sagte sie sanft. »Sie sind arm?«

»Wenn Sie Geld meinen – sehr arm. Wenn Sie die Freude am Leben meinen ... der reichste Mann der Welt ist ein Bettler gegen mich.«

Er machte eine einladende Bewegung zur Lifttür. »Gehen wir, Mademoiselle?«

»Ich heiße Eva. Eva Bader.«

»Wie kann ein Mädchen, das den ältesten Namen der Menschheit trägt, sein Leben wegwerfen ...«

»Vielleicht deshalb. Ich fühle mich so alt, wie der Name ist ...«

Am Eingang zum Lift blieben sie stehen und sahen sich kurz an. Sie dachten das Gleiche und wichen wieder von der Tür zurück. Der Lift kam gerade herauf ... man hörte durch den Schacht ein vielstimmiges Durcheinander. Die erste Schulklasse war gekommen, Frankreichs große Geschichte zu bewundern.

»Mein Kleid«, sagte sie.

»Ich habe Leim im Farbkasten. Wenn wir den Stoff anleimen –«

»Wo?«

»Auf Ihrer Haut, Ev.« Zum ersten Mal sagte er Ev ... es klang gut, vertraut, brüderlich, kameradschaftlich, so, wie er es aussprach. Kein Unterton war darin, und das machte sie plötzlich innerlich freier. »Es geht nicht anders. Bei mir zu Hause werden wir den Stoff wieder ablösen.«

»Geht das denn, Pierre?«

Er schwieg, überrascht, dass sie Pierre gesagt hatte, und glücklich, es von ihr zu hören. Pierre ... wie verschieden eine Frau diesen Namen aussprechen kann. Wenn Monky Pierre sagte, bekam selbst das Bettlaken eine Gänsehaut. Monky ... hoffentlich war sie schon weg. Als er vor zwei Stunden weggefahren war, hatte er sie aus dem Bett geworfen. Sie hatte um elf Uhr Modeaufnahmen in der Faubourg St. Honoré, bei Jean Bioggia, einem verrückten Hund von neuem Modeschöpfer.

»Ich hoffe«, sagte Pierre. »Es wäre grässlich, Sie mit dem Leimfetzen auf der Brust bis zum Jahre 2000 herumlaufen zu sehen. Das Jahr 2000 erleben wir noch. Das wette ich ...«

Sie lachte. Er bestaunte die Verwandlung ihres Gesichts und schwieg, weil man vor Schönheit nur schweigen kann, sonst zerstört man sie. Leichte Röte war über die Blässe gezogen, und die Sonne in ihrem goldenen Haar reflektierte und verschmolz die einzelnen Haare zu einem massiven Ganzen. Darunter das weite Blau ihrer Augen mit den kleinen schwarzen Punkten der Pupillen, dem veränderbaren Tor in ihre Seele.

»Ich denke nur an eine Tasse Kaffee«, sagte sie. »Weiter nicht. Ich habe seit gestern Mittag nichts mehr gegessen ... und nicht geschlafen ...«

»Beginnen wir mit dem Ausflicken.« Pierre zog sie zu seiner Staffelei, klappte den Farbkasten auf und holte eine Tube Leim heraus. Madame Coco wird Kaffee haben, dachte er. Ich habe keine Bohne im Zimmer. Wenn sie Ev sieht, wird sie mir etwas leihen, obwohl sie geschworen hat, mir nie wieder etwas zu leihen. Madame Coco, werde ich sagen, nur einmal noch bitte ich Sie um eine kleine Gefälligkeit. Nicht für mich ... für Ev. Sehen Sie sich Ev an, Madame ... sie ist die Großzügigkeit Ihres Herzens wert.

»Machen Sie schnell, Pierre«, sagte Ev. Er schrak zusammen und nickte. »Es kommen immer mehr Leute auf die Plattform ...«

Er schraubte die Tube auf, holte das Stück Stoff aus der Hosentasche, drückte den Leim darüber, verrieb ihn und pappte den Fetzen Ev auf den Büstenhalter. Zum ersten Mal berührte er damit bewusst ihre Brust, und sie hielt still, weil es keine Zärtlichkeit, sondern eine Reparatur war. In Pierre aber stieg ein fremdes Gefühl auf, verbreitete sich in ihm und glitt in seine Hände. Er strich den Stoff glatt, seine Finger umfassten die festen Rundungen und nahmen mit tausend feinen Nerven die Form in sich auf, so wie ein Blinder mit den Fingerspitzen sieht und im Dunkel das Bild von Schönheit ersteht.

»Es hält!«, sagte er, als er seine Hände zurückzog. Er brauchte viel innere Gewalt dazu.

Ev sah ihn an, ernst und fragend, und plötzlich schämte er sich in Grund und Boden.

»Ich habe Vertrauen zu Ihnen, Pierre«, sagte sie langsam.

Es gibt Ohrfeigen, die hört und sieht man nicht, aber sie treffen vernichtend. Pierre warf die Leimtube zurück in den blechernen Farbkasten.

»Wenn Sie wollen, bringe ich Sie zurück«, sagte er heiser.

»Wohin?«

»Nach Hause.«

»Ich habe kein Zuhause mehr.«

»Sie wissen nicht, wo Sie heute Nacht schlafen werden?«

»Nein!« Sie wandte sich ab, als würde sie der Anblick des unter ihr liegenden Paris schwindelig machen. »Ich hatte mich auf einen anderen Schlaf eingestellt ...«

Die guten Adressen von Paris, der Beweis gefüllter Bankkonten, die Sichtbarwerdung von Ehre und Fleiß, Können und Erfolg, aber oft auch von Rücksichtslosigkeit und vernichtender Kälte sind die Wohnviertel hinter der Place de l'Etoile: Bois de Boulogne, Neuilly, St. Cloud, Sevres und natürlich Versailles. Wer hier eine Wohnung hat, braucht keine Türen mehr einzurennen, er wird eingeladen. Wer hier ein Haus besitzt, lädt ein.

Die Familie Chabras besaß seit 1890 einen schlossähnlichen Besitz an der Seine bei Boulogne. Ein Prachtbau mit Säulenhalle und Freitreppe in den Park hinunter, angelegt nach dem Muster der großen französischen Könige, mit Rosengärten und Springbrunnen, verträumten Pavillons hinter kunstvoll zu Figuren geschnittenen Hecken, mit steinernen Statuen und Putten, Kieswegen und künstlichen Bachläufen, Laubengängen und Muschelgrotten mit Wasserspielen.

Fernand Chabras fand das alles lächerlich, aber da es sein Großvater angelegt, sein Vater liebevoll gepflegt hatte, blieb ihm nichts anderes übrig, als diese Familientradition des nachempfundenen barocken Gigantismus zu ertragen. Seine Frau Myrna – eine Amerikanerin – liebte diesen Prunk sogar und stellte ihn jedes Jahr neunmal bei in ganz Paris berühmten Partys heraus, und sein einziger Sohn Jules, mit sechsundzwanzig Jahren noch immer Student der Volkswirtschaft, ohne die Aussicht, das Studium jemals mit einem Examen zu beenden, betrachtete ›Château Aurore‹ als etwas Selbstverständliches, was zum Leben eines Chabras einfach gehört. Er fuhr einen verrückt schnellen, grellgelben Maserati, graste die hübschen Mädchen ab wie ein nimmersatter Büffel eine fette Weide und machte dem alten Fernand nur insoweit Spaß, als er nie daran dachte, sich ernsthaft zu verlieben oder gar zu heiraten.

Die Millionen der Chabras' wurden in elf chemischen Fabriken zusammengekocht. Die ›Union de Chemie‹ beherrschte den Markt, füllte Frankreichs Exportkonto, saß in irgendeiner Form am Tisch eines jeden Franzosen – sei es, wenn er eine Konservendose aufschnitt (Konservierungsmittel), oder wenn er zufrieden in sein Brot biss (Mehlbleichmittel), oder wenn er harmlos den Löffel in die Marmelade tauchte (Fruchtfarbe). Chabras erhielt für seine Verdienste, die man überall sah, das rote Bändchen der Ehrenlegion ins Knopfloch gesteckt, und so blieb es nicht aus, dass das Leben des Sohnes Jules, so wüst es manchmal war, mit Schweigen zugedeckt wurde.

Im ›Château Aurore‹ begann an diesem 3. September der Tag wie jeder andere. James, der britische Butler (Myrna Chabras hatte extra sieben Wochen in London verbracht, um ihn aus neun Bewerbern auszusuchen), hatte das Personal aufmarschieren lassen, um die Sauberkeit der Kleidung und den frischen Mut für den beginnenden Tag zu kontrollieren. So standen sie jetzt alle in der großen Halle herum, blickten verstohlen auf die Uhr, musterten aus den Augenwinkeln James und warteten auf die vornehm-giftige Zurechtweisung, die mit Sicherheit kommen würde, wenn der Unpünktliche endlich erscheinen würde.

Es fehlte das Au-pair-Mädchen aus Deutschland, Eva Bader. Seit einem halben Jahr bei den Chabras', um im Kreise der Familie Französisch zu lernen ... so hatte man es dem deutsch-französischen Studentenaustauschdienst (kein Franzose kann das aussprechen!) geschrieben. Als Eva Bader auf ›Château Aurore‹ eintraf, war sie überwältigt von dem Prunk. Überwältigt, vom ersten Augenblick an, war aber auch Jules Chabras ... er traf Eva Bader in der großen Personalküche, wo sie mit den beiden Hausmädchen, dem Gärtner, dem Chauffeur, dem indonesischen Koch und Butler James aß. Der ›Kreis der Familie‹ war rein rhetorisch gemeint, Eva erkannte das sofort am ersten Tag, als Myrna

Chabras sie empfing, ihr die Fingerspitzen reichte (immer dieses deutsche Händeschütteln!) und zu ihr sagte: »Sie werden sich bei uns wohl fühlen, Eva. James wird sich um Sie kümmern ...«

»Wie kommt diese Orchidee unter euch Kaktusse!«, rief am Abend Jules Chabras am runden Familientisch im Roten Salon. Er aß mit seiner Mutter allein ... Fernand Chabras war wieder unterwegs zu einer seiner elf Fabriken. Dort fühlte er sich wohler und konnte in Hemdsärmeln durch die Produktionshallen gehen.

»Sie ist eine Deutsche«, antwortete Myrna Chabras. »Eine Studentin. Lass sie in Ruhe, Jules. Keine Affären im Haus, das hast du Papa und mir versprochen.«

Das war vor einem halben Jahr.

Wie kurz kann ein halbes Jahr sein ... und wie unendlich in der Erinnerung.

Da war diese erste Juni-Nacht. Eva Bader hatte heimlich im Swimming-pool geschwommen, in völliger Dunkelheit, denn das Schwimmbad war für das Personal gesperrt. Hinter ihr lag das große Haus wie ein schlafendes Untier mit hundert geschlossenen Augen. Die Säulenhalle, auch Terrasse genannt, von der die geschwungenen breiten Freitreppen mit den steinernen Blumenvasen in den Rasenpark hinabführten, wirkte wie ein geschlossenes, aber dennoch fletschendes Riesengebiss.

Das waren die Stunden des Heimwehs ... Eva Bader hatte es nie für möglich gehalten, dass es so etwas gab wie Sehnsucht nach einem Zuhause. Das Möbelgeschäft in Köln. ›In Bader-Möbeln wohnt sich's gut!‹ – ein Slogan, über den sie mitleidig gelächelt hatte, als er zwischen zwei Flaschen Bier und vier Doppelkorn in Hubert Baders Wohnzimmer geboren wurde. Das ist doch Käse, hatte sie gedacht. Das hat schon Staub angesetzt, bevor es überhaupt ans Licht kommt. Aber sie hatte geschwiegen. Zwischen ihrem Vater und ihr lagen 31 Jahre. Das merkt man, dachte sie oft, wenn sie Hubert Bader reden hörte. Er hat Ansichten wie ein Fossil ... bald wird die Neuzeit ihn überrollen, und er merkt es gar nicht.

In diesen nächtlichen Stunden, draußen zwischen Bois de Boulogne und Versailles im Park eines Schlosses sah das Leben plötzlich anders aus. So vieles vermisste sie: Vaters Stimme, wenn er abends aus dem Geschäft kam und schon im Flur rief: »Else, hab' ich einen Brand! Gequatscht habe ich heute! Aber zwei Schrankwände sind dabei herausgesprungen, ein Schlafzimmer und eine Garnitur. Netto 22 000 DM! Nur das Beste vom Besten! Ein Bier, Else –«

Und dann die Abende. Fernsehen, natürlich. Kauen und Trinken vor der Mattscheibe. Dazwischen die Zeitung. Kommentare über Politik und Wirtschaft, Spezialität Ostpolitik der Regierung. Hubert Bader war in Russland gewesen, von 1940 bis 1944. EK II, EK I, Verwundetenabzeichen in Schwarz (zweimal leicht verwundet, zweimal Schulterschuss, glatt durch, und einmal – Anlass zu Witzen bei der Skatrunde – Steckschuss in der rechten Hinterbacke), Gefrierfleischorden (das war ein Blechding, das an den mörderischen Winter 1941 in Russland erinnern sollte). Männer, da kennt man Russland! Und dann diese Ostpolitik der Regierung! Waren die überhaupt mal in Russland – ich meine im Krieg, nicht zur Ausbildung in Moskau? Manchmal ein Giftzwerg, dieser Hubert Bader ... aber jetzt fehlte er, hier im ›Château Aurore‹, fehlte seiner Tochter, die nass im warmen Gras lag, auf einem Boden, der die Hitze eines Junitages wideratmete, und die Rosen roch, den späten Jasmin, die süßen Wolken des Geißblatts, aus dem man einen Laubengang zum Rosengarten gezogen hatte.

Eine kleine Stunde Wehmut. Erkenntnisse, die wehtaten. Es gibt so etwas wie eine Heimat, auch wenn es unmodern ist, so zu denken. Aber das Herz, das Gefühl, die Seele, sie denken nicht ... sie fühlen bloß die Leere inmitten einer neuartigen Welt.

Eine Stimme schreckte sie auf. Sie zog das Handtuch über ihren noch nassen Körper und drehte sich mit einem Schwung auf den Bauch. Sie sah nur einen länglichen Schatten, zwischen der Gartenschaukel und dem noch immer aufgespannten Sonnenschirm.

»Ich habe es immer geahnt, aber mir glaubt ja keiner«, sagte die Stimme. Eine angenehme, etwas weichliche, an Zärtlichkeit gewöhnte Stimme. »In unserem Park lebt eine Nymphe.«

»Monsieur Chabras ...«, sagte Eva. »Ich ... ich weiß, dass es verboten ist, zu baden. Ich habe geglaubt, im Haus schläft alles ... Wenn Sie mich verraten –«

»Sie sind noch nicht lange bei uns, Mademoiselle«, Jules Chabras kam näher, sein Schatten verdichtete sich zu einem Körper, ein sportlicher, bis auf eine knappe Badehose nackter Körper. Vor der Brust pendelte ein goldenes Medaillon an einer schimmernden Gliederkette, als er sich neben Eva ins Gras setzte. »Sonst wüssten Sie, dass, wenn alles im Hause schläft, ich erst munter werde. Schwimmen wir eine Runde gemeinsam?«

»Nicht böse?«

»Welche Frage! Meine Mutter regiert hier wie die Pompadour ... nur die Liebhaber fehlen. Ich vermute, selbst das ist ihr zu anstrengend. Einmal – vor zwei Jahren – tauchte so etwas wie ein Liebhaber auf. Monsieur Bertrand de Donzenac. Uralter Adel, etwas vertrottelt, aber noch aktiv. Doch ich wette: Bis auf ein Streicheln von Mamas immer noch schönem Busen ist er nie weitergekommen ...«

»Wie reden Sie von Ihrer Mutter, Monsieur!« Sie drehte sich wieder auf den Rücken und breitete das Handtuch über sich aus. »Warum erzählen Sie so etwas?«

»Um Ihnen die Angst zu nehmen vor der großen Madame. Sie werden in unserem Pool schwimmen können, wann immer Sie wollen. Ich werde mit Mama darüber sprechen.« Er legte sich neben Eva, verschränkte die Arme hinter dem Nacken und stieß, wie aus Versehen, gegen ihr Bein. Aber er zog seins nicht zurück, sondern ließ es liegen. Erst als Eva ihr Bein wegrückte, erlosch der Kontakt.

»Sie sind zu uns gekommen, um Französisch zu lernen?«, fragte Jules.

»Ja. Über den Studentenaustausch. Ich will Romanistik studieren. Ich habe mit Pädagogik angefangen, aber ich glaube, ich bin keine gute Lehrerin ...«

»Schrecklich!«

»Was ist schrecklich?«

»Der Gedanke, dass Sie eine Lehrerin sein könnten. Schule ist für mich ein Trauma geworden ...«

»Sie waren kein guter Schüler?«

»Ich war nicht einmal ein schlechter! Ich war eine einzige Katastrophe. Ich habe vier Hauslehrer verbraucht und zu Frührentnern gemacht. Aber Papas Beziehungen reichten aus, mir das Abitur – so nennt man es doch bei Ihnen? – zu beschaffen. Jetzt studiere ich im 14. Semester Volkswirtschaft ...«

Er lachte gurrend, räkelte sich im Gras und legte, wie ganz unbeabsichtigt, seine Hand auf Evas Bauch. Wortlos schob sie sie weg. Die Wärme des Bodens war angenehm, es war eine windstille, warme Nacht, durch die das Plätschern der vier

Springbrunnen im Park wie das Rauschen eines Wasserfalles klang.

»Und dieses Leben gefällt Ihnen?«, fragte sie plötzlich.

»Man ist nur einmal jung, Mademoiselle.«

»Wenn alle so denken würden –«

»Dem Himmel sei Dank, dass auf einen Faulpelz wie mich eine Million Arbeitende kommen!« Jules Chabras stützte den Kopf auf und blickte Eva vergnügt an. Seine Ehrlichkeit gefiel ihr. Er ist kein dümmlicher Millionenerbe, dachte sie, kein Marzipanjüngling, der Mühe haben wird, das chemische Imperium der Chabras' überhaupt zu begreifen. Er ist ein stinkfauler Kerl, der sich das leisten kann. Durchaus kein Vorbild – vom Soziologischen aus betrachtet sogar ein Schmarotzer –, aber er weiß es, und er sagt es mit dem Charme der Franzosen.

Ein wenig verwirrt richtete sie sich auf und schlang die Arme um die angezogenen Knie. Das Wasser des Pools lag vor ihr wie schwarze Tinte, glatt, unbewegt, nur die weiße Marmorumrandung hob sich aus der Dunkelheit heraus.

»Wissen Sie, dass Sie verdammt hübsch sind?«, sagte Jules plötzlich.

Sie zuckte zusammen und legte das Handtuch um ihre Schultern.

»In Ihrer Kollektion wird es hübschere Mädchen geben«, antwortete sie. »Hübsch sein ist etwas, was Puppen haben.«

»Wie soll man es dann nennen? Helfen Sie mir, Eva ...«

»Sie kennen meinen Namen?«

»Das war das Erste, wonach ich mich bei James erkundigt habe, als ich Sie in der Personalküche sah.« Er setzte sich auch und stemmte die Arme ins Gras. »Gut. Sie sind nicht hübsch. Was sind Sie dann? Ein Mädchen, das man gern ansieht –«

»Wollten wir nicht schwimmen?«, wich sie aus.

»Natürlich!« Er sprang auf, rannte leichtfüßig zu einer Marmorfigur, drehte an einigen Schaltern, und im Schwimmbecken leuchteten die Scheinwerfer auf, in den Buschgruppen entfaltete sich Licht, die Rosenhecken leuchteten in sich vereinigenden Farben und der Schimmer kletterte empor bis in die reglosen Kronen der Bäume. Ein Zaubergarten schweigender Melancholie.

»Hinein!«, rief Jules und hechtete in das jetzt blau glitzernde Wasser. Er tauchte unter, kam prustend hoch und winkte mit beiden Armen. »Worauf warten Sie noch, Nymphe?«

Im Wasser stießen sie zusammen, und dort küssten sie sich auch.

Sie wusste nicht, warum sie es tat. Vielleicht war es diese verdammte Stunde des Heimwehs, der Gedanke an Hubert Bader, der schon an der Tür rief – »Else, war das heute ein Tag! Jetzt brauche ich ein Bier –«

Am 27. August sagte Eva zu Jules Chabras: »Ich war beim Arzt. Es stimmt, es gibt gar keinen Zweifel. Ich bekomme ein Kind.«

Und Jules Chabras antwortete lachend: »Das ist ja herrlich! Von wem denn?«

Zuerst verstand Eva ihn nicht. Wer kann eine solche Frage auch begreifen? Sie setzte sich auf die Couch in Jules' Zimmer – es war die Couch, auf der sie geglaubt hatte, alles Glück eines Menschen würde über sie ausgeschüttet – und faltete die Hände zwischen den Knien.

»Was hast du gesagt?«, fragte sie langsam und betont.

»Von wem, chérie? Das Kind ... von wem?« Er wiederholte es zweimal, goss zwei Gläser Calvados ein und ließ die Eiswürfel – er trank Calvades nur mit Eis – in den Gläsern klingeln.

»Das kannst du fragen?«, sagte Eva. »Gerade du?!«

»Natürlich. Gerade ich!« Er kam zu ihr und hielt ihr ein Glas hin. »Überleg einmal –«

»Es gibt nichts zu überlegen. Du warst mein erster Mann ... das weißt du.«

»Wissen? Du hast es mir gesagt.«

»Du hast es gespürt ...«

Er grinste breit und ließ das Eis wieder in den Gläsern klingeln. »So etwas kann man manipulieren, chérie ...« Sein etwas kantiges, braun gebranntes Gesicht war eine einzige Lachfalte. »Ich kannte ein Mädchen – Dorette hieß sie –, die reiste als Jungfrau von Bett zu Bett. Ihr Umsatz an roter Tinte war enorm.«

Sie sah ihn lange an, stumm, mit verkniffenem Mund, eine Zeit, in der sich nicht nur ihre Augen verwandelten, sondern auch ihre Gefühle. »Eigentlich bist du ein Schwein«, sagte sie plötzlich. »Jawohl, ein kleines, erbärmliches Schwein bist du, Jules! Ein Schwein mit goldenen Borsten, darum streicheln sie dich, anstatt dir einen Tritt zu geben.«

Er empfand das nicht als Beleidigung, lachte erneut und hielt ihr den Calvados vor das Gesicht. Erst, als sie unter das Glas schlug und der Apfelschnaps gegen sein Hemd schwappte, nahm er sie ernst.

»Bist du verrückt?«, zischte er. »Fängst du an, wie andere Weiber hysterisch zu werden?«

»Ich bekomme ein Kind!«, sagte sie laut. »Ein Kind von dir!«

»Ich wäre da nicht so sicher.«

Sie zog die Schultern hoch, als friere sie plötzlich. »Sag das noch einmal ...« Ihre Stimme war etwas brüchig geworden. Ist das Jules, dachte sie erschrocken. Ist das der Mann, den du geliebt hast? Deine erste große Liebe? Eine Liebe mit allen Attributen der Seligkeit, des Verzauberns, des Vergessenkönnens, der Grenzenlosigkeit? Hast du wirklich diesen Mann geliebt, der da steht, dich angrinst, auf den Zehen wippt, mit einem calvadosgetränkten Hemd, das andere Glas noch in der Hand, das Eis klingeln lässt und dich behandelt wie eine Hure, die einen Aufschlag zum Tarif verlangt? Ist das deine Liebe –

»Wenn du sicher bist ...«, sagte er leichthin.

»Professor Vernère hat es bestätigt.«

»Vernère ist ein guter Arzt. Gehen wir nächste Woche zu Labarousse, der löst für 3000 Francs alle Probleme.«

»Ich soll es wegmachen?«, fragte sie dumpf.

»Weißt du was Besseres?«

»Es ist auch dein Kind, Jules.«

»So haben unsere Großmütter gesprochen!«

»Ich will das Kind aber haben, Jules«, sagte sie ganz leise.

»Ach so!« Er kippte den Calvados hinunter und lehnte sich gegen die Wand. »Über die Couch und das Kind an das Vermögen der Chabras'. Nicht schlecht, Mädchen. Eine neue Variante der friedlichen deutschen Eroberung.«

»Hör auf«, sagte sie matt. »Jules, ich bitte dich, sprich nicht weiter –«

»Warum nicht? Ich kann in meinem Zimmer, in meinem Haus sagen, was ich will! Kommt da ein blondes Biestchen und will Jules Chabras aufs Kreuz legen! Mit Seufzen und Zittern ... begabt, chérie, sehr begabt ... man hätte es glauben können. Wenn man sich überlegt, wie teuer jede Stunde war, wie viel Millionen eine Nacht kostete ... du bist die teuerste Geliebte der neueren Geschichte ...«

»Wie gemein bist du«, sagte sie, plötzlich unendlich müde.

Jules' Worte klangen ihr fremd, als höre sie sie weit weg auf einer Bühne, deklamiert von einem Scheusal, das seine Rolle vollendet spielte. »Wie unsagbar gemein. Warum konnte ich dich bloß lieben?«

»Gehen wir morgen zu Labarousse?«

»Nein!«

»Wohin denn? Zu meinen Eltern? Demonstration: Dieser Bauch wird dick werden, und das war Ihr Sohn! Mama wird dich auslachen, Papa wird dich mit einer anständigen Summe abfinden. Aber ist das nötig? Bei Labarousse geht es glatter, und das Leben geht auch weiter ...«

»Ich verachte dich«, sagte Eva. Sie stand auf, schob Jules, der ihr den Weg verstellen wollte, zur Seite und ging zur Tür. »Du bist wirklich nur ein mieser Feigling.«

»Und weiter? Weiter!«, schrie er plötzlich. Er lief ihr nach, packte sie am Arm und riss sie brutal zu sich herum. »Ich sag dir: Deine Rechnung geht nicht auf!«

»Ich habe keine Rechnung ... ich habe ein Kind.«

Er ließ sie los und lachte wieder, wenn auch etwas gequält und mit einem bösen Unterton. »Das ist die dämlichste Art, mit einem Chabras zu verhandeln«, sagte er und stieß sie durch die offene Tür aus dem Zimmer. »Überleg es dir, chérie.«

Am 2. September gab Jules Chabras einen kleinen Cocktailnachmittag auf der Terrasse. Er hatte eine Menge Freunde geladen, aus dem Tennisclub und dem Reiterverein, dem Rallyesportclub und der Yachtvereinigung, lauter junge, nette, sympathische Leute, so fand es Madame Chabras, die Jules ebenfalls eingeladen hatte. Es kam selten vor, dass der Sohn seine Mutter in diesen Kreis mitnahm, aber heute schien irgendein fröhlicher Anlass zu sein – Madame erriet es noch nicht –, den es zu feiern galt.

Um sechzehn Uhr zehn servierte Eva Bader auf einer großen Silberplatte Sandwiches mit rohem Schinken. Als sie in die Säulenhalle der Terrasse trat, empfing sie ein lautes Hallo. Ihr völlig fremde junge Männer umarmten sie, küssten sie, tätschelten ihr das Gesäß und kniffen ihr in die Brüste. Sie konnte sich nicht wehren, hielt krampfhaft die schwere Silberplatte fest und starrte verzweifelt hinüber zu Jules. Er stand neben seiner Mutter und lachte aus vollem Hals.

Myrna Chabras war ebenso entsetzt wie Eva Bader. Sie kannte das Leben ihres Sohnes, aber noch nie hatten die Wellen seiner Exzesse bis in ›Château Aurore‹ hineingeschlagen.

»Ungeheuerlich!«, sagte sie laut. So laut, dass die jungen Herren von Eva abließen, nur ein gewisser Charles Disère kam von ihr nicht los, küsste ihre Halsbeuge und strich ihr dabei mit beiden Händen über die Schenkel. »Lassen Sie Mademoiselle Bader sofort los! Jules, ich bitte um eine Erklärung!«

»Mama –« Jules Chabras winkte seinen Freunden. Sie zogen sich wie geprügelte Hunde zurück, zwei nahmen Eva das Tablett ab und stellten es auf den weiß gedeckten langen Tisch. »Die Freude ging mit ihnen durch. Du siehst hier eine seltene Versammlung: alles Väter eines Kindes –«

Eva stand mit hängenden Armen da, allein, so, als sei jeder von ihr zurückgewichen. Ein einsames Wesen.

»Was heißt das?«, hörte sie Madame Chabras fragen. Und sie hörte, wie Jules antwortete:

»Mama, das weißt du nicht, das hast du nicht gemerkt? Mademoiselle ist ein flottes Mädchen, jetzt bekommt sie ein Baby, und alle an dem Ereignis Beteiligten fühlen sich wie eine große Familie. Vierzehn Väter – es wird ein Prachtkind werden –«

So wird ein Mensch zerrissen, dachte Eva und schloss die Augen. Bei lebendigem Leib und vollem Bewusstsein zerrissen. Und es tut nicht einmal weh. Nur eine fürchterliche Leere ist da, eine grenzenlose Einsamkeit, der selige Wunsch, nichts mehr zu hören und zu sehen, zu fühlen und zu begreifen. Die Sehnsucht nach Schlaf. Ausruhen, von allem ausruhen.

Jules, warum hast du das getan? Vierzehn Freunde, die schwören werden, es mit mir getrieben zu haben. Wer wird mir glauben, dass ich keinen von ihnen kenne?

Ich weine nicht, Jules, ich kann nicht weinen … ich bin ganz einfach leer …

»Eva, was haben Sie dazu zu sagen?«, hörte sie Myrna Chabras' etwas schrille Stimme. »Eva, ist das wahr …?«

Eva schwieg. Sie drehte sich langsam um und verließ die Terrasse, Schritt um Schritt, als würden ihre Gelenke von einer Feder getrieben.

»Das ist ja unfassbar«, hörte sie, ganz weit weg, Myrna Chabras' Stimme. »Mit … mit Ihnen allen … skandalös!«

Dann war Eva im Roten Salon, begann zu laufen, rannte die Treppe hinauf in ihr Zimmer, schloss sich ein, und erst hier, das

Gesicht in das Kissen gepresst, begann sie zu schreien ... schrie sie ihr Herz heraus, ihren Glauben an die Menschheit, an die Liebe ...

»Babette, gehen Sie hinauf zu Mademoiselle und sehen Sie nach, wo sie bleibt!«, sagte James, der Butler, an diesem Morgen mit würdigem Ärger. »Wir können hier nicht warten und den Zeitplan durcheinander bringen.«

Babette, die Hausdame der Chabras', verantwortlich für Wäsche und Geschirr, nickte und lief zur Küche, wo eine besondere Personaltreppe – auch als Fluchttreppe bei einem etwaigen Brand gedacht – nach oben führte. Nach drei Minuten erschien ihr verstörtes Gesicht über dem barocken Geländer der Herrschaftstreppe. James blickte unwillig nach oben.

»Na?«, fragte er steif.

»Mademoiselle Eva ist nicht da.«

»Was heißt: Nicht da?!«

»Das Bett ist unberührt. Auf dem Kopfkissen liegt ein Brief, adressiert an den jungen Herrn.«

»Benachrichtigen Sie Monsieur Jules, Babette.« James wandte sich den anderen zu. In ihren Mienen las er viele Fragen, er wischte sie mit einer umfassenden Handbewegung fort. Ein guter Butler hört, sieht und riecht viel – und vergisst es.

»Bis auf Monsieur Jules sind die Herrschaften heute nicht im Haus«, sagte er in seiner unterkühlten britischen Art. »Wir wollen das ausnutzen und Terrasse einschließlich Treppe schrubben.«

Babette hatte große Mühe, Jules Chabras aus dem Bett zu holen. Sie klopfte eine Viertelstunde mehr oder weniger heftig gegen die Tür, bis Jules endlich öffnete. Ein unrasiertes, verquollenes, rotäugiges Gesicht. Ein Atem voll saurem Alkohol. Er hielt sich an der Tür fest und starrte Babette böse an.

»Kommt der Wahnsinn, mich zu wecken, von Ihnen allein?«, knurrte er. »Babette, Sie waren für mich nie ein weibliches Wesen – jetzt werden Sie ein Brechmittel!«

»Mademoiselle Bader ist nicht auf ihrem Zimmer«, sagte Babette. Sie hatte es sich abgewöhnt, sich in diesem Haus beleidigen zu lassen. Es war ein gutes Haus, und Worte taten nicht weh, wenn man sich ein dickes Fell überzog.

»Nicht in ihrem …« Jules Chabras strich über das Gesicht. »Wieso?«

»Das Bett ist unberührt …«

»Unberührt? O lala!« Jules grinste. »Das wird etwas sein, was Mademoiselle Bader in dieser Nacht bestimmt nicht im Sinn hatte.«

»Sie hatte nicht ihren freien Tag.«

»Katzen klettern bei jedem Mondschein über die Dächer.«

»Es liegt ein Brief auf dem Kopfkissen. Ein Brief für Sie, Monsieur.«

»Für mich?« Jules wurde munterer. »Ich sehe mir das an.« Er ging ins Zimmer zurück, zog seinen seidenen Morgenmantel an und folgte Babette zwei Treppen höher zu den Personalzimmern.

Evas Zimmer war aufgeräumt, ordentlich wie in einer Möbelausstellung. Jules nahm den Brief an sich, steckte ihn in die Manteltasche, öffnete den Schrank und dann die Schubladen der Kommode.

»Alles da«, sagte Babette. »Die Kleider, die Wäsche … Verstehen Sie das, Monsieur?«

»Einen Augenblick.« Jules Chabras trat an das schräge Fenster, riss das Kuvert auf und faltete den Brief auseinander. Nur ein paar Zeilen … er überflog sie schnell.

»Es wäre sinnlos, dich zu verfluchen. Das klingt so altmodisch und dramatisch. Nein, lebe so weiter, wie du bis jetzt gelebt hast. Dein eigenes Leben wird dir die Rechnung präsentieren. Wir haben zwischen uns keine Rechnung mehr offen – ich habe alles gestrichen. Dich, mich und das Kind. Für immer …«

Jules faltete den Brief wieder zusammen und steckte ihn zurück in die Tasche. Er empfand weder Entsetzen noch Mitleid, Schuld oder Angst, Reue oder den Willen, das Schreckliche zu verhindern. Er empfand nur einen großen Durst und sehnte sich nach einem randvollen Glas Wodka mit Bitter Lemon.

»Was ist?«, fragte Babette nach einer Weile Schweigen. »Ist etwas passiert, Monsieur?«

»Passiert? Nein! Was denn?« Jules lachte beruhigend. »Es ist nichts! Eva Bader ist zurück nach Deutschland. Paris war anscheinend doch nicht das Richtige für sie. Über Benehmen kann man sich streiten.« Er schnippte mit den Fingern und zeigte auf den offenen Schrank. »Die Kleider stellt sie zur Verfügung. Babette, lassen Sie sie zur Caritas bringen. Mademoiselle kommt nicht wieder …«

Er zögerte, blickte sich noch einmal im Zimmer um, streifte das Bett mit einem schnellen Blick, die offen stehenden Schubladen, in denen Evas Wäsche sauber geschichtet lag, drehte sich dann schroff ab und verließ den Raum.

Beim Hinuntergehen zerriss er den Brief in seiner Tasche, legte in seinem Zimmer die Fetzen in einen großen Aschenbecher und verbrannte sie. Noch während die Flammen züngelten und leichter dunkler Rauch gegen die Decke stieg, schellte das Telefon, und eine träge Mädchenstimme sagte:

»Jules, habe ich dich geweckt, Liebling? Warum bist du nicht bei mir? Die Nacht war so kurz – Ich liebe dich, ich liebe dich …«

Und Jules Chabras antwortete, während er in die verlöschenden Flammen blickte:

»Ich denke auch an dich, chérie. Hast du Lust, am Wochenende mit nach St. Tropez zu fahren …?«

Die Rue Princesse ist keine Straße, die man mit Stolz vorzeigen kann.

Das ändert aber nichts daran, dass die Bewohner der Rue Princesse stolz auf ihre Straße sind.

Sie sind stolz, dass jeder der beste Freund des anderen ist. Sie sind stolz, dass in der Rue Princesse drei Jahre lang ein Mann gelebt hat, der zwanzig Bücher geschrieben hat, ein Genie war, aber eines Morgens verhungert in seinem Bett lag. Sie sind stolz auf diese alten, wie angenagt wirkenden Häuser, auf diese blinden Fenster, auf die schief in den Führungen hängenden, ausgebleichten Holzjalousien, in denen der Wind klappert wie mit Kastagnetten. Und sie sind stolz auf die unbedingte persönliche Freiheit dieser Straße, denn wer in der Rue Princesse gelandet ist, hat es nicht mehr nötig, nach anderen zu sehen, andere zu fragen, sich nach anderen auszurichten. Er lebt allein sein eigenes Leben in trauter Gemeinschaft mit Küchenschaben und merkwürdig kleinen Ratten, die in den Höfen und Kellern hin und her huschen und keinen anfallen. Anscheinend wissen auch sie, dass die Rue Princesse ein Paradies ist für die, die Paradiese zu erkennen vermögen.

»Hier ist es«, sagte Pierre. Er blieb vor einem der alten Häuser stehen und nickte zu ihm hin. Eine graubraune Fassade, große Flecken abgeschlagenen Putzes. Die Tür offen, in einen Schlund von Flur führend. Ein Hund lag vor dem Eingang auf dem Trottoir, dick, faul, genau in dem schmalen Sonnenstrahl, der jetzt schräg in die Straße fiel. Irgendwoher schallten zankende Stimmen. Eine Frau und ein Mann. Er nannte sie Hure, sie antwortete mit »impotenter Esel«. Ein Alter saß zwei Häuser weiter in einem Rohrsessel auf der Straße, hielt ein Hörrohr hoch und genoss mit verzücktem Gesicht diese eheliche Vorstellung.

»Hier wohnen Sie?«, fragte Eva und sah an dem Haus empor. »Wo?«

»Man kann es von hier aus nicht sehen. Oben. Auf dem Dach. Das heißt, unter dem Dach. Nach hinten raus. Eine Art Atelier. Denken Sie jetzt bloß nicht an Bohème, Ev. Das ist Opernromantik. Die Wirklichkeit ist erdrückender. Heute haben Sie Glück. Ich habe noch zwei Francs in der Tasche ... damit werde ich uns ein Frühstück zaubern.«

Er nahm Ev den Leinwandrahmen ab und überlegte, wie er bei Madame Coco anfangen sollte. Er war sicher, dass sie bereits auf der Lauer lag, ein massiges Tier, das diesen Eingang bewachte, als führe er direkten Weges in das Paradies. Es war immer wieder erstaunlich, wie allgegenwärtig Madame Coco war. Es gab nichts in der Rue Princesse, was sie nicht wusste, und es gab überhaupt nichts, was in ihrem Hause als Geheimnis gelten konnte. Ein Muster von einer Concierge, eine Mutter für ihre ›Kinder‹ – so nannte sie jeden Mieter – und eine Feuer speiende Furie für jeden, der nach ihrer Meinung nicht in ihr Haus passte. Es gab für alles und jeden nur den Weg über Madame Coco. Wie der Fährmann in der Unterwelt nahm sie jeden am Eingang in Empfang.

Pierre zuckte zusammen. Ev hatte sich gegen ihn gelehnt, sie war so schwer, dass ihm die Bilder fast aus den Händen rutschten.

»Wann gehen wir?«, sagte sie mit fast kindlicher Stimme. »Ich falle um vor Müdigkeit. Ich schlafe im Stehen ein.«

»Sofort.« Pierre ließ die Bilder an sich hinunterrutschen, fasste Ev um die Taille und führte sie zum Haus. Der dicke Hund hob den Kopf, glotzte Pierre an, wedelte mit einem schrecklich langen, haarlosen Schwanz und fiel dann wieder in den Sonnenfleck zurück.

Aus der Dunkelheit des Flures wälzte sich ein Ungeheuer. Mit Mühe riss Ev ihre Augen auf, die Lider waren wie mit Blei gefüllt, sie krallte sich in Pierres Ärmel und blieb stehen.

Eine Wolke feuerroter Haare wehte auf sie zu. Ein Fass voll süßlichem Parfüm schien sich vor ihnen zu leeren. Etwas, das wie ein Körper aussah, verstopfte den Flur, umrankt von Stoff und einer groß gepunkteten, blau-weißen Schürze. Und eine Stimme, in der sich Türme aus Zigarettenkisten verewigt hatten, schlug ihnen entgegen wie ein rauer Lappen.

»Pierre – was schleppst du da ran?!«

»Madame Coco«, sagte Pierre. »Das, Ev, ist Madame Coco. Unser aller Mutter. Ohne sie wäre ich noch weniger, als ich bin.«

»Diese Lobrede, Mademoiselle, kostet mich zehn Francs, das kenne ich!« Madame Coco trat Pierre auf die Füße, schob ihn von Ev weg und beugte sich vor, um sie genauer betrachten zu können. Es war die Musterung, die alles entschied.

»Ich bin müde«, sagte Ev und lehnte sich gegen die schmutzige Flurwand. »Verzeihen Sie, Madame. Ich schlafe gleich ein …«

»Sie wollte sich das Leben nehmen«, sagte Pierre. »Ich habe es nicht fertig gebracht, das mit anzusehen.«

»Das Leben nehmen?« Madame Coco zog den feuerroten Kopf zurück. Der Berg hatte plötzlich auch Arme und Hände, und die griffen zu, zogen Ev von der Wand und hielten sie in der Mitte des Flures fest wie eine Fahnenstange. »Dann ist sie bei mir richtig!«

Madame Coco verkörperte das, was bereits weitgehend ausgestorben ist und eigentlich in dieser Form nur noch in Paris, vor allem auf dem Montmartre, in Quartier Latin oder hier, in Saint-Germain-des-Prés, anzutreffen ist: die große Mutter mit dem alles wissenden, alles verstehenden, alles verzeihenden Herzen. In Ermangelung eigener Kinder (man erzählte sich, dass Madame Coco, als sie noch gut bürgerlich Cosima Lebrun hieß und Frau eines Dachdeckers war, der nach dem neunten Ehejahr vom Giebel einer Kirche abstürzte, zwei Jahre total gelähmt dahinvegetierte, bis Cosimas stille Gebete gehört wurden und er friedlich einschlief, zwei Kinder in die Welt gesetzt hatte. Eine Tochter – sie wanderte mit einem amerikanischen Soldaten gleich nach dem Krieg aus und blieb von da an verschollen – und einen Sohn, der während eines Ferienschullagers auf rätselhafte Weise in der Loire ertrank) verteilte also Madame Coco ihre massive Liebe an die Künstler des ›Viertels‹, die oft bei ihr in der dumpfen Concierge-Wohnung hockten, einen Aperitif schlürften, ein Glas Pinot noir tranken und das harte Gebäck knabberten, das Madame in großen Blechdosen aufbewahrte. Sie buk zweimal im Jahr einen Berg von Plätzchen: zu Ostern und Weihnachten. Die Blechdosen reichten dann immer genau bis zum neuen Backmarathon. Dafür erfuhr Madame Coco das ganze Leid dieser Welt. Bei ihr weinte man sich aus, bei ihr diskutierte man, an ihrem Küchentisch veränderten Feuerköpfe die ganze Welt. Sie war der seelische Schuttabladeplatz von Saint-Germain-des-Prés ... aber sie war auch der Engel, der Rat und Hilfe austeilte und der keinen einsam ließ, wenn er menschliche Wärme suchte.

»Du hast ein Problem, Pierre«, sagte Madame Coco, als sie Ev halb tragend, halb schleifend in die Küche gebracht hatte. Sie setzten sie auf einen Stuhl, und dort sank Evs Kopf auf die Brust, und sie schlief sofort ein.

»Ich weiß«, sagte Pierre. »Ich brauche ein gutes Frühstück und habe keinen Franc in der Tasche.«

»Das ist kein Problem, sondern alltäglich.« Madame Coco betrachtete Ev mit einem Blick, in dem die Erfahrung von vierzig Jahren Quartier lag. »Ein anständiges Mädchen ...«

»Sehr anständig. Eine Deutsche.«

»Das braucht nicht unbedingt zusammenzupassen.«

»Sie ist anständig. Sie bekommt ein Kind.«

Madame Coco warf einen vernichtenden Blick auf Pierre, schnaufte durch die Nase und zeigte mit dem Daumen gegen die Decke.

»Oben ist noch Monky –«

»Mein Gott! Sie muss doch längst auf der Faubourg sein!«

»Sie ist aber noch in deinem Bett.«

Pierre setzte sich an den Tisch, Ev gegenüber und kratzte sich mit beiden Händen den Kopf. Monky, dachte er. Du lieber Himmel, dieses Geschrei, wenn sie Ev sieht, dieses Theater mit allen Requisiten. Monky ist eine große Werferin, was sie in die Finger bekommt, fliegt durch die Luft.

»Wir sollten Ev ins Bett bringen«, sagte Pierre diplomatisch. »Soll sie auf dem Stuhl schlafen?«

»Dann geh rauf und räum dein Bett.«

»Mère Coco ...« Pierre wischte sich über die Augen. Wer kann Monky aus einem Bett vertreiben, in dem sie sich wohl fühlt? »Wenn ich Sie bitten dürfte ...«

»Nein!«, sagte Madame Coco sofort und sehr laut. »Nein!«

»Petite mère –«

»Lass den Blödsinn!« Sie ging zum Küchenschrank, zog eine Schublade heraus, nahm einen überdimensionalen Kamm heraus und versuchte damit, ihre grellrot gefärbten Haare in eine gewisse Ordnung zu bringen. Es war ein täglicher Kampf, seit zehn Jahren, wo sie begonnen hatte, sich diese Löwenmähne zuzulegen. »Du bist ein Feigling, Pierre!«

»Bei Monky – ja. Ich gebe es zu. Ich besitze nur noch drei Tassen und eine Kanne mit abgeschlagenem Ausgießer. Sollen sie auch noch an der Wand kleben? Petite mère, Sie können es so vollendet, dass niemand widerstehen kann.«

»Ich packe sie am Kragen und werfe sie hinaus!«

»Genau das meinte ich.«

»Eine schlappe, knochenlose Jugend! Mon Dieu, wie hat sich die Welt verändert!« Sie betrachtete wieder die schlafende Ev, wuchtete dann zur Tür und rückte ihre Schürze gerade, wie ein Soldat seine Uniform ordnet vor einem Appell. In der Tür blieb sie stehen und blickte aber noch einmal zurück zu Pierre, der eine seiner zerknitterten Zigaretten geradebog.

»Soll sie wiederkommen, oder ist es endgültig?«, fragte sie rau.

»Wieso?«

»Man kann Hinauswürfe dosieren, du Idiot!«

»Sagen wir: endgültig. Im Notfall weiß ich, wo ich Monky erreichen kann.«

»Für diese Antwort sollte man dir eine runterhauen.« Madame Coco streckte den Arm aus wie ein Pfahl, der gleich eingerammt werden soll. »Die Blechdose steht hinter der linken Schranktür. Aber nur vier Stück. Ich habe sie gezählt.«

»Danke, Coco.« Pierre warf ihr eine Kusshand zu. »Sie sind der kühle Brunnen in der Wüste –«

Die Tür krachte zu, Ev zuckte im Schlaf leicht zusammen, aber sie erwachte nicht. Wer eine ganze unendliche Nacht lang durch die Straßen von Paris läuft und sich endlich entschlossen hat, das Leben wegzuwerfen, der zerfällt in der alles ergreifenden Erschöpfung, wenn er dennoch überlebt. Und dann der Weg vom Arc de Triumph bis über die Seine zur Rue Princesse ... sie hatten ihn zu Fuß gehen müssen, denn für die U-Bahn hatte Pierre kein Geld, und Evs Hände waren auch leer. Die letzte Reise ist ein Freifahrschein. »Vielleicht steht Fifi noch am Pissoir!«, hatte Pierre gehofft. »Mit etwas Fantasie kann man ihn wieder flicken, und Sie setzen sich auf die Rahmenstange.« Aber Fifi lehnte nicht mehr am eisernen Gitter. So gebrechlich kann nichts sein, dass nicht irgendein Liebhaber Gefallen an ihm findet. Das gilt für die Dinge wie für die Menschen.

Pierre lehnte den Kopf zurück und lauschte nach draußen. Gleich geht es los, dachte er. Monkys schrille Stimme. Wenn sie loslegt, kann sie damit Glas zerspringen lassen. Wie Caruso, nur nicht so schön. Und einen unwahrscheinlichen Vorrat an Schimpfworten hat sie, der verblüfft. Wer Monkys Gemeinheiten hört, hat bisher von der französischen Sprache nur einen Teil beherrscht. Man ist verblüfft, wie viel die paar Buchstaben des Alphabets hergeben. Da gibt es Wortschöpfungen, um die sie jeder moderne Literaturstammler beneiden würde.

Monky. Pierre beugte sich über den Tisch und sah Ev in das gelöste, schlafende, bleiche Gesicht. Lange, dunkle Wimpern. Die Haare wie zerrupfte Goldfäden. Eine schmale Nase. Ein Grübchen im runden Kinn, nur angedeutet. Lippen, die jetzt wieder voll waren, nicht mehr die dünnen, roten Striche, die das Gesicht zerteilten wie eng beieinander liegende Narben. Darunter das über den Brüsten aufgerissene Kleid mit dem Stofflappen, mit Leim auf den BH geklebt.

Pierre lehnte sich wieder zurück, steckte sich die glatt gestrichene Zigarette an und inhalierte den Rauch. Wenn Madame Coco das sah, würde sie wieder losdonnern. Sie hatte einen Bruder gehabt, der an Lungenkrebs gestorben war.

Ev ... dachte Pierre. Eva Bader, aus Irgendwo in Deutschland. Mit einem Kind im Bauch. Das klingt ordinär, aber es ist die glatte Wahrheit. Warum soll man romantisch sagen: »Unter dem Herzen?«

Ev ... was machen wir jetzt mit dir? Nicht heute, da schläfst du, aber morgen und übermorgen und in all den folgenden Tagen? Ich bin ein ganz armer Hund, ich werde dich ernähren können, wie ein Clochard seinen Hund ernährt. Ab und zu eine Hand voll Fressen. Nein, Ev, ich bin kein Faulenzer, bestimmt nicht. Ich werde sehen, ob ich in den Markthallen, morgens von vier bis sieben, einen besseren Job bekomme, als Säcke zu schleppen. Aber weißt du, wie es da zugeht? Da stehen sie Schlange, die Pennbrüder und Arbeitslosen, man kann sie sich aussuchen, ein moderner, gespenstischer Sklavenmarkt, jeden Morgen, wenn es noch dunkel ist. Wer macht's für vier Francs? Was sind vier Francs? Vier Francs für eine Stunde Schlepperei. Aber sie können die Preise diktieren, es stehen ja genug herum, die es für vier Francs machen. Trotzdem will ich's versuchen. Vielleicht bei Monsieur Biquot. Ein Südfrucht-Exporteur. Da war neulich die Stelle eines Gabelstaplerfahrers frei, ich kam nur sieben Minuten zu spät.

Und malen werde ich, Ev. Malen, was die Leute wollen. Ein Reh im Wald, oder ein Schiff auf brausender See, oder eine Berghütte in schroffen Felsen. Jeden Kitsch werde ich malen, wenn er sich verkaufen lässt. Ich werde die Werbeagenturen abklappern wie eine Vormittagshure die Parks und alles annehmen, wenn nur ein Franc dabei herausspringt. Ev, ich werde uns durchbringen, wir werden weiterleben … mehr kann ich dir nicht versprechen.

Er zerdrückte die Zigarette auf einer Untertasse, stand auf, holte aus der linken Küchenschranktür die große Blechdose und suchte sich vier Plätzchen heraus. Zwei mit Zuckerguss, eins mit Schokolade und eins mit bunten Zuckerkügelchen.

Was soll das, dachte er, als er in das erste, knochenharte Plätzchen biss. Es zerkrachte zwischen seinen Zähnen. Ostern war lange vorbei, natürlich. Ich mache Pläne mit Ev. Morgen wird alles anders sein. Morgen ist sie ausgeschlafen, wird ihre Lage nüchtern betrachten und davonlaufen, ohne sich weiter um mich zu kümmern.

Es war ein Gedanke, der ihn plötzlich innerlich unruhig machte und der ihm sogar wehtat.

Nicht umsonst ging man Madame Coco in der ganzen Umgebung aus dem Weg, wenn sie wütend war. Abgesehen davon, dass man mit ihr nicht diskutieren konnte, wenn sie eine festgefasste Meinung hatte – und sie hatte immer Recht, weil sie die

Verkörperung des gesunden Menschenverstandes war –, es gab auch niemanden, der sich bei allem persönlichen Mut bereit erklärte, Cocos wogende Erregung zu bremsen. Man kann ein Meer eindämmen oder eine Lawine umlenken, Madame zu besänftigen, ohne sie zu erschlagen, war unmöglich.

Monky hatte das Pech, mit dem Rücken zur Tür zu stehen, als sie aufgestoßen wurde. So hörte sie nur, dass jemand hereinkam, reckte sich wie eine in der Sonne liegende Katze und bot damit ein Bild, das jeden Mann – Alter spielt da keine Rolle mehr! – in Verzückung gebracht hätte. Sie war nackt, und ihr wirklich schlanker, makelloser, langbeiniger, schmalhüftiger, zartgliedriger, weißhäutiger Mannequinkörper schimmerte wie mit flüssigem Glas bestrichen gegen die helle, vom blauen Herbsthimmel gefärbte große Scheibe, die die Hälfte des schrägen Daches ersetzte. Das Einzige, was störte, war ein langer hässlicher Kamin des Nebenhauses, der in das Bild ragte, mit einem verrosteten, beim Drehen schauerlich quietschenden Rauchaufsatz.

»Pierre, mon Toutou, freust du dich? Ich hatte keine Lust, zu dem dummen Bioggia zu gehen. Hast du ein schönes Bild gemalt?«, fragte sie.

»Toutou freut sich nicht!«, sagte Madame Coco. Ihre Stimme dröhnte in dem erbärmlich möblierten Raum. Monky fuhr mit einem spitzen Schrei herum, drückte eine Hand gegen die Brust und die andere etwas tiefer und blieb so stehen, ein Bild überraschter Unschuld. Ihre Kulleraugen, durch Striche und Schatten überdimensional vergrößert, starrten Coco mit gut gespieltem Entsetzen an.

»Stell dich nicht so an!«, sagte Madame rau und ließ die Tür hinter sich offen. »Gestern lagst du mit ihm zusammen im Bett, da hast du nicht gequietscht, als ich reinkam. Steh nicht rum, zieh dich an und dann hinaus!«

»Wo ist Toutou?«, fragte Monky und blieb stehen, eine Hand oben, eine Hand unten. Dieses Foto in LIFE war hundert Dollar wert! »Wohnt Toutou nicht mehr hier? Haben Sie ihn endlich auf die Straße gesetzt, Sie rote Hexe?«

Die Stimme wurde schrill. Es soll vorkommen, dass auch Nachtigallen heiser werden.

Man kann zu Madame Coco vieles sagen, nur ihre roten Haare muss man in Ruhe lassen. Natürlich waren sie gefärbt, ein solches Rot gibt es in der Natur überhaupt nicht, aber das mit den Haaren ist eine besondere Sache, auf die wir noch zu sprechen kommen. Monky jedenfalls hatte von diesem Satz an keinerlei Chancen mehr, bei Madame Coco auch nur einen Krümel zu bekommen. Das Einzige, was hätte versöhnlich wirken können, wäre eine Eigenstrangulation gewesen.

»Du Miststück!«, sagte Coco aus voller Brust. Niemand in Paris konnte so etwas so total vernichtend aussprechen. »Du leere Nuss!« Sie streckte ihre gewaltigen Arme aus und wedelte mit den Händen. »Sieh dir diese Hände an, Flittchen! Mit denen wickele ich dich wie einen Kranz um meine Haare ...«

Man lernt als Mannequin, sich in Sekundenschnelle an- und auszuziehen. Da sitzt jeder Griff, und jedes Kleidungsstück ist irgendwie programmiert. Monky verzichtete auf weitere Streitereien, sie verzichtete auch auf ihre glasbrechende Stimme, unter dem Angst verstäubenden Blick von Madame Coco zeigte sie ihr Können im Anziehen und trippelte dann zur Tür. Erst im Flur, an der steilen Treppe nach unten, drehte sie sich um. Coco beugte sich über das Geländer, ein Kopf in Flammen.

»Ich werde Toutou wieder sehen«, zischte Monky, bereit, die Treppe hinabzuflüchten, falls sich der Berg da oben in Bewegung setzen sollte. »So einfach ist das nicht. So einfach nicht! Ich liebe Toutou ...«

Dann rannte sie die Treppe hinunter, aus dem Haus, stolperte fast über den noch in der Sonne liegenden dicken Hund mit dem schrecklich nackten langen Schwanz und blieb vor dem alten Mann im Korbsessel stehen. Der Ehestreit im Nebenhaus hatte aufgehört, es gab nichts mehr zu belauschen.

»Sie hat mich hinausgeworfen!«, schrie sie. »Die rote Hexe hat mich hinausgeworfen. Wenn Sie Toutou sehen, Monsieur, bitte, grüßen Sie ihn von mir.«

»Wer ist Toutou?«, fragte der alte Mann. Toutou kommt aus der Kindersprache und heißt schlicht Hündchen. »Ist das ein Mops?«

Monky starrte den Alten an, sagte: »Hier wohnen nur Verrückte«, und lief weiter, hinunter zur Place St. Sulpice mit seiner schönen Kirche, dem Siegestempel während der Großen Revolution.

Pierre kaute gerade an seinem vierten Gebäck, als Madame Coco wieder in der Küche erschien. Er starrte sie ungläubig an und legte das angebissene Plätzchen weg.

»Das ist doch nicht möglich«, sagte er heiser.

»Was?« Coco wuchtete zum Herd. »Nicht einmal Wasser hat er für den Kaffee aufgesetzt! Wenn Faulheit stinken würde, schwämmen wir in einer Kloake!«

»Petite mère ... Sie haben Monky nicht in die Flucht schlagen können?«

»Wieso denn?« Sie füllte den Wasserkessel, zündete die Gasflamme mit einem Knipser an und wischte sich dann die Hände an der Schürze ab.

»Sie ist doch noch oben!«

»Blödsinn! Sie ist weg.«

Pierre holte tief Atem. Man kann Unwahrscheinliches schwer begreifen.

»Ohne Krach? Ohne Geschrei? Ohne Zertrümmerungen? Ich habe nichts gehört.«

»Sie hat meine Haare beleidigt ...«

»O Gott ... sie ist tot?«

»Es hätte nicht viel gefehlt. Aber sie wurde flink wie ein Wiesel.« Madame Coco lehnte sich gegen den Herd. Hinter ihrem gewaltigen Rücken begann der Wasserkessel leise zu singen. »Sie hat eine herrliche Figur, Pierre. Aber wenn man ihren Kopf aufklappt, wird es nur stauben. Was hast du ihr versprochen?«

»Nichts. Ich habe sie als Modell gebraucht.«

»Unter der Bettdecke?«

»Das war die Honorarabrechnung. Francs kann ich nicht bieten.« Er holte drei Tassen und drei Teller aus dem Schrank und reichte Madame Coco die Büchse mit dem gemahlenen Kaffee hinüber. »Monky ist wirklich weg?«

»Lüge ich jemals?«, sagte Coco grollend.

»Und kommt nicht wieder?«

»Da bin ich nicht so sicher.«

»Aber wenn sie kommt, muss sie ja an Ihnen vorbei, petite mère ...«

»Das ist ein schlimmer Weg.« Sie beugte sich etwas vor und strich die brandroten Haare zur Seite. Sie hatte kleine, ergreifend gütige, graugrüne Augen in dem massigen Gesicht, und wer diese Augen sah, wurde überwältigt von einem Gefühl kindlicher Liebe. »Bin ich ein Scheusal, Pierre?«

»Sie sind unbeschreiblich, petite mère ... etwas wie Sie müsste ewig sein wie Paris«, sagte er, ehrlich ergriffen.

Der Wasserkessel begann zu pfeifen. Ev zuckte zusammen und riss krampfhaft die Augen auf. Sie blickte sich schlaftrunken um, erkannte nicht sofort ihre Umgebung und klammerte sich an der Tischkante fest.

»Es gibt Kaffee, Weißbrot und Käse, Mademoiselle«, sagte Madame Coco und goss den Kaffee auf. Der Geruch war herrlich. »Und du, Pierre, gehst hinauf in das Zimmer und überziehst das Bett! Und lüfte die Bude! Du weißt, warum ...«

Gehorsam verließ Pierre die Küche, und Madame Coco deckte den Tisch, holte das knusprige Stangenbrot, Butter und einen Block Weichkäse und drückte Ev ein Messer in die Hand.

Als sie danach ihre Hand zurückzog, berührte sie Evs Haare. Nur den Bruchteil einer Sekunde blieb die Hand auf dem goldschimmernden Kopf liegen, drucklos, schwebend ... aber das war schon mehr an mütterlichem Gefühl, was Madame Coco in den letzten Jahren so offen gezeigt hatte.

Später, nach dem Frühstück, das Ev zu sich nahm wie eine Somnambule, halb im Wachzustand, halb noch im Schlaf gefangen, trugen Madame Coco und Pierre sie hinauf ins Zimmer. Sie schlief schon wieder, obwohl Cocos Kaffee nachgewiesenermaßen eine Potenzierung von Irishcoffee war und schon manchen Müden zum Wachsein verholfen hatte.

»Mein Gott, sie ist vernichtet«, sagte Madame denn auch, als Ev in Pierres frisch bezogenem Bett lag (die Bettwäsche stellte Madame), und sie sagte richtig nicht müde, sondern vernichtet. »Sie ist mehr tot als lebendig ... hast du Klotz das nicht gemerkt?«

»Ich habe nicht darüber nachgedacht.« Pierre setzte sich neben Ev auf die Bettkante und strich ihr die Haare aus dem entspannten Gesicht. »Ich bin mit ihr gelaufen und gelaufen, nicht den direkten Weg vom Arc nach hier, sondern Umwege. Ich dachte mir, solange sie neben mir läuft, denkt sie nicht mehr ans Sterben. Was ich ihr alles erzählt habe ... ich weiß es nicht. Ich habe ihr einfach keine Ruhe mehr gelassen, über sich selbst nachzudenken.«

»Und jetzt?«

»Sie schläft.«

»Später, du Schwachkopf?« Madame setzte sich vorsichtig auf

einen Hocker vor der Staffelei. Sie kannte ihre brüchigen Möbel. Hinter ihr stand die Leinwand. Ein weiblicher Akt war mit Kohlestift angerissen. Langbeinig, sylphidenhaft schlank, etwas gebogen, vom Scheitel bis zu den Füßen eine gespannte Sehne der Erotik. Monky …

Madame Coco stieß mit dem Daumen über ihre Schulter. »Soll sie so dastehen wie diese Nutte?«

»Monky ist im Grunde ein liebes und anständiges Mädchen.«

»Sie hat meine Haare beleidigt!«

»Nein.«

»Was nein?«, sagte Madame drohend.

»Ev wird nicht ein Aktmodell sein. Ich weiß überhaupt nicht, ob ich sie jemals malen werde.«

»Und wenn, dann nur als Madonna.«

»Sie übertreiben plötzlich, petite mère.« Pierre rückte zur Seite. Ev hatte im Schlaf die Beine angezogen, rollte sich zusammen und beanspruchte die ganze Breite des Bettes. Sie schlief wie ein Kind, und man wartete darauf, dass sie den Daumen in den Mund steckte. »Ich weiß nichts über sie. Sie hatte keinen Koffer bei sich, keine Tasche, nichts!«

»Wenn man vom Arc de Triomphe springen will, nimmt man auch keine Koffer mit. Aber irgendwo muss sie ja gewohnt haben. Irgendjemand muss sie heute vermissen. In irgendeinem Schrank hängen ihre Kleider. Sie hatte Bekannte, Freunde, vielleicht sogar einen Liebhaber …«

»Natürlich. Ein Kind bekommt man nicht von einem Automaten gemacht«, sagte Pierre. Madame Coco bestrafte ihn für diesen Satz mit einem tiefen Knurren.

»Du hast nach gar nichts gefragt, nicht wahr?«, sagte sie danach.

»Nein. Sie wird es von allein erzählen, wenn sie ausgeschlafen hat.« Sie wird weggehen, dachte er. Das ist es. Sie wird sich bedanken, versprechen, dass sie vernünftig geworden ist, dass sie nicht mehr an das Sterben denken will … ja, und dann wird sie gehen. Wer kann sie daran hindern? Ein Tag kommt und geht, und viele Menschen sind nur eine Aneinanderreihung von Tagen …«

»Du solltest sie hier behalten«, sagte Madame, als könne sie Gedanken lesen. Manchmal war sie unheimlich mit ihrer alles ertastenden Seele.

»Hier?« Pierre blickte sich um. Zum ersten Mal hatte er ein Auge für die Schäbigkeit seines Zimmers. Das Schönste war die Glaswand mit dem Himmel von Paris und dem Schornstein des Nachbarhauses. Er gehörte einfach dazu, das sah er jetzt ein. »Ich schulde Ihnen für neun Monate die Miete, petite mère.«

»Zehn Monate. Streiten wir uns nicht darüber.«

»Ich kann Ev nicht ernähren.«

»Du wirst dir die Füße wund laufen müssen, um etwas zu verdienen. Es gibt Arbeit genug in Paris.«

»Wer weiß, ob sie das will? Wenn sie aufwacht, wird sie eigene Vorstellungen von ihrem Leben haben.«

Madame Coco stützte die Ellbogen auf ihre gespreizten Knie und legte den Kopf in die gewaltigen Hände. Was kann man alles, wenn man muss, mein Junge, dachte sie. Als Louis vom Kirchendach fiel, habe ich nicht einen Tag gezögert. Ich habe Treppenhäuser gewischt und nachts in Großwäschereien die dampfenden Körbe getragen. Damals gab es noch keine Maschinen, wo man nur auf einen Knopf zu drücken braucht, und die Technik macht alles andere. Ich bin nicht mit diesen roten Händen geboren worden, mein Junge ... da hat sich die Lauge von fünf Jahren eingefressen. Aber dann hatte ich es geschafft. Dieses Misthaus in der Rue Princesse stand zum Verkauf, und als ich es kaufte, küsste mich der Nachlassverwalter, denn ich war nach zweiundfünfzig Interessenten die Einzige, die nach Besichtigung dieses Kastens nicht flüchtete. Aber das weiß keiner, dass mir das Haus gehört ... es heißt immer, ein reicher Kerl halte es sich aus Pietät, weil er in ihm in seiner Jugendzeit dort ein Mädchen geliebt habe. Man glaubt hier solche romantischen Märchen. Die Mieten gehen auf ein Konto der Crédit Lyonnais, ich selbst habe mich als Concierge eingestellt. Glaubst du, ich könnte als Concierge zehn Monatsmieten verschweigen, wenn ich einen Hausherrn hätte? Aber ihr denkt nicht, ihr Jungen ... ihr haltet euch für so klug und modern und allwissend und seid doch so naiv, wie euch die Natur geschaffen hat.

»Hat sie einen Beruf?«, fragte sie plötzlich. Pierre fuhr zusammen, er hatte gerade daran gedacht, wie er Ev nachlaufen würde, wenn sie wirklich wegging.

»Sie ist Studentin. Sie wollte Lehrerin werden, aber jetzt studiert sie Romanistik.«

»Eine Studierte.« Madame schnaufte durch die Nase. »Wir

werden es schwer haben mit ihr. Soll das Bild hinter mir stehen bleiben?«

»Warum nicht?«

»Es könnte sie erschrecken.«

»Dass ein Maler nackte Mädchen malt, ist nichts Neues.«

»Sie könnte denken, dass du nur nackte Mädchen malst.«

»Wenn Sie meinen, Madame Coco.« Er stand auf, hob die Leinwand von der Staffelei und tauschte sie aus gegen ein fertiges Bild. Es standen genug rundherum an den Wänden. Eine Landschaft, sonnendurchglüht. Man roch den Dunst der Erde. Die Sonne ... die große Erinnerung an Loretta de Sangries, die schöne Mama –

»Du solltest gleich damit anfangen«, sagte Madame streng.

»Womit?«

»Mit dem Geldverdienen. Willst du auf dem Bett hocken, und ihre Atemzüge zählen? Das bringt nichts ein ...«

»Ich ... ich habe Angst«, sagte Pierre bedrückt.

»Vor dem Türenabklappern?«

»Dass sie nicht mehr hier ist, wenn ich zurückkomme –«

»Wozu hast du deine petite mère, du Hohlkopf?« Madame Coco wies streng auf die Tür. Vor dieser massiven Aufforderung gibt es kein Drücken mehr. »Geh zu Monsieur Callac und nimm drei Bilder mit. Keine Landschaften, die Bauernköpfe.«

»Ausgerechnet Callac!« Pierre zögerte. Die Galerie Marius Callac am Quai de Montebello war berühmt für ihre vorzüglichen Gemälde moderner Künstler und berüchtigt wegen Marius Callac selbst. Wer bei Callac im Fenster stand, war ein gemachter Mann, wer in der Galerie an den Wänden hing, saß zumindest auf der untersten Sprosse der Erfolgsleiter. Wer einmal bei Callac hinausgeflogen war, konnte ruhig den Beruf wechseln. Callacs Augen waren unbestechlich. Pierre de Sangries war schon dreimal hinausgeflogen.

»Bestell ihm einen Gruß von mir.«

»Bezahlen Sie die Hospitalkosten, petite mère?«

»Er redet, redet, redet! Nimm die Bilder und geh!« Madame Coco schlug auf ihre dicken Knie. »Wer Erfolg haben will, beginnt nicht beim Trödler!«

Pierre suchte die drei Bauernköpfe aus den Stapeln von Bildern heraus, verschnürte sie mit Bindfäden und blieb dann unschlüssig an der Tür stehen.

»Ist noch etwas?«, fragte Madame.

»Ich kann mich darauf verlassen, dass Ev …«

»Hinaus!« Madame Coco zeigte auf die Tür. »Jede weitere Frage ist eine Beleidigung.«

Dann war sie allein mit Ev, betrachtete sie stumm, mit gefalteten Händen, und dachte an ihre Tochter, die irgendwo im weiten Amerika verschollen war. Es war möglich, dass sie noch lebte, vielleicht nicht einmal schlecht lebte, aber sie erinnerte sich ihrer Mutter nicht mehr. Kann ein Kind die Mutter vergessen? Kann man vergessen, dass man hier auf der Rue Princesse gespielt hat, den Ball gegen die Hauswand warf und wieder auffing, und bei jedem Aufprall staubte es und schwebte eine Wolke glitzernden Staubs durch die Sonne, die Straße entlang. Wölkchen auf Wölkchen, immer wenn der Ball gegen die Wand prallte. Kann man das vergessen …

»Sie war so jung wie du«, sagte Madame leise. »Sie hatte schwarze Haare, so glänzend, als würde ich sie ihr jeden Morgen mit Wichse einreiben und blank bürsten. Sie war das schönste Kind in ganz Saint-Germain-des-Prés. Glaub es mir. Ich habe die Tapete von der Wand gekratzt, als sie plötzlich auf und davon war. Mit einem breitschultrigen amerikanischen Soldaten, haben mir die Nachbarn erzählt. Ich war nicht hier … ich stand in der Schlange vor Monsieur Abondis Laden, seit fünf Uhr früh. Es sollte Maismehl und pro Person eine geräucherte Makrele geben … Sie hat nichts hinterlassen außer zehn Packungen Chesterfield. Ich habe sie zerstampft, zu Krümeln zerstampft.« Sie holte Atem, stand auf, ging leise zum Bett und deckte Ev zu. Dann blieb sie stehen, sah erst jetzt, dass das Kleid über der Brust aufgerissen war und deutete es ganz richtig als Folge eines Kampfes um Leben und Tod. Pierre war kein Bursche, der aus anderen Gründen jungen Mädchen die Kleider zerriss.

»Du hast doch eine Mutter«, sagte sie fast streng. »Und wenn nicht mehr … kein Mensch ist so völlig allein, wenn er will, dass Menschen ihn verstehen. Sich vom Arc stürzen! Weil man ein Kind bekommt! Wenn das jede machen würde … dann könnte man die Mädchen auf dem Pflaster aufsammeln wie geplatzte Kastanien …«

Sie ging leise zur Tür, schob sich auf den Flur und drückte die Tür ebenso leise ins Schloss. Unten setzte sie sich an den Küchentisch, ließ ihre Wohnung offen, was einen direkten Blick zur

Treppe und zur Haustür bot, und faltete die Zeitung auseinander, um die Fortsetzung des Romanes zu lesen.

Es gab keine Wanze, die ungesehen an Madame vorbeikam.

Eine halbe Stunde später klingelte das Telefon bei Madame Coco. Es war Marius Callac, der in seinem kleinen Büro saß und zunächst erregt schnaufte, ehe er ein Wort herausbekam.

»Denken Sie zweimal, ehe Sie sprechen!«, sagte Madame sofort. »Ich wusste, dass Sie anrufen, Marius.«

»Bei aller alten Freundschaft, Cosima – was haben Sie mir da ins Haus geschickt.« Marius Callac war noch aus der Generation, die wusste, dass Coco einmal vernünftig Cosima geheißen hatte. Er war auch einer der wenigen, die sich noch erinnern konnten, dass Cosima Lebrun lange, zu Zöpfen geflochtene schwarze Haare getragen hatte und ein schlankes Mädchen war, hinter der die Männer her waren wie in Prag die Hundefänger hinter den Hunden. Das war 1913 ... eine ferne, ferne Welt mit Pferdebahnen und Reiherhüten, tuckernden, bizarren Autos und dem verlogenen Charme eines angeblich immer währenden Friedens.

»Der Junge heiße Pierre de Sangries.«

»Ich weiß, ich weiß!« Callac schnaufte wieder. »Nur Ihre Empfehlung, Cosima, hinderte mich daran, ihn das vierte Mal vor die Tür zu setzen. Haut mir da drei fürchterliche Bauernköpfe auf die Theke! Köpfe! Bauern! Gemalt, als habe er die Pinsel in den After gesteckt! Pardon. Ich bin ehrlich empört, Cosima! Ist das ein Scherz?«

»Kaufen Sie die Bilder, Callac«, sagte Madame Coco.

»Ich müsste mich im nächsten Spiegel anspucken, wenn ich das täte!«

»Bieten Sie Pierre für jedes Bild hundert Francs.«

»Cosima! Bei aller alten unerwiderten Liebe: Ich bin kein Trottel!«

»Dreihundert Francs, Marius. Ich lasse Ihnen morgen das Geld auf Ihr Konto überweisen.«

»Verrückt. Verzeihen Sie, Cosima, aber warum geben Sie dem Stümper die dreihundert nicht selbst?«

»Er soll das Gefühl haben, etwas verkauft zu haben.«

»Bei mir? Damit er es überall erzählt: Ich habe bei Callac drei

Bilder losbekommen! Drei direkt! Bauernköpfe! Allons enfants des beaux-arts! Das kann man nie wieder gutmachen. Das ruiniert mich, Cosima!«

»Pierre ist ein Genie … Sie sehen es bloß noch nicht.«

»Dann weiß er ein blendendes Versteck für seinen Genius.«

»Marius, ich sage Ihnen: Merken Sie sich den Namen! Pierre de Sangries. Es würde mir Leid tun, wenn Sie einmal zu spät kämen.«

»Ich bin schon einmal zu spät gekommen. Cosima, wenn wir das Jahr 1914 –«

»Es kommt nicht wieder, Marius.« Madame Coco lächelte. O ja, sie konnte sogar in solchen Augenblicken verträumt lächeln. »Geben Sie Pierre die dreihundert. Es wird seine Seele weit machen wie den Himmel über dem Etang de Vaccarès …«

»Warum sagen Sie das, Cosima?« Callacs Stimme schwankte. Etang de Vaccarès, die Camargue, die Unendlichkeit von Himmel, Meer und Land. 1914, zwei Tage vor der Kriegserklärung. Eine Liebe zwischen den Büscheln salzigen Grases. Als der Krieg zu Ende war, hieß die große Sehnsucht aller Jahre bereits Cosima Lebrun. »Mein Gott, warum haben Sie für diesen schrecklichen Pierre de Sangries nicht schon längst die unbekannte Muse gespielt?!«

»Da gab es noch keine Eva, Marius.«

»Keine was?«, fragte Callac erschrocken. Sie ist verrückt geworden, dachte er betroffen. Arme Cosima, wie alt bist du jetzt? Rechne ich richtig? Es müssen 76 Jahre sein. Aber die vergisst man, wenn man deine grauenhaft roten Haare sieht.

»Das verstehst du nicht, Marius«, sagte Madame. Und sie lachte sogar, was Callac noch mehr erschreckte. »Sei einmal in deinem Leben so etwas wie ein Engel – und merke dir den Namen Pierre de Sangries. Er hat etwas von van Gogh.«

Sie beendete das Gespräch, bevor sie Callacs neue Antwort hörte. Man redet und schreibt zu viel unwichtige Dinge, war ihre Ansicht. Was wirklich Wert ist, wird davon erwürgt.

Ev erwachte, weil sie fror.

Es war nicht die Kälte, die ihren Körper durchschüttelte … es waren die sich entspannenden Nerven, die jetzt revoltierten, nachdem man sie bis zum Zerreißen strapaziert hatte. Sie zog die Decke bis zum Kinn, krümmte sich zusammen, klapperte mit den Zähnen und wurde hin und her geworfen von dem eisigen Strom, der sie durchzog. Sie tat nichts dagegen, sie wusste nichts, was diesen Schüttelfrost vertreiben konnte, aber sie dachte: Jetzt sterbe ich doch! Das ist das Herz. Mein Blut ist kalt. Ich erfriere, weil das Herz nicht mehr schlagen will. Wenn die Kälte mein Gehirn erreicht, ist alles vorbei. Alles.

Dass sie solches noch denken konnte mit einem klaren Gehirn, fiel ihr nicht auf. Sie biss vor Kälte in die Bettdecke, wühlte den Kopf in das Kissen und schloss wieder die Augen.

Er dauerte nicht lange, dieser Kältestrom in ihr. Was ihm folgte, war eine große, aber seltsame sanfte Schwäche, eine taube Schwerelosigkeit. Sie blickte an die schräge Decke des Zimmers, dann hinüber zu der großen Fensterwand, hinter der sich der Himmel in einem sonnendurchwirkten Blau dehnte, durchschnitten von einem viereckigen Ziegelschornstein, auf dem sich die verrostete Rauchklappe träge drehte.

Die Wände sind mit Zeitungen tapeziert, dachte sie. Es riecht nach Ölfarbe und kaltem Zigarettenrauch. Da steht eine Staffelei. Ein Bild. Ein Hügel unter goldenem Himmel. Ist es Wein, was auf ihm wächst? Ein Stück Provence?

Wo bin ich?

Sie wagte nicht, sich zu rühren, aus Angst, das Frieren könne wieder anfangen. Pierres Zimmer, dachte sie. Wer hat mich heraufgetragen? Die Frau mit den feuerroten Haaren. Ich habe etwas gegessen, irgendetwas, ich weiß nicht mehr, was es war. Ich habe nur gekaut und geschluckt. Und Kaffee war da. Habe ich auch Kaffee getrunken? Gerochen habe ich ihn ... er war so wunderbar, der Geruch. Else, wo bleibt der Kaffee? Hubert Bader, nach dem Mittagessen. Obligatorisch zwei Tassen Kaffee und ein Kognak. Dann war die Welt auch am Nachmittag in Ordnung.

Kaffee auf der Terrasse von Château Aurore. Vierzehn junge unbekannte Männer lachen, tätscheln einen Körper ab, kneifen und streicheln. Vierzehn Väter ... Jules' arrogante Stimme: »Aber Mama, das hast du nicht gewusst? Mademoiselle ist ein flottes Mädchen ... Ein Prachtkind wird das bei vierzehn Vätern –«

Lasst mich sterben! Ich flehe euch an. Lasst mich doch endlich sterben.

Sie zog die Bettdecke über ihren Kopf und wartete, ob ihr Herz jetzt versagte. Aber es schlug weiter, wurde sogar ruhiger, sie konnte lang durchatmen, holte ein paar Mal tief Luft, fühlte sich wohler und streckte sich in dem fremden Bett aus. Der Geruch von Farbe, geölten Dielen und kaltem Rauch war wieder in ihrer Nase, und der hässliche Schornstein blickte ins Fenster wie ein dürres neugieriges Wesen mit einem Flügelhelm.

Unten kam Pierre zurück. Er hatte die Arme voll Plastiktüten, tanzte ins Haus, drehte sich pfeifend um sich selbst, wiegte im Walzertakt um den großen Küchentisch und drückte dabei Madame Coco einen Kuss in die rote Löwenmähne.

»Petite mère!«, rief er und lud die Tüten auf dem Tisch ab. »Es gibt noch Wunder auf dieser fürchterlichen Welt! Callac hat drei Bilder von mir gekauft. In bar gekauft. Dreihundert Francs! Was sagen Sie nun? Die Bauernköpfe. Monsieur, habe ich zu Callac gesagt, ich weiß nicht, was in Sie gefahren ist ... aber wenn Sie sich für diese dämlichen Köpfe begeistern, dann sollten Sie einmal genau meine anderen Bilder ansehen. Aber er ließ sich auf keine Diskussionen ein, drückte mir die Francs in die Hand und schob mich aus dem Laden. Er wird alt, der gute Callac. Früher hätte er diese Bilder als eine persönliche Beleidigung angesehen.«

»Und dann bist du hingegangen und hast einen Supermarkt leer gekauft!«, sagte Madame streng. Er ist ehrlicher gegen sich, als ich gedacht habe, sinnierte sie. Weißt du, warum ich die drei Bauernköpfe weghaben wollte? Warum ich Callac nicht mit deinen anderen Bildern belästigt habe? Es wird eine Zeit kommen, in der man dir für deine Sonnenbilder das Zehnfache, das Hundertfache von dem geben wird, was dir Callac widerwillig in die Hand gedrückt hat.

»Was hast du gekauft?«, fragte sie.

»Wein. Ein Huhn. Käse. Wurst. Kaviar –«

»Du bist verrückt, Pierre!«

»Wir wollen ein Fest feiern, petite mère.«

»Wegen dreihundert Francs!«

»Callac allein ist ein Feuerwerk wert!« Er setzte sich an den Tisch, umfasste die Tüten mit beiden Armen und zog sie an sich wie eine Geliebte. »Und wegen Ev«, sagte er sehr ernst. »Weil sie weiterlebt. Drei Bilder bei Callac. Ich glaube, Madame, Ev bringt mir Glück.«

»Wenn du es glaubst, ist das etwas Schönes, Pierre«, sagte Madame Coco und erhob sich seufzend von ihrem Stuhl.

»Geh hinauf. Vielleicht ist sie jetzt wach. Ich heize den Backofen an für dein verschwenderisches Huhn.«

Pierre öffnete leise und langsam die Tür und steckte den Kopf ins Zimmer. Das Bett stand in einer kleinen Nische, nicht einsehbar von der Tür, zumal auch noch ein kleiner Seitenvorhang diese Nische abteilte. Der bescheidene Komfort, einen winzigen Intimbereich abzugrenzen. Da sich im Bett nichts regte, tappte er auf Zehenspitzen ins Zimmer. In einer anderen Ecke stand ein einflammiger, uralter Elektrokocher auf einem wackeligen Blechtisch. Daneben ragte ein Wasserhahn aus der Wand, seit einem Jahr tropfend. Ein Becken mit abgeschlagener Emaille und auf dem Grunde, rund um den Abfluss voll abgesetztem Wasserstein, fing diese Tropfen auf. Klick-klick ... träge und unaufhörlich. Er hatte sich daran gewöhnt, und er wäre nervös geworden, wenn dieses melodische Tropfen plötzlich aufgehört hätte.

Er griff in seine Rocktasche, holte einige Büchsen mit Schmalzfleisch und Pâté heraus, stellte sie vorsichtig auf den Blechtisch und freute sich wie ein kleiner Junge, dass er Madame davon nichts erzählt hatte. Aus der Innentasche des Rockes zog er eine halbe Flasche Rosé de Provence, kein teurer Wein, aber immerhin zwei Stufen über dem Wein, den er sich leistete, wenn seine Freunde das Geld dafür zusammenlegten.

»Sie brauchen nicht auf Spitze zu tanzen ... ich bin wach«, sagte Ev.

Pierre fuhr herum. Er stellte die halbe Flasche Rosé in das Waschbecken, drehte den Hahn auf und ließ Wasser über die Flasche rieseln. Man soll einen Rosé gut gekühlt trinken.

»Wie fühlen Sie sich?«, fragte er. Was soll man anderes fragen, dachte er.

»Besser«, antwortete sie.

»Draußen ist ein heißer Tag. Zu heiß für September.«

»Hier ist es kühl.«

»Das wundert mich auch immer.« Er zeigte auf das große, schräge Fenster. »Das ist Norden. Ein Maler muss Nordlicht haben.«

»Warum?«

»Es ist das klarste Licht.«

»Aber Sie malen alles wie in Sonne getaucht.«

Das Gespräch versiegte. Er öffnete eine Büchse mit Pâté, holte einen Teller und ein Messer, steckte einen Kaffeelöffel in die Pastete und setzte sich zu Ev ans Bett. »Bitte –«, sagte er.

»So einfach rauslöffeln? Ist das nicht zu fett?«

»Ich weiß es nicht.« Er hob die Schultern. Sie schüttelte den Kopf und schob den Teller zur Seite auf die Matratze. »Wo haben Sie Ihre Kleider?«, fragte er plötzlich. Sie zuckte zusammen, und ihre schönen Lippen wurden wieder schmal und herb.

»Ich werde mir neue kaufen«, sagte sie nach einer Weile.

»Haben Sie denn Geld?«

»Ich werde etwas verdienen.«

»Wo haben Sie bisher gewohnt, Ev? Man kann die Kleider und alles, was Sie bisher besaßen, doch herausholen.«

»Ich gehe nicht mehr in das Haus zurück. Nie mehr!« Sie sagte es hastig und atmete dabei schneller.

»Dieser ... dieser Mann?«, fragte Pierre und begann, den Mann zu hassen, ohne ihn zu kennen.

»Auch.«

»Sie haben mit ihm zusammengelebt?«

»Nein.«

»Sie wollen es mir nicht erzählen?«

»Wozu? Es ist vorbei.«

»Ihre Eltern in Deutschland. Sie haben doch noch Eltern?«

»Sie dürfen das nie erfahren.«

»Sind sie so unmodern und spießerisch?«

»Im Gegenteil. Sie sind sehr tolerant.« Sie rutschte an der Wand hoch und schlug die Decke um ihre angezogenen Knie. »Es ist etwas anderes, Pierre. Ich habe gesagt: Ich werde allein fertig! Ich boxe mich durch. Habt keine Sorge, ich schaffe es aus eigener Kraft! Ich habe es nicht geschafft, und was ist von der Kraft geblieben? Ich bin kein Mensch, der auf das Mitleid anderer hofft.«

»Das klingt alt wie hunderttausend Jahre.«

»Manchmal ist man alt wie hunderttausend Jahre.«

»Madame backt für uns ein Huhn«, sagte Pierre. »Ich glaube, sie rechnet damit, dass Sie hier bleiben.«

Sie lächelte ein wenig traurig und ließ den Blick durch den Raum kreisen. Pierre verstand sie und stellte den Teller mit der Pâté auf den Fußboden. »Ich werde vieles umändern«, sagte er.

»Natürlich ein zweites Bett. Zwei kleine Sessel ... na, sagen wir Klappstühle. Ein Tisch. Wenn Sie Wert auf einen Teppich legen – ich male ihn Ihnen auf die Dielen.« Er folgte der Linie ihres Blickes und hob die Schultern. »Die Wände. Mit diesen Wänden habe ich schon viel Spaß gehabt. Links haben Sie den ganzen Roman ›Erinnerung an einen Sommer‹ von Daniel Fleurion an der Wand. Nur die siebzehnte Fortsetzung fehlt, diese Zeitung wurde vielleicht zum Ofenanzünden verwendet. Rechts neben dem Fenster ist die Politik. Das Jahr 1963. Es hat sich nichts geändert. Die gleichen Worte, die gleichen Lügen, die gleichen Versprechungen, die gleichen Beschimpfungen. Nur die Politiker haben gewechselt. Über Ihrem Bett sehen Sie den Wirtschaftsteil. Die Aktienkurse. Manchmal bin ich so geil, mich davorzusetzen und in Gedanken mit Aktien zu spekulieren. Kaufe für 50 000 Dollar Kupfer, verkaufe für 23 000 Dollar Zellulose. Das war ein Geschäft! Sehen Sie ganz links. Kupfer ist in vier Wochen um neun Punkte angezogen! Da habe ich sofort verkauft ...« Pierre zeigte hinüber zu der Wasserleitung. »Dort hängt die Kultur. Eine Kritik über ein Buch von Vernon. ›Mit diesem Roman hat sich Vernon in die Weltelite der Autoren geschrieben‹. Steht da. Neun Monate später lag der Roman im Ramsch in den Kaufhäusern. Weltruhm ist etwas Merkwürdiges, Ev. Überhaupt die ganze Kunstkritik. Ich bin nie dahinter gekommen, was Kunst ist. Warum ist Picasso ein Genie, wenn er links unten ein Auge, rechts oben einen Arm und in der Mitte ineinander verschlungene Dreiecke und Kreise malt? Und warum ist einer ein Stümper, wenn er ein Kornfeld malt, in das man sich hineinlegen und träumen möchte?«

Er schwieg. Warum sage ich das alles, dachte er. Interessiert es sie überhaupt? Sie hat den Schock überwunden, gleich wird sie aufstehen und sagen: Pierre, ich danke Ihnen für alles. Aber jetzt muss ich gehen ... Und keiner hat ein Recht, sie aufzuhalten.

»Ich könnte mich hier wohlfühlen«, sagte sie plötzlich.

Pierre legte die Hände auf den Rücken. Es war so verdammt dumm, dass sie zitterten und man das nicht unterdrücken konnte.

»Was haben Sie gesagt, Ev?«

»Ich werde den Roman links an der Wand ganz durchlesen.«

»Ev –« Er wollte nach ihren Händen greifen, aber sie versteckte sie sofort unter der Bettdecke.

»Das nicht, Pierre!«

»Ich wollte Ihnen nur danken, Ev. Sie bringen mir Glück. Ich habe heute bei Callac …«

Sie schob sich aus dem Bett, reckte sich und fuhr sich mit beiden Händen durch die Haare. »Ich habe mir überlegt, dass ich vielleicht Deutschunterricht geben könnte …«

»Hier? In Saint-Germain-des-Prés?«

»Ich werde eine Annonce aufgeben. Oder in einer Boutique arbeiten. In einem Übersetzungsbüro schreiben. In einem Kindergarten Verse und Spielchen lehren. Es gibt so viele Möglichkeiten. Ich will nicht, dass Sie glauben, Sie müssten mich ernähren, nur weil Sie mich nicht vom Arc de Triomphe springen ließen.«

»Wir wollen nie mehr darüber sprechen, Ev«, sagte er. »Wir wollen das vergessen. Versprechen Sie mir das?«

Er hielt ihr die Hand hin. Sie zögerte, blickte auf seine Handfläche, als sei sie ein Spiegel, in dem sie sich selbst fragen müsste.

»Es ist doch vorbei, Ev«, sagte Pierre leise. »Total vorbei.«

»Nein. Es wächst in mir neun Monate lang.«

»Auch das schaffen wir, Ev.«

Sie nickte, legte ihre Hand in seine und riss sie dann zurück, als habe sie sich verbrannt. Sie trat an die große Fensterwand und blickte über die Dächer. Ein Gewirr von Giebeln, Fenstern, Blumenkästen, wehenden Gardinen, rußgeschwärzten Kaminen, Vogelnestern, Taubendreck, Antennen und Wäscheleinen. Auf einem kleinen eisernen Balkon am zweiten Haus rechts lag ein nacktes Mädchen und sonnte sich auf einem roten Badetuch. Es sah aus, als läge es in seinem Blut. Links goss eine alte Frau ein Gewirr von Geranien. Ein Farbenrausch, in verrosteten Klammern an einer abbröckelnden Wand.

»Château Aurore«, sagte sie leise. Ihre Stimme war ganz klein und rührend kindlich. »In Boulogne, an der Seine. Fernand Chabras.«

»Der Chemie-Riese?«, fragte Pierre.

»Ja.«

»Der Alte selbst?«

»Sein Sohn. Jules.«

»Ich hole Ihre Sachen ab«, sagte Pierre. »Ich hole alles raus! Und Jules haue ich in die Fresse!«

»Er ist stärker als Sie.«

»Aber ich kenne einige gemeine Tricks. Ich bin aufgewachsen in einer Gesellschaft von Hyänen.«

»Was haben Sie davon, Pierre?« Sie drehte sich um und lächelte. Aber ihre Augen verschwammen, und zwei nasse Linien zerschnitten ihre Wangen. Sie weinte.

»Ich breche ihm die Knochen!«, schrie Pierre. »Ev, weinen Sie nicht. Bitte, weinen Sie nicht. Ich will nicht, dass Sie bei mir weinen. Ich bringe jeden um, der Sie zum Weinen bringt!«

»Sprechen Sie mit James, dem Butler. Oder mit Babette, der Hausdame. Es kommt nichts dabei heraus, wenn Sie sich mit Jules schlagen.« Sie kratzte über den festgeleimten Stofffetzen und zog daran. Er saß fest, wie auf die Haut geschweißt. Es juckte fürchterlich.

»Die Haut bleibt daran kleben«, sagte sie. »Was ist das für ein Leim?«

»Ein Kunststoffleim. Wasserunlöslich.«

»Aber irgendwie muss er doch abgehen.«

»Irgendwie bestimmt. Aber wie?«

Durch das Treppenhaus dröhnte Madames Stimme. Sie stand unten im Hausflur und brüllte nach oben. Hier oben unter dem Dach verfing sich der Ton wie in einem Trichter.

»Das Huhn ist fertig! Essen kommen!«

»Ich habe nicht den geringsten Hunger«, sagte Ev.

»Das spielt keine Rolle.« Pierre hakte ihren Arm bei sich unter und zog sie zur Tür. »Wir müssen etwas essen, sonst ist sie bis in den hintersten Winkel ihres Herzens beleidigt.«

Am Nachmittag stand Pierre de Sangries vor der breiten Auffahrt zu Château Aurore. Das riesige, schmiedeeiserne Doppeltor war geöffnet, ein verborgener Mechanismus ließ es, vom Haus aus dirigiert, auf und zu klappen. Am Ende des geteerten Weges, hinter einer hohen Baumgruppe, heulte ein Motor auf, dann bog von der Seite, wo die Garagen liegen mussten, ein grellgelber Maserati auf die Straße und rollte zum Tor.

Pierre nannte sich ein Glückskind, stellte sich mitten auf den Weg und steckte die Hände in die Hosentaschen. Einen Meter vor ihm bremste der Wagen, nachdem der Fahrer viermal auf seine Dreiklanghupe gedrückt hatte. Ein schwarzhaariger, sonnengebräunter Kopf stieß aus dem offenen Fenster und blaffte Pierre an.

»Wenn mir mein Wagen nicht lieber wäre als Sie, hätte ich Sie glatt umgefahren, ist das klar?!«, schrie er.

»Vollkommen«, sagte Pierre. In den Taschen ballte er die Fäuste. Ev, dachte er bitter. O Gott, Ev! In so etwas kann man sich verlieben? Für so etwas will man in den Tod springen?

»Gehen Sie aus dem Weg, Sie Idiot!«

Pierre blieb stehen. »Sind Sie Jules Chabras?«, fragte er sogar mit einer gewissen Höflichkeit. Den Unterton verstand Jules nie.

»Wer sonst?« Jules stieg aus dem Wagen. Er war groß und sportlich trainiert, das sah Pierre jetzt. Nummer vier, dachte er schnell. Dann Nummer sechs sofort hinterher. Eine Ohrfeige von links, dann mit einem rechten Beinhebel ihn von den Füßen holen.

»Was wollen Sie?«, schrie Jules Chabras. Er war jetzt nahe genug heran. Vom Haus kam Butler James mit zwei Bulldoggen, aber das sah Pierre noch nicht.

»Ich soll Sie grüßen«, sagte Pierre. »Aus vollstem Herzen –«

Und dann schlug er zu.

Jules Chabras lag auf der Erde und starrte entgeistert den Mann an, der ihn ohne Warnung geohrfeigt und dann von den Füßen gerissen hatte. Er wollte aufspringen, ganz aus dem Reflex heraus, dass seine Lage eine völlig unnatürliche sei, und erst dann, als zweite Regung, kam ihm zum Bewusstsein, dass man ihn, den Jules Chabras, geschlagen hatte, offensichtlich ohne Grund, nur so, weil es dem Kerl da über ihm Freude machte.

Er zog die Beine an, aber Pierre, mit solchen Dingen vertraut (acht Jahre Landstraße als kindlicher Bettler, das verschafft eine spezielle Bildung), schüttelte den Kopf.

»Bleib liegen!«, sagte er hart. »Bis du oben bist, hast du schon einen Salto gedreht.«

»Wer sind Sie?«, knirschte Jules Chabras. Seine Blamage zerfraß ihn wie Säure. »Sie sind ja verrückt! Total verrückt!«

»Ich habe mir sagen lassen«, setzte Pierre das Gespräch fort, »dass zwischen der Schwängerung eines Mädchens und der Anerkennung der Vaterschaft ein beschwerlicherer Weg liegt als bis zum Mond.«

»Aha!«, sagte Jules, schwer atmend. »Aha! Daher kommt der Wind.«

»Ich würde nicht untertreiben, es kann ein Orkan werden.«

»Sie sind der neue Liebhaber von Eva? Gratuliere. Der fünfzehnte Vater –«

Jules grinste böse. Er wollte sich abstemmen, aber Pierre setzte seinen Fuß auf Chabras' rechte Hand. Ein ganz gemeiner Trick ... mit einem Druck aus der Hüfte heraus konnte er Jules Hand quetschen, genau dosierend, vom warnenden Druck bis zum Eintreiben des Absatzes in den Handrücken.

Chabras erkannte das sofort und blieb seitlich auf dem Weg liegen. Seine Hoffnung war, dass man im Haus merkte, vorne am Tor sei nicht alles in Ordnung. Es fehlte das Hupsignal, durch die Sprechanlage am Tor übertragen: Tor schließen. James wird gleich kommen, dachte Jules Chabras. Und wenn er die Doggen mitbringt ...

»Was ist mit fünfzehn?«, fragte Pierre.

»Das hat sie Ihnen verschwiegen?« Jules blähte die Nasenflügel: Pierre verstärkte den Druck seines Schuhs. »Sie reden von einem Kind, das man mir anhängen will, nicht wahr? Ich habe vierzehn Freunde, die es auf ihren Eid nehmen, dass in dem fraglichen Zeitraum ...«

Er schwieg und verzog die Lippen. Pierre hatte zugetreten, der Absatz knirschte auf dem Handrücken. Ein höllischer Schmerz, aber Jules Chabras ertrug ihn, nur auf seiner Stirn bildete sich Schweiß.

»Du Schwein!«, sagte Pierre heiser. »Du verfluchtes Schwein! So also hast du sie fertig gemacht? Natürlich hatte sie keine Chance gegen dich. Vierzehn reiche Pinkel, die füreinander alles schwören ... Ich sollte dir deine Visage zertreten, du Aas ...«

Vom Haus ertönte das Bellen von Hunden. Die Doggen, dachte Jules voller Triumph. James kommt! Jetzt sieht die Lage anders aus, du knochiger Strolch! In einer Minute wirst du rennen müssen, um deinen Arsch zu retten.

Er warf sich mit einem Ruck zur Seite, rollte gegen seinen gelben Maserati und trat gleichzeitig nach Pierres Bein. Die Überraschung gelang, Pierre hatte mit dieser Reaktion nicht gerechnet.

»James!«, brüllte Jules Chabras. »Die Hunde los! Die Hunde!« Dann pfiff er gellend, ein Pfiff, den die Doggen verstanden. Ihr Gebell wurde zu einem wilden Heulen. Und dann sah Pierre sie … zwei lang gestreckte gelbe Körper, die wie Pfeile durch die Luft flogen.

Die Runde ist verloren, durchzuckte es ihn. Es ist keine Schande, jetzt davonzulaufen.

»Ich komme wieder, Jules!«, schrie er. »Ich schwöre dir: Ich lass dir keine Ruhe mehr! Du wirst mich am Hals haben wie einen Pickel!«

Dann warf er sich herum und rannte los, noch bevor die geifernden Hunde den gelben Wagen erreicht hatten.

»Auf Wiedersehen!«, brüllte Jules Chabras ihm nach. »Du bist jederzeit willkommen!« Und dann lachte er, bog sich vor Lachen, während Pierre rannte wie nie in seinem Leben und die Hunde ihm folgten und erst stehen blieben, als Pierre ein Auto erreichte, das auf der Uferpromenade parkte. Der Fahrer hatte die Tür aufgerissen und winkte mit beiden Armen.

»Das hätte gefährlich werden können«, sagte der Mann. »Die Biester waren ja die Mordlust selbst! Wo kamen die denn her?«

Er hatte die Wagentür sofort zugeschlagen, nachdem Pierre in das Auto gehechtet war. Die Doggen hatten noch unschlüssig vor dem Wagen gestanden, glotzten aus blutunterlaufenen Augen die sicheren Menschen an und trotteten dann zurück. Zwischen den Büschen verschwanden sie. Weder der Autofahrer noch Pierre hörten, wie der Butler James ihnen immer und immer pfiff. Pierres Atem rasselte so laut, dass jeder andere Laut von ihm zugedeckt wurde.

»Man sollte das der Polizei melden«, sagte der Mann. »Außerdem – das glaube ich – haben Sie einen Fehler gemacht. Sie hätten stehen bleiben sollen. Ihr Weglaufen hat die Biester noch mehr gereizt. Ganz ruhig stehen bleiben, das habe ich gelesen …«

»Das nächste Mal.« Pierre lächelte schief.

Er hat gelacht, dachte er. Er hätte auch gelacht, wenn mich die Doggen zerfleischt hätten. Ob Ev oder ich oder ein anderer … ein Mensch ist ihm nichts wert. Seine Anwälte werden alles glätten … und er wird wieder vierzehn Zeugen haben, die beschwören, ich hätte die Hunde gereizt.

An einen Chabras kommt man nicht heran.

Er nahm die Zigarette an, die ihm der Autofahrer hinhielt, steckte sie an und zerbiss das Filtermundstück.

Das Lachen ging nicht aus seinem Ohr. Dieses wie mit Krallen zuschlagende Lachen.

»Kann ich Sie irgendwo hinbringen?«, fragte der Mann.

»Nein. Danke. Ich gehe zu Fuß.« Pierre öffnete die Tür. »Und danke auch für die Zigarette.«

»Sie zittern ja«, sagte der Mann.

»Das geht vorbei. Es geht alles vorüber.« Er tippte grüßend an seine Stirn, stieg aus dem Wagen und ging durch den Bois de Boulogne davon.

Der Mann fuhr noch eine Weile langsam neben ihm her, als warte er darauf, dass sein Gast doch noch umfiel, aber als Pierre lächelnd den Kopf schüttelte, gab er Gas und entfernte sich schnell.

In einem Kaufhaus auf dem Boulevard Hausmann – er hatte sich den Luxus geleistet und war mit der U-Bahn bis zur Métro-Station Chaussée d'Antin gefahren – kaufte er für Ev zwei billige, aber farbenfrohe Kleider, ließ sie von einer Verkäuferin anziehen, die etwa die gleiche Figur wie Ev hatte, fand sie sehr schön und hoffte, dass sie auch Ev gefielen und passten.

Mit der großen Tüte in der Hand wanderte er dann zurück zur Rive gauche, zum linken Seine-Ufer, und er bekam Herzklopfen, als er in die Rue Princesse einbog.

Madame Coco konnte Wunder vollbringen, daran hatte nie jemand auf der Rue Princesse gezweifelt. Dass sie aber den festgeleimten Stofflappen von Evs Brust holen konnte, ohne die zarte Haut darunter zu beschädigen, grenzte an Zauberei.

»Auf eine solche Idee kannst auch du nur kommen!«, fauchte sie Pierre an, als er mit seiner Kleidertüte in Madames Wohnküche trat. Er verstand nicht sofort, was sie meinte; erst, als er den rot-weiß-blau gestreiften Fetzen neben einer Schüssel liegen sah, begriff er. Aus der Schüssel zog ihm ein beißender Geruch in die Nase. Nitrolösung, dachte er. Das war auch meine einzige Hoffnung, aber ich habe es nicht gewagt. Wie wird Evs Haut darauf reagieren?

»Sie hat einen Verband mit Creme drauf!«, sagte Madame. Es war unheimlich, wie sie Gedanken in den Augen anderer lesen konnte. Sie zeigte auf die Tüte, stach ihren Zeigefinger dagegen und warf Pierre wieder einen strafenden Blick zu. »Was hast du da Unnützes gekauft, he?«

»Zwei Kleider für Ev.«

»Ich denke, sie hat einen vollen Kleiderschrank im Château Aurore?«

»Aber es sitzen zwei Doggen davor.«

»Wie viel Calvados hast du getrunken, Pierre?«

»Nicht einen einzigen, petite mère. Wo ist Ev?«

»Was ist mit den beiden Doggen?«

»Jules Chabras machte sich das Vergnügen, sie auf mich zu hetzen.«

»Und du bist weggelaufen, was? Ha, diese weiche Jugend!«

»Sie hätten nicht anders gehandelt.«

»Ich?« Sie hielt ihre großen roten Hände in die Luft und schloss sie wie zwei Schraubstöcke. »Ich hätte ihnen die Kehle zugedreht! Mit jeder Hand einem.«

Wer Madame jetzt anblickte, war überzeugt, dass ihr das gelungen wäre. Pierre seufzte und zog die Kleidertüte vom Tisch. »Ist sie oben, Madame?«

»Wo sonst? Deine Freunde sind auch da und umkreisen sie wie Planeten die Sonne ...«

»O Gott! Konnten Sie das nicht verhindern?«, rief Pierre.

Er riss die Tüte an sich und verließ wie ein Gejagter das Zimmer. Schon auf der Treppe hörte er von oben Evs Lachen ... er blieb wie festgehalten stehen, hielt den Atem an und wartete. Eine tiefe Stimme ... das ist Claude Puy, genannt der ›Rote Henry‹. Ein Dichter, den niemand lesen will. Und da ... ihr Lachen! Sie lacht! Sie hat eine Stimme, die perlend lachen kann ...

Er lehnte sich glücklich an das Treppengeländer und wartete weiter. Geh jetzt nicht hinauf, dachte er. Jetzt nicht. Wenn sie dich sieht, stirbt dieses Lachen wieder. Du kommst von Jules, du musst ihr sagen, dass er die Hunde auf dich gehetzt hat, wenn sie dich anblickt, ist die Erinnerung wieder da an ihre leere Welt. Pierre, geh jetzt nicht hinauf. Gönn ihr die wenigen Minuten des Lachens –

Jetzt sprach François Delmare, das ›Gebetbuch‹, Theologiestudent mit dem revolutionären Gedanken, alle Kirchen abzuschaffen und nur Hausgottesdienste per Fernsehen zuzulassen. An Personalkosten würde man dann – das hatte er ausgerechnet – allein in Frankreich über zwei Milliarden Francs einsparen.

Wieder lachte Ev. Das ›Gebetbuch‹ erzählte einen zweideutigen Witz. Er war damit voll gestopft wie eine Blutwurst, Pierre kannte keinen, der einen solchen Vorrat an schweinischen Witzen hatte wie dieser Theologe. Vielleicht brauchte die dauernde Beschäftigung mit dem Überirdischen einen handfesten irdischen Ausgleich. Der ›Rote Henry‹ hatte angekündigt, darüber einen gelehrten Essay zu schreiben, den ebenfalls keiner lesen würde.

Einer fehlt, dachte Pierre und wartete. Ponpon, der Einäugige. Wie er richtig hieß, wusste keiner, und er hatte es auch nie verraten. Man hatte alles versucht, hinter seine Anonymität zu kommen, man hatte ihn unter Alkohol gesetzt bis nahe an die Grenze der Vergiftung … Ponpon hatte geschwiegen. Vielleicht hieß er wirklich nur Ponpon, es gibt genug absurde Dinge auf der Welt. Auch wo er sein linkes Auge verloren hatte, blieb ein Geheimnis. Der ›Rote Henry‹ behauptete, Ponpon habe es sich selbst vor Begeisterung ausgebissen, als ihm der totale Verdreher gelang. Ponpon arbeitete als Schlangenmensch im Varieté Der Mensch ohne Knochen.

Da war er, die meckernde, krächzende Stimme! »Hei – hop!«, rief er. Und das ›Gebetbuch‹ deklamierte: »Achtung! Jetzt beißt er sich gleich in den Arsch!«

Ponpons obligatorische Vorstellung, seine Visitenkarte: Wie leckt man sich selbst –

Pierre sah die Zeit gekommen, nun doch hinaufzugehen, auf die Gefahr hin, dass Evs herrliches, perlendes Lachen ersticken würde.

Er hetzte die Treppen hinauf, immer zwei Stufen auf einmal nehmend, und platzte in sein Atelier, als Ponpon gerade, in einer fürchterlichen, aber faszinierenden Verrenkung, auf dem Boden eine anatomisch nicht mehr erkennbare Figur bildete. Die anderen klatschten Beifall, und der ›Rote Henry‹ sagte mit seinem tiefen Bass:

»Wenn ihm jetzt ein Wind abgeht, gibt es einen glatten Kopfschuss.«

Und Ev lachte, lachte … saß auf dem Bett, einen spanischen Schal von Madame Coco um die Schulter und die verbundene Brust geknotet, hielt ein Glas Pinot noir in der Hand (von Ponpon, der immer Geld hatte?) und sah hinreißend aus.

Sie blickte zur Tür und lachte weiter. Aber es war nur ihr Mund, der lachte, nur ihre Kehle, die diese Laute von Freude freigab … ihre Augen lachten nicht und fragten.

»Da ist er, der Glückspilz!«, schrie das ›Gebetbuch‹. Seine riesige, dürre Gestalt hockte, wie zusammengeklappt, auf dem Hocker vor der Staffelei. Jemand hatte die schöne sonnige Landschaft weggenommen und durch ein anderes Bild ersetzt. Monky, nackt und ungeheuer sexy auf einem Stuhl hockend, die Hände in ihre bis zu den Hüften fließenden Haare gewühlt.

Pierre schämte sich plötzlich, ging zur Staffelei, sah den ›Roten Henry‹ böse an und drehte das Bild um. Es war Henrys Lieblingsbild, nachdem er von Monky eine Ohrfeige bekommen hatte, als er ihr einen Antrag gemacht hatte.

Ponpon entwirrte seine Glieder. Er hatte ein hochrotes Gesicht, und sein einziges Auge blinzelte. Er hatte Ev gerade seine schwierigste Figur gezeigt, bei der sonst im Varieté ein Trommelwirbel aufklang.

»Wir haben uns schon bekannt gemacht«, sagte der ›Rote Henry‹. »Mademoiselle ist von meiner ›Ode an das Blau eines Boxerauges‹ begeistert. Endlich ein Weib mit natürlichem Kunstempfinden!«

»Und sie versteht das Problem der Umstellung der Katechetik in einen medienpolitischen Verband«, sagte das ›Gebetbuch‹. »Wir werden nachher über den Eros von der Kanzel diskutieren ...«

»Hinaus!«, sagte Pierre ruhig. Er packte Ponpon am Kragen und stellte ihn auf die Füße. »Hinaus!«

»Er ist unser bester Freund, Mademoiselle!«, dröhnte der ›Rote Henry‹. Sein Bass füllte das Zimmer wie mit Orgelklang. »Darum nehmen wir ihm auch nicht übel, dass er ein unhöflicher Lümmel ist. Ein Kretin! Ein Eckenpisser! Er bleibt unser bester Freund. Verzeihen wir, dass wir heute stören –«

Er machte vor Ev eine durchaus artige Verbeugung, strafte Pierre mit Missachtung, winkte den anderen und stampfte zur Tür. Die Dielen zitterten. Er wog seine guten zweihundert Pfund.

»Gott hat die Menschen erschaffen, damit sie sich gegenseitig ankotzen«, sagte das ›Gebetbuch‹ fromm. »Mademoiselle, wenn Sie eines gütigen Zuspruchs bedürfen – Madame Coco kennt meine Adresse. Ihnen wird Tröstung zuteil werden.« Er folgte dem ›Roten Henry‹, drehte sich in der Tür aber wieder um und wartete auf Ponpon.

Was kann ein Schlangenmensch auf solch große Worte noch

folgen lassen? Der Einäugige machte eine seitliche Verdrehung, als habe er kein Rückgrat, ließ sein Auge blitzen und hüpfte durch das Zimmer wie ein verkrüppelter Storch. Hinter ihm warf das ›Gebetbuch‹ mit lautem Knall die Tür zu.

»Warum haben Sie das getan, Pierre?«, fragte Ev. Sie saß noch immer auf dem Bett, hielt das Glas Pinot noir in der Hand, und erst jetzt sah Pierre, dass es ein zweites Bett war, das sicherlich Madame Coco aufgeschlagen hatte.

»Was?«, fragte er und stellte die Tüte auf die Dielen.

»Sie haben Ihre besten Freunde hinausgeworfen.«

»Sie haben sich benommen wie Urwaldaffen. Bitte, verzeihen Sie, Ev, dass ich das nicht verhindern konnte.«

»Ich fand Ihre Freunde nett und amüsant. Der mit dem langen roten Bart ...«

»Der ›Rote Henry‹.«

»Warum liest keiner seine Geschichten?«

»Warum hängt sich niemand einen Pierre de Sangries an die Wand?«

»Der Theologe ...«

»Das ›Gebetbuch‹.«

»Er hat lustige Ideen.«

»Die Abschaffung der Kirchen. Aber in den Semesterferien reist er quer durch das Land, von Kathedrale zu Kathedrale, und sitzt bewundernd und betend im Chorstuhl. Lauter Verrückte, Ev ...«

»Nicht verrückter als Sie, Pierre.«

»Da haben Sie Recht.« Er öffnete die Tüte und hielt eines der Kleider hoch. »Ich bin eifersüchtig, Ev. Ich gönne keinem anderen Mann den Anblick, wenn Sie dieses Kleid zum ersten Mal tragen ...«

»Ich? Sie haben es für mich gekauft?« Sie stellte das Glas Pinot noir auf die Dielen neben das Bett. »Pierre, Sie sind wirklich total verrückt! Natürlich haben Sie es gestohlen!«

»Mit Tüte und Kassenbon? Ev ... Callac hat drei Bilder von mir gekauft! Das ist für einen Künstler, als wenn ein Blinder in Lourdes wieder sehen lernt.«

»Und sofort schmeißen Sie das Geld mit vollen Händen raus.«

»Ich habe Ihnen zwei Kleider gekauft, Ev ... das nennen Sie Verschwendung? Sie haben mir Glück gebracht ... und ich ... ich hoffe, dass auch ich Ihnen –« Er suchte nach Worten, kam sich ungeheuer dumm vor und hielt das Kleid so hoch, dass er sein Gesicht damit verdeckte. »Ev – es sind billige Kleider, ich gestehe es ... aber sie werden Ihnen stehen. Ich weiß es. Und einmal wird die Zeit kommen, wo ich Ihnen Kleider von Yves Saint-Laurent oder Schiaparelli kaufen kann und einen Pelz von der Rue Faubourg Poissonière –«

»Sie reden dummes Zeug, Pierre.«

»Ich weiß es.« Er kam näher zu ihrem Bett, das Kleid noch immer hochhaltend. »Ich will, dass Sie Ihre bisherigen Kleider vergessen ...«

Sie verstand ihn, zog an dem Kleid und sah ihn groß an, als sein Gesicht hinter dem bunten Baumwollstoff wieder auftauchte. »Nichts?«, fragte sie sanft.

»Nichts.« Pierre schüttelte den Kopf.

»Sie haben den Butler James nicht sprechen können?«

»Nein. Ich habe mich nur den beiden Doggen bekannt gemacht.«

»Jimmy und Jacky ...«

»Zu einem Namensaustausch sind wir nicht gekommen.«

»Drehen Sie sich um, Pierre.«

Sie nahm ihm das Kleid aus den Händen, er wandte sich ab und ging zu der großen Fensterwand. Draußen fiel die Abenddämmerung über die Dächer von Paris, die schräge Sonne zauberte metallene Reflexe über die Schindeln und Ziegel, aus den Fenstern wurden schimmernde Quadrate und Rechtecke, leuchtende Augen eines Riesentieres.

»Fertig«, sagte Ev.

Pierre drehte sich langsam um. Das Kleid war etwas zu lang, die Verkäuferin im Warenhaus war anscheinend größer gewesen, aber sonst sah es wunderschön aus, nicht gerade elegant wie die Damen auf den Champs-Elysées, aber auch nicht ärmlich.

»Den Saum nähen wir drei Zentimeter um«, sagte sie. »Und das zweite Kleid tauschen wir um.«

»Sie haben Recht.« Pierre hob die Schultern. »Ich habe einen Geschmack wie ein Clochard.«

»Die Kleider sind sehr hübsch. Aber für das zweite möchte ich Jeans und einen Pullover haben.« Sie ging im Zimmer zweimal hin und her und drehte beim zweiten Mal das Bild auf der Staffelei herum. Monkys nackter Körper leuchtete im Deckenlicht. »Oder sehen Sie in mir einen Typ, der nur in Kleidern herumlaufen kann?« Sie zeigte mit dem Daumen auf das Bild. »Hat sie nie Jeans getragen?«

»Muss das sein?« Er riss das Bild von der Staffelei und warf es in eine Ecke. »Monky hat schon alles getragen«, sagte er wie ein trotziger Junge. »Morgen verbrenne ich das Bild.«

»Warum. Ich finde es sehr schön.«

»Ich will gewisse Erinnerungen auslöschen ... wie Sie.«

»Mit meinen Erinnerungen ist nicht viel anzufangen, Pierre. Sie würden kein Geld bringen, nur kosten. Aber Ihre Bilder, auch wenn sie Monky heißen ... Ihre Erinnerungen sind Ihr Kapital, Pierre.«

»Ich werde etwas zu essen holen.« Das Gespräch begann wieder unangenehm zu werden. »Bitte, probieren Sie auch das zweite Kleid an, Ev. Es ist ganz anders ...«

»Das Essen ist schon hier ...« Sie zeigte auf den im Schatten stehenden Blechtisch mit dem kleinen Elektrokocher. »Madame hat alles heraufgeschafft.«

»Dann hole ich Wein.«

»Auch Wein ist da. Im Waschbecken.« Sie zögerte, aber nur einen Augenblick lang, knöpfte dann das Kleid auf, zog es über den Kopf und holte aus der Tüte das andere Kleid. Pierre starrte sie an. Sie ging in Strümpfen, Höschen und BH hin und her, und sein Malerauge, nicht sein männliches Gefühl, sagte ihm, wie schön sie war.

Sie schlüpfte in das zweite Kleid, es war kürzer als das erste, umschloss ihren Körper mit einer zärtlichen Enge und strahlte im Licht der beiden nackten Birnen wie ein Stück abgesprengter Sonne. Eine Flamme in Orange.

»Das nehmen wir«, sagte Pierre atemlos. »Ev ... wenn Sie das umtauschen, zerhacke ich alle meine Bilder. Ich schwöre es Ihnen ...«

»Die Kunst soll weiterleben.« Sie blickte an sich hinunter, strich mit den Händen über ihren Körper, vom Hals bis zu den Hüften, eine zärtliche Besitznahme, und ließ dann die Arme wie erschöpft an ihre Seiten fallen. »Es ist sehr schön, Pierre. Ich danke Ihnen. Vom ersten Geld, das ich verdiene, zahle ich es bei Ihnen ab ...«

»Wenn Sie das noch einmal sagen«, sagte Pierre, »stürze ich mich aus dem Fenster.«

Später aßen sie, was Madame Coco ihnen heraufgetragen

hatte ... kaltes Huhn, eine Stange frisches Brot, köstliche Butter, einen vorzüglichen Roquefort, eine Schüssel Salat nicoise. Dazu tranken sie einen gut gekühlten Rosé aus dem Gebiet von les Salettes ... es war ein Abendessen, von dem Pierre sich wünschte, es möge zeitlos sein, alle Uhren mögen stehen bleiben und das Gefühl der Vergänglichkeit möge erlöschen.

»Morgen suche ich mir eine Arbeit«, sagte sie plötzlich.

Pierre sah sie strafend an. »Nur ein Deutscher kann beim Essen an Arbeit denken«, sagte er. »Mademoiselle, wir vollführen eine sakrale Handlung.«

»Wir können nicht immer essen.«

»Warum nicht?«

»Wann müssen Sie morgen aufstehen?«

Pierre dachte an die Markthallen und daran, dass er dieses Mal der Erste sein wollte, um den Posten am Gabelstapler zu bekommen.

»Um drei, Ev.«

»Wirklich?« Sie sah ihn fragend und ungläubig an.

»Wirklich. Morgen früh kann ein wichtiger Morgen sein, für uns alle.«

»Und da sitzen wir hier herum und essen? Pierre, Sie müssen schlafen.«

Sie sprang auf, räumte das Geschirr ab, verkorkte die Flasche, trug alles zum Waschbecken und setzte den Wasserkessel auf den Elektrokocher.

»Was machen Sie denn da?«, fragte Pierre entgeistert.

»Ich spüle ab. Während Sie sich ausziehen und ins Bett legen, räume ich auf. Ich mag es nicht, wenn man Unordnung hinterlässt.«

»Ev«, sagte er und wusste nicht, ob er sitzen bleiben sollte oder sie in die Arme nehmen musste.

»Lassen Sie mich auch mal etwas tun!«, sagte sie und klapperte mit dem Geschirr. »Ich hasse es, nutzlos zu sein.«

Das war ein wichtiger Satz ... er sollte noch eine große Rolle spielen im Leben von Ev und Pierre.

Dann lagen sie im Bett, zwischen sich vier Meter Raum und die Staffelei. Ein trübes Licht glitt durch das große Fenster, der Himmel war zum Greifen nahe, es war eine Unendlichkeit mit Wolken, Sternen und gebrochenem Mondlicht, das alles auslöschte an Kleinigkeiten des widrigen Lebens.

»Mein ›Zimmer in Gottes Hand‹«, sagte Pierre leise in die Dunkelheit. »Wenn ich nachts hier liege und sehe die Wolken am Fenster vorbeiziehen, so nahe, als läge ich selbst auf einer Wolke mitten unter ihnen, bin ich glücklich. Können Sie das verstehen, Ev?«

»Sehr gut, Pierre.« Ihre Stimme war wieder kindlich klein. »Es ist ein wunderschönes Zimmer – gute Nacht, Pierre …«

»Gute Nacht, Ev.«

Das war der erste Tag, dachte er. Was kommt nun? Wie werden die anderen Tage sein, die vielen, vielen anderen Tage … mit Ev, ohne Ev … wie kann es jetzt noch Tage geben ohne Ev …

Spät in der Nacht hörte er sie weinen. Er rührte sich nicht, aber er ballte die Fäuste.

Ich will verdammt sein, sagte er zu sich, wenn wir dieses Leben nicht in den Griff bekommen, Ev. Hör auf zu weinen … Wer in diesem Zimmer weint, hat sich aufgegeben.

Pierre de Sangries bekam die Stelle als Gabelstaplerfahrer in der Markthalle.

In den Hallen gab es keine Tag- und Nachtruhe. Der ›Bauch von Paris‹ atmete immer. Fast 3 Millionen Menschen wollten essen und trinken, begeisterten sich an frischen Salaten oder den großen, runden geflochtenen Austernkörben, aus denen noch das salzige Wasser rann, so nahe war das Meer gerückt dank einer präzisen Organisation.

Paris, c'est la France … dieses stolze Wort der Pariser verpflichtete.

Pierre setzte sich morgens um halb vier auf den abgestellten Gabelstapler und wartete auf das Kommen des Patrons. Er hieß Emanuel Thierry und hatte den größten Bananenhandel von Paris. Alle anderen Gabelfahrerposten waren besetzt, das hatte Pierre herausgefragt … bei Thierry war der Posten gestern frei geworden, weil er ein Ekel von Mensch war und keiner bei ihm länger aushielt als eine Woche.

Bananen sind eine sehr diffizile Sache … sie kommen grün an und reifen in großen Kammern, bis sie die beliebte goldgelbe Farbe aufweisen. Manchmal geht es sehr schnell, und wenn sie Flecken bekommen, mindert das den Preis sofort um ein paar Centimes. Die Aufgabe der Fahrer war es nun, genau die Stauden herauszugreifen und zum Handel freizugeben, die ihre richtige Färbung hatten. Das war eigentlich der Job des Bananenmeisters Robert Adolph, eines dicken, rotbäckigen Mannes, der wohl besser zu den Äpfeln gepasst hätte. Er war auch immer voll mit Apfelschnaps, saß meistens in einer Ecke, las fünf Pariser Zeitungen von Seite eins bis zum Ende, einschließlich der Todesanzeigen und Reklamen, aber ihn entließ Emanuel Thierry nicht, sondern immer nur die Fahrer. Der Grund dieser Treue war bekannt – Emanuel und Robert kämpften im Krieg in der gleichen Untergrundorganisation, und einmal hatte Robert seinem Freund Emanuel das Leben gerettet, als deutsche Gestapo-Truppen das Haus der Gruppe umstellt hatten. Eine solche Dankbarkeit kann durch Bananen nicht zerstört werden.

»Wie Sie wollen, Pierre«, sagte Robert Adolph, als er um vier Uhr in der Halle erschien, bereits wieder nach Calvados duftend, als benutze er es als Rasierwasser. Pierre saß auf dem Sitz des Gabelstaplers, eine Demonstration des Besitzanspruches, den jeder anerkannte, der jetzt, nach Arbeit suchend, durch die Hallen strich. »Kennen Sie sich mit Bananen aus?«

»Ich habe bei Noël gearbeitet, drei Wochen.«

»Noël ist ein Dilettant!« Robert Adolph setzte sich auf seinen Stuhl, packte seine Aktentasche aus und legte seine fünf druckfrischen Zeitungen auf den Betonboden. »Für Bananen muss man ein Gefühl haben, Pierre. Wie bei den Weibern. Das muss man spüren, wie weit man bei einer gehen kann ... lernen kann man's nie! Eine Banane ist launisch wie eine neugierige Jungfrau. Mon garçon, fang an ... Die ersten Stapel führst du mir vor!«

Es zeigte sich, dass Pierre ein Gefühl für Bananen hatte. Adolph war zufrieden, bot Pierre einen Schluck aus einer großen runden Flasche an, ein Calvados, so gemein, dass die Speiseröhre sich verkrampfte, entfaltete die erste Zeitung und versank in die gedruckte große Welt.

Gegen sieben Uhr blickte der große Patron, Monsieur Emanuel Thierry, in die Halle. Den lesenden Adolph übersah er, wie jeden Morgen, kümmerte sich um die Bananen, die abholbereit für die Zwischenhändler, säuberlich aufgereiht, auf kleinen Wagen lagen, die dann von Elektrokarren weggezogen wurden. Die morgendliche Versteigerung war längst vorbei, sie fand in einer anderen Halle statt. Bananen von Thierry kaufte man unbesehen, lediglich einige Musterstauden standen bei der Auktion zur Besichtigung bereit. Die Reklamationen kamen dann später. Lautstark, gestenreich, temperamentgeladen. Ein Pariser Obsthändler hat das Stimmvolumen eines Heldentenors.

»Wer sind Sie?«, fragte Emanuel Thierry, als Pierre mit seinem Gabelstapler heranfuhr. Es gab keine Beanstandungen, das machte ihn unsicher.

»Ein Maler, Monsieur.«

»Ein unerkanntes Genie, was? Jeder Franzose ein Picasso.«

»Picasso war ein Spanier, Monsieur.«

»Was verstehen Sie von Bananen?«

»Ich habe oft Bananen gemalt, so, wie sie sein sollten.«

Thierry kniff die Augen zusammen, überblickte die Stauden und schien zu denken. »Können Sie ein Plakat malen?«

»Sicherlich, Monsieur.«

»Nicht bloß eine Banane, Sie Utrillo! Ein Plakat, das jeden reizt, Thierrys Bananen zu essen. Lassen Sie sich etwas einfallen ... aber keine Schweinereien! Ein Plakat, das man in jeden Laden hängen kann und bei dessen Anblick man den unwiderstehlichen Drang verspürt, eine Banane zu kaufen. Können Sie das?«

»Unwiderstehliche Dränge sind eine Spezialität von mir, Monsieur.« Pierre kletterte von seinem Gabelstapler. »Wann wollen Sie den Entwurf sehen?«

»Morgen! Bei Thierry muss alles sofort sein! Das Geheimnis des Erfolges ist Schnelligkeit der Idee! Haben Sie schon eine Idee, Gauguin?«

»Ich müsste mich nachdenkend einmal zwischen die Bananen setzen, Monsieur.«

Thierry starrte Pierre verblüfft an, tippte dann viel sagend an seine Stirn und verließ die Halle, zum ersten Mal, ohne gebrüllt zu haben.

Kaum war er gegangen, sprang Adolph von seinem Stuhl auf, als habe man ihn gestochen. »Sie sind ein Glückskind, Pierre!«, schrie er und hielt ihm die höllische runde Flasche hin. »Emanuel redet mit Ihnen wie mit einem vernünftigen Menschen! Garçon, wenn Sie jetzt auf Draht sind, können Sie Ihr Glück machen!«

Um acht Uhr war der Betrieb in den Hallen auf das Minimum des normalen Tagesverkehrs reduziert. Pierre stellte seinen Gabelstapler ab, Adolph packte seine Zeitungen ein, aß drei Bananen, rülpste mehrmals mit Genuss und machte sich auf den Weg zu dem Bistro ›Chez Toi‹, das den Hallen gegenüber lag und wo man sich nach einem arbeitsreichen Morgen mit einer Zwiebelsuppe erfrischte.

Von dem großen Callac zu dem reichen Thierry, dachte Pierre und gönnte sich ein Riesenbrötchen mit Schweinemet am Stand von Madame Savin. Mein Glück beginnt Formen anzunehmen. Auf einmal ist die Welt nicht mehr feindlich. Sieht man, dass ich Ev im Herzen trage?

Das Wetter hatte sich geändert. Der Morgen, der über Paris aus dicken Wolken quoll, hatte es schwer, sich mit seinem trüben Licht durchzusetzen. Der Herbst gab seine Visitenkarte ab. Zu früh für Paris, in dessen Boulevards noch die Fülle eines sonnenreichen, schweren Sommers nistete ... schwer an Hitze, entblößter Mädchenschönheit und angestauten Auspuffgasen. Die Bäume auf den Avenuen trugen zwar schon die Farben eines lodernden Feuers, aber sie fielen noch nicht herab. Es waren die Tage, in denen auch ein Menschenfeind sich in Paris verlieben konnte.

Madame Coco, schon seit der Frühe auf den Beinen, bereits den ersten Streit mit Monsieur Durant vom Kaufladen an der Place Sulpice hinter sich (es ging um einen Honig, der fünfzehn Centimes teurer geworden war), stieg hinauf zum ›Zimmer in Gottes Hand‹.

Sie traf Ev an, wie sie vor der linken Wand saß und den Roman las. Das Zimmer war aufgeräumt, gefegt und gelüftet, die Betten gemacht, der Tisch gedeckt, auf dem kleinen Blechtisch in der Ecke alles vorbereitet zum Kaffeekochen. Sie wartete auf Pierre, als habe sie das schon seit Jahren getan, wenn er von den Hallen zurückkam. Sie trug das neue Kleid, diese orangene Flamme, und hatte die blonden Haare hoch gesteckt mit Hilfe einiger Büroklammern, die sie in Pierres Malkasten gefunden hatte.

»Er wird gleich kommen«, sagte Madame und blickte auf ihre Armbanduhr. Sie war ein winziger Fleck auf dem dicken Handgelenk, einem schwarzen Pickel ähnlich. »Es ist ein Hungerleben, ma petite.« Sie setzte sich mit einem Seufzer auf den alten Plüschsessel, den sie mit dem Bett für Ev hinaufgetragen hatte.

Sie hatte ihre wilde rote Mähne etwas in Form gebracht, soweit das überhaupt möglich war, und bekam dadurch ein erstaunlich angenehmes Gesicht. Früher – wie lange mochte das her sein? – musste sie eine Schönheit gewesen sein. Sie nistete noch unverkennbar in den Augen und in der Form des Kopfes, in den Lippen und der schlanken Nase, die wie ein Fremdkörper zwischen den aufgeschwemmten Wangen stak. Auch das Kinn war klein, wenn man das hängende Doppelkinn abzog, und der dicke, faltige, stark gepuderte Hals war einmal schlank und lang. Wie hätte sonst Marius Callac die junge Cosima ›Mein Schwan‹ nennen können? Überhaupt der Puder. Madame trug Puder, wie andere Handschuhe ... er überdeckte alles, was Falten hieß. Er schmierte jede Rille aus, glättete jede Runzel.

»Du siehst mich an, als sei ich ein Fossil«, sagte Madame.

»Ich bewundere Ihre Haare.«

»Lüge. Du bist entsetzt.« Sie lehnte sich zurück und stemmte die Beine von sich. Schlanke Beine, die letzte Erinnerung an Schönheit. Es war rätselhaft, wie sie diesen massigen Körper überhaupt tragen konnten. »Es ist ein Protest«, sagte sie. »Ein Protest gegen das Alter! Ich wollte nie alt werden, weißt du. Bei den ersten grauen Haaren kam ich mir vor, als hätte mich Gott bestraft. Ich habe sie rot färben lassen. Gegen Rot ist man machtlos. Rot ist die Farbe, die alle anderen Farben vernichten kann. Ich weiß, wie alt ich bin, aber ich missachte die Jahreszahl. Ich will's nicht wissen! Ich feiere nie Geburtstag ... wie kann ein Mensch sich freuen, wenn er immer älter wird? Das sind Masochisten! Ich weiß, das ist alles dummes Zeug, was ich sage – aber ich bin so.« Sie griff in die Schürzentasche, holte ein Taschentuch heraus und schnupfte. »Was hast du dir überlegt, ma petite?«

»Ich suche mir eine Arbeit, Madame.«

»Ich habe eine für dich.«

»Das ist wunderbar, Madame.«

»Bei Marius Callac. Er weiß es noch nicht, aber das ist egal. Er braucht seit Jahren eine Sekretärin, aber er stellt keine ein, weil sie ihm im Monat sechshundert Francs kostet. Die Hälfte des Tarifs, der Geizkragen, mehr kalkuliert er gar nicht, trotzdem bekäme er eine für diesen Ausbeuterlohn. Aber nein ... lieber sitzt er bis ein Uhr nachts im Büro und schreibt alles mit der Hand. Wie vor sechzig Jahren! Jetzt ist er 81, der Dickkopf! Muss Brillen tragen, bei denen den anderen, die ihn anblicken, die

Augen tränen, so geschliffen sind sie. Du gehst zu ihm hin, Eva, und erledigst gleich die Morgenpost.«

»Aber wenn er mich nicht will, Madame?«

»Er wird wollen!« Madame Coco legte die Hände zusammen. An jeder Hand trug sie einen Ring, links einen Smaragd, rechts einen Rubin. Sind sie echt, fragte sich Ev, und wartete ab. Wie kann sich eine arme Concierge Ringe mit Edelsteinen leisten? Wer ist diese Madame Coco? Die Leute in der Rue Princesse haben sich an sie gewöhnt, sie kennen sie nicht anders, und Gewöhnung ist so viel wie Blindheit. Auch Pierre sieht es nicht, trotz seiner Maleraugen, die mehr entdecken und erkennen. Und mit der wilden Mähne ihrer roten Haare erschlägt sie schon im Ansatz jede Nachdenklichkeit. Ein überdimensionaler Clown, der eine fremde Welt vorspielt.

»Sag dem alten Querkopf, er soll mal zurückrechnen. Wenn er eine Enkelin hätte, wäre sie wie du! Er wird einen roten Kopf bekommen, aber er ist ein gut erzogener Mensch. Er war einmal ein vollendeter Kavalier, ma petite ...« Sie erhob sich ächzend die schlanken Beine protestierten also doch gegen das Gewicht – und winkte ab. »Geh zu Callac!«, sagte sie laut. »Und ich gehe ins Château Aurore!«

»Madame! Bitte nicht!« Ev rannte auf sie zu und fasste nach ihren Händen. »Tun Sie es nicht. Bitte!«

»Du hast von den Chabras' noch Geld zu kriegen.«

»Ich will es nicht mehr, Madame.«

»Ich will es nicht mehr! Bei Geld hört der Stolz auf! Verdientes Geld zu fordern, ist keine Hurerei! Pierre hat mir von den Doggen erzählt. Ich werde sie auf die Nase boxen!« Sie entwand Ev ihre Hände, ging zur Tür, und es war unmöglich, mit ihr noch zu diskutieren. »Setz das Wasser auf, ma petite! Ich höre Pierre unten in meiner Küche. Ein schlechtes Zeichen, wenn er jetzt noch zuerst zu mir kommt. Ein guter Junge.« Sie drehte sich in der offenen Tür um. »Er braucht einen Menschen. Ich habe vieles mit ihm versucht ... aber ich bin nicht sein Jahrgang. Er hat den verdammten Stolz der Sangries ... und wenn er aus einem Mülleimer isst! Sei gut zu ihm!«

Ev nickte. Sei gut zu ihm! Wer musste hier wem das Leben retten?

Das Château Aurore gehörte den Bediensteten.

Jules Chabras hatte sich noch am Abend nach dem Vorfall mit Pierre de Sangries nach St. Tropez abgesetzt. Er hatte Mizzi mitgenommen, eine neue Eroberung mit langen Beinen und kurzen Bubihaaren, exaltiert, auffällig, schamlos und ein Wesen, mit dem man in St. Tropez Furore machen konnte. Es war ein neuer Typ im Jet-set, und Jules freute sich, dass gerade er so etwas Exklusives aufgerissen hatte. So verband er das Angenehme mit dem dringenden Wunsch, weder Pierre noch Eva Bader in der nächsten Zeit zu begegnen und stieg in Orly mit Mizzi in einen der Privatjets der Firma Chabras.

Madame Myrna Chabras reiste am nächsten Morgen auf eines der Loire-Schlösser, die – unter Einhaltung des Denkmalschutzes – von Fernand Chabras gekauft worden waren. Der Vorfall mit dem Au-pair-Mädchen Eva hatte ihre Migräne ausgelöst. Sie ahnte, dass mit dem Verschwinden Evas die Unannehmlichkeiten nicht beendet waren, und betrachtete es als Klugheit, aus der unmittelbaren Schusslinie kommender Ereignisse zu retirieren.

Fernand Chabras ahnte von dem allem nichts. Er saß in Orléans in einem seiner chemischen Werke, erfreute sich am Gestank seiner Erzeugnisse und war zufrieden, dass alles auf vollen Touren lief und die Kapazitäten sich noch erhöhen ließen. »Wir leben im Zeitalter der Chemie«, sagte er witzig. »Ob wir es überleben, das ist die Frage.«

Das Personal unter Butler James herrschte allein im Schloss, putzte die Kronleuchter, saugte die großen, schweren Aubusson-Teppiche und tauchte das Tafelsilber in Reinigungslösungen.

Die Doggen liefen im Park frei herum, kreisten innen an der alles umgürtenden Mauer um das Grundstück und beobachteten hinter dem großen Gittertor die Straße, den Bois de Boulogne und die Seine.

»Warten Sie hier!«, sagte Madame Coco. Sie saß in einer Taxe, hatte die Fahrt im Voraus bezahlt (wer in die Rue Princesse gerufen wird, fährt nur bei Vorauskasse) und legte jetzt einen Fünfzig-Francs-Schein dem Chauffeur mit einem Klatschen auf den Oberschenkel. Der Mann zuckte zusammen, starrte das rote Ungeheuer an und schwieg klugerweise. »Genügt das, Monsieur?«

»Es kommt darauf an, Madame, wie lange Sie bleiben.«

»Eine halbe Stunde.«

»Dann ist es zu wenig.«

»Den Rest bezahle ich, wenn ich zurückkomme.«

»Sie wollen da hinein?« Er zeigte mit dem Kinn zu der Einfahrt von Château Aurore.

»Braucht man dazu ein Visum?«

»Zu Monsieur Chabras?« Wer kannte den großen Chabras nicht in Paris! Château Aurore war besichtigungswürdig wie der Louvre, nur konnte es keiner besichtigen. »Sie wollen sich dort wegen Arbeit vorstellen?«

»Sehe ich so aus?«, knurrte Madame. Der Chauffeur schwieg.

Da hat sie Recht, dachte er. Wer bei Chabras arbeiten will, sieht *so* nicht aus. Er steckte die fünfzig Francs ein und lehnte sich zurück, während Madame ausstieg. Die kommenden Ereignisse begannen ihn zu interessieren. Manchmal ist das Leben spannender und intensiver als jedes Fernsehspiel.

Die zehn Schritte vom Straßenrand bis zum großen Gittertor stapfte Madame Coco mit der ganzen Intensität ihrer imposanten Erscheinung. Das änderte sich auch nicht, als sie die beiden Doggen sah. Sie lagen seitlich der Auffahrt unter einem Busch, starrten sie aus bernsteinfarbenen Augen an, zogen die Lefzen etwas hoch und warteten.

Madame öffnete ihre Einkaufstasche – aus Kunstleder, abwaschbar –, entnahm ihr einen guten, alten, hölzernen Kartoffelstampfer, wie er im Zeitalter der Nostalgie wieder modisch wird, aber nur, um ihn als Zierde an die Wand zu hängen, und drückte auf den Knopf, der die Sprechanlage zum Haus in Tätigkeit setzte.

Eine Stimme blies sie an, nachdem sie dreimal gedrückt hatte. »Was wollen Sie?«

»Ich bin die Frau, die das Zeitungsgeld holt«, sagte Madame. Es fiel ihr plötzlich ein, dass um den 4. oder 5. jeden Monats herum die Abonnements kassiert wurden. Das war besser, als wenn sie gesagt hätte (wie sie zuerst wollte): Hier ist Cosima Lebrun. Sie kennen mich noch nicht, und da haben Sie was verpasst! – Es war möglich, dass Butler James durchaus nicht neugierig auf Cosima Lebrun war.

»Sind die Hunde am Tor?«, fragte die etwas hochnäsige Stimme.

»Welche Hunde?«, fragte Madame zurück und sah den Doggen in die gelben Augen.

»Es ist gut. Ich drücke auf. Wenn die Hunde kommen, bleiben Sie einfach ganz ruhig stehen. Ich komme Ihnen entgegen.«

»Danke, Monsieur.«

Der Summer schnarrte. Madame Coco drückte das Tor auf, betrat die Auffahrt und warf das Tor hinter sich wieder zu. Der Chauffeur kurbelte das Fenster herunter und beugte sich aus dem Taxi. So etwas gehört zu den Sternstunden eines Taxifahrers. Sie entschädigt für hundert Misslichkeiten.

Die Doggen erhoben sich träge, reckten sich, blickten sich an, als verständigten sie sich, kamen zu dem Ergebnis, dass dieser Mensch da lebensmüde war, und warfen sich zum Angriff herum.

Madame stand wie ein Fels. Sie bohrte ihren Blick in die blutrünstigen Doggenaugen, wartete den richtigen Moment ab, hieb mit dem Kartoffelstampfer gezielt und mit einer Wucht zu, dass es einen deutlichen dumpfen Ton gab, als wenn man auf eine Baumtrommel schlägt, der erste Hund fiel seitlich um, als habe ihn ein Blitz getroffen und streckte seine zitternden Läufe von sich.

Mit der zweiten Dogge ging es nicht so glatt, sie konnte noch zubeißen, aber sie schlug das breite Gebiss lediglich in Madames Kunstledertasche und zerrte daran, als gälte es, Gedärme herauszureißen.

Der zweite Schlag mit dem Kartoffelstampfer beendete diesen Irrtum. Die Dogge glotzte Madame an mit einem deutlichen Ausdruck der Verblüffung (ein Tierpsychologe wird das bezweifeln, aber er hat sicherlich noch nicht mit einem Kartoffelstampfer an einer Dogge gearbeitet), dann drehte sie gleichfalls ab, knickte in den Vorderbeinen ein und schlich sich winselnd in die Büsche.

»Grandiose!«, sagte der Chauffeur. »Merveilleux!«

Er steckte sich mit bebenden Fingern eine Zigarette an, stellte die Taxenuhr aus und das Radio an. Eine solche Frau fährt man umsonst.

Es muss bei Butler James eine Art kreativer Angst ausgelöst haben, als er Madame vor der großen kupfernen Tür stehen sah … man weiß es nicht, und niemand hat später darüber berichtet. Man muss sich darauf verlassen, was Madame sehr knapp erzählte: »Sie waren sehr freundlich zu mir. Es gab keinerlei Schwierigkeiten. Man muss nur den Kontakt von Mensch zu Mensch herstellen. Ihr jungen Leute seid da viel zu hölzern …«

Es dauerte keine halbe Stunde – genau waren es zweiundzwanzig Minuten –, als Madame wieder auf der Zufahrt erschien. Butler James ging hinter ihr und trug zwei schwere Lederkoffer. Über die Schulter hatte er zwei Damenmäntel gehängt, vor der Brust, in seine Weste gehakt, baumelte ein Regenschirm. Die Doggen, die die beiden kommen sahen, schlichen sich weg in das Rhododendronbeet. Als Wachhunde waren sie für alle Zeiten verdorben.

Der Chauffeur sprang aus dem Wagen und riss den Kofferraum auf. Butler James wuchtete die Koffer hinein, legte die Mäntel säuberlich darüber und den Schirm daneben. Sein Gesicht war regungslos wie ein verwitterter Stein, etwas gräulich und sichtlich gealtert.

»Danke, James«, sagte Madame, griff in die Tasche und drückte ihm fünf Francs in die Hand. James war so verwirrt, dass er die Hand schloss, anstatt das Geldstück auf das Pflaster fallen zu lassen. »Es war mir eine Freude, James.«

»Mir auch, Madame«, sagte James dumpf.

»Wenn Sie eine Aufmunterung brauchen, ich habe Ihnen meine Adresse gegeben.«

»Ich werde mich ihrer erinnern, Madame.«

»Au revoir, James.«

»Leben Sie wohl, Madame.«

Das Taxi fuhr ab. Madame Coco lehnte sich zufrieden zurück und zeigte auf die Taxiuhr. »Was muss ich noch bezahlen?«

»Sie fahren auf Kosten der Firma, Madame.« Der Chauffeur grinste sie breit an. »Ich habe das Paris gesehen, von dem mir mein Vater erzählt hat.«

Er sprach ein hartes Französisch, obgleich mit Pariser Dialekt. Madame sah ihn von der Seite an.

»Russe?«

»Ja, Madame. Mein Vater war zaristischer General. Er fuhr 1922 das erste heizbare Taxi in Paris.«

»Wie heißen Sie?«

»Wladimir Andrejewitsch, Fürst Globotkin.«

»Ein schöner Tag, Wladimir Andrejewitsch.« Madame schlug die Beine übereinander, was einige Mühe bereitete. Es regnete jetzt, der Asphalt spiegelte, aber Paris ist immer schön. »Essen wir zusammen eine Bratwurst, Fürst?«

»Mit Vergnügen, Madame.«

Sie fuhren über die Pont d'Issy und hielten auf dem Quai du Président Roosevelt an einer Bude, in der warme Würstchen, Käsebrötchen und Limonade verkauft wurden.

Pierre hatte seinen Kaffee getrunken. Er war voll Begeisterung über den Auftrag Thierrys, ein Bananenplakat zu entwerfen, aber ihm fiel nichts ein, was die Gestaltung betraf. Von der Idee, über Monkys schlanken Körper ein Bananenröckchen zu malen und ihr eine besonders große Banane in die Hand zu drücken, kam er schnell ab. Das Bild wirkte zu erotisch ... Thierry hätte ihn aus dem Büro geworfen. Auch die Idee, einen Affen und ein Kind nebeneinander sitzen zu lassen, jedes mit einer Banane beschäftigt, und darunter der Spruch: *Das* sind Kenner!, hielt er für nicht durchführbar. Der Einzige, der sich darüber gefreut hätte, wäre Darwin gewesen.

»Ich tausche das Kleid um«, sagte Ev. Wir kennen uns einen Tag, und schon belüge ich ihn, dachte sie. Das Leben normalisiert sich wieder. »Wenn ich zurückkomme, will ich einen Rohentwurf sehen. Zeig, was du kannst, Pierre.«

Sie beugte sich über ihn, umfasste seinen Kopf und gab ihm einen schnellen Kuss auf die Haare. Pierre ließ Zeichenblock und Kohle fallen und wollte nach ihr greifen, aber sie war bereits an der Tür und schwenkte die Kaufhaustüte.

»Komm mir nicht zu nah!«, rief sie. Ihr Gesicht war die Sonne, die diesem trüben Herbsttag fehlte.

»Was war das, Ev?«, sagte er mit trockener Kehle. »Du hast mich geküsst.«

»Auf den Scheitel, wie es die Musen angeblich tun. Bilde dir nichts darauf ein.«

»Ich werde das schönste Plakat seit Toulouse-Lautrec malen!«

»Das wäre falsch. Du bist Pierre de Sangries. Das solltest du dir immer vorsagen. Nicht ein zweiter Monet oder van Gogh ... ein erster de Sangries!« Sie nickte ihm zu und kniff die Daumen in die Fäuste. »Denk dran, Pierre!«

Mein Gott, ich liebe sie, dachte er, als hinter ihr die Tür zufiel. Ich liebe sie. Es ist wie ein Feuer in mir. Mein Gott, halt mich davor zurück. Du allein weißt, dass es nicht sein kann.

Das Geschäft von Monsieur Callac am Quai de Montebello war, von außen besehen, ein kleiner, unscheinbarer Laden. Nur ein Goldschild mit schwarzen Buchstaben wies so etwas wie Vornehmheit aus: Galerie Callac. Ein Name, den ganz Paris kannte. Eine Qualitätsmarke. »Was? Sie haben bei Callac ein Bild hängen? Gratuliere, Meister. Gratuliere!« Die Türen der Pariser Gesellschaft (und die, die sich dafür hielt) sprangen wie von selbst auf, wenn ein Callac-Jünger anklopfte.

In dem kleinen Schaufenster stand eine chinesische Vase aus der II. Ming-Dynastie. Anscheinend hatte Callac keinen seiner Maler für wert befunden, im Fenster ausgestellt zu werden. Genies waren rar ... und Callac legte Wert darauf, der Betreuer neuer (und natürlich alter) Genies zu sein. Dass nur eine Vase und kein Gemälde im Fenster stand, hatte sich bereits herumgesprochen. »Der Alte ist wieder voller Gift«, flüsterte man in den Kunstzirkeln der Stadt und in den literarischen Cafés von Saint-Germain-des-Prés, wie Café Lipp, Café de Flore und vor allem im Café des Deux-Magots und Café La Coupole. »Es wird Zeit, dass die Galerie von einem Jungen übernommen wird. Hat er keinen Neffen in der Camargue? Aber der malt selbst – ein armes Luder und ein Idiot dazu.« Aber Genaueres wusste niemand ... der alte Callac hatte es verstanden, über sein Privatleben eine Decke zu ziehen, unter die noch keiner geblickt hatte. Und mit ihm reden? Mon Dieu, kann man gegen den Mistral anblasen?

Ev stand eine Weile vor dem kleinen Laden und betrachtete die chinesische Vase. Sie hatte Angst, die schmale Tür aufzudrücken und einfach zu sagen: »Madame Coco schickt mich. Ich soll bei Ihnen als Sekretärin anfangen.« Das kann man nicht, bei allen guten Worten, die Madame ihr mitgegeben hatte. Andererseits war es eine bessere Stellung, als im Kaufhaus Lafayette oder Printemps oder in der Passage du Claire irgendwelche Dinge zu verkaufen und stundenlang in einer stickigen Luft zu stehen und die Launen der Kunden zu ertragen. Es war außerdem fraglich, ob man sie in diesen Warenhäusern überhaupt brauchte ... es standen täglich junge Französinnen vor den Personalbüros Schlange, um einen Platz an einem der Verkaufstische zu erobern. Ein Warenhaus wie die Trois Quartiers oder die Magasins Réunis blieben der große Traum junger Mädchen, vor allem aus der Provinz.

Ev atmete ein paar Mal tief durch, drückte die Klinke herunter und betrat die Galerie Callac. Keine Klingel ertönte, wie sie vorausgesetzt hatte, kein Ungeheuer stürzte auf sie zu und keifte sie an ... niemand war in dem großen Raum, der hinter dem schmalen Schaufenster sich ausdehnte. Sie war allein mit einer Fülle von Gemälden und Skulpturen. Kein Platz an den Wänden war unausgenützt, überall hingen die Bilder dicht an dicht, und in der Mitte des Raumes standen die viereckigen Podeste, auf die Callac Steinplastiken oder Bronzen aufgebaut hatte.

Sie sah sich um, blieb etwas verschüchtert in der Ausstellung stehen und wartete. Was sie nicht wusste: In seinem Büro saß Callac vor einem Fernsehschirm, und vier unsichtbare Kameras beobachteten jeden Winkel des großen Raumes. Neben dem Fernsehschirm lag ein kleines Schaltpult auf dem Schreibtisch mit drei Knöpfen: Einer, der schnell ein massives Scherengitter vor Tür und Fenster herunterließ, einer, der sofort die Polizei alarmierte und einer, der eine höllische Sirene auf dem Dach des Hauses auslöste. Auch wenn Callac geizig bis zur Perversion war und mit seinen 81 Jahren mehr in der Vergangenheit als in der Gegenwart lebte ... auf die moderne Technik legte er großen Wert und nutzte sie aus, soweit er sie gebrauchen konnte.

Marius Callac saß in seinem alten Ledersessel und betrachtete abwartend und kritisch die junge Besucherin seiner Galerie. Sie stand herum wie jemand, der sich in der Wüste verlaufen hat und gleich anfängt zu weinen. Sie interessierte sich für kein Bild, obgleich sie vor einem echten, unverkäuflichen Modigliani stand, und außerdem sah sie nicht so aus, als könne sie sich einen Modigliani kaufen. Callac entschloss sich, aus seinem Hinterzimmer herauszukommen und den Fall genauer zu betrachten. Es war knapp vor neun ... eine Zeit, in der potente Kunden nie in seiner Galerie erscheinen, da sie um diese Zeit noch zu schlafen pflegen oder gerade unter den Händen ihres Masseurs liegen.

»Mademoiselle –«, sagte Callac.

Ev fuhr herum. Madame Coco hatte Callac nicht beschrieben. Sie hatte einen kleinen Greis erwartet, stattdessen stand vor ihr ein langer, schlanker Mann mit schlohweißem Haar, das der Löwenmähne von Madame glich, eben nur in seiner natürlichen Farbe. Das aristokratische Gesicht war eigentlich eine Komposition kunstvoll gestalteter Falten und Gräben, in denen die Augen, die Nase und der Mund wie Fremdkörper wirkten. Ein Kopf wie eine Mondlandschaft. Das Erstaunlichste war die Brille mit den dicken, geschliffenen Gläsern. Wer solche Gläser brauchte, war im medizinischen Sinne eigentlich schon blind.

»Monsieur Callac ...«, stotterte Ev und starrte diese Erscheinung an.

»Wer sonst?« Das war eine von Callacs bekannten Unhöflichkeiten. Man hielt es für undenkbar, dass er einmal vor fernen, fernen Jahren ein ausgesprochen charmanter Kavalier gewesen sein sollte, was Madame Coco bestätigen konnte.

»Ich bin Eva Bader«, sagte sie. Callac hob die linke Augenbraue.

»Ich kann nichts dagegen tun, Mademoiselle.«

»Ich möchte mich als Ihre neue Sekretärin vorstellen.«

»Als was?« Die rechte Braue zuckte hoch. Callac befand sich in dem seltenen Stadium völliger Verblüffung. »Hier ist die Galerie Callac.«

»Ich habe mich nicht verlaufen. Man sagt, dass Sie eine Sekretärin benötigen, Monsieur.«

»Wer sagt das?«

»Madame Cosima Lebrun.«

»Aha!«

Callac rührte sich nicht. Hinter den dicken Brillengläsern sah man nicht, ob er die Augen zur Decke drehte oder sie schloss. In den Gläsern spiegelten sich bloß die Gemälde und Skulpturen.

Ev spürte einen dicken Kloß tief unten im Hals sitzen und würgte an ihm herum. Weiter, dachte sie tapfer und verzweifelt zugleich. Nur weiter sprechen! Es ist einfach, sich jetzt herumzudrehen und zu flüchten. Aber unser Leben ist nicht dazu da, um zu flüchten, wir haben Intelligenz und einen Willen mitbekommen, um uns durchzubeißen. Jeder Straßenköter kläfft und beißt zurück, wenn man ihn angreift, und jede Katze streckt die Krallen heraus, wenn man sie kneift ... nur der Mensch soll sich mit eingezogenem Kopf davonschleichen.

»Madame lässt Sie grüßen, Monsieur«, sagte sie tapfer.

»Danke.« Callac schien sich gefangen zu haben. »Es sind Danaergrüße ... wenn Sie wissen, was das ist ...«

»Danaer ist bei Homer der Name für die Griechen. Und das hölzerne Pferd, das die Griechen bei ihrer vorgetäuschten Abfahrt vor Troja zurückließen und in dessen Bauch sich die Zerstörer der Stadt versteckten, war ein Danaergeschenk. Monsieur, ich will Ihre Galerie nicht zerstören, und ich komme auch nicht aus dem Bauch eines hölzernen Pferdes.«

»Wer sind Sie, Mademoiselle?«, fragte Callac steif.

»Ich bin Deutsche und als Au-pair-Mädchen nach Paris gekommen.«

»Dann ist für Sie als jeunes filles-au-pair der Accueil des Etrangers in der Rue Jean Calvin zuständig ...«

»Ich bin nicht durch eine Behörde vermittelt worden, sondern privat. Zu Monsieur Chabras.«

»Fernand Chabras?« Callac zeigte Interesse. »Eine vorzügliche Adresse, Mademoiselle.«

»Wie man's nimmt, Monsieur.«

»Eine der besten von Paris.« Callac hatte sie alle im Kopf, die guten Adressen. Chabras zum Beispiel hatte bei ihm drei Dali, einen neu entdeckten Dégas und zwei Niederländer aus dem 17. Jahrhundert gekauft. Das warf eine hochinteressante Frage auf, die er sich nicht versagen konnte: »Wie sind Sie, wenn Sie bei Monsieur Chabras im Hause sind, mit Madame Lebrun in Berührung gekommen?«

Dazwischen liegt eine Welt, dachte Callac. Leider, Cosima. Es gab eine Zeit, in der du für die großen Salons von Paris wie geschaffen warst. Und dann heiratet sie im Krieg den Dachdecker Lebrun! Es gibt Schicksalsschläge, die man nie verdaut ...

»Ich wohne bei Madame«, sagte Ev. »Seit gestern.«

»Sie haben Château Aurore verlassen?«

»Es war nötig, Monsieur.«

Callac spürte, dass da etwas im Hintergrund lag, was ihn nichts anging. Andererseits hatte Coco – ein fürchterlicher Name! – eingegriffen, und das berührte ihn unmittelbar. Es war das zweite Mal, dass Cosima Lebrun ihn mit Personen attackierte, mit denen er nichts anzufangen wusste. Erst der unbegabte Maler Pierre de Sangries, jetzt eine Deutsche, die sich ihm vorstellte als neue Sekretärin. Bis zum heutigen Tag hatte Callac nie eine Sekretärin gebraucht. Seine Briefe – es waren nicht viele – schrieb er auf einer uralten, aber äußerst stabilen Schreibmaschine, Marke Nistère. Keiner kannte diese Marke ... es musste eine Fabrik gewesen sein, die irgendwann Anfang der zwanziger Jahre entstanden und gleich wieder in Konkurs gegangen war. Aber die Maschine schrieb unverdrossen mit einer fremden, schnörkeligen, ergreifend nostalgischen Schrift, einem Vorläufer des

Jugendstils. Man hatte Callac für diese Schreibmaschine schon 5000 Francs geboten, dann 10 000 ... von da ab putzte und ölte er sie jede Woche und behandelte sie wie eine heimliche Geliebte. Undenkbar, dass jetzt ein fremdes Wesen, wie zum Beispiel dieses zugegeben nette und hübsche Mädchen aus Deutschland diese sakramentalen Tasten berührte.

»Ich brauche keine Schreibkraft«, sagte Callac wie erwartet. »Madame Lebrun irrt.«

»Madame bittet Sie, sich an die Camargue zu erinnern.« Es war wie ein Notschrei, und etwas anderes war es auch nicht. Ev hatte sich vorgenommen, diesen Satz nie zu sagen. Er verbarg irgendeinen großen Lebensabschnitt, das ahnte sie. Er rührte an ein Gewissen ... oder er war vielleicht auch nur die hundsföttischste Erpressung, die man aussprechen konnte. Callac jedenfalls zeigte sofort Wirkung, und man muss das boxerisch ausdrücken, denn er zuckte zusammen wie nach einem Tiefschlag. Seine scharfe Brille beschlug. Theoretisch war er jetzt blind.

»Kommen Sie in mein Büro, Mademoiselle«, sagte er mit einer deutlichen Zärtlichkeit in der Stimme. »Aber leiten Sie davon keinerlei Verständnis für Ihre Bewerbung ab.«

Wir kennen das Büro ... es war klein, überladen mit Akten, Ordnern, Schnellheftern, unbeantworteten Briefen, Rechnungen, und Notizzetteln, auf denen sich Callac alles, was für ihn wissenswert war, notierte und wieder vergaß. An den Wänden lehnten Stapel ungerahmter Bilder, die auf einen Haken in der Galerie warteten. Ev sah auch Pierres Bauernköpfe ... sie lehnten neben der Zentralheizung, allein, wie ausgestoßen, wie bereitgestellt für den Sperrmüll. Das traf sie tief, und sie beschloss, den Kampf gegen Marius Callac aufzunehmen. Jeder Mann ist verwundbar, man muss nur eine Stelle ertasten. Die Sage von Siegfried mit dem Lindenblatt auf der Schulter gilt noch immer und wird nie unmodern werden.

Sie saßen sich gegenüber, zwischen sich der Fernsehschirm. Callac goss sich eine Tasse Tee ein und dazu ein hohes, schlankes Glas mit goldgelbem Cognac. Das war sein zweites Frühstück (zusammen mit einem Toast); das erste Frühstück nahm er schon um sechs Uhr in der Früh zu sich. Ein alter Mann braucht wenig Schlaf, und gerade Callac war nie ein großer Schläfer gewesen. In den frühen Morgenstunden entwickelte sich sein großes händlerisches Genie. Schon mancher unbekannte Maler war durch Callac entdeckt und gefördert worden und natürlich auch bekannt geworden, weil Callac mit seinem ersten Frühstück zufrieden gewesen war.

»Auch eine Tasse, Mademoiselle?«, fragte er jetzt.

»Lieber einen Cognac, Monsieur ... wenn's möglich ist.« Ev lächelte. Wenn sie so wie jetzt lächelte, brannte sie Löcher in jedes Männerherz. Denn sie lächelte nicht nur mit dem Mund, der war hierbei unwichtig ... ihre schönen Augen strahlten mit so viel ausbrechender Wärme und Freude, dass sich bei jedem Angelächelten der Blutdruck erhöhte.

Es war nicht festzustellen, welchen Blutdruck Marius Callac hatte. Er griff jedenfalls nach hinten in ein Regal, holte ein zweites schlankes Glas und goss es bis zur Hälfte voll Cognac.

»Ich trinke Tee und Cognac seit zweiundsechzig Jahren«, sagte er dabei. »Nicht Rum ... Cognac. Französischen Cognac. Ich bin Patriot.« Er nippte an dem heißen Tee und kippte dann den Cognac hinunter. Die Art, wie er ihn trank, bewies wirklich eine generationslange Übung. »Er hat mich aufrecht gehalten«, sagte er hinterher.

Ev nickte. Der plötzliche Einblick in seine Menschlichkeit, dieses Lüften eines Zipfels seiner über das Privatleben gebreiteten Decke machte sie stumm. Sie empfand so etwas wie Ehrfurcht, als habe man vor ihr ein viel bewundertes Denkmal enthüllt.

Sie trank ihren Cognac mit vier kleinen Zügen, und Callac sah ihr zu, durch seine dicken Brillengläser und schwieg auch. Es wirkte, als beobachtete er Ev durch ein starkes Fernglas.

»Was verlangen Sie?«, fragte er plötzlich.

Sie ließ das Glas fast auf den Tisch fallen und holte tief Atem. »Sie stellen mich an?«, sagte sie atemlos.

»Ich habe lediglich gefragt, was Sie als Gehalt verlangen.«

»Tausend Francs.«

»Dafür kann ich mir einen Computer mieten. Mademoiselle, wenn Ihnen Madame Lebrun das eingeredet hat ...«

»Das hat sie nicht, Monsieur. Sie hat nur gesagt, dass Sie die Hälfte des Tarifs zahlen oder lieber alles mit der Hand schreiben.«

»Das hat sie gesagt?« Callac griff zur Flasche und schenkte sich noch einen Cognac ein. Das wusste bisher niemand, nicht einmal Madame Coco, dass der alte Callac in seinem Hinterstübchen ein Verhältnis mit altem französischem Cognac eingegangen war. »Es ist eine Lüge, Mademoiselle. Ich habe eine Schreibmaschine. Eine gute! Sie kostet zehntausend Francs!«

Er trank wieder, mit dem unnachahmlichen Charme eines Genießers, wie nur Frankreich sie hervorbringen kann. Ev sah sich in dem Büro um. Die Unordnung war verheerend, aber irgendwie genial. Callac fand sich hier zurecht ... bei mustergültiger Ordnung wäre er verloren gewesen.

Callac verstand ihren Rundblick und goss ihr noch einen Cognac ein, dieses Mal bis zum Rand. Es war ein stummes Kompliment, eine Art sich anbahnender Kumpanei.

»Sechshundert«, sagte er. »Für halbtags.«

»Diese Zahl nannte auch Madame.« Evs Herz hämmerte gegen ihre Rippen. Ich bekomme innen blaue Flecken, dachte sie. Herz, hör auf, mich gegen die Rippen zu schlagen!

»Was hat Ihnen Madame von der Camargue erzählt?«

»Nichts. Nur, dass ich Sie von ihr grüßen soll.«

»Kennen Sie die Camargue, Mademoiselle?«

»Leider nicht, Monsieur.«

»Ein Stück Land, in dem man sich wünscht, eine Wurzel zu sein, um nie diese Erde zu verlassen.« Er blickte auf den Fernsehschirm. Zwei Herren hatten die Galerie betreten. Callac kannte sie. Der Comte de Paissy und ein Fabrikant aus Bordeaux, der jeden Monat seine Geliebte in Neuilly besuchte und bei dieser Gelegenheit, durch und durch beschwingt, ein Bild oder eine Plastik bei Callac kaufte. »Sechshundert? Überlegen Sie es sich, Mademoiselle. Ich werde in der Galerie gebraucht.«

Callac griff wieder hinter sich in das Regal, holte eine primitive Mundusche heraus, einen Gummiball mit einem Röhrchen daran, spritzte sich Mentholsaft in den Rachen, vertrieb damit den Cognacgeruch und erhob sich würdevoll.

Im Fernsehschirm sah Ev kurz darauf, wie er die beiden Herren sehr reserviert begrüßte – der große Callac hatte es nicht nötig, zu katzbuckeln – und sie zu einer Wand führte, wo einige Glanzstücke der Galerie hingen.

»Ich nehme an, Monsieur«, sagte Ev zu dem Fernsehbild, »Sie sind gar kein Ekel, Sie haben nur Angst vor Ihrer Seele, Monsieur ...«

Sie trank das Glas leer, zog den Mantel aus und ging an die Arbeit.

Sie machte die Morgenpost auf und ordnete sie.

Wladimir Andrejewitsch saß bei Madame in der Küche, aß ein großes Stück Butterkuchen, trank Kaffee aus einer riesigen, bunt bemalten Henkeltasse und fühlte sich wohl.

Er hatte bis zum Nachmittag frei. Sein Vater, russischer Fürst, General und Taxibesitzer, hatte den zweiten Mann ans Steuer gesetzt, einen Alexander Metwejewitsch Sawarin, dessen Vater 1918 noch riesige Besitzungen bei Kasan besessen hatte und ein Graf gewesen war. Nach der Flucht war er in Paris regelrecht verhungert, unter der Pont d'Alexandre III., ein Clochard reinster Sorte, aber standesgemäß, wie er betonte. Er hatte sich nie damit abfinden können, für Geld zu arbeiten ... also verhungerte er unter der Seine-Brücke, die den Namen eines seiner großen Zaren trug. Sein Sohn war da anders ... er wurde Taxifahrer, das Vorrecht aller russischen Emigranten in Paris.

Mit Fürst Globotkin und seinem Erscheinen bei Madame Coco hatte es eine besondere Bewandtnis. Nach dem Erlebnis, wie man blutgierige Doggen mit einem Kartoffelstampfer für alle Zeiten wertlos machen kann, vor allem aber nach der darauf folgenden Unterhaltung und dem Würstchenessen am Quai hatte Wladimir Andrejewitsch eine gute Idee gehabt.

Man soll gute Ideen nicht zu lange mit sich herumschleppen ... sie werden leicht ranzig wie unsachgemäß gelagerte Butter. Und so betrat Fürst Globotkin, statt sich nach einer langen Nachtschicht aufs Ohr zu legen, das Haus in der Rue Princesse und prallte auf Madame, die wie immer ihr Paradies schützte.

»Kommen Sie herein, Fürst!«, sagte sie. Gestern, beim Château Aurore, sah sie noch menschlich aus, bis auf die roten Haare ... jetzt traf ihre Erscheinung Wladimir Andrejewitsch mit voller Wucht und machte ihn zunächst stumm. Er folgte Madame in die Küche, setzte sich, als sie auf einen Stuhl zeigte, trank gehorsam den Kaffee, den sie ihm zuschob, und biss in den Butterkuchen, der vorzüglich schmeckte, was er nach dem ersten Eindruck nie erwartet hatte.

»Nennen Sie mich Wladi, Madame«, sagte er, als er sich etwas gefangen hatte.

»Wladi heißt ein Hund, aber kein Mann. Sind Sie Fürst oder nicht?«

»Was ist ein russischer Fürst heute noch wert, Madame?«

»Man ist das wert, was man sich selbst zumisst«, sagte sie bestimmt. »Ich tausche mit keiner Marquise ... Fürst, was wollen Sie hier bei mir?«

Wladimir Andrejewitsch nahm noch ein Stück Butterkuchen. Es ist der lockerste Kuchen, den ich je gegessen habe, dachte er, ein Teig, an dem sie wie ein Berserker gerührt haben muss, damit er so luftig wird! – hielt seine riesige Tasse hin, Madame schenkte ein, und er trank einen langen, köstlichen Schluck. Auch Kaffee konnte sie kochen! »Das war eine Nacht!«, sagte er danach. »Eine kanadische Reisegesellschaft auf dem Montmartre. Wissen Sie, Madame, was das bedeutet? Kanadier auf dem Montmartre?! Die Huren haben straßenweit gequietscht, zwei Lokale sind zu Bruch gegangen, vier Kerle liegen auf dem Polizeirevier, zwei algerische Zuhälter haben Blutrache geschworen, und da kamen die Kanadier erst richtig in Tritt und machten Jagd auf die ›Marcheuses‹ in der Rue des Trois Frères. Ein Spektakel, Madame! Wir haben sie dann mit sieben Wagen in ihr Hotel gefahren, und keiner von ihnen war nicht blessiert. Ich kam mir vor, als sei ich Sanitätsfahrer in einer Schlacht. Und jetzt ruhe ich mich endlich aus.«

»Bei mir. Wieso?«

Die Frage war berechtigt und logisch. Wieso ersetzt eine Madame Coco ein wohlverdientes Bett?

»Ich kenne diesen Jules Chabras.«

»Aha.«

»Ein Ekel, Madame.«

»Wem sagen Sie das, Fürst?«

»Ich denke nicht an die Geschichte mit Ihrer Eva und Ihrem Pierre. Ich habe Jules Chabras erlebt, wie er einem Kollegen in den Hintern getreten hat, als dieser einen seiner Gäste abholte. Und warum trat er zu? Weil man nicht schnell genug die Wagentür aufriss und der Gast einige Sekunden warten musste, bis man um den Kühler herum war. Das ging mir durch den Kopf, Madame, und auch das mit dem unerkannten Talent dieses Pierre de Sangries. Man sollte etwas für ihn tun.«

»Wer? Die Kunsthändler? Die Galeristen? Die Museumsdirektoren?« Madame Coco schnaubte durch die Nase. Sie konnte das sehr eindrucksvoll, und wer sie nicht genauer kannte, war davon zutiefst erschrocken. »Sie sind blind, Fürst! Sie haben keine Augen, sondern weiche Pflaumen im Kopf. Was hat Pierre nicht alles versucht, wie viel Sohlen hat er sich nicht heißgelaufen! Umsonst! Wenn er so dasteht, bescheiden, seine Mappe oder die Bilder unter dem Arm … wer beachtet ihn denn? Bescheidenheit ist heute Selbstmord. Aber wenn er hereinkommen würde, bekleidet mit einem Frack aus Gardinenstoff, die Haare bis zur Schulter, einen Bart bis zum Nabel, wenn er statt ein Wort zu sagen, laut in die Runde furzen würde und seine Bilder mit verschiedenfarbiger Scheiße malte … dann würde man auf ihn aufmerksam werden, sich mit ihm beschäftigen, ihn einen Individualisten nennen und gelehrte Abhandlungen über ihn schreiben als Vertreter eines neuen, psychokomplex-kakophilen Realismus … So ist das heute!«

»Und warum geht Pierre nicht zu diesen Idioten und lässt seine Hosen runter?«

»Kennen Sie meinen Pierre?«

»Nein, Madame.«

»Eben. Er ist ein sanftes Schaf. Er brächte so etwas nie fertig. Er wartet wie van Gogh, dass man ihn erkennt oder dass er wahnsinnig wird. Was soll man für ihn tun, Fürst?«

»Das habe ich mit meinen Kollegen besprochen, Madame«, sagte Wladimir Andrejewitsch und nahm das dritte Stück Butterkuchen. Wenn ich jemals heirate, dachte er, muss meine Frau hier backen lernen.

»Pierre wird niemals Taxis fahren.«

»Meine Idee war anders, Madame.« Er kaute genüsslich und blickte durch die offene Küchentür den langen Hausflur entlang. Ein junger, langer, dürrer Mann kam von oben die Treppe herunter, blickte zu Madame Cocos Wohnung, sah einen fremden Mann am Tisch sitzen, winkte kurz und verließ das Haus. Draußen – die Haustür blieb offen – schlug er den Kragen seines blauen Wettermantels hoch und ging nach rechts davon durch den leise rinnenden Regen. »War er das?«

»Das war Pierre de Sangries«, sagte Madame fast stolz.

»Ein sympathischer Kerl. Ist Ev oben?«

»Nein. Sie wird jetzt –«, Madame blickte auf die runde Küchenuhr neben dem alten Büfett, »– sie wird ihre neue Stelle angetreten haben. Es ist kein Telefonanruf erfolgt.«

»Wäre der wichtig gewesen?«

»Ja. Ich habe mir schon eine Rede zurechtgelegt.«

Es war, als habe es Callac geahnt. Trotz vieler drängender Fragen hatte er bis jetzt vermieden, Cosima Lebrun in ein Gespräch zu ziehen.

»Ihr Plan, Fürst!«, sagte Madame streng. Sie nahm den Kuchenteller vom Tisch und stellte ihn auf das Büfett. Er frisst mir den ganzen Kuchen auf, dachte sie. Es ist ja bekannt, wie die Russen fressen können. Dabei ist er in Paris geboren.

»Wir sind eine Vereinigung von zweiundvierzig Taxis. Alles Russen, Madame. Das ist gering, wenn man bedenkt, dass es in Paris zwölftausendfünfhundert Taxis gibt. Ein schweres Leben! Der Tarif ist vom Polizeipräsidium festgesetzt, und gäbe es nicht von fast jedem Fahrgast ein Pourboire ... wir lebten wie die Nagetiere. Wissen Sie, Madame, was eine ›Planquette‹, eine Taxizulassung, kostet? Zwanzigtausend Francs! Ist es ein Wunder, dass die schlechte Lage der Pariser Taxifahrer berüchtigt ist?«

»Wollen Sie einen Kredit von mir, Fürst?«, fragte Madame zurückhaltend und nahm auch die riesige Kaffeetasse weg. »Sie stimmen Ihren Klagechoral am falschen Platz an.«

»Ich wollte nur ausdrücken, Madame, mit welchen Widrigkeiten wir zu kämpfen haben, und zu welchen Ideen wir trotzdem fähig sind. Ich nehme an, Monsieur Pierre hat keine zwölftausendfünfhundert Bilder auf Lager ...«

»Werden Sie vom Kaffee betrunken, Fürst?«, sagte Madame eisig.

»Aber er hat sicherlich zweiundvierzig Gemälde an den Wänden stehen.« Wladimir Andrejewitsch Globotkin schielte zu dem außer Reichweite getragenen Kuchenteller. »Das ist mein Plan, Madame. Wir werden in jedem Taxi unserer Vereinigung ein Bild von Pierre de Sangries aufhängen. An die Lehne der Vordersitze, genau im ständigen Blickfeld der Fahrgäste. Es ist nach dem Gesetz der Wirkung des Außergewöhnlichen auf den Menschen fast sicher, dass wir im Taxi nach und nach alle Gemälde verkaufen und sogar Bestellungen entgegennehmen werden.« Wladimir Andrejewitsch stand auf, holte das vierte Stück Butterkuchen und goss sich neuen Kaffee ein. Madame hinderte ihn nicht daran ... sie war merkwürdig aufgeregt und hatte rötliche Backen bekommen, die dieses Mal nicht von aufgetragenem Rouge herrührten. »Was halten Sie davon?«

»Sie sind genial, Fürst«, sagte sie atemlos. »Genial! Ich backe Ihnen zehn Kuchen nach Ihrem Geschmack.«

»Damit ist es nicht getan, Madame. Jede Idee ist so gut wie ihr geschäftlicher Aspekt.« Fürst Globetkin kratzte ein paar Krümel von seinem Anzug. Er zeigte dabei einige erstaunlich aristokratische Bewegungen. »Ich habe Ihnen die Situation auf dem Taximarkt geschildert. Meine Kollegen und ich –«

»Wie viel Prozent?«, unterbrach ihn Madame Coco. »Wladimir Andrejewitsch, zerreden Sie nicht meine Begeisterung.«

»Zwanzig Prozent, Madame.«

»Sie elender Gauner! Sie kaukasischer Pferdedieb! Sie breitgerittener Kalmückenarsch!«

Wladimir Andrejewitsch war weit davon entfernt, beleidigt zu sein und Madames Küche unter stummem Protest zu verlassen. Er grinste breit und zufrieden, setzte sich wieder an den Küchentisch und streckte die Beine von sich. Er trug schöne, lammfellgefütterte Halbstiefel ... die Herbstnächte waren nass und kühl.

»Sie schimpfen wie unsere Marktfrauen in Kalytsch, Madame. Es ist direkt heimatlich.«

»Sie sind in Paris geboren, Sie verrosteter Topf. Zwanzig Prozent. Davon kassieren Sie zehn Prozent für sich und zehn bleiben für Ihre Kollegen.«

»Geschäfte werden immer auf der Basis der Gegenseitigkeit gemacht, Madame. Es sind die gesündesten Geschäfte. Ein guter Partner ist mehr wert, als eine Herde von Hyänen, die nur auf den Tod des Einzelnen wartet.« Fürst Globotkin sah Madame Coco zufrieden an. »Zwanzig Prozent von allen Einnahmen aus den Taxi-Ausstellungen. Es wird für Pierre de Sangries das Geschäft seines Lebens werden. Wenn man bedenkt, dass wir vielleicht andere Gruppen nachziehen könnten ... bei zwölftausendfünfhundert Taxis in Paris –«

»Ungeheuerlich, Fürst! Sie haben Recht.« Madame setzte sich ihm gegenüber und begann zu rechnen. Man sah es ihr deutlich an ... ihre Augen arbeiteten wie die Zahlenkolonne einer Rechenmaschine. Sie klickten ununterbrochen. Zweiundvierzig Taxis mit je einem Bild für hundert Francs. Das ist ein Vorzugspreis. Abzüglich zwanzig Prozent wären das, wenn man sie alle verkauft – und daran gibt es überhaupt keinen Zweifel bei dieser Methode –, zunächst dreitausenddreihundertsechzig Francs. Wenn man allerdings bedenkt, dass ein normales Essen im Taillevant fünfzig Francs kostet und in Maxim's das Dreifache, dann sind hundert Francs für ein Bild von Pierre de Sangries eine Frechheit. Zweihundert Francs müsste die unterste Grenze sein, bei zweiundvierzig Taxis also sechstausendsiebenhundertzwanzig Francs netto.

»Sie rechnen um die Ecke, Madame«, sagte Wladimir Andrejewitsch ruhig.

»Sie wissen gar nicht, was ich rechne, Fürst.«

»Kalkulieren Sie ein, dass wir mit einem vollkommenen Umschlag von vier Wochen rechnen. Länger hängen die Bilder nicht in unserem Wagen. Garantiert!«

»Zweihundert Francs pro Bild«, sagte Madame laut. »Davon Ihre verdammten zwanzig Prozent – also für uns hundertsechzig Francs! Sonst keine Diskussion mehr.«

»Einverstanden. Das ist die unterste Grenze.« Wladimir Andrejewitsch erhob sich elegant. »Ich werde die Bilder taxieren und die Preise festlegen. Es kann sein, dass Gemälde darunter sind, die wir unter fünfhundert Francs nicht weggeben.«

»In ein paar Jahren werden sie Tausende kosten, Fürst.«

»Wir müssen die Gegenwart aufreißen, Madame.« Er trank seinen Kaffee aus und zerrte den Schal fester um seinen Hals. Draußen regnete es stärker, in dem Abflussrohr neben der Küche gluckerte das Wasser ununterbrochen. »Es wird sich nur eine Schwierigkeit herausstellen, Madame.«

»Das Steueramt.«

»Wer jahrelang gehungert hat, ohne dass sich der Staat darum gekümmert hat, erwirbt sich das Recht, einmal satt zu sein, ohne dass der Staat wieder mitfrisst. Das ist die Moral unter den Brücken, wir sollten sie übernehmen. Oder kennen Sie eine einzige staatliche Stelle, die von Pierre de Sangries ein Bild gekauft hat oder kaufen würde?«

»Nein. Ich sagte es schon. Wenn er mit Rotze malen würde … vielleicht.«

»Die große Schwierigkeit: Kann Pierre für genug Nachschub sorgen?«

»Mein Gott!« Madame Coco schlug die Hände vor den Mund, dann wühlte sie sich in ihre roten Haare und starrte Fürst Globotkin hilflos an. Da war sie zum ersten Mal in ihrem bewegten und an Tatkraft so reichem Leben hilflos.

»Nie«, sagte sie.

»Was heißt nie?«

»Pierre wird nie Bilder am Fließband malen. Pierre ist ein Künstler.«

»Amen! Blasen wir alle Kerzen aus«, sagte Wladimir Andrejewitsch andächtig. »Das habe ich befürchtet. Er malt nur, was er empfindet.«

»So ähnlich, Fürst.«

»Und Ev könnte ihn nicht dazu bringen, sein Genie zu industrialisieren?«

»Vielleicht. Aber ich traue Ev nicht zu, dass sie so etwas tut.«

»Wir sitzen auf dem Trockenen, Madame.« Wladimir Andrejewitsch ging zur Tür. Jetzt war er müde, sehnte sich nach seinem Bett, und selbst Madames Kaffee hielt ihn nicht länger auf den Beinen. »Theoretisch haben wir zweiundvierzig Bilder verkauft, und die sind vorhanden. Dann ist die Sache blutleer. Ab und zu mal ein Bild ... das ist kein Geschäft. Wollen Sie mit Pierre reden, Madame? Oder soll ich es tun?«

»Überlassen Sie es mir.« Madame Coco versank in tiefe Nachdenklichkeit. Sie ließ Fürst Globotkin ohne Gruß gehen, starrte auf den halb geleerten Kuchenteller und wälzte das Problem hin und her. Wie man es auch betrachtete und beredete, es blieb eine Wahrheit übrig, und diese Wahrheit war Pierres Natur, die sich kaum von der anderen malender Genies unterschied: Er würde nie tagaus, tagein Konsumbilder malen ... und sie war sich jetzt fast auch sicher, dass Pierre nicht die Erlaubnis geben würde, seine Bilder in zweiundvierzig von Russen gefahrenen Taxis ausstellen zu lassen.

Madame griff zum Telefon und drehte seufzend eine mehrstellige Nummer.

Eine Stimme meldete sich. Eine fröhliche, frische Mädchenstimme.

»Galerie Callac ...«

Endlich ein Lichtblick. Madame überfiel eine echte Rührung.

»Ich küsse dich, mein Kind«, sagte sie dröhnend. »Ich küsse dich ...«

Der Herbst war nun endgültig und mit einem widerlichen Regen über Paris hergefallen, hatte die Bäume entblättert, feuchte Kälte in die Häuser getrieben und elftausendfünfhundert Ärzte zufrieden gemacht, denn Schnupfen, Grippe und Bronchitis sind Saisonkrankheiten, mit denen man kalkulieren kann und die mit relativ wenig ärztlichem Aufwand einen verhältnismäßig guten Kontostand garantieren.

Durch Paris fuhren zweiundvierzig Taxis, von Russen gelenkt, und hatten – in allen Zeitungen las man darüber zwischen fünf und sieben Zeilen! – an die Lehne der Vordersitze Gemälde eines gewissen Pierre de Sangries genagelt. Ein Kunstkritiker schrieb sogar giftig: »Wenn diese Methode Schule macht, wird man bald in allen Pissoirs bemalte Leinwände bewundern können!« Und ein Karikaturist zeichnete ein Bild, auf dem ein Mann in einer Bedürfnisanstalt mit hohem Strahl sein Wasser abschlägt, vor sich an der Wand ein Gemälde mit dem Titel ›Abendstimmung am Cap d'Antibes‹. Der Zeichner war der Schwager des Kunstkritikers.

Pierre de Sangries war ins Gespräch gekommen, aber anders, als es Wladimir Andrejewitsch und Madame gewollt hatten: Ganz Paris lachte über ihn achtundvierzig Stunden lang. Dann vergaß der Moloch Stadt ihn: Er hatte ihn gefressen.

Marius Callac schämte sich in solchem Maße, dass er zehn Tage lang es ablehnte, mit Cosima Lebrun ein Wort am Telefon zu sprechen. Und sie rief jeden Tag dreimal an. Callac segnete den Tag, der ihm Eva Bader beschert hatte ... er fand zwar nichts in seinem aufgeräumten Büro wieder, aber er brauchte nur einen Wunsch zu äußern und wusste, dass er präzise erfüllt wurde. Er zeigte diese Zufriedenheit zwar nicht, blieb der alte Giftzahn, erweckte den Anschein, als sei er dauernd von seiner Umwelt betrogen ... aber wenn er Ev den Cognac zuschob oder ihr – wer hätte das jemals von Callac vermutet – mit einem Feuerzeug die Zigarette anzündete, herrschte zwischen ihnen die Idylle einer völligen Zufriedenheit.

Anders bei Pierre.

Er malte, aber nicht für Wladimir Andrejewitsch und seine zweiundvierzig russischen Kollegen. Er malte Ev ... Madame hatte das kommen sehen und betrachtete es als eine Katastrophe. Er hatte zwar auch Monky gemalt, aber solange er dieses langbeinige, erotische Püppchen auf die Leinwand zauberte und mit ihr nachher ins Bett stieg, war er noch normal gewesen, wie es Madame ausdrückte. Wenn es nötig war, übermalte er dann später die bewussten Gegenden von Monkys aufreizendem Körper, setzte eine Konservendose oder eine Zahnpastatube daneben und verkaufte alles als Plakat. Wenn der Erlös auch gering war – so ein Bild war wenigstens verkäuflich! Was er dagegen jetzt malte, betrachtete Madame als reinen Wahnsinn.

Ev als Bauernmädchen in einem Kornfeld. Ein Bild, so sonnig, dass man die Augen zusammenkneifen musste, sonst blendete es.

Ev als Winzerin in einem provençalischen Weinberg. Man konnte das allerdings nur ahnen: Das ganze Bild war aufgelöst in farbige Flecken. Ein Farbenrausch, der erst Form gewann, wenn man zwei Meter zurücktrat und viel Fantasie hatte.

Faszinierend das alles, genial – das räumte Madame ein – und wie ein Vulkan aus Pierre herausbrechend ... aber wer kaufte so etwas? So kann man malen, wenn man Sisley heißt, aber nicht Pierre de Sangries, den keiner kennt. Pardon, über den tout Paris gelacht hat ... das ist fast mehr als der Tod.

Merkwürdig war es, dass Pierre selbst so etwas nicht empfand.

Als Wladimir Andrejewitsch nach den Zeitungsmeldungen, der Kritik und der Karikatur bei Madame in die Küche stürzte und brüllte: »Ich werde heute einige Morde begehen, Madame! Wenn die Presse mit dem Wort töten darf, darf ich es auch mit der Waffe in der Hand! Ich kann es mir leisten, ich bin Russe, mir nimmt man Chaos mit Genuss ab!«, antwortete Pierre nur:

»Ich weiß nicht, warum ihr alle auf dem Kopf herumrutscht? Was ist denn passiert? Sie sagen doch bloß die Wahrheit. Was ich bisher gemalt habe und was ihr da durch Paris spazieren fahrt, ist wirklich Scheiße. Von jetzt an werde ich ganz anders malen.«

Und er malte Ev und die grandiose Natur, aufgelöst in von der Sonne herabtropfenden Farben.

Callac, dem Eva ein Bild mitbrachte und zeigte, nannte Pierre schlicht ein Arschloch. Keiner hatte von Callac etwas anderes erwartet.

Eine böse Auswirkung allerdings hatte die ›Taxikunstausstellung‹ doch: Monsieur Emanuel Thierry, der Bananengroßhändler, kündigte Pierre den Auftrag zu dem Bananenplakat und wies seinen Freund Adolph, den Meister, an, einen anderen Gabelstaplerfahrer zu engagieren. Gründe nannte er dafür nicht, aber Pierre gelang es nach langen Nachforschungen und Stiftung einer Flasche Calvados für Robert Adolph, die Hintergründe zu erforschen. Gegen Pierre de Sangries hegte Thierry keinen Groll, im Gegenteil, er wusste Cleverness im Geschäft zu schätzen, nur … die Bilder wurden von Russen herumgefahren. Und Monsieur Thierry war allergisch gegen Russen. Nicht aus politischen Motiven, nein, ein Russe hatte ihm 1952 seine Frau ausgespannt, die mit fünfzig Prozent am Geschäft beteiligt war. So etwas geht an den Nerv. Wer gibt schon gern fünfzig Prozent her?

»Da ist gar nichts zu machen, Pierre«, hatte Adolph traurig gesagt. »Wären die Taxis von französischen Kriegsveteranen gewesen …«

»Aber die Kriegsveteranen hatten nicht diese Idee. Die hatten die Russen«, sagte Pierre.

»Eine russische Idee ist immer schlecht«, antwortete der Bananenmeister und entfaltete seine erste Morgenzeitung. »Man muss heute in jeder Lebenslage politisch denken, selbst wenn man auf einer Frau liegt. Russisch ist jetzt immer schlecht …«

Damit war das Kapitel Markthalle für Pierre vorerst abgeschlossen. Es sprach sich in den neuen Hallen von Rungis schnell herum, dass morgens um fünf der Maler Pierre de Sangries um Arbeit anstand. Wohin er auch kam in die vierzehn Großhallen, jede hundertsiebzig oder zweihundert Meter lang und sechzig Meter breit, zu den elektronisch gesteuerten Fließbändern, die von Computern befehligt wurden, zu den Leuchttafeln und den zweihundertfünfzig Fernsehkameras, die dieses riesige Gelände von zweihundert Hektar überwachten, überall, wo man ihn hätte vielleicht für ein paar Stunden brauchen können, verneigte man sich tief vor ihm, nannte ihn ›Meister‹, und ein Clochard ließ sogar seine dreckige, nach Urin stinkende Hose runter und schrie: »Maître, lohnt sich das? Ich stehe Modell für fünf Francs die Stunde!«

»Wie konnten wir uns bloß darauf einlassen?«, jammerte Madame, als Pierre solche Erlebnisse und Erkenntnisse berichtete. »Wo ist mein Instinkt geblieben? Zum Teufel, ich habe doch bloß das Beste gewollt!«

Niemand zweifelte daran. Aber es gab in diesen Tagen doch einige Lichtblicke, gewissermaßen einsame Inseln, zu denen man hinschwimmen und sich langlegen und ausruhen konnte. Das waren die Abende mit Pierres Freunden, die um ihn zusammenrückten wie eine schützende Mauer.

Der ›Rote Henry‹ hatte zwei größere Storys verkauft, angenommen hatte sie eine Fachzeitschrift der Frisöre und die

Storys schon bezahlt, was beweist, dass die wirtschaftliche Situation des Pariser Frisörhandwerks ziemlich gesund ist. Man feierte diesen Erfolg mit Käsebroten und Rotwein. ›Das Gebetbuch‹ verzeichnete ebenfalls einen Erfolg! Ihm war es gelungen, einen Bischof aus der Fassung zu bringen, als er mitten in dessen Predigt laut durch die Kirche rief: »Hat Jesus das gewollt?!« Natürlich war das gelogen, keiner glaubte ihm das, aber es hörte sich so schön an, dass man auch das mit einem großen Topf Délice de volaille Grand-Palais (das ist Hühnerklein, in Schinken gewickelt und übergossen mit einer Soße aus Käserahm) feierte. Madame kochte diese Köstlichkeit, und Wladimir Andrejewitsch fraß, bis er buchstäblich vom Stuhl fiel. Ponpon, der Einäugige, wartete mit einer neuen Sensation auf: Es war ihm gelungen, seinen Oberkörper, nach hinten biegend, durch seine Beine nach vorn zu schieben, den linken Arm um seinen Hals zu schlingen und dann das rechte Bein zu heben. So stand er, nur auf dem Ballen des rechten Fußes, ein menschliches Knäuel und eine unnachahmliche Leistung als Schlangenmensch. Es brachte ihm fünfundzwanzig Francs mehr Abendgage ein ... ein Grund zu feiern mit einer Art Artistendiät, Piperade basquaise, auf Deutsch: Rührei mit Tomaten auf baskisch.

Trotz aller Kritik, allen Anfechtungen – und drei Nachahmungen in Orléans, Lyon und Marseille – erwies sich Fürst Globotkins Idee mit den Bildern in den Taxis als Erfolg. Nach vier Wochen waren 33 Bilder verkauft, in der fünften Woche meldete Graf Nikolai Seraphinowitsch per Funk aus dem Taxi Nr. 1036, dass Pierres letztes Bild verkauft sei. An einen Amerikaner. Für 600 Francs. Das war die Krönung, und man feierte wieder.

Danach lag das Geschäft lahm, wie man geahnt hatte. Weder Wladimir Andrejewitsch, der mit imponierenden Zahlen aufwartete, noch der ›Rote Henry‹ oder das ›Gebetbuch‹ vermochten Pierre umzustimmen, statt seiner farbenberauschten Bilder mit Ev im Mittelpunkt erneut eine Serie mit Sacré-Cœur, den Pont Neuf oder der Seine mit dem Eiffelturm aufzulegen.

»Ich bin keine Hure«, sagte er einmal grob, als sogar Madame Coco die Seligkeiten eines auf Sicherheit gebauten Lebens schilderte. »Ich weiß, was ich will und kann! Ich will keinen Namen verlieren.«

Sie hatten jetzt 7245 Francs. Sie lagen nicht auf der Bank, sondern bei Madame im Küchenschrank. Dort war der sicherste Ort, geschützt vor allen Bankspekulationen, Terminkäufen, Devisengeschäften und dergleichen Geldartistik mehr, von denen man täglich in den Zeitungen las.

»Glaub nicht, dass du ein reicher Mann bist«, sagte Madame böse, als Pierre begann, ein Triptychon zu malen. Es wurde, das sah man schon in der Anlage, keine heilige Angelegenheit, sondern eine dreiteilige Landschaft, endlos und sonnig, schwermütig und doch verzaubernd. Eine Kindheitserinnerung, das Land seiner schönen Mama.

»Wer soll das kaufen?«, fragte Madame. »Siebentausend Francs können verfliegen wie siebentausend Fürze.« Manchmal, wenn es nötig war, konnte sie ausfällig werden, als sei sie in der Gosse der alten Hallen geboren. Pierre lächelte sie an.

»Auch das wird eine Mühe werden«, antwortete er. »Petite mère, schimpfen Sie nicht. Ich weiß, dass Sie mich verstehen, wie Ev …«

»Wie Ev!« Madame setzte sich in einen der alten Plüschsessel. »Wann heiratest du sie?«

Pierre sah sie nicht an, er rührte neue Farbe an. Goldgelb mit einem Schimmer Rot. »Nie!«, sagte er schließlich.

»Bist du verrückt, Pierre? Sie arbeitet für dich, sie putzt und kocht, ihr lebt wie Mann und Frau –«

»Das ist nicht wahr, petite mère …«, unterbrach er sie. Madame Coco fuhr sich mit beiden Händen durch die rote Löwenmähne – es war offensichtlich, dass sie die Welt nicht mehr verstand. »Wie Schwester und Bruder.«

»Du hast mit ihr nicht –«

»Nein, Madame.«

»Soll sie dir weglaufen, du Idiot?«

»Kann man einen Menschen nur durch das Bett festhalten? Dann soll sie weglaufen.«

»Du liebst sie nicht?«

»Petite mère – das war die dümmste Frage, die ich je von Ihnen gehört habe«, sagte Pierre. Er trug das Sonnengelb auf die Leinwand, dick, mit einem Spachtel. Konzentrierte Wärme, nach der er sich zeit seines Lebens gesehnt hatte. »So etwas hätten Sie früher nicht gefragt. Madame, Sie werden alt …«

Mit nichts konnte man Madame mehr treffen als mit einer solchen Feststellung. Sie sprang auf, wuchtete zur Tür und verließ das Zimmer mit einem Türenknall.

Pierre legte die Palette zur Seite und trat an das große Fenster. Draußen regnete es noch immer. Ein grauer Himmel, durchsetzt mit Nebel und dem Dunst der Abgase einer Millionenstadt. November. Der lange, hässliche Schornstein des Nachbarhauses stieß einen fetten, gelblichen Rauch aus.

Ihr kennt mich alle so gut und wisst doch nichts von mir, dachte er. Und das ist gut so. Es soll so bleiben, bis ihr von einem zum anderen Tag die Wahrheit begreift. Es ist nicht mehr viel Zeit, Ev …

Ein paar Abende später sprachen sie darüber. Sie lagen im Bett, in dem eisernen Ofen gluckerte das Feuer, der Regen rauschte gegen das große Fenster. Zwischen Evs und Pierres Bett stand das Triptychon auf der Staffelei, und wenn sie sich sehen wollten, mussten sie sich aus den Betten beugen und unter den Spreizbeinen der Staffelei hindurchblicken.

»Ich danke dir, Pierre«, sagte Ev unvermittelt.

»Wofür?«, fragte er zurück.

»Für deine Anständigkeit. Du hast nicht versucht, mich zu deiner Geliebten zu machen.«

»Hast du darauf gewartet?«

»Ja«, sagte sie ehrlich. »Was ist logischer? Was wäre natürlicher? Jeder hätte es versucht.«

»Und wie hättest du darauf reagiert?«

Sie dachte nach, es war eine heikle Frage, und dann sagte sie – »So etwas fragt man nicht, Pierre.«

»Das stimmt. Ich habe auch nie danach gefragt.«

Sie schwiegen wieder, blickten an die Decke, über die ganz schwach der zuckende Widerschein irgendeiner fernen Lichtreklame flimmerte. Der Regen trommelte auf das Dach, einschläfernd, das wonnige Gefühl verstärkend, trocken und warm in einem Bett zu liegen.

»Ich habe heute von Monsieur Callac hundert Francs mehr an Gehalt bekommen«, sagte sie.

»Gratuliere, Ev.« Er streckte sich lang aus und drückte die geballten Fäuste gegen seine Lenden. »Du hast es geschafft. Du wirst es immer schaffen. Wann ziehst du aus?«

»Bist du verrückt, Pierre?«

»Du kannst dir mehr leisten als ein mit Zeitungen tapeziertes Dachzimmer.«

»Dreh dich auf die Seite und schlaf«, sagte sie fast grob. »Welch einen Unsinn redest du! Ich habe übrigens den Roman auf der linken Wand noch nicht zu Ende gelesen.«

»Es lohnt sich nicht. Ein idiotisches Thema.« Er atmete langsam, um seine Erregung nicht in seine Stimme fließen zu lassen. »Ein Mann und eine Frau, die sich vor Liebe fast auffressen –«

»Das soll eine gute Mahlzeit sein …«, sagte sie und löschte das Licht.

Ab und zu gönnten sie sich den Luxus und gingen zum Abendessen in ein Bistro. Sie blieben dabei in Saint-Germain-des-Prés, liefen Arm in Arm durch den Regen und hielten den alten schwarzbespannten Regenschirm über sich, der noch aus der Hinterlassenschaft des Dachdeckers Lebrun stammte und der sogar bei den Marktständen in der Rue Moffetard bekannt war, seitdem Madame Coco mit ihm auf eine Marktfrau eingedroschen hatte, die zwei faule Birnen ganz unten in die Tüte geschmuggelt hatte.

Es waren nicht die teuren Lokale wie Le Bistro de Paris, wo man einen Rothschild oder die Sagan sitzen sehen konnte … an ihnen gingen sie nur vorbei, schauten sie von außen an und wanderten dann weiter zu ihren ebenso guten, aber für einen Ausflug in den Leichtsinn erträglicheren Gaststätten.

Da war ›Au vieux Paris‹, stets überfüllt mit Künstlern, von einem griechischen Ehepaar geleitet. Dort wusste man, was man für sein Geld bekam, es gab eine feste Spezialitätenkarte, die sich so las: Montag – Medittées (das sind kleine Würstchen aus Rindfleisch), Dienstag – Fritto misto, Mittwoch – Briks et Cous-Cous-Omlettes. Donnerstag war geschlossen. Freitag – Calmars à la Creque (Tintenfisch in Weinsoße) … man aß schon vorher im Geist beim Lesen der Speisekarte.

Und es gab das Bistro ›Aux Beaux-Arts‹ mit riesigen Portionen zu billigen Preisen, das ›Aux Assasins‹, über zwei Etagen, zum Brechen voll und voll Gesang und Fröhlichkeit, und auf dem Boulevard Saint Germain das ›Vagenende‹, ein Restaurant à la Belle Epoque, wo man zwischen Plüsch und Pleureusen saß und sich zurückversetzt fühlte in das Jahr 1900.

»Verschwender!«, rief Madame Coco jedes Mal, wenn sie unter ihrem Schirm davonliefen. »Verfresst nur das gute Geld!« Aber später saß sie dann in der Küche, wartete an der offenen Tür und befahl die Rückkehrer in ihre Wohnung.

»Was hat's gegeben?«, fragte sie jedes Mal. Sie war ein Denkmal des Beleidigtseins. »Es gibt in ganz Paris nichts, was besser schmecken könnte als bei mir!«

Am meisten waren Pierre und Ev im Bistro ›Chez Augustine‹ in der Rue de la Seine. Hier fühlten sie sich wohl, die Tische waren mit Wachstüchern bedeckt oder mit Papiertischtüchern, es wurden Portionen ausgeteilt, bei deren Größe und Güte man nicht wusste, was man mehr bewundern sollte: die Kunst, so zu kochen oder die Rechenkunst, mit solch niedrigen Preisen auszukommen.

Und hier, vor dem Eingang zu ›Chez Augustine‹, sahen sie ihn. An einem Novemberabend, so grau und nass, so windig und allem feindlich, dass man nur eines im Sinn hatte: an den Häuserwänden entlang zu laufen und schnell zum Ziel zu gelangen.

Er hockte an einem Kellerfenster, aus dem etwas Wärme von einer bullernden Heizung nach oben drang, der Regen lief an ihm herunter, und wenn er den Kopf hob, blickten seine runden Augen in die Welt mit einer stummen, verzweifelten und gleichzeitig hilflosen Anklage.

Es war der erbärmlichste und hässlichste Hund, den Ev je gesehen hatte.

Sie blieb stehen und hielt Pierre fest, der mit dem Schirm weiterlief.

»Sieh dir das an!«, sagte sie. Sie ging in die Hocke und blickte das durchnässte Häuflein Leben an. Der Hund blieb sitzen, in seinem Rücken war die Wärme aus dem Kellerfenster, er wollte sie nicht verlieren. Aber sein Kopf streckte sich etwas vor, er hob den Hinterkörper etwas an und begann mit etwas, das ein Schwanz sein sollte, traurig zu wedeln.

Pierre kam zurück und hielt den Schirm über Ev und den Hund. »Ein Musterexemplar vorurteilsloser Lebensgemeinschaften«, sagte er. »Vom linken Ohr bis zur Schwanzspitze ist von jedem Hund etwas zurückgeblieben. Eine lebende Rassenkunde.«

»Er ist traurig«, sagte Ev.

»Und wir werden einen Schnupfen bekommen, wenn wir hier länger stehen.«

»Auch Hunde bekommen Schnupfen. Sie husten wie Menschen.« Sie strich dem nassen Elendsbündel über den runden Kopf. Der Hund rührte sich nicht. »Warum sitzt er hier im Regen, Pierre?«

»Frag ihn mal. Vielleicht ist es seine Art, ein Bad zu nehmen?«

»Wenn er weinen könnte, würde er jetzt weinen ...«

»Aber er weint nicht, er wackelt mit dem Schwanz.« Er zog Ev aus der Hocke hoch und fasste sie unter. »Ich habe den Verdacht, dass sich meine Schuhe auflösen, wenn sie länger auf einer Stelle im Regen stehen. Willst du den Hund zum Essen einladen? Bei Augustine gibt es heute Blanquette de veau au riz. Das ›Gebetbuch‹ hat es an Madame durchtelefoniert. Monsieur Hund, mögen Sie Kalbsragout?«

»Er ist einsam«, sagte Ev. »Und du machst dich lächerlich über ihn. Du hast nie Einsamkeit erlebt ...«

Sie gingen weiter, betraten das Bistro, aber der Abend war irgendwie zerstört. Einsamkeit, dachte Pierre. Wer will mir etwas von Einsamkeit erzählen? Ich war fünf Jahre alt, als ich zwischen den Gleisen des Gare du Nord hockte und mich Jean-Claude, der Bettler, fand. Ist man mit fünf Jahren schon ein Mensch? Ich musste einer sein, ich wurde nicht gefragt, ob ich fror oder nass war, ob ich Hunger hatte oder Sehnsucht nach einer streichelnden Hand.

Sie aßen lustlos, bezahlten bei Madame Augustine, die ihre Rechnungen immer auf die Papiertischtücher schrieb und traten wieder auf die Straße.

Der Hund saß jetzt neben der Tür und schaute sie aus seinen braunen, runden Augen mit einer Frage an, die selbst Pierre nicht übersehen wollte.

»Hund«, sagte er, bevor Ev eingreifen konnte. »Such dir einen anderen Platz. Geh hinüber zum Boulevard. Was du hier triffst, ist genauso elend dran wie du.«

Der Hund senkte den Kopf. Das Wasser lief ihm aus dem Fell, und als Ev und Pierre weitergingen, bewegte er die kleinen, aber stämmigen Beine, der walzenförmige Körper kam in Bewegung, und er trottete den beiden nach, jetzt in voller Größe, ein kleines Monstrum an Hässlichkeit mit einer großen Sehnsucht im Herzen nach Liebe.

»Geh, Hund!«, sagte Pierre ein paar Mal, drehte sich um und wedelte mit der Hand. »Geh weg!« Dann schielte er zu Ev, die in einer merkwürdigen Steifheit neben ihm schritt und schwieg.

»Sag du etwas zu ihm, Ev«, sagte er. »Vielleicht versteht er dich.«

»Du willst ihn nicht, das merkt er.«

Wenn ich nicht verstanden habe, wurde ich getreten, dachte Pierre. Das begriff ich schnell, und ich war fünf Jahre alt. Ein Bastard wie dieser Hund.

Sie gingen weiter, stumm, zusammengedrängt unter dem Schirm, es regnete heftig, und hinter ihnen trottete der hässliche Hund in der Spur ihrer Schritte.

»Sag etwas, Ev!«, knirschte Pierre. Ihr Schweigen war erdrückend.

»Was soll ich sagen?« Sie starrte geradeaus. Vor ihnen lag die Einmündung der Rue Princesse. »Es ist nur ein Hund. Vielleicht nimmt er sich nachher das Leben.«

Es war, als stoße man Pierre einen glühenden Pfeil vom Schädel durch den ganzen Körper. Mit einem Ruck blieb er stehen und warf sich herum. Der hässliche Hund bremste erschrocken und stemmte die Beinchen in die Nässe. Seine Augen suchten Ev, und er begann vor Angst zu zittern.

»Komm, Hund!«, sagte Pierre, bückte sich und nahm das nasse Knäuel Haare auf den Arm. »Ein französischer Hund kapituliert nicht.«

»Er hat auch keinen Arc de Triomphe«, sagte Ev.

»Wir wollten nie mehr darüber sprechen, Ev«, sagte Pierre heiser.

»Es war auch das letzte Mal, ich verspreche es dir.« Sie streckte die Arme aus, nahm ihm den Hund ab, und dieser Ausbund an Hässlichkeit schmiegte sich an ihre Brust, leckte ihr dankbar die Hand und gab einen schwachen, röhrenden Ton von sich als Ausdruck höchsten Wohlbehagens.

»Madame wird dir eine große Schüssel Fressen geben«, sagte Ev und drückte den runden Kopf an sich. Pierre bezweifelte das, aber er schwieg. »Jetzt bist du nicht mehr allein, Bouillon ...«

Pierre hielt den Schirm über sie und starrte den hässlichen Hund an. »Wieso Bouillon?«, fragte er.

»Der Hund heißt Bouillon.«

»Warum denn das?«

»Es fiel mir gerade ein …«

Es ist sinnlos, gegen weibliche Gedankengänge mit Fragen anzurennen. Erklärungen verfilzen nur noch mehr den Dschungel weiblicher Logik.

Bouillon. Warum nicht? Ein Hund von solch seltenem Mangel an Schönheit darf Bouillon heißen. Vielleicht war es der einzig richtige Name.

»Jetzt sind wir zu viert«, sagte Ev, als sie die Rue Princesse hinunterliefen. »Schon eine richtige Familie …«

Zu viert, natürlich, da ist ja noch das Kind, dachte Pierre. Es wächst und wächst, und seit Wochen spricht keiner mehr darüber. Fast hätte man es vergessen, bis man es dann nicht mehr übersehen konnte. Das Kind … eine richtige Familie …

Erkenntnisse, nur ihm allein zugänglich, schnürten ihm die Luft ab. Er sah die Notwendigkeit, einmal – und zwar bald – mit jemandem darüber zu sprechen. Aber mit wem? Auf keinen Fall mit Ev. Sie hatte begonnen, ihre kleine heile Welt aufzubauen, in die sie ihr Kind hineinsetzen wollte. Es sollte ihre schöne Welt bleiben, und sie würde nie ein Kind haben, das aus einem Waisenhaus ausbricht und mit einem Clochard bettelnd durch die Lande zieht.

Ich muss leben, dachte Pierre. Leben! Leben!

Aber mit wem sollte er über dieses bisschen Leben reden, wenn es sicher war, dass selbst mit Gott – gab es ihn?, das musste François Delmare, das ›Gebetbuch‹ wissen – über dieses Leben nicht mehr zu diskutieren war.

Madame Coco entwickelte sich zu einem Rätsel.

Sie schmiss Bouillon nicht auf die Straße zurück, sagte nicht einmal: »O Himmel, ist das ein hässlicher Köter!«, sondern kochte dem Hund eine Schüssel voll Haferflocken und Fischabfällen. Es stank bestialisch, aber Bouillon schmeckte es, er fraß die Schüssel leer, leckte sie aus und stieg zufrieden die Treppen hinauf in das Zimmer.

Dort lag er, als Ev das Licht löschte, in der Mitte zwischen den beiden Betten auf einer Kokosmatte und schnarchte schauerlich. Es zeigte sich aber, dass dies nur eine Ablenkung und ein ganz gemeiner Trick gewesen war … denn als Ev am Morgen aufwachte, lag Bouillon neben ihr im Bett, warm und flauschig, blinzelte sie an und bedachte sie mit einem rührenden liebevollen Blick.

Sind wir nicht eine richtige Familie … ?

Ende November kam Ev, wie jeden Tag, nachmittags um drei von Callac zurück. Aber sie kam nicht wie immer fröhlich ins Haus und Madame hörte nicht schon von weitem durch den langen Flur das Klappern ihrer Stiefelchen … diesmal führte, nein schleppte Wladimir Andrejewitsch sie aus seinem Taxi in den Flur und schrie schon an der Haustür: »Madame! Helfen Sie mir! Schnell!«

Madame Coco ließ den Kohlkopf fallen, den sie gerade auseinander schnitt, über die Treppe von oben stürzte Bouillon herunter und begann ein lautes winselndes Bellen, als er Ev erkannte, und Pierre erschien am höchsten Punkt des Treppenschachtes und schrie zurück:

»Was ist denn da unten los?«

»Komm runter, Pierre!«, brüllte Fürst Globotkin hinauf. »Hier ist eine große Schweinerei passiert …«

Als Pierre in Madames Küche stürzte, hatten sie Ev gerade auf das alte Sofa gelegt. Sie sah bleich und wie zerstört aus, hielt sich den Leib fest und atmete schwer.

»Es ist nichts, Pierre«, sagte sie, als er neben ihr auf die Knie fiel und ihren Kopf umklammerte. »Gar nichts, glaub es mir. Nur der Schreck … der Schreck … Zufällig, kam Wladi mit seinem Taxi vorbei. Dramatisiert doch nichts …«

»Was ist passiert?«, fragte Pierre tonlos. Evs Augen waren tief zurückgesunken und lagen in bläulichen Höhlen. Die Lippen waren bleich, blutleer und begannen, am linken Winkel zu schwellen. »Wladi, mach die Schnauze auf!«, brüllte er plötzlich.

»Eine große Sauerei, sag ich.« Wladimir Andrejewitsch steckte sich eine Zigarette an. Er hatte dabei keine ruhige Hand. Madame rannte herum, holte kaltes Wasser, heißes Wasser, eine Cognacflasche, einen Calvados und saß dann doch herum, weil alles nicht richtig war.

»Ich biege in die Rue l'Hôtel Colbert ein«, sagte Fürst Globotkin, »da sehe ich noch, wie drei junge Burschen wegrennen. Diese Typen, weißt du … Lederhosen und Lederjacken mit Nieten, diese Saukerle, die nie allein auftreten, sondern immer nur in Rudeln wie die Wölfe. Und ich sehe Ev, wie sie an der Wand lehnt, sich krümmt und trotzdem noch immer um sich schlägt. Sie war so fertig, dass sie gar nicht merkte, dass sie wieder allein war. Ich schnappe sie mir, schleppe sie zum Wagen und ab nach Hause.« Er rauchte hastig und blies den Qualm an die Decke.

»So etwas am hellen Tag! Vierzig Meter vom Quai de Montebello entfernt! Sie war nicht allein, Pierre, es waren noch andere auf der Straße. Große kräftige Männer … und die stehen da und scheißen sich die Hosen voll und rühren keine Hand. ›Feige Schweine!‹ habe ich sie angebrüllt, und was antworten sie, fast im Chor: ›Sollen wir uns zusammendreschen lassen?‹ Später habe ich die drei gesehen. Auf ihren Motorrädern fuhren sie grölend den Boulevard Saint Michel hinab.«

»Ev …«, sagte Pierre leise. Er streichelte ihr Gesicht, küsste ihre eingesunkenen Augen, legte seine Lippen auf ihren geschwollenen Mundwinkel. »O Ev … Ev … was haben sie mit dir getan?« Dann zuckte er zurück und stierte Madame Coco wie wild an. »Warum ruft denn keiner einen Arzt?«, schrie er.

»Nicht einen Arzt … wozu denn?« Ev hob die Hand und winkte Madame zu, die zitternd zum Telefon griff. »Es ist doch nichts passiert. Sie haben mir nichts getan, nur einen Schlag auf den Mund …« Sie versuchte zu lächeln. Es wurde nur ein Verzerren der Lippen.

»Noch heute Abend habe ich die Adresse von ihrem Stammlokal«, sagte Wladimir Andrejewitsch. »Drei Kollegen haben die Verfolgung aufgenommen. Wir werden wissen, wo die Wölfe ihren Bau haben.«

»Was nützt uns das?«, sagte Pierre. Er wusch mit einem Lappen und heißem Wasser Evs Gesicht. Bouillon saß neben ihm und leckte ihre herunterhängende Hand.

»Wir sind zweiundvierzig Russen!« Fürst Globotkin warf seine Zigarette in den Ofen, als Madame gerade Kohlen auffüllte. »Wir Russen wissen, wie man mit Wölfen umzugehen hat.«

Es schien wirklich nur ein Schock zu sein. Nach einer halben Stunde konnte Ev die Treppe hinaufgehen und sich ins Bett legen. Sie schaffte es ohne Hilfe und lachte Pierre und Wladi aus, die sie hinauftragen wollten. Dann lag sie auf dem Rücken, tastete unter der Bettdecke unter ihren Leib und schüttelte den Kopf, als Bouillon wieder leise zu winseln begann. Sein Urinstinkt signalisierte ihm die Gefahr.

»Sei still, Bouillon«, sagte sie leise. Pierre wirtschaftete in der Küchenecke und verstand sie deshalb nicht. »Verrate mich nicht … Es ist besser so für uns alle –«

In der Nacht begannen die Schmerzen. Und Ev begann zu bluten.

Als der Krankenwagen sie abholte, krümmte sie sich, und Madame kniete vor ihr und drückte ein ganzes Paket Watte zwischen die Schenkel. Es war nicht mehr einzudämmen ... ihr Blut floss über Madames Hände, als sei in ihr ein Damm gebrochen.

»Ich liebe dich«, sagte Pierre. »Ev, ich liebe dich ... Es gibt nichts auf dieser Welt, das ich mehr liebe als dich ...«

Der Krankenwagen schleuderte um die Ecken und quietschte auf dem nassen Asphalt. Das Blaulicht drehte sich und die Sirene gellte durch die Nacht.

Wie endlos können Straßen sein, wie mondfern kleine Zwischenräume, wie unüberwindbar unscheinbare Entfernungen.

Das Hôpital Laennec lag an der Rue de Sèvres. Ein paar Straßen nur von der Rue Princesse ... über die Place St. Sulpice, die Rue de vieux Colombier entlang, links ab am Croix Rouge, hinein in die Rue de Sèvres ... Nur ein paar Straßen ... aber wie endlos, wie endlos, wie endlos, Ev –

»Ich liebe dich«, sagte er wieder, und plötzlich legte er sein Gesicht in ihre schlaffe Hand und begann zu weinen. »Ich kann nur leben, wenn du bei mir bleibst ...«

Eine ganze Stunde arbeiteten die Ärzte an Ev herum. Eine Stunde, die für Pierre nie zu Ende ging. Eine Stunde, in der er zum ersten Mal begriff, was Ewigkeiten sein können und was ein Philosoph damit meinte: Die Hölle ist in uns!

Eine Schwester hatte ihn in ein Zimmer gesperrt, das eine Scheibe zu dem breiten Flur hatte. Am Ende des Flures schloss eine gläserne Schwingtür, in Gummi gelagert, eine andere Welt ab. Eintritt verboten – stand auf den Milchglasscheiben, und ›Operations-Abteilung‹. Eine seltsame Stille herrschte auf diesem Flur, ein Schweigen wie in einer Grabkammer. Man spürte die Nähe des Todes, der hinter dieser Glastür in fünf Operationssälen zu Hause war, über die Schulter der Chirurgen blickte und wartete ... wartete ... wie Pierre de Sangries, den man in das Zimmer gesperrt hatte mit dem lapidaren Satz: »Sie werden benachrichtigt, Monsieur –«

Ab und zu sah Pierre einige Schwestern oder Ärzte über den Gang huschen, lautlos, wie Phantome ... in weißen oder grünen Mänteln, Kappen auf dem Kopf und mit sterilen Überschuhen, die sie außerhalb der Glastür in einen Behälter warfen, und die sie aus einem Schrank wieder hervorholten und überstreiften, wenn sie hinter der Schwingtür verschwanden.

Ein schweigendes Kommen und Gehen ... dann zwei Rollbetten mit bis zum Hals zugedeckten, bleichen Frauen ... Die Glastür schluckte sie wie ein Moloch seine Opfer. Ein anderes Rollbett von der Gegenseite ... zwei Pfleger drückten es vor sich her, ein Leinentuch verdeckte eine Gestalt, der Kopf lag schräg, wachsgelb mit geschlossenen Augen. Eine massige Frau; Pierre erkannte deutlich ihre starke linke Brust unter dem dünnen Tuch, die rechte Seite war flacher, leer ... Er drückte das Gesicht gegen die Scheibe seines Zimmers und spürte, wie kalter Schweiß in Bächen seinen Körper herunterrann.

Er war zum ersten Mal in einem Krankenhaus, zum ersten Mal vor einem Operationssaal. Er hasste Krankenhäuser, er hasste alles, was krank war ... er konnte nicht dagegen an. Ganz dunkel, in der äußersten Ecke des weiten Raumes der Erinnerung an seine Kindheit, sah er immer noch ein verschwommenes Bild. Eine Bahre, auf der die schöne Mama lag, zwei Männer in Uniform trugen sie aus dem Haus, und er lief hinterher und rief immer: Mama! Mama! Ich mit! Ich mit! Und sie antwortete nicht, sie sah so merkwürdig aus, so fern, so fremd, so gar nicht wie seine schöne Mama, und als er sie wieder sah, war sie ganz bleich und steif, lag in weißen Spitzenkissen und gab keine Antwort, als er wieder rief. »Sie ist jetzt ein Engel«, sagte irgendjemand hinter ihm mit weinerlicher Stimme. Was ist ein Engel? Wer kann das begreifen, wenn man vier Jahre ist? Sie gab keine Antwort, das war es, was er begriff, und dann klappte man sogar einen Deckel über sie, wie der Schmied von Tavaux, wenn er seinen Werkzeugkasten schloss.

Seitdem hasste er, aus einem unerklärlichen Drang aus der Urtiefe seiner Seele heraus, alles Kranke und alles Sterbende. Kranke Freunde hatte er nie besucht, Einladungen zu Begräbnissen verbrannte er sofort, Krankenhäuser betrat er nie, und er hatte auch noch nie ein Winterbild gemalt. Denn Winter war Untergang, Tod, Begräbnis eines Jahres, Absterben der Natur. Sein ganzes Gefühl gehörte dem Frühling mit all seiner Hoffnung auf Leben, gehörte dem Sommer mit seiner schweren Fülle an Licht und Kraft.

Jetzt stand er in dem kleinen, kargen Zimmer an der Scheibe, starrte auf den Gang, sah Rollbetten kommen und gehen, atmete diesen Geruch von widerlicher Süße ein, der seinen Magen verkrampfte, und begriff – als sei er wieder vier Jahre alt – die Wahrheit nicht, dass ein Mensch, der sein ganzes Herz ausfüllte, nicht wiederkommen könnte.

Ev, dachte er. Ev ... Ev ... Ev ... Immer nur dieses eine Wort, als drehe sich in seinem Hirn eine zersprungene Platte. Ev ... du kommst doch wieder ... du lässt mich doch nicht allein ... Die verdammte Glastür wird sich doch öffnen, und du bist wieder da, siehst mich an, sagst etwas zu mir. Ev ... das gibt es doch nicht, dass du nicht wiederkommst ...

Eine Stunde. Sie kann einen Menschen zerbrechen.

Ein paar Mal riss er die Tür auf und trat hinaus auf den Gang, wenn er eine Schwester sah oder einen Pfleger. Und jedes Mal sagten sie zu ihm: »Gehen Sie wieder hinein, Monsieur. Wir können Ihnen gar keine Auskunft geben.«

»Aber Sie müssen doch wissen, ob Eva Bader ... Sie kommen doch aus dem Operationssaal ...«, stammelte er.

»Da drinnen sind fünf Säle und vierzehn Tische, Monsieur«, erklärte ihm ein älterer Pfleger, der nicht darüber hinwegblickte, dass Pierre so schweißnass war, als wäre er einem Fluss entstiegen. »Heute ist was los! Drei Unfälle ... bei diesem Sauwetter, Monsieur! Die Straßen sind glatt, wie mit Schmierseife eingerieben. Und die Burschen fahren wie die Idioten. Ich kann Ihnen über eine Eva Bader gar nichts sagen ...«

Nach einer Stunde begann Pierre, renitent zu werden. Er attackierte die Schwestern, blieb im Gang stehen und benahm sich so, dass man hinter der gläsernen Doppeltür über ihn zu sprechen begann. Ein junger Arzt, wie alle in einem grünen Mantel und mit einer grünen Kappe, kam heraus, streifte die Überschuhe ab und schob Pierre in das Wartezimmer zurück.

»Benehmen Sie sich anständig, Monsieur!«, sagte er laut. »Wenn sich jeder so ungeduldig zeigen würde –«

»Warum hat man Ev noch nicht herausgebracht? Was macht man mit ihr? Warum dauert das so lange?« Er schrie plötzlich, obgleich er es gar nicht wollte, aber dieses Schreien machte sich selbstständig, und er hörte seine eigene Stimme, als käme sie aus den weißen, unpersönlichen, glatten, schmucklosen Wänden. »Warum sagt man mir nicht die Wahrheit?«

Der junge Arzt starrte ihn unter zusammengezogenen Brauen an. Wirklich ein Scheißtag heute, dachte er. Seit sieben Uhr früh stehen wir am Tisch. Wie an einem Fließband. Körper nach Körper. Ab und zu eine Tasse schwarzer Kaffee dazwischen, ein kurzes, tiefes Atemholen beim neuen Waschen und Desinfizieren der Hände. Und der Neue liegt schon wieder auf dem Tisch. Man hat solche Tage ... Amputationen, Resektionen ... am Abend könnte man eine ganze Kompanie mit Gulasch versorgen. Medizinerwitz. Zum Kotzen makaber. Aber es möbelt für ein paar Minuten auf. So wie es heute aussieht, wird man noch in der Nacht am Tisch stehen. Und da kommt so ein Mann und tobt herum wie die Jungfrau, die der junge Assistent zunähte, weil der Professor sagte: Korrigieren Sie die Spalte! Er meinte damit eine Hasenscharte. Medizinerwitz Nr. 2. Ein Scheißtag, wirklich!

»Ist diese Ev Ihre Frau?«, fragte der junge Arzt. Pierre zuckte zusammen.

»Nein.«

»Ihre Braut?«

»Nein!«

»Ihre Geliebte?«

»Nein!«

»Was toben Sie dann herum?« Der junge Arzt zeigte auf einen der einfachen, mit Kunststoff bezogenen Stühle. »Setzen Sie sich, Monsieur! Ich begreife nicht, dass man sie überhaupt hier warten lässt? Wer hat das angeordnet? Nur die nächsten Verwandten –«

»Sie muss leben!«, schrie Pierre. »Begreifen Sie das? Weiterleben?! Doktor, tun Sie alles, alles, was Sie können!«

»Wir tun immer, was wir können«, sagte der Arzt steif. »In welchem Verhältnis stehen Sie zu der Patientin?«

»Wir wohnen zusammen.«

»Also doch.«

»Nein!«

»Warten Sie, Monsieur.« Er ging hinaus, warf die Tür zu und holte sich neue sterile Überschuhe aus dem Schrank. Dann verschwand er wieder hinter den Milchglasscheiben. Eintritt verboten! Operationsabteilung.

Ein absolut Debiler, dachte der junge Arzt. Wohnt mit ihr zusammen und verneint, ihr Geliebter zu sein. Das gehört in Paris in ein Absurditäten-Kabinett.

Er fragte eine der Schwestern, in welchem Saal eine Eva Bader läge, erfuhr, dass es Nr. 3 war und ein Abortus spontaneus und schüttelte den Kopf.

»Auch das gibt's!«, sagte er zu der erstaunten Schwester und dachte an das dauernde ›Nein!‹ des Mannes. »Eine fötale Inkarnation von Gedanken.«

Er ließ eine völlig ratlose Schwester zurück und verschwand im OP 1.

Endlich wurde sie aus der Unterwelt – so kam es Pierre vor – herausgerollt zu den Menschen. Ein Pfleger und eine Schwester schoben das Bett, sie lag, wie die alte Frau mit der fehlenden Brust, unter einem Leinentuch, bis zum Hals verschlossen, ein schmaler, kindlicher Körper, so winzig geworden in seinen Augen, als habe man Ev im Operationssaal bis auf ein Minimum verkürzt.

Pierre klebte mit dem Gesicht an der Scheibe, und jetzt hatte er keine Kraft mehr, zur Tür zu gehen und sie aufzustoßen. Er stand nur da, starrte auf das Rollbett im Gang, streichelte mit dem Blick das bleiche Gesicht unter den zerzausten, verschwitzten Haaren, die nicht ihren goldenen Glanz verloren hatten, aber wie eine zerstörte, zerfetzte Sonne wirkten. Er sah ihr nach, wie sie langsam über den Flur weggerollt wurde und die Türen des Lifts sich hinter ihr schlossen, wieder ein gnadenloses Maul, das sie verschluckte und ihm erneut entriss.

Er wollte schreien, jetzt, wo es zu spät war … Halt!, wollte er schreien, halt!, lasst sie hier, ich will sehen, ob sie lebt, sie soll mich anblicken, ich muss wissen, ob sie mich erkennt … Halt doch! Verdammt sollt ihr sein, warum rollt ihr sie so schnell weg? Habt ihr sie umgebracht? Warum hat sie sich nicht gerührt? Kein Blut war mehr in ihren Adern … so bleich kann kein Mensch sein, der noch etwas Blut in sich hat …

Eine Hand legte sich auf seine Schulter. Er fuhr herum, und er musste fürchterlich ausgesehen haben, denn der Arzt – er hatte ihn weder hereinkommen hören, noch gesehen – stockte einen Moment, ehe er ihn ansprach.

»Sind Sie Monsieur de Sangries?«, fragte er.

»Ja«, stammelte Pierre. »Ja. Das bin ich. Woher kennen Sie meinen Namen, Doktor?«

»Mademoiselle Eva hat mich gebeten, Sie zu beruhigen.«

»Sie hat Sie … Ev hat Sie …« Pierre wischte sich mit beiden

Händen über das zuckende Gesicht. Es war, als griffe er in einen See. »Sie lebt –«

»Natürlich lebt sie. Es geht ihr gut. Sicher, sie hat Blut verloren ... kein Anlass zur Besorgnis. Wir haben ihr zwei Infusionen gegeben. Es hat etwas länger gedauert, weil die Placenta uns einige Mühe machte. Sie verstehen, Monsieur ...«

»Nein ...«, stotterte er. »Nein. Ich verstehe gar nichts.«

»Das Kind konnten wir nicht retten. Leider.«

»Das Kind.« Er nickte wie eine lächerliche Spiralhalspuppe. »Das Kind –«

»Ein Junge ...«

»Ein Junge ...«, wiederholte Pierre.

»Sie sind ja beide noch so jung. Sie können noch zehn Kinder bekommen.« Der Arzt lächelte. Er hatte etwas Gutes, Tröstliches und Wahres gesagt und glaubte, dass es den Mann beruhigte. »Mademoiselle ist in drei Wochen wieder ganz in Ordnung. Nur, Monsieur«, – der Arzt lächelte wieder, dieses Mal von Mann zu Mann –, »ich würde für die nächsten zwei Monate etwas Schonung empfehlen. Sie verstehen?«

»Ich verstehe, Doktor.« Pierre atmete tief durch. »Kann ich Ev sehen?«

»Selbstverständlich.« Der Arzt musterte Pierre mit deutlicher Kritik. Das bisher Joviale war verdrängt, der Mann war beruhigt, man konnte zum interessanteren Teil der Unterredung kommen. »Wie ist das – Unglück passiert, Monsieur? Der Abortus ist durch ein Trauma durch die Bauchdecke erfolgt. Die Haut zeigte deutliche Verfärbungen. Hämatome. Wie nach einem Schlag oder einem Tritt. Hatten Sie eine heftige Auseinandersetzung mit Mademoiselle?«

»Ich?« Pierre lehnte sich gegen die Wand. Er spürte Schwäche in seinen Beinen und hatte trotzdem eine unbändige Lust, dem Arzt voll ins Gesicht zu schlagen. Doch dann beruhigte er sich. Er weiß es ja nicht anders, woher soll er es auch wissen? Sie hat Hämatome in der Bauchdecke. Er kann ja nicht anders fragen. »Trauen Sie mir das zu, Doktor?«, fragte er schwach.

»Wir Ärzte haben uns das Wundern abgewöhnt. Wir werden täglich mit Überraschungen konfrontiert.«

»Man hat Ev überfallen«, sagte Pierre. »Am hellen Tag. Mitten in Paris. Auf der Straße. Und keiner kümmerte sich darum. Die Leute gingen einfach weiter ...«

»Unmöglich.« Der Arzt nahm seine goldeingefasste Brille ab und putzte sie mit einem Zipfel seines grünen OP-Mantels. Obwohl er keinen Grund hatte, schien er sich für die anderen Menschen zu schämen. »Da greift man doch ein …«

»Würden Sie sich drei mit Fahrradketten und Schlagringen bewaffneten Rockern gegenüberstellen, Doktor?«

Der Arzt schwieg betroffen. Dann sagte er etwas lau: »Ja, ja, die Brutalität heute. Das Erbe des Krieges …«

»Der Krieg ist 28 Jahre her, Doktor. Damals lebten die Rocker noch gar nicht. Es ist das Erbe Ihrer Generation! Das Rülpsen Ihrer Sattheit! Die Bequemlichkeit der Dickgewordenen, die sagen: Nun lasst uns in Ruhe. Wir haben genug geschafft. Wir haben den Krieg überlebt, wir haben die Trümmer aufgebaut, wir haben der Welt ein anderes Gesicht gegeben. Nun lasst uns verdauen! Ein Gesicht der neuen Welt haben Sie heute auf dem OP-Tisch gehabt …« Er konnte nicht mehr weitersprechen und wischte sich wieder den kalten Schweiß aus dem Gesicht. »Sie haben Ev in den Leib getreten, Doktor … vor allen Leuten, am hellen Tag … sie wollten ihre goldene Kette haben und das Kreuz, das sie um den Hals trug, und sie wehrte sich dagegen … Darf man sich nicht mehr wehren, wenn ein anderer etwas haben will, das einem gehört?«

»Beruhigen Sie sich, Monsieur«, sagte der Arzt betreten. »Es ist ja noch einmal gut gegangen. Keine weiteren inneren Verletzungen, die Milz ist verschont geblieben, in drei Wochen ist Mademoiselle wieder auf den Beinen … Nur das Kind … leider.« Er hob die Schultern. Dann gab er Pierre die Hand, drückte sie in einer Art Kameradschaft und ging aus dem Zimmer. An der Tür sagte er noch einmal: »Sie können zu Mademoiselle gehen. Zimmer 247, glaube ich. Zweiter Stock. Fragen Sie die Stationsschwester Amélie.«

Später saß Pierre an Evs Bett und war der nette, fröhliche Bursche wie immer. Es war ein schweres Spiel, er wunderte sich, dass er dazu überhaupt fähig war, aber wider Erwarten gelang es ihm so glatt, dass er sich innerlich über sich selbst schämte. Wie widerlich man lügen kann, dachte er. Aber ich habe es ja gelernt … ich musste mit sechs Jahren einen hündischen Jammerblick üben, und mit sieben Jahren schüttelte ich mich wie in Dauerkrämpfen. Das gab eine Menge Geld, und Jean-Claude, mein Ziehvater aus der Gosse von Paris, saß daneben mit einem verblödeten Gesichtsausdruck und kassierte in einem alten, speckigen, ausgefransten Hut. War es ein schlechter Tag, zogen wir eine ungeheure Schau ab, die noch keiner vor uns geboten hatte: Wir saßen uns gegenüber und knabberten – aus Hunger, sollte das demonstrieren – die dreckige Hutkrempe an. Das ließ den hart gesottenen Bürger nicht mehr kalt. Ein Siebenjähriger, der einen Hut auffressen muss ... die Francs klingelten in dem Blechteller, der vor uns auf der Straße stand.

»Der Doktor hat dir alles gesagt?«, fragte Ev. Sie war noch schwach, ein Tropf mit Vitaminen und Traubenzuckerlösung war an ihre linke Armvene angeschlossen. Die Schwester hatte sie gekämmt und das Gesicht gewaschen, sie sah nicht mehr so erschreckend elend aus wie auf dem Rollbett.

»Du hast es gestern Nachmittag schon gewusst, Ev.«

»Ich habe es geahnt.«

»Und du hast nichts unternommen ...«

»Ist es nicht besser so ... so, wie es jetzt geworden ist, Pierre?«

»Es war ein Junge, Ev.«

»Ich weiß es.«

»Der Arzt meinte, wir könnten noch zehn Kinder machen«, sagte Pierre in seiner gespielten Fröhlichkeit und streichelte ihre Hand.

»Dazu gehören zwei, Pierre.« Sie blickte an die weiße Decke. Der Schein der Nachttischlampe zauberte einen mehrfachen Lichtring. Draußen trommelte der Regen gegen die Fenster und die Nacht war schwarz, als regnete es Tinte. »Du hast ihm nicht gesagt, dass das Kind nicht von dir ist?«

»Nein.«

»Ich auch nicht, Pierre.«

»Es geht ihn auch nichts an.«

»Gar nichts, Pierre.« Sie drehte ihre Hand um und umschloss damit seine streichelnden Finger. Mein Gott, wie liebe ich sie, dachte Pierre und schluckte krampfhaft. Wie soll ich das nur durchstehen ... als Bruder und Schwester ...

»Kannst du Schreibmaschine schreiben?«, fragte sie unvermittelt.

Pierre wiegte den Kopf hin und her. »Ein bisschen. Mit zwei Fingern. Der ›Rote Henry‹ hat's mir beigebracht. Er schreibt auch nur mit zwei Fingern, und damit täglich zehn Storys, die keiner lesen will. Sogar drei Romane hat er herumliegen bei den Verlegern. Er bekommt sie nicht wieder, trotz Mahnungen. Er vermutet, dass sich die ganzen Belegschaften um die Lektüre reißen, um sich schief zu lachen. Dabei sind es todernste Themen. Ich schreibe ja auch Geschichten, du weißt es.«

»Du musst zu Monsieur Callac gehen, morgen früh gleich, und die Post bearbeiten. Er verlässt sich ganz auf mich.«

»Callac? Ich zu Callac?! Man soll einen Operationstisch und ein Bett für mich reservieren! Der Alte wird mich verkrüppeln.«

»Du sagst, ich schicke dich als Aushilfe.«

»Eher frisst er seine Post auf, als sie von mir bearbeiten zu lassen.«

»Man kann es versuchen, Pierre. Bitte ...« Sie drückte seine Hand. »Ihr kennt Callac alle nicht. In Wirklichkeit ist er so einsam wie wir. Er hat nur seine Bilder und Plastiken, und manchmal glaube ich, er hasst sie sogar, weil sie so völlig sein Leben, sein Individuum aufgesogen haben.«

»Die Freud-Jüngerin!« Pierre versuchte sein jungenhaftes, sonniges Lächeln. »Der alte Mann und die im Unterbewusstsein leitende Erotik der Kunst. Eine Komponente des Ödipus-Komplexes.« Jetzt lachte er sogar. »Ev, er tritt mir ganz unfreudisch in den Arsch!«

»Dann sag zu ihm: ›Pardon, Monsieur Callac‹ und setz dich an den Schreibtisch. Er wird dir einen Cognac anbieten.«

»Callac? Nie! Der verflucht sogar den Geruch von Alkohol! Der lutscht nur Mentholbonbons.«

Ev dachte an die primitive Munddusche und lächelte verträumt. »Die Welt ist voller Wunder, Pierre«, sagte sie zärtlich. »Geh zu ihm. Versuch es. Weglaufen kannst du immer noch.«

Pierre blieb, bis die Nachtschwester kam und ihn hinauswarf. Jede Ausnahme läuft einmal ab, und hier war das Maß schon weit überschritten.

Auf dem abgedunkelten, nur von der Nachtbeleuchtung trist und niederschmetternd erhellten Flur wurde Pierre endlich die Frage los, die ihn schon beim Eintritt in die Station II bedrängt hatte. Ev hatte er nicht damit belästigt, sie schien es auch gar nicht zu bemerken. Sie lag so zufrieden in ihrem Bett, so befreit – im wahrsten Sinne, wenn auch auf schreckliche Art –, dass er geschwiegen und sich von ihr mit einem Kuss auf die Stirn – brüderlich, es tat innerlich sehr weh – verabschiedet hatte.

»Schwester«, sagte er jetzt. »Das ist doch I. Klasse, nicht wahr?«

»Privatstation Professor Mauron.« Die Schwester sah ihn fragend an. »Haben Sie eine Beschwerde, Monsieur?«

»Nein, nein.« Pierre winkte ab. »Es ist alles in Ordnung. Es … es ist nur wegen der Kosten … Wo muss ich –«

»Fragen Sie morgen früh bei der Verwaltung, Monsieur.« Die Nachtschwester lächelte. Immer diese aufgeregten Männer, wenn ihre Frauen krank sind. »Es regelt sich alles von selbst.«

»Das wäre schön«, sagte Pierre mit einem schiefen Lächeln. »Das wäre wirklich sehr schön. Gute Nacht, Schwester.«

»Gute Nacht, Monsieur.« Und da sie glaubte, noch eine Tröstung hinterherzuschicken, fügte sie hinzu: »Sie brauchen sich keine Sorgen zu machen.« Sie meinte Ev.

»Auch das wäre schön«, antwortete er. »Zu schön …«

Er wandte sich ab und verließ die Station.

Privatstation Professor Mauron, dachte er, als er im Lift nach unten schwebte. Ein Einzelzimmer. Sehe ich aus wie Rothschild? Ich werde das nie bezahlen können, und bei der Verwaltung werde ich mich nie blicken lassen.

In spätestens drei Tagen werden sie Ev aus dem Hospital werfen.

In Madames großer Küche wartete Wladimir Andrejewitsch auf ihn.

Er fraß wieder einen Kuchen – diesmal einen gedeckten, duftenden, noch dampfenden Apfelkuchen – und musste demnach einen Magen mit einem Blechbeschlag haben. Ein normaler Mensch hält so etwas nicht aus. Aber vielleicht muss man einen russischen Magen anders bewerten?

Madame war sehr aufgeregt, machte hinter dem Rücken von Fürst Globotkin hastige Armbewegungen, als sie Pierre in dem langen Flur entdeckte, und tippte sich unmissverständlich an die Stirn.

»Wir haben sie, Pierre!«, sagte Wladimir Andrejewitsch und kaute mit vollen Backen.

»Was er sagt, ist ein einziger Blödsinn, Pierre! Hör nicht auf ihn!«, rief Madame Coco dazwischen. »Wie geht es Ev? Das Kind ist weg, nicht wahr? Soll man weinen oder lachen? Wie nimmt sie es auf? So ein Abgang ist kein Problem, Pierre. Ich habe drei Fehlgeburten gehabt. Monsieur Lebrun war ein aktiver Bursche.

Dachdecker. Immer an der frischen Luft. Hui, das muss ihm das Blut mit dampfendem Ozon gefüllt haben! Zweimal hab ich's mit der Stricknadel gemacht, einmal mit heißer Seifenlauge ... kein Arzt hat's gemerkt.«

Es gab nichts, was Madame nicht schon probiert hatte. Und sie redete und redete in der Absicht, Fürst Globotkin damit aus dem Rennen zu werfen. Es gelang ihr nicht.

Als sie Atem holte – auch Madame musste einmal atmen –, sagte Wladimir Andrejewitsch:

»Sie haben ihr Quartier auf dem Montparnasse. Eine Kellerwohnung, die als Jugendwohnheim amtlich bekannt ist. Die ganze Bande besteht aus zwölf Lederjacken, und sie ist heute vollzählig versammelt. Clubabend. Zwei Kollegen haben ihre Taxis dort geparkt und warten.«

»Hör ihn nicht an!«, schrie Madame dazwischen. »Zwölf von diesen Burschen ... sie schlagen euch die Schädel ein! Pierre, du bist kein Schläger! Denk an deine Hände, denk an deine Augen ... was soll ein Maler mit kaputten Händen und Augen?«

»Sie haben Ev zusammengeschlagen wie ein Stück Vieh«, sagte Pierre dumpf. Er sah Wladimir Andrejewitsch an, und sie verstanden sich. »Petite mère, Sie haben eine Marktfrau verprügelt wegen zwei fauler Birnen ...«

»Das war etwas anderes. Sie hatte keinen Schlagring an der Hand.«

»Aber Sie einen schönen, festen Schirm.«

Madame suchte nach Argumenten, aber sie fand keine. Etwas lahm sagte sie: »Pierre, du hast für Ev die Verantwortung übernommen. Wie kannst du sie tragen, wenn du mit gebrochenen Knochen im Krankenhaus liegst?«

»Ihm wird nichts passieren«, sagte Fürst Globotkin. »Wir sind auf einen Funkruf hin mit zweiundzwanzig Taxis da. Pierre soll nur zusehen.«

»Das ist eine ganz billige Rache! Das ist Terror! Das ... das ist russisch!«, sagte Madame. Es war ihre letzte und schärfste Waffe. Aber sie stach nicht mehr.

»Deine Freunde werden auch kommen«, sagte der Russe.

Pierre sah Wladimir Andrejewitsch dumm an. »Was wollen sie denn dort? Will Ponpon sich um einen der Rocker ringeln? Will das ›Gebetbuch‹ ihnen predigen? Soll der ›Rote Henry‹ seine Oden vorlesen? Das ist doch Blödsinn!«

»Sie bestehen darauf.« Fürst Globotkin hob die breiten Schultern. »Gott lässt noch echte Freunde wachsen.« Er erhob sich, stopfte den Rest des gedeckten warmen Apfelkuchens in den Rachen und sprach dumpf mit vollem Mund. »Fahren wir gleich, Pierre?«

»Du bleibst, Pierre!«, befahl Madame.

»Petite mère –«

»Sag dieses Wort nicht mehr zu mir! Wenn du weggehst, werde ich ein Drachen sein!«

»Was ändert sich da?«, sagte Wladi ruhig.

»Zum Teufel, ich wünschte, Fürst, Sie würden meinen Kuchen wieder auskotzen!«, schrie Madame. Sie lief zur Tür und baute sich in ihr auf. Es war wirklich ein Problem, sie zu überwinden, ohne sie anzufassen, wegzuheben oder gar mit Gewalt herumzuschleifen.

»Sie haben Ev überfallen, um ihr das goldene Kreuz vom Hals zu reißen«, sagte Pierre langsam. »Sie hat es verteidigt, das Kreuz, und sie hat dabei ihr Kind verloren, Madame. Ihr Leib ist voller Hämatome, und der Arzt hat gesagt, sie habe Glück gehabt, dass keine inneren Verletzungen erfolgt sind. Sie haben Ev in den Bauch getreten, Madame ... getreten, nicht geschlagen – Bitte, machen Sie die Tür frei ...«

Madame Coco starrte Wladimir Andrejewitsch an. Ihr Unterkiefer hing herab, ihre noch immer schönen Augen irrten in ihren Höhlen, als erlitte sie selbst diese Qualen.

»Getreten?«, sagte sie dumpf. »Getreten?«

»Ja.«

Sie trat zur Seite und gab die Tür frei. »Gott mit dir, mein Junge«, sagte sie mit einer völlig fremden, zutiefst mütterlichen, schwankenden Stimme. »Es ist falsch, was ihr macht, das wisst ihr selbst ... aber die ganze Welt ist falsch geworden. Die Vernunft kennt sich da nicht mehr aus.«

Sie nickten, gingen an Madame vorbei in den Flur, und Pierre drehte sich plötzlich um, kam zurück und küsste Madame auf den wie immer grell geschminkten, gegen das Alter protestierenden Mund.

Dann liefen sie hinaus zu Globotkins Taxi.

Aus dem Polizeibericht des 14. Arrondissement, 01 Uhr 17. Berichterstatter Polizei-Leutnant René Branne:

»Um 0.22 Uhr wurde das Revier von einem anonymen Anrufer verständigt, dass in dem Jugendheim ›Jeunesse 2000‹ großer Lärm herrsche und es anscheinend zu einer Schlägerei gekommen sei. Zwei Funkwagen rückten daraufhin aus und trafen um 0.35 Uhr vor dem Jugendheim ein. Vor dem Heim und in dem Heim herrschte Ruhe, die Straße war leer von Passanten. Keine äußeren Anzeichen einer Gewalttätigkeit. Was auffiel, war eine um diese Zeit und in dieser Gegend verhältnismäßig große Ansammlung von Taxis, die sich aber schnell auflöste. Es wurde später festgestellt, dass im Bistro ›A la Créole‹ auf dem Boulevard du Montparnasse 122 eine größere Gesellschaft aufgebrochen war, was diese Taxiansammlung erklärt.
Beim Betreten des Jugendheimes ›Jeunesse 2000‹ fanden die Beamten vor:

a) eine völlig demolierte Inneneinrichtung,
b) zwölf Jugendliche, ohne Ausnahme besinnungslos geschlagen. Mehrere davon so verletzt, dass ihre Einweisung in das Hospital N. D. de bon secours notwendig war. Drei der Jugendlichen – Namen im Anhang – waren besonders schwer verletzt.
c) An die weiß gekalkte und mit Rockstar-Fotos beklebte Kellerwand hatte jemand mit einem roten Fettstift geschrieben:

   Die Nemesis, die Nemesis
   kommt schneller als ein dünner Schiss.

   (Der Sinn der Worte wird von Experten noch überprüft.)
d) Auf der Brust eines jeden der Besinnungslosen lag ein kleines buntes Heiligenbild, wie es von den Kirchen und Priestern an Kinder verteilt wird. Das Bild zeigte die Heilige Barbara, die Schutzpatronin der Artillerie. (Diese merkwürdige Dekorierung der Zusammengeschlagenen wird gegenwärtig untersucht.)
e) Keiner der Verletzten war, nachdem sie aus ihrer Besinnungslosigkeit erwacht waren, bereit, etwas zu Protokoll zu geben.

Die Verhöre werden um 07 Uhr im Hospital und auf dem Revier, auf das die weniger Verletzten verbracht wurden, fortgesetzt.

Zusatzbemerkung Nr. 1: Die Spurensicherung ergab keine Hinweise auf die Täter.

Zusatzbemerkung Nr. 2: Sämtliche Verletzten verzichten auf eine Anzeige.

Zusammenfassung: Es handelt sich um eine äußerst mysteriöse Sache, die mit völligem Stillschweigen zugedeckt werden soll.

Das Revier wird die Angelegenheit bevorzugt untersuchen.

René Branne, Leutnant«

Gegen zwei Uhr morgens kehrten Wladimir Andrejewitsch und Pierre in die Rue Princesse zurück. Madame war noch auf, saß wie ein massiges Standbild in der hell erleuchteten Küche, hatte einen riesigen Topf Kaffee gekocht und zwei Flaschen Cognac bereitgestellt.

Mit drei Taxis kamen sie an ... einige russische Chauffeure, Pierres Freunde und Bouillon, der hässlichste Hund von Paris. Er war plötzlich im 14. Arrondissement aufgetaucht, und Pierre behauptete, dass er dem Taxi nachgelaufen sei. Es musste ein geradezu olympisches Rennen von Bouillon gewesen sein.

»Es war ganz einfach«, sagte Fürst Globotkin, als alle in der Küche waren, sich mit Kaffee und Cognac bedienten und die ebenfalls bereitgestellten kalten, nassen Handtücher ergriffen, um sie auf einige Beulen, Schrunden, Schrammen und Risse in Gesicht und an den Armen zu drücken. Auch Pierre hatte es nötig ... er hatte nicht nur zugesehen und dabei ein linkes blaues Auge bekommen. Zur Tat genötigt hatte ihn Bouillon. Er war – wie erwähnt – plötzlich im Jugendheim ›Jeunesse 2000‹ aufgetaucht und hatte sich mit einem Todesmut ohne Beispiel in das Kampfgetümmel gestürzt. Gerade als er sich in dem Hintern eines der Rocker festgebissen hatte, kam diesem ein Kamerad zu Hilfe und wollte Bouillon mit einem Messer abstechen. Das war das Signal für Pierre, aktiv einzugreifen. Mit einem Stuhl hatte er um sich geschlagen, Bouillon aus seiner Lebensgefahr befreit und war dann aus dem Knäuel der schlagenden Menschen nicht mehr herausgekommen.

»Eine kurze, präzise Aktion«, sagte Fürst Globotkin und hob sein Cognacglas. »Nicht nur vom Physischen her ... auch vom

Psychischen. Sie wissen jetzt, dass sie zwölftausendfünfhundert Taxifahrer in Paris gegen sich haben. Dass wir sie ab sofort unter Beobachtung halten.« Er trank sein Glas leer und warf es dann gegen die Wand, wo es zerspritzte. Jaja, die Russen! »Aber dann die da –« Er zeigte auf den ›Roten Henry‹ und das lange, dürre ›Gebetbuch‹, die beide ein nasses kaltes Handtuch um den Kopf gewickelt hatten. »Der eine schreibt ein schweinisches Gedicht an die Wand, der andere verteilt Heiligenbildchen! Man soll es nicht für möglich halten! Ich habe schon viel Verrücktes erlebt, aber das ...«

»Man muss Stil haben«, sagte der ›Rote Henry‹. »Du wirst das nie begreifen, Fürst!«

»Außerdem bedarf jeder Bedrängte des geistlichen Zuspruchs«, sagte das ›Gebetbuch‹. »Meine Bildchen werden sie beruhigen und seelisch festigen.«

»O Kinder!«, sagte Madame. Sie sagte tatsächlich Kinder, wo jeder damit gerechnet hatte, einen Feuer speienden roten Drachen vorzufinden. »Wie schön! Wenn das Leben nicht verrückt wäre – was wäre es dann noch wert?!«

Sie fraßen und soffen bis zum Morgengrauen und begrüßten die trübe Wintersonne mit lallendem Gesang. Wladimir Andrejewitsch bekam Heimweh nach Russland, das er gar nicht kannte, und weinte.

Es war eine herrliche Siegesfeier.

Morgens um halb neun – wie es Ev jeden Tag pünktlich tat – erschien Pierre bei Monsieur Callac.

Der Alte saß in seinem Büro, trank Kaffee und Cognac und beobachtete auf dem Fernsehschirm den Ladeneingang. Als er Pierre de Sangries hereinkommen sah, griff er schnell zur Munddusche, spritzte sich Menthol in den Gaumen und schlug mit der Faust auf den Tisch. Beruhigend allein war, dass Sangries kein Gemälde unter dem Arm trug, aber das will nicht viel heißen. Vielleicht hatte er einen Stapel draußen vor der Ladentür deponiert.

Callac straffte sich, hauchte in die Luft, es roch beruhigend nach Menthol, und betrat dann seine Galerie mit der ganzen abweisenden, eiskalten Würde, die man an Callac rühmte und verfluchte.

»Aha!«, sagte er, bevor Pierre sein Anliegen vorbringen konnte. »Ein Kollege hat Ihnen bereits ein blaues Auge geschlagen. Kommen Sie, um sich bei mir das andere Auge behandeln zu lassen?«

Manchmal konnte man Callac erwürgen, und jeder psychologisch etwas gebildete Richter hätte einen freigesprochen. Pierre schwieg, wartete auf weitere verbale Glanzleistungen und war bereit, sich weiter beschimpfen zu lassen. Aber Callac hielt sein Pulver zurück ... er wartete auch. So stand man sich eine Weile gegenüber, sah sich stumm an und hatte Zeit, sich genau zu betrachten. Vor allem Pierre tat das ... er hatte nie Gelegenheit gefunden, Marius Callac, den großen Callac, so lange aus der Nähe zu sehen. Ein faszinierender Kopf, helle Augen hinter den fürchterlich dicken Brillengläsern, eine zerklüftete Gesichtslandschaft, in der fast ein Jahrhundert wohnte. Jeder Mensch hatte Recht, wenn er vor dieser Persönlichkeit klein wurde.

»Wem wollten Sie ein Bild verkaufen?«, fragte Callac endlich.

»Wieso ein Bild, Monsieur?«, fragte Pierre zurück.

»Ihr blaues Auge –«

»Es ist eine Trophäe für Ev.«

»Bravo! Sie hat Ihnen einen über den Kopf gegeben! Braves Mädchen! Ich liebe sie wie meine Tochter. Jetzt noch mehr. Wo ist Ev?« Er blickte Pierre misstrauisch an. »Sie haben doch nicht etwa zurückgeschlagen, Sie Wüstling?«

»Ev schickt mich, Ihre Post zu bearbeiten, Monsieur Callac.«

»Was tut sie?« Callac hob seine Greisenstimme. »Was ist mit meiner Ev?«

»Sie liegt im Hôpital Laennec.«

»Sie Hunne!« Callac ballte die Fäuste. »Und Sie wagen es noch –«

»Pardon, Monsieur.« Pierre wich zurück. Der Alte war fähig, wirklich zuzuschlagen. »Lassen Sie sich alles erklären. Ev ist auf der Straße überfallen worden, und wir haben heute Nacht die Angelegenheit bereinigt. Sie werden es heute Abend im ›France soir‹ lesen. Sie schickt mich zu Ihnen, bis zu ihrer Wiederherstellung ihre Arbeit zu übernehmen.«

»Ev schickt Sie? Ausgerechnet Sie?« Callacs dicke Brillengläser beschlugen wieder, ein Zeichen seiner großen Erregung. »Kommen Sie mit, junger Mann! Berichten Sie mir genau! Ev überfallen? Das ist ja unglaublich.«

Es stimmt, dachte Pierre später, Callac trinkt Cognac. Ev hat nicht gelogen. Er saß im Büro auf Evs Platz, hatte mit Callac bis jetzt vier Gläschen getrunken und alles erzählt. Callac hatte sofort eine Blumenhandlung angerufen, einen großen Strauß Rosen ins Hospital schicken lassen und ein Gespräch mit Professor Mauron angemeldet. Auch Doktor Mauron war Kunde von Callac ... wer, der in Paris etwas auf sich hält, war kein Kunde bei Callac?

»Sie beherrschen die Büroarbeit?«, fragte Callac jetzt.

»Ja«, log Pierre schamlos und mit treuem Blick.

»Schreibmaschine? Buchführung?«

»Alles, Monsieur.«

»Warum malen Sie dann?«

Ich könnte jetzt zurückfragen: Warum hat van Gogh gemalt ... aber dann wirft er mich mit Sicherheit hinaus. So schwieg Pierre, hob nur die Schultern und verstand plötzlich zutiefst den kleinen hässlichen Bouillon, wie er im Regen vor dem warmen Kellerfenster gesessen hatte und auf eine Seele wartete, die ihn lieben würde.

Bis elf Uhr hatte er die Post bearbeitet, Rechnungen ausgeschrieben, Anfragen beantwortet (er nahm dafür den Text von Ev aus früheren Briefkopien) und alles abgeheftet. Callac verhandelte mit einem Grafen, der einen Buffet kaufen wollte als Weihnachtsgeschenk für seine Gräfin. Die Sache hatte nur einen Haken: Er wollte in drei Raten bezahlen. Für Callac eine geradezu unvorstellbare Zumutung.

»Fertig«, sagte Pierre, als Callac in sein Büro zurückkam. Der Graf hatte doch mit Barzahlung hinausgehen müssen. »Es stehen noch vier Lieferungen aus. Ich kann sie ausführen, Monsieur. Ich eigne mich für alles, auch als Bilderzusteller.«

Callac setzte sich, goss sich einen Cognac ein, reichte Pierre die Flasche über den Tisch und trank mit dem unnachahmlichen Charme von sechzig Jahre Cognactrinken.

»Sie lieben Ev?«, fragte er plötzlich. Pierre zuckte zusammen.

»Ja, Monsieur.«

»Sie haben Ihren Kopf für sie hingehalten.«

»Es war keine Heldentat, Monsieur. Wenn Bouillon nicht ...«

»Sie haben sich wegen Ev geschlagen, Pierre! Ihr Auge ist verletzt! Das Auge eines Malers.« Callac starrte auf seinen Fernsehschirm. Er war leer, keiner stand in der Galerie, aber er wollte jetzt Pierre nicht anblicken. »Bringen Sie mir morgen ein Bild von sich mit«, sagte er. »Aber das hat nichts zu bedeuten ...«

Am Nachmittag kam Pierre nach Hause, den Arm voller Winterastern. Für Ev. Er setzte sich an Madames Küchentisch und starrte den hässlichsten Hund von Paris an, der vor dem warmen Ofen lag und träge mit dem Schwanz wedelte.

»Petite mère«, sagte er. »Es ist etwas Fantastisches geschehen. Bouillon hat an Callac ein Bild verkauft –«

Pierre erschien auf der Privatstation von Professor Mauron mit den Gefühlen eines Hochstaplers, der diesen Beruf gerade begonnen hat und eine gewisse Unsicherheit im Umgang mit Betrug überwinden muss.

Jetzt, am Tage, sah das Hospital, wenigstens dieser Teil, ganz anders aus als in der vergangenen dramatischen Nacht. Evs Zimmer hatte ein eigenes Waschkabinett, eingebaute Schränke aus Mahagoni, Radio und Fernsehen und glich mehr einem Apartment in einem Luxushotel als einem Krankenzimmer. An die Kosten zu denken versagte sich Pierre bei diesem Anblick sofort, um nicht schwindelig zu werden. Er setzte sich an Evs Bett, küsste sie und legte ihr die Winterastern auf die Bettdecke. Die Schwester, die er im Flur getroffen hatte, besorgte bereits eine große Vase. Man war hier dienstbeflissen und lautlos schnell.

Was kostet ein Tag, dachte Pierre. 200 Francs? 300 Francs? Noch mehr …? Und die Arztkosten gesondert? Jede Visite, jeder Händedruck von Prof. Mauron … ein großer Schein. Gleich wird ein freundlicher Herr von der Verwaltung kommen und einen Vorschuss kassieren. Wie viel Geld habe ich bei mir? 320 Francs. Das ist ein Tag. Haha!

»Du siehst blendend aus«, sagte er fröhlich. »Ev … du bist eine Bettschönheit!« Er bemerkte ihren Blick und verfiel in eine dumme, krampfhafte Witzigkeit. »Bouillon hat einen neuen Trick. Er schielt, wenn er beleidigt ist! Ein schielender Hund, Ponpon sagt, Bouillon könne mit ihm im Varieté auftreten.«

»Wo hast du das blaue Auge her, Pierre?«, fragte sie, ohne über Bouillons angebliches Schielen zu lachen.

»Mir ist das Triptychon von der Staffelei gefallen und mit einer Ecke direkt ins Auge.«

»Lüg nicht, Pierre!« Sie richtete sich etwas in den Kissen auf. »Du hast dich geschlagen!«

»Monsieur Callac lässt dich herzlich grüßen«, sagte er. Das war ausgesprochen dämlich, denn Callacs rote Rosen standen neben ihr auf dem Tisch. »Der erste Tag bei ihm war auszuhalten.«

»Mit wem hast du dich geprügelt, Pierre?«

»Stell dir vor: Bouillon hat ein Bild verkauft. Ich erzähle Monsieur Callac von Bouillon, und er sagt zu mir –«

»Du hast dich meinetwegen schlagen lassen.«

»Das hat er auch gesagt.«

»Pierre!«

»Ev –«

Sie sahen sich an, und es war vorbei mit allen Lügen und allem Verstecken. Was in ihren Blicken lag, hatte nur Platz in ihren reinen Herzen.

»Ja«, sagte Pierre. »Heute früh. Wir haben sie gefunden. Wladis Kollegen haben sie ausgeräumt. Ich bin nur deshalb dazwischengeraten, weil Bouillon abgestochen werden sollte. Er hat wie ein Held gekämpft. Er muss das Herz eines Löwen haben.«

»Versteck dich nicht hinter dem kleinen Bouillon.« Sie spielte nervös mit den Astern und zerrupfte einige Blüten. »Sie hätten dich zusammenschlagen können! Sie hätten dich für alle Zeit entstellen können, mit ihren Schlagringen, Messern oder was sie sonst noch haben! Hast du nicht an mich gedacht?«

»Nur an dich, Ev!«

»Rache! Ganz primitive Rache war das, Pierre! Und wenn sie dich zum Krüppel geschlagen hätten?«

Er atmete tief auf und hielt ihre Hände fest, die die Blumen zerpflückten. »Hast du Angst um mich, Ev?«, fragte er. »Hast du wirklich Angst um mich?«

»Natürlich habe ich Angst um dich, du Idiot!«, sagte sie. Es klang böser, als es gemeint war. Und es war die merkwürdigste und zugleich die ehrlichste Liebeserklärung, die ein Mensch geben konnte. »Du bist kein Mensch der Gewalt.«

»Das bin ich wahrhaftig nicht.«

»Und darum mag ich dich, Pierre.«

Es war die zweite Liebeserklärung. Womit habe ich so viel Glück verdient, dachte er. So viel Glück – und so viel Flucht vor diesem Glück?! Was ich von mir verlange, wird bald für einen Menschen nicht mehr erträglich sein. Es übersteigt jegliche Kraft, die in uns eingebettet ist.

Es klopfte. Die Stationsschwester steckte den Kopf ins Zimmer. Ihr Kopf war unnatürlich gerötet, und sie schien sehr erregt zu sein.

»Monsieur«, sagte sie mit einer Stimme, in der ein Gewitterhimmel voll Groll lag. »Können Sie für einen Augenblick hinauskommen?«

»Aber ja.« Pierre sprang auf. »Was ist denn los, Schwester?«

»Die Station ist blockiert. Keiner kann heraus, keiner herein. Es ist ein Rätsel, wie er ins Haus gelangt und bis in die zweite Etage gekommen ist. Der Assistenzarzt Doktor Andrès ist bereits verletzt –«

»Um Gottes willen!«

Pierre rannte hinaus. Als er die Tür zuwarf, hörte er noch, wie Ev lachte. Sie lachte glockenhell und ungehemmt und füllte mit diesem Lachen ihr Zimmer aus.

Am Eingang der Station P II stand breitbeinig, fletschend und keinen Millimeter vor Fäusten und erhobenen Besenstielen wankend, der hässlichste Hund von Paris.

Doktor Andrès, ein langer, dürrer Arzt, im Krankenhaus bekannt als der eleganteste Mann, der nur Maßanzüge von Cardin trug, und den man nie außer Fassung gesehen hatte, lehnte an der Wand nahe der zweiteiligen geöffneten Glastür und rührte sich nicht. Sein linkes Hosenbein zeigte einen hässlichen Riss; er hatte das Bein hochgezogen und umklammerte mit beiden Händen das Schienbein.

»Eine Tetanus«, schrie er die Schwestern an, die sich ebenfalls nicht von der Stelle rührten. »Zum Teufel, ziehen Sie eine Tetanus auf! So ein Scheißhund!«

Die Station P II stand erstarrt. Man hatte nie für möglich gehalten, dass Doktor Andrès das Wort Scheiße aussprechen konnte. Eine Putzfrau hatte bereits versucht, mit einem Besenstiel den hässlichsten Hund von Paris zu vertreiben, aber Bouillon reagierte darauf mit einem solchen Knurren und einem derart schielenden Blick, dass die Putzfrau, eine brave Mutter von vier Kindern aus dem Montparnasse, sich vorsichtig zurückzog und zu Oberschwester Amélie sagte: »Ich habe an eine Familie zu denken, infirmière …«

»Sind Sie der Besitzer dieses Viehs?«, schrie Doktor Andrès

an der Wand. Das Lachen aus Evs Zimmer wurde zerhackt, als Pierre die Tür zuwarf. »Das wird Sie eine Menge Geld kosten.«

Geld! Pierre setzte ein schiefes Lächeln auf. »Mit Geld können Sie mich nicht schrecken, Doktor«, sagte er aus tiefster Überzeugung. »Nicht mehr. Sagen Sie tausend, zweitausend, zehntausend Francs Schmerzensgeld … es bleibt sich gleich.«

Wer nichts hat, kann großzügig sein, dachte er. Es wird alles über mir zusammenschlagen wie eine riesige Woge, und ich werde erdrückt und ersaufe. Ein Zimmer 1. Klasse bei Professor Mauron, die Arztkosten, die Medikamente, jetzt auch noch Doktor Andrès mit einem neuen Cardin-Anzug und einem Biss im Schienbein – lieber, kleiner Bouillon, ausgesetzte, arme Kreatur, ich könnte auch die ganze Welt beißen …

»Komm her«, sagte er fast zärtlich. »Bouillon, komm her. Lass den Onkel Doktor in Ruhe. Sei ein lieber Hund …«

»Bouillon heißt er auch noch?«, sagte Doktor Andrès sichtlich erschüttert. Er konnte sich wieder rühren, weil der hässlichste Hund von Paris brav und mit seinem Peitschenschwänzchen wedelnd über den langen Flur trabte, die zurückweichenden Schwestern liebevoll anblickte und die Putzfrau mit ihrem Besenstiel ignorierte. »Da haben Sie eine versalzene Suppe an der Leine, Monsieur!«

Der alte Doktor Andrès fand sich wieder. Es zeigte sich, dass Bouillon tatsächlich in das Schienbein gehackt hatte, anscheinend noch voller triumphaler Erinnerung an die nächtliche Schlacht mit den Rockern. Doktor Andrès humpelte in das Arztzimmer, schrie wieder nach einer Tetanusspritze, und Schwester Amélie rannte davon, um Professor Maurons liebsten Assistenzarzt vor einem Starrkrampf zu bewahren.

Mit einem Anlauf stieß sich Bouillon ab und sprang in die Arme Pierres. Dort legte er seine feuchte Schnauze auf Pierres Schulter und schnaufte zufrieden.

Die anderen Schwestern der Station P II standen unschlüssig herum. Privatpatienten sind das Problem jeder Klinik. In der III. Klasse kann man brüllen: »Das Saubiest raus!« In der I. Klasse kann man höchstens sagen: »Ein süßes Hündchen, Madame. Aber der Herr Professor lässt bitten, dass Tiere – wegen der Hygiene, nur deswegen – nicht mehr auf die Station kommen.« Und selbst dann hat man oft schon zu viel gesagt.

»Er schielt«, sagte Pierre glücklich. »Sehen Sie sich ihn an,

Schwestern … er schielt. Er ist rundherum zufrieden. Ich bitte im Namen von Bouillon um Verzeihung.«

Das ist auch alles, was ich kann, dachte er. Spätestens übermorgen wird man Ev aus dem schönen Zimmer wegrollen in einen der Krankensäle. Und dann wird Bouillon, sollte er jemals wieder im Hôpital Laennec erscheinen, mit Fußtritten hinausgejagt werden. Wie wir, Ev … Armut ist in unserer heutigen Gesellschaft kein Zustand, sondern ein Makel. Wie Aussatz ist sie. Seht ihn an, geht ihm aus dem Weg: Er ist arm! Wer fragt schon, wen interessiert es, warum man so elend auf der Schnauze liegt?

Doktor Andrès kam wieder aus seinem Arztzimmer. Er hatte seine Tetanus bekommen und war etwas bleich im Gesicht. Wie viele Ärzte konnte er bei anderen jeden nur erdenklichen Eingriff vornehmen, aber ein Einstich in den eigenen Körper liegt an der Grenze des Erträglichen. Und wenn Ärzte an ihren Kollegen, den Zahnarzt, denken, steht ihnen mehr der kalte Schweiß auf der Stirn als einem frisch Kollabierenden.

»Ich war auf dem Weg zu Ihnen«, sagte er zu Pierre.

Bouillon knurrte leise und schielte fürchterlich. Doktor Andrès hielt zwei Meter Abstand. Mehr als seine Bisswunde lastete die Zerstörung des Cardin-Anzuges auf ihm. Er hatte bereits einen Fahrer der Klinik in seine Wohnung geschickt, um einen neuen Anzug zu holen.

»Zu mir?«, fragte Pierre und streichelte Bouillons zuckenden Rücken. »Warum?«

»Der Herr Professor möchte mit Ihnen sprechen, Monsieur.«

»Ach so.«

Nun ist es soweit, dachte Pierre. Jetzt muss man erklären, dass man nicht aus Neuilly oder dem Bois de Boulogne kommt, sondern aus der Rue Princesse. Es entwickelt sich dann immer ein medizinisches Wunder: Eine Krankheit ist plötzlich nicht mehr so tragisch. Er hatte es ein paar Mal erlebt, bei Nachbarn und Bekannten. Bevor man von häuslichen Pillen und Tabletten zu dem begehrten, knappen Krankenhausbett überwechselte, war es meistens schon zu spät. Umweltforscher nennen das satanisch die natürliche Auslese.

»Wollen Sie den Hund mit zu dem Herrn Professor nehmen?«, fragte Doktor Andrès entsetzt, als Pierre sich zum Gehen weiterdrehte.

»Was bleibt mir anderes übrig? Soll Bouillon das ganze Hôpital Laennec terrorisieren?«

»Wo haben Sie bloß diesen Hund her?«, fragte Doktor Andrès mit deutlichem Widerwillen.

»Aus der Gosse, Doktor.« Pierre streichelte mit dem Kinn Bouillons stacheligen Kopf. »Er saß im Regen und wärmte sich über einem Luftschacht. Zwischen uns war sofort so etwas wie eine Seelenfreundschaft. Verstehen Sie das?«

»Ich versuche es, Monsieur.« Doktor Andrès verzichtete auf weitere Gespräche. Privatpatienten! Was man da alles erlebt. Herren mit Rang und Namen, die glauben, mit der Bezahlung der Intensivpflege auch die Schwestern gekauft zu haben, und Damen der Gesellschaft, die hysterisch wurden, wenn der blendend aussehende algerische Stationsarzt Doktor Mahmoud Abbrat ins Zimmer kam. Da war ein abgrundhässlicher Hund, der Bouillon hieß, noch halbwegs erträglich.

Professor Doktor Mauron wartete in einem Zimmer, das – entgegen vieler Mutmaßungen und trotz seines auf drei Millionen Francs jährlich geschätzten Einkommens – nicht ein großer Raum mit Mahagonivertäfelung und Lederfauteuils war, sondern ein schlichtes Arbeitszimmer mit Regalen voller Bücher, zwei Tischen voller Fachblätter und Akten und drei ziemlich alten Stühlen mit abgewetzten Ledersitzen. An der Wand hinter dem Schreibtisch hingen fünf Fotos seiner verehrten Lehrer, würdige, ernst blickende Männer, die der Medizin bestimmt viel Neues beschert hatten. Dazu gehörte auch Professor Mauron. Er genoss den Ruf, ein hervorragender Gynäkologe und Operateur zu sein. Im Privatleben war er ein anerkannter Gourmet und Kunde von Callac. Eine höhere Rangstufe in der Pariser Gesellschaft gibt es nicht.

Mauron erhob sich höflich, als Pierre, Bouillon noch immer auf dem Arm, eintrat. Die Sekretärin im Vorzimmer hatte sofort darauf verzichtet, zu protestieren, als der hässlichste Hund von Paris seinen Kopf zu ihr drehte und sie unwiderstehlich anschielte.

»Ich weiß, ich weiß«, sagte Professor Mauron fröhlich, ehe Pierre sich entschuldigen konnte. »Doktor Andrès hat mir am Telefon alles erzählt.«

»Ich weiß nicht, wie ich Bouillon anders beruhigen soll.« Pierre hielt beide Hände über den Hund, der an seiner Schulter klebte. »Es ist mir peinlich, glauben Sie es mir, Herr Professor.

Und es wird noch mehr Peinliches zwischen uns zur Sprache kommen. Aber Ev liegt im Krankenhaus, ich war plötzlich in diesem fremden Haus … wer weiß, was in so einem Hundekopf vor sich geht?«

»Seit ich Hunde liebe, verstehe ich Menschen, hat einmal ein Philosoph gesagt. Wer, das weiß ich nicht. Bitte, setzen Sie sich, Monsieur.« Mauron zeigte auf einen der alten Lederstühle. Seine Freundlichkeit entwaffnete Pierre. Er hatte sich vorgenommen, sofort mit allen Wahrheiten herauszurücken … Maurons Art, die Dinge so zu vereinfachen, lähmte nun auch seine krampfhafte Forschheit.

»Waren Sie schon bei der Verwaltung?«

»Nein, Herr Professor.«

Aha! Jetzt geht es los. Erst ein Streicheln, dann der Boxhieb. Pierre schob Bouillon auf seinen Schoß und atmete tief durch. Professor Mauron betrachtete voll Interesse den Hund.

»Diese Mischung ist geradezu phänomenal!«, sagte er.

»Ich wollte nachher zur Verwaltung«, sagte Pierre mit trockener Kehle.

»Da ist etwas Merkwürdiges passiert, darum ließ ich Sie bitten, Monsieur.« Mauron lehnte sich zurück. »Zunächst zu dem Patienten. Der Abortus spontaneus ist komplikationslos verlaufen. Einige Hämatome als Folge dieser … dieser Misshandlung werden keine Rückwirkungen haben. Befürchtungen über eine spätere Beeinträchtigung der Empfängnis sind unbegründet. Mademoiselle Bader hat großes Glück gehabt.«

»Ich danke Ihnen, Herr Professor«, sagte Pierre leise.

»In zwei Wochen können wir Mademoiselle entlassen.«

»In zwei Wochen …«

»Die müssen wir ihr schon gönnen.« Mauron lächelte verbindlich.

Er versteht mich falsch, dachte Pierre. In vier Tagen wird sie draußen sein, wenn ich Professor Mauron meine Taschen zeige.

»Nun zur Verwaltung.« Mauron starrte Bouillon an und schüttelte den Kopf. Der hässlichste Hund von Paris schielte wieder, dieses Mal liebevoll, als verstünde er jedes Wort. »Ich kümmere mich sonst nicht darum, aber hier ist etwas zu klären. Sämtliche Klinikkosten sind heute Nachmittag im Voraus über zwei verschiedene Anwälte bezahlt worden. Anonym.«

»Das … das ist unmöglich …«, sagte Pierre fassungslos.

»Sie können uns darüber nichts sagen? Haben Sie bei einem Ihrer Anwälte für solche Fälle einen Dauerauftrag?«

»Ich bestimmt nicht, Herr Professor.«

»Umso rätselhafter, Monsieur. Die Anwälte geben keine Auskunft.« Professor Mauron beugte sich über seinen Schreibtisch und zog ein Kuvert zu sich. »Vor einer Stunde traf eine dritte Bezahlung ein. Dieses Mal mit Adresse. Ein Scheck von einem Fürst W. A. Globotkin.«

»Wladimir Andrejewitsch ...«, sagte Pierre gerührt.

»Den kennen Sie, Monsieur?«

»Er ist mein Freund.« Pierre streichelte Bouillons Kopf und merkte nicht, wie seine Hand dabei zitterte. »Sie haben für Ev gesammelt ... es gibt doch noch Freunde auf der Welt ...«

»Gesammelt?«, fragte Mauron gedehnt.

»Fürst Globotkin, das heißt Wladi, ist Taxifahrer.«

»Ach so.« Professor Mauron nickte. Wer kennt in Paris nicht die Exilrussen?! »Und die anderen anonymen Herren? Wessen Scheck sollen wir nun annehmen? Das war eigentlich die Frage, die ich Ihnen stellen wollte, Monsieur.«

»Einen der anonymen, Herr Professor.« Pierre erhob sich und drückte Bouillon an seine Brust. »Wissen Sie, was Glück ist, Herr Professor?«

»Glück ist vielschichtig, Monsieur, und durchaus individuell.«

»Wenn man weiterleben möchte ... ist das Glück, Herr Professor?«

Mauron sah Pierre de Sangries etwas verblüfft und dann nachdenklich an. »Eine solche Frage sollte ein Greis am Ende seiner Tage stellen, Monsieur. Sie haben noch alle Vorrechte der Jugend für sich.« Er stand hinter seinem Schreibtisch auf und kam um ihn herum. Bouillon knurrte nicht, ein sichtbares Zeichen, dass er Mauron zu den Wesen rechnete, denen man vertrauen und nicht die Zähne zeigen konnte. »Gestatten Sie eine höchst private Frage, Monsieur?«

»Natürlich, Herr Professor.«

»Sie haben kein Geld? Und Mademoiselle Bader auch nicht?«

»Wir haben bis zum nächsten Ersten genau 320 Francs. Ich bin Maler, Herr Professor.«

»Oje.«

»Sie sagen es.«

»Und Sie haben keine Ahnung, wer Ihre anonymen Gönner sind?«

»Nicht die geringste.« Pierre lächelte schief und etwas traurig. »Ich habe nie Gönner gehabt. Bis auf Madame Coco.«

»Vielleicht sie?«

»Ausgeschlossen!« Pierre lachte verschämt. »Sie kennen petite mère nicht, Herr Professor. Auf dem Gemüsemarkt feilscht sie um drei Sou. Wenn die Marktfrauen sie von weitem sehen, bekreuzigen sie sich und beten, dass Madame an ihrem Stand vorübergeht. Sie könnte niemals die Rechnung bezahlen.«

»Dann wird es immer ein Rätsel bleiben.« Professor Mauron verzichtete darauf, Pierre die Hand entgegenzustrecken. Bouillon schielte zwar, aber abwartend und schätzend.

»Was malen Sie, Monsieur.«

Pierre blieb an der Tür stehen. »Die Sonne. Die Sonne über dem Land. Die Glut, die Leben heißt.«

»Wie van Gogh.«

»Aber ich werde mir – wie er – nie selbst ein Ohr abschneiden und braten.«

»Danach sehen Sie auch nicht aus, Monsieur.« Professor Maurons Lächeln hatte etwas Väterliches. Es war kein Mitleid, und das tat gut. »Wollen wir den anonymen Spendern nicht einen Streich spielen? Ich lasse alle Schecks zurückgehen, und Sie malen bei mir alle Kosten ab?«

»Sie wissen nicht, worauf Sie sich da einlassen, Herr Professor.«

Pierre de Sangries drückte Bouillon so fest an seine Brust, dass er protestierend schnaufte. »Ich bin vielleicht der unbegabteste Maler von Paris wie Bouillon der hässlichste Hund von Paris ist.«

»Und trotzdem hat er ein paar Menschen gefunden, die ihn lieben. Warum sollen Sie nicht ein paar Menschen entdecken, die Ihre Bilder mögen? Bringen Sie morgen eines Ihrer Werke mit. Was malen Sie zur Zeit?«

»Ev ...«, sagte Pierre leise. »Nur Ev, Herr Professor. Die Sonne und Ev –«

»Das ist doch ein wundervolles Motiv.« Professor Mauron nickte Pierre zu. »Wenn Sie so malen, wie Sie lieben können, wird einmal die ganze Welt von Ihnen sprechen.«

Wie betäubt verließ Pierre das Zimmer. Draußen, auf dem breiten Flur, lehnte er sich an die Wand. Die Menschen um ihn herum, Ärzte, Schwestern, Pfleger, Patienten, die ihn erstaunt ansahen, erkannte er kaum.

Malen wie ich liebe, dachte er. Wenn das möglich wäre, würde ich Bilder schaffen, wie sie noch kein menschliches Auge gesehen hat.

Die Polizei vom 14. Arrondissement kam nicht weiter.

Leutnant René Branne stieß wie gegen eine Wand aus Gummi, sobald er bei seinen Verhören ins Detail kam. Die zusammengeschlagenen Lederjünglinge vom ›Club Jeunesse 2000‹ redeten über alles, über die Sozialisierung der Polizei, den Klassenkampf, die Hörigkeit der Behörden gegenüber der herrschenden Bourgeoisie, sie hielten Vorträge über die Reform des Strafrechts in Anwendung auf politische Demonstrationen, nur, wenn die Sprache auf die mysteriöse Nacht kam, wurden sie mundfaul. Auch die schwerer Verletzten im ›Hôpital N. D. de bon secours‹ retteten sich hinter Schwächeanfälle und lagen mit verdrehten Augäpfeln in ihren Kissen, bis der Arzt die Verhöre abbrach.

Irgendeine grandiose Sache musste in dieser Nacht passiert sein, die aus den revierbekannten ›Schwererziehbaren‹ – gutes Polizeivokabular – lammfromme Jünglinge gemacht hatte. Leutnant Branne zerbrach sich darüber den Kopf, aber seine Fantasie reichte nicht aus, die Wahrheit auch nur annähernd zu ertasten.

Dreiundzwanzig Taxifahrer, darunter Kerle wie Schränke, die kaum ein Wort sagten, sondern losprügelten. Ein fetter Kerl mit einem roten Bart, der mit geradezu teuflischer Ruhe ein Gedicht an die Wand malte. Ein Bürschchen mit Gummiknochen, den keiner greifen konnte, weil er durch die Hände flutschte, als sei er aus Schmierseife, und zuletzt – als Krönung – als alles kampfunfähig auf dem Boden und zwischen den zerbrochenen Möbeln lag, ein langer dürrer Mensch, der herumging, von Mann zu Mann, die Hände faltete, ein frommes Wort sprach und ein Heiligenbildchen auf die Brust legte. Und hinter allem das Wissen: Wir haben zwölftausendfünfhundert Taxifahrer in Paris gegen uns.

Wer kann das verkraften? Vor allem, wer kann so etwas erzählen?

»Ich lasse nicht locker!«, sagte Leutnant René Branne, als er müde und abgespannt die Verhöre abbrach. »Es kann sich hier nur um eine Bandenschlacht gehandelt haben. Und das in meinem Arrondissement! Jetzt geht es um unsere Ehre, Kameraden.«

Die Polizisten nickten ehrfürchtig, aber mehr konnten sie auch nicht.

An diesem Abend – Pierre saß oben in seinem Dachzimmer und malte, während Bouillon auf dem Bett schnarchte und der ›Rote Henry‹ Tee kochte – rief Madame Coco bei Monsieur Callac an.

»Aha! Sie sind es, Cosima!«, rief Callac. Er erkannte ihre Stimme schon beim ersten Ton. »Das ist Telepathie. Ich wollte Sie eben auch anrufen. Bei aller ehemaligen Liebe: Das geht zu weit! Sie übernehmen sich.«

»Reden Sie keinen Blödsinn, Marius«, Madame Coco brüllte in den Apparat, dass Callac den Hörer von sich weghielt und entsetzt anstarrte. »Was fällt Ihnen ein, sich in meine Familienangelegenheiten zu mischen?«

»Ihre Familie?« Callac setzte sich und angelte nach der Cognacflasche. »Ich habe nie den Ehrgeiz entwickelt, Ihre Familie kennen zu lernen.«

»Pierre und Ev sind meine Familie!«, schrie Madame Coco. »Sie haben heimlich durch Ihren verdammten Anwalt die Kosten bei Professor Mauron übernehmen lassen. Ist das wahr? Leugnen Sie nicht, Marius. Maître Foulandre, mein Anwalt, hat es herausbekommen.«

»Und Maître Dumoulin, mein Anwalt, hat erfahren, dass Sie ebenso heimlich auch die Kosten übernommen haben. Das sollte mich treffen! Mich allein! Reden Sie nicht herum, Cosima. Als ob ich ein abscheuliches, geiziges, widerwärtiges Scheusal wäre …«

»Der Geiz hat Sie vertrocknet, das stimmt. Um so gemeiner ist es, jetzt den anonymen Gönner zu spielen.«

»Ev ist meine Angestellte.«

»Sie benehmen sich, als sei sie Ihre Geliebte.«

»Cosima!« Callac saß erstarrt. Er entkorkte die Flasche und goss sich ein hohes Glas voll ein. »Das ist infam! Das Mädchen, ich gestehe es, ist mir ans Herz gewachsen. Es könnte meine Enkelin sein. Sie hat Sonnenschein in mein Leben gebracht … dafür bin ich Ihnen dankbar, Cosima. Und was geschieht? Mein Anwalt teilt mir mit, dass die Klinik den Scheck nicht annimmt. Es ist alles bezahlt. Das waren Sie!«

»Ha!« Callac schrak zusammen. Es hörte sich an, als wäre am

anderen Ende der Leitung Madame Coco vom
nahm schnell einen tiefen Schluck, schüttelte
und rief besorgt: »Cosima, was haben Sie? Mel
Sie der Schlag getroffen? So sagen Sie doch etw

»Sie auch, Marius?«, hörte er Cocos gewaltig
Mal war sie normal laut, ein Beweis tiefster Ers

»Was ich auch?«

»Sie haben auch den Scheck zurückbekommen?«

»Das erregt mich ja so.«

»Ich habe ihn auch abgelehnt bekommen, Marius. Ein Dritter hat für Ev bezahlt.« Cocos Stimme schwoll wieder an. »Begreifen Sie das? Es gibt einen unbekannten Dritten, der für unsere Ev die Kosten übernommen hat.«

»Vielleicht die Familie Chabras?«

»Mein Gott, sind Sie dämlich, Marius!«, sagte Coco aus tiefster Brust. »Für die Chabras ist Ev nicht mehr vorhanden. Halten Sie es für möglich, dass Ev ein Doppelleben führt?«

»Ausgeschlossen, Cosima.« Callac trank einen neuen langen Schluck.

»Ein heimlicher Geliebter?«

»Ich würde meine Hand ins Feuer legen –«

»Marius, denken Sie ein paar Jahrzehnte zurück. Ich war ein behütetes Mädchen, Ihr Vater hatte Sie immer im Auge ... und trotzdem trafen wir uns in der Camargue.«

»Ich werde das nie vergessen, Cosima.« Callac starrte verträumt auf seine Flasche. Was ist mir vom Leben geblieben, dachte er. Wände voll Bilder, ein Reichtum, den keiner erben wird, einsame Abende vor dem Fernsehschirm und eine Flasche Cognac. Und die auch noch heimlich. Das Leben ist eine saublöde Spanne Zeit, wenn man am Ende nicht weiß, warum man gelebt hat. »Wir waren raffiniert, nicht wahr, chérie?«

»Wer ist der dritte Geldspender? Ich komme um vor Sorge, Marius.«

»Wir werden es morgen wissen. Ich spreche mit Professor Mauron. Gibt er mir keinen vertraulichen Wink, bekommt er von mir nie mehr ein Bild.« Callac lachte bitter. »Ich kann ihn kleinkriegen, meine Liebe. Ich habe gestern über meinen Beauftragten in London bei Christies einen Sisley ersteigern lassen. Vor ihm wird auch Professor Mauron in die Knie gehen! Gute Nacht, meine Liebe.«

e Nacht, Marius.«

s Gespräch brach ab, aber es blieb viel Unausgesprochenes wischen ihnen. Man kann ein Menschenalter nicht zurückdrehen, aber man kann darüber traurig sein. Und diese Traurigkeit war es, die beiden in dieser Nacht so zusetzte.

Es gibt Erinnerungen, in denen man leben kann wie in einem Jungbrunnen.

Bleibt die Frage zu klären: Warum hatte Pierre bei seiner Rückkehr aus dem Hôpital Laennec Madame Coco nichts von seiner Abmachung mit Professor Mauron erzählt?

Die Antwort ist simpel: Er hatte Angst.

Angst vor dem Ungeheuerlichen, das Mauron mit einem Satz in ihm aufgerissen hatte: Malen Sie so, wie Sie lieben …

Pierre hatte nach seiner Rückkehr nur wenige Worte mit Madame Coco gewechselt. Wie üblich hatte sie in der Küche bei offener Tür gesessen, und als er ohne Umweg zu ihr direkt die Treppe hinaufgehen wollte, hatte sie sofort mit ihrer gewaltigen Stimme einen unüberwindlichen Block vor seine Füße geworfen.

»Was ist denn das?«, rief Madame Coco. »Kommt nach Hause und schleicht sich weg? Nicht einmal essen will er? Ich habe Cervelle grenobloise gemacht. Du kannst es brauchen.«

Man muss wissen, dass das gebackenes Hirn mit Kapern nach Grenobler Art ist. Pierre lächelte dünn und blieb an der Treppe stehen.

»Ich bin müde, petite mère –«, sagte er. »Gegessen habe ich im Krankenhaus.«

»So ist es richtig! Besucht einen Kranken und frisst ihm die Portion weg. Erzähl von Ev, du Fisch!«

»Sie wird in zwei Wochen entlassen. Es geht ihr gut.«

»Weiter nichts?«

»Was soll weiter sein, Madame? Sie liegt im Bett.«

»An der Gardine wird sie nicht hängen, du Idiot! Wie hast du dein blaues Auge erklärt?«

»Ich habe ihr die Wahrheit erzählt. Gute Nacht, Madame.«

»Monsieur Claude ist oben.«

»Ich werfe ihn schnell hinaus.«

Dann war er nach oben gegangen, aber es war gar nicht einfach, den ›Roten Henry‹ hinauszuwerfen. Er brachte Neuigkeiten von Fürst Globotkin mit und berichtete begeistert von der Sammelaktion der Taxifahrer für Evs Hospitalkosten.

»Wir haben alle etwas gegeben«, sagte er mit echtem Enthusiasmus. »Mitten auf der Place du Parvis Notre Dame hat Ponpon eine Sondervorstellung gegeben. Die Leute standen Kopf, als er nach unwahrscheinlichen Verrenkungen sich selbst den Arsch lecken konnte. Ich habe ein Gedicht beigesteuert, mit dem auf den Lippen und dem Hut in der Hand ich reihum gesammelt habe. Vor allem die amerikanischen Touristen waren wie verrückt. Als dann die Polizei erschien, um uns festzunehmen, wandelte ›Das Gebetbuch‹ von Notre Dame herüber, in einer Soutane, tatsächlich in einer Soutane, weiß der Satan, wo er sie in Notre Dame geklaut hat, hebt die Hände und predigt: ›Hüter der Ordnung, dies hier ist ein gottgefälliges Werk. Wir sammeln für die hilflos im Bett Liegenden.‹ Und die Polizisten legen die Hände an die Käppis, greifen in die Taschen, spenden selbst ein paar Francs und marschieren wieder ab. Ponpon, der sich noch immer als unentwirrbares Knäuel aus Gliedern selbst den Arsch leckte, lachte so, dass er sich kaum noch entwirren konnte. Und dabei hat ›Das Gebetbuch‹ nicht einmal gelogen. Liegt Ev nicht hilflos im Bett?«

»Lass mich allein, Henry«, sagte Pierre. Er setzte sich vor die Staffelei, zog das Tuch von dem halb fertigen Bild und starrte es an. Ev, gemalt im Stil einer alten russischen Ikone. Er hatte es vor drei Tagen begonnen, aus einem plötzlichen Impuls heraus. Es war am Abend gewesen, Ev hatte an dem großen Fenster gestanden und über die Dächer geblickt, und das rote Gold einer untergehenden Sonne hatte ihren Kopf umgeben wie die Gloriole auf den alten Heiligenbildern.

Jetzt fand er es schrecklich und konnte sich doch nicht dazu aufraffen, die Leinwand zu zerreißen. Ist das Ev, fragte er sich? Ist sie für mich wirklich eine Heilige? Sehe ich sie nicht ganz anders, wenn ich alleine bin und an sie denke? Sehe ich sie nicht dort drüben im Bett liegen, nackt und überaus menschlich, verführerisch und manchmal sogar verrucht aufreizend? Sitze ich dann nicht da und wünschte mir, zu ihr zu stürzen und mir die Kleider vom Leib zu reißen und so sein zu dürfen, wie ich es träumte? Ist Ev nicht ein greifbarer Körper, jung, von warmem Blut durchpulst, von vibrierenden Nerven geleitet, von Sehnsüchten durchströmt. Lippen, die sich öffnen, Brüste, die unter dem Atem beben, Schenkel, die sich öffnen. Ist sie das nicht auch?

»Ich habe Tee mitgebracht und zwei Bratheringe«, sagte der ›Rote Henry‹ profan. »Nach langen Diskussionen hat sich ›Das Gebetbuch‹ bereit erklärt, von der mildtätigen Sammlung zehn Francs für unser leibliches Wohl abzuzweigen. ›Der Herr wird's verzeihen‹, hat er dabei gesagt. ›Auch wir sind hilfebedürftig.‹ Manchmal könnte man ihm in den Arsch treten, wenn nicht immer die heilige Scheu dabei wäre. Aber ich tu's einmal, Pierre ... bestimmt, wenn er Bischof geworden ist.«

Pierre zerriss das Ikonenbild nicht. Er stellte es nur an die Wand, holte eine andere Leinwand und starrte mit leeren Augen den großen weißen Fleck an. Hinter ihm summte der Wasserkessel, rumorte der ›Rote Henry‹ herum, wickelte seine Bratheringe aus und gab Bouillon einen der Schwänze zu fressen.

Ich werde nie ein großer Maler, dachte Pierre. Professor Mauron hat es mir jetzt gesagt. Ich werde nie so malen können, wie ich Ev liebe. Es wäre das Chaos auf der Leinwand ...

Um ein Uhr nachts kam Wladimir Andrejewitsch die Treppe hoch. Madame Coco war noch auf, saß am Küchentisch, legte Karten und begrüßte den Fürsten mit einem unheilvollen Knurren. Wann sie schlief, war genauso rätselhaft wie das, was sie aus den Karten herauslas.

»Wir haben heute die ganzen Kosten von Ev übernommen!«, sagte Fürst Globotkin und schob die Mütze in den Nacken. Dann knöpfte er die Jacke auf, denn bei Madame war es drückend heiß. »Von uns aus kann Ev vier Wochen im Krankenhaus liegen.«

Madame Coco war nie eine schöne Frau gewesen, zumindest konnte sich keiner in der Rue Princesse mehr daran erinnern, dass sie tatsächlich eine Schönheit gewesen war, zart und glutvoll, genau die Mischung, die Männer zu Idioten werden lässt. Dass sie jetzt mit großen Fischaugen dasaß und mit den dicken Händen ihre Karten durchwühlte, erschreckte keinen mehr, der sie nur als rotes Monstrum kannte.

»*Ihr* seid das?«, sagte sie endlich. »Fürst, ich möchte dich küssen!«

Wladimir Andrejewitsch zog es vor, schnell die Treppe hinaufzulaufen, um einer durchaus möglichen Umarmung zu entfliehen. Dafür schellte Madame Coco rücksichtslos Monsieur Callac aus dem Schlaf und brüllte ihn per Telefon an.

»Der Unbekannte sind die Taxifahrer!«, schrie sie.

Callac schüttelte den Hörer, fand sich in der plötzlich gegenwärtigen Welt nicht gleich zurecht und atmete pfeifend.

»Welche Taxifahrer?«, fragte er dann.

»Schlaf weiter, Marius!«, brüllte Madame Coco. »Die heutige Jugend ist viel anständiger, als wir es waren. Schlaf weiter!«

Callac begriff nichts, und schlafen konnte er auch nicht mehr. Er saß im Bett und grübelte darüber nach, ob Cosima Lebrun einen Psychiater brauchte.

»Die Sache spitzt sich zu«, sagte Wladimir Andrejewitsch, setzte sich auf Evs Bett, gab Bouillon einen Kuss auf die Stirn und suchte in der Jackentasche nach Zigaretten.

»Hast du von fünf bis acht ein Alibi, Pierre?«

»Ich war bei Ev im Hospital.«

»Dann bist du fein heraus.« Fürst Globotkin steckte sich die Zigarette an. »Zwischen fünf und acht heute Abend ist Jules Chabras im Vorgarten von Château Aurore erschossen worden.«

Die Morgenzeitungen brachten es in großer Aufmachung. Schließlich war die Familie Chabras eine der hundert Familien, die Frankreich insgeheim beherrschen.

Die Polizei hatte keinen Verdacht, Fernand Chabras äußerte politische Motive von linksradikaler Seite, Mama Myrna Chabras lag mit einem Schock im Bett, und drei Ärzte kümmerten sich um sie.

Der Tatbestand war denkbar einfach: Jules hatte seine Bluthunde im Garten ausgeführt, vor dem Gittertor hatte ein Auto gehalten, es war nur ein Schuss gefallen, aber der saß genau zwischen den Augen. Ein Schuss mit einem Gewehr, denn mit keiner Handfeuerwaffe konnte man auf diese Entfernung so präzise treffen.

Der Butler James konnte berichten – er verlor auch hier nicht seine unterkühlte britische Distanz –, dass der Tatwagen ein großer Citroën gewesen war. Wie viel Citroëns fahren in Paris herum!

Für Madame Coco, die während eines opulenten Frühstücks vier Zeitungen las, war der Bericht über den Tod Jules Chabras' nicht so aufregend wie das Hereinstürmen des Fürsten Globotkin. Er warf ihr einen Umschlag auf den Tisch, Absender Hôpital Laennec, und griff nach Madames großer Kaffeetasse.

»Das hat man heute in die Zentrale gebracht«, sagte er. »Unser Scheck für Ev. Und die Mitteilung: Alles bezahlt.«

»Das ist nicht wahr!« Madame fegte die Zeitungen vom Tisch und riss das Kuvert an sich. Ihr dickes Gesicht, noch nicht endgültig mit allem Puder und Rouge belegt, das es erträglich machten, verbreiterte sich noch mehr. »Sie haben das akzeptiert, Fürst?«

»Natürlich nicht. Ich habe die Verwaltung angerufen. Die Kosten sind für zehn Tage im Voraus bezahlt von einer Bank. Die Crédit Lyonnais.«

»Das ist Callac, ein hinterhältiger Schuft!«, sagte Madame Coco bitter. »Er hat ein Konto bei der Crédit Lyonnais, ich weiß es. Mit üblen Tricks ist es ihm doch noch gelungen, uns alle auszustechen. Pierre wird uns Genaueres sagen, wenn er von Callac zurückkommt. Oh, ich werde Callac zerschmettern! Da hilft auch nicht, dass er vielleicht heute ein Bild von Pierre kaufen wird.«

Wladimir Andrejewitsch zog es vor, das Haus schnell wieder zu verlassen, bevor Madames heilige Rache den Morgenrock zersprengte.

Ganz anders begann der Tag bei Marius Callac. Übernächtigt saß er in seinem kleinen Büro, als Pierre mit dem in ein Tuch eingeschlagenen Bild die Gemäldegalerie betrat und in das verborgene Fernsehauge blickte.

»Guten Morgen, Monsieur«, sagte er und wusste, dass Bild und Ton nun vor Callac auf dem kleinen Fernsehschirm erschienen. »Soll ich das Bild gleich auf die Staffelei stellen?«

Das war eine Eigenart von Callac, diese Betrachtungsstaffelei. Bot man ihm ein Bild an, wurde es mitten in der Galerie auf dieses Holzgestell gestellt, und Callac begann, von ehrfürchtigem Schweigen umgeben, das Bild von allen Seiten zu betrachten, neigte den Kopf, reckte das Kinn, ging in die Hocke, stellte sich auf die Zehenspitzen, bezwinkerte es aus spitzen Winkeln, kniff die Augen zu Schlitzen zusammen und machte aus den Händen eine Röhre, durch die er das Gemälde geradezu anvisierte. Solcherart begutachtete Maler brachen meistens in Schweiß aus und behaupteten später, unter Callacs Blicken habe sich die Leinwand frierend zusammengezogen und ganze Farbteile seien abgesprungen.

Allerdings waren dieser Meinung nur diejenigen Maler, die Callac dann nach der eingehenden Betrachtung abgelehnt hatte.

»Nein! Kommen Sie nach hinten, Pierre!«, hörte er Callacs Stimme. »Stellen Sie das Bild an die Wand. Es hat Zeit.«

Im Büro roch es nach starkem Kaffee und Cognac. Callac hatte sich nicht die Mühe gemacht, seine Mundhöhle mit dem Eukalyptusspray einzusprühen, er war sichtlich verwirrt.

»Ist Madame Lebrun krank?«, fragte er. »Ich mache mir große Sorgen um sie. Sie hat nachts Halluzinationen von Taxifahrern.«

Es gelang Pierre in verhältnismäßig kurzer Zeit, Callac über Wladimir Andrejewitsch und alle damit verbundenen Vorkommnisse aufzuklären. Callac war danach bester Laune, trank mit Pierre zusammen einen Cognac, ging mit ihm in die Galerie, ließ ihn das Bild auf die Staffelei stellen und verzichtete sogar auf das Ritual der Begutachtung. Es war ein trüber Tag. Nebel hing über Paris, von den Dächern tropfte die Nässe die Hauswände hinunter, auf den Straßen wurde es nicht hell und die Autos fuhren mit Licht ... aber hier, in der Galerie Callac, schien plötzlich die Sonne. Eine heiße, alles durchglühende Provence-Sonne, die mit ihrem Licht eine Blüte nicht eine Blüte sein lässt, sondern zu einer Offenbarung machte.

Callac stand vor dem Bild, starrte es durch die dicken Brillengläser an und schwieg. In Pierre kroch Beschämung hoch.

»Ich nehme es herunter«, sagte er heiser. »Es ist tatsächlich nicht die Farben wert. Verzeihen Sie, Monsieur.«

»Waren Sie schon in der Provence, Pierre?«, fragte Callac langsam.

»Ja. Als Kind. Sogar zu Fuß. Ich habe in allen bekannten Orten gebettelt. Mit zehn Jahren spielte ich den Epileptiker. Wir hatten sehr gute Tageskassen.«

»Und die Camargue?« Callac sagte es, als spreche er etwas sehr Feierliches aus.

»Das war eine schlimme Zeit, Monsieur. Dort lohnt sich das Betteln nicht. Wer dort Geld haben will, muss dafür arbeiten. Und Arbeit war damals etwas, was der Teufel auf dem Schwanz kleben hatte. In der Camargue haben wir geholfen, Rinder zu brennen.«

Callac sah Pierres Gemälde noch einmal an. Der graue, nebelige Tag schien nicht bis in seine Galerie zu dringen. Hier war ein Sommertag, wie er ihn einmal – war's vor einem Jahrhundert, Marius? – mit Cosima erlebt hatte.

»Sie sollten mit Ev einmal in die Provence und die Camargue fahren, Pierre«, sagte Callac langsam. »Man kann so etwas nicht malen in einem schrägen Dachzimmer mit dem Blick auf einen hohen hässlichen Kamin und in das Zimmer einer kleinen Straßenhure. Seien Sie nicht verschämt ... Ev hat mir alles erzählt. Sie sollten wirklich hinfahren. Auch van Gogh saß in der prallen Sonne und malte ... man wird es ewig merken, bis unter die Haut!«

»Ich muss Geld verdienen, Monsieur.« Pierre hängte das Tuch wieder über sein Bild. Callac zuckte zusammen, als habe man ihn gekniffen. Plötzlich war der graue Tag im Raum. »Ich habe für Ev zu sorgen und keine überflüssige Zeit, wie van Gogh zu hungern.«

»Sie wollen Ev heiraten?«

»Nein.«

Callac musterte Pierre scharf durch seine dicken Brillengläser. Die klare Antwort verwirrte ihn etwas.

»Für ein Liebchen ist Ev zu schade, das sage ich Ihnen allen Ernstes, Pierre. Sie waren mir zwei Tage lang sympathisch ... das verfliegt jetzt wieder. Wenn Sie Ev nur als Körper lieben, dann –«

»Ich werde nie mehr eine Frau so lieben wie Ev, Monsieur. Ich habe nie eine so geliebt wie sie. Das ist es, was mich hindert, sie zu heiraten.«

»Ich habe nie so viel Dämlichkeit auf einmal gehört.« Callac wandte sich ab. »Kommen Sie ins Büro und machen Sie die Post. Wir reden noch darüber.«

Sie sprachen an diesem Tag nicht mehr über Ev.

Bei Callac stand die Tür nicht still, und es klingelte in der Kasse. Ein so trüber Tag schuf Zeit genug bei den potentiellen Käufern, sich in der Galerie Callac beim Betrachten der käuflichen Schätze mit dem miesen Wetter zu versöhnen. Ein Mitglied des Hauses Rothschild kreuzte auf, ein Graf de Langlière, eine Baronesse de Guylac, gegen Mittag der Bankier Rochetal, gegen zwölf Uhr glich die Galerie Callac einer Stehparty der großen Gesellschaft, und man einigte sich großzügig, wer nun was kaufen sollte, ohne sich Konkurrenz zu machen.

Callac entwickelte eine erstaunliche Vitalität. Er redete mit jedem Kunden und zugleich mit allen, lief ab und zu in sein Büro, kippte einen Cognac, sprühte seine Mundhöhle mit Eukalyptusöl aus, hauchte Pierre an, fragte: ›Riecht man etwas?‹ und wenn Pierre antwortete: ›Nein, Monsieur!‹, lief er wieder hinaus und redete weiter. Callac wurde ein Mensch … und das war ein Erlebnis, das Pierre faszinierte.

An diesem Vormittag nahm Callac 347 628 Francs ein. Eine Summe, die Pierre schwindelig machte, als er die Schecks zusammenzählte.

»Der hundertste Teil davon würde mich zu einem König machen«, sagte er später zu Callac. Und Callac antwortete erschöpft:

»Das ist Ihr Fehler Pierre: Sie rechnen immer mit dem Hundertstel. So kommen Sie nie weiter! Ich habe übrigens Ihr Bild für 1200 Francs verkauft. Nehmen Sie mein Scheckbuch, und schreiben Sie sich selbst den Scheck aus.« Und als er sah, welcher Glanz in Pierres Augen lag, fügte er grantig hinzu: »Nicht jeder, der Geld für Bilder ausgeben kann, ist auch ein Kunstkenner. Ich habe Ihr Machwerk der Baronesse Guylac aufschwätzen können und mich innerlich sehr dafür geschämt –«

Madames Küche glich einem Heerlager.

Ponpon, ›Das Gebetbuch‹, der ›Rote Henry‹, Fürst Globotkin und fünf andere Taxifahrer, alles Russen, warteten auf Pierre. Sie tranken Kaffee, fraßen – essen wäre eine sanfte Untertreibung – von einem Backblech noch heißen Apfelkuchen, das ganze Haus duftete nach frischem Kuchen, und Madame Coco thronte inmitten der Männer wie eine gewaltige, fette, altchinesische Statue, deren Kopf Linksextremisten rot angestrichen hatten.

»Was sagt Callac!«, rief Madame sofort, als sie Pierres ansichtig wurde. »Hat er für Ev die Rechnung bezahlt?«

»Wieso Callac?« Pierre nahm den Scheck aus dem Rock, leckte ihn ab und klebte ihn sich an die Stirn. Mit hoch erhobenem Haupt betrat er die Küche, der ›Rote Henry‹ beugte sich zu ihm herunter, las die Summe und wandte sich an ›Das Gebetbuch‹:

»François, segne ihn! Er ist in den Himmel gekommen. Callac hat von ihm ein Bild verkauft. Wir armen Normalhungerer können mit ihm nicht mehr verkehren.«

»Alles Tricks!«, schrie Madame Coco, riss den Scheck von Pierres Stirn und las ihn. »Was sagt er von Ev?«

»Ev?« Pierre setzte sich, Wladimir Andrejewitsch schob ihm

ein Stück Kuchen hin, Ponpon, der Schlangenmensch, schüttete ihm eine Tasse Kaffee ein. »Die Hospitalrechnung bezahle ich …«

»Du?« Es war ein massiver Aufschrei. Dann schälte sich Madames gewaltige Stimme heraus.

»Mit diesen lumpigen 1200 Francs? Das sind bei Professor Mauron zwei Tage!«

»Ich male für ihn.« Pierre blickte sich um und sah in ungläubige Gesichter. »Ich weiß … es lagen drei Zahlungen vor. Zwei anonyme, eine von euch, Wladi. Professor Mauron und ich haben uns geeinigt, dass alles zurückgeschickt wird. Freunde, ich kann für Ev etwas tun! Ich kann endlich mehr tun, als sie anstarren und malen. Und nächstes Jahr, im Sommer, fahre ich mit Ev in die Provence.«

»Ein Millionär!«, röhrte der ›Rote Henry‹. »Sag ich es nicht, er wird ein Millionär. Vergiss uns nicht in deinem Paradies, vom Glück Geküsster!«

Die folgenden fünf Tage waren Regentage, wenn man sie rein meteorologisch betrachtete. Paris war hässlich … auch ewige Schönheit braucht einen gewissen Glanz.

Es geschah nichts Außergewöhnliches, wenn man davon absieht, dass – außerhalb des öffentlichen Interesses – einige verborgene Dinge den Lebenskreis weniger beschäftigten.

Die Kriminalpolizei, II. Mordkommissariat, wusste jetzt durch ballistische Untersuchungen, dass der tödliche Schuss auf Jules Chabras aus einem Mauser-Repetiergewehr abgegeben worden war. Den schwarzen großen Citroën dagegen in Paris zu finden war aussichtslos. Auch der mögliche Täterkreis mit Motiv war mittlerweile so groß geworden, dass alle Alibinachforschungen Monate in Anspruch nehmen konnten. Es stellte sich jetzt heraus, dass Jules Chabras ein Leben geführt hatte, das ihm automatisch eine Armee von Feinden eingebracht hatte. Allein die Zahl der abgestoßenen Geliebten erreichte Regimentsstärke. Deren Verwandtenkreis wiederum war ebenfalls zur Täterschaft zu zählen, ganz zu schweigen von den Männern, denen Jules die Ehefrau, die Braut oder die Freundin weggenascht hatte.

Mama Myrna erlitt einen neuen Schock, als der leitende Kommissar darüber referierte, und fuhr zur Erholung nach Antibes.

Fernand Chabras, der Vater, nutzte seine Beziehungen zur Regierung aus, um diese Tatsachen nicht publik werden zu lassen.

Aber auch im 14. Arrondissement hatte Leutnant René Branne endlich einen Lichtblick. Einer der Lederjünglinge, der dauernden Verhöre überdrüssig, erwähnte nebenbei, dass bei der Zerschlagung des ›Club Jeunesse 2000‹ auch ein Geistlicher und ein Schlangenmensch mitgewirkt hatten. Der Geistliche habe immer gesagt: »Und Gott ließ Feuer über Sodom regnen!« – und dann habe er zugeschlagen.

Leutnant Branne verfasste einen neuen Zwischenbericht. Er bekam dafür einen gewaltigen Anpfiff, denn das Präsidium war der Ansicht, man wolle die Polizei verhöhnen.

Pierre malte.

Vormittags brachte er Callacs Büro in Ordnung, nachmittags besuchte er Ev im Hôpital Laennec, saß an ihrem Bett, fühlte die Schwere seiner Liebe, die auf seinem Herzen lag und den Atem hemmte, holte dann Bouillon ab, der unten in der Pförtnerloge wartete und jeden Tag ein Brot mit dem Pförtner teilte, und dann trotteten sie gemeinsam, nebeneinander, durch die nassglänzenden Straßen, drückten sich, wenn es regnete, an den Hauswänden entlang, kehrten ab und zu in einem billigen Bistro ein und tranken einen Pernod – Bouillon bekam eine lauwarme Bouillon, als wisse er, was er seinem Namen schuldig sei – ... es war ein glückliches rundes Leben. Am fünften Tag kam Ev auf dem Flur Pierre entgegen. Es war eine überwältigende Überraschung, sie breiteten die Arme aus und rannten sich entgegen, fielen sich um den Hals und küssten sich, und Schwester Amélie weinte verstohlen. Dann besuchten sie Bouillon in der Pförtnerloge. Der hässlichste Hund von Paris wurde zum verrücktesten Hund, überkugelte sich vor Freude, jaulte und schielte dabei gottserbärmlich.

Am Abend besuchte zum ersten Mal Madame Coco das Hôpital Laennec. Sie kam nicht allein. Ponpon, der ›Rote Henry‹, ›Das Gebetbuch‹ und Fürst Globotkin begleiteten sie. Madame hatte sich festlich gekleidet: Ein Zirkus hätte ihretwegen eine Sondervorstellung gegeben. Der Pelzmantel, den sie trug, war bestimmt wertvoll, aber sie sah darin aus wie eine haarige Kugellawine.

Ein Krankenhaus ist vieles gewöhnt, aber dieser Aufmarsch beeindruckte selbst die hart gesottensten Mediziner. Nur die Schwestern erstarrten in Ehrfurcht, als ›Das Gebetbuch‹ salbungsvoll zu ihnen sagte: »Und ER stieg von dem Berg und tröstete die Gebrechlichen und erquickte die Dürstenden …«

»Ich acht Tagen werde ich entlassen«, sagte Ev, als sie alle um sie herum in ihrem Krankenzimmer saßen. »Dann werden Pierre und ich nach Deutschland fahren. Zu meinen Eltern. Pierre weiß es noch nicht. Es ist mein Weihnachtsgeschenk …«

An diesem Abend kam es auch zu einer Begegnung zwischen Madame Coco und Professor Mauron. Genauer gesagt, Madame walzte die Vorzimmerdame nieder, riss die Tür zum Chefbüro auf und ertappte Mauron dabei, wie er sinnend auf einem der alten Lederstühle saß und ein Bild betrachtete, das er in Augenhöhe vor die Bücher der Regalwand gestellt hatte. Pierre hatte es ihm am Nachmittag gebracht, eines der Bilder, das er nur für Ev und sich gemalt hatte. Ein simples Bild: eine Wiese mit einem weiten Himmel, und in dieser unendlichen Natur Ev, wie aus den Blüten wachsend.

»Ist er begabt?«, sagte Madame und stellte sich hinter Professor Mauron. »Oder kaufen Sie auch nur Bilder, die ein besoffener Affe hätte malen können?«

»Sie sind Madame Lebrun?«, sagte Mauron und blickte weiter auf das Gemälde. »Monsieur de Sangries hat viel von Ihnen erzählt. Warum erkennt keiner das Talent des Mannes?«

»Warum? Fragen Sie mich? Wie viele Maler gibt es in Paris, na? Sie haben es einfacher. Sie fuhrwerken mit einer Kurette herum und schicken dann die Rechnung. Sind Sie nur Frauenarzt?«

»Ja, Madame.«

»Trotzdem! Pierre gefällt mir nicht. Er isst und wird immer dürrer. Manchmal hat er gelbe welke Haut wie eine vergreiste Hure. Drücke ich mich klar aus?«

»Ungemein plastisch, Madame.« Professor Mauron drehte sich zu Madame Coco herum. »Sie sollten ihn zu einem Internisten schicken.«

»Er geht zu keinem Arzt.«

»Und wenn der Arzt zu ihm kommt?«

»Man müsste ihn narkotisieren, um ihn zu untersuchen.«

»Haben Sie schon mit Mademoiselle Bader darüber gesprochen?«

»Noch nicht.«

»Sie scheint seine ganze Welt zu sein. Versuchen Sie es über diesen Umweg, Madame …«

Madame Coco blieb eine halbe Stunde bei Professor Mauron. Als sie ging, begleitete er sie zum Erstaunen der Vorzimmerdame bis zur Treppe und küsste ihr sogar die Hand. Vor der Klinik warteten die anderen mit zwei Taxis.

»Na, was ist?«, fragte Wladimir Andrejewitsch. »Stimmt das mit den Bildern?«

Madame gab keine Antwort. Sie riss die Tür von Fürst Globotkins Wagen auf, setzte sich mit großer Würde und winkte Wladi zu.

»Taxi!«, rief sie energisch. »Rue Princesse! Und mogeln Sie nicht! Auf dem kürzesten Weg! Ich kenne Paris!« Sie lehnte sich zurück und blickte triumphierend um sich. »Ha! Es ist ein Genuss, einmal wieder als Dame behandelt worden zu sein!«

Eva Bader wurde eine Woche vor Weihnachten entlassen. Es war, als hole man einen Star ab oder die Frau eines Staatschefs. Globotkins Taxi war mit Blumen geschmückt, der ›Rote Henry‹ hatte eine Ode gedichtet, die er laut im Flur der Station P II vortrug und die so begann: »Befreit vom Fötus sind Uterus und Eva ...« Doktor Andrès verhinderte den weiteren Vortrag, indem er den Dichter zu einem Cognac ins Arztzimmer einlud. ›Das Gebetbuch‹ sprach im Namen aller Heiligen den Schwestern seinen Dank aus, und Ponpon hüpfte durch den Gang wie ein Gummiball, den Kopf um die Schultern nach hinten durch die Beine gebogen. Es war ein Auszug, der viel Diskussionsstoff hergab, zumal auch Bouillon, zum ersten Mal, renitent wurde, nicht in der Pförtnerloge blieb trotz Leberwurstbrot, oben auf der Station erschien und sofort Doktor Andrès wieder angriff.

»Er muss eine besondere Ausdünstung haben«, sagte der ›Rote Henry‹ zur Entschuldigung. »Er ist sonst der anschmiegsam-erotischste Hund von Paris.«

Pierre hatte in diesen Tagen gemalt wie nie in seinem Leben. Eine Art Rausch hatte ihn erfasst, so profan und billig das klingt. Aber es gibt kein anderes Wort dafür, wenn man Tag und Nacht vergisst und nur mit seinen Farben und Empfindungen lebt.

Was er malte, lieferte er bei Professor Mauron ab, bis dieser am neunten Tage sagte: »Die Rechnung ist bezahlt, Monsieur de Sangries. Aber legen Sie um Gottes willen jetzt nicht den Pinsel wieder hin. Was Sie malen, ist Ihre Befreiung.«

Dann waren sie wieder in der Rue Princesse, oben in dem ›Zimmer in Gottes Hand‹, in dieser kleinen, dumpfen Welt mit den Tapeten aus Zeitungen und dem Blick über die Dächer von Saint-Germain-des-Prés, auf den hässlichen langen Schornstein des Nachbarhauses und in das nie zugezogene Fenster der kleinen Straßenhure Marie Lelong, genannt Pussy, die ihr strapaziertes Bett genau gegenüber dem Fenster stehen hatte, von wegen der besseren Luft.

Der ›Rote Henry‹ hatte Winterastern auf Evs Bett gelegt, und Madame Coco hatte einen Schokoladenkuchen gebacken und dazu Langouste au porto gemacht, das sind Langusten in Scheiben mit Champignons und Portweinsauce. Eine merkwürdige, aber ungemein sättigende Zusammenstellung.

Es war sehr spät, als sich Ev auszog, und sie tat es ohne Zögern und ohne Scham. Es war wie selbstverständlich. Pierre saß an der Staffelei, und er sah sie stumm an, als sie nackt im Zimmer herumlief, irgendwie schemenhaft und unwirklich in der trüben Beleuchtung der einen Tischlampe. Ein zarter, weißer Körper, der sich lautlos durch den Raum bewegte.

»Komm, Pierre –«, sagte sie, als sie im Bett lag. »Komm …«

Er rührte sich nicht, starrte sie weiter an und atmete kaum.

»Wir wollten das doch nicht«, sagte er endlich. »Das nicht …«

»Ich liebe dich, Pierre«, antwortete sie. »Was sind dagegen dumme Vorsätze?«

»Professor Mauron hat mir ans Herz gelegt, dich zu schonen …«

»Du wirst mich schon nicht zerreißen, Pierre …«

Er antwortete nicht. Er empfand es als deprimierend, darüber zu sprechen, anstatt es zu tun. Aber er blieb sitzen, bis Ev, müde von der Rückkehrfeier, eingeschlafen war. Erst dann schlich er zu seinem Bett, legte sich angezogen auf die Decke und presste die Fäuste gegen den offenen Mund. Dabei weinte er lautlos und wünschte sich, wieder das Kind zu sein, das seine schöne Mama tröstend an ihren warmen Schoß zog.

Drei Tage später fuhren sie nach Deutschland. Wladimir Andrejewitsch brachte sie zum Gare du Nord und reichte sieben große Tüten mit Esswaren, Gebäck und Schokolade durch das Zugfenster. Madame Coco hatte darauf bestanden, alles mitzunehmen, um – wie sie sagte – Monsieur und Madame Bader in Köln zu beweisen, wie mütterlich sie für Ev sorgen würde. Dann hatte das rote Monstrum geweint, ein Anblick, den man ebenso wenig vergisst wie die Wasserfälle des Niagara.

Genau an diesem Tag erinnerte sich Myrna Chabras im fernen Antibes an ihr ehemaliges Au-pair-Mädchen Eva Bader. War Jules nicht mit einem deutschen Gewehr erschossen worden? War nicht die Rede gewesen, dass dieses deutsche Flittchen schwanger gewesen war und den armen Jules der Vaterschaft bezichtigte? War sie nicht plötzlich verschwunden und irgendwo in Saint-Germain-des-Prés bei obskuren Leuten untergetaucht? War ihr nicht zuzutrauen, mit einem Gewehr Rache zu nehmen? Passte es nicht zum hinterhältigen deutschen Charakter?

Eine gute Polizei – und Paris hat eine gute Polizei – gibt so schnell nicht auf. Und während Ev und Pierre ahnungslos mit dem Zug nach Köln fuhren und vor Namur das erste Paket mit Madames Kuchen schon fast aufgegessen hatten, rasselten die Fernschreiber in Paris und Köln in den Polizeipräsidien.

Es wird um Amtshilfe gebeten. Dringend des Mordes an dem französischen Staatsbürger Jules Chabras verdächtig sind Eva Bader und ihr Geliebter Pierre de Sangries. Heimatadresse von Eva Bader: Köln-Klettenberg, Eberhardtweg 19.

Die Mühlen der Behörden hatten zu mahlen begonnen. Aber sie hatten kein leichtes Korn zwischen den Steinen: Im Präsidium von Paris breitete sich Verwirrung aus.

Madame Cosima Lebrun stand in den Räumen der Mordkommission II und belegte biedere Beamte mit so malerischen Namen wie Hirnpisser und Furzfänger. Auch als Professor Mauron, als Alibi benannt, im Präsidium erschien, tobte sie weiter.

Es gibt Situationen, wo man keine Dame mehr zu sein braucht.

Es war eigentlich wie immer, als Ev und Pierre vor dem Haus Eberhardtweg 19 standen und das Taxi bezahlten, das heißt, für Pierre war es eine neue Welt, die er mit den Augen des Malers betrachtete und ziemlich langweilig fand. Aber für Eva Bader hatte sich nichts geändert: Obgleich sie ihre Ankunft in Köln telegrafisch mitgeteilt hatte, hatte keiner sie am Bahnhof abgeholt. Sie hatte es auch nicht erwartet, sie kannte den Lebensrhythmus der Familie Bader: Der Vater von morgens bis spät abends im Möbelgeschäft, die Mutter nur darum bemüht, den ganzen Tag dafür zu verwenden, diesen späten Abend dann gemütlich werden zu lassen, nach gut deutscher Art mit Bier, einem gewaltigen, kräftigen Abendessen, Fernsehen, Zeitungslektüre, politischen Meckereien (alles zusammen natürlich), Anekdoten aus dem Möbelgeschäft und dem Bericht über eine gute (oder miese) Tageskasse.

Eine ganz eigene Welt, in sich geschlossen, sich fast computergenau täglich wiederholend. Man hatte sich daran gewöhnt, hatte sich in sie eingelebt, und es war für Else Bader undenkbar, jemals aus dieser Festung bürgerlicher Geborgenheit auszubrechen. Sie wurde nur gestört, wenn Hubert Bader seine Vorauszahlungen an das Finanzamt leistete ... dann wehte der raue Wind einer lautstarken Aufsässigkeit, aber es war ein Sturm, der innerhalb der vier Wände sich schnell wieder totlief. »Wofür arbeitet man denn?!«, hieß es, auch hier in schöner Regelmäßigkeit. »Fleiß wird ja bestraft! Da rackert man sich ab, und was bleibt unterm Strich übrig? Haben wir deshalb im Krieg –«

Von diesem Wort an war Hubert Bader ein großer Monologist. Else konnte dann lesen oder stricken, ein Fernsehspiel ansehen oder Patience legen: Hubert Bader erzählte von Russland und der Rollbahn, vom vorgeschobenen Hauptverbandsplatz und seinem Hauptmann Klassberg, dem ein Granatsplitter die Hose aufgerissen hatte und der mit blankem Hintern vorauslief und immer geschrien hatte: »Mir nach! Mir nach!« Am Stammtisch war das eine beliebte Story, über die man brüllte ... Else Bader lächelte nur mild. Wenn man so etwas über dreißig Jahre lang hört ...

Auch heute war es nicht anders, Hubert Bader war im Möbelgeschäft und verkaufte Kunden, die ein Beistelltischchen im Sinn hatten, ein ganzes Schlafzimmer, rustikal in gekalkter Eiche, und Else Bader wartete oben in der Wohnung auf ihren Mann und ihre Tochter, hatte einen rheinischen Sauerbraten mit Klößen gekocht, selbst gemachtes Apfelmus und vorweg eine Bouillon mit Ei, und weil es ein ganz besonderer Tag war, hatte sie sogar ein ›Pittermännchen‹ gekauft, das ist ein kleines Fass Kölsch, obergäriges Bier, wie man es im Rheinland so gern trinkt.

Die Idee war von Hubert Bader gekommen. Auf den Einwand Elses, ein Franzose trinke sicherlich lieber einen leichten Rotwein oder einen herben Rosé zum Essen, hatte Hubert gesagt: »Was heißt das? Er ist bei mir zu Besuch. In Deutschland. Wenn ich nach Frankreich komme, trinke ich auch kein Kölsch, sondern

Rotwein. Man sollte die Spezialitäten jeder Nation berücksichtigen. Auch diesem Pierre, oder wie er heißt, wird unser Kölsch schmecken. Soll ich wegen ihm extra Austern und einen Lafitte Rothschild kaufen?« Es war verblüffend, auch für Else, dass Hubert Bader einen Lafitte Rothschild kannte. Aber in Illustrierten steht ja oft davon zu lesen.

»Hier«, sagte Ev, als die Taxe wieder abgefahren war und sie allein auf der Straße standen. Wie damals in der Rue Princesse ihr Pierre seine Heimat gezeigt hatte, machte jetzt sie eine weite Armbewegung. »Hier bin ich geboren.«

»Schön«, sagte Pierre. Er blickte an dem Haus aus den neunziger Jahren empor. Balkons mit verschnörkelten Stützen. Eine Fassade mit hohen Fenstern und Zierstürzen. Ein Dachfries mit Edelstuck ... Fabelwesen weiblichen Geschlechts starrten aus hohlen Augen auf die Straße herunter. Sie sahen traurig aus, denn auf ihren Schultern ruhte das behäbige Dach.

»Es wurde 1943 ausgebombt«, sagte Ev, weil Pierre außer ›Schön‹ nichts mehr von sich gab. »Papa hat es aufbauen lassen, wie es früher war. Er liebt die Tradition.« Und als Pierre noch immer schwieg, sagte sie, ahnend, wo der Grund seiner Einsilbigkeit lag: »Wie ihr Franzosen! Ihr seid auch stolz auf eure glorreichen vergangenen Jahrhunderte.«

»Gehen wir hinein.« Pierre blickte auf die schwere, geschnitzte Eingangstür. »Habt ihr auch eine Concierge wie Madame Coco?«

»Bei uns gibt es so etwas nicht.«

»Schade.« Pierre hakte sich bei Ev unter. »Da fehlt den Deutschen ein wichtiges Stück Menschlichkeit.«

Zwei Minuten später war alles anders.

Else Bader drückte ihre Tochter an sich und begann zu weinen, was Müttern aller Rassen eigen ist, sagte immer wieder: »Gut siehst du aus, Eva, gut siehst du aus!«, obgleich Ev noch die Krankenhausblässe im Gesicht trug, und dann gab sie Pierre de Sangries die Hand, der sie formvollendet an die Lippen zog und sagte:

»Es ist mir eine Ehre, Madame.«

Else Bader verstand nur Madame, aber wie Pierre dieses Madame aussprach, war es bereits ein Gipfel in Deutschlands seltener Galanterie. Ev dolmetschte.

»Er freut sich, Mama.«

»Kann er nur französisch?«

»Leider. Ein paar Worte Deutsch habe ich ihm schon beigebracht ... in einem Jahr wird es besser gehn.«

»In einem Jahr? Ihr wollt heiraten?«

»Darüber werden wir zusammen mit Papa sprechen. Wir haben ja so viel Zeit dazu.«

Wie üblich wurde Pierre zunächst die Wohnung gezeigt. Das Wohnzimmer, Huberts Arbeitszimmer, das Speisezimmer, die Küche, Evs Zimmer, das Fremdenzimmer, sogar die beiden Toiletten. Das Elternschlafzimmer sparte man aus ... dieser Intimbereich gehörte Hubert und Else ganz allein. Eine runde, schöne, bürgerliche Welt mit schweren Möbeln, dicken Sesseln, Gittertüll-Gardinen, Wolkenstores, Übergardinen, Paradekissen auf den Betten, Orientteppichen. Wozu hatte man ein Möbelhaus? Man war nicht reich, aber wohlhabend, dafür hatte man sein ganzes Leben lang geschuftet. Nun konnte man es zeigen und sich darin wohlfühlen. Sichtbare Repräsentanz, dass das Leben bei aller Unsinnigkeit am Ende doch einen Sinn gehabt hatte.

Eine halbe Stunde später rief Hubert Bader aus dem Geschäft an, auch das war normal. »Ich komme heute eine Stunde später. Wichtige Kunden. Ein kleines Hotel will sich neu einrichten. Tut mir Leid, Else. Ist das Kind schon angekommen? Gib es mir mal.«

Das Kind kam ans Telefon. Ev lächelte still. Zu Hause, dachte sie. Vater kommt wieder später, und Mutter weiß nicht, was sie jetzt mit den Klößen machen soll. Man kann Klöße nicht warm halten. Sie müssen frisch aus dem kochenden Salzwasser kommen.

»Das ist schön, dass ihr da seid«, sagte Hubert Bader am Telefon. »Hast du deinem Franzosen schon meine Orden in der Vitrine gezeigt?«

»Nein, Papa.« Ev lehnte sich gegen die Wand. Es war alles wieder so, als sei sie nie weg gewesen, als sei die Welt für sie nicht völlig anders geworden, nüchterner, realer, aber auch irgendwie lichter, wie von innen durchstrahlt. »Aber ich glaube, er hat sie gesehen. Er sitzt jetzt genau gegenüber im Sofa.«

»Meine Fotoalben aus dem Krieg liegen in der linken oberen Schublade. Du kannst sie ihm schon zeigen.«

»Ob ihn das interessiert, Papa?«

»Warum nicht?« Hubert Baders Stimme klang erstaunt. »Gerade als Franzose! Als ich damals mit dem Gesangverein in Paris war, da haben wir auch den Arc de Triomphe besichtigt. Lauter Fahnen, Orden, Gemälde, Bilder, Uniformen. Warst du übrigens mal im Arc de Triomphe, Kind?«

»Ja, Papa. Einmal.« Sie schloss die Augen. Der Fahrstuhl ... so schnell er nach oben schwebt, es ist unendlich, wenn man sterben will. Die Plattform, windumweht, der Blick über die großen Boulevards und die von der Place sternförmig abgehenden breiten Avenues. Unter sich die Tiefe, die das Ende aller Qual bedeutet. Und dann eine Hand, die einen zurückreißt von der Brüstung, kurz bevor man sich dazu durchgerungen hat, hinunterzuspringen.

»Wann kommst du, Papa?«, fragte sie und atmete tief durch.

»So gegen neun. Fangt schon mit dem Essen an.«

»Es gibt Klöße und Sauerbraten, Papa. Du weißt, die Klöße –«

»Ein Hotel will sich einrichten«, sagte Hubert Bader ernst. »Da werden doch wohl noch ein paar Klöße dranhängen ...«

Zu Hause. Es ist ein eigentümliches, seliges, kindhaft glückliches und doch zutiefst kritisches Gefühl, wenn man aus einer sich ständig verändernden, immer neu zu erobernden Welt in die seidentapetige, von behäbiger Gemütlichkeit durchwachsene Bürgerlichkeit zurückkommt. Irgendwie ist es sogar schön.

Gegen neun kam Hubert Bader aus dem Geschäft. Er fuhr seinen Wagen in die Garage neben dem Haus, klemmte eine große Tüte aus dem Supermarkt unter den Arm und rekapitulierte noch einmal die Sätze, die er sich auf Französisch zusammengestellt hatte, um Pierre de Sangries heimatlich zu begrüßen. In der Tüte waren Gänseleberpastete, Froschschenkel, zwei Flaschen Rosé de Provence, einige französische Käsesorten und ein Toastbrot, eben das, von dem man glaubt, dass es Franzosen täglich und gern essen. Es war eine rührende Geste von Hubert Bader. So national ist man ja gar nicht ...

Pierre saß mit Ev im Wohnzimmer auf der Couch und sprang sofort auf – ein gut erzogener, höflicher junger Mann, stellte Hubert Bader sofort fest –, als Bader eintrat. Else war in der Küche und legte jetzt die Klöße ins Wasser, nachdem sie die Zeit damit überbrückt hatte, über ihre dolmetschende Tochter Pierre zu erklären, wie sehr sie Bilder liebe, und dass auch Hubert Bader in seinem Möbelgeschäft Gemälde verkaufe, allerdings von ›Düsseldorfer Meistern‹. Besonders gefragt seien Alpenlandschaften, Seestücke, romantische Waldbilder, vielleicht mit einem Hirsch drauf, und vor allem Köpfe von trinkenden Mönchen oder pfeiferauchenden Bergbauern. Das Geschäft mit Schlafzimmerbildern – Marien und Engel – sei rückläufig. »Der moderne Trend«, sagte Else Bader und lächelte weise. »Aber für die ganz moderne Kleckserei hat mein Mann gar nichts übrig. Das malt ein Hund mit wedelndem Schwanz und einem Pinsel dran auch, sagt er immer …«

Und Ev übersetzte: »Mama meint, wir gehen morgen auf den Weihnachtsmarkt in die Stadt …«

Pierre lächelte höflich. Ihm fiel nur auf, dass so lange deutsche Sätze in der französischen Übersetzung so kurz sein konnten.

»Willkommen!«, rief Hubert Bader an der Wohnzimmertür und streckte Pierre die Hand entgegen. Er sagte tatsächlich: »Bienvenu, Monsieur de Sangries!«, fand den jungen Mann in dem braunen Cordanzug – obwohl er viele blanke Stellen zeigte – auf Anhieb sympathisch und schüttelte nach bester deutscher Art die Hand Pierres, dass er es bis ins Schultergelenk hinein spürte. Und dann: »Comment allez-vous? Asseyez-vous, monsieur.«

Dann saß Pierre wieder, und Hubert Baders französischer Vorrat war ziemlich erschöpft. Doch der gute Wille war bewiesen. Die völkerverbindende Toleranz. Man sah sich an, lächelte verlegen und wartete auf ein erlösendes Stichwort, das die Luftleere wieder auffüllte.

»Gut siehst du aus, Kind«, sagte Hubert Bader endlich. »Es geht dir gut?«

»Es geht uns dreckig, Papa.«

»Uns?« Bader blickte kurz auf Pierre de Sangries. Väter von Töchtern hören Worte wie ›uns‹ in Zusammenhang mit einem anderen Mann nicht gern.

»Wir wohnen zusammen, Paps.«

»Aha!« Hubert Bader merkte selbst, dass das eine dumme Bemerkung war, aber die plötzliche Erkenntnis, dass das ›Kind‹ bei einem fremden Mann lebt, muss irgendwie verdaut werden, und dazu noch schnell. »Ihr … ihr wollt heiraten?«

»Vielleicht.«

»Wenn ihr zusammen lebt –«

»Wir wohnen zusammen, Paps.«

»Das ist doch dasselbe.«

»Nicht immer, Paps.«

Hubert Bader warf Pierre einen dankbaren Blick zu. Ein anständiger, junger Mann, dachte er. Auch wenn so etwas unwahrscheinlich klingt, es muss stimmen. Ev lügt nicht. Woran man immer sofort denkt! Wie sagte doch Peter Krummeis vom Stammtisch: »Je älter man wird, umso schamloser wird man,«

»Warum hast du nie geschrieben, dass du Geld brauchst?«, fragte Bader. »Ich weiß, ich weiß: Du willst selbstständig sein. Bist du nicht mehr bei dem Fabrikanten, wie hieß er doch noch?«

»Chabras ...«

»Richtig.«

»Nein, da bin ich nicht mehr, Paps. Ich bin jetzt Sekretärin bei Monsieur Callac, einem Kunsthändler.«

»Kunst? Eine brotlose Arbeit.« Er beugte sich zu Pierre vor. »Sie sind Maler, hat mir Ev geschrieben? Peintre?«

»Oui, monsieur.« Pierre nickte. »Ich habe nichts anderes gelernt.«

Und Ev übersetzte: »Ja. Es ist ein schöner Beruf, aber es ist schwer, bekannt zu werden. Paris wimmelt von Malern.« Und schnell setzte sie hinzu: »Aber das ist kein Grund, Paris mit einer anderen Stadt zu vertauschen.«

Hubert Bader nickte. Wie vorher Pierre wunderte nun er sich, dass ein so kleiner französischer Satz im Deutschen so lang sein kann. Ja, ja, das Französisch, es ist eben eine elegante Sprache!

Das Abendessen war eine Wucht, würde man in Deutschland sagen. Ein duftender Sauerbraten, auf rheinische Art, mit einer Soße, in der Rosinen schwammen. Klöße, so dick wie Kindsköpfe. Dazu Rosenkohl, nicht zu weich, sondern knusprig. Else Bader konnte vorzüglich kochen, wenn Hubert so richtig rundum satt war, bestätigte er es und streckte dann die Beine weit von sich. Das war für Else immer ein kleines Stück Glück und Seligkeit.

Das ›Pittermännchen‹ wurde angestochen, schön kühl aus dem Kühlschrank, und wenn es auch nicht Pierres Geschmack war, er trank das kölsche Bier, stieß mit Hubert Bader an und sagte höflich: »Excellent!« Damit gewann er die Hälfte von Huberts patriotischem Herz.

Später saß man in offener Runde, Hubert rauchte eine Zigarre, Pierre und Ev Zigaretten und Else knabberte Plätzchen mit Schokoladenguss. Es war eine etwas mühsame Unterhaltung, aber Hubert Bader verließ sich darauf, dass seine Tochter exakt dolmetschte.

Wenn er sagte: »Ein Problem der EG sind die französischen Bauern«, übersetzte Ev: »Vater meint, man sollte in der EG auch etwas für die Künstler tun.« Oder Bader erinnerte sich: »Als wir in Frankreich lagen, die 22. ID, da haben wir einmal in der Gegend von Châlon-sur-Marne einen Weinkeller entdeckt. Ich sage Ihnen, Pierre, die 4. Kompanie war drei Tage lang so besoffen, dass Ihre Poilus uns glatt hätten überrennen können, wenn sie das gewusst hätten.« Ev übersetzte: »Mein Vater hat kürzlich eine Fahrt nach Châlon-sur-Marne gemacht und die Soldatengräber besichtigt. Er war sehr beeindruckt.«

Man verstand sich jedenfalls bestens, bekam einen freundschaftlichen Kontakt und fand sich gegenseitig sehr nett. Als Pierre sich dann verabschiedete und sein Bett im Fremdenzimmer belegte, wurden die Gespräche mehr familiär. Hubert Bader zapfte noch ein Glas Kölsch und putzte sich laut die Nase. Wie früher, dachte Ev, wenn die Schulzeugnisse nicht besonders gut waren und durchgesprochen wurden.

»Wenn ich richtig verstanden habe«, sagte Hubert Bader, »ist dieser Pierre de Sangries zwar ein Adeliger, aber arm. Er ist Maler, aber kaum einer kennt ihn und kauft etwas von ihm.«

»Es kann nicht jeder ein Picasso oder Dali sein, Paps«, antwortete Ev.

»Aber ein Peter Pollatz. Von dem verkaufe ich jedes Jahr mindestens vierzig Alpenlandschaften. Ich! Und er beliefert meines Wissens noch zehn andere Verkäufer. Er hat in Düsseldorf am Rhein eine Villa.«

»Pierre ist Künstler, Paps.«

»Ist es keine Kunst, eine Almwiese so zu malen, dass man das Gras riecht? Was malt er denn, dein Pierre? Gut, ich will nicht ewig meckern, wie du es nennst – aber wenn er eine Familie ernähren will, muss er etwas dafür tun. Was malt er denn nun wirklich? Links oben ein Auge, rechts unten einen Fuß, in der Mitte neun Winkel und dann noch ein paar Kreise?«

»Das wäre Picasso und kostete 3 Millionen.«

»Ich sage ja, dass die Welt verrückt ist. Vor dem Krieg, im Haus der Deutschen Kunst –«

»Paps, wir leben nicht mehr vor dem Krieg.«

»Aber essen und trinken müsst ihr wie vor dem Krieg. Nur von der Liebe allein wird keiner satt! Überhaupt – ehem – Liebe. Wie soll das mit euch werden? Er ist ein netter Mann, zugegeben, und dass es gerade ein Franzose sein muss, ist deine Sache, obgleich es Millionen deutscher Männer gibt. Aber du bist großjährig ...«

»Eben, Paps. Ich liebe Pierre.«

Else Bader begann mütterlich sanft zu weinen. Das Glück ihrer Tochter rührte sie an. Vielleicht waren es auch Erinnerungen. Vor einunddreißig Jahren, wie sah da die Liebe aus? Da lernte sie Hubert Bader kennen, als er vor einem Luftangriff in den Keller flüchtete, in dem auch die Familie Kleinkamp sich verkrochen hatte. Ein Urlauber mit dem EK II, ziemlich fesch und selbstsicher. Vom ersten Blick an hatte sich Else Kleinkamp in ihn verliebt. Und sie heirateten, als Köln nur noch ein Ruinenhaufen war, in einem Standesamtszimmer, wo auf dem Tisch neben einem Primeltopf ein Stahlhelm, eine Gasmaske und eine Taschenlampe lagen. Sie hatten Glück ... während der Trauung gab es keinen Fliegeralarm. So war das damals mit ihnen, aber die Liebe hatte das alles verklärt.

»Ich werde euch monatlich einen Scheck schicken«, sagte Bader und trank sein Bier. »Bis ihr auf eigenen Beinen stehen könnt.«

»Darauf stehen wir bereits, Paps. Wir schaffen es ganz allein.«

»Ich kann doch meiner einzigen Tochter Geld schicken.«

»Pierre ist zu stolz, sich von dir ernähren zu lassen. Ich kenne ihn.«

»Zu stolz! Sein Magen rappelt wie eine Kirmesorgel, aber er ist zu stolz! Ich wiederhole: Er ist ein netter Kerl. Aber gibt es keinen anderen?«

»Nein. Für mich nicht.« Ev sah ihre Eltern an. Ihre Mutter verstand sie, für sie hatte es auch nur Hubert gegeben. Andere Männer standen jenseits ihrer Welt. Was Hubert Bader dachte, konnte man nicht sehen, er zapfte am ›Pittermännchen‹.

»Man muss sich daran gewöhnen, dass die Jugend krumme Wege geht«, sagte er endlich. »Vielleicht liegt es daran, dass wir ihnen zu gerade Straßen gebaut haben ...«

Manchmal hatte auch Hubert Bader eine Stunde, in der er den Charme eines Bonmots entwickelte.

»Gehen wir schlafen«, sagte er und leerte sein Bierglas. »Morgen muss ich nach Frechen zu einer Fabrik. Büroeinrichtung. Wir reden noch darüber, Kind –«

Aber es gab in den nächsten zwei Tagen nichts mehr darüber

zu reden. Um ein Uhr nachts klingelte es Sturm bei den Baders. Zwei Zivilisten und zwei Polizeibeamte in Uniform standen unten und sagten, als Hubert verschlafen aus dem Fenster blickte:

»Machen Sie bitte auf! Ist Pierre de Sangries bei Ihnen?«

Und oben in der Diele sagten sie, als sie Pierres in einem neuen blauen Schlafanzug ansichtig wurden, ziemlich zackig: »Sie sind Pierre de Sangries? Im Vollzug eines Amtshilfeersuchens der französischen Polizei müssen wir Sie festnehmen. Sie werden des Mordes verdächtigt –«

Eine Viertelstunde später fuhren Pierre und Ev in einem Polizeiauto zum Polizeipräsidium von Köln. Hubert Bader stand unten in der Tür seines Hauses, hatte den Arm um seine weinende Frau Else gelegt und sagte sarkastisch:

»So einen Schwiegersohn habe ich mir immer gewünscht! Das Kind muss verrückt sein.«

In Paris hatte sich an diesem Abend die Lage insoweit geklärt, dass man Madame Cosima Lebrun und Professor Mauron nach Protokollierung ihrer Aussagen wieder entließ und Madame androhte, bei weiteren ordinären Beschimpfungen der Pariser Polizei Anklage zu erheben. Ausdrücke wie Sackläuse seien Beamtenbeleidigung.

»Es ist unerhört!«, schrie draußen auf dem Flur Madame Coco weiter, obgleich Professor Mauron sie zu beruhigen versuchte. Ihr Trompetenorgan schallte durch das weite, abendstille Haus. »Pierre und ein Mörder?! Mein petit Pierre?! Professor, ist es medizinisch möglich, dass man Jauche im Kopf hat statt Hirn?«

»Kaum, Madame.« Mauron fasste Madame Coco unter und zog den Koloss zum Ausgang. Dort starrte der Nachtpförtner, ein Polizist vom Dienst, erschrocken auf das rote Ungeheuer, das mit den Armen fuchtelnd an ihm vorbei walzte. »Sie werden sehen, der Verdacht gegen Pierre fällt haltlos zusammen.«

»Schon der Verdacht allein ist Hundedreck. Ha, was haben wir für eine Polizei! Das muss in die Zeitung, Professor, das muss von Millionen gelesen werden! Nur weil man einen Chabras umgebracht hat, muss mein armer Pierre leiden! Die Macht der Großindustrie, die uns alle erwürgt! Fahren wir zum ›Figaro‹, zum ›France soir‹, zum ›Combat‹ … ich lasse die Chabras' durch die Presse kastrieren!«

Madames Zorn verrauchte nur langsam, aber zu den Zeitungen kam sie nicht. Vor dem Präsidium lud sie Wladimir Andrejewitsch in sein Taxi und fuhr sie nach Hause. Professor Mauron stieg in seinen großen Citroën. Pierre de Sangries' Alibi war unerschütterlich: Als Jules Chabras erschossen wurde, hatte er bei Ev am Bett gesessen. Mauron hatte der Polizei vier Schwestern als Zeugen angetragen – man hatte auf sie verzichtet. Auch Bouillon, der hässlichste Hund von Paris, jetzt bei Madame in Pflege, wurde als Zeuge abgelehnt, obgleich sich der ›Rote Henry‹ erbot, zwischen der Polizei und Bouillon zu dolmetschen. Darauf erhielt der ›Rote Henry‹ den Befehl, sofort das Präsidium zu verlassen. Mit dem ›Gebetbuch‹ war das schwieriger … er erzählte den Beamten von Jesus, der die geistig Armen liebte.

Man soll nie sagen, Polizeibeamte hätten keinen schweren Dienst.

Trotzdem sollte man ein wenig Kritik üben: Per Funk hatte man in Köln sehr schnell Pierre verhaften lassen, aber seine Freilassung nach diesem großen Alibi hatte man nicht so eilig. Hier benachrichtigte man die Kölner Kollegen erst am nächsten Morgen, vielleicht nach dem übernationalen Obrigkeitsdenken, dass eine Nacht in einer Zelle keinem schaden kann, sondern eine staatsbürgerliche Lektion ist.

»Es tut uns Leid«, sagte der Kommissar vom Dienst in Köln, als der Funkspruch aus Paris eintraf. »Die Kollegen in Paris geben grünes Licht. Aber bei Mord … Sie verstehen … man kann nie vorsichtig genug sein. Na ja, nun ist ja alles gut. Fröhliche Weihnachten, Fräulein.«

Ev saß auf einer Bank im 1. Mordkommissariat und hatte dort die ganze Nacht ausgehalten, obgleich das gegen die Dienstvorschrift war. »Sie kriegen mich hier nicht wieder weg, bis sich Pierres Unschuld herausgestellt hat!«, hatte sie gesagt. Und sie hatte es so gesagt, dass keine Zweifel an ihrem starken Willen aufkamen. »Wenn Sie mich entfernen wollen, müssen Sie das schon mit Gewalt tun.«

Das aber wollte niemand. Und so blieb sie auf der Bank sitzen, die ganze Nacht, trank mit dem Nachtdienst starken Kaffee und bekam ein Brot mit Mortadella, las die ersten Exemplare der Morgenzeitungen, noch nach Druckerschwärze riechend, und hörte den Polizeifunk mit. Morde passierten in dieser Nacht keine … Köln war nicht New York oder London. Am Rhein lebt man zu gern, und wenn einer mordet, sind's meist Auswärtige, Zugereiste, Nichtkölner.

Gegen neun Uhr vormittags wurde Pierre entlassen. Er hatte nicht erwartet, dass Ev die ganze Nacht auf der Polizei verbracht hatte, sie fielen sich in die Arme, küssten sich, als sollten sie für ewig getrennt werden, und erst als der Kommissar vom Dienst sich räusperte und gemütlich sagte: »Pardon, aber ein Bett können wir nicht zur Verfügung stellen«, fuhren sie auseinander und schämten sich ein wenig.

Bei Baders war der Empfang trauriger. Hubert Bader war in Frechen bei dem Bürohaus, das neue Möbel bestellen wollte, und hatte hinterlassen, dass er bestürzt sei. Da man ein Geschäft wie diese Büromöbel nicht aus der Hand geben kann, hatte er ebenfalls hinterlassen, dass man über diesen Pierre am Abend eingehend miteinander sprechen wolle. Zwei Anrufe bei der Kriminalpolizei hatten keinen Erfolg gehabt. Dort gab man keine Auskunft.

»Typisch!«, hatte Hubert Bader gesagt. »Da ist man in einen Mordfall verwickelt und bekommt noch nicht mal gesagt, wer wen umgebracht hat. Es wird immer toller mit unserer Polizei! Früher –«

Zum ersten Mal seit einunddreißig Jahren hatte Else daraufhin ihren Mann stehen lassen und war in die Küche gegangen. Erstaunlicherweise kam Hubert Bader am Mittag nach Hause und aß nicht schnell eine Currywurst mit Pommes frites nebenan in einem Stehrestaurant, genau zehn Schritte von seinem Möbelgeschäft entfernt.

»Nanu!«, sagte er in einem Anflug moderner Ironie. »Da sitzt ja unser Mörder und trinkt Kaffee!« Und als Ev etwas erwidern wollte, winkte er energisch ab. »Ich glaube, hier ist vieles zu erklären. Ich habe mich notgedrungen an deine moderne Lebensauffassung gewöhnen müssen, Kind, aber einen mordverdächtigen Schwiegersohn schluckt man nicht so leicht. Also, was ist?«

Es dauerte bis zum Nachmittag, ehe Ev und Pierre, einmal deutsch, einmal französisch in deutscher Übersetzung, ihre getrennte und dann gemeinschaftliche Geschichte erzählt hatten. Die Stunde auf dem Arc de Triomphe sparten sie aus, ebenso die verdammte Party des Jules Chabras, auf der er vierzehn Freunde präsentierte, die alle mit Ev geschlafen haben wollten. Auch das Kind ließen sie weg und den Abortus … übrig blieb, dass Jules Chabras hinter Eva her gewesen war und dass sie gekündigt hatte, um seinen immer währenden Nachstellungen zu entgehen. Pierre hatte sie dann später in einem Straßencafé am Seine-Ufer kennen gelernt, ganz romantisch, pariserisch und sittsam.

Das ist keine Lüge, beruhigte sich Ev selbst und schielte zu Pierre hinüber. Warum sollen wir sie aufregen, warum aus ihrer heilen Welt aufschrecken? Es ist vorbei, und es wird nicht besser, wenn man darüber spricht.

Hubert Bader allerdings genügte es. Zum ersten Mal seit genau sechs Jahren – so erinnerte sich Else mühsam – verpasste er das Nachmittagsgeschäft im Möbelhaus und überließ es seinem 1. Verkäufer, Max Plaschke.

»Ich war immer gegen Paris«, sagte Hubert Bader nach dieser ›Beichte‹. »Nichts gegen Ihre Heimat, Pierre, es ist eine schöne Stadt, eine Wiege der Kultur, aber doch auch ein Sündenbabel. Kind, übersetz das mal: Können Sie nicht auch in Köln malen, Pierre? Die obere Wohnung hier im Haus ist frei.«

Und Ev übersetzte: »Papa dankt dir für alle Hilfe und wünscht dir viel Glück in Paris. Wie wir hält er die Polizei für reichlich dumm, dich zu verhaften.«

Pierre nickte. »Monsieur«, sagte er höflich, »ich habe wenig für Ev getan. Sie hat viel mehr für mich getan. Ich werde es nie danken können.«

»Pécore!«, antwortete Ev, was so viel heißt wie ›Rindvieh!‹

»Was meint er?«, fragte Hubert Bader gespannt.

»Pierre meint«, sagte Ev und bat innerlich ihre Eltern um Verzeihung, »dass seine Möglichkeiten in Paris größer sind.«

»Ihr müsst es wissen.« Hubert Bader blickte auf die Uhr. Es hatte keinen Sinn mehr, ins Geschäft zu fahren. »Trinken wir darauf einen Rotwein.«

Aber später, als er und seine Else allein waren im Schlafzimmer, sagte er: »Es wird verdammt schwer werden, mich an einen französischen Schwiegersohn zu gewöhnen. Was redet man mit ihm, wenn keiner vom anderen ein Wort versteht? Ein Maler, und ich habe immer gehofft, dass das Kind einen Mann bringt, der mein Geschäft übernehmen kann.«

Er seufzte, knipste das Licht aus, drehte sich auf die Seite und schlief ein.

Man kann auch in Paris schnell und gründlich die Öffentlichkeit mobilisieren. Es genügt dazu ein so starker, alles niederschmetternder Wille, wie ihn Madame Coco besaß. Die neue Freundschaft mit Professor Mauron, so absurd sie auch war, schien bei Madame einen Motor angeworfen zu haben.

Sie kündete Marius Callac ihren Besuch an.

Für Callac veränderte sich schlagartig die Welt. Er hatte Cosima, nachdem sie geheiratet hatte, nicht wieder gesehen. Auch als Witwe hatte er sie nicht wieder getroffen; ihr einziger Kontakt, sehr lose, war das Telefon geblieben. Unauslöschbar für Callac aber war die Erinnerung an das Mädchen Cosima, das mit ihm heimlich in die Camargue gefahren war und das an einem fast weißen Sonnentag neben ihm im Gras gelegen hatte, über ihnen der unendliche weite Himmel und vor ihnen die einsamen, schilfumsäumten Seen mit den Schwärmen rosafarbener Flamingos.

Sie kommt!

Callac tat das Gleiche, was Cosima an diesem Morgen tat: Er ging zum Frisör, ließ sich die Haare schneiden, kaufte bei Cardin (sieh an!) ein modernes Hemd und einen bunten, kecken Schlips, erstand neue Schuhe bei Jourdan und brachte seinen besten Anzug zum Aufbügeln weg. Er widerstand sogar der Versuchung, seine ihn völlig überströmende Freude mit Cognac zu dämpfen, schloss die Flaschen in den Tresor, wo er zwei echte Sisleys aufbewahrte (von denen niemand etwas wusste und die unverkäuflich waren) und hüpfte dann den ganzen Tag in seiner Kunstgalerie herum wie ein Kampfhahn, dem man schon die Messerklingen umgeschnallt hat.

Um 17.28 Uhr hielt vor der Galerie Callac ein Taxi. Fürst Globotkin stieg aus und öffnete die Tür. Callac, der hinter dem Vorhang stand, der das Schaufenster vom Laden trennte und die Straße beobachtete, zog sich enttäuscht zurück. Was sich da auf das Trottoir wälzte, war ein Monstrum von Weib, mit flammend roten, aufgetürmten Haaren und im Gesicht bemalt wie ein Clown. Sie trug zwar einen sündhaft teuren Pelzmantel, einen fast bodenlangen Saphirnerz, aber sie wurde dadurch nicht schöner, sondern nur noch unförmiger.

Callac zog sich in die Mitte seiner Galerie zurück und überlegte, was er dieser Dame verkaufen konnte. Er hatte einen van Leeuwen da, einen Holländer um 1643, unbekannt, aber ungemein dekorativ. Einfahrt in den Hafen von Rotterdam, hieß das Bild. In einer Wohnhalle hängend, würde es den Neid aller befreundeten Familien erwecken, womit der Hauptzweck dieses Bilderkaufes erfüllt sein mochte.

Callac rückte seine dicke Brille zurecht, als die Ladentür aufging und die rote Dame hereinwuchtete. Das Taxi blieb draußen stehen. Wladimir Andrejewitsch setzte sich auf seinen Platz und nahm den ›Figaro‹ zur Hand.

»Aha!«, sagte die Riesendame. Callac zuckte betroffen zusammen. »Du musst Marius sein.«

»Cosima!« Callacs Brille beschlug, als stießen seine Poren heißen Wasserdampf aus. »Das bist du? Herr im Himmel, wie siehst du denn aus?!«

»Du bist auch nicht schöner geworden!«, schrie Madame Coco. »Knöchern, zerknittert, drei viertel blind! Wie kann ein Blinder Bilder kaufen und verkaufen! Marius, ich wäre nie mehr zu dir gekommen, wenn sich nicht in meinem Leben umwälzende Veränderungen ergeben hätten. Wie lange braucht man, um eine Gemäldeausstellung in Paris durchzuführen?«

Callac war viel zu sehr vom Anblick Cosimas erschlagen, um nüchtern zu denken. »Vier Wochen«, sagte er ziemlich breiig.

»In drei Tagen eröffnen wir sie! Verstanden?«

»Unmöglich!« Callac wurde wieder klarer. »Cosima, warum siehst du so aus?«

»Was geht das dich an, ha? In drei Tagen muss ganz Paris wissen, dass bei Callac der hoffnungsvolle junge Maler Pierre de Sangries ausstellt.«

»Das kostet ein Vermögen.«

»Willst du dein Geld mit ins Loch nehmen, Geizkragen? Hast du Erben?«

»Ja«, sagte Callac. Als er es ausgesprochen hatte, wusste er plötzlich, wie glücklich ihn dieses Ja machte.

»Du hast ein Kind?«, sagte Madame Coco und zog ihren Pelz aus. Sie trug ein Kleid darunter, das sie sich ›auf Figur‹ hatte machen lassen. Die Schneiderin hatte es getan nach Wunsch, aber vorher jede Haftung abgelehnt. Callac atmete ein paar Mal tief. Der Sonnentag in der Camargue, dachte er. Das schlanke, süße Mädchen neben mir, ein Gesicht wie ein Engel, eine Figur wie von Raffael gemalt. Diese unvergessliche Zärtlichkeit in ihren Händen, ihrer Stimme, ihren großen Augen, ihrem biegsamen Körper.

Gott im Himmel, wie grausam sind achtundfünfzig Jahre Leben …

»Du hast ein Kind?«, wiederholte Madame Coco laut.

»Ein halbes«, sagte Callac heiser.

»Wie kann man ein halbes Kind haben?«

»Es gibt so etwas.«

»Ich hätte es mir denken können. Ein vollständiges hast du nie zusammenbekommen. Reden wir nicht herum. Professor Mauron schließt sich uns an, ebenfalls rund zweitausend Taxifahrer. Heute Abend bringen wir dir die Bilder von Pierre. Der ganze Kram hier«, – sie machte eine weite Handbewegung über Callacs erlesene Schätze –, »kommt weg! Hier wird nur noch Pierre de Sangries hängen! Zwei Wochen! Bis Pierre aus Deutschland zurückkommt. Wir drucken Plakate und Handzettel, du benachrichtigst die Kunstkritiker und Zeitungen. Ich will, dass der große Callac erklärt, Pierre de Sangries sei ein vorzüglicher Maler! Wie du dastehst, Marius, wie ein Hosenpisser! Nun sag doch etwas!«

»Was soll ich sagen, Cosima«, sagte Callac leise. Er nahm seine Brille ab und putzte sie mit dem Lederläppchen, das er immer in der Brusttasche trug. »Du hast mich erschlagen …«

Drei Tage lang verteilten genau dreitausendvierhundertneunundfünfzig Taxifahrer in Paris Handzettel an ihre Fahrgäste mit einer Einladung in die Galerie Callac. Plakate hingen an Reklamewänden und in den Fenstern von Supermärkten. In allen Zeitungen von Paris erschienen Anzeigen. Callac erlebte drei Tage lang die für ihn tiefste Erniedrigung, dass man ihn anrief und fragte, warum er Pierre de Sangries ausstellte und nicht Buffet. Die mit ihm bestens bekannten Kritiker fragten nach, ob er gesundheitlich einwandfrei sei.

Aber am vierten Tag, als die Pierre-de-Sangries-Ausstellung eröffnet wurde, drängten sich die Leute in die Galerie, bildete sich eine Schlange vor der Tür und schickte die Polizei drei Polizisten, um die Menschenmassen zu dirigieren.

Ein Bild ist immer noch ein gutes Weihnachtsgeschenk.

Und wer wusste, ob nicht eines Tages dieser Pierre de Sangries eine gute Kapitalanlage wurde? Wenn Callac ihn entdeckt hatte und ausstellte, war das fast schon ein Wechsel, gezogen auf die Ewigkeit.

Bis zum Abend des ersten Tages hatte man siebenundsiebzig Bilder verkauft. Callac war wie betäubt und sehnte sich nach einem Cognac im Tresor. Madame Coco saß im Büro, beobachtete auf dem Fernsehschirm den Andrang und grinste vor Freude. Dazu trank sie Absinth, ein Getränk, das Callac nicht riechen konnte und deshalb nicht um ein Glas bettelte. Als dann kurz vor Schluss des ersten Tages ein Mitglied der Familie Oppenheimer vorfuhr und zwei de Sangries kaufte, war Callac sicher, dass am nächsten Tag alle Zeitungen von der großen Entdeckung schreiben würden.

»Du bist ein Aas!«, sagte er aus tiefster Brust, als die Galerie geschlossen war. Er öffnete seinen Tresor und holte den Cognac heraus. »Ich kann nur hoffen, dass Pierre selbst es ist, der dich bei seiner Rückkehr erschlägt!«

Weihnachten in Köln ist nicht anders als Weihnachten überall in der christlichen Welt. Weihnachten bei Hubert Bader aber ist anders. Zwar gibt es auch dort einen geschmückten Weihnachtsbaum (Edeltanne in diesem Jahr, das Geschäft ging gut!), es roch nach Pfefferkuchen und selbst gebackenem Stollen, es gab gefüllte Gans mit Rotkohl, und nach dem Essen sollte es statt Wein französischen Champagner geben, auf dem Plattenspieler lag eine Langspielplatte mit Weihnachtsliedern, gesungen vom Tölzer Knabenchor – wenn Hubert Bader diese Platte hörte, wurde er besinnlich und sehr weich –, und auf verschiedenen Tischen waren die verpackten Geschenke gestapelt, mit Tannenzweigchen und Schleifchen.

Völlig normale Weihnachten … nur Hubert Bader war nicht im Haus.

Wie jedes Jahr hielt er in seinem Möbelgeschäft als Letzter aus, wenn alle anderen Läden schon geschlossen hatten. Das war ein segensreicher Trick, denn gerade an diesem Abend kamen die anderen Geschäftsleute und kauften noch schnell bei Hubert Bader teure Kleinigkeiten, Gläser, Barockuhren, venezianische Spiegel, Teppichbrücken aus Keshan oder Goum, geschnitzte Tischchen, Gobelins … es läpperte sich am Heiligen Abend ganz schön zusammen. Hinzu kamen die Lieferungen, die als Überraschung gedacht waren. Vier Möbelwagen der Firma Bader waren bis zum Glockenläuten unterwegs und lieferten Schrankwände ab, Schreibtische oder Polstergarnituren.

Vom Himmel hoch, da komm ich her …

Es wurde doch noch ein schöner Abend, wenn auch ziemlich spät. Bei Kerzenlicht vom Weihnachtsbaum ließ man den Tölzer Knabenchor singen, und als die Platte zu Ende war, sagte Hubert gerührt: »Kinder, auch wenn ich altmodisch bin: Ich wünsche euch viel Glück!« Dann küsste er Eva, drückte Pierre an sich und überreichte beiden einen Zettel:

Gutschein für ein Auto – aber keinen Rolls-Royce.

»Ich danke dir, Paps«, sagte Ev leise. »Du bist ein wundervoller Vater.«

Es war der Augenblick, in dem Hubert Bader rötliche, wässrige Augen bekam.

Am 29. Dezember fuhren Ev und Pierre wieder zurück nach Paris.

Hubert Bader konnte nicht mit zum Bahnhof, er hatte dringende Nachlieferungen mit zwei Einbauküchen. Dafür weinte Else am Bahnsteig und rief Eva am offenen Fenster nach: »Denkt dran, hier habt ihr immer ein Zuhause!«

Dann saßen sie allein im Abteil 1. Klasse – das hatte Hubert Bader bezahlt –, fuhren der Grenze entgegen und sahen hinaus auf die verschneiten Felder und Dörfer, Wiesen und sanften Hänge.

»Du hast sehr liebe Eltern«, sagte Pierre plötzlich. »Sie haben mich aufgenommen wie einen Sohn …«

»Das bist du auch, Pierre«, sagte sie schlicht. »Ich habe es ihnen gesagt.«

»Was hast du ihnen gesagt?« Pierre umklammerte ihren Arm. Es tat sogar weh, aber sie verzog keine Miene. »Was?«

»Dass wir heiraten werden …«

»Aber das ist doch nicht wahr!«

»Bist du so sicher?« Sie sah ihn groß an. Zwei Augen wie zwei Stückchen blauer Himmel. »Vielleicht weißt du es noch nicht?«

»Was?«

»Ich liebe dich, Pierre … Und du liebst mich.«

Er lehnte sich zurück und starrte hinaus auf das vorbeifliegende verschneite Land. Man sollte sich aus dem Zug stürzen, dachte er. Man sollte diesen Mut haben. Nicht jeder, der vor der Wahrheit flieht, ist ein Feigling …

Der Gare du Nord war im Laufe von 110 Jahren, in denen er als Monumentalbau unter den Pariser Bahnhöfen eine Sonderstellung einnahm, schon vieles gewöhnt an Extravaganzen, verrückten Reisenden, herzzerschmetternden Abschiedsszenen, überwältigenden Wiedersehensfreuden, strammen Politikern mit würdevoll-eisernen Mienen und dem Händeschütteln vor den Kameras (obgleich man sich lieber in das Gesäß getreten hätte), und einmal sogar hatte man die gesamte Bahnpolizei aufgeboten, um den entlaufenen Pudel einer Filmdiva zu suchen, der nachher entdeckt wurde, wie er – schon ganz voll Pariser Flair – in einer Ecke sich mit einer Hundedame beschäftigte.

Das alles kam alten Gare-du-Nord-Passanten in Erinnerung, als der TEE von Köln in Paris einlief und auf dem Bahnsteig eine gewaltige dicke rothaarige Frau in einem ungeheuer massigen Pelzmantel eine Art Altar aus Blumen gegen alle Neugierigen verteidigte, und ein langer, dürrer Mensch mit Bibelsprüchen auf den Lippen zu erklären versuchte, dass der berühmte Maler Pierre de Sangries aus Europa zurückkehre, nach einer triumphalen Tournee, mit der er den Namen Paris wiederum im güldenen Licht verklärt hatte.

Das alles spielte sich ohne Schwierigkeiten ab … allein der ›Rote Henry‹ schlug sich mit den maßgeblichen höheren Beamten des Gare du Nord herum, denn er hatte darum gebeten, ein Gedicht zu Ehren de Sangries' über die Bahnsteiglautsprecher zu deklamieren. Obwohl das gegen alle Dienstvorschriften war … einen Pariser Künstler zu ehren, rechtfertigt immer Ausnahmen, sogar im Beamtenbereich, nur bat man darum, das Gedicht vorher zu hören. Der ›Rote Henry‹ las es vor, und damit begann ein erregter Streit Über den Begriff, was Kunst ist.

Das Gedicht begann:

Wie Morgenröte einen neuen Tag verkündet,
und Liebe mit erhob'nem Rock beginnt,
wie glückhaft Bulle sich mit Kuh verbündet,

und neues Leben durch gewisse Adern rinnt,
so kehrst du heim, Pierre, der Dunkelheit entfloh'n,
vom dumpfen Lufthauch im Gedärm zum Gloriaton –

Bis dahin unterbrach man den ›Roten Henry‹ nicht in seinem Vortrag, aber dann sagte man laut ›Hinaus, Sie Ferkel!‹, riss die Tür des Dienstraumes auf und drohte ihm Schläge an.

»Das Gefühl verkümmert!«, sagte der ›Rote Henry‹ später zu Madame Coco und setzte sich traurig neben die Blumenpracht, zu der Professor Mauron, Callac, Madame und die Vereinigung der russischen Taxichauffeure beigetragen hatten. »Diese allgemeine Verödung des Geistes ist deprimierend! Man hat kein Gespür mehr für starke Bilder.«

Etwas Besonderes, was nicht durch Paragraphen abzustellen war, denn dafür gab es kein Gesetz, war der kleine Balalaikatrupp, der sich aufbaute, als der TEE angekündigt wurde. Fürst Globotkin selbst dirigierte ihn.

Ein herrlicher Empfang. Die Leute auf dem Bahnsteig starrten erwartungsvoll um sich. Ein berühmter Maler? Wie sieht ein berühmter Maler aus? Alt und glatzköpfig wie Picasso? Mit hochgezwirbeltem Schnurrbart wie Dali? Ein wenig mumifiziert wie Cocteau? Die Balalaikagruppe klimperte los. Eine russische Melodie, weit und grandios wie der Himmel über Taiga und Steppe. Die Russen, sonst harte Chauffeure in ihren Taxis, mit allem Menschlichen so vertraut wie der Teufel mit den Seelen, bekamen schimmernde, feuchte, gerötete Augen. Russland! Weites, schönes, fernes, unerreichbares Mütterchen Russland. Man muss die Augen schließen, Brüder, dann riecht auch der Gare du Nord so ähnlich wie der Bahnhof von Saratow oder Gorki oder Kasan.

Pierre und Ev stiegen aus dem vorletzten Wagen aus und holten die Koffer aus dem Abteil, die Hubert Bader gekauft und Mutter Else mit allem voll gestopft hatte, von dem sie glaubte, junge Leute am Beginn eines gemeinsamen Lebens brauchten so etwas. Sogar hölzerne Rührlöffel hatte sie eingepackt und Kleiderbügel mit einem Häkelüberzug, selbst handgearbeitet.

»Platz für den Meister!«, brüllte der ›Rote Henry‹, der Pierre zuerst entdeckt hatte. Fürst Globotkin machte ein paar militärische Handbewegungen, und die Balalaikaspieler setzten sich in Bewegung. Madame Coco hielt wie ein Erzengel Wache bei dem

Blumenturm. Der für den Bahnsteig zuständige Fahrdienstleiter war machtlos und ging resignierend aus dem Weg.

»Ihr seid wohl verrückt geworden!«, sagte Pierre, als ›Das Gebetbuch‹ und der ›Rote Henry‹ ihn erreicht hatten. Die Russen mit ihren Balalaikas kreisten sie ein ... Brüderchen, ist es nicht wie in Schamjinsk, wenn der Gutsherr zurückkam aus der Stadt und Knechte und Mägde ihm zujubelten? (Anschließend gab es dann Fußtritte und Peitschenhiebe, aber das vergaß man schnell. Außerdem soll man die Tradition nicht zu gründlich fortsetzen.)

»Du wirst dich wundern, Pierre!«, schrie der ›Rote Henry‹. »Seit einer Woche weiß Paris endlich, dass van Gogh nicht eine Ausnahme war! Ev! Dein Akt ›Mädchen vor den Trauben‹ hängt jetzt in der Eingangshalle von Phillip de Barincourt! Der alte Phillip soll jeden Abend davor stehen und seufzen: ›Man müsste vierzig Jahre jünger sein!‹«

»Zum Teufel, was habt ihr gemacht?«, schrie Pierre. Er packte ausgerechnet ›Das Gebetbuch‹ an den Rockaufschlägen und schüttelte ihn. Er musste schreien, denn die Balalaikas veranstalteten ein Furioso aus Tönen. »Was ist mit meinen Bildern?«

»Verkauft!«, donnerte der ›Rote Henry‹. »Jungs, das war die sensationellste Kunstausstellung seit zehn Jahren in Paris. Callac hatte nach drei Tagen Senkfüße, am vierten Tag saß er mit Wadenkrämpfen auf dem Stuhl, und Madame musste in der Galerie bedienen. Für Callac war das ein Weltuntergang ... für Paris ein Fest für Auge und Gehör. Wenn ein Kunstkenner eines deiner Bilder fachmännisch mit geneigtem Kopf betrachtete, schrie ihn Madame an: ›Halten Sie den Kopf gerade, Monsieur! Mit schiefem Kopf haben Sie lange genug in dem Uterus gelegen. Sind Sie noch ein Embryo?‹ Ich sage dir ... der Mann hat sofort das Bild gekauft.«

»Mein Gott ...«, stammelte Pierre entsetzt. »Mein Gott, was habt ihr mit mir gemacht? Ist Callac tot?«

»Er lebt! Und wie er lebt! Er sammelt Aufträge für den neuen Stern Pierre de Sangries. Was nicht bedeutet, dass er die neue Zeit nicht mehr versteht. Er hält sie für total degeneriert.«

»Ich begreife das nicht«, sagte Pierre leise. »Ich begreif das einfach nicht. Callac macht eine Ausstellung von mir?« Er drehte sich zu Ev herum. Fürst Globotkin stand neben ihr und sprach leise auf sie ein. Ihre Augen glänzten.

»Du verstehst es, nicht wahr?«, sagte er lauter.

»Jetzt ja, Pierre.« Sie hakte sich bei ihm unter. »Komm erst nach Hause. Ich glaube, dieses Weihnachten war die große Bescherung unseres Lebens.« Sie strich ihm eine Locke aus der Stirn und sah ihm in die etwas trüben, merkwürdigen Augen … Augen von einem Schwarzbraun, über deren Iris immer ein gelblicher Schimmer lag. »Warum freust du dich nicht, Pierre?«

»Sie haben dich verkauft, Ev –«

»Darum malt man ja Bilder.«

»Du hängst nackt bei einem fremden Mann. Deinen Körper sehen jetzt fremde Augen an. Ich wollte diese Bilder nie, nie verkaufen. So wie ich dich gesehen habe, sollte dich niemand mehr sehen.«

»Das sagt ein Maler?«

»Hier bin ich kein Maler mehr.«

Er schwieg abrupt, sah zu Boden und wandte sich wieder dem ›Gebetbuch‹ zu. Was bin ich denn?, fragte er sich. Ich darf doch nur ein Maler sein … alles andere, was jeden Menschen glücklich macht, muss ich in Farbe umsetzen und mich daran berauschen. Gesegneter van Gogh, du durftest wahnsinnig werden!

Der schöne, bis ins letzte durchorganisierte Empfang brach auseinander, als die Mauer von Neugierigen, die sich um Balalaikaorchester, Blumenpyramide, Madame Coco und die anderen seltsamen Typen gebildet hatte, mit einem Aufschrei auseinander klaffte. Ein Hund, dessen Hässlichkeit nur vergleichbar war mit dem sagenhaften Quasimodo von Nôtre Dame, durchbrach die Menge, kläffte, biss um sich, verschaffte sich Raum und stürzte sich dann heulend wie ein Wolf auf Ev, sprang an ihr hoch, leckte über ihr Gesicht und überschlug sich in der Luft. Ein Kunststück, das er von Ponpon gelernt hatte. Ponpon fehlte an diesem Empfang … er hatte Probe im Winterzirkus.

»Bouillon!«, sagte Ev gerührt. »Mein kleiner Bouillon!«

Sie nahm ihn auf den Arm, und damit war eigentlich für die Gaffenden das Interesse erloschen. Wer einen so hässlichen Hund besitzt und auch noch liebt, gehört zu den Kreisen, denen man nur begrenzte Achtung zollen soll. Ob berühmter Maler oder nicht, man sieht's einmal mehr: Sie haben alle irgendwo Löcher im Gehirn.

»Wie war es in Deutschland?«, schrie Madame Coco, als sie endlich an Pierre herankam und ihre mütterliche Liebe loswerden konnte. Sie küsste ihn ab, übersah dabei allerdings nicht den gelblichen Schimmer seiner Augen und freute sich, dass sie darüber mit Professor Mauron so eindringlich gesprochen hatte. »Pierre, du wirst dich wundern, was alles geschehen ist!«

»Das glaube ich auch.« Er drückte Madame von sich und sah sie streng an. »Petite mère, es wird keine freundliche Unterredung werden. Meine Bilder –«

»Auch dein Atelier ist tapeziert worden!«

»Die Zeitungen an den Wänden sind weg?«, rief Pierre entsetzt.

»Ich nehme an, du hast sie auswendig gekannt.«

»Sie waren ein Stück Heimat, Madame!«

»Jetzt hast du weiße Wände und kannst sie dir bemalen wie du willst. Hundertmal Ev … so wird's wohl sein.«

»Nie mehr! Nie mehr! Ihr kriegt es fertig und reißt mir die Tapeten von der Wand und verkauft sie.«

»Wenn sie Geld bringen, du Rindvieh?« Der ›Rote Henry‹ verzichtete darauf, von Auge zu Auge seine Lobeshymne vorzutragen. Wie immer, war auch diese Dichtung umsonst gewesen. Das war die Tragik seines Poetenlebens: Immer, wenn er im guten Glauben ein Poem verfasst hatte, reagierte die dafür bestimmte Umwelt anders als vorauskalkuliert. Das ›Gebetbuch‹ hatte es da leichter. Er sagte: »Und als er heimkehrte zu den Seinen, freuten sie sich und deckten den Tisch mit Brot und Wein, und er trat unter sie und sah, dass es wohl getan war.« So einfach ist das, wenn man Priester ist: Es passt immer alles wie der Deckel auf den Topf.

Die Reisenden gingen weiter, die Gaffenden verteilten sich, die Bahnbeamten atmeten auf, die Balalaikaspieler zupften noch ein Liedchen aus der Donsteppe, weil's so schön, verträumt, heimatlich und herzergreifend war. Dann bauten die Taxifahrer die Blumenpyramide ab, nicht bevor Ev und Pierre sie bewundert und sich zu einem Werbefoto inmitten dieser Blütenpracht aufgebaut hatten. Mit sieben Taxis fuhr man dann quer durch Paris auf die andere Seine-Seite, zur Rue Princesse, wo die Nachbarn aus den Fenstern hingen und teilnahmen am Glück des bisher hungernden Pierre.

Man weiß ja: Die Bewohner der Rue Princesse waren stolz auf ihre Straße. Ein Stolz, der die abblätternden Hausfassaden vergessen ließ und sie stattdessen mit leuchtender Liebe strich.

Die Fahrt durch Paris war ein Ereignis besonderer Art. Da man die Blumen so auf die Taxis montiert hatte, als fahre man zu einem Friedhof, betrachtete jeder die sieben Autos als eine Art Trauerzug. Höfliche Männer zogen ihre Hüte, als die Blumenwagen würdevoll an ihnen vorbeiglitten. Die Polizisten an den Straßenkreuzungen hielten die Fahrbahn frei, schwenkten ihre weißen Knüppel und ließen die Pfeifen trillern. Freie Fahrt dem teuren Verblichenen und seinen Hinterbliebenen, denen unser Mitgefühl gilt.

Ein Franzose besitzt für jeden eine tief empfindende Seele.

Aus der Küche von Madame Coco duftete ihnen der berühmte Apfelkuchen entgegen, auf den sich vor allem Wladimir Andrejewitsch seit Tagen freute. Der Tisch war ausgezogen und gedeckt, außerdem war der lange, schmale Flur wie in einem ländlichen Bistro mit einem Brettertisch vollgestellt, an dem man beidseitig an langen Bänken sitzen konnte. Die Bänke hatte Ponpon aus dem Zirkus besorgt, ohne Leihgebühr, dafür aber das vielleicht nie einlösbare Versprechen abgegeben, Pierre de Sangries würde – wie weiland Toulouse-Lautrec – für den Winterzirkus ein Plakat entwerfen. Madame hatte die halbe Rue Princesse eingeladen ... wer nicht eingeladen worden war, hatte tagelang damit zu tun, darüber nachzudenken, womit er den Widerwillen Madame Cocos erworben hatte. Die meisten fanden irgendwo diesen kritischen Haken und versanken in eine Art dumpfer Trauer. Brüderlichkeit in der Rue Princesse ... das war das letzte Bollwerk gegen die anonyme Vermassung des Menschen.

Pierre tat das, was Madame gefürchtet hatte: Er stieg sofort hinauf in sein Atelier. Als er die Tür aufriss, war er still und betroffen, entsetzt und wie verwaist.

Sein ›Zimmer in Gottes Hand‹ war nicht mehr. Zwar war da noch das große Fenster mit dem Blick auf den hässlichen, langen Schornstein des Nachbarhauses, mit der unbeschreiblichen Landschaft der Dächer von Paris mit ihren Luken und Leitern, Antennen und Drähten, Schiefern und Ziegeln, Blumenkästen und winzigen Dachgärten, Balkonen und Austritten, Wäscheleinen von Kamin zu Kamin, sich drehenden Abluftfächern und reklamebemalten Leerflächen. Auch die kleine Hure gegenüber gab es noch – sie lag bei offenem Fenster im Bett, schlief und füllte ihre Kräfte auf. Ihre linke Brust lag auf der Steppdecke, das rechte Bein ragte aus dem Bett ... in drei Stunden klingelte der Wecker, sie würde sich baden, schminken und pudern und dann das Telefon wieder anstellen, um die Kundenanrufe zu erwarten.

Es war alles wie vor zwei Wochen ... und doch anders.

Die Wände weiß ... nicht mehr auf der einen Wandseite der Fortsetzungsroman, auf der anderen die Börsenberichte, neben der Küchenecke die Politik, in der Bettnische der Sport. Das Balkenwerk war lackiert worden und sah so neu aus, dass man sich seines alten Anzuges schämen musste. Vor allem aber: Rund herum an den Wänden lehnten nur noch wenige Bilder, fehlten die bemalten, unverkäuflich gewesenen Leinwände. Sogar die Bilder von Monky, dem Modell mit dem Körper, von dem kein Mann glaubt, dass es so etwas wirklich als Natur gibt, hatte man weggekauft.

Es war kahl im ›Zimmer in Gottes Hand‹, es fehlte die Unordnung eines bei allem Unglück doch glücklichen Lebens. Es war alles aufgeräumt, normal, stinknormal sogar. Es sah alles so erfolgreich aus ... überlackiert mit der Sterilität des Arrivierten.

Pierre lehnte an der Tür und war nicht bereit, das Zimmer zu betreten. Ev ging an ihm vorbei ... und Bouillon – Gott hat auch einer Kreatur eine Seele gegeben, wer will's bestreiten?! – folgte ihr nur zögernd, mit hoch erhobener, schnuppernder Nase und einer faltenreichen Stirn. Ein neues Hundekörbchen, das neben Evs Bett stand, betrachtete er nicht einmal. Was soll ein Clochard mit einem königlichen Himmelbett anfangen?

»Hast du dir das gewünscht, Ev?«, fragte Pierre leise, als sie mitten im Zimmer stand und sich um sich selbst drehte. Auf der Treppe hörte er Gedränge ... seine Freunde, an der Spitze Madame, kamen herauf. Man hörte ihr lautes Keuchen und Ächzen. Treppensteigen mit 300 Pfund ist gleichzusetzen mit einem Gewichthebertraining. »Hier friere ich.«

»Noch wissen wir nicht, was passiert ist.« Sie setzte sich auf den Tisch. Dort lag ein offenes Kuvert. Sie öffnete es, holte einen Scheck heraus, las ihn und hielt ihn Pierre mit ausgestrecktem Arm hin. »53 750 Francs für zweiundfünfzig verkaufte Bilder«, sagte sie. Ihre Stimme schwankte plötzlich etwas. »Ausgestellt von Marius Callac. Weißt du jetzt, was passiert ist? Pierre, du bist endlich ein Mensch geworden!«

»Und was war ich vorher?«

»Ein Wesen wie Bouillon.« Der Hund hörte seinen Namen,

schlug einen Salto – auch eine Neudressur von Ponpon – und sprang dann auf Evs Bett, das für ihn das Sinnbild seines Hundeglücks war. »Endlich bist du Pierre de Sangries, der keine Preisschilder für einen Supermarkt mehr malen muss.«

»Und weißt du, warum?« Pierre blieb an der Tür stehen. Sein Blick glitt über die kahlen, weißen Wände und dann hinaus über die Dächer von Paris. Es hatte begonnen zu schneien … dicke Flocken, die auf den Dächern und Giebeln, den Balkonen und Mansardenvorbauten liegen blieben und sich langsam zu einem weißen Teppich zusammenfügten. »Nicht weil ich ein Genie bin, das Callac plötzlich entdeckt hat, sondern weil ich mir für dich ein blaues Auge habe schlagen lassen.«

Sie schwieg betroffen, zog den Scheck zurück und legte ihn wie etwas sehr Zerbrechliches auf den Tisch.

»Du glaubst nicht an dich, Pierre, das ist es. Wovor hast du Angst?«

»Mein Gott, ich möchte leben! Ich möchte lieben! Ich möchte diese ganze herrliche Welt so malen, wie ich sie sehe, in einem vom Himmel herunterfließenden Glanz. Keiner sieht sie so, keiner begreift, welch ein Geschenk dieses Leben ist.« Er schrie plötzlich und merkte es nicht, und Ev saß auf dem Tisch, starrte ihn an und begriff unbewusst, dass etwas in ihm war, das nach Befreiung suchte und doch nicht aus ihm heraus konnte, weil es sonst alles, was diesen Pierre de Sangries noch leben ließ, auch noch zerstörte. »Ich möchte in dieser Schönheit explodieren, ohne zerrissen zu werden, verstehst du das? Ich möchte der Schöpfung für alles danken, was sie uns gegeben hat, ohne das alles aus einem Schatten heraus zu tun, in dem ich ständig friere.«

Er schwieg plötzlich. Hinter ihm erschien auf dem Treppenpodest Madame Coco, prustend wie ein Flusspferd. Weiter unten hörte man den ›Roten Henry‹. Er sagte gerade: »Kennt ihr meinen neuen Zweizeiler für die Kaugummiwerbung: ›Wer einmal Lombos Gummi kaut – mit seinen Zähnen Eisen klaut!‹ Hervorragend, was?«

»Was verschweigst du, Pierre?«, fragte Ev ruhig. »Du bist auf dem Wege, ein reicher Mann zu werden. Aber du wehrst dich dagegen. Das ist doch nicht normal.«

»Natürlich ist es nicht normal!«, schrie von draußen Madame Coco. »Wir alle haben uns um ihn bemüht und Paris mit seinem

Namen überschwemmt, und was tut er, ha? Er spuckt mir fast ins Gesicht!«

»Petite mère ...«, sagte Pierre schwach. »Ihr versteht das alles falsch.«

»Silvester gibt Callac einen Ball für dich!«, brüllte Madame und schob Pierre in das renovierte Zimmer. »Und wo? In den Räumen des ›Vagenende à la Belle Epoque‹. Das ganze Lokal hat er für diese Nacht gemietet! Weißt du, was das bedeutet, wenn Callac ein Vermögen ausgibt, nur um ein Lokal allein für sich zu haben? Und da steht dieser Pierre herum, als habe er sich die Hose voll geschissen! Ev, ma chère, hast du auch in Deutschland keinen vernünftigen Menschen aus ihm machen können?«

»Ich glaube, er möchte jetzt allein sein, Madame«, sagte Ev leise. Und was niemand je geschafft hatte, nämlich Madame Cocos Meinung aufzuweichen oder gar umzustimmen, das gelang Ev mit einem einzigen Blick.

Madame verließ das Zimmer, schloss die Tür und verscheuchte mit ihrer Donnerstimme die nachdrängenden Freunde wieder nach unten. Erst an den langen Tischen, als der warme Apfelkuchen herumgereicht wurde, sagte sie zu Fürst Globotkin: »Wladimir Andrejewitsch, von der ganzen Bande sind Sie immer noch der Vernünftigste: Verstehen Sie, was in Pierre gefahren ist? Er hat das schönste Mädchen und rührt es nicht an. Er hat über Nacht einen Namen als Maler bekommen und blickt um sich, als habe man ihm in den Kaffee gepisst, seine Freunde wollen ihn feiern, und er verkriecht sich, als stinke er. Erklären Sie mir das! Ihr Russen habt eine Begabung, in Seelen zu lesen.«

»Ich beobachte ihn genau, Madame.« Wladimir Andrejewitsch verschlang wieder den warmen Kuchen schneller, als man ihm neue Stücke von der Ablage am Backofen nachreichen konnte. »Er führt mit sich selbst einen mörderischen Kampf. Wie war er denn, bevor er Ev zu Ihnen hier ins Haus brachte?«

»Wie ihr alle, ihr Halunken. Ohne Geld, aber immer gegen den Wind spuckend, im Bett mehr Weiber, als er Hemden hat, mit seinen Freunden – der Teufel hole sie manchmal! – herumstrolchend wie streunende Hunde. Fürst – er war glücklich!«

»Und seit Ev bei ihm ist?«

»Arbeitet er wie ein Ochse. Sie wissen es doch: frühmorgens in den Markthallen, nachmittags als Reklamezeichner, abends vor seinen Gemälden. Und nachts hat er Angst vor Ev, sitzt bei mir herum und erzählt von seiner Mutter. Sie muss eine schöne Frau gewesen sein, ein Engel. Und dann redet und redet er, als ob er nur noch wenig Zeit habe –«

»Vielleicht ist es das, Madame?«, sagte Globotkin ernst. »Pierre verfällt – wir alle sehen es.«

»Ich doch auch!« Madame Coco wischte sich über die Augen. Vom linken Lid blieb die künstliche Wimper an ihrer Hand kleben, es kümmerte sie wenig. Sie schüttelte sie weg, und sie flog wie eine Spinne über den Tisch auf den Kuchen von Pjotr Simferowitsch Dolokin, Taxifahrer Nr. 1391, Sohn des ehemaligen Grafen Dolokin aus Tjumen. Pjotr Simferowitsch nahm die Wimper weg, schnippte sie zur Erde und aß den Kuchen weiter. »Aber wer bekommt ihn zu einem Arzt?«

»Wir alle, Madame!«, sagte Wladimir Andrejewitsch.

»Mit Gewalt!«

»Wenn's sein muss, natürlich!«

»Und was ist dabei gewonnen, Fürst?«

»Wir wissen mehr, Madame.«

»Ob das von Nutzen ist?«

Es war eine Frage, die Fürst Globotkin nicht mit einem guten Gewissen beantworten konnte, und deshalb schwieg er. Madame Coco verstand ihn auch so und knallte ihm ein neues Stück dampfenden Apfelkuchen auf den Teller.

Es war schon spät, als endlich der Letzte das Haus verlassen hatte. Zuletzt verabschiedete sich der Nachbar, Monsieur Poissant, ein graues Männchen, bei dem die Gefahr bestand, dass er quer unter Madames Nase klebte, wenn sie tief einatmen würde. Monsieur Poissant war einmal Schriftsteller gewesen und hatte zwei Romane, drei Novellen, ein Drama über Richelieu und – laut seiner Liste – 1396 Kurzgeschichten geschrieben. Gedruckt – in 47 Jahren – waren 249 Storys. Dass man davon nicht leben konnte, war klar, und so hatte Monsieur Poissant in Anlehnung seines Namens eine Poissonnerie, eine Fischhandlung aufgemacht, die er vor vier Jahren verpachtet hatte. Aber der Geruch nach Hering klebte noch immer in seinen Poren.

»Madame«, sagte Poissant zum Abschied als Letzter der Gäste, »ich muss Ihnen etwas verraten, aus tiefster Dankbarkeit, dass Sie mich nicht bei der Einladung vergessen haben: Ich habe Monsieur de Sangries vor etwa drei Wochen an der Seine gesehen. Er saß an der Pont de la Tournelle, hielt sich den Bauch fest, krümmte sich, und mir schien, als rännen ihm Tränen über das verzerrte Gesicht. Er konnte mich nicht bemerken ... ich stand hinter der Markise eines Bouquinisten und beobachtete ihn lange. Später stand er auf und ging mit unsicheren Schritten davon. Man möchte fast sagen: Er schwankte wie ein Betrunkener, aber ich könnte schwören, er hatte nicht einmal Wasser getrunken.«

Madame Coco bedankte sich bei Monsieur Poissant und stellte ihm in Aussicht, bald wieder eingeladen zu werden, was sich in der Rue Princesse sicherlich schnell herumsprechen und Poissants Ansehen dort erheblich steigern würde. Dann war sie allein inmitten eines Chaos' aus Tellern, Tassen, Weinflaschen, Kuchenkrümeln, Kuchenresten, leeren Zigarettenschachteln, schmuddeligen Tischtüchern, einigen Brandflecken von Zigaretten, einem vom Besitzer vergessenen schweinischen Foto, das er herumgezeigt hatte, und einem Dunstgemisch aus kaltem Rauch, Kaffee, frischem Apfelkuchen, Männerschweiß, Madames eigenem umwerfenden Parfüm und dem Überbleibsel von Darmausdünstungen, was bei frischem Kuchen unausbleiblich und damit menschlich ist.

»Mon petit Pierre«, sagte Madame leise und setzte sich mitten in dieses Chaos. »Du darfst nicht krank sein! Ich zerschlage jeden Altar, das schwöre ich dir, Gott, wenn du diesen Menschen wegnimmst, bevor er die Gabe, die du ihm geschenkt hast, nicht voll ausgeschöpft hat! Gott da oben, verdirb es nicht mit mir!«

In dieser Nacht tappte Ev wieder in ihrer warmen, weißen Nacktheit zu Pierre ins Bett und schmiegte sich an ihn. Er lag steif da, wie gefroren, und tastete nicht nach ihren Brüsten, strich nicht über ihren warmen Schoß, umfing nicht ihren glatten Leib und umklammerte nicht mit seinen Beinen ihre langen, gerundeten Schenkel. Er lag nur da, auf dem Rücken, starrte gegen die neu geweißte Decke und hinüber zu dem großen Fenster, vor dem jetzt die Dächer ihre weiße Schneedecke trugen, und als Evs Hände über seinen Körper glitten, hielt er den Atem an und knirschte laut mit den Zähnen. Dann plötzlich schnellte er sich zur Seite, ließ sich aus dem Bett fallen und rollte ins Zimmer hinein, in den fahlen Nachtschimmer, den die verschneiten Dächer in das Zimmer warfen.

»Geh zurück nach Deutschland!«, sagte er heiser und blieb auf dem Boden liegen. Bouillon war hinterhergehüpft, saß in der Beuge seines Bauches und leckte ihm über die Brust. »Du hast so gute Eltern, du hast eine so schöne Heimat, du hast so viel Leben vor dir … verdammt, Ev, geh weg!«

»Ich liebe dich, Pierre«, sagte sie wie immer, wenn er davon anfing. »Ich bleibe!«

»Dann werfe ich dich einfach hinaus!«

»Das kannst du nicht.«

»Und wie ich das kann! Weißt du, wie viele Mädchen ich schon hier aus diesem Zimmer geworfen habe? Eine Nacht … und dann hinaus!«

»Eine Nacht. Wo ist sie bei uns, Pierre?«

»Ich liebe dich nicht!«, sagte Pierre rau. »Du zwingst mich, es dir endlich zu sagen. Ich kann nur mit einem Mädchen schlafen, das mich körperlich reizt. Du hast keine Reize. Es geht einfach nicht.«

»Ich weiß es, Pierre.« Sie setzte sich im Bett auf, und er sah ihre schönen Brüste und ihren flachen Leib, die goldenen Haare und die großen blauen Augen. »Meine Haare sind stumpf, meine Brüste zu groß, meine Hüften zu breit, meine Beine zu stämmig. Du liebst eine Sylphide wie Monky. Sie war wunderbar. Außerdem habe ich ein Kind von einem anderen Mann bekommen, eine Fehlgeburt gehabt, ich bin …«

»Wenn du nicht aufhörst, erwürge ich dich!«, sagte Pierre. Er lag noch immer auf den Dielen und drückte Bouillon an sich. »Nur noch dieses Jahr, Ev … und dann werfe ich dich hinaus.«

»Es sind noch zwei Tage.« Sie lächelte und legte sich zurück, warf die Decke von sich und lag nackt im schneeigen Licht. Bouillon machte sich von Pierre los, rannte zu ihr, leckte ihr die herunterhängende Hand, rannte zu Pierre zurück und leckte ihm über die Augen. »Der Hund ist klüger als du«, sagte sie ganz ruhig.

»Er ist ein Bastard!«

»Sagst du das von dir nicht auch?«

»Wenn ich dich liebe, Ev, wirst du es bis an dein Lebensende bereuen.«

»Ist es dein Problem, Pierre? Ich werde dadurch vielleicht nie Langeweile haben.«

»Ich habe dich einmal vom Arc de Triomphe heruntergeholt.«

»Es wird nie mehr ein zweites Mal geben. Nicht durch dich, Pierre. Das ist das Einzige, was ich mit Sicherheit bereits von meinem ganzen folgenden Leben weiß.«

»O mein Gott, wie ich diese Sicherheit hasse!« Er sprang auf und ging zu dem großen Fenster. Gegenüber – wie immer bei offener Gardine – war die kleine Hure bei der Arbeit. Ein ausgesprochen fetter Mensch mühte sich schwitzend ab, ein unästhetisches Bild, aber sicherlich hatte er genug dafür bezahlt.

Pierre lehnte sich gegen die große Scheibe. Über seinen nackten, knochigen, vom ewigen Hunger fast fleischlosen Körper fiel das Licht der Winternacht wie eine bleiche Patina. »Was hast du bloß an mir?«, fragte er. »Ich bin ein Gerippe.«

»Als berühmter Maler de Sangries wird man von allein dick.« Sie lachte, aber es klang, als habe sich das Lachen in Weinen verhüllt. »Außerdem ist erwiesen, dass die meisten Männer Fett ansetzen, wenn sie verheiratet sind.«

»Wir werden nie heiraten, Ev. Nie!« Er drehte sich vom Fenster weg und kam wieder in den Raum. »Ist das jetzt endlich klar?«

»Wie du es sagst – ja. Wie du es denkst – nie!«

»Ich verfluche deine Überlegenheit!« Er lehnte sich an die Wand, wo früher der Fortsetzungsroman geklebt hatte, und ballte die Fäuste. »Du zwingst mich, dich mit Gewalt aus meinem Zimmer zu werfen.«

»Dann werde ich unten bei Madame Coco einziehen.«

»Ich verlasse dieses Haus. Ich verlasse Paris.«

»Willst du wieder als Clochard herumziehen und Epileptiker spielen?«

»Wenn es sein muss, ja!«

»Deine Freunde, an der Spitze Wladimir Andrejewitsch, werden dich verprügeln.«

»Sie sollen mich totschlagen!«, schrie er auf. »Morgen schon! Je früher, umso besser! Sie können mir keinen größeren Gefallen tun. Wäre ich nicht so feig, hätte ich den Mut, den du gehabt hast: Ich würde auch vom Arc de Triomphe springen.«

»Als Franzose vom Arc de Triomphe? Monsieur, ist das Stil? Niemals würde ein Franzose – Ich schlage vor: die Pont d'Alexandre. Wegen der Romantik. Oder unter einen TEE. Oder – ganz sicher: Einen Gasschlauch zwischen die Zähne klemmen und nicht vergessen, den Hahn aufzudrehen.« Sie setzte sich wieder und ließ die Beine über die Bettkante hängen. »Wie hört sich das an, Monsieur de Sangries? Vor ein paar Wochen hat man damit ein unglückliches Mädchen glücklich gemacht –«

»Es bleibt dabei: Am 2. Januar trennen wir uns!« Er stieß sich von der Wand ab und tappte zu seinem Bett, das heißt, es war Evs Bett, aber es war jetzt frei. »Komm mir nicht nach«, sagte er, als er lag und sich zudeckte. »Ich bin in der Stimmung, selbst dich zu schlagen!«

»Am 2. Januar also«, sagte Ev und legte sich auch zurück. Bouillon sprang zu ihr und kuschelte sich neben sie. »Hast du gehört, Bouillon: Am 2. Januar gibt es kein Herrchen mehr. Wir werden uns dann in die feine Rôtisserie de la Reine Pédauque setzen und uns ein neues, sehr reiches Herrchen anlachen.«

»Das wirst du nicht!«, sagte Pierre aus seiner dunklen Ecke heraus. »Ich werde Wladimir Andrejewitsch mein ganzes Geld geben, damit er dich mit Gewalt zurück nach Köln zu deinen Eltern bringt!«

Am nächsten Morgen war Pierre längst aus dem Haus, als Ev aufwachte. Madame Coco hockte hilflos in ihrer Küche und berichtete, zum ersten Mal seit ihrer mütterlichen Betreuung habe Pierre ihr nicht gesagt, wohin er gegangen sei. »Ich habe schon den Fürsten alarmiert«, sagte sie schwer atmend. »Seine Taxis werden ihn schon irgendwo entdecken. Dann gnade ihm Gott!«

Ev frühstückte schnell und fuhr dann zur Seine, in die Galerie von Callac, um ihre Arbeit wieder aufzunehmen. Aber dort saß, mit finsterer Miene, bereits Pierre hinter dem Schreibtisch und hatte Ev über den Bildschirm längst hereinkommen sehen. An den Wänden der Galerie hingen lauter Bilder von de Sangries – ein Märchen, das Pierre als Wirklichkeit nur schwer begreifen konnte. Ein Teil der Bilder trug bereits einen roten, auf den Rahmen geklebten Punkt. Verkauft.

Callac hatte es eilig gehabt, als statt Ev an diesem Morgen Pierre erschien, nicht um zu arbeiten, sondern um mit Callac Streit anzufangen. »Junger Mann«, hatte Callac gesagt, »Ihre Begabung ist erwiesen. Ihre Idiotie auch. Werfen Sie beides zusammen und die Welt wird über Sie staunen. Überlegen Sie sich das, ich muss weg. Passen Sie auf und wenn jemand kommt, der einen echten de Sangries kaufen will, handeln Sie, als wenn ein

Teufel eine Seele kaufen will. Aber sagen Sie um Himmels willen nie, dass Sie dieser de Sangries sind. Jeder glaubt, dass Sie – bei diesem Farbenrausch – ein abgeklärter Mensch sind. Machen Sie bloß keinen Blödsinn, Pierre! In zwei Jahren sind Ihre Bilder Hunderttausende wert ...«

»In zwei Jahren!« Pierre hatte Callac angesehen, als habe dieser ihn angespuckt. Dann hatte er Callac stehen lassen und war ins Büro gegangen.

»Die Post liegt da!«, sagte Pierre und zeigte auf einen Stapel Briefe. »Ich habe gerade die Verkaufslisten durchgesehen. Callac hat vierunddreißig Vorbestellungen. Darunter neunzehn Portraits. Ich werde sie malen –«

»Pierre –« Sie blieb am Tisch stehen, selbst erschrocken über diesen glücklichen Aufschrei.

»Ohne dich!«, sagte er dumpf und erhob sich. Auf dem Fernsehschirm erschien ein Ehepaar, das den Laden betrat und sich umschaute. Die versteckten Kameras verfolgten sie in jede Ecke. »Es bleibt bei der Trennung.«

Sie nickte, setzte sich vor den Stapel Briefe und begann, sie aufzuschlitzen. Pierre wartete noch auf eine Antwort, aber da sie schwieg, ging er hinaus. Auf dem Bildschirm sah sie, wie er das Ehepaar begrüßte und begann, ein Bild zu erklären. Es zeigte eine Landschaft bei Dôle. Weingärten, ein paar gelbe Flecken in warmer Sonne. Maisfelder. Eine junge Bäuerin, die mit einer Weinkiepe auf dem Rücken sich aufmachte, in den Garten zu gehen. Eine Bäuerin mit Evs Gesicht.

Immer und ewig nur Ev.

Er konnte nichts anderes mehr malen.

Unterdessen saß Marius Callac bei seinem Notar und stritt mit ihm herum. Es war weniger die Sache, über die sie sich in die Haare gerieten, als vielmehr der Termin.

»Marius, wir haben heute den 30. Dezember!«, rief der Notar und blätterte nervös in einem Aktenstück. »Ich kann nicht zaubern!«

»Sie sollen nur den fünften Gang einlegen!«, sagte Callac scharf. »Ich weiß, Sie fahren gern Auto. Also, den fünften Gang, Raimond! Jetzt, hier auf der Stelle, sofort und ohne Zögern machen wir eine Vermögensaufstellung und ein Testament. Bis heute hatte ich keins, das wissen Sie ... wer einmal nach meinem Tode alles erben würde, war mir egal.«

»Ihre Bildersammlung sollte der Louvre erhalten, Monsieur Callac.«

»Stimmt. Wird gestrichen.«

»Ihre Bankkonten sollten so verzinst werden, dass jedes Jahr ein Preis für einen Maler ausgesetzt werden konnte.«

»Gestrichen.«

»Ihre Besitzungen an Häusern, Grundstücken, Aktienbeteiligungen und andere Wertgegenstände sollten zu einer Callac-Stiftung zusammengezogen werden zum Ankauf von für Frankreich wichtigen Gemälden im Ausland.«

»Gestrichen!«

»Monsieur Callac!« Der Notar saß wie versteift hinter seinem großen Schreibtisch. »Haben Sie Ihren Patriotismus verloren? Was hat Ihnen Frankreich getan? Sie tragen das rote Band der Ehrenlegion, Sie sind ...«

»Was ich bin, weiß ich, Raimond. Und was wird, weiß ich endlich jetzt auch. Genügt es, wenn ich als Testament eigenhändig vor Ihnen als Zeuge bekunde: ›Alles, was ich an beweglichen und unbeweglichen Dingen, an Konten und Beteiligungen besitze, umfassend genannt: Meinen gesamten Nachlass – soll nach meinem Tode allein und unter Ausschluss aller möglichen oder denkbaren unbekannten Nachfahren meinerseits nur Mademoiselle Eva Bader erben.‹ Adresse und so weiter folgen. Genügt das, Raimond?«

»Als letzte Verfügung eines total senilen Greises genügt das vollkommen«, sagte Notar Raimond ungerührt. »Sicherer ist, ein amtsärztliches Zeugnis beizufügen, dass Sie dieses Testament nüchtern, ohne Delirium, ohne geistige Umnachtung und ohne Hypnose geschrieben haben. Selbst dann wird man sagen: Der alte Callac muss irgendwo einen unbekannten Tumor im Hirn gehabt haben. Man wird Ihren Kopf obduzieren.«

»Danke! So etwas wie Sie als Anwalt und Notar hätte man früher verbrannt!« Callac beugte sich über den Tisch. »Raimond! Jetzt auf der Stelle setzen wir dieses Testament auf! Juristisch unanfechtbar ... dazu sind Sie da!«

»Sie haben sich verliebt, Callac? Das ist es! In einem Alter, in dem man früher als lebender Methusalem ausgestellt wurde, jonglieren Sie noch mit Hormonen. Wer ist diese Eva Bader? Wie alt? Ein raffiniertes Biestchen, nicht wahr? Röckchen bis zur Arschfalte, Ausschnitt bis zum Nabel. Was dazwischen liegt, ist kein Kreuzworträtsel mehr. Und darauf fallen Sie rein, Callac?«

»Raimond, Sie sind ein altes, impotentes Schwein. Eva ist zweiundzwanzig.«

»Sag ich es doch! Wenn sie vor Ihnen herschwingt, röhrt es in Ihren Adern.«

»Sie ist meine heimliche Adoptivtochter. Ich habe sie gedanklich adoptiert. Verstehen Sie das?«

»Nein, Monsieur.« Notar Raimond wurde noch steifer. Der alte Callac verkalkte wirklich total und rettungslos.

»Machen wir das Testament oder nicht?«, brüllte Callac. Seine Brille beschlug wieder.

»Wir machen es«, sagte Raimond so steif, als kaue er an Nägeln. »Was wird, wenn aus dieser Verbindung auch noch ein Kind entsprießt? Ich traue Ihnen jetzt alles zu, Monsieur.«

Von diesem Satz an stritten sich Callac und Notar Raimond eine halbe Stunde und erinnerten sich an Schimpfworte aus ihrer Kinderzeit. Danach waren sie sehr friedlich, und das Testament wurde geschrieben und war juristisch unanfechtbar.

»Jetzt weiß ich, wofür ich gelebt habe«, sagte Callac nach dieser feierlichen Handlung. »Ich hatte immer gehofft, Cosima als Erben einzusetzen.«

»Wer ist denn das nun wieder?«, rief Raimond entsetzt. »Keine neuen Komplikationen!«

»Cosima –«, Callac sah verträumt an die getäfelte Decke. »Das war ein Traum im salzigen Schilf der Camargue. Raimond, der Mensch ist etwas Fürchterliches, wenn er in der Erinnerung lebt und sechzig Jahre später als Wirklichkeit wieder auftaucht …«

Es war natürlich klar, dass der 2. Januar verging, ohne dass Pierre mit Gewalt Ev aus seinem Zimmer vertrieb. Immerhin warteten unten in Madame Cocos Küche Fürst Globotkin, der ›Rote Henry‹, Ponpon und einige andere russische Taxichauffeure abwechselnd in verschiedenen Schichten den ganzen Tag über auf das, was sich oben unter dem Dach vollziehen sollte, aber niemand brauchte einzugreifen um Pierre zu verprügeln. Nur das ›Gebetbuch‹ wandelte vom Erdgeschoss bis unters Dach hin und her, eingedenk seiner priesterlichen Pflicht, mit gutem Zuspruch gute Taten auszulösen. Nach Callacs Silvesterfeier, auf der man Pierre de Sangries als große Entdeckung feierte und der ›Rote Henry‹ ungebremst die Verlobung zwischen Pierre und Ev bekannt gab, begleitet von einem Psalmspruch des ›Gebetbuches‹, schien sich Pierre nur noch für seine Arbeit zu interessieren. Er malte, während die anderen noch das neue Jahr beschliefen, und er malte, als der kritische 2. Januar kam. Er malte auch am 3. Januar, und am 19. Januar, als Pierre noch immer an der Staffelei saß und die Pont d'Iéna malte, dieses grandiose Brückenwerk mit seinen riesigen Adlern auf den Pfeilern und den Reitergruppen an den vier Enden, sagte Madame Coco zu den immer noch wechselnden Katastrophenwachen: »Ihr könnt aufhören, Jungs. Ich habe das Bild gestern gesehen. Ein einziger Mensch steht auf der Pont und blickt ins Wasser. Und wer ist's? Na, ratet mal.«

»Und wie ist es mit dem Arzt?«, fragte Wladimir Andrejewitsch. »Wann sollen wir Pierre zu ihm bringen? Seine Haut wird immer gelblicher.«

»Ich weiß es nicht.« Madame hob die gewaltigen Arme. »Er malt wie ein Besessener. Soll man ihn da wegreißen? Man weiß ja nie, was man richtig oder falsch tut bei einem Künstler ...«

Am 24. Januar kauften sich Pierre und Ev einen Wagen. Sie hatten noch den Gutschein von Hubert Bader, und Ev bestand darauf, ihn auszunutzen, auch wenn Pierre jetzt genug Geld hatte, den Wagen selbst zu bezahlen.

Es war kein neues Auto ... Fürst Globotkin als Fachmann fuhr mit ihnen zu einem Gebrauchtwagenhändler, und dort stand ein Vehikel, das eigentlich dazu dienen sollte, zu demonstrieren, was ein Auto im Laufe seines Lebens alles aushalten kann. Der Händler bot es gar nicht erst an, aber Bouillon stürzte sich auf diesen Wagen, sprang durch die offene Tür hinein und setzte sich auf den Hintersitz. Dort legte er den Kopf in den Nacken und stieß einen Laut aus, der so hässlich war wie er selbst.

»Den nehmen wir!«, sagte Pierre.

»Monsieur«, stammelte der Händler entsetzt. »Ich habe einhundertsieben gute Wagen, die alle preiswert und gepflegt –«

»Bouillon gefällt er. Das zählt!«

»Wollen Sie ein Auto für einen Hund kaufen, Monsieur?«

»Auch das! Was kostet er?«

»Vierhundert Francs ...« Der Händler starrte Hilfe suchend zu Fürst Globotkin, aber der hob nur leidend die Schultern.

»Fahrbereit?«, fragte Pierre.

»Natürlich!«

»Und nicht nur bis zur nächsten Ecke?«

»Eine Saharadurchquerung hält er nicht mehr aus«, sagte der Händler. »Und bergab ist er immer noch schnell! Jahrgang 1960, Monsieur ...«

»1960 ...« Pierre legte den Arm um Ev. »Da war ich 15 Jahre. Ich besuchte die Schule von Concameau in der Bretagne und riss damals zum ersten Mal aus, weil ich noch das Bettlerleben gewöhnt war. Wir nehmen ihn, Monsieur.« Und dann, bitter, aus dem Hintergrund, folgte der Satz, der Ev im Ohr blieb: »Mich hält er noch aus. Wir holen ihn übermorgen ab.«

Draußen sagte dann Fürst Globotkin: »Das war das letztemal, dass ich euch beraten habe. Das ist kein Auto, das ist ein Haufen Rost auf Rädern! Wenn ihr damit an mir vorbeikommt, werde ich euch nicht grüßen.«

Am 10. Februar – so lange dauerte es – war das Auto fahrbereit, neu lackiert und hatte eine Zulassungsnummer. Bouillon taufte es, indem er an den linken Hinterreifen pinkelte, ein Sympathiebeweis, der nicht hoch genug zu bewerten war. Dann saß er zwischen Pierre und Ev auf der vorderen Sitzbank und knurrte leise, als der Motor ansprang und das Vehikel aus der Autowerkstatt rumpelte.

Vor ihnen lagen die Straßen von Paris, vor ihnen lagen aber auch alle Straßen Frankreichs, Europas und der Welt, ihrer Welt, die sie jetzt auf vier Rädern erobern würden, Stück um Stück, mit jener tiefen, in Glück getauchten Freude, wie sie nur der Jugend zu Eigen ist.

Es war ein grüner Wagen geworden, mit einem weißen Verdeck. Der Motor summte, nachdem er warm geworden war, mit jener leisen Melancholie, mit der Veteranen sich an vergangene Lieder erinnern.

»Wohin?«, rief Pierre, als sie die Werkstatt verlassen hatten. Sie lag am Rande von Saint-Cloud, die letzte Empfehlung von Fürst Globotkin, weil diese Werkstatt auch einen Teil der Taxis betreute.

»Nach Versailles«, sagte Ev und lehnte sich in die Kunststoffpolster zurück. »Marquis, wir werden im Schloss erwartet.«

»Natürlich! Marquise haben ja heute Ihren großen Tag.«

Sie fuhren auf die Route nationale Nr. 185, und Pierre gab

Gas. Der alte Motor röhrte auf … auch Greise können noch singen.

»Wie nennen wir ihn?«, fragte Ev und drückte Bouillon an sich. »Er muss einen Namen haben.«

»Er wird uns in die Welt tragen«, sagte Pierre. »Über viele Straßen, die unsere Straßen werden. Er soll heißen ›Mes Rues‹! Einverstanden?«

Meine Straßen … Ev nickte und stützte das Kinn auf Bouillons Kopf. Sie sah Pierre an und war glücklich, dass er so fröhlich war und hinter dem Steuer saß wie ein Junge in einem Karusselauto.

Meine Straßen … Pierre, ich fahre mit dir in jeden Winkel der Welt.

»Im Sommer möchte ich in die Provence«, sagte sie. »Wir können es uns leisten, Pierre de Sangries.«

»Und in die Camargue«, sagte er. »Auf weißen Pferden werden wir zu den Flamingoherden reiten …«

Dann schwieg er, sicherlich, um sich auf den Straßenverkehr zu konzentrieren. Aber er dachte hinter seinem fröhlichen Gesicht: Gott im Himmel, lass mich im Sommer noch aufrecht gehen! Ist es nicht möglich, Gnade auszuteilen, wenn man begonnen hat, an diese Gnade zu glauben?

Der Februar wurde ein Mistmonat. Nicht für Pierre und Ev, aber für alle die, denen man gesagt hatte, Paris sei zu jeder Jahreszeit schön, man müsse das nur erkennen und spüren. Aber wer hat schon so viel Gespür, heute, in unserer so gefühlsarmen Welt, dass er vereiste, glatte Straßen, pfeifende, widrige Winde, wie Leichen in einen trüben Himmel ragende Baumalleen, vermummte schöne Frauen, die wie Vogelscheuchen aussehen und eine graue, trübe, mit Eisschollen bedeckte Seine, in der ein dunkler Klotz steht – die berühmte Nôtre Dame? – auch noch als schön empfindet und sich irgendwo in dieser Stadt hinstellt, den Mund aufreißt und ehrlich sagt: »Formidable!« Selbst die Madelaine entlockt diesen Ausruf nicht mehr … Paris im Februar, in einem solchen Februar, ist weder wundervoll noch einmalig, weder riesig noch überwältigend.

Nur für den Pariser! Man sollte sie (auf jeden Fall) beneiden.

Beneidet wurde auch ›Mes Rues‹, dieses grüne Vehikel, das

Bouillon den Rang ablief, das hässlichste Ding von Paris zu sein. Bouillon schien das zu ahnen, denn nachdem er viermal glücklich neben Pierre und Ev auf der vorderen Bank gesessen und in den Straßenverkehr geblickt hatte, Polizisten grundsätzlich anknurrte und sich Pierres Schimpfen anschloss, wenn ein anderer Autofahrer die Vorfahrt nicht beachtete oder sich sonst idiotisch benahm ... später hockte er auf der hinteren Sitzbank, biss ein paar Mal heimlich in die Polster und pinkelte gegen ›Mes Rues'‹ Reifen, Kotflügel, Kühler und Kofferraum, wo immer er dazu Gelegenheit und wütende Lust empfand. Selbst Callac, seit Wochen gegenüber Pierre von einer fast krankhaften Toleranz, sagte einmal: »Lieber Pierre, tun Sie mir einen Gefallen – parken Sie Ihren Laubfrosch nicht vor meiner Galerie. Ich habe weder Kunden – noch Maler, die so etwas fahren! Es schadet meinem Renommé. Warum kaufen Sie sich auch solch ein Ding? Können Sie sich jetzt keinen besseren Wagen leisten? Wenigstens einen guten Renault. Bis zu einem Jaguar haben Sie's noch weit –«

›Mes Rues‹ schaffte Eis und Schnee, glatte Straßen und klirrend kalte Morgen, als habe er einen Motor, der auf nichts reagierte. Außerdem rumpelte er auf Sommerreifen herum, und dass bisher noch nichts passiert war, schrieb das ›Gebetbuch‹ nur seinem Spezialsegen zu, den er bei der Taufe dem Vehikel hatte zukommen lassen: »Erobere alle Straßen mit Gottes Hilfe, und wenn du irgendwo am Straßenrand verreckst, sei der Teufel mit dir!«

Es muss doch irgendwie einen Nutzen haben, einen angehenden Pfarrer als Freund zu haben.

Ende Februar – Ev machte wieder die Büroarbeit bei Callac, Pierre malte seine sonnendurchfluteten Landschaften, wie er sie von seiner Kindheit her in Erinnerung hatte, Ponpon, der einäugige Schlangenmensch, war auf Tournee mit einem kleinen Zirkus und schrieb aus Italien, er könne seine berühmte Doppelverknotung nicht mehr, weil er zu viel Spaghetti gefressen habe, das ›Gebetbuch‹ studierte und diskutierte weiter, der ›Rote Henry‹ lief sich die Schuhe durch, um Kurzgeschichten und Werbespots an den Mann zu bringen und Madame Coco wurde so etwas wie der Ruhehafen der russischen Taxichauffeure, die, wenn sie eine Pause machten, bei Cosima Lebrun einen Aperitif oder einen ihrer berühmten Kuchen vertilgten – in diesem Februar erschien bei Callac Madame Juana Blondiera.

Madame Blondiera bestand aus Schmuck … was dann kam, war unwichtig. Sie galt als die reichste Witwe von Paris, unterhielt noch so etwas wie einen ›Salon‹ mit einem ›künstlerischen Zirkel‹ (in unserem Jahrhundert ein geradezu fossiles Überbleibsel), kannte jede und jeden, war gefürchtet wegen ihres scharfen Mundwerkes und eben deshalb von allen auch umschmeichelt, denn wen sie in der Kerbe hatte, dem nahm kein Hund mehr im Bois de Boulogne eine Scheibe Brot aus der Hand.

»Maître de Sangries soll mich malen!«, sagte sie zu Callac. Sie sagte tatsächlich Maître, was Callac einen heimlichen Schauer über den Rücken jagte. Wenn Madame Blondiera von Pierre als Meister sprach, hatte er theoretisch Paris erobert. Callac hatte an diese Möglichkeit nie gedacht, nahm seine sich sofort beschlagende Brille ab und putzte sie umständlich. Pierre als guter Durchschnitt – gut und schön, das konnte man akzeptieren, aber als ›Maître‹?! Irgendwie spürte nun auch Callac, dass die Zeit über ihn hinweggerollt war. Die Begegnung mit Madame Coco, pardon: mit seiner geliebten Cosima, hatte ihm schon den ersten seelentiefen Stoß versetzt. Man kann sechzig Jahre eben nicht stillstehen lassen nur weil sie so schön gewesen waren. Jedes Jahr hat seine eigenen Schönheiten, jede Generation hat ihr eigenes unvergessliches Glück, jedes Jahrzehnt baut in und um den Menschen etwas Neues und sich immer mehr Vollendendes auf. Vielleicht war auch Pierre de Sangries der Maler seiner Zeit, nur Callac erkannte es nicht.

»Wie soll er Sie malen, Madame?«, fragte er etwas heiser.

»*Wie?*« Sie blickte an sich herunter. Ihr Schmuck funkelte in den Scheinwerfern der Galerie Callac. »Glauben Sie als Akt, Monsieur? Sie lieber galanter Spötter, haha!« Sie hakte die Daumen in eine lange Perlenkette und hob den Kopf ins Licht. »Natürlich als Portrait. Zwei mal zwei Meter.«

»Das wäre gigantisch, Madame«, wagte Callac einen Einwand. Dieser Kopf, zweimal zwei Meter … das erschlägt jeden! Das erschlägt auch den Namen Pierre de Sangries.

»Das Bild kommt in meine Halle. Kennen Sie meine Halle, Monsieur?«

Natürlich kannte Callac die Halle von Madames Villa in Neuilly.

»Ich werde es Monsieur de Sangries sagen«, meinte Callac vorsichtig. »Es wird nicht billig sein.«

»Callac … Geldfragen unter uns?«, sagte Madame konsterniert.

»30 000 Francs. Madame.«

»Anzahlung? Natürlich!« Madame Blondiera griff in die Handtasche und holte ein Scheckbuch hervor. Maître de Sangries, dachte Callac. Jetzt hat man's schriftlich als unbestechliche Zahl. 30 000 Francs Anzahlung!

Als Madame Blondiera gegangen war, trank Callac eine halbe Flasche Cognac in seinem Büro, und Ev hinderte ihn nicht daran, als sie den Grund erfuhr. Dann inhalierte und sprühte er wieder Menthol in seine Mundhöhle, um neue Kunden zu bedienen.

Habe ich nicht behauptet, auch ein Februar in Paris kann schön sein?

Da Pierre nur in seinem ›Zimmer in Gottes Hand‹ malte (obgleich ihm Callac angeboten hatte, ein großes Atelier einzurichten, direkt am Seineufer), ergab es sich, dass Madame Blondiera in die Rue Princesse musste. Sie fuhr in einem Cadillac vor, mit einem livrierten Chauffeur, der sich in dieser Umgebung fühlte, als habe man ihn auf eine Pirateninsel voller potenter Mörder verschleppt. Er blieb in seinem riesigen, schwarz polierten Autoschiff sitzen, mit hochgekurbelten, verriegelten Scheiben, und las verzweifelt die Zeitung, als ein Heer schmutziger Kinder um dieses Wunderwerk von Auto herumlungerte und es bestaunte. Die Nachbarschaft hing in den Fenstern – soweit sie nicht zur Arbeit war –, und Madame Coco musste Auskunft geben (beim täglichen Gang zum Markt), wer da in ihr Haus gekommen war.

»Eine feine Dame«, sagte sie. »Kommt herein, sieht mich, erkennt sofort meine Bedeutung und sagt: ›Madame, habe ich die Ehre mit Madame Lebrun? Ich bin bei Maître de Sangries angemeldet. Wenn Sie die Güte haben, mich ihm zu melden?‹ Das ist Stil, ihr Affen! So spricht man unter Damen, ihr Kretins!«

Dann zog sie weiter zu den Gemüseständen, wo man sich schon im Voraus bekreuzigte. Preisschilder an den Kisten und Körben existierten für Madame Coco nicht … sie machte die eigenen Preise, nachdem sie die Ware mit ihren Händen begutachtet hatte. Es waren – seien wir ehrlich – auch immer die richtigen Preise.

Pierre sah Madame Blondiera zum ersten Mal, als sie in sein Zimmer kam. Ihr Schmuck war Millionen wert ... er beherrschte sie voll und ganz. Man sah nicht mehr die Frau, man sah nur noch die Brillanten und Smaragde und Perlen, und dann erst fand man sich damit ab, dass das alles von einer lebenden Person getragen wurde.

»Zwei mal zwei Meter, Maître!«, sagte Madame Blondiera, die Pierres Musterung irgendwie falsch verstand. »Und nur meinen Kopf ... oder wollten Sie sogar ...«

Sie war plötzlich verschämt wie ein junges Mädchen, setzte sich auf einen Stuhl und senkte den Kopf.

»Sie werden zufrieden sein, Madame«, antwortete Pierre. Er nahm eine große Leinwand, stellte sie auf die Staffelei und betrachtete Madame Blondiera noch einmal genau. »Ihr Portrait natürlich. Ich male von Ihnen das Wesentliche ...«

»Sie Schmeichler«, sagte Madame Blondiera und wurde rot, eine Meisterleistung, denn in eingeweihten Kreisen schätzte man sie um die Sechzig.

Pierre setzte sie auf einen Stuhl, mit dem großen Fenster im Hintergrund, und begann mit der Rohskizze. Drei Tage, dachte er, dann ist es fertig. Dann wird es sich entscheiden, ob ich eine malende Hure bin oder ein Künstler, der seine eigenen Ideen durchsetzt.

Bis zur Fertigstellung des Bildes von Madame Blondiera sah niemand – auch Ev nicht – was da entstand. Erst, als Pierre das fertige Gemälde verhängt in Callacs Galerie brachte und auf die Ansichtsstaffelei stellte, die beiden Stichscheinwerfer darauf richtete und Madame Blondiera in einem goldenen Sessel vor dem noch nicht enthüllten Bild Platz nahm, ahnte Callac, dass etwas Fürchterliches sich vorbereitete. »Ev, ich habe das nicht verdient, diesen Untergang von Marius Callac ... aber ich kann mich trösten, genug Geld zu haben, um es zu überleben.«

Um Madame Blondiera wenigstens in vollendeter gesellschaftlicher Form sterben zu lassen, kredenzte er ihr vorweg ein Glas Champagner, plauderte über van Gogh und dessen ausgefallene Betrachtung der Natur – womit er glaubte, den Boden für Pierres sicherlich ebenso ausgefallene Betrachtung von Madame Blondiera vorbereitet zu haben – und dann trat Pierre selbst an die Staffelei und riss das Tuch von dem Gemälde.

Einen Augenblick herrschte tiefes Schweigen. Aber nur einen

Augenblick. Dann wandte sich Callac leise stöhnend ab und lehnte den Kopf gegen Evs Schulter. Madame Blondiera saß steif in ihrem Goldsessel, starrte auf das Gemälde, und als sie Callac stöhnen hörte, sagte sie mühsam (und es war echte Ergriffenheit):

»Fantastique! Céleste! Génial! Indescriptible!«

Das Bild war wirklich unbeschreiblich. Auf einem lichten blauroten Untergrund schwebten in den vier Ecken der Leinwand, ziemlich klein im Vergleich zur Gesamtproportion, die Köpfe von Madame Blondiera in vier verschiedenen Blickrichtungen, nämlich alle zur Mitte. Hier aber, die gesamte Riesenleinwand ausfüllend, glänzte, glitzerte und blitzte, dass es einem das Auge fast blendete, das Brillant-Smaragd-Kollier, das Madame bei den Sitzungen getragen hatte. Die Strahlungen dieser Steine überdeckten die vier Portraits in den Bildecken, als wollten sie sie aufsaugen, so wie eine ungeheure Sonne vier farbige Wassertropfen vernichtet.

»Ungeheuerlich!«, sagte Madame Blondiera noch einmal und starrte das Bild an.

»Ich habe Ihnen versprochen, Madame –«, sagte Pierre unbefangen, »von Ihnen das Wichtigste zu malen.« Er trat hinter den goldenen Sessel und beugte sich über ihre Schultern. »So sehe ich Sie, Madame.«

»Callac!« Marius Callac zuckte zusammen. Er fuhr herum und machte sich bereit, von Madame Blondiera vernichtet zu werden. Den Scheck über die 30 000 Francs Vorschuss hatte er als Rückzahlung schon vorsichtshalber eingesteckt. »Ich nehme Ihnen übel, dass Sie dieses Genie nicht schon früher entdeckt haben. Welch ein Bild! Wissen Sie, was das ist? Eine neue Form von Raffaels Sixtinischer –« Die Stimme versagte ihr, sie umarmte den betroffenen Pierre, küsste ihn, begann zu weinen und rannte aus der Galerie. Callac starrte ihr nach, bis die Tür zufiel und Madame Blondiera in ihrem Cadillac saß.

»Pierre«, sagte er dann leise. »Pierre –«

»Monsieur Callac?«

»Sie sind der unverschämteste, frechste, hemmungsloseste, begabteste und herrlichste moderne Maler, den ich kennen gelernt habe! Das hier war ein Spiel um Ihren Kopf.«

»Mein Kopf ist wenig wert, Monsieur.«

»Aber Ev hängt auch an ihm, Sie Egoist!«, schrie Callac.

»Evs wegen habe ich es ja getan.« Er blickte hinüber zu Ev. Sie stand in der Tür zum Büro, zwei Gläser mit Champagner in der Hand, und lächelte. »Ich will nicht nur einen Kopf haben, Monsieur Callac … ich will endlich ein Gesicht haben!«

»Das haben Sie nun, mein Junge.« Callac starrte erneut auf das Bild, das Madame Blondiera als eine neue Sixtinische Madonna empfand, etwas, das sich in Paris schneller herumsprechen würde als etwa das Liebeserlebnis irgendeines Ministers. »Jetzt müssen Sie stark sein, Pierre. Ruhm ist etwas Fürchterliches. Lawinen, Taifune, Vulkanausbrüche lassen noch die Chance übrig, dass man sie überlebt … ein Künstler, dessen Ruhm von der Gesellschaft gemacht wird, ist wie ein aufgeblasenes Gummitier, in das man früher oder später – auch aus Spaß – mit tausend Nadeln hineinsticht, bis es versinkt. Und alle werden herumstehen und jubeln. Ruhm ist von allen menschlichen Erfolgen die giftigste Mixtur.«

»Ich habe Ev«, sagte Pierre mit einer fast ergreifenden Gläubigkeit und nahm das Glas Champagner. »Solange ich lebe und Ev bei mir ist, ist meine Welt vollkommen …«

»Es ist beschämend, zu sehen, wie impotent Pierre geworden ist«, sagte ein paar Tage später der ›Rote Henry‹ zu dem ›Gebetbuch‹. »Er kommt ohne sie nicht mehr aus, sie ist seine materialisierte Seele, aber er heiratet sie nicht, sie leben miteinander wie Bruder und Schwester. Ist das normal? Ein Dichter kann da gar nichts tun … ich kann sie ja nicht mit schweinischen Versen wild machen. Aber die Kirche! Wozu ist die Kirche da? Weiß die Kirche nicht immer und überall einen Weg? François, es wäre deine Pflicht, hier einzugreifen!«

»Es gibt meines Wissens kein Bittgebet für einen Koitus«, sagte das ›Gebetbuch‹ böse. »Irgendwo hört auch die Macht der Kirche auf. Soweit wir uns mit den menschlichen Lenden beschäftigen, gibt es nur die Bitte um Kindersegen … und das ist auch noch überholt. Sage ich es nicht: Die ganze Kirche muss reformiert werden!«

Man sprach dieses Problem – die Enthaltsamkeit Pierres gegenüber Ev – mit Madame Coco und Wladimir Andrejewitsch durch. Nachdem Pierres künstlerischer Durchbruch geschafft war, betrachtete man diese Seite seines Lebens als die noch zu lösende Unbekannte. Vor allem war das alles rätselhaft, wenn man Pierres Leben von früher kannte. Da war nicht nur die langbeinige, langmähnige Monky gewesen, die eine Art Dauerrecht in Pierres Bett gehabt hatte ... da gab es Zeiten, wo Madame Coco sorgenvoll Pierre in die Küche befahl und zu ihm gesagt hatte: »Mein Junge, so viel kann der gesündeste Mann nicht produzieren, wie du abgibst. Bald bist du ein Gerippe.« Und Pierre hatte lachend geantwortet: »Petite mère, ich habe als Landstreicher alle Tricks kennen gelernt, mit einem Minimum an Einsatz die Frauen zu einem Maximum von Glück zu bringen.«

Und jetzt? Jetzt schlief er drei Meter von Ev entfernt in einem Bett, vor das er, wie eine Wehrmauer, seine Staffelei gestellt hatte. Und wenn sie in der Dunkelheit – immer wieder – nackt zu ihm kam und an seinem Bettrand saß, ein herrlicher, heller Körper mit vollen Brüsten und einem blond gelockten Schoß, nach Jugendfrische duftend und jene rätselhafte Wärme ausstrahlend, die sich dem Partner wie eine zweite Haut über dem Leib zieht, dann machte er sich wieder steif und begann mit ihr über die sinnlosesten Dinge zu philosophieren.

»Sie muss ihn vergewaltigen«, sagte der ›Rote Henry‹ immer wieder. »Sie muss ihn ganz einfach vergewaltigen! Um Hilfe schreien wird er sicherlich nicht. Man sollte ihr den Vorschlag machen.«

»Luftveränderung!« Es war ein Wort, das Ponpon in das Problem warf. Er war von der Tournee zurückgekommen, ein Misserfolg, nicht wegen der Spaghetti, sondern weil der Chef des kleinen Zirkus bei Palermo mit der Kasse durchgebrannt war und sich nach Tunis abgesetzt hatte. Jetzt arbeitete Ponpon wieder in einem kleinen Varieté auf dem Montmartre und entsetzte die Zuschauer (es waren wohltuende Schauer), wenn er mit seinem einen Auge nach dreimaliger Verschlingung seiner Gliedmaßen irgendwo zwischen Hintern und Schenkeln hervorlugte und ›Huschhusch!‹ rief.

»Luftveränderung! Das hat immer die meisten Kinder gegeben. Ein altes Hausmittel. Da könnt ihr jeden Mediziner fragen. Pierre und Ev müssen mal weg aus Paris. Nicht nach Versailles oder St. Denis, sondern in den Süden. Salzluft, die hämmert in die Drüsen!«

Man wusste gar nicht, dass der einäugige, mickrige Ponpon ein solches Ferkel war.

Im Mai – Paris stand in voller Blüte, und es war das Paris, von dem man träumt, das man besingt, das man in den Lenden spürt, das den Mädchen unter den Röcken juckt, es war das Paris, in dem Revolutionen und Liebe zu Einheiten verschmelzen, die Champs-Elysées und die großen Avenuen und Boulevards in Duftwolken schwelgen und der Himmel über dem Dächermeer wie Seide ist – in diesem Mai sagte Pierre zu Ev:

»Nächsten Monat fahren wir in die Provence. Es wird Zeit.«

Er sagte es, nachdem er am Morgen, als Ev noch schlief, sich nackt vor den Spiegel gestellt und betrachtet hatte. Man sah nichts an seinem Körper, nur die Augäpfel waren gelber geworden. Aber er dachte daran, dass seit Mitte Januar viermal eine kurze Zeit über ihn gekommen war, in der er geglaubt hatte, sein Flehen zu dem neu entdeckten Gott sei unerhört geblieben. Es war ein Glück, dass nie Ev in der Nähe gewesen war und dass er sich verkriechen konnte wie ein streunender Hund … einmal sogar in den Eingang einer Weinkellerei, wo er sich hinter einen Stapel leerer Rotweinfässer gehockt hatte, die Hände gegen den Leib gepresst, und dann atemlos darauf gewartet hatte, wie es ist, mit vollem Bewusstsein zu sterben.

Aber anscheinend gab es das nicht. Sterben ist etwas Grausames, aber das letzte Stück, das Handauflegen des Todes, muss etwas Friedliches sein. Es hat noch keiner davon erzählen können, aber er glaubte daran.

»Wann fahren wir?«, fragte Ev und küsste ihn. Sie war, wie jeden Morgen, nackt wie Pierre, und als sich ihre Körper jetzt berührten, warme, nachtdurchglühte Haut auf ebenso warme, mit wohliger Hitze gespeicherte Haut, floss kein erotischer Strom ineinander und wirkte wie eine atomare Explosion … sie spürten sich, waren froh darüber und dankbar, dass es den anderen gab.

»Genau am 22. Juni.«

»Warum das?«

»Der 23. ist ein Sonntag. Ich möchte mit dir – zum ersten Mal nach fünfzehn Jahren – wieder die kleine Glocke eines provençalischen Dorfes hören, wenn sie sonntags die Bauern in die Kirche ruft.« Er ging zum Fenster und blickte hinaus. Der Morgen lag golden über den Dächern. Gegenüber bei der kleinen Hure war ein Sonderkunde, Tarif ›Ganze Nacht‹. Bei offenem Fenster – wie immer – lagen sie im Bett und schliefen fest. »Vor fünfzehn Jahren stand ich an diesen Kirchen und kassierte als unheilbarer malender Epileptiker genug Francs, um leben zu können. Den herumstrolchenden Jungen kannte man überall, und einmal musste ich einem Pfarrer im Pfarrhaus privat vorführen, wie man einen stilechten Epileptikeranfall durchspielt. Ich durfte daraufhin drei Wochen bei ihm als Messdiener bleiben, bis ich wieder ausriss. Ich war nicht geboren für ein Zimmer mit vier Wänden.«

»Armer Liebling! Und jetzt?«

»Ich bin fünfzehn Jahre älter, Ev. Und ich habe dich!«

»Und du bist bekannt als Maler. In zwei Jahren bist du reich. Kennst du die Höhe deines Bankkontos?«

»Nein. Es interessiert mich nicht. Es gehört alles dir.«

»Du bist verrückt, Pierre!« Sie lief zu ihm und stellte sich neben ihn an das Fenster. Gegenüber war die kleine Hure aufgewacht, weckte ihren Partner auf Pariser Art und tat wirklich etwas für ihr Honorar. Ein ehrliches Mädchen. »Es sind bis gestern 134 672 Francs. Dabei hat Callac noch vier Rechnungen ausstehen. Wir sollten mit dem Geld etwas unternehmen. Das meint auch Callac.«

»Überleg dir, was du damit tun willst, Ev.« Er wandte sich vom Fenster ab. Die Übungen der kleinen Hure waren anregender, als er sich eingestehen wollte. Man kann nicht alles in sich unterdrücken. »Mir ist alles recht. Kauf Madame Coco das Haus ab.«

»Dieses Haus hier?«

»Warum nicht? Es ist eine Welt, die überall ausgestorben ist, nur hier lebt sie noch. Ein Paradies im Mittelpunkt der Hölle. Hier habe ich dich schlafend die Treppe hinaufgetragen, und damit hat alles begonnen. Eigentlich ist dieses Haus unbezahlbar. Kauf es, Ev.«

Es war natürlich unmöglich, das Haus in der Rue Princesse zu kaufen. Erstens behauptete Madame Coco, sie sei nicht die Besitzerin, sondern nur die Concierge und führe die Mieten auf ein Konto ab, von dem sie nur die Nummer kannte, und zweitens – das wusste keiner, nicht einmal Callac – hatte sie das Haus längst notariell auf Pierre und Ev überschrieben und ihnen schuldenfrei vererbt nach ihrem Tod.

»Wer kauft denn dieses Haus?«, sagte Madame Coco entrüstet, als Ev davon anfing. »Pierre ist und bleibt ein Idiot! Er soll sich einen Mas (ein Landhaus) in der Provence oder an der Côte d'Azur kaufen, aber wer die Rue Princesse liebt, muss schon ein Fossil wie ich sein. Nein! Nein! Keinen Sou für dieses Haus!«

Pierre malte wie besessen.

Ev besprach die Kapitalanlage mit Callac, der keine Ahnung und nie zu Geld eine andere Verbindung gepflegt hatte als die, es zu besitzen, zu horten und sich am Kontostand zu freuen. Jetzt gab er Ratschläge, dass man mit Geld etwas tun müsse, aber was, das wusste auch er nicht.

Notaren misstraute er unverständlicherweise. Bankiers kannte er so viele als Kunden, dass er behauptete, sie zu fragen, wäre gleichbedeutend, das Geld der Mafia zu leihen. Er hielt überhaupt nichts von Leuten, die gewerbsmäßig mit Geld umgehen, warum, das begründete er nie. Er war eben auch nur ein alter Sonderling, über den die Zeit hinweggerollt war und der nur lebte, weil man von ihm die besten Gemälde erwerben konnte ... praktisch aus einer Zeit, aus der er stammte. Ein Stück atmendes Altertum ... ça c'est Paris!

Ev entschloss sich, etwas zu wagen: Sie kaufte vier Autos, Fürst Globotkin, der das Gewerbe hatte, übernahm sie in sein Taxiunternehmen, und so liefen ab Ende Mai vier neue Taxis auf de Sangries' Rechnung durch die Straßen von Paris. Die Autos unterschieden sich von den anderen Taxis dadurch, dass die durchweg russischen Chauffeure Mützen mit einem Band trugen, auf dem – wie bei der Marine – zu lesen war: ›Paris – ma fortune‹. Paris – mein Erfolg.

Das sprach sich rum, und Fürst Globotkin ließ die Idee schützen.

Und so kam es, dass Ev und Pierre mit ihrem grünen Vehikel und dem hässlichsten Hund von Paris durch die Stadt fuhren und ab und zu den schönen Wagen mit den fröhlichen Chauffeurmützen begegneten, und Pierre nicht wusste, dass er der Besitzer dieser Attraktion war. Er hätte sie nämlich sofort abgestoppt und verboten.

»Mein Erfolg ist nicht Paris, mein Erfolg ist Ev«, hätte er gesagt. »Ändert sofort die Mützen, sonst reiße ich sie euch vom Kopf!«

Warum also alles komplizieren, wenn es einfacher geht?

Callac wurde immer unruhiger, je näher der Juni kam und der Tag, an dem Pierre und Ev in die Provence fahren wollten.

Seine Erinnerungen mit Cosima erwürgten ihn fast, auch wenn er gesehen hatte, was jetzt aus ihr geworden war. Für ihn war sie noch immer das junge Mädchen mit den langen schwarzen Zöpfen, die er im harten Salzgras der Camargue entflochten und dann wie eine schwarze Fahne im Wind hatte flattern lassen. Eine Wolke aus schwarzen Haaren gegen einen stahlblauen Himmel und im warmen Meerwind wiegendes mannshohes Schilf ... wer kann das vergessen, wenn er noch ein Stückchen Herz übrig behalten hat?

»Ihr müsst in die Camargue«, sagte er immer wieder zu Ev, wenn sie zusammen im kleinen Büro saßen. »Ich habe es nie mehr gewagt, hinzufahren. Jawohl, nicht *gewagt*! Ich habe zu viel dort zurückgelassen. Aber wenn ihr mir vom Etang d'Ulmet einen Arm voll Schilf mitbringt und ein Stück Salzerde, könnt ihr den verdammten Callac weinen sehen. Aber betrügt mich nicht ... ich weiß genau, wie das Schilf und der Boden am Etang d'Ulmet aussehen.«

Und so kam der Juni, Paris wurde zum Zauber, den man auf der Zunge schmeckte, wenn man tief einatmete, und der Wetterbericht im Radio verkündete, im Süden Frankreichs lagere ein Hoch mit anhaltendem Sonnenschein.

Pierre begann, in einer Werkstatt seinen grünen Wagen ›Mes Rues‹ durchzusehen und auf große Fahrt zu trimmen. Vergeblich redete Wladimir Andrejewitsch auf ihn ein, das Vehikel zu verkaufen und einen sicheren Wagen zu erwerben. Bouillon kam ebenfalls in arge Konflikte: In der Umgebung der Rue Princesse gab es jetzt sieben läufige Hündinnen, und er war ständig unterwegs, kam nur nach Hause, um bei Madame Coco zu fressen und neue Kraft zu tanken und um neben Evs Bett (das gab er nicht auf!) zu schlafen. Sonst aber ... so hässlich er war, Bouillon entwickelte sich zu einem Hund, von dem Kenner gesagt hätten: O lala!

»Man sollte Pierre das mal zeigen«, schlug der ›Rote Henry‹ vor. »Wenn Bouillon es fertig gebracht hat, damals das erste Bild von Pierre bei Callac zu verkaufen, vielleicht bringt er es jetzt auch fertig, Pierre auf Ev zu legen. Zwischen Herr und Hund besteht manchmal rätselhafte Seelenverwandtschaft.«

Madame Coco nannte den ›Roten Henry‹ eine Erzsau, aber das war er gewöhnt. Verkannt zu sein war seine Lebenstragödie. Einen Beweis hatte er im April erhalten: Er war eine tragische Erzählung losgeworden, tatsächlich, und sie wurde gedruckt im wöchentlichen Familienblatt ›Dimanche français‹. Sie wurde ein voller Erfolg, die Leser schrieben, sie hätten sich selten so amüsiert, und der ›Rote Henry‹ bekam von der Redaktion den Auftrag, noch vier solcher Grotesken zu schreiben.

»Grotesken!«, schrie er. »Das war eine menschliche Tragödie!« Darauf besoff er sich, aber er schrieb die vier Erzählungen doch. Auch bei ihm ging es jetzt aufwärts ... wie bei Ponpon, der ein Engagement im ›Lido‹ bekam und fast verrückt vor Freude und Stolz wurde, und wie für das ›Gebetbuch‹, der für sein Referat ›Das Wunder der Gläubigkeit in der französischen Kathedralbaukunst‹ ein Sehr gut erhielt. (Obwohl er alle Kirchen abschaffen wollte!)

Es schien, als bringe Ev ihnen allen Glück.

Der Wunder größtes aber war eine Einladung von Marius Callac: Er bat Madame Cosima Lebrun zu einem Abendessen ins Riz. Er wagte es eben. Einem alten Mann verzeiht man auch einen roten Drachen wie Coco. Außerdem ist das Riz vieles gewöhnt.

Aber in diesem sonnigen, duftigen, blütengeschwängerten Juni in Paris hörten die Wunder nicht auf: Madame Coco erschien mit tiefschwarzen Haaren, glatt angelegt nach spanischer Art, mit einem Mittelscheitel. Ihre Körpermasse war durch ein Korsett gebändigt, dessen Konstrukteur einen Preis verdiente.

Callac hielt den Atem an, als er sie aus dem Taxi von Fürst Globotkin steigen sah. Dann stürzte er ihr entgegen und küsste ihr die Hand.

»Ma petite!«, sagte er zärtlich. »O Gott im Himmel!«

Es gibt in Paris immer wieder zwei Menschen, die noch glücklicher sind als die anderen glücklichen Menschen.

Wer kann sagen, woran das liegt?

Am 22. Juni regnete es in Paris. Aber das Radio meldete: »An der Küste Südfrankreichs Sonnenschein und sommerliche Temperaturen«. Das grüne Vehikel ›Mes Rues‹ stand vor der Tür, aufgetankt, beladen mit zwei Koffern und zwei Reisetaschen, zwei Riesenkuchen von Madame Coco und einem traurigen Bouillon. Drei seiner Hündinnen waren zum Abschied gekommen, saßen auf dem Bordstein und schnüffelten wehmütig. Er sah zur anderen Seite auf die Straße ... auch ein Hund hat eine

Seele, und ob bei einem Hund drei läufige Hündinnen die Liebe zu seinem menschlichen Herrn aufwiegen, das hat noch kein Tierpsychologe erforscht.

Callac hatte eine uralte Karte ausgegraben, vergilbt und zerrissen, ein Heiligtum seines ganzen verflossenen Lebens, und sie Pierre übergeben. Eine Karte der Camargue. Mit Rotstift waren ein paar Kringel gezogen … Orte, an denen er mit Cosima gewesen war. »Fotografiere alles, wie es jetzt dort ist«, hatte er zu Pierre gesagt. »Eigentlich dürfte sich nichts verändert haben. Dieses Land ist die Ewigkeit selbst. Aber es gibt ja die Menschen, die an der ewigen Schönheit herumpfuschen …«

Hinter Paris, bei Fontainebleau, hörte der Regen auf. Von da an begleitete die Sonne das grüne, schnaufende Vehikel nach Süden, der Rhône entgegen, dem Land entgegen, von dem ein Franzose sagt: In Paris liegt unser Nationalgefühl – in der Provence unser Herz.

Sie fuhren langsam – Veteranen wie ›Mes Rues‹ sind wie Veteranen des Militärs: Sie schreien Hurra, das alte Feuer blitzt in den Augen, aber beim Marschieren kommen sie etwas aus dem Tritt. Das grüne Ungeheuer rumpelte über die Autobahn, bis Pierre sie verließ und bei Beaune abbog auf die Landstraße. Sie fuhren durch Maisfelder, die in der Sonne glühten, durch Weinrebengärten und golden überhauchtes Korn. Dann plötzlich, auf einem kleinen staubigen Nebenweg in der Nähe von Tavaux, hielt Pierre ›Mes Rues‹ an. Vor ihnen lagen ein paar alte Bauernhäuser, wie ausgestorben in der Mittagsglut. Rotbraune, verwaschene Dächer, zerfallende Zäune, hochwandige Scheunen für den später geernteten Mais. Breite Leiterwagen, ein paar fahle Kühe auf den Weiden. Ruhe und Ergebenheit in Gottes Milde oder Zorn.

»Hier –«, sagte Pierre. Er stieg nicht aus. Er blickte durch die Frontscheibe und umklammerte das Lenkrad. »Hier habe ich mit meiner Mutter gelebt. Hierher hatte man sie aus Paris verbannt, weil sie mich bekam, von einem Mann, dessen Vornamen sie nur kannte. Hier ist sie gestorben. Und von hier holte man mich weg in das Waisenhaus. Hier wurde der Landstreicher Pierre geboren, weil sein Großvater zu stolz war, einen Bastard aufzuziehen.« Er legte den Arm um Bouillon und drückte den hässlichsten Hund von Paris gegen seine Brust. »Wie war's bei dir, Bouillon? In welcher Ecke hat man dich ins Leben geworfen?« Er sah den Hund an, gab ihm einen Kuss auf den struppigen

Kopf und blickte über die stacheligen Haare zu Ev hinüber. »Wenn du wüsstest, was ein Hund für mich bedeutet«, sagte er leise. Dann gab er wieder Gas, wendete auf der kleinen Straße und fuhr zurück zur großen Route.

Ev fragte nicht danach. Sie schwieg auch weiterhin. Die Rückkehr Pierres zu seinem Ursprung konnte ihm niemand zerreden oder verschönen. Aber sie dachte an die Bilder, die jetzt fast alle verkauft waren ... an die junge Frau mit den traurigen Augen, dem schmalen Gesicht und dem Lockenkopf. Die schöne Mama im goldenen Sonnenlicht – Pierres einziger Anker im Leben. Bis sie kam. Eva Bader. Das Au-pair-Mädchen, das vom Arc de Triomphe springen wollte wegen eines Kindes. Das gleiche Schicksal ... rundete sich dadurch Pierres Leben. Lag hier das Rätsel ihrer Liebe, die bisher nie ihre Körper erreicht hatte?

Man soll Veteranen nicht unterschätzen: Das grüne Ungeheuer ›Mes Rues‹ schaffte die Strecke, für die Pierre zwei Tage gerechnet hatte, an einem Tag. Bei Einbruch der Dunkelheit – es war ein Abendhimmel, so gewaltig mit seinen roten, orangenen und violetten Wolken über einem weiten, weingesegneten Land mit ockerfarbener Erde, dass Ev verstand, warum ein Maler einmal in seinem Leben in der Provence sein musste – erreichten sie einen winzigen Flecken, der aus neun weißen Häusern bestand und einer Töpferei, deren Brennöfen man in einen Hügel hineingegraben hatte. Diese Ansammlung von Hütten hieß Le Pin de St. Rémy, und bevor Pierre den Wagen anhielt, erklärte er: »Hier werden wir wohnen. Die Töpferei gehört einem aus unserer Clique. Er ist vor drei Jahren weg aus Paris. Wir nannten ihn nur den ›Tonkopf‹, weil er schon damals auf einer selbst gebastelten Drehscheibe Krüge und Töpfe drehte und sie bemalte. Ein guter Freund ...«

Er hupte. Aus einer der Höhlen kam eine breite, halb nackte Gestalt, bärtig und braun gebrannt, musterte das grüne Vehikel und tippte an die Stirn. Erst dann kam er näher, erkannte Pierre, als dieser ausstieg, und breitete die Arme aus.

»Pierre!«, rief der ›Tonkopf‹. »Es ist wahr geworden! Du bist gekommen! Die Provence grüßt dich! Und die Provence wartet auf dich! Sie braucht dich! Ich habe es dir immer gesagt!« Dann bemerkte er Ev und Bouillon und ließ Pierre sofort los. »Was ist das? Bist du verrückt?«

»Ich erkläre es dir später einmal, Tonkopf.«

»Auto und Hund passen zu dir ... aber das Mädchen? Bist du Millionär geworden, Junge?«

»Nicht ganz. Das ist Ev ...«

»Mademoiselle.« Der große, breite Kerl mit dem wilden Bart kam näher, drückte Ev die Hand und machte eine weite Armbewegung. »Mein Land ist euer Land!«, sagte er. »Das ist leicht gesagt, denn mir gehört nur der Hügel und der Stall dort drüben. Aber wer hier lebt, fühlt sich als Teil dieses Ganzen. Hier wird man Natur, Mademoiselle. Hier weiß man plötzlich, was Schöpfung ist.«

Später saßen sie unter einem Schilfdach, aßen auf Holzkohle gegrilltes Lammfleisch und tranken einen herrlichen würzigen roten Landwein. Über ihnen pendelten zwei Petroleumlampen in einem Wind, der vom Meer kam, der nach Meer roch, obgleich das Meer noch so weit entfernt war.

»Kann man von der Töpferei leben?«, fragte Ev, als sie ergriffen von der Nacht und umzirpt von Zikaden über das Land starrten. Die Erde atmete die Wärme des Tages zurück, sie duftete wie eine erregte Frau.

»Man kann, wenn man so lebt wie ich –« Der ›Tonkopf‹ – keiner kannte seinen wirklichen Namen, und er nannte ihn auch nie – nahm einen Schluck aus seinem selbst gebrannten und bemalten Tonbecher. Bizarre Gebilde, wie sie auch Picasso herstellte, nur möglich in dieser Landschaft, in der Gott – wäre er Campingbegeisterter – sein ständiges Zelt aufschlagen würde. »Es ernährt mich, ich lebe in absoluter Freiheit, ich weiß, wie es im Paradies gewesen sein muss. Was will man mehr? Ich bedauere jeden, der für einen Franc zehnmal seinen Rücken krümmen und ›Jawohl, Herr Chef‹ sagen muss. Freunde«, er dehnte seinen breiten, braunen, nackten Brustkorb, ein Urbild von Gesundheit und Freude, »das glückliche Leben ist so einfach ... die Menschen selbst komplizieren es nur so ungeheuerlich, weil sie nicht wissen, was Glück ist.«

Es war selbstverständlich, dass der ›Tonkopf‹ seinem Besuch sein Bett überließ. Er selbst zog sich in einen seiner großen, leeren Brennöfen zurück und rollte sich dort auf ein paar Decken zusammen. Und wie in Paris lag Ev in diesem Bett, und Pierre zog sich auf eine Holzbank hinter dem Tisch zurück.

»Komm her!«, sagte Ev, als er die Lampe ausgeblasen hatte. »Pierre, ich sage es zum letzten Mal. Ich schwöre es.«

»Ev …« Er erhob sich, kam zu ihr hinüber und legte sich neben sie. Ihre Körper klebten aneinander, und er spürte, wie ihre Brust sich an ihn schob und ihr Arm über seine Hüften glitt. »Ev, ich beschwöre dich, mir zu glauben: Uns bleibt nur die Vernunft, so irrsinnig das auch ist!«

»Du liebst mich«, sagte sie leise. Sie lag jetzt halb über ihm, und der Druck ihres Körpers, der Duft aus ihren Poren, der Blütengeruch aus ihren Haaren betäubten ihn fast.

»Und wie ich dich liebe«, sagte er heiser.

»Sag nicht ›dich‹, Pierre. Sag ›Ev‹! Ich bin Ev, Pierre, nicht deine Mutter –«

»Mein Gott, das ist es doch nicht!«, schrie er auf. »Ev! Ev! Ev! Es gibt kein anderes Wort mehr für mich!« Er umschlang sie, presste sie an sich, drückte sein Gesicht zwischen ihre Brüste, und zum ersten Mal spürte sie, dass Pierre ein Mann war. Das machte sie so glücklich, dass sie dem Weinen nahe war. »Du wirst an mir zerbrechen!«, schrie er zwischen ihren Brüsten. »Später wirst du es begreifen! Ev … ich liebe dich zu sehr.«

Dann schwiegen sie, spürten nur ihre Körper, begriffen, dass Worte aufgehört hatten, Argumente zu sein … sie genossen mit einer Tiefe, die nur vergleichbar war mit der Unendlichkeit des Himmels, wie ihre Leiber über- und ineinander glitten und erlebten das Wunder, dass zwei Menschen so vollkommen lieben können, dass eine Sehnsucht nach Unendlichkeit zurückbleibt.

Danach lagen sie in der tiefen Dunkelheit im Zikadenkonzert, zusammengepresst wie nicht mehr zu trennen, und küssten sich gegenseitig die Schweißperlen aus den Augenhöhlen.

»Wie lange bleiben wir hier?«, fragte Ev.

»Eine Woche, zwei Wochen, einen Monat, ein Jahr, immer … ich weiß es nicht.«

Sie richtete sich etwas auf und blickte ihn an. Seine dunklen Augen schimmerten unter ihr. »Hast du Callac davon erzählt?«, fragte sie.

»Nein.«

»Weiß es Madame Coco?«

»Niemand weiß es.«

»Und seit wann weißt du es?«

»Seit einer Stunde.« Er zog ihren Kopf zu sich hinunter und schob seine flachen Hände unter ihre Brüste. »Wir haben den

Wind, den Himmel, die Erde und das Meer in uns … was sollen wir noch in Paris? Hier werde ich malen, was du aus mir gemacht hast.«

Am nächsten Morgen – Ev schlief noch – traf Pierre den ›Tonkopf‹ am Brunnen. Er wusch sich, und Bouillon saß etwas traurig auf dem Hügel, starrte in die Ferne und dachte an seine sieben läufigen Hündinnen in Paris.

»Wo ist hier der nächste Arzt?«, fragte Pierre. Der ›Tonkopf‹ sah ihn verblüfft an.

»Einen vernünftigen findest du erst in St. Rémy. Warum? Hat Mademoiselle nächtliche Beschwerden?«

»Idiot!« Pierre wusch sich mit beiden Händen das Gesicht. »Für alle Fälle.«

»Was nennst du einen Fall?«

»Wenn ich sterbe …«

»In einem solchen Fall hilft unser Tierarzt in Eygalières.« Der ›Tonkopf‹ lachte urgesund, fast schon provozierend. »Wann gedenkst du zu sterben, Pierre?«

»Es kann plötzlich kommen.«

»Alles kann plötzlich kommen. Es hat sich schon einer mit einem gewaltigen Furz seinen Darm zerrissen.«

»So ähnlich meine ich es.« Pierre lächelte schief. »Ich möchte bei dir bleiben, Tonkopf.«

»So lange du willst, Pierre.«

»Vielleicht für immer.«

»Nur zu. Bau dir deine Hütte neben meinem Stall. Einmal im Monat kommt ein Händler und nimmt meine Töpfereien mit. Er kann dann auch gleich deine Bilder mitnehmen. Was kostet ein Bild von dir, Pierre?«

»In Paris durchschnittlich 15 000 Francs …«

»Verehrung, Meister.« Der ›Tonkopf‹ machte eine tiefe Verbeugung, er hielt Pierres Zahl für einen Witz. »Wenn du das Monsieur Braillon sagst – das ist der Händler aus St. Rémy –, glaube ich auch, dass du bald einen Arzt brauchst.«

Er lachte wieder laut, blähte seine breite, braune Brust in die frische Morgenluft und ging dann hinüber zu der offenen gemauerten Küche.

Welche Kraft, dachte Pierre. O hätte ich einen Teil davon. Nur ein Zehntel, so bescheiden bin ich. Wie wäre die Welt anders.

Er schaute hinauf zu Bouillon, der sich ergiebig kratzte.

Ein Hund. Ev, wenn du wüsstest, was ein Hund für mich bedeutet.

»Komm her, Bouillon!«, rief er. »Komm her!«

Und der hässlichste Hund von Paris machte vom Hügel aus einen Satz, sprang Pierre direkt auf die Arme, er drückte ihn an sich und ging mit ihm hinüber zur Hütte, um Ev zu wecken.

Sie blieben zehn Tage bei dem ›Tonkopf‹ und schliefen in einer Bretterhütte, die sie sich in zwei Tagen bauten. Es war ein warmer Frühsommer, eigentlich brauchte man nur ein Dach über dem Kopf und schlief besser, wenn die mit Blütenduft geschwängerte Luft einen umwehte; aber sowohl Pierre wie auch Ev schien es besser, Wände um sich zu haben, um ihre Liebe nicht in so vollkommener Freiheit darbieten zu müssen. Zwar sagte der ›Tonkopf‹ einmal in seiner kraftstrotzenden Art: »Wer sich hier schämt, ist noch nicht Natur genug«, und modellierte aus Ton einen riesigen Phallus, den er gewissenhaft in einem seiner primitiven Öfen brannte und Ev beim nächsten Abendessen überreichte, wie man einer Dame einen Strauß Rosen schenkt. Pierre starrte das deutliche Gebilde mit verkniffenen Augen an, und er sah auch, wie verlegen Ev war, wie sie sich überwinden musste, die Tonplastik anzufassen und sich auch noch zu bedanken. Sie sagte etwas zögernd: »Das haben Sie gut gemacht. Danke!« Und der ›Tonkopf‹ goss einen Becher Wein in sich hinein, schlug sich auf die kräftigen nackten Schenkel und grölte: »Nach lebendem Modell, Mademoiselle! Macht es Sie nicht neugierig?«

»Du solltest dich anders benehmen«, sagte später Pierre zu seinem Freund, als Ev in einem Bottich heißen Wassers das Geschirr spülte und die beiden Männer allein auf einem der kleinen Hügel saßen, über das Land blickten und rauchten. »Sie ist keine kleine Hure, das sage ich dir zum letzten Mal! Ich liebe sie! Was sie mir bedeutet, ahnt keiner.«

»Man kann es ihr ansehen, wie sie im Bett ist«, antwortete der ›Tonkopf‹ fröhlich. »Pierre, mach dir nichts vor. Das ganze Gequatsche mit Seele und Herz, und man will doch nur aufeinander liegen. Seele hat nur die Natur –« Er machte eine alles umfassende Armbewegung, als wolle er die gesamte Provence an seine breite Brust drücken. »Der Mensch ist Dreck wie der Ton dort unten, bis jemand kommt, der eine Figur aus ihm formt und ihn hart brennt. So wird der eine ein Krug, den man füllen kann, der andere ein Sieb, aus dem alles wieder herausläuft, der eine wird zum Mörser, der andere zum Stößel.« Er lachte grob und machte eine gemeine Handbewegung. »Und dann wird das Gebilde alt, verwittert und zerbricht eines Tages, wie jedes Tongefäß. Das ist der Mensch! Nur die Natur ist ewig, schön, unerreichbar, unnachahmbar ... auch du mit deinen Bildern kannst es nicht. Pierre, so musst du auch leben! Dran denken, dass du eines Tages wie eine Tonscherbe auf dem Dreckhaufen liegst.«

»Wo wäre die Menschheit hingekommen, wenn sie so denken würde wie du?«

»In ein kleines Paradies zwischen Bett, Herd, Fluss, Wind, Erde und Himmel. Braucht man mehr?« Der ›Tonkopf‹ blickte hinunter zu Ev. Sie schüttete den Bottich aus und reckte sich etwas. Durch die dünne Bluse drückte sich ihre Brust, um die Hüften spannte sich die gewaschene Jeanshose. Sie trug das blonde Haar aufgelöst und wusste nicht, dass man sie beobachtete. Mit den Händen strich sie sich über das Gesicht und breitete dann die Arme aus und atmete tief die Abendluft ein. So male ich sie, dachte Pierre glücklich. Die ganze Sehnsucht eines Menschen nach Schönheit und Glück.

»Wenn ich Millionär wäre, würde ich sie dir abkaufen«, sagte der ›Tonkopf‹ und spuckte den Rest seiner Zigarette von den Lippen. »Und ich bin Millionär – mir gehört die ganze Freiheit des Lebens! Was willst du für sie haben?«

»Rühr sie nicht an, Tonkopf!«, sagte Pierre leise. »Ich sage dir: Rühr sie nicht an!«

»Ich bin so fair, dich vorher zu fragen.«

»Ich würde dich umbringen, Tonkopf.«

»Mit einem Pinsel voll Indischrot, was?« Er lachte dröhnend und warf sich nach rückwärts ins Gras. Sein breiter Brustkorb wölbte sich, die Armmuskeln schwollen wie dicke Stahltrossen, als er die Arme hinter dem Nacken kreuzte. Er zog die Beine an, und auch seine Oberschenkelmuskeln waren wie lange, runde Brote, die man unter die Haut geschoben hatte. »Pierre, in der Natur weiß der Schwächere immer, wann er aufzugeben hat. Ich habe einmal zwei Füchsen zugesehen, die sich um eine Feh stritten –«

»Ich bin kein Fuchs, Tonkopf«, sagte Pierre ernst und eindringlich. »Und wenn du Ev anfasst, stelle ich die Natur auf den Kopf, und der Wurm greift den Elefanten an –«

Er stand auf und ging hinunter. Bouillon folgte ihm, fast auf den Fersen, es war als verstände er jedes Wort der menschlichen Sprache.

Am Freitag kam Monsieur Randolph Braillon aus St. Rémy, um von dem ›Tonkopf‹ neue Vasen, Krüge, Amphoren, Schalen und Zierteller abzuholen. Er bezahlte in bar, erzählte Neuigkeiten aus der Stadt und der großen Weltpolitik, die den ›Tonkopf‹ wenig interessierten, und blieb eine Stunde in der Töpferei. Pierre und Ev bekam Braillon nicht zu Gesicht, und der ›Tonkopf‹ erwähnte sie auch nicht. Pierre hatte sich geweigert, seine bereits fertig gestellten Gemälde Monsieur Braillon zu zeigen. »Jeder Idiot ist anders«, hatte der ›Tonkopf‹ gesagt. »Selbst der Steinzeitmensch lebte vom Tausch. Aber bitte, bitte ... suche dir dein Paradies so, wie du's willst. Male deine Landschaften und verrecke wie van Gogh ...«

Zehn Tage Sonne und Liebe ... und zehn Tage irgendwo auf einem Hügel und malen. Mit Farben, die wie ein Rausch waren, mit so viel Licht, dass es unbegreiflich wurde, wie man auf eine Leinwand so etwas hinmalen konnte, mit einer solchen Explosivität an Lebenssehnsucht, dass man vor den Bildern saß und stumm wurde vor so viel Aufschrei: Ich möchte leben!

Pierre ging am Morgen allein hinaus in die Landschaft, und Ev verzichtete klug darauf, ihn zu begleiten. Merkwürdigerweise blieb auch Bouillon zurück, als wisse auch er, dass ein so hässlicher Hund in den Stunden, in denen man die Schönheit einfing, nichts zu suchen hatte. Er trottete dann um Ev herum, schielte den ›Tonkopf‹ böse an, stand zwischen ihm und Ev, wenn die beiden miteinander sprachen und knurrte leise, wenn der ›Tonkopf‹ näher als einen Meter an Ev herankam.

»Er liebt Sie auch, Mademoiselle«, sagte der ›Tonkopf‹. »Wen wundert das? Alles, was männlich ist, wird in Ihrer Gegenwart zum Raubtier.« Er massierte seine breite nackte Brust und kraulte dann seinen wilden Bart. »Sind Sie mit Pierre eigentlich zufrieden?«

»Ich möchte Ihre Frage nicht verstehen«, antwortete sie.

Sie standen sich vor einem der Brennöfen gegenüber, inmitten eines Haufens von vorgebrannten Töpfen, die noch bemalt und dann zum zweiten Mal nachgebrannt werden mussten. Für

Ev gab es kein Ausweichen, hinter ihr der heiße Ofen, um sich herum die Töpfe und Krüge, vor ihr, breit und unüberwindbar in seiner Kraft, der Mann, der sich Pierres Freund nannte. Er trug nur eine knappe Badehose, und alles an ihm war gespannt.

»Im Paradies muss Adam ein Mann gewesen sein, der mit einem Faustschlag einen Bullen umwarf«, sagte der ›Tonkopf‹. »So jedenfalls stelle ich ihn mir vor. Anders hätte er Eva nach der Vertreibung nicht über die Runden bekommen. Hier haben wir ein Paradies, Sie heißen Eva, und ich heiße Adam Ratoulle. Das ist kein Zufall mehr, Ev, das ist Schicksal! Wir sollten uns Naturgesetzen nicht widersetzen.«

»Ich liebe Pierre!«

»Ich weiß. Man sieht es, man hört es, man schnuppert es, wenn ihr zusammen seid. Aber es ist wider die Natur, Ev! Sie gehören zu einem Mann, der in diesen unwahrscheinlichen Himmel der Provence greift und Ihnen herunterholt, was Sie wollen. Sagen Sie zu mir: ›Ich möchte vom Nachthimmel die Venus haben!‹ – ich hole sie Ihnen herunter, und alle Zärtlichkeit der Venus ist in Ihrem Bett. Und wenn Sie den Mars wollen ... herunter mit ihm vom Firmament, und wir kämpfen in den Kissen miteinander bis zur totalen Vernichtung! So etwas brauchen Sie, Ev!«

»Ich glaube, Sie verkennen mich völlig, Adam Ratoulle«, sagte Ev leise. Aber in dieser Sanftheit lag Stärke und Willen. »Was mich mit Pierre verbindet, ist nicht das, was Sie mir in Ton modelliert haben. Das ist nicht die Hauptsache im Leben. Im Übrigen: Mein Rücken verbrennt gleich.«

»Ich möchte Sie jetzt wegtragen und zeigen, was ein Mann ist«, sagte der ›Tonkopf‹.

»Versuchen Sie es.«

»Warum sagen Sie nicht klar: Nein?!«

»Würden Sie sich darum kümmern?«

»Natürlich nicht!« Adam Ratoulle lachte mit jenem Unterton, den nur Frauen wie eine Berührung auf der Haut spüren. »Was werden Sie Pierre sagen?«

»Wenn Sie mich vorbeilassen – nichts. Er ist zu glücklich, und er glaubt, Sie seien sein Freund. Wenn wir uns nicht einigen, sage ich ihm alles ... es wäre eine Katastrophe. Und doch ist es immer das Gleiche: Drei Menschen genügen, um eine Hölle komplett zu machen.«

Der ›Tonkopf‹ lachte wieder. Er trat aus dem Weg und ließ

Ev vorbei. Als sie aber an ihm vorbeigegangen war, griff er nach ihr, fasste ihre Brust und riss sie zu sich herum. Sie schlug mit den Fäusten auf seine Arme, riss sich los und lief weg zu dem Haus. Adam Ratoulle folgte ihr, nicht schnell, sondern gemütlich, Schritt um Schritt, so, als laufe sie nur voraus, um schnell das Bett zu richten und ihn dort zu erwarten.

Als er die offene Küchenhalle erreichte, stand Ev vor dem eisernen Grill, ein langes Messer in der Hand und den Arm vorgestreckt.

»Sie gehören also zu den Mädchen, die ihr Dreieck wie eine Festung verteidigen?«, sagte der ›Tonkopf‹ ohne einen Anflug von Zögern. Das Messer in Evs Hand betrachtete er als ein Spielzeug. »Wer das Spielchen mag, dem bringt es Freude, sicherlich. Ich halte es für blöd, Ev. Sie sind keine Jungfrau mehr, und es gibt Dinge, an die kann man sich gewöhnen wie Kauen und Schlucken. Sie gehören einfach zum täglichen Leben ... und das auch! Ev, Sie gehören zu den Frauen, die ohne Liebe blutleer werden.«

»Bleiben Sie stehen, Tonkopf!«, sagte Ev plötzlich laut. Adam Ratoulle war einen Schritt näher gekommen, wenn er jetzt die Arme vorstreckte und noch einen Schritt machte, gab es kein Wort mehr, sondern nur die Entscheidung zwischen Aufgabe und Messer.

»Legen Sie das dämliche Messer weg, Ev!«, sagte Adam rau.

»Nein! Ich schwöre Ihnen ... ich stoße zu!«

»Wie Sie wollen! Waffe gegen Waffe!« Er fasste mit beiden Händen in den Gummibund seiner Badehose und zog sie herunter. Nackt, in schwellender männlicher Kraft, stand er vor ihr und lachte sie aus seinem bartüberwucherten Gesicht an. »Seien Sie ehrlich Ev: Ich habe das bessere Schwert! Werfen Sie das Messer weg! Bringen Sie es wirklich fertig, diese Waffen zu kreuzen?«

»Sie wissen nicht, wozu ich fähig bin, Tonkopf!«, sagte Ev hart. »Bleiben Sie um Himmels willen stehen ... das Messer ist scharf und spitz ... und ich halte es fest, ganz fest!«

Sie legte auch noch die zweite Hand um den breiten hölzernen Griff und streckte das Messer weit von sich. Nur noch ein halber Meter trennte Adam Ratoulle von der Klinge ... und er lachte breit, stemmte die Hände in die Hüften und bog den Unterkörper so gemein vor, so weit es möglich war.

»Ein tückisches Gefecht!«, grölte er. »Kurzschwert gegen Krummsäbel! Eva, Sie sind eine wunderbare Frau –«

Unterdessen lag Pierre irgendwo in den Hügeln unter der Sonne und krümmte sich. Plötzlich war es gekommen, zum ersten Mal mit einer solchen Wucht, dass er alles fallen ließ, Pinsel und Palette, die Hände gegen den Leib drückte und sich einfach hinfallen lassen musste. Er spürte, wie das Blut aus seinem Gesicht wich, wie sein Gehirn luftleer wurde, wie sich das Fleisch von seinen Knochen zu lösen schien, und der Schmerz, der stechend und alles zusammenkrampfend seinen Körper durchzog, war so urmächtig, dass er sich liegend herumwarf und in die heiße, duftende Erde biss, weil er nicht schreien wollte. Er hielt den Atem an, glaubend, mit diesem Stillstand seiner Lungen auch den Schmerz zu besiegen ... aber es half nichts, in ihm bohrte es und zogen feurige Ströme durch seinen Leib, Schweiß übergoss ihn, aus allen Poren brach er heraus, und als es immer unerträglicher wurde und auch der Biss in die Erde nicht mehr half, riss er große Büschel voller Gras aus und stopfte sie sich in den Mund. Nicht schreien, nein, nicht schreien ... man würde es bis zur Hütte hören können! Es ist ja gleich vorbei, es sind ja nur ein paar Sekunden, man kennt das ja während bisher zweiundzwanzig Anfällen. Das war der dreiundzwanzigste, aber er war der fürchterlichste und längste und der ehrlichste: Er zeigte, dass man mit der Zeit rennen musste, dass man der Uhr vorauslaufen musste.

Als der unheimliche Schmerz etwas nachließ und das zurückblieb, was Pierre seit zwei Jahren ›Das Rülpsen meines Mitessers‹ nannte, dieser latente, erträgliche, immer gegenwärtige Schmerz, an den man sich gewöhnen konnte, lag Pierre auf dem Rücken, starrte in den wolkenlosen, unendlichen Himmel und weinte.

Die Palette lag neben seinem Kopf, und er spürte an den Spannungen auf seiner Haut, dass er sein Gesicht über all die ausgedrückten Farben gewälzt haben musste, ehe er in die Erde gebissen hatte. Nun trockneten die Ölfarben in der heißen Sonne. Wie sehe ich aus, dachte er. Ein mit einer Vielfalt von Farben beschmiertes Gesicht, das ich mit dem wenigen Terpentin, das ich bei mir habe, nicht sauber wischen kann. Was soll ich Ev erzählen? Und der ›Tonkopf‹ wird so lachen, dass man ihn ermorden könnte für diesen kraftstrotzenden Hohn. Was soll ich tun? Welche Lüge ist jetzt noch glaubhaft?

Er lag noch eine Weile, die Farbe auf seinem Gesicht wurde zu einer festen Schicht, der Schmerz im Leib ebbte ab und blieb nur noch wie ein taubes Gefühl in seinen beiden Füßen hängen. Das war neu. Er bewegte die Füße … sie gehorchten ihm, aber als er sie gegen einen Stein stieß, empfand er nichts mehr dabei.

»Nein!«, sagte er dumpf. »Nein! Das mache ich nicht mit!«

Er stieß immer und immer wieder mit den Füßen gegen den großen Stein, bis das Gefühl wiederkehrte. Er stieß so wild, mit einer so verzweifelten Selbstzerstörung, dass – als das Gefühl zurückkehrte – seine Füße rot geschwollen waren und er kaum noch auf ihnen stehen konnte, als er sich aufrichtete. Dann stand er wieder, hielt sich an seiner Staffelei fest und blickte über das sonnenüberflutete, blühende, gesegnete Land, in dem man begreift, wenn jemand sagen sollte: »Gott muss ein Provençale gewesen sein!«

Er sah den Qualm aus zwei von des ›Tonkopfs‹ Brennöfen, dünne weißgraue Fäden, die im unendlichen Blau des Himmels aufgesogen wurden. Und er hörte auch wieder die Laute um sich, die Vogelstimmen, das Flügelschlagen eines Taubenschwarms, ein ganz weit entferntes Hämmern auf Eisen … dort irgendwo zwischen den Hügeln schärfte ein Bauer seine Sense. Links von ihm zog eine Schafherde über das Land, merkwürdig stumm, weil der Wind gegen sie stand und alle Laute von ihm wegtrug.

Eine gute Idee, dachte er. Ich werde sagen, ein Hirtenhund habe mich umgerannt und ich sei in meine Farben gefallen. Der ›Tonkopf‹ wird brüllen vor Lachen, aber es klingt glaubhaft.

Er klappte die Staffelei zusammen, sammelte alles auf, wartete, ob sein Leib gegen diese Arbeit protestierte, aber da er jetzt wieder schwieg, stieg er langsam den Hügel hinab und stützte sich bei jedem Schritt auf die Beine der Staffelei.

»Du kannst einmal zustechen«, sagte Adam Ratoulle und ließ die dicken Muskeln seiner Oberarme springen. »Sicherlich wirst du auch treffen … aber dann bin ich über dir, und die nächsten Stöße gehören mir!« Er lachte mit jener Gemeinheit, die keine Duldung mehr zulässt, atmete tief auf und zog die Schultern hoch.

»Rühren Sie sich nicht!«, schrie Ev plötzlich hell. »Denken Sie auch an Pierre!«

»Pierre! Den rotze ich an die Wand und backe einen Wandteller aus ihm!«, sagte der ›Tonkopf‹. »Es geht hier nur noch um uns, und wir werden uns einig. Zehn Tage lang sehe ich dich in allen Variationen einer Frau … wer soll das aushalten, wenn er keine Salzsäure in den Adern hat? Bevor du hier auftauchtest, war das anders. Da klemmte ich mich auf mein altes Motorrad und fuhr nach Paradou oder Fontvieille. Von weitem schon hörten die Weiber meinen Motor und zogen die Röcke aus. Sie werden denken, ich sei gestorben. Zehn Tage kein Adam mehr in der Gegend … und nur, weil ich dich immer vor Augen habe …«

»Morgen fahren Pierre und ich weiter. Mir wird schon eine Erklärung einfallen. Mein Gott, bleiben Sie stehen!«

Adam Ratoulle breitete die Arme aus. Das Messer vor ihm erschien ihm lächerlich. Er grunzte tief und setzte zum letzten Schritt an.

In diesem Augenblick fegte ein Knäuel Haare zwischen Ev und Adam Ratoulle. Lautlos, aber mit einer Wucht, in der die ganze Kraft des Anlaufes lag, warf sich Bouillon in die Beine des ›Tonkopfs‹. Er biss nicht, er schlug nicht seine Zähne in das Fleisch … er prallte nur gegen die Schienbeine, riss den riesigen Menschen von den Füßen, zerstörte das Gleichgewicht, ließ ihn nach vorn kippen und fallen.

Mit ausgebreiteten Armen, mit der ganzen Schwere seines Körpers fiel Adam Ratoulle unaufhaltsam Ev entgegen, das lange Messer, das sie noch immer mit beiden Händen umklammert von sich hielt, bohrte sich bis zum Heft in seine Brust, und erst, als ihre Fäuste seine Haut berührten und die Klinge völlig in seinem Körper stak, ließ sie mit einem Aufschrei den Griff los.

Der ›Tonkopf‹ starrte sie lautlos an, in seine Augen flog jenes ungläubige Staunen, das noch an Wunder glauben lässt … dann überzog seine Augen der ewige Schleier, er kippte gegen die lange Holzbank des Grilltisches, sank in die Knie, umfasste seinerseits mit beiden Händen den Messergriff, aber es war nur eine Reaktion, die das bereits gestorbene Gehirn nicht mehr befahl. Erst dann kam ein merkwürdiger Laut aus seinem aufgerissenen Mund, ein dumpfes Grollen, das mit einem pfeifenden letzten Atem verflog.

Adam Ratoulle fiel auf den festgestampften Boden und war

schon tot, als seine Stirn aufschlug. Neben seinem Kopf stand Bouillon, ohne einen Laut, nur die Lefzen hatte er hochgezogen und das Gebiss bis zum Zahnfleisch entblößt. Als der Mensch neben ihm sich nicht mehr rührte, sprang er über ihn hinweg und kam hinüber zu Ev. Sie lehnte an der Wand und hatte die Augen fest zusammengepresst. Erst, als Bouillon ihr die Hand leckte, öffnete sie langsam die Lider und wandte gleichzeitig dabei den Kopf zur Seite.

»Was hast du getan?«, sagte sie tonlos. »Bouillon, was hast du getan?!«

Der Hund begann zu winseln und drückte sich an ihre Beine, und sie konnte nicht anders, sie musste sich zu ihm hinunterbeugen und sein struppiges Fell kraulen. Der hässlichste Hund von Paris winselte weiter, seine braunen Augen waren ein einziges Flehen.

»Ich danke dir, Bouillon«, sagte Ev leise. Es fiel ihr unendlich schwer, das zu sagen. Da wird ein Mensch getötet, und man bedankt sich. Und dann dachte sie daran, dass sie selbst bereit gewesen war, mit dem Messer zuzustoßen und begriff nicht, dass sie dazu hatte fähig sein können. Sie nahm Bouillon auf den Arm, wandte sich ab und lief mit ihm in ihre Hütte zurück. Dort erst löste sich ihre Verkrampfung ... sie fiel auf das breite Bett und schüttelte sich wie in Krämpfen.

Und Bouillon saß neben ihr und leckte ihr die Hände.

Wann Pierre zurückkam, wusste Ev nicht. Sie war eingeschlafen, und als er sie weckte, war tiefe Nacht, und eine halbe Mondsichel stand wie durchleuchtetes Glas über dem vom Zikadengesang durchwobenen matthellen, duftenden Land.

Sie fuhr hoch, umklammerte seine Schultern und schrie ›Pierre!‹ aber er drückte sie zurück und setzte sich neben sie auf die Bettkante.

»Ich habe ihn begraben ...«, sagte er ganz ruhig. »Eine fürchterliche Arbeit. Er muss über zwei Zentner gewogen haben. Es hat acht Stunden gedauert, bis ich ihn im Grab und zugeschüttet hatte.«

»Ich habe ihn nicht getötet ...«, stammelte sie. »Glaub es mir, Pierre, ich habe es nicht getan. Ich war bereit dazu ... aber dann kam Bouillon dazwischen. Der Hund hat ihn getötet.«

»Der Hund –« Pierre sah hinüber zu Bouillon, der zusammengerollt neben Ev auf dem Bett lag. Zwischen den Haarbüscheln ahnte er die großen braunen Augen, die ihn jetzt erwartungsvoll anstarren mussten. »Ich weiß, dass Hunde töten können …«

»Du glaubst es nicht, Pierre? Er hat Adam umgerissen, und er stürzte in mein Messer.«

»Adam hieß er also?«, sagte Pierre und strich über Evs Haare. »Keiner wusste das bisher.«

»Adam Ratoulle. Er wollte …«

»Ich weiß es, Ev. Er hat es mir gesagt. Er konnte mir das sagen, er war so stark, und ich hätte nichts tun können, am allerwenigsten ihn töten. Ich kann nicht töten. Aber ein Hund kann es.«

»Und was nun, Pierre? Niemand wird uns glauben, dass Bouillon einen Mann wie Adam Ratoulle hat töten können …«

»Er ist begraben, und keiner weiß, dass wir hier waren. Morgen früh fahren wir weiter in die Camargue …«

»Wie flüchtende Mörder. Das ist schrecklich, Pierre.«

»Es ist schrecklich, dass zwei Menschen nirgendwo auf dieser Welt glücklich sein können«, sagte Pierre. »Warum ist das so?«

»Weil wir Menschen sind.«

»Ist das eine Erklärung, Ev?«

»Die einzige, Pierre.«

Er legte sich neben sie und starrte gegen die Balkendecke. Das Konzert der Zikaden, durchbrochen von dem dumpfen Brüllen einiger Ochsenfrösche in nahe gelegenen Tümpeln, füllte die Nacht aus. Es roch nach Narzissen und wildem Wein, riesigen Nelken und harzigem Wacholder.

»Hättest du ihn getötet?«, fragte er plötzlich.

Und sie antwortete ohne Zögern: »Vielleicht –«

»Du hättest wirklich zustoßen können?«

»Ich weiß es nicht. Ich glaube, ja. Es kam alles zusammen: Angst, Verzweiflung, Ekel, die Ausweglosigkeit, die Liebe zu dir …«

»Und was würdest du jetzt tun, wenn du ihn getötet hättest?«

»Ich würde nach St. Rémy zur Polizei fahren.« Sie drehte sich zu ihm hinüber. Sein Gesicht brannte noch von dem vielen Terpentin, mit dem er die Farben von der Haut gewaschen hatte. Einen halben Kanister hatte er dafür verbraucht. Man musste in

Arles neue Farben und Leinwand kaufen, neues Terpentin und neue Pinsel.

»Warum fragst du?«, sagte sie.

»Ich hätte nie zugelassen, dass du dich meldest.«

»Dann wären wir wirklich flüchtende Mörder geworden ...«

»Menschen«, sagte Pierre langsam. »Menschen, Ev! Manchmal frage ich Gott, warum wir alle so sind ...«

»*Du* fragst Gott?«

»In letzter Zeit, ja. Von einem bestimmten Augenblick an bekommt man einen besonderen Kontakt zu Gott.«

»Und welcher Augenblick ist das?«

»Das müsste bei jedem Menschen verschieden sein.«

»Und bei dir ist es wann gewesen?«

»Vor zwei Jahren. Ich wurde an einen Hund erinnert ...«

Es klang wie ein Witz, aber es war die Bitternis der Wahrheit selbst. Nur begriff es Ev nicht; wer sollte es schon begreifen, wenn er nicht wusste, was nur Pierre allein kannte und manchmal selbst nicht begreifen konnte.

»Komm her, Bouillon«, sagte Pierre. Er streckte die Hand aus und Bouillon kroch zu ihm und legte seine feuchte, kalte Schnauze gegen seine Schulter. »Du hast Ev beschützt und einen Mann getötet. Verlass Ev nie, Bouillon, hörst du ...«

Am nächsten Morgen, ganz früh, beim Morgengrauen, noch bevor die Sonne den weiten Himmel vergoldete und die Lerchen hochstiegen in das unendliche Blau, verließen sie die Töpferei des ›Tonkopfs‹. An seinem Grab, am Fuße eines sandigen Hügels, hielten sie ihr Auto ›Mes Rues‹ an und sahen stumm auf die Stelle, die sich in nichts von anderen Erdstellen unterschied. Sogar einen Busch hatte Pierre darauf gepflanzt.

Nur Bouillon spürte etwas. Er kroch auf den Hintersitz des Wagens, rollte sich zusammen, legte die Schnauze zwischen die Vorderpfoten und begann ganz leicht zu zittern.

Wer die Camargue nicht kennt, dieses riesige Mündungsdelta der Rhône mit seinen Inseln, Halbinseln und Seen, seinen Lagunen und Salzpfannen, seinen weiten Steppen und Sümpfen, seinen Herden schwarzer Stiere und den Schwärmen von Millionen rosa gefiederter Flamingos, den bunt schillernden Enten in unzähligen Tümpeln, dem Galopp der mittelgroßen, stämmigen weißen Pferde, auf denen die Gardians, die Stierhirten, sitzen und ihre Herden über die Salzsteppen treiben, wer diesen flimmernden Himmel über Meer und Schilf, Seen und Land nicht gesehen hat, nicht die kleinen Inseln kennt, auf denen blaue Disteln blühen, Tamarisken und phönizischer Wacholder, wer nicht die stolzen Silberreiher und Stelzen in den Tümpeln stehen sah oder die Schwärme der Bienenfresser wie Federwolken über sich erlebt hat, wer diesen Zauber der Urlandschaft nicht gerochen und mit eigenen Händen erfasst hat, nie auf einem der weißen Pferde dahingejagt ist oder mit einem Boot in die von Vogelstimmen aufgeladene Stille der Etangs hineingeglitten ist, für den wird es schwer sein, die Camargue zu begreifen, sie erklärt zu bekommen, ohne mit seiner Fantasie zu helfen.

Zwar schiebt sich die Zivilisation auch hier langsam vor. Im Norden hat man große Reisfelder angelegt, Feriensiedlungen mit Reiterhotels entstehen, die Reichen aus dem Binnenland bauen sich jetzt hier ihre breit gelagerten Landhausvillen, und vielleicht wird auch einmal dieses selige Land vernichtet sein durch Teerstraßen und Touristenbusse, Betonburgen und so genannte Erholungszentren, und es wird keine Flamingoschwärme mehr geben und keine Mandelkrähen, keine Röhrichtpfeifer und keine schwarzen Stierherden, und aus den weißen, kleinen, fast kubischen Hirtenhäusern, den Mas, werden sicherlich ›romantische‹ Feriensiedlungen werden mit Swimmingpools und ›Bars typiques‹ … und doch wird die Camargue weiterleben, irgendwo, in einem Zipfel am Phare de la Gacholle oder in einem Winkel der Inselgruppen an den Etangs von Beaudure und Vaisseau … oder vielleicht auch da, wohin Pierre und Ev mit ihrem alten Auto ›Mes Rues‹ fuhren. Weg von den Straßen, über eine sandige Piste zu einem winzigen aus sieben Häusern bestehenden Ort, der sich ›Le Paradis‹ nennt.

Le Paradis … nicht nur ein Name, sondern ein Glaube. Wer von hier über die Camargue blickt, unterhält sich mit Gott und der Schöpfung und weiß, wie klein er ist, dieser so wichtige, alles beherrschende, alles zu wissen glaubende Mensch.

Pierre und Ev fanden ein Quartier bei einem alten Fischer, der seinen Beruf aufgegeben hatte und davon lebte, sein Stück Land mit allem zu bebauen, was man als Mensch zum Leben braucht. In seinen beiden alten Kähnen nisteten Kaninchen. Vom Rudern war er umgestiegen auf den Pferderücken, aber er war ein schlechter Reiter, wie er selbst zugab, und so liefen seine fünf weißen Pferde meist frei herum oder er verlieh sie, wenn irgendwo in einem entfernteren Dorf ein Fest war und man noch Pferde brauchte.

»Wie gefällt es dir?«, fragte Pierre, als sie Hand in Hand in der Abenddämmerung standen und die orangene Glut der untergehenden Sonne die Seen und Inseln, die Tümpel und Schilfsteppen, die Weite des Landes und die Unendlichkeit des Himmels miteinander verband.

»Unheimlich«, sagte sie leise. »Man ist so klein ...«

»Und man wird so groß, wenn man das begreift. Ich werde das alles malen. Alles! Ich will der Ewigkeit einen Ausdruck geben, Ev, ich werde arbeiten, als gäbe es keine Uhr mehr.«

Es darf keine mehr geben, dachte er dabei. In mir verrinnt die Zeit, und keiner kann sie mehr aufhalten. Aber jetzt ist es furchtbar, das zu wissen. Früher war es eine Tatsache, mit der man lebte, und man lebte sie hinweg mit dem Wissen, dass jede Stunde genossen werden müsste. Jetzt ist es ein Fluch, und jede Stunde, die verrinnt, ist ein feuriges Stück Angst mehr: Wie lange noch, mein Gott? Jetzt habe ich Ev ... und das Leben ist plötzlich etwas wert geworden!

Er wusste jetzt, was Liebe ist ... in seiner Lage war es eine Seligkeit, die Angst, Qual und Verzweiflung gebar.

Die beiden ersten Tage verbrachten sie damit, dass Pierre mit Hilfe des alten Fischers Ev das Reiten lehrte. Sie begriff es schnell, es kam nur darauf an, im Sattel zu bleiben und die Gangarten zu beherrschen. Es waren brave Pferde, die alles tolerierten, und es waren Pferde, die ihre Heimat kannten und immer zurückfanden, wohin die Verrückten auf ihrem Rücken sie immer auch hintrieben.

Fünf Tage tobten Pierre und Ev durch das Land. Sie ritten mit wehenden Haaren durch den Salzwind, schlossen sich einem Trupp Gardians an und trieben die Stierherden vor sich her, oder sie ritten durch hüfthohe Tümpel zu einsamen Inseln und lagen dort nackt in der Sonne, eingeschmiert mit stinkenden Mückensalben, um die Myriaden von Mücken von sich abzuhalten.

Sie liebten sich und waren so völlig Natur in der Natur, dass es Ev war, die einmal sagte: »Ich habe einmal vor langer, langer

Zeit gehört, dass ein begabter junger Maler Pierre de Sangries in die Camargue gefahren ist, um Unsterbliches zu malen. Oder war das nur eine eurer alten Sagen …?«

»Noch einen Tag«, sagte Pierre und zeigte auf Bouillon. Er jagte durch das Schilf und scheuchte Reiher auf. »Nur noch einen Tag so leben wie er.« Er richtete sich auf und blickte sich um. »Weißt du, dass hier in der Gegend auch einmal Callac und Madame Coco gelegen haben. Vor sechzig Jahren? Sie haben es nie vergessen.«

»Ich weiß. Sie waren so jung wie wir und sicherlich auch so verliebt.«

»Sechzig Jahre!« Pierre ließ sich nach hinten fallen und starrte in den Himmel. »Welch eine Zeit! Unerreichbar.«

»Warum? Dann wärst du achtundachtzig! Ist das ungewöhnlich?«

»Und du zweiundachtzig!« Er schloss die Augen. Gott, halte mein Herz fest, bettelte er. Lass mich nicht aufschreien. Wir reden von sechzig Jahren, und es können sechzig Tage, sechzig Stunden sein – »Und wir werden uns wie Callac und Madame Coco an diesen Tag heute erinnern. Nein, nicht erinnern … wir werden ihn erleben. Wir werden nie alt werden.«

Als er den Doppelsinn dieses Satzes begriff, war es schon zu spät. Ev lag in seinen Armen, und sie liebten sich wieder, und Bouillon saß drei Meter abseits von ihnen unter einem Busch, lugte in die Gegend und hielt Wache.

Anfang September – sie lebten jetzt in der Camargue, als seien sie nie woanders gewesen, und Pierre malte Bilder von einer Ausdruckskraft, wie sie Ev noch nie gesehen hatte – traf ihn wieder der Blitz der Schmerzen.

Wieder war er allein mit seiner Staffelei, aber dieses Mal rollte er nicht mit dem Gesicht über die Palette, sondern er warf sich ins Gras, nachdem er alles von sich geschleudert hatte. Erst dann ließ er dem Schmerz den Triumph, und dieses Mal schrie er sogar, denn Ev war weit entfernt und er war mit ›Mes Rues‹ herumgefahren, bis er ein Motiv gefunden hatte: Eine alte Mühle mit zerfetzten Flügeln, die merkwürdigerweise ›La Roche‹ hieß, obwohl nirgendwo ein Felsen zu sehen war. Der Müller hatte ihn begrüßt, ihm einen Schluck Wein gegeben und war ein paar

Mal herübergekommen, um zu sehen, wie seine Mühle in den Augen eines Malers aussah.

Er war es auch, der Pierre verkrümmt im Gras fand, gelb im Gesicht, verzerrt wie eine Fratze, die Hände gegen den Leib gepresst und sich hin und her wälzend in unerträglicher Qual. Er fragte nicht viel, packte sich Pierre auf den Rücken, der gewöhnt war, schwere Säcke zu tragen und für den der Maler ein leichtes Bündel war, und fuhr ihn mit ›Mes Rues‹ nach Amphise, einem Dorfflecken, der keine Besonderheiten besaß als die, dass in ihm ein Arzt wohnte.

Warum sich Doktor Rombard ausgerechnet in Amphise niedergelassen hatte, wusste niemand, und es gab auch keine Erklärung dafür, denn wer hier krank wurde, kurierte sich mit jahrhundertealten Hausmitteln selbst aus oder – wenn es ganz hart kam – brachte man ihn nach Arles ins Spital. Selbst der Arzt im größeren Le Sambuc, wo es sogar eine Erste-Hilfe-Station gab, hatte wenig zu tun und widmete sich mehr der Bienenzucht als einer medizinischen Weiterbildung durch Lektüre von Fachzeitschriften, weil das völlig nutzlos vertane Zeit war. Mit Honig war etwas anzufangen ... mit nuklearer Medizin dagegen hier überhaupt nichts.

Dr. Rombard war deshalb sehr erstaunt, dass man einen anscheinend Schwerkranken in sein Haus trug – nach Müllerart lang über die Schulter – statt ihn sofort nach Le Sambuc oder Arles zu bringen.

»Ein Maler, Monsieur Docteur«, sagte der Müller und lud Pierre auf dem Sofa ab. »Malt meine Mühle und liegt plötzlich im Gras. Sehen Sie sich ihn einmal an. Gestern erzählt er mir noch, er käme aus Paris, und so sah er auch aus ... heute sieht er wie ein Chinese aus, so gelb.«

»Es ist gut, Lucien«, sagte Doktor Rombard. »Ich rufe dich wieder.«

Er schloss hinter dem Müller die Tür, kam zu Pierre zurück und fühlte zunächst, was jeder Arzt gern tut, den Puls. Pierre lag mit geschlossenen Augen und schweißüberströmt, aber nicht mehr verkrümmt auf dem Sofa. Der Anfall war vorbei ... die Taubheit in den Gliedern kam wieder. Aber er wusste jetzt ja: Auch das geht vorbei.

»Ich bin Pierre de Sangries«, sagte er mühsam, als Doktor Rombard seine Hand losließ.

»Doktor Rombard. Haben Sie diese Anfälle öfter?«

»Das war Nummer vierundzwanzig, Doktor.« Pierre versuchte zu lächeln. »Ich führe Buch darüber.«

»In welchem Zeitraum?«

»Seit über zwei Jahren.«

»Natürlich waren Sie in Paris bei einem Arzt …«

»Ja.« Pierre drehte den Kopf zu Doktor Rombard. Ein faltiges Gesicht, umrahmt von weißen Haaren, sah ihn an. Augen mit der Güte, die alles verzeiht. Blaue Augen, in die das Alter noch nicht eingedrungen war wie in die Haut und in die Haare. »So wie Sie habe ich mir als Kind Gott vorgestellt«, sagte Pierre leise. »Ist das nicht verrückt, dass ich jetzt an so etwas denken muss?«

»Es würde mich interessieren, was mein Kollege in Paris diagnostiziert hat«, sagte Doktor Rombard geduldig.

»An was würden Sie denken, Doktor?«

»Sind Sie zu mir gekommen, um mit mir Ratespiele zu machen?«

»Ich wollte nicht zu Ihnen. Der Müller hat mich wie einen Sack einfach aufgeladen. Es geht mir auch schon wieder besser.« Pierre richtete sich auf, aber Doktor Rombards Hand drückte ihn aufs Sofa zurück. Er hatte mehr Kraft im Arm, als Pierre ihm zugetraut hatte.

»Sie bleiben liegen! Ich habe Sie noch nicht untersucht. Wenn Sie es wünschen, dann …«

»Bitte, Doktor.« Pierre schob sein Hemd hoch und die Hose herunter. Sein Leib lag frei. »Ich bin gespannt, was Sie sagen …«

Doktor Rombard untersuchte schnell, tastete den Leib ab, die Gallengegend, die Leber, die Milz, drückte auf die Nieren. Dann zog er Pierres Hemd wieder über den knochigen Leib. »Was ich sage?«, meint Doktor Rombard. »Ohne eine Röntgenuntersuchung kann ich gar nichts sagen. Es kann vielerlei sein. Gallensteine, eine chronische Hepatitis, eine verschleppte Pankreasentzündung … verdammt, soll ich Ihnen helfen – oder soll ich Sie rausschmeißen?«

»Das eine können Sie nicht, und das andere tun Sie nicht.« Pierre setzte sich hoch, und jetzt drückte ihn Doktor Rombard nicht mehr zurück. »Meine Krankheit hat eine lange Vorgeschichte. Sie fängt eigentlich schon damit an, dass meine Mutter ein uneheliches Kind bekam. Mich! Die große Schande der Familie de Sangries. Man versteckte meine Mutter bei Tavaux, dort starb sie an einer Blutvergiftung, ich kam in ein Waisenhaus, weil keiner mich wollte, mich, den Bastard. Mit fünf Jahren riss ich dort aus und wurde Gehilfe eines Clochards. Wir zogen kreuz und quer durch Frankreich und lebten nicht schlecht. Ich malte damals schon, er verkaufte die Bildchen, und an kirchlichen Festen spielten wir unsere Glanznummer: Vater blind, der Sohn Epileptiker. Dann starb Jean-Claude – so hieß mein Clochard – an einer Fischgräte, die sich in seiner Speiseröhre verklemmt hatte. Ich war damals vierzehn, konnte weder lesen noch schreiben, aber ich hatte gehört, dass man, wenn man eine Gräte im Hals stecken hat, den Hals aufschneiden muss, damit Luft in die Lungen kommt. Ich habe Jean-Claude mit einem Taschenmesser in den Hals gestochen zu spät, wie man mir sagte, aber im Prinzip richtig.«

Pierre lehnte sich gegen die hohe Sofalehne. Ein Sofa mit Plüschbezug. Doktor Rombard schwieg und faltete nur die Hände. Er betrachtete Pierre, wie ein Sammler einen gerade aufgespießten großen Schmetterling bewundert.

»Ich kam dann in eine Schule, lernte schnell alles nach, riss wieder aus und – gewöhnt an einen Freund, der mit mir durch Frankreich zieht – nahm ich einen Hund mit, der genau so einsam war wie ich. Einen schönen Hund. Einen Setter, den ich ›Mylord‹ nannte. Mylord lernte, auf den Hinterbeinen tanzen und auf zwei Beinen zu humpeln. Er war überhaupt ein gelehriger Hund. Unser erfolgreichster Trick war, dass Mylord bei den Frauen unter die Röcke schnupperte und dann wie ohnmächtig umfiel. Das gab immer ein Hallo, und die Männer warfen uns die Francs zu, wie einer Primadonna Rosen. Mylord schlief an meiner Seite, Mylord tat alles für mich. Er starb auch für mich … als ein Besoffener mit einem Motorrad über die Straße brauste, riss er mich weg und kam selbst unter die Räder. Aber Mylord ging nur als Körper von mir … in Wahrheit blieb er immer bei mir … bis heute.«

Doktor Rombard sah Pierre stumm an und schob nur die Unterlippe vor. Nur in seinen blauen Augen konnte Pierre lesen: Das ist nicht möglich! Und doch ist es möglich. Die Medizin kennt da genug Fälle –

»Ich ahnte nichts«, sagte Pierre ruhig, »bis ich sechsundzwanzig Jahre alt war, in Paris wohnte und die Sturheit pflegte, mich als Maler durchsetzen zu wollen. Da stellten sich die ersten Leberschmerzen ein, ich wurde gelb im Gesicht, und jeder sagte: ›Na klar, der Kerl säuft sich tot!‹ Aber ich hatte gar kein Geld, um zu saufen. Nach dem vierten Anfall ging ich zum Arzt … zur Armenambulanz, kostenlos, wurde geröntgt und untersucht, mein Blut wurde analysiert, und dann kam ein freundlicher Arzt zu mir, sah mich groß an und sagte ehrlich: ›Mein Bester, es sieht mies aus. Sie haben einen Hundewurm. Keinen Bandwurm, sondern einen Wurm in der Leber.‹ Er nannte dann auch den lateinischen Namen, aber ich dachte nur an ›Mylord‹ und daran, dass er mir immer ein Freund gewesen war, mir das Leben gerettet hatte und mich nun doch noch umbrachte. ›Haben Sie einen Hund gehabt?‹, fragte der Arzt. Und dann: ›Hat er Ihnen – wie man so harmlos sagt – Küsschen gegeben?‹ Und als ich antwortete: ›Küsschengeben gehörte zu unserer Nummer‹, sagte der Arzt in Paris: ›Dann dürfen Sie sich als abgestürzter Artist betrachten. An dieser ›Nummer‹ sind Sie zugrunde gegangen.‹ – Ein ehrlicher Arzt, ich bin ihm wirklich dankbar.« Pierre holte tief Luft. Die Taubheit in den Gliedmaßen verflüchtigte sich wieder.

»Ich habe dann ein halbes Jahr versucht, den Wurm von ›Mylord‹ mit allen Mitteln abzutöten, die es nur gab. Umsonst. ›Mylord‹ saß tief in mir … und jetzt frisst er mir seit zwei Jahren Stück für Stück die Leber auf! Ich habe kapituliert. Es gibt keine Heilung mehr. Nur noch den Wucher mit der Zeit.« Er beugte sich vor und sah Doktor Rombard groß an. »Doktor … wie lange habe ich noch?«

»Etwa zwei Monate, wenn Sie mit Ihren Kräften weiter Raubbau treiben. Ein Jahr, wenn Sie vernünftig leben.« Doktor Rombard drückte die gefalteten Hände enger zusammen. »Sie sehen, es gibt nicht nur in Paris ehrliche Ärzte …«

»Ich danke Ihnen, Doktor.« Pierre erhob sich etwas mühsam. Die Schwäche lag noch bleiern in ihm. »Ich verstehe: Ein Jahr, wenn ich wie ein Greis lebe, vielleicht in einer Klinik, angeschlossen an Schläuchen. Aber ich bin jung … ich möchte lieber zwei Monate wie ein freier Adler leben und dann abstürzen! Verstehen Sie das?«

»In meinem Alter nicht mehr.« Doktor Rombard entfaltete seine Hände und legte sie Pierre auf die Schultern. »Aber wenn ich noch einmal so jung wäre wie Sie und in Ihrer Situation … ich weiß nicht … vielleicht … vielleicht.«

Er schüttelte den Kopf, brachte Pierre bis vor die Tür und übergab ihn dort dem wartenden Müller.

»Es ist nichts, Lucien«, sagte Doktor Rombard auf einen flehenden Blick Pierres. »Überarbeitung, weiter nichts.« Und zu Pierre gewandt, sagte er leise: »Seien Sie ein mutiger Adler. Ihr Absturz wird schrecklich werden.«

Er blickte dem alten Auto ›Mes Rues‹ nach, bis es hinter einer Biegung des Weges verschwand. Pierre fuhr wieder selbst. Doktor Rombard ging in sein Haus zurück und setzte sich an seinen Schreibtisch. Er holte aus seiner Tasche einen Zettel, auf den er ein paar Zeilen gekritzelt hatte. Bevor Pierre aus seinem Schmerzrausch erwacht war, hatte Doktor Rombard noch Zeit gehabt, in dem Pass zu blättern und die Papiere durchzusehen, die Lucien, der Müller, ihm gesondert überreicht hatte, als sie Pierre aus der Tasche fielen.

Doktor Rombard nahm den Hörer seines Telefons ab und wählte die Auskunft. »Sehen Sie bitte nach«, sagte er, »ob in Paris eine Madame Lebrun, Rue Princesse, einen Telefonanschluss hat. Hat sie, dann bitte schnell eine Verbindung …«

Pierre malte noch vor Luciens alter Mühle, als in Paris bereits Alarm gegeben wurde. Madame Coco verlor zum ersten Mal in ihrem Leben wirklich die Nerven, schrie – alles durch das Telefon – Callac an und beschwor ihn, sich um die besten Spezialisten Frankreichs zu bemühen, flehte Professor Mauron an zu helfen und fiel dann weinend Fürst Globotkin in die Arme, der – von seinen Kameraden verständigt – sofort in der Rue Princesse vorfuhr.

»Er liegt im Sterben!«, schrie Madame Coco. »Mein Pierre liegt im Sterben! Und keiner kann ihm helfen! Keiner! Wladimir Andrejewitsch, haben Sie schon so etwas gehört: Ein Hundewurm frisst ihm die Leber weg … Und er liegt da unten in der Camargue und keiner kümmert sich um ihn.«

»Und Ev?«, sagte Fürst Globotkin entsetzt.

»Ev weiß doch von nichts. Pierre spielt ihr den Gesunden vor. Dabei weiß er es seit zwei Jahren … Ein Doktor Rombard hat mich angerufen. Pierre wohnt in Le Paradis. Ausgerechnet in Le Paradis.«

Eine Stunde später raste Wladimir Andrejewitsch mit seinem Taxi über die Autobahn nach Süden. Es gab jetzt nur noch eine Wahrheit: Pierre zurückzuholen nach Paris!

Marius Callac führte Rundgespräche mit allen ihm bekannten medizinischen Persönlichkeiten, die seine Galeriekunden waren. Die Auskünfte waren niederschmetternd. Als Madame Coco wieder anrief, wagte Callac es nicht, ihr die Wahrheit zu sagen.

»Was hast du erreicht?«, schrie sie. Callac hielt den Hörer von seinem Ohr weg.

»Er muss sofort in die Klinik. Ohne genaue Untersuchung – aber wenn er das schon seit zwei Jahren hat und nichts dagegen getan hat ... Cosima, ich ... ich muss dir sagen ...«

»Keine Hoffnung, Marius?«

»Es sieht fast so aus. Für eine zerfressene Leber gibt es keinen Ersatz ...«

Es war gegen neunzehn Uhr, als das Gespräch in Paris stattfand.

Um die gleiche Zeit holte Ev ihren Pierre von der Mühle ab. Auf ihrem weißen Pferd trabte sie neben ›Mes Rues‹ her, und Pierre hatte das Fenster heruntergelassen und rief zu ihr hinauf:

»Ich liebe dich, Ev!«

Und sie rief von dem weißen Pferd zurück: »Ich liebe dich auch, Pierre!«

Und dann gab er Gas, und sie galoppierte neben ihm her, mit wehenden Haaren, der salzige Wind klebte auf ihrer Haut, und neben ihnen, aus einem Tümpel, flogen Silberreiher auf und begleiteten sie ein Stück mit Kreischen und rhythmischem Flügelschlag.

Welch ein Leben! Welch ein herrliches Leben! Welche Wonne, leben zu dürfen! Warum kann man den Wind, das Meer, die Sonne nicht umarmen? Warum sich nicht baden im Abendrot? Warum nicht das Herz ausspülen im Blau des Himmels?

»Heute bin ich schön weitergekommen!«, rief Pierre zu Ev hinauf, als sie ihn auf dem weißen Pferd überholte. »Ich habe malen können wie nie!«

Dann sah er ihr nach, wie sie vor ›Mes Rues‹ hergaloppierte, über sich den Schwarm der Silberreiher, neben sich das keuchende Haarknäuel von Bouillon, der tapfer mithielt und neben dem Pferd herrannte.

Wenn es so weit ist, werde ich sie unter einem Vorwand wegschicken und mich umbringen, dachte er. Sie soll und darf mich nicht elend sterben sehen. Das muss ich ihr ersparen, wenn es schon nicht möglich war, ihr die Liebe wegzureden.

Sie blickte sich um, lachte und winkte. Und er winkte zurück, lachte auch und hupte, das Dröhnen der Pferdehufe spürte er bis in seinen Wagen, aber er spürte auch, wie Tränen in seine Augen traten und ihm die Wangen herunterliefen.

Zwei Monate noch, wenn ich wie ein Adler lebe.

Er blickte in den feurigen Abendhimmel und begann zu schluchzen.

Ein normales Auto fährt von der alten Mühle ›La Roche‹ bis zu den weiß gekalkten Häusern von Le Paradis knapp eine Viertelstunde. Es sind keine Straßen dazwischen, noch nicht einmal richtige Wege, mehr von Karren und Pferdeherden ausgestampfte Pfade durch diese Urlandschaft. ›Mes Rues‹ brauchte über eine halbe Stunde, auch wenn Pierre kräftig auf das Gaspedal drückte und Ev auf ihrem weißen Pferd das Tempo mit ihrem Galopp angab.

Aber sie erreichten an diesem Tag Le Paradis nicht mehr in der Fröhlichkeit, mit der sie sich gegenseitig überholten: Mal ›Mes Rues‹, mal das Pferd … ein übermütiges Spiel voll Lachen und Winken, Lebensfreude und dem Wissen, dass man sich nachher in der kleinen Fischerhütte in die Arme fallen würde.

Auf halbem Wege, zwischen zwei Tümpeln voller blausilbern schimmernder Enten, Stelzen und stolzen Reihern, überfiel der wahnsinnige Schmerz wieder den zu einer Gegenwehr nicht mehr fähigen Körper Pierres. Wie mit einem Messer wurde seine Leber durchschnitten, er umklammerte das Lenkrad, nahm den Fuß vom Gaspedal, fiel mit dem Kopf vornüber gegen die Frontscheibe und krümmte sich. Der Wagen rollte aus, der Motor tuckerte noch ein paar Mal und starb dann ab. Ev, die vorausgeritten war, merkte erst, dass Pierre nicht mehr hinter ihr war, als Bouillon an ihrer Seite fehlte. Jaulend war er zurückgelaufen und sprang jetzt draußen an der Tür des Autos hoch.

Pierre hatte den Mund aufgerissen, als könne durch ihn der irrsinnige Schmerz entweichen. Er schrie nicht … er atmete nur in raschen Stößen, und es war, als löse sich seine Lunge auf. Er hatte den Kopf etwas gedreht, lag mit der linken Schläfe auf dem Lenkrad und sah Bouillon, wie er immer wieder an der Tür hochsprang und sein geliebter hässlicher Kopf für eine Sekunde am Fenster erschien.

»Hund …«, sagte Pierre. Es war das erste Wort, das ihm wieder gelang, ein Wort, eingebettet in feurige Qual, die jetzt durch seinen ganzen Körper flammte, als verbrenne er von innen. »Hund … jetzt hast du es geschafft.«

Er meinte damit den längst vergangenen ›Mylord‹, den Hunde-Clochard, der damals vornehmer war als sein junger Herr. Aber er sagte es auch zu Bouillon, dem hässlichsten Hund von Paris, und in dem Wort ›Hund‹ lag Verzweiflung und Liebe, Hass und Resignation, Dankbarkeit und Fluch.

Ev galoppierte zurück. »Pierre!«, rief sie schon von weitem. »Was ist? Hast du kein Benzin mehr?« Sie schwenkte dabei ihr Kopftuch über den im Wind wehenden Haaren, stand halb in den Bügeln und lachte schallend. »Ich werde dich abschleppen! Pierre de Sangries und sein Auto werden von einem Pferd durch die Camargue gezogen! Wäre das kein Bild, Pierre?«

Sie hielt neben dem Auto, sah Bouillon winselnd und heulend hochspringen und Pierres Kopf auf dem Lenkrad. Er sah sie an, mit weiten, leeren Augen, und es waren plötzlich nicht mehr Pierres dunkelbraune Augen, sondern zwei Flecken in seinem verzerrten, gelblichen, knochigen Gesicht.

»Pierre!«, schrie sie und sprang vom Pferd. »Pierre, was ist? Mach keine dummen Witze! Pierre! Das ist kein Spiel mehr!«

Sie riss die Tür von ›Mes Rues‹ auf, und der Erste, der hineinsprang, war Bouillon, hockte sich neben Pierre auf den Sitz und leckte ihm jaulend die um das Lenkrad gekrallten Hände.

Ev umklammerte Pierres Kopf und hob ihn etwas ab. In ihren Händen begann er jetzt zu zittern, der ganze Körper wurde durchgeschüttelt, als durchränne ihn trotz der heißen Sonne an diesem unendlichen, fahlblauen Himmel ein wilder Frost. Er begann mit den Zähnen zu klappern, seine Hände lösten sich vom Lenkrad, und seine Arme umschlangen Evs Nacken, als müsse er sich an ihr festhalten, um nicht völlig in den unerträglichen Schmerzen zu versinken.

»Pierre –«, stammelte sie fassungslos. »Pierre … was ist denn? Sag doch etwas … Liebling, sag doch etwas … Pierre … o mein Gott …« Sie hielt ihn fest, er drückte sich an sie wie ein ängstliches, Schutz suchendes Tier, knirschte mit den Zähnen, zitterte und wunderte sich selbst, woher er jetzt die Kraft noch nahm, seinen Schmerz nicht hinauszuschreien.

Er konnte nicht sprechen. Sie fragte ihn immer wieder, streichelte sein schweißüberströmtes Gesicht, küsste ihn auf die Augen und den zugekniffenen Mund, und Bouillon saß daneben, winselte und zitterte wie damals, als sie ihn im Regen auflasen und er sich an der matten Wärme eines Kellerfensters wärmte.

»Ich bringe dich zu einem Arzt«, sagte sie. »Himmel, wo ist hier ein Arzt? In Arles? Pierre ... Pierre ... Wir müssen nach Arles. Nirgendwo ein Arzt! O diese Camargue ... diese verfluchte Camargue ....! Pierre ... kannst du dich bewegen? Sag doch etwas ... nur ein Wort ... ein Wort.«

Er schüttelte an ihrer Brust den Kopf und holte tief Luft. Es war, als blase er damit das Feuer in sich noch mehr an. »Keinen Arzt«, sagte er völlig tonlos. Es war ein Laut, wie ihn Ev noch nie gehört hatte. »Zurück ... zurück.«

»Du musst zu einem Arzt!«, rief sie. »Du siehst ja ganz gelb aus! Hast du eine Gallenkolik?«

Eine Gallenkolik. Pierre lächelte nach innen. Wie einfach sie alle denken. Und wie einfach ist es auch: Da sitzt ein Wurm in meiner Leber und frisst mich auf, und keiner kann ihn töten, und keiner kann eine neue Leber in mich hineinpflanzen. So simpel ist das! Wie kompliziert ist dagegen eine Gallenkolik! Ev, es geht zu Ende, ich weiß nur nicht, wie ich es dir sagen soll. Und du wirst es nicht begreifen, das weiß ich auch ... wie niemand begreifen kann, wenn ein Mensch, in dessen Liebe man gelebt hat, plötzlich von einem geht. Dann ist die ungeheuer bunte Welt ein farbloses Ding, in das man hineingesetzt ist wie ein Wesen mit Augen, das nur graue Konturen wahrnehmen kann. Das Nichtbegreifen des Todes ist die größte Tragik des Menschen. Ich begreife den Tod ... er ist das Mildtätigste, was Gott seiner Schöpfung mitgegeben hat.

»Zurück«, sagte er mühsam. Der Schmerz verteilte sich jetzt und zog in die feinsten Nervenenden seines Körpers. »Nur zurück, Ev ... bitte.«

Sie ließ ihn los, zog ihn auf den Nebensitz, dort fiel er nach vorn, umklammerte das Armaturenbrett und hielt sich fest. Bouillon sprang auf den Hintersitz und leckte Pierre den Nacken. Das weiße Pferd glotzte teilnahmslos ins Auto und wartete auf seinen Reiter.

Ev setzte sich hinter das Lenkrad, ließ den Motor wieder an und fuhr los. Pierre schlug die Zähne aufeinander und knirschte, als der Wagen sich hüpfend in Bewegung setzte und jeder

Stoß, jede Unebenheit des Bodens in seinem Körper wie ein Hammerschlag wiederkehrte. Das Pferd sah dem Wagen nach, wendete dann und trabte hinter ›Mes Rues‹ her, holte auf und blieb, mit den Nüstern fast am Dach, hinter dem Gefährt.

Pierre schloss die Augen. Er hörte, wie neben ihm Ev plötzlich zu weinen begann, und er hatte keine Möglichkeit, etwas zu ihr zu sagen, sie mit Lügen zu beruhigen, sie zu trösten, wo es keinen Trost mehr gab. Er lag mit dem Kopf auf dem Armaturenbrett und betete innerlich, dass der Weg bald zu Ende sei und man Le Paradis erreichte, das kleine weiße Haus, das schmale Bett, die Dämmerung eines geschlossenen Raumes. Ruhe, nur Ruhe ... liegen können und warten, dass der Schmerz nachließ, dass der Wurm in der Leber nicht weiterfraß ... warten auf ein Weiterleben, oder warten auf das Ende. Nur liegen ... Ev, du Engel dieser letzten Monate ... wie herrlich ist es, sich ausstrecken zu können –

Es war eine Höllenfahrt bis nach Le Paradis.

Kurz bevor aus dem Sonnenglast, dieser letzten, roten Hitze vor dem Versinken der Sonne im glitzernden Wasser des Etang de Vaccarès, die Hütten auftauchten, ließ der Schmerz wieder nach und die Taubheit zog in die Glieder. Das gewohnte Spiel. Ev hielt vor dem Fischerhaus, und Pierre richtete sich mühsam auf und lächelte verzerrt. Er drückte die Tür auf und umklammerte den Dachrahmen, um sich daran hochzuziehen.

»Bleib sitzen!«, sagte Ev und hielt ihn fest. »Bist du verrückt, Pierre! Wir tragen dich ins Haus. Beweg dich nicht!«

Sie sprang aus ›Mes Rues‹ und rannte um das Auto herum, weil Pierre sich dennoch hochzog und schwer atmend außerhalb des Wagens stand. Er lehnte sich gegen die Karosserie und starrte in die glutend untergehende Sonne, ein triumphales Verlöschen mit dem Wissen des morgendlichen Wiederkommens. Kommen wir auch wieder, dachte er? François Delmare, das ›Gebetbuch‹, gab auf solche Fragen typisch jesuitische Antworten. »Wer nicht daran glaubt, dem kann man es nicht erklären«, sagte er. »Und wer daran glaubt, der braucht keine Erklärungen.« Der ›Rote Henry‹ nannte solcherart theologische Rabulistik »einen Scheißhaufen vergolden«. Aber wer die Sonne unter- und wieder aufgehen sah, in dieser göttlichen Schönheit wie in der Camargue, begriff etwas von dem Rätsel der Ewigkeit und dem, was man Weiterleben nennt.

»Es ist schon viel besser«, sagte Pierre mühsam, als Ev ihn umfasste und seine Arme um ihren Nacken legte. Trotzdem war er froh, dass sie da war, dass er sich an ihr festhalten konnte, dass er jeden Schritt zu dem kleinen weißen Haus, zu dem ersehnten Bett und der stillen Dämmerung des Raumes an sie und ihre stützende Schulter weitergeben konnte.

»Du siehst, ich kann gehen wie ein junges Pferd«, sagte er, als er die ersten Schritte getan hatte. Auch die Sprache kam wieder, wurde verständlicher, erhielt den menschlichen Ton zurück. »Warum weinst du, Ev? Es ist gar kein Grund vorhanden, zu weinen. Es geht mir gut.«

Warum lüge ich weiter, dachte er. Warum jetzt noch? Wie feig ist doch der Mensch, wie erbärmlich feig! Aber ist es wirklich Feigheit?

Er blickte zur Seite auf Ev. Sie stützte ihn, ihr blondes Haar klebte verschwitzt an der Stirn, in ihren Augen hingen noch die Tränen, aber er sah ihr an, dass sie geradezu glückhaft erleichtert war, dass die Tatsache, dass er wieder gehen und sprechen konnte, einen großen Teil des Entsetzens vertrieben hatte. Ich liebe sie, dachte Pierre. Und wenn jetzt Liebe auch zur Feigheit wird – ich kann es ihr nicht sagen. Ich nicht – vielleicht kann es das ›Gebetbuch‹, oder der ›Rote Henry‹ in seiner kaltschnäuzigen, verdammt kräftigen Art, oder Madame Coco, mütterlich und weise … irgendeiner muss und wird es tun … nur ich nicht! Ich liebe sie zu sehr, um ihr meinen Tod ins Gesicht zu sagen.

Sie erreichten das kleine Haus. Der Fischer war unterwegs mit zwei Pferden zu einem Reitstall für Touristen. Ein Omnibus voller Schweden war gekommen, und nun reichten die vorhandenen Pferde des Stalles nicht aus, weil jeder Schwede wie ein Gardian über die Camarguesteppe reiten wollte. Pierre ließ sich zu dem schmalen Bett führen, legte sich und streckte sich aus. Hundewurm, dachte er dabei, lass mich jetzt in Ruhe. Du hast zweimal an meiner Leber gefressen, nun bist du satt! Lass mich weiter Theater spielen, hab' Mitleid, auch wenn du nur ein Wurm bist und nicht weißt, was draußen in der Welt passiert.

Er starrte an die Decke, roh behauene Balken, vom Alter geschwärzt und gebogen. Dazwischen die weiß gekalkten Lehmflächen, mit der Kelle angeworfen und so getrocknet. Dann war die Decke weg, und er blickte in Evs Augen.

»Was war das?«, fragte sie. Und als er antworten wollte, sagte sie ernst: »Nein, sag die Wahrheit, Pierre! Das hast du nicht zum ersten Mal gehabt. Du kennst das. Du hast es mit Routine überstanden, wie ein Artist auf dem Hochseil. Ich bin nicht blind.«

»Ev«, sagte er schwach. »Ach Ev, ich liebe dich.«

»Ist es die Galle, Pierre?«

»Nein.«

»Die Niere?«

»Nein.«

»Der Magen?«

»Auch nicht. Ev, wenn du das Bild sehen würdest, das ich von der Mühle gemalt habe ...«

»Die Bauchspeicheldrüse?«

»Nein.«

Sie schwieg und dachte nach. An die Leber denkt sie nicht, dachte er fast glücklich. Aber dann fragte sie es doch. »Eine Leberentzündung? Du siehst aus, als hättest du die Gelbsucht. Hast du etwa eine Leberentzündung?«

Und er konnte antworten ›Nein!‹ und brauchte nicht einmal zu lügen.

»Wir fahren morgen nach Arles zum Arzt!«, sagte sie bestimmt. »Du sagst immer Nein, aber ich will wissen, was du hast.«

»Morgen wird ein schöner Tag sein«, sagte Pierre und umfasste mit beiden Händen ihren Kopf. Sie waren sich ganz nah und sahen sich an, und in diesem Augenblick bestand die Welt nur noch aus ihnen. »Sonne und Wind vom Meer, und die rosa Wolken der Flamingos werden über die Etangs schweben ...«

»Morgen stehst du unter einem Röntgenschirm, mein Lieber«, sagte sie nüchtern. »Und ein Bild von den Flamingos hänge ich dir übers Bett, wenn du in einem Krankenhaus liegst. Glaub nicht, dass du mich belügen kannst! Ich habe dir gesagt, es gibt nicht mehr dein Leben und mein Leben, sondern nur noch unser Leben!«

»Ev, es ist so fürchterlich«, sagte er mutig. Mein Gott, hilf mir, flehte er. Lass mich diese Schranke überspringen!

»Was ist fürchterlich, Pierre?«

»Ich sterbe, Ev –«

Dann war es still zwischen ihnen, ganz still. Sie sahen sich nur an, und ihre Einheit war vollkommen.

»Du stirbst nicht«, sagte sie endlich. Es klang ziemlich fest, aber im Hintergrund ihrer Stimme lag ihre ganze ohnmächtige Angst. »Ich lasse es nicht zu, dass du einfach stirbst. So, wie du es nicht zugelassen hast.«

»Ich springe auch nicht vom Arc de Triomphe.«

»Was es auch ist, Pierre ... ich lasse es nicht zu.«

Er lächelte und schloss die Augen. Hörst du das, Wurm in meiner Leber, fragte er nach innen. Sie lässt es nicht zu! Richte dich danach ... vielleicht gibt es das Wunder, dass die Liebe dich, Wurm, doch noch besiegt.

Ich will daran glauben.

Er zog ihren Kopf auf seine Brust, und so lagen sie, bis sie hörten, dass der Fischer mit seinen Pferden zurückkam.

Wladimir Andrejewitsch Globotkin traf gegen neun Uhr abends in Le Paradis ein. Sein Taxi mit der Pariser Nummer rief bei dem Fischer stummes Erstaunen hervor, zumal keine Gäste ausstiegen, die es sich leisten konnten, per Taxi von Paris nach Le Paradis zu fahren. Nur der Fahrer sprang aus dem Wagen, und der Fischer dachte mit einem Anflug von Neid, dass die Pariser Taxifahrer gut verdienen mussten, um sich Privatfahrten in die Camargue zu gestatten.

Pierre lag noch immer auf dem Bett. Ev saß an dem Holztisch und kaute an einem Brotkanten, beobachtete Pierre und redete unentwegt auf sich ein, nicht zu glauben, dass Pierre so krank sei, wie er gestanden hatte. Als sie das Bremsen des Autos hörte, sprang sie auf und rannte ans Fenster.

»Nein!«, rief sie. »Ist das eine Überraschung! Wladimir kommt zu Besuch! Pierre! Wladi ist aus Paris gekommen!«

Sie lief aus dem Haus, und es war, als stürze sie einer Rettung entgegen.

Das war Doktor Rombard, dachte Pierre und erhob sich vorsichtig von seinem Bett. Er hat Madame Coco alarmiert. Das Ende der großen Lüge ist gekommen ...

Er stützte sich an der Tischkante ab und erwartete so Fürst Globotkin. Er hörte Ev und ihn miteinander sprechen, und er hörte, als sie näher zur Tür kamen, wie Ev sagte: »Wladi, es hat keinen Zweck, mich zu beruhigen. Pierre hat mir gesagt, dass er denkt zu sterben. Aber er stirbt nicht! So schnell stirbt man nicht.«

»Wenn er dir das gesagt hat, hat er dich wieder belogen«, hörte er Wladimir Andrejewitsch antworten. »Er stirbt seit zwei Jahren. Auch wir haben das erst jetzt erfahren …«

Dann kamen sie ins Zimmer und blieben in der Tür stehen. Pierre steckte die Hände in die Hosentaschen.

»Du bist kein Freund, Wladi«, sagte er, »du bist ein Schwätzer!«

»Und du liegst in zehn Minuten hinten in meinem Wagen und hältst die Schnauze!«, rief Globotkin laut. »Ev kommt mit deinem Vehikel ›Mes Rues‹ hinterher und bringt alles mit. Los, beweg dich … oder muss ich dich ins Auto tragen?«

»Ich bleibe!«, sagte Pierre ebenso laut. »Ich will malen! Ich muss malen, solange ich es noch kann! Was soll ich in Paris?«

»Ich werde ihn niederschlagen müssen, Ev«, sagte Fürst Globotkin ruhig. »Mit vollem Verstand geht er nicht mit, du hörst es. Und ich schwöre es: Wenn er weitere Schwierigkeiten macht, binde ich ihn im Auto fest. Ich habe versprochen, dass ich in der Nacht wieder in Paris bin.« Er wandte sich an Pierre, der am Tisch stand und sich nicht rührte. »Hörst du es, du Idiot? Professor Mauron hat ein Zimmer bereitgestellt. Callac hat die besten Ärzte alarmiert! Du wirst versorgt werden wie ein Kaiser.«

»… und doch stirbt jeder wie ein Bettler.« Pierre schüttelte den Kopf. »Wladimir Andrejewitsch, du russischer Holzkopf, fahr allein zurück nach Paris.«

»Was hilft's?« Fürst Globotkin machte zwei Schritte in den Raum hinein. »Ich muss ihn betäuben.«

»Pierre –«, sagte Ev leise. »Pierre.«

Es war ein eigenartiger Klang, mit dem sie diesen Namen jetzt aussprach. Und Pierre senkte den Kopf, wandte sich ab, nahm vom Bett seine alte, mit Ölfarben beschmierte Jacke, warf sie über die Schultern und ging an Globotkin und Ev vorbei hinaus zum Wagen, klinkte die Tür auf und setzte sich hinein. Der Fischer stand drüben am Stall, wo er jetzt schlief, solange der Maler und seine Frau das Haus gemietet hatten, starrte fassungslos auf diesen Auszug und begriff nicht, wieso ein armer Maler sich aus Paris ein Taxi kommen lassen kann, um damit wegzufahren.

»Warte, bis ich alles zusammengepackt habe«, sagte Ev zu Wladimir Andrejewitsch. »Auf eine halbe Stunde kommt es nicht mehr an. Ich möchte hinter euch herfahren … ich will ihn nicht aus den Augen verlieren …«

»Ich fahre ein Auto und keine Schnecke«, erwiderte Globotkin. »Wie schnell läuft ›Mes Rues‹?«

»Wenn er gut gelaunt ist, macht er noch neunzig …«

»Ich werde am Steuer einschlafen. Neunzig! Bei freier Autobahn! Muss das sein, Ev?«

»Es muss, Wladi.« Sie lächelte ihn traurig an. »Er wird mich im Rückspiegel sehen. Ich weiß doch, dass er nicht mehr ohne mich sein kann. Nicht einmal in deinem Auto.«

Eine halbe Stunde später fuhren sie ab. Ev hatte dem Fischer die ganze Miete bezahlt, und der Alte hatte gesagt: »Mademoiselle oder Madame – mir ist's egal – ich verstehe das alles nicht.«

»Ich auch nicht, Monsieur«, hatte Ev geantwortet. »Es gibt Dinge im Leben, die begreift man einfach nicht, obwohl sie greifbar sind. Irgendwo hört die Vernunft auf, und der Mensch steht in einer Leere. Leben Sie wohl, Monsieur.«

»Leben Sie wohl, Madame.«

Der Alte blickte den beiden Wagen nach, bis die roten Rücklichter auf dem höckrigen Weg nach Salin de Badon zwischen dem Schilf verschwanden. Dann humpelte er zurück zu seinen Pferden, setzte sich auf einen Schemel in dem Stallgang und faltete die Hände im Schoß.

Es bleibt eine Leere zurück, sagte Madame, dachte er still. Sie hat es ausgesprochen, danach habe ich gesucht. Was ist ein alter Fischer ohne Boot und Netz? Er sieht, hört und riecht das Meer, aber er kann nicht mehr gegen die Wellen rudern. Eine leere Welt.

Er sah seine Pferde an, aber sie ersetzten ihm kein Boot.

Sie erreichten Paris im Regen und beim Morgengrauen.

Pierre schlief auf den Hintersitzen und erlebte so nicht, dass ›Mes Rues‹ sich ziemlich bockig zeigte, zweimal mit knapper Not eine Autobahntankstelle erreichte, wo man seinen Zündverteiler reinigte, in den die Nässe des Regens eindrang und somit den ganzen Zündungsrhythmus störte. Bouillon fuhr mit Ev, hockte neben ihr auf dem rechten Vordersitz und starrte durch die Scheibe auf den vor ihnen hergleitenden großen Wagen. Für Globotkin war es eine wahre Qual, so langsam zu fahren, und als ›Mes Rues‹ zum dritten Mal in Auxerre streikte, schlug er vor, das Vehikel in die Luft zu sprengen und endlich wieder ein vernünftiger Autofahrer zu werden. Aber Ev lehnte es ab, ›Mes Rues‹ wurde wieder flott gemacht und hielt dann trotz des Regens durch bis Paris.

Sie fuhren ohne Umweg direkt zum Hôpital Laennec, wo in dieser Nacht sowohl die Ärzte wie die Schwestern eine der schlimmsten Stunden ihrer medizinischen Laufbahn durchstanden: Madame Coco, das ›Gebetbuch‹, der ›Rote Henry‹, Ponpon, der einäugige Gummimensch und Marius Callac, der große, jetzt an Unruhe fast zerstörte Callac, belagerten das für Pierre freigemachte Zimmer, warteten auf Fürst Globotkin und steigerten sich in eine fast hysterische Nervosität hinein, als die errechnete Zeit abgelaufen war und Wladimir Andrejewitsch noch nicht zurückgekommen war. Von da ab jagten sich die Vermutungen und erdolchte man sich gegenseitig mit apokalyptischen Prophezeiungen. Was drunten in der Camargue geschehen sein musste, konnte nur alle Vorstellungen übertreffen, denn wenn ein Fürst Globotkin sogar versagte …

»Man muss die Polizei alarmieren!«, donnerte Madame Coco, als es vier Uhr morgens wurde. »Einen Rettungshubschrauber! Wozu sind sie da? Wozu zahlt man so hohe Steuern? Marius, steh nicht herum und glotz die Brille kaputt: Telefoniere mit den maßgebenden Stellen! Du kennst sie alle, ich nicht. Sonst wäre schon ein Geschwader von Flugzeugen in der Luft.«

»Globotkin kann mit einem Taxi nicht fliegen«, sagte Callac heiser. »Wer weiß, in welch desolatem Zustand Pierre ist, und Globotkin muss ganz langsam und vorsichtig fahren. Wir hätten einen Krankenwagen hinschicken müssen. Aber nein. Cosima schickt ein Taxi! Ohne mich vorher zu fragen! Ich hätte das alles anders organisiert«

»Ich war verzweifelt, zum Satan!«, schrie Madame zurück. »Kann man das nicht verstehen? Man steht allein auf der Welt, keiner berät einen, keiner ist da, mit dem man sprechen kann, immer muss man alles allein tun … und dann kommt so ein fischäugiger Callac daher und sagt großkotzig: Ich hätte alles anders organisiert! Warum hast du nicht früher alles ›anders organisiert‹, he?!«

»Weil ein Monsieur Lebrun dazwischen kam«, sagte Callac müde. »Und ein Weltkrieg. Cosima, beruhige dich. Wir zwei sollten doch Warten gelernt haben.«

Der ›Rote Henry‹ war merkwürdig still geworden in diesen

Stunden, aber das war nur äußerlich. Er saß am Tisch in Pierres freiem Zimmer, hatte sich von der Nachtschwester unter der Drohung, sie sofort zu vergewaltigen, reinen Alkohol geben lassen, verdünnte ihn mit Wasser und soff das Getränk wie Mineralwasser. Dabei schrieb er unentwegt, und als das ›Gebetbuch‹ ihm über die Schultern blickte, zuckte der lange, dürre Theologe erschrocken zusammen.

Der ›Rote Henry‹ schrieb eine Nachrufode für Pierre. Einen poetischen Nekrolog. Er begann so:

»Als Siegfried einen Wurm erschlug,
da schworen alle Würmer Rache –«

»Wenn du das vorliest«, sagte das ›Gebetbuch‹ in seiner stillen Kanzelart, »erwürge ich dich mit dem Rosenkranz. Ich dokumentiere damit nur Gottes Ansicht, eine Kreatur wie dich nicht geschaffen zu haben.«

»Es ist eine tief tragische Ode«, sagte der ›Rote Henry‹ dumpf. »Am Schluss werde ich selbst beim Schreiben weinen.«

Irgendwie blieb dieser Satz bei allen haften. Sie wurden stiller, sahen ab und zu auf die Uhr und warteten mit der Geduld des Unabänderlichen. Ponpon, der Gummimensch, schlief in einer Zimmerecke wie ein zusammengerollter Hund, Madame Coco saß auf der Bettkante und blickte flehend, aber stumm Callac an, der am Fenster stand und auf die Straße sah. Die Einfahrt zur Klinik lag vor ihm … nasser Asphalt, auf den der Regen trommelte. Nächtliche Einsamkeit, erhellt von ein paar Bogenlampen vor dem Hospital. Trostlose, herbstliche Nässe, in die sich jetzt ein Schimmer Grau schob. Der neue Tag kündete sich an.

»Da sind sie!«, sagte Callac plötzlich. In die Einfahrt bogen zwei Wagen … Fürst Globotkins Taxi und dahinter das grüne, scheußliche Ungeheuer ›Mes Rues‹. Ponpon sprang auf wie ein Gummiball, alle stürzten zum Fenster und drängten den armen Callac zur Seite.

»Mein kleiner Pierre«, sagte Madame Coco leise. »Mein armer kleiner Pierre.« Dann schnaufte sie auf, holte ein Taschentuch aus dem Rock und pustete hinein, dass alles erschrocken zusammenzuckte.

»Er ist hier«, sagte Callac aus dem Hintergrund. »Was menschenmöglich ist, wird jetzt für ihn getan werden. Das könnt ihr dem alten Callac glauben.«

Die Schwierigkeiten begannen schon unten bei der Aufnahme, wo zwei wachhabende Ärzte und drei Schwestern sofort Pierre in Empfang nahmen. Der Portier rief in der Privatwohnung von Professor Mauron an ... so war alles vom Chef befohlen worden.

Die einzige Schwierigkeit: Bouillon!

Ein Hund darf in kein Hospital ... aber mach das einer mal einem Hund wie Bouillon verständlich. Außerdem war in den vergangenen Wochen sein Freund, der Portier, ausgewechselt worden, und der neue rief sofort: »Hinaus mit dem Vieh!«

Bouillon reagierte sofort nach Art der Rue Princesse: Er schnappte nach dem Fuß des Portiers, raste dann an ihm vorbei in das Hospital, rannte die große Treppe hinauf und fand mit dem unheimlichen Instinkt seines Wesens sofort wieder den Weg zur Privatstation von Professor Mauron. Dort tauchte er im Gang auf, schnupperte auf dem Boden, roch die Anwesenheit von Madame Coco und verfolgte die Spur bis zu dem Zimmer, das für Pierre reserviert war. Aber auf dem Weg dorthin begegnete er der Nachtschwester, die sofort in ihr Schwesternzimmer zurücklief und den Portier per Telefon alarmierte.

»Narkotisiert das Vieh!«, schrie der Portier und legte dann auf. Sein Ethos als Eingangswächter eines Hospitals war erschüttert worden, als einer der Ärzte, der Bouillon von früher kannte, achselzuckend sagte: »Lassen Sie ihn laufen, Marcel. Er hat die gleiche Narrenfreiheit wie alle, die oben warten. Anordnung vom Chef.«

Dass sich zwei Ärzte und drei Schwestern um Pierre kümmerten, war eigentlich ein unnötiger Aufwand. Die Diagnose stand fest, untersucht wurde er nicht – das machte Professor Mauron selbst mit seinen Kollegen von der Inneren und der Röntgenologie, und überhaupt war es – sieht man den Fall medizinisch – ein Novum, dass ein Mann mit einer kranken Leber in die Station eines Gynäkologen eingeliefert wird. Aber auch das war Madame Cocos Werk. Sie hatte zu Professor Mauron gesagt: »Pierre kommt zu Ihnen. Ob Sie Frauenarzt sind oder Plattfußdoktor, das ist mir egal! Zu Ihnen habe ich Vertrauen, zu Ihnen hat auch Pierre Vertrauen. Ihren Kollegen von der Inneren habe ich nur einmal gesehen … er hat eine dicke Knollennase, die mir nicht gefällt. Ihr Chef der Chirurgie ist Mitglied einer Partei, die nicht meine Partei ist … unmöglich für Pierre und mich! Professor … Sie nehmen Pierre zu sich, und wenn ich Sie auf den Knien bitten müsste.«

Professor Mauron war so klug, es darauf nicht ankommen zu lassen. Und so bekam Pierre dieses Zimmer auf der Gynäkologie, nachdem Mauron mit seinen Kollegen, die eigentlich zuständig waren, lange über den Fall gesprochen hatte. Alles, was sonst die Hierarchie eines Hospitals ausmacht, war damit auf den Kopf gestellt.

»Pierre de Sangries ist ein Genie, meine Herren«, hatte Professor Mauron gesagt. »Ein Genie, das keiner von uns mehr retten kann. Gewähren wir ihm die Großzügigkeit der Ausnahme. Van Gogh starb im Wahnsinn, und der zweite van Gogh – Pierre de Sangries – geht an einem Hundewurm zugrunde. Wenn das Schicksal ein greifbares Wesen wäre, würde ich es in den Arsch treten!«

»Er kommt!«, sagte Callac, als es an der Tür kratzte. Das ›Gebetbuch‹ riss sie auf, und Bouillon stürzte ins Zimmer.

»Ein Teil von ihm«, sagte der ›Rote Henry‹. »Immerhin … wir haben es geschafft. Pierre ist in Paris. Freunde, haltet eure Herzen fest!«

Der Lift bremste, man hörte es deutlich durch die offene Tür, die Lifttür schwang auf … die Räder eines Rollbettes quietschten. Man hatte unten bei der Aufnahme darauf bestanden, dass sich Pierre sofort wieder hinlegte. Starr saß Madame Coco auf dem Stuhl neben dem Bett, Callac stand noch immer am Fenster, das ›Gebetbuch‹ wartete an der Tür, der ›Rote Henry‹ lehnte an der Wand und zuckte mit den Mundwinkeln und Ponpon, der Gummimensch, wischte sich das eine, übrig gebliebene Auge.

»Wie benehmt ihr euch?«, sagte das ›Gebetbuch‹ ernst und blickte zurück ins Zimmer. »Er ist noch nicht tot. Er lebt! Er diskutiert mit einem Arzt. Seid ihr eine Trauergemeinde? Pierre hat immer das Lachen geliebt … zum Teufel, lacht, macht ein fröhliches Gesicht, freut euch, dass er da ist! – Pierre –«

Er breitete die Arme aus und verschwand im Gang. Und dann hörten sie Pierres Stimme, wie er laut sagte:

»Es ist schön, dich zu sehen, du Clown Gottes.«
Pierre war zurückgekommen.

Eine Woche lang wurde Pierre de Sangries untersucht … er ließ es über sich ergehen, er kannte die Ergebnisse aller Röntgenaufnahmen, aller Blutanalysen im Voraus. Die Ärzte sprachen nicht viel darüber, und er amüsierte sich, dass sie in seiner Gegenwart lateinische Worte herumschleuderten, statt klar zu sagen: Es ist aussichtslos. Die Leber ist zerstört. Gute Nacht, Pierre de Sangries.

Professor Mauron sagte es dafür Callac sehr deutlich: »Es ist schlimmer, als wir befürchtet haben. Ich will Sie nicht mit medizinischen Erklärungen quälen, Monsieur Callac, sondern nur ganz deutlich sagen: Es gibt keine Rettung mehr. Hier können wir nur noch lindern …«

»Das heißt«, hatte Callac mit belegter Stimme erwidert, »Sie können Pierre das Sterben erleichtern.«

»Genau. Erklären Sie es bitte Madame Lebrun.«

»Ich? Warum nicht Sie?«

»Ich glaube, Sie können es besser, Monsieur«, sagte Professor Mauron weise.

»Und was geschieht jetzt mit Pierre?«

»Er darf nach Hause. Die Behandlung kann ambulant erfolgen. Es hat keinen Sinn, ihn wochen- oder monatelang hier herumliegen zu lassen und etwas an ihm zu tun, was jeder Hausarzt kann. Wenn es ganz hart wird … dann hat er hier immer ein Bett.«

»Ganz hart … das ist das Letzte, nicht wahr?«, sagte Callac tonlos.

»Ja.«

»Und wann wird das sein?«

»Das wissen wir nicht. Wir werden versuchen, den Leberzerfall aufzuhalten und diesen verdammten Wurm doch noch zu vernichten. Aber es ist nur ein Aufhalten, Monsieur.«

»Und eine Operation?«

»Einen Menschen ohne Leber gibt es nicht«

»Ja, das haben Sie mir schon einmal gesagt. Ich danke Ihnen, Professor.«

An diesem Tag ging Callac den schwersten Gang seines Lebens. Er fuhr in die Rue Princesse, nahm als Schutz Fürst Globotkin mit und wagte sich in das alte Haus. Madame Coco, völlig verändert durch ihr jetzt schwarzes Haar und die verlorenen vierzig Pfund Gewicht durch eine Saftdiät, aber immer noch ein mit Stoff behängtes Gebirge, war dabei, Pierres Empfang vorzubereiten. Das ganze Haus roch nach Braten und Kuchen, in den Töpfen brutzelten und siedeten geheimnisvolle essbare Dinge, die Fritteuse für die Pommes frites gluckerte auf dem Abstelltisch. Oben, in Pierres ›Zimmer in Gottes Hand‹ schmückten seine Freunde Wände und Decke, als sei seine Rückkehr eine Silvesterfeier. Dass man Pierre so früh wieder entließ, deuteten sie alle als ein gutes Zeichen. Einen Halbtoten lässt man nicht gehen, also war Pierres Krankheit weniger kritisch.

»Wer weiß, bei welchem besoffenen Hinterstubenarzt Pierre damals gewesen ist«, sagte der ›Rote Henry‹. »Und dieser Doktor Rombard in der Camargue … der wird bestimmt Mühe haben, einen Rülpser von einem Furz zu unterscheiden …«

»Welch ein Tag!«, sagte Madame, als Callac hereinkam und Fürst Globotkin gleich an einen der frischen Kuchen ging. »Pierre wird entlassen. Es ist alles halb so schlimm, Marius. Die Weiterbehandlung kann ein Hausarzt übernehmen. Ich habe schon Doktor Vernier verständigt. Welch ein Tag! Wäre ich noch religiös, würde ich jetzt sagen: Komm, Marius, wir lassen eine dicke Kerze für die Mutter Gottes weihen.«

»Lass uns das tun, Cosima«, sagte Callac ernst und hielt Madames beide Hände sehr fest. »Wenn Kerzen, Beten und alle Opfer der Welt helfen könnten … wir würden sie zusammen auf uns nehmen. Aber es hilft nichts mehr.«

»Marius!« Madame sank auf einen der alten Stühle. »Das ist nicht wahr! Sie entlassen ihn doch … sie schicken ihn nach Hause!«

»Er soll in seiner geliebten Welt leben. Wenn man nichts mehr tun kann … warum ihn dann auch noch von der Welt absperren? Cosima, es ist unerträglich, das mitzuerleben, aber wir müssen es ertragen!«

»Und Ev? Weiß es Ev auch?«

»Ja. Mauron hat es ihr wie mir gesagt. Sie glaubt es nicht. Sie sagte: Pierre stirbt nicht vor mir! – Es ist fürchterlich, Cosima.«

Er sank auf einen Stuhl, bedeckte mit der Hand seine dick bebrillten Augen und schwieg. Zwischen ihnen standen die duftenden Kuchen, auf dem Herd kochte Gemüse, im Backofen brutzelte der Braten. Durch das Treppenhaus klang Musik ... oben im Zimmer probierten die Freunde neue Platten aus. Willkommen, Pierre, im Leben!

»Und Pierre weiß es auch?«, fragte Madame Coco.

»Er wusste es schon immer.« Callac lehnte sich zurück und starrte an die verräucherte Decke. »Ich habe seinen Farbenrausch in seinen Bildern nie verstanden – jetzt verstehe ich ihn. Jedes seiner Bilder ist ein Aufschrei. Mein Gott, welche Kraft des Leidens ist in diesem Jungen! Seine Bilder werden einmal unbezahlbar sein.«

»Und er wäre bald verhungert.« Madame Coco schob dem Kuchenliebhaber Fürst Globotkin einen Teller mit Torte zu. »Weil es nur Idioten wie Callac gibt.«

»Diesmal hast du Recht, Cosima«, sagte Callac leise. »Aber die meisten Menschen laufen blind herum und wissen es nicht.«

Der Einzige, der den Lauf der Dinge genau zu wissen schien, war Bouillon.

Er wich Pierre nicht mehr von der Seite, vernachlässigte Ev, saß zu Pierres Füßen, wenn er malte, und wenn die Anfälle kamen und Pierre umwarfen – und sie kamen jetzt immer häufiger –, leckte er ihm den Schweiß vom Gesicht, wenn Ev nicht da war, um das mit einem Tuch zu tun.

Die Tabletten und Spritzen, die Doktor Vernier verabreichte, zeigten keine Wirkung. Das hatte auch keiner erwartet, aber es ist für einen Arzt unerträglich, nichts mehr zu tun und seinen Patienten einfach der Vernichtung zu überlassen.

Callac konsultierte Frankreichs medizinische Prominenz, wenn sie die Diagnose hörten und vor allem den Zustand des Patienten, sagten sie alle das Gleiche, was Callac schon nicht mehr hören konnte. Dafür verkaufte er Pierres Bilder zu Preisen, wie sie bisher nur ein Buffet erzielt hatte ... in zwei Monaten galt es in Paris als gesellschaftsfähig, ein Bild von Pierre de Sangries an der Wand hängen zu haben. Das beste Bild allerdings verkaufte Callac nicht ... das ›Tryptichon der Natur‹, wie es Pierre genannt hatte, seine zur Gestalt gewordene Liebe zu Ev.

»Wenn er nur das gemalt hätte«, sagte Callac zu Madame Coco, »das allein wird ihn einmal unsterblich machen.«

Anfang Dezember – Pierre hatte leichtes, konstantes Fieber bekommen – fuhr Ev nach Köln. Callac hatte keinen medizinischen Namen mehr, den er abhaken konnte. Er hatte sie alle gefragt. Auch Hubert Bader hatte versucht, nachdem ihn Eva angerufen hatte, mit deutschen Experten über diesen Fall zu reden. Und auch hier antwortete ihm das große Achselzucken, das große, verlegene Schweigen oder der alte, grausame, nie sterbende Satz: ›Die Medizin hat ihre Grenzen.‹

Mit Röntgenplatten und allen Befunden aus Paris fuhr Ev nach Bonn in die Universitätsklinik. Dort hatte man zum ersten Mal mit Erfolg versucht, eine Leber zu transplantieren. Die Zeitungen in aller Welt waren voll davon gewesen, und wenn auch später der Rückschlag eingetreten war: Es war ein Anfang gemacht worden, man kapitulierte nicht mehr vor dem Wissen, dass auch die Medizin nur die Praxis des Möglichen ist. Was war möglich und was unmöglich? Wer hatte vor ein paar Jahren noch daran gedacht, Herzen zu verpflanzen? Wer glaubte jemals, dass man abgerissene Gliedmaßen wieder funktionsfähig annähen könnte? Vor hundert Jahren war ein vereiterter, durchgebrochener Blinddarm ein Todesurteil … heute spricht man in den OP-Sälen überhaupt nicht mehr von einer solchen Operation. Sie ist Routine. Wer sagt da, man könne nicht auch eine Leber auswechseln, so wie man heute Gelenke und Knochenpfannen auswechselt oder das müde Herz mit einem Schrittmacher zwingt, weiter zu schlagen und den Menschen leben zu lassen.

In Bonn sah man sich alle Papiere, die Ev aus Paris mitgebracht hatte, genau an. Ein paar Mal liefen über das Telefon Gespräche zwischen Bonn und Paris hin und her, während Hubert Bader, mehr von der Liebe seiner Tochter zu diesem Maler als von der Krankheit Pierres erschüttert, selbst amerikanische Kliniken über einen befreundeten deutschen Professor anrufen ließ und sogar drei Telegramme nach Tokio und Osaka schicken ließ, wo es Leberspezialisten geben sollte, die neue Methoden entwickelt hatten.

Die Antworten liefen ein. Man braucht sie nicht zu erwähnen. Auch die Bonner Ärzte gaben Ev die Unterlagen zurück, und der Chef der Klinik unterhielt sich lange mit ihr über Pierre. Er versuchte, ihr die Wahrheit väterlich zu erklären, aber sie klammerte sich an ihre wahnsinnige Hoffnung, ein Mensch wie Pierre dürfe einfach nicht sterben. So logisch sie sonst denken konnte, hier versagte sie völlig. Das letzte große Muss im Leben eines Menschen verleugnete sie, wenn es um Pierre ging.

»Es ist zu spät«, sagte der Chef der Bonner Universitätsklinik endlich, als kein Zureden mehr half. »Einfach zu spät, Fräulein Bader. Man vergisst immer, dass der Mensch auch nur ein Stück vergänglicher Materie ist, und dazu noch eine ziemlich weiche. Vor Jahren – wann, das kann man jetzt nicht mehr sagen – hätte man Herrn de Sangries retten können.«

»Ich gebe nicht auf, Herr Professor!«, sagte Ev und nahm die Papiere in dem großen Kuvert an sich. »Nein, ich gebe nicht auf! Irgendwo wird es einen Arzt geben, der etwas Neues entdeckt hat, der auch Pierre helfen kann.«

Der Chef der Bonner Klinik schwieg. Man kann einem Menschen in dieser verzweifelten Hoffnung nicht mehr zureden. Auch das gehörte zum Alltag einer Klinik: die tägliche erschütternde Erkenntnis, wie wenig ein Mensch das Wort ›endgültig‹ begreift.

Jeden Abend rief Ev aus Köln in Paris an. Die ersten Abende kam Pierre herunter, und sie sagten sich, dass sie sich liebten, dass sie Sehnsucht nach einander hätten, dass die Tage allein eine Qual seien.

»Mir geht es gut«, sagte Pierre einmal. »Ich habe ein großes neues Bild angefangen. Unser Fischer in Le Paradis mit seinen weißen Pferden, und das alte, verrottete Boot, in dem die Kaninchen nisteten. Darüber der Himmel der Camargue … es wird ein schönes Bild, Ev.«

Dann, an den nächsten Abenden, kam Pierre nicht mehr herunter. Madame Coco sagte: »Ich rufe ihn!«, und dann hörte sie ihre Stimme im Treppenhaus widerklingen, Pierres Stimme antwortete von oben, und Madame kam zurück und sagte: »Er malt wie ein Verrückter. Er lässt grüßen. Er kann jetzt nicht von der Leinwand weg.«

Ev verstand das. Sie kannte Pierres Arbeitsweise genau. Manchmal malte er wie in einem Rausch, und wenn man ihn ansprach, blickte er durch einen hindurch, als sei man aus Glas.

Am fünften Abend, als Pierre noch immer nicht ans Telefon kam, wurde Ev unruhig. »Ich will ihn sprechen, petite mère«, sagte sie. »Rufen Sie zu ihm hinauf: Ich will ihn sprechen! Es ist aus Tokio ein Telegramm gekommen. Vielleicht fliegen wir nächste Woche nach Tokio.«

»Es hat keinen Sinn, Ev ... er kommt nicht«, sagte Madame Coco. »Ich werde ihm das sagen wegen Tokio ...«

»Sie verschweigen mir etwas, Madame!« Ev hielt den Atem an. Madame Cocos Atem war deutlich zu hören. »Geht es Pierre schlechter? Hat er wieder einen Anfall gehabt?«

»Er hat keinen Anfall mehr gehabt«, sagte Madame Coco fest. »Und ihm geht es besser als vorige Woche. Du brauchst dir keine Sorgen zu machen, Ev.«

Dann legte sie auf, und das war es, was Ev bewog, den nächsten Zug nach Paris zu nehmen. »Was auch ist, Kind«, sagte Hubert Bader, der dieses Mal mit zum Bahnhof gekommen war, denn um 23.19 Uhr gibt es keine Möbelkunden mehr, »wir helfen dir und Pierre immer. Du kannst von uns alles haben. Professor Brandes hat einen Leberspezialisten in Stockholm entdeckt ... ich telefoniere dir die Nachricht gleich nach Paris weiter.« Und Else Bader weinte, als der Zug anrollte und Ev so lange zurückwinkte, wie sie ihre Eltern im Licht der Bahnhofshalle stehen sah.

Warum hat Madame sofort aufgelegt?, dachte Ev und setzte sich auf ihren Platz. Warum hat sie Pierre erst gar nicht gerufen? Heute nicht, gestern nicht, vorgestern auch nicht. Er malt ... fast eine Woche ohne meine Stimme, das hält Pierre nicht aus.

Sie drückte die Stirn gegen die kalte Abteilscheibe und starrte hinaus in die nasse Nacht. Auch hier regnete es, seit Tagen schon. Das Land schien zu ertrinken.

Nach Tokio, dachte sie. Pierre, wir fliegen nach Tokio oder nach Stockholm oder nach Rio de Janeiro ... überall, wo ein Arzt ist, der dir helfen könnte, da fliegen wir hin.

Ich gebe nicht auf! Ich gebe nicht auf!

Pierre, ich liebe dich ...

Sie kam morgens in Paris im Gare du Nord an.

Am Taxistand sah sie den Grafen Peruschkin als ersten Wagen stehen und freute sich, dass es gerade er war. Sie winkte ihm zu, und er winkte zurück, ein wenig verhalten, nestelte dann an seinem Funkgerät, sprach etwas und fuhr erst dann zum Ausgang des Bahnhofs.

»Keiner weiß, dass Sie kommen, Ev«, sagte er, als sie neben ihm saß.

»Es soll eine Überraschung für Pierre sein, Graf.« Sie lehnte sich zurück und sah hinaus auf den morgendlichen, verrückten Verkehr der Pariser Straßen. »Wann haben Sie Pierre zuletzt gesehen?«

»Vor einer Woche.« Graf Peruschkin blickte starr geradeaus. »Wir hatten viel zu tun. Ein Kongress, eine Mustermesse … wir waren pausenlos unterwegs.«

»Und wie sah Pierre aus?«, fragte sie.

»Er sah gut aus, Ev.« Graf Peruschkin umklammerte das Lenkrad so fest, dass seine Knöchel weiß wurden. »Er sah zufrieden aus, glücklich.«

»Das ist schön, Graf.«

In der Rue Princesse hatte sich nichts verändert, nur war neu, dass Madame Coco nicht in der Küche saß und das Haus bewachte. Die Küchentür stand zwar offen, aber Madame war nicht in der Wohnung.

»Sie wird bei Pierre putzen«, sagte Graf Peruschkin, küsste Ev plötzlich auf die Stirn, warf sich herum, rannte zu seinem Taxi zurück und fuhr wie ein Irrer davon.

Langsam stieg Ev die altvertraute, dunkle, steile Treppe hinauf bis zum Zimmer in Gottes Hand. Langsam öffnete sie die Tür und stieß sie dann weit auf.

Durch das große Fenster mit dem Blick über die Dächer und auf den hässlichen Schornstein fiel das Morgenlicht auf die Staffelei mit dem halb fertigen Bild des Fischers von Le Paradis, seinen weißen Pferden und seinem verrotteten Kahn mit den Kaninchen.

Dahinter stand, alles war so vertraut, Pierres Bett, zugedeckt mit der neuen Felldecke, die sie vor drei Wochen bei Lafayette gekauft hatten. Auf dem Bett lag Bouillon, den Kopf auf den Vorderpfoten, und sah sie starr an. Er rührte sich nicht, er wedelte nicht mit seinem unmöglichen Schwanz … wie ein Plüschtier lag er da, und nur seine großen, traurigen Augen lebten.

Auf Evs Bett saß Madame Coco und hatte den Kopf gesenkt. Das ›Gebetbuch‹ stand an der Wand, die Hände gefaltet, der ›Rote Henry‹ hockte in einem der Sessel und knetete seine dicken Finger, Ponpon, der einäugige Gummimensch, kaute an seinen Fußnägeln, Fürst Globotkin atmete schwer … er musste gerade erst angekommen und kurz vor Ev die Treppen hinaufgestürzt sein. Jetzt wusste sie auch, mit wem Graf Peruschkin über sein Funkgerät gesprochen hatte.

Sie sah sich um, ging zu Pierres Bett und setzte sich neben Bouillon. Der hässlichste Hund von Paris kroch nahe an sie heran, legte seinen Kopf in ihren Schoß und begann leise zu wimmern.

»Wann?«, fragte sie ganz ruhig.

»Vor fünf Tagen«, antwortete Fürst Globotkin, als keiner es wagte, es ihr zu sagen. »Es ging ganz schnell … es war, als wenn man einen Lichtschalter ausdreht. Aber er wusste es vorher, mindestens einen Tag vorher. Er hat dir einen Brief geschrieben.«

Das ›Gebetbuch‹ löste sich von der Wand, holte einen Umschlag aus dem Rock und legte ihn Ev auf das Bett. Sie sah ihn an, aber sie fasste nicht nach ihm und öffnete ihn nicht.

»Es war sein Wunsch, dir nichts zu sagen.« Der ›Rote Henry‹ erhob sich und trat den Sessel zur Seite. »Wir haben ihm den Wunsch erfüllt … aber jetzt kann ich nicht mehr! Leckt mich doch alle am Arsch!«

Der Riese mit dem roten Bart starrte Ev an, begann dann zu weinen und rannte aus dem Zimmer. Madame Coco rührte sich nicht … wie ein Koloss aus Stein, den man auf ein Bett gewuchtet hat, saß sie da und schwieg. Sie war nicht mehr geschminkt, ihre schwarz gefärbten Haare waren nicht aufgedreht … jetzt sah man, dass sie eine Greisin war, ein unendlich alter, einsamer, verlassener Mensch. Vielleicht gelang es Callac in aufopfernder Mühe, sie wieder zu der Madame Coco zu machen, ohne die eine Rue Princesse undenkbar war.

»Wer war bei ihm?«, fragte Ev mit seltsamer Starrheit.

»Wir alle.« Fürst Globotkin fasste Madame an die Schultern, sie stand auf, wie aufgezogen, und ging stumm hinaus. Ihr folgte Ponpon, dann das ›Gebetbuch‹, zuletzt ging Globotkin und zog ganz leise die Tür hinter sich zu.

Über Paris ging eine kalte Wintersonne auf. Ein klarer Tag begann, einer der Tage, die Pierre geliebt hatte, die er die ›ehrlichen Tage‹ nannte, weil sie so reine Farben hatten.

Ev legte sich zurück und zog Bouillon an sich. Unter ihrem Kopf spürte sie das Kissen, auf dem Pierres Kopf gelegen hatte … und die vielen Morgen kamen wieder, an denen er so gelegen hatte, hinausblickend durch das große Fenster in den Himmel von Paris und auf den hässlichen Schornstein des Nachbarhauses.

»Sollen wir weinen, Bouillon?«, sagte sie leise. »Warum zitterst du, Kleiner? Was heißt tot? Er ist nur weggegangen, irgendwo anders hin, er kann gar nicht von uns gehen, solange wir leben, er ist immer um uns, bei uns, in uns. Weißt du, wovon Pierre immer träumte? Von etwas, was von ihm übrig bleibt auf dieser Welt. Wir haben das geschafft, Bouillon: Ich bekomme von Pierre ein Kind.«

Dann schwieg sie, drückte den Hund an sich, schloss die Augen und gab sich dem Gefühl hin, für das es keinen Namen gibt, keine Worte, keine Deutungen und kein Entfliehen.

Sie sah die Camargue vor sich, die wehenden Mähnen der weißen Pferde, die rosa Wolken der Flamingoschwärme über dem Etang de Vaccarès, den alten Fischer mit seinem nutzlosen Boot, die Hütte bei dem ›Tonkopf‹ und das Lager, auf dem sie das Kind empfangen hatte, und sie sah Pierre, wie er sich im Sattel seines weißen Pferdes aufrichtete und der Sonne entgegenritt. Der Wind vom Meer riss seine Haare empor wie eine kurze schwarze Fahne, und er drehte sich zu ihr herum und winkte ihr lachend zu, jung, ein Eroberer der Welt, ein Aufschrei nach Leben.

Pierre –

So lag sie da, kniff die Lider zusammen, um den kalten Morgen nicht zu sehen, und wusste doch, dass in wenigen Augenblicken das Leben weitergehen würde, heute, morgen und all die kommenden Jahre, dass es weitergehen musste und sollte für Pierres Kind, das vielleicht seine Augen hatte, seine Nase oder seinen Mund und in dem sie immer wieder Pierre entdecken würde.

Da erst begann sie zu weinen, und Bouillon kroch über sie und leckte ihr die Tränen von den Wangen und lag dann an ihrer Schulter, warm und weich.

Ein kleines Stückchen Leben, wie wir alle nur ein kleines Stückchen Leben sind, ein Funken Liebe im eisigen Nichts.

Quellenverzeichnis: